ÜBER DIESES BUCH

Daß eine Kriminalschriftstellerin auf Reisen mit ungewöhnlichen Dingen und Menschen zusammenstößt, liegt in der Natur der Sache. Daß sie aber in einem ruhigen englischen Badeort in eine Mordaffäre verwickelt wird, hätte Harriet Vane sich bestimmt nicht träumen lassen! Wenn sie auch noch die frisch blutende Leiche findet . . . Die Hauptdarsteller dieses brillant und humorvoll geschriebenen Romans:

Vane, Harriet – Kriminalschriftstellerin mit Kombinationstalent
Wimsey, Peter – echter Lord und Amateurdetektiv
Alexis, Paul – Eintänzer, Selbstmörder (?), Mordopfer (?)
Weldon, Henry – Muttersöhnchen, Erbschleicher
Mrs. Weldon – hysterische reiche Witwe, verlobt mit dem Toten
Bright, William – Wanderfriseur und offenbar Trinker
Perkins, Julian – Lehrer und Wanderbursche.

Ferner spielen eine Rolle:

eine weiße Stute
ein Brief in Geheimschrift und
ein zweckentfremdetes Rasiermesser

DIE AUTORIN

Dorothy Sayers wurde am 13. Juni 1893 in Oxford geboren. Sie studierte in Oxford und legte dort als eine der ersten Frauen Examina ab. Für ihre Verdienste um die Detektivliteratur wurde sie zum Ehrendoktor von Durham ernannt. Dorothy Sayers starb am 17. Dezember 1957 in Witham/Essex. Sie ist eine der *grandes dames* der englischen Kriminalliteratur.

Im Fischer Taschenbuch Verlag sind ferner erschienen: ›Die neun Schneider‹ (Bd. 641), ›Kriminalgeschichten‹ (Bd. 739), ›Rendez-vous zum Mord‹ (Bd. 1077), ›Die geheimnisvolle Entführung‹ (Bd. 1093), ›Lord Peters Hochzeitsfahrt‹ (Bd. 1159), ›Ein Toter zu wenig‹ (Bd. 1368), ›Lord Peters schwerster Fall‹ (Bd. 1433).

Dorothy Sayers

Mein Hobby: Mord

Roman

Fischer
Taschenbuch
Verlag

Fischer Taschenbuch Verlag
1.–22. Tausend: Juni 1968
23.–30. Tausend: Oktober 1969
31.–37. Tausend: April 1971
38.–45. Tausend: Juni 1972
46.–52. Tausend: Juli 1973
53.–60. Tausend: August 1974
61.–65. Tausend: Februar 1976
Ungekürzte Ausgabe

Umschlagentwurf: Hans Meier

Titel der englischen Originalausgabe: ›Have his Carcase‹
Einzig berechtigte Übertragung aus dem Englischen
von Dorothea Gotfurt

Fischer Taschenbuch Verlag GmbH, Frankfurt am Main
Lizenzausgabe mit freundlicher Genehmigung
des Alfred Scherz Verlages, Bern und München

Gesamtherstellung: Hanseatische Druckanstalt GmbH, Hamburg
Printed in Germany
580-ISBN 3 436 00888 5

Inhalt

1. Die Leiche

Donnerstag, den 18. Juni

Schutz an einer starken Männerbrust zu suchen, gilt allgemein als die beste Kur für ein gebrochenes Herz. Jedoch trifft das durchaus nicht immer zu. Harte Arbeit, körperliche Betätigung und plötzlicher Reichtum sind oft viel wirksamer. Nachdem sie des Mordes an ihrem Geliebten bezichtigt und freigesprochen worden war, standen Harriet Vane diese drei Dinge, als eine direkte Folge des Freispruchs, in reichlichem Maß zur Verfügung. Obwohl Lord Peter Wimsey ihr in der guten alten Tradition seine Brust tagein, tagaus zur Verfügung stellte, machte sie von seinem freundlichen Angebot keinen Gebrauch.

Es mangelte ihr nicht an Arbeit. Für eine Autorin von Kriminalromanen ist es keine schlechte Reklame, in einen Mordprozeß verwickelt zu sein, und Harriet Vanes Krimis gingen glänzend. Es war ihr gelungen, in beiden Kontinenten großartige Verträge abzuschließen; daher war sie jetzt reicher, als sie jemals zu hoffen gewagt hatte. Nachdem sie den Roman »Mord in Etappen« beendet und bevor sie ihr neues Buch, »Das Geheimnis des Füllfederhalters«, begonnen hatte, war sie ganz allein auf eine Wandertour gegangen, um viel Bewegung und keine Verpflichtungen zu haben; nicht einmal die Post sollte nachgeschickt werden. Es war Juni, und das Wetter war herrlich. Gelegentlich dachte sie daran, daß Lord Peter Wimsey oft und vergeblich in ihrer Wohnung anrufen würde, aber dieser Gedanke beunruhigte sie nicht. Sie war durchaus nicht gewillt, deshalb ihre Fußtour längs der südwestlichen Küste von England zu unterbrechen.

Am Morgen des 18. Juni verließ sie Lesston Hoe mit der Absicht, über die Klippen nach dem vierundzwanzig Kilometer entfernten Wilvercombe zu wandern. Sie legte allerdings keinen besonderen Wert auf diesen altmodischen kleinen Kurort, der hauptsächlich von alten Damen und Kranken besucht wurde und schüchterne Versuche machte, ein fröhliches Badeleben vorzutäuschen. Jedoch war Wilvercombe ein gutes Wanderziel, und zum Übernachten konnte man außerhalb des Städtchens eine Unterkunft suchen.

Die hübsche Küstenstraße lief auf dem Kamm von niedrigen Klippen. Von der Straße hatte man einen schönen Blick auf den langen goldgelben Strand, der nur hier und da von Felsblöcken unterbrochen wurde, die noch feucht im Sonnenlicht glitzerten, während die Wellen zögernd weiter und weiter ins Meer hinausglitten. Es war die Zeit der Ebbe.

Der Himmel, an dem vereinzelte weiße, fast durchsichtige Lämmerwölkchen standen, wölbte sich wie ein riesiger blauer Dom. Ein sanfter Wind blies vom Westen her; Wetterkundige würden dem Frieden wahrscheinlich nicht ganz getraut und eine baldige Auffrischung prophezeit haben. Die schmale, holprige Straße war fast völlig vereinsamt, da der Hauptverkehr über die Ausfallstraße ging, die die Städte miteinander verband. Niemand wollte seine Zeit damit vergeuden, eine gewundene Straße zu benutzen, an der nur einige Bauernhäuser lagen. Gelegentlich begegnete Harriet einem Viehtreiber mit seinem Hund. Sie kam an ein paar Pferden vorbei, die ihr aus großen törichten Augen nachstarrten, und an mehreren Kuhherden. Ein paarmal tauchten die weißen Segel eines Fischerbootes am Horizont auf. Wären nicht hin und wieder ein Lastauto oder ein klappriger Morris vorbeigefahren und hätte man nicht manchmal in der Ferne weiße Rauchwolken aus einer Lokomotive aufsteigen sehen, wäre die Landschaft unberührt gewesen wie vor zweihundert Jahren.

Harriet wanderte mit kräftigem Schritt über die Küstenstraße; ihr leichter Rucksack schien sie nicht zu behindern. Sie war achtundzwanzig Jahre alt, zart und dunkelhaarig. Im allgemeinen war sie ziemlich blaß, aber jetzt war ihre Haut von Wind und Sonne goldbraun gefärbt. Harriet war nicht alt genug, daß sie ihr Äußeres schon vernachlässigt hätte, aber immerhin war ihr Bequemlichkeit wichtiger als Aufmachung. Sie schleppte sich weder mit Hautcreme und Toilettewasser noch mit seidenen Kleidern und einem Reisebügeleisen ab. Ihre praktische Kleidung bestand aus einem kurzen Rock und einem leichten Pullover. Außer frischer Unterwäsche und einem zweiten Paar Schuhe hatte sie nur noch eine Taschenausgabe von »Tristram Shandy« bei sich sowie eine Miniaturkamera, einen kleinen Verbandkasten und ein paar belegte Brote.

Etwa um Viertel vor eins begann Harriet, sich intensiv mit der Idee des Mittagessens zu beschäftigen. Sie war bereits zwölf Kilometer gelaufen, da sie einen Umweg gemacht und sich eine römische Ruine angesehen hatte, die im Reiseführer als sehenswert bezeichnet wurde. Jetzt war sie etwas müde und hungrig, und sie sah sich nach einem geeigneten Ruheplatz um.

Die Ebbe hatte ihren Tiefstand erreicht, und der feuchte Strand glitzerte im Sonnenlicht. Es wäre schön, hinunter ans Meer zu gehen, vielleicht sogar zu baden, dachte Harriet, obwohl sie von Natur aus vorsichtig war und Respekt vor unbekannten Gewässern und etwaigen Strudeln hatte. Aber es konnte nichts schaden, sich den Strand einmal anzusehen. Sie stieg über die niedrige Straßenmauer und kletterte dann vorsichtig über die mit Skabiosen und Seenelken bewachsenen Felsen zum Strand hinunter. Dort fand sie eine kleine Bucht mit vorgelagerten flachen Klippen, in der sie angenehm vor Wind geschützt war. Sie setzte sich auf die Erde, lehnte sich gegen einen Steinblock, nahm »Tristram Shandy« und ihre Brote aus dem Rucksack und begann gemütlich zu essen.

Nichts macht so schläfrig wie heißer Sonnenschein am Meeresstrand, noch dazu nach dem Mittagessen. Auch ist »Tristram Shandy« nicht dazu angetan, den Geist in atemlose Spannung zu versetzen. Das Buch drohte Harriet aus der Hand zu schlüpfen. Zweimal konnte sie es fangen, doch als es zum drittenmal ins Rutschen kam, fiel es zu Boden. Ihr Kopf sank nicht eben graziös zur Seite, und sie nickte ein.

Plötzlich wurde sie durch ein lautes Geräusch aufgeweckt, das ihr wie ein Schrei vorkam. Während sie sich blinzelnd aufrichtete, flog eine Möwe krächzend über ihren Kopf und stürzte sich auf einen Rest ihres Brotes. Sie gähnte und sah auf ihre Armbanduhr. Es war erst zwei, sie konnte also nicht lange geschlafen haben. Sie stand auf und strich die Krümel von ihrem Rock. Besonders unternehmungslustig fühlte sie sich nicht, und sie hatte ja auch noch reichlich Zeit, Wilvercombe vor dem Abend zu erreichen. Sie blickte über den Strand, auf den Geröllgürtel und den schmalen, glatten, glitzernden Sandstreifen, der sich bis zum Wasser erstreckte.

Eine glatte, flache Sandfläche weckt die schlechtesten Instinkte in der Seele des Kriminalautors. Er hat plötzlich das unwiderstehliche Verlangen, den unberührten Sand mit Fußspuren zu bedecken. Er sagt sich zur Entschuldigung, daß ihm der Sand eine nie wiederkehrende Gelegenheit bietet, Beobachtungen und Experimente anzustellen. Auch Harriet war dies Verlangen nicht fremd. Sie entschloß sich, der Versuchung nachzugeben und über den Sand zu wandern. Sie packte ihre Habseligkeiten zusammen und stieg zunächst über das lockere Geröll, wobei sie wieder einmal feststellte, daß man auf dem harten, trockenen Boden oberhalb der Hochwassergrenze keine Fußspuren hinterließ.

Sie lief weiter und erkannte an einem schmalen Streifen aus zerbrochenen Muschelschalen und halbvertrockneten Algen, daß sie die Hochwasserlinie erreicht haben mußte. Ich frage mich, ob ich aus

meinen Beobachtungen hier am Strand etwas über den Stand der Gezeiten erfahren kann, sagte Harriet zu sich selbst. Bei Nippflut steigt das Wasser weniger hoch als bei Springflut. Wenn heute Nippflut ist, müssen sich hier zwei Streifen aus Seetang finden: einer, ganz trocken und näher am Ufer, der den höchsten Punkt der Springflut angibt; der andere, feucht und weiter draußen, der den heutigen Stand zeigt. Sie sah sich überall um. Nein, dies ist die einzige Markierung. Daraus muß ich folgern, daß heute Springflut herrscht. Sehr einfach, mein lieber Watson. Unterhalb der Hochwassergrenze beginnt man, sichtbare Fußspuren zu hinterlassen. Da keine anderen Spuren zu sehen sind, muß ich die einzige Person sein, die diesen Strand seit dem Einsetzen der Ebbe betreten hat, und das war ungefähr um... ja wann? Hier beginnen die Schwierigkeiten! Ich weiß, daß etwa alle zwölf Stunden Flut eintritt, aber ich habe keine Ahnung, ob die Flut noch sinkt oder schon wieder steigt. Jedenfalls erscheint mir das Wasser jetzt ziemlich weit entfernt, viel weiter als bei meiner Ankunft. Ich irre mich wohl kaum, wenn ich annehme, daß niemand während der vergangenen fünf Stunden hiergewesen sein kann. Ich hinterlasse jetzt sehr deutliche Fußspuren, und der Sand wird natürlich feuchter, je mehr man sich dem Wasser nähert. Mal sehen, wie es sich auswirkt, wenn ich renne.
Sie machte ein paar Laufschritte, wobei sie offensichtlich tiefer in den Sand einsank als beim Gehen. Inzwischen hatte sie eine größere Bucht erreicht, in der ein dreikantiger Felsblock stand, und zwar unmittelbar am Wasser. Der Felsen ragte etwa drei Meter über dem Wasser empor. Auf seiner Spitze lag ein sonderbar geformtes Etwas, das Harriet für ein Bündel Algen hielt.
Ein alleinstehender Felsen hat etwas sehr Anziehendes. Man fühlt den unwiderstehlichen Wunsch, hinaufzuklettern und sich die Welt von seiner Spitze aus anzusehen. Harriet folgte diesem Instinkt, und während sie auf den Felsen zuging, fragte sie sich:
Steht dieser Felsen zur Zeit der Flut unter Wasser? Ja natürlich – wie könnten sonst die Algen hinaufgekommen sein? Ich verstehe nicht viel von diesen Dingen, aber ich nehme an, daß er sogar ziemlich tief unter Wasser stehen wird. Merkwürdig, daß nur die Spitze mit Algen bedeckt ist. Man würde erwarten, auch an den Seiten welche zu finden. Ist es wirklich ein Algenbündel, oder sollte ich mich geirrt haben? Eigenartig – es hat fast die Form eines liegenden Mannes. Nein... ich glaube wirklich...
Mit erwachter Neugierde sah sie zu dem Felsen hin, während sie, wie so oft, laut vor sich hinsprach: Also, wenn das wirklich ein

Mann ist, hat er sich einen unbequemen Platz ausgesucht... schlimmer als auf einem heißen Rost zu liegen! Wenn er noch ein Sonnenbad nehmen würde, aber er scheint doch angezogen zu sein... Ja, er trägt sogar einen dunklen Anzug. Und er rührt sich nicht. Wahrscheinlich ist er eingeschlafen. Wenn die Flut käme, ohne daß er es bemerkte, wäre er völlig abgeschnitten; das passiert sonst nur den Helden in dummen Illustriertengeschichten... Ich habe jedenfalls nicht die Absicht, ihn zu retten. Er wird sich Schuhe und Strümpfe ausziehen und an Land waten müssen. Vorläufig hat er ja noch reichlich Zeit.

Sie zögerte und fragte sich, ob sie zu dem Felsen hingehen und den Schläfer wecken sollte. Aber sie hatte wenig Lust, in eine langweilige Unterhaltung verstrickt zu werden. Sie war überzeugt, daß er ein harmloser, uninteressanter Ausflügler war. Immerhin fuhr sie fort nachzudenken und weitere Schlüsse zu ziehen, wie es ihre Gewohnheit war.

Er *muß* ein Ausflügler sein. Ein Ortsansässiger würde nicht daran denken, sein Mittagsschläfchen auf einer Felsspitze zu halten. Im Gegenteil, die Leute hier verziehen sich in ihre Häuser und schließen sämtliche Fenster. Ein Fischer ist er bestimmt auch nicht, denn dann könnte er seine Zeit nicht mit Schlafen vertrödeln. Das tun nur Beamte und Angestellte. Nehmen wir an, daß er ein kaufmännischer oder ein Bankangestellter ist. Aber Leute dieser Art gehen meistens mit ihrer Familie in die Ferien. Dieser Bursche ist ein Einzelgänger. Vielleicht ein Lehrer? Lehrer haben nicht vor Ende Juli Ferien. Könnte er ein Student sein? Die Universitätsferien haben aber erst gerade begonnen. Offenbar ein Herr ohne besonderen Beruf, der, ebenso wie ich, auf einer Wanderung ist. Aber nein, dann wäre er anders angezogen. – Sie war jetzt ganz in der Nähe des Felsens und konnte den dunkelblauen Anzug des Mannes deutlich erkennen. Also, ich kann ihn nicht recht unterbringen – Dr. Thorndyke würde das natürlich sofort gelingen. Jetzt hab' ich's! Wie konnte ich nur so töricht sein! Er muß irgend etwas mit Literatur zu tun haben. Natürlich, ein Literat, der sorglos durch die Welt schlendert, ohne sich mit seiner Familie zu belasten.

Sie war jetzt nur noch ein paar Meter von dem Felsen entfernt und blickte zu dem Schläfer hinauf. Er lag in einer unbequemen Stellung an der äußersten Kante des Felsens, auf der Wasserseite. Seine Knie waren hochgezogen, und man konnte seine hell-lila Socken sehen. Sein Kopf war unsichtbar.

Komische Art zu schlafen, meinte Harriet. Wie eine Katze. Ganz un-

natürlich. Sein Kopf muß beinahe über die Felskante hinunterhängen. Er wird womöglich noch einen Schlaganfall bekommen! Wenn ich Glück hätte, wäre er tot; dann könnte ich es der Polizei melden, und mein Name würde in die Zeitung kommen. Keine schlechte Reklame: »Bekannte Kriminalautorin findet mysteriöse Leiche am Meeresstrand.« Aber so etwas passiert einer Autorin natürlich nie. Meistens werden Leichen von Bahnarbeitern oder Nachtwächtern oder anderen unbedeutenden Leuten entdeckt...
Harriet kletterte vorsichtig über die glatte Fläche des schrägliegenden Felsens, bis sie dicht neben dem Mann stand. Er lag völlig regungslos da. Sie verspürte plötzlich den dringenden Wunsch, ihn anzusprechen. »Hallo, hallo«, sagte sie.
Er antwortete nicht. Er rührte sich nicht. Mir soll's recht sein, wenn er nicht aufwacht. Ich weiß wirklich nicht, warum ich ihn unbedingt wecken soll... »Hallo! Hallo!«
Vielleicht ist er ohnmächtig, oder er hat einen Sonnenstich, sagte sie sich, ja, das ist fast anzunehmen, denn es ist glühend heiß. Sie schaute blinzelnd zum gleißenden Himmel auf, dann bückte sie sich und legte eine Hand auf den Felsen. Er war so heiß, daß sie sich fast verbrannte. Sie rief nochmals laut »Hallo«, dann beugte sie sich über den Mann und packte ihn bei der Schulter.
»Ist Ihnen nicht gut?«
Der Mann antwortete nicht: Sie zerrte an seiner Schulter. Die Schulter war schwer wie Blei und fiel zurück, als Harriet sie losließ. Sie beugte sich über den Mann und hob behutsam seinen Kopf an.
Harriet hatte Glück. Sie *hatte* eine Leiche entdeckt. Es war auch klar, daß der Mann keines natürlichen Todes gestorben war. Nur dem Umstand, daß die Wirbelsäule nicht verletzt war, verdankte es Harriet, daß sein Kopf nicht in ihrer Hand blieb, denn Kehle und Halsschlagader waren durchgeschnitten, und ein glitzernder roter Blutstrom floß langsam über den Felsen und tropfte von dort in eine kleine Vertiefung unterhalb des Kopfes der Leiche.
Harriet legte den Kopf behutsam zurück auf den Felsen, und es wurde ihr plötzlich schlecht. Leichen dieser Art hatte sie oft genug beschrieben, aber sie mit eigenen Augen zu sehen, war etwas ganz anderes. Auf den furchtbaren Anblick der aufgeschnittenen Adern, auf den Blutstrom sowie auf den säuerlichen Blutgeruch war sie nicht vorbereitet. Ihre Hände waren rot und feucht, aber wenigstens waren keine Blutspuren auf ihrer Kleidung. Fast mechanisch kletterte sie vom Felsen, ging zum Meer und wusch sich das Blut sorgfältig von den Händen. Dann trocknete sie sie mit übertriebener Sorgfalt

an ihrem Taschentuch ab. Schließlich setzte sie sich auf einen Geröllblock und murmelte: Also, ich habe eine Leiche entdeckt. Welch ein... welch ein sonderbarer Zufall! Sie begann zu lachen. Vor allen Dingen muß ich klar denken und ruhig Blut bewahren, sagte sie sich. Nur nicht den Kopf verlieren. Was würde Lord Peter Wimsey in einem solchen Fall tun? Oder Robert Templeton?
Rober Templeton war der geniale Detektiv, der den Verbrechern in ihren eigenen Romanen unfehlbar auf die Spur kam. Sie versuchte, nicht an Lord Peter Wimsey zu denken, sondern sich auf Robert Templeton zu konzentrieren. Der letztere besaß ganz außergewöhnliche geistige Fähigkeiten, außerdem verfügte er über eiserne Muskeln und orang-utanartige Arme. Sein Gesicht war häßlich, aber nicht unattraktiv. Jetzt versuchte sie, sich ihn in dem etwas auffallenden Sportanzug, mit dem sie ihn zu versehen pflegte, vorzustellen.
Natürlich würde sich Robert Templeton sofort fragen: Handelt es sich hier um Mord oder Selbstmord? Er würde den Gedanken, es könnte ein Unfall gewesen sein, sofort fallenlassen. Ein Unfall war ausgeschlossen! Und dann? Ja, dann würde Robert Templeton die Leiche untersuchen. Er war bekannt für die Kaltblütigkeit, mit der er selbst widerlich entstellte Körper untersuchte: die Opfer von Flugzeugunglücken, die verkohlten Leichen von Menschen, die bei einem Brand ums Leben gekommen waren, die Opfer von Verkehrsunfällen, deren Gliedmaßen mit Schaufeln von der Straße gekratzt werden mußten – Robert Templeton untersuchte sie alle, ohne mit der Wimper zu zucken. Harriet fühlte, daß sie sich der geradezu phantastischen Lässigkeit ihres Geisteskindes niemals bewußt geworden war.
Jeder gewöhnliche Sterbliche würde natürlich, im Gegensatz zu Robert Templeton, auf dem schnellsten Weg zur Polizei laufen und die Leiche inzwischen ihrem Schicksal überlassen. Aber hier war keine Polizei. Und keine Menschenseele war in Sicht. Nur ein kleines Fischerboot lag in einiger Entfernung draußen auf dem Meer. Harriet winkte stürmisch in Richtung des Bootes, aber niemand schien sie zu bemerken. Wahrscheinlich versperrte das Segel die Aussicht auf die Küste. Harriet rief, so laut sie konnte, aber das heisere Schreien der Möwen übertönte ihre Stimme.
Während sie noch verzweifelt um Hilfe rief, spürte sie Feuchtigkeit an ihren Füßen. Die Flut hatte zu steigen begonnen. Und nun dachte sie plötzlich ganz klar.
Sie mußte mindestens zwölf Kilometer von Wilvercombe, der

nächsten Stadt, entfernt sein. In den wenigen kleinen Häusern am Rande der Landstraße wohnten wahrscheinlich nur Fischer, die um diese Zeit bestimmt nicht zu Hause waren. Sie würde nur Frauen und Kinder antreffen, von denen man in einem Fall dieser Art keine Hilfe erwarten konnte. Bis es ihr gelungen wäre, die Männer zum Strand zu bringen, würde die Leiche wahrscheinlich schon längst ins Meer geschwemmt worden sein. Aber sie war sich darüber klar, daß die Leiche vorher auf jeden Fall untersucht werden müsse; ob es sich nun um einen Mord oder um Selbstmord handelte. Harriet riß sich zusammen und ging entschlossen zur Leiche zurück.

Es war der Körper eines jungen Mannes in einem gut geschnittenen dunkelblauen Anzug; die spitzen braunen Schuhe waren eher überelegant. Er trug lila Socken und eine Krawatte, die ursprünglich auch lila gewesen sein mußte, jetzt aber vom Blut dunkelrot gefärbt war. Der weiche graue Filzhut war heruntergefallen – nein, er war abgenommen und auf den Felsen gelegt worden. Sie nahm den Hut in die Hand und drehte ihn um; aber außer der Fabrikmarke war kein Zeichen darin. Es war der Name einer bekannten, aber nicht besonders guten Hutfirma.

Der Kopf des Mannes war von dichtem, dunklem gelocktem und etwas zu langem Haar bedeckt, das nach Brillantine roch. Seine Gesichtsfarbe schien von Natur ziemlich hell zu sein, ein Zeichen von Sonnenbrand war nicht festzustellen. Die offenen, unangenehm starren Augen waren blau. Auch der Mund stand offen, und zwei Reihen gut gepflegter und auffallend weißer Zähne waren sichtbar. Eine Zahnlücke war nicht vorhanden, aber einer der Backenzähne hatte eine Krone. Sie versuchte, das Alter des Mannes zu schätzen. Da er einen kleinen, dunklen, sorgfältig gestutzten Bart hatte, war das ziemlich schwierig. Ein Bart macht älter und gibt dem Gesicht etwas Fremdländisches. Trotzdem war sie überzeugt, daß er noch ziemlich jung war. Gewisse Linien um Nase und Mund zeugten von Unreife; wahrscheinlich war er nur etwa zwanzig Jahre alt.

Ihre Blicke wanderten von seinem Gesicht zu den Händen, und wiederum war sie erstaunt. Was immer Robert Templeton gedacht haben würde, *sie* war der Ansicht gewesen, daß der elegant gekleidete Jüngling sich diesen einsamen Ort ausgesucht hatte, um Selbstmord zu begehen. Wie sonderbar also, daß er Handschuhe trug! Er hatte zusammengerollt auf den Armen gelegen; kein Wunder, daß die Handschuhe blutdurchtränkt waren. Harriet versuchte, ihm einen der Handschuhe auszuziehen, aber sie wurde wieder von Ekel erfaßt und gab den Versuch auf. Sie stellte fest, daß es gute Waschlederhandschuhe waren, die zu seiner Kleidung paßten. Selbstmord mit Handschuhen? Warum war sie so fest davon überzeugt gewesen, daß es sich um Selbstmord handelte? Irgendeinen Grund für die Annahme mußte sie gehabt haben. Aber ja, natürlich! Wohin war der Mörder gegangen, falls es sich nicht um einen Selbstmord handelte? Sie wußte, daß er nicht aus der Richtung von Lesston Hoe gekommen war, denn sie erinnerte sich genau an den glatten weißen Sandstrand. Nur ihre eignen Fußtritte zeichneten sich im Sand ab. In der Richtung nach Wilvercombe war ebenfalls nur eine Fußspur – wahrscheinlich die des Toten.

Der Mann konnte also nur allein zum Strand hinuntergegangen sein. Falls der Mörder nicht vom Meer her gekommen war, mußte der junge Mann allein gewesen sein, als er starb. Wie lange war er wohl schon tot? Die Flut hatte erst vor kurzem zu steigen angefangen, und auf dem Sand waren keine Kielspuren zu sehen. Sicher hätte niemand die Steilseite des Felsens vom Meer aus erklettern können. Wann war das Wasser tief genug gewesen, daß man mit einem Boot zum Felsen fahren und ihn leicht ersteigen konnte? Harriet wünschte, daß sie besser über Ebbe und Flut Bescheid wüßte. Wenn Robert Templeton im Verlauf seiner brillanten Karriere jemals einem ähnlichen Fall begegnet wäre, hätte auch er sich natürlich zunächst die notwendigen Informationen verschaffen müssen. Eben aus diesem Grunde – wegen der damit verbundenen Arbeit – hatte sie Verbrechen am Meeresstrand bisher niemals in ihren Büchern beschrieben. Aber das gehörte jetzt nicht zur Sache. Im Augenblick war es nur wichtig, festzustellen, seit wann der Mann tot war.

Das hätte Robert Templeton bestimmt gewußt, denn er hatte ja neben anderem ein paar Semester Medizin studiert; außerdem trug er immer ein Fieberthermometer bei sich, um die Bluttemperatur der Leichen feststellen zu können. Aber Harriet besaß kein Thermometer, und sie hätte auch nicht gewußt, wie es in einem solchen Fall anzuwenden wäre. Robert Templeton bemerkte in derartigen Fällen leichthin: Nach dem Grad der Totenstarre und der Körpertemperatur zu urteilen, würde ich die Zeit des Todes auf etwa soundso viel Uhr schätzen! Die Totenstarre war noch nicht wahrzunehmen, und das erstaunte Harriet nicht, da (über diesen Punkt wußte Harriet Bescheid) die Starre erst vier bis zehn Stunden nach dem Tode eintritt. Der blaue Anzug und die braunen Schuhe sahen nicht so aus, als ob sie naß gewesen wären; der Hut lag noch auf dem Felsen. Aber vor vier Stunden mußten Felsen und Strand, auf dem jetzt Fußspuren waren, unter Wasser gewesen sein. Die Tragödie mußte sich also vor weniger als vier Stunden abgespielt haben. Sie legte ihre Hand auf die Leiche, die noch ziemlich warm war. Allerdings war an diesem glühend heißen Tag alles warm. Der Hinterkopf fühlte sich fast so heiß an wie der Felsen; das Gesicht, das im Schatten lag, kühler, allerdings nicht kühler als ihre eigenen Hände, die sie eben erst ins Meerwasser gehalten hatte.

Aber einen Anhaltspunkt besaß sie doch: die Waffe. Keine Waffe, kein Selbstmord – das war das Gesetz der Meder und der Perser. Die Hände des Toten waren leer. Er war vornüber gefallen; der linke Arm lag zwischen seinem Körper und dem Felsen, der rechte hing über den Felsrand, gerade unter seinem Gesicht. Direkt unter der Hand rann der unappetitliche Blutstrom hinunter und verfärbte das Wasser. Hier oder nirgends mußte die Waffe zu finden sein. Harriet zog Schuhe und Strümpfe aus, krempelte die Ärmel hoch, watete behutsam durch das etwa acht Zentimeter tiefe Wasser, bückte sich und ließ die Hand vorsichtig über den Sand gleiten, und nach wenigen Augenblicken stießen ihre Finger an einen harten spitzen Gegenstand: ein offenes Rasiermesser. Es war bereits halb im Sand begraben gewesen.

Die Waffe war also vorhanden – Selbstmord schien doch die Lösung zu sein. Während sie das feuchte Messer in der Hand hielt, fragte sich Harriet, ob sie nun wohl ihre Fingerabdrücke darauf hinterlassen würde. Der Selbstmörder hatte natürlich keine hinterlassen, da er Handschuhe trug. Aber wozu diese Vorsichtsmaßnahme? Es hat Sinn, sich Handschuhe anzuziehen, wenn man einen Mord begeht – aber bei einem Selbstmord? Im Augenblick läßt sich dieses Problem jedenfalls nicht lösen, sagte sich Harriet, während sie ihr Taschentuch um das Rasiermesser wickelte.

Die Flut stieg unaufhaltsam. Was konnte sie noch tun? Sollte sie die Taschen durchsuchen? Sie besaß nicht die Kraft eines Robert Templeton. Unmöglich, die Leiche bis über die Hochwassergrenze zu zerren. Das war ja auch tatsächlich die Aufgabe der Polizei. Da die Möglichkeit bestand, daß der Tote gewisse Papiere bei sich hatte, die durchnäßt und unleserlich werden könnten, begann Harriet zögernd, die Jackentasche abzutasten. Der Tote schien darauf Wert gelegt zu haben, seinen guten Anzug zu schonen. Wahrscheinlich hatte er deshalb nicht viel in seine Taschen gesteckt. Sie fand nur ein seidenes Taschentuch mit einem Wäschezeichen und ein schmales goldenes Zigarettenetui in der rechten Rocktasche; die andere war leer. Die äußere Brusttasche enthielt ein lilaseidenes Ziertuch; die Gesäßtasche war leer. An die Hosentasche wäre sie nicht herangekommen, ohne die Leiche anzuheben, und das wollte sie aus verschiedenen Gründen nicht tun. Die innere Brusttasche war natürlich für Papiere bestimmt, aber Harriet konnte sich nicht überwinden, sie zu untersuchen, da sie völlig blutdurchtränkt schien. Der Gedanke, daß allfällig darin befindliche Papiere doch bereits durchweicht und unleserlich sein müßten, war ein guter Vorwand, es zu unterlassen. Vielleicht ein feiger Vorwand – aber wie dem auch sei, sie brachte es nicht über sich, die Brusttasche zu berühren.

Sie steckte das Taschentuch und das Zigarettenetui ein, dann blickte sie sich noch einmal um. Meer und Strand waren so einsam wie zuvor. Die Sonne strahlte noch immer am Himmel, aber am fernen Horizont begannen sich Wolken über dem Meer zusammenzuballen. Der leichte Wind hatte sich gedreht und war zu einem starken Südwest geworden. Das schöne Wetter würde nicht anhalten.

Sie mußte unbedingt noch die Fußspuren des Toten näher ansehen, bevor sie von den Wellen bedeckt und ausgelöscht wurden. Plötzlich fiel ihr ein, daß sie ja eine Kamera bei sich hatte. Es war nur ein kleiner Apparat, aber man konnte ihn so einstellen, daß man Gegenstände in zwei Meter Entfernung von der Linse damit fotografieren konnte. Sie nahm die Kamera aus ihrem Rucksack und machte von verschiedenen Seiten drei Aufnahmen des Felsens und der Leiche. Der Kopf des Toten lag so, wie er gefallen war, nachdem sie ihn angehoben hatte – ein wenig zur Seite geneigt – so daß es gerade noch möglich war, das Gesicht ins Bild zu bekommen. Dann stellte sie ihren Apparat anders ein und fotografierte die gesamte Küstenlinie, mit der Leiche im Vordergrund. Zu diesem Zweck trat sie ein paar Schritte vom Felsen zurück. Hierauf machte sie eine Aufnahme, auf der ersichtlich war, daß die Fußspuren sich vom Felsen über den Sand in die Richtung von Wilvercombe erstreckten. Schließlich machte sie eine Nahaufnahme von mehreren Fußstapfen. Dann sah sie auf die Uhr. Seitdem sie die Leiche bemerkt hatte, waren zwanzig Minuten vergangen. Sie hielt es für wichtig, auch noch nachzuprüfen, ob die Fußspuren tatsächlich diejenigen des Toten waren. Als sie der Leiche einen Schuh auszog, stellte sie fest, daß nur auf der Schuhsohle Sandspuren waren und daß das Oberleder keine Seewasserspritzer aufwies. Dann über-

zeugte sie sich davon, daß der Schuh genau in die Fußspuren paßte. Sie hielt es nicht für nötig, dem Toten den Schuh wieder anzuziehen; deshalb nahm sie ihn an sich.
Beim Geröll angelangt, blieb sie stehen, um sich den Felsen noch einmal von der Landseite aus anzusehen.
Es war jetzt sehr bewölkt und windig. Das Meer war bewegt, und die Wellen trugen Schaumkämme. Das Fischerboot, das in die Richtung von Wilvercombe fuhr, war kaum noch zu erkennen.
Harriet, nicht ganz sicher, ob sie das Richtige oder das Falsche getan hatte, packte ihre Sachen mitsamt dem Schuh, dem Hut, dem Rasiermesser, dem Zigarettenetui und dem Taschentuch ein. Dann begann sie die Klippe hinaufzuklettern. Es war jetzt kurz nach halb drei.

2. Die Straße

Donnerstag, den 18. Juni

Die Straße war so einsam wie zuvor. Harriet ging mit gleichmäßigen schnellen Schritten in die Richtung von Wilvercombe. Hätte sie ihrem Instinkt gehorcht, wäre sie gerannt, aber sie wußte, daß es sinnlos wäre, ihre Kräfte auf diese Weise zu erschöpfen. Nach gut anderthalb Kilometer begegnete ihr zu ihrer Freude ein etwa siebzehnjähriges Mädchen, das zwei Kühe vor sich hertrieb. Sie hielt das Mädchen an und fragte es, wo das nächste Haus zu finden sei. Das Mädchen starrte sie an, und Harriet wiederholte ihre Frage.
Schließlich antwortete das Mädchen, aber Harriet konnte seinen westenglischen Bauerndialekt nur mit Mühe verstehen. Immerhin begriff sie, daß Will Coffins Haus, in der Nähe von Brennerton, die nächste Behausung war, zu der man über einen gewundenen Pfad, der rechts von der Straße abging, gelangte.
»Wie weit ist es?« fragte Harriet.
Das Mädchen meinte, es wäre noch ein ganzes Stück zu laufen; nähere Einzelheiten wußte es nicht.
»Ich werde mein Glück dort versuchen«, sagte Harriet. »Wenn dir inzwischen jemand auf der Straße begegnet, sag ihm bitte, daß etwa anderthalb Kilometer von hier entfernt ein Toter am Strand liegt und daß die Polizei benachrichtigt werden muß.«
Das Bauernmädchen schaute Harriet groß an; diese wiederholte ihre Botschaft und fügte hinzu: »Hast du verstanden?«

»Ja, Fräulein«, erwiderte das Mädchen unsicher. Es war ganz klar, daß es nichts begriffen hatte.
Während Harriet über den Pfad eilte, blieb das Mädchen wie angewurzelt stehen und sah ihr nach.
Harriet brauchte zwanzig Minuten, um zu Will Coffins kleinem Gut zu gelangen, das einen völlig verlassenen Eindruck machte. Sie klopfte vergeblich an die Tür, dann öffnete sie sie und rief: »Ist jemand da?« ohne eine Antwort zu erhalten. Schließlich ging sie zur Rückseite des Hauses, und nachdem sie mehrmals gerufen hatte, kam endlich eine Frau aus einer Scheune und sah sie mit offenem Munde an.
»Ist der Bauer zu Hause oder einer der Knechte?«
Die Frau erwiderte, die Männer wären alle beim Heumachen beim Siebenackerfeld. Harriet erklärte, daß am Strand ein Toter läge und daß die Polizei benachrichtigt werden müßte.
»Wie furchtbar! Ich sage ja, wie ganz furchtbar«, erklärte die Frau. »Vielleicht ist es Joe Smith. Der ist heute früh mit seinem Boot rausgefahren. Diese Felsen da herum sind ja sehr gefährlich. Wir nennen sie die Teufelsklippen.«
»Nein, ein Fischer ist es bestimmt nicht«, sagte Harriet. »Er sieht aus, als ob er aus der Stadt käme. Und ertrunken ist er auch nicht; seine Kehle ist durchschnitten.«
»Die Kehle durchschnitten?« wiederholte die Frau mit gierigem Blick. »Also das ist ja furchtbar – nein, so was!«
»Man muß die Polizei benachrichtigen«, sagte Harriet, »und zwar bevor die Flut kommt und die Leiche fortschwemmt.«
»Die Polizei?« Die Frau schien nachzudenken. »Ja, das muß man wohl tun«, sagte sie nach reiflicher Überlegung.
Harriet fragte, ob sie einem der Knechte Bescheid sagen und ihn zur Polizei schicken könnte. Die Frau schüttelte den Kopf. Sie waren beim Heuladen, und es sah nach Regen aus. Nein, sie könnten bestimmt keinen der Leute entbehren.
»Sie haben wohl kein Telefon?« erkundigte sich Harriet.
»Nein, leider nicht, aber Mr. Carey von der Red Farm, der hat eins.«
Harriet erkundigte sich nach dem Weg, und die Frau erklärte, daß sie zurück zur Hauptstraße gehen und dann bei der ersten Kreuzung links einbiegen müßte. Von dort aus wären es noch ein bis zwei Kilometer. Harriet fragte, ob sie sich ein Auto mieten könnte, aber es war leider keines vorhanden.
»Dann muß ich eben zu Fuß zur Red Farm gehen«, seufzte Harriet. »Sollten Sie doch irgend jemanden sehen, bitten Sie ihn, zur Polizei

zu gehen und zu sagen, daß ein Toter in der Nähe der Teufelsklippen am Strand liegt.«
»Das will ich gern tun«, sagte die Frau eifrig. »So etwas Furchtbares, ich sage ja ... Sie sehen müde aus, Fräulein. Möchten Sie vielleicht 'ne Tasse Tee?«
Harriet sagte, leider hätte sie keine Zeit. Als sie zum Tor kam, rief die Frau sie zurück. Harriet wandte sich hoffnungsvoll um.
»Haben Sie ihn gefunden, Fräulein?«
»Ja, ich habe ihn gefunden.«
»Wie er tot dalag?«
»Ja.«
»Mit durchschnittener Kehle?«
»Ja.«
»Du liebe Zeit, also das ist ja wirklich furchtbar«, sagte die Frau.
Wieder auf der Hauptstraße angelangt, blieb Harriet zögernd stehen. Sie hatte bereits viel Zeit verloren. Lohnte es sich, einen weiteren Umweg zur Red Farm zu machen, oder war es vernünftiger, auf der Landstraße zu bleiben, wo die Aussicht bestand, einem Passanten zu begegnen? Sie ging langsam und unentschlossen weiter, bis sie zu der Kreuzung kam. Ein alter Mann hackte in einem Rübenfeld in der Nähe. »Ist das der Weg zur Red Farm?« fragte sie den Alten.
Er fuhr fort zu hacken, ohne sie zu beachten.
»Der muß taub sein«, murmelte Harriet. Sie wiederholte ihre Frage mit lauter Stimme, aber wieder ohne Erfolg. Sie war gerade im Begriff auf das Feld zu gehen, als der Alte eine Pause machte, um seinen Rücken zu strecken. Als er in die Hände spuckte und aufblickte, kam Harriet in sein Blickfeld.
Sie winkte ihm zu, und er humpelte langsam zu der das Feld begrenzenden Mauer, wobei er sich auf seine Hacke stützte.
»Ist das der Weg zur Red Farm?« sie zeigte auf die Kreuzung.
»Nein, er ist nicht zu Hause«, erwiderte der Mann.
»Besitzt er ein Telefon?« fragte Harriet.
»Nicht vor heute abend«, sagte der Alte. »Er ist auf dem Markt in Heathbury.«
»Ein Telefon – hat er ein Telefon?« wiederholte Harriet laut und deutlich.
»Doch, sie ist sicher zu Hause. Hat doch wieder 'n schlimmes Bein.«
»Wie weit ist es zur Farm?« schrie Harriet verzweifelt.
»Mich würde das gar nicht wundern«, sagte der Alte. »Ich hab'

ihr Samstag abend selber gesagt, sie hat kein Recht nicht, das zu tun.«
Harriet lehnte sich, so weit sie konnte, über die Mauer, so daß ihr Mund nur noch drei Zentimeter von seinem Ohr entfernt war.
»Wie weit ist es?« brüllte sie.
»Sie brauchen nicht so zu schreien«, erklärte der Alte gekränkt. »Ich bin ja nicht taub. Nächsten Herbst bin ich zweiundachtzig, und gottlob hab' ich alle fünf Sinne beisammen.«
»Wie weit ...« begann Harriet.
»Will ich Ihnen ja gerade sagen. Lassen Sie mich doch ausreden. Zweieinviertel Kilometer, wenn Sie den Weg langgehen, aber ich würde lieber schräg über die Wiese da drüben gehen, da wo der Stier weidet ...«
Plötzlich kam ein Auto die Straße entlang, sauste in schneller Fahrt vorbei und verschwand.
»Zu dumm«, sagte Harriet. »Das hätte ich anhalten sollen, anstatt meine Zeit mit dem alten Idioten zu verschwenden.«
»Ganz meine Meinung, Fräulein, Idioten sind sie«, sagte der Alte, der, wie fast alle Schwerhörigen, gelegentlich selbst ein geflüstertes Wort verstand. »Wie die Irrsinnigen fahren die Leute. Meiner Nichte ihr Freund ...«
Der Anblick des Autos hatte den Ausschlag gegeben. Viel vernünftiger, auf der Landstraße zu bleiben, anstatt weitere Umwege auf der Suche nach Bauernhäusern mit Telefon zu machen. Harriet unterbrach Vater William mitten im Wort, verabschiedete sich und machte sich auf den Weg.
Sie wanderte weitere zehn Minuten über die staubige Straße, ohne einer Menschenseele zu begegnen. Sonderbar, dachte sie, am Morgen waren ihr mehrere Passanten und auch einige Fahrzeuge begegnet. Was war aus ihnen geworden? Robert Templeton, wahrscheinlich auch Lord Peter Wimsey, der auf dem Land aufgewachsen war, würden des Rätsels Lösung sofort gefunden haben.
Es war Markttag in Heathbury, und der Tag, an dem die Geschäfte in Wilvercombe und Lesston Hoe nachmittags geschlossen waren. Auf diese Weise war es den Bewohnern der beiden Kurorte möglich, dem wichtigen Ereignis in der Marktstadt beizuwohnen. Deshalb wurde an dem Nachmittag keine Ware mit Lastwagen an die Küste befördert. Und deshalb waren alle Fahrzeuge auf dem Weg nach Heathbury bereits weit vom Meer entfernt. Die wenigen zurückgebliebenen Bauern waren beim Heumachen. Tatsächlich entdeckte sie einen Mann und einen Jungen auf dem Bock eines mit zwei

Pferden bespannten Heuwagens, aber die beiden lehnten es entrüstet ab, ihre Pferde im Stich zu lassen und zur Polizei zu gehen. Der Bauer selbst war natürlich auf dem Markt in Heathbury. Harriet hinterließ eine Botschaft und ging bedrückt weiter.

Bald darauf kam ihr eine Gestalt entgegen, die ihr wieder etwas Hoffnung einflößte. Es war ein Mann in kurzen Hosen, der, wie sie, einen Rucksack trug und auf der Wanderschaft zu sein schien. Sie winkte ihm gebieterisch zu.

»Können Sie mir sagen, wo ich jemanden mit einem Auto oder mit einem Telefon finden kann? Es ist unerhört wichtig.«

Der Mann, ein dürrer rotblonder Mensch mit einer gewölbten Stirn und dicken Brillengläsern, sah sie erstaunt an.

»Das kann ich leider nicht«, erwiderte er. »Ich bin selbst fremd hier.«

»Also könnten Sie vielleicht ...« Harriet unterbrach sich. Was konnte er schon tun? Er war in der gleichen Lage wie sie. Für einen Augenblick hatte sie, in einem Rückfall auf völlig veraltete Ansichten, gehofft, daß ein männliches Wesen sich immer als Retter in der Not erweisen müßte ...

»Dort unten am Strand liegt nämlich ein Toter«, erklärte sie und wies in die Richtung des Meeres.

»Tatsächlich? Also das ist wirklich zuviel«, sagte der junge Mann. »Ein Freund von Ihnen?«

»Nein, ein wildfremder Mensch«, erklärte Harriet mit Nachdruck. »Aber man sollte die Polizei verständigen.«

»Die Polizei? Ja natürlich – die Polizei. Das nächste Polizeirevier ist in Wilvercombe.«

»Weiß ich«, sagte Harriet. »Aber die Leiche liegt nahe beim Wasser, gerade an der Niedrigwassergrenze, und wenn nicht bald jemand zum Strand geht, wird sie von der steigenden Flut ins Meer geschwemmt werden. Wahrscheinlich ist das schon geschehen – es ist ja gleich vier.«

Es war offensichtlich, daß der junge Mann niemals selbst zum Strand gehen würde, um die Leiche vom Felsen herunterzuholen.

»Die Flut? Ja, wahrscheinlich haben Sie recht. Aber vielleicht beginnt jetzt gerade die Ebbe.«

»Ganz im Gegenteil. Die Flut hat bereits um zwei Uhr begonnen hereinzukommen. Ist Ihnen das nicht aufgefallen?«

»Ehrlich gesagt, nicht. Ich bin nämlich kurzsichtig. Außerdem verstehe ich nicht viel von Ebbe und Flut, da ich in London lebe.

Ich fürchte, ich kann Ihnen nicht helfen. Hier in der Nähe ist wohl keine Polizei?«

Er sah sich um, als erwarte er einen Verkehrspolizisten den nicht existierenden Verkehr regeln zu sehen.

»Sind Sie während der letzten Viertelstunde an irgendwelchen Häusern vorbeigekommen?« fragte Harriet.

»An Häusern? Ja, ja, ich glaube, ich habe vorhin ein paar kleine Häuser gesehen. Ja – sogar bestimmt, und dort werden Sie sicherlich Leute antreffen.«

»Ich werde mein Glück versuchen. Falls Ihnen jemand begegnet, sagen Sie ihm bitte Bescheid. Am Strand liegt ein Toter mit durchschnittener Kehle.«

»Mit durchschnittener Kehle?«

»Ja. In der Nähe der sogenannten Teufelsklippen.«

»Wer hat ihm die Kehle durchschnitten?«

»Woher soll ich das wissen? Wahrscheinlich hat er es selbst getan.«

»Ja ... ja, natürlich. Sonst wäre es ja ein Mord, nicht wahr?«

»Es *könnte* ein Mord gewesen sein.«

Der Wanderer zuckte nervös zusammen. »Wirklich? Nein, das glaube ich nicht. Was meinen Sie?«

»Man kann nie wissen«, sagte Harriet ungeduldig. »Ich würde mich an Ihrer Stelle etwas beeilen. Der Mörder könnte sich hier in der Gegend herumtreiben.«

»Um Himmels willen! Das wäre ja entsetzlich gefährlich«, meinte der junge Herr aus London.

»Allerdings. So, ich will nicht noch mehr Zeit vergeuden. Vergessen Sie nicht: ein Mann liegt mit durchschnittener Kehle in der Nähe der Teufelsklippen.«

»Bei den Teufelsklippen ... Hm ... wäre es nicht besser, wenn ich mich Ihnen anschließen würde ... um Sie zu beschützen?« fragte der junge Mann.

Harriet lachte. Sie war überzeugt, daß er jetzt keinen Wert mehr darauf legte, an den Teufelsklippen vorbeizugehen.

»Wie Sie wollen«, erwiderte sie und ging weiter.

»Ich könnte Ihnen die Bauernhäuser zeigen«, schlug der junge Mann vor.

»Gut, dann kommen Sie«, sagte Harriet. »Wir müssen uns unbedingt beeilen.«

Nachdem sie eine Viertelstunde gewandert waren, kamen sie zu zwei niedrigen Bauernhäusern mit Strohdach. Sie standen auf der rechten Straßenseite. Vor den Häusern war eine hohe Hecke, die dazu diente, den Seewind abzuhalten, und die gleichzeitig die Aussicht auf den Strand verdeckte. Von der gegenüberliegenden Seite führte ein schmaler gewundener Pfad zum Meer hinunter. Für Harriet waren die beiden Häuschen eine Enttäuschung. Sie traf nur ein altes Weib, zwei jüngere Frauen und ein paar kleine Kinder an; die Männer waren alle fischen gegangen. Sie wurden erst ziemlich spät zurückerwartet. Die Frauen lauschten Harriets Erzählung mit großer Spannung. Sie versprachen, ihren Männern bei deren Heimkunft getreulich Bericht zu erstatten. Dann boten sie Harriet eine Erfrischung an, und diesmal nahm sie das Angebot an. Sie war ziemlich sicher, daß die Leiche inzwischen von der Flut überspült worden war und daß es auf eine halbe Stunde nun auch nicht mehr ankommen würde. Sie war erschöpft und trank dankbar den heißen Tee.

Nachdem sie sich wieder auf den Weg gemacht hatten, beklagte sich der Herr aus London, der Perkins hieß, über eine Blase an der Ferse. Harriet schenkte ihm nicht sehr viel Beachtung. Bestimmt würde ihnen bald ein Gefährt begegnen.

Tatsächlich wurden sie bald von einer eleganten Limousine überholt. Der stolze Chauffeur nahm keine Notiz von den beiden staubigen Wanderern, die, wie es ihm schien, nur mitgenommen werden wollten. Er trat energisch auf den Gashebel und sauste weiter.

»Arroganter Bursche«, sagte Mr. Perkins und blieb einen Augenblick stehen, um seine schmerzende Blase zu befühlen.

»Limousinen mit Chauffeur sind sowieso ungeeignet«, erklärte Harriet. »Wir müssen einen Laster finden oder einen sieben Jahre alten Ford. Ach, sehen Sie mal – was ist denn das?«

Sie wies auf ein winziges Häuschen, das neben zwei Schranken am Straßenrand stand. »Großartig, es ist ein Bahnübergang«, fuhr sie fort. »Da *muß* jemand zu Hause sein.«

Tatsächlich trafen sie einen Krüppel und ein kleines Mädchen an. Harriet erkundigte sich nach dem nächsten Telefon und nach der Möglichkeit, sich ein Auto zu verschaffen.

»Dazu müßten Sie ins Dorf gehen, Fräulein«, sagte der Krüppel. »Also ein richtiges Dorf ist es eigentlich nicht, aber Mr. Hearn, dem der Laden gehört, der hat auch ein Telefon. Das hier ist die Haltestelle von Darley, und bis Darley haben Sie noch zehn Minuten zu gehen. Da finden Sie bestimmt wen, Fräulein. Ach, entschuldigen Sie mal eben, Fräulein. Liz! Die Schranken!«

Das Kind lief hinaus, um einem kleinen Jungen, der einen Karrengaul am Halfter führte, die Schranken zu öffnen.

»Wird gleich ein Zug vorbeikommen?« fragte Harriet, während die Schranken wieder heruntergelassen wurden.

»Erst in einer halben Stunde«, sagte der Krüppel. »Aber wir lassen die Schranken meistens unten, damit das Vieh nicht auf die Schienen läuft. Viel Verkehr auf der Straße ist ja nicht, aber eine ganze Menge Züge kommen hier durch. Es ist die Hauptlinie von Wilvercombe nach Heathbury. Die Schnellzüge halten natürlich nicht hier, nur die Bummler, und die auch nur zweimal am Tag, außer an Markttagen.«

Harriet fragte sich, warum sie sich eigentlich nach den Zügen erkundigte, und plötzlich wurde sie sich darüber klar, daß sie sich im Unterbewußtsein für den Fahrplan interessiert hatte, weil sie feststellen wollte, auf welche Art man zu den Teufelsklippen gelangen konnte. Wie war der Tote dorthin gekommen? Per Bahn, per Auto oder per Schiff? Und um welche Zeit?

Nein, wozu. Es war die Aufgabe der Polizei, das alles festzustellen. Sie bedankte sich bei dem Schrankenwärter und machte sich mit dem hinkenden Mr. Perkins auf den Weg. Die Straße lief noch immer parallel zur Küste, aber die Klippen erstreckten sich an dieser Stelle fast bis zum Meeresspiegel hinunter. Sie sahen einige Bäume, eine Hecke und einen gewundenen Pfad, der an einem verfallenen Haus vorbei zu einer Wiese führte, auf der, nahe beim Sandstrand, ein Zelt stand. Daneben rauchte ein offenes Feuer. Als sie am oberen Ende des Pfades angelangt waren, kreuzte ihn ein Mann mit einer Benzinkanne. Der Mann trug alte Flanellhosen und ein khakifarbenes Hemd, dessen Ärmel aufgerollt waren. Der weiche Filzhut war tief über die Augen gezogen; außerdem trug er eine Sonnenbrille.

Harriet hielt ihn an und fragte, ob sie sich in der Nähe des Dorfes befänden.

»Gehen Sie noch ein paar Minuten geradeaus«, erwiderte er kurz, aber höflich.

»Ich muß dringend telefonieren. Stimmt es, daß sie im Dorfladen ein Telefon haben?«

»Ja. Der Laden liegt an der Dorfwiese. Es gibt nur den einen. Sie können ihn nicht verfehlen.«

»Vielen Dank. Wissen Sie zufällig, ob ein Polizist im Dorf ist?«

Der Mann, gerade im Begriff weiterzugehen, blieb stehen und schaute Harriet an, wobei er die Hand über die Augen hielt, um sie vor der Sonne zu schützen. Sie bemerkte, daß eine rot-blaue Schlange auf seinen Unterarm tätowiert war, und sie fragte sich, ob er vielleicht ein Seemann wäre.

»Nein, in Darley wohnt kein Polizist. Der Wachtmeister vom nächsten Dorf radelt, glaube ich, manchmal hier durch die Gegend ... Ist etwas passiert?«
»Ja, am Strand liegt ein Toter.«
»Um Gottes willen. Ja, dann rufen Sie lieber gleich beim Polizeirevier in Wilvercombe an.«
»Das werde ich tun. Kommen Sie, Mr. Perkins ... Oh, er ist schon weitergegangen.«
Harriet holte ihren Begleiter ein; sie war ärgerlich, weil er sich so offensichtlich von ihr und ihrem Problem fernhalten wollte.
»Es ist nicht nötig, daß Sie jeden Menschen anhalten und ansprechen«, beschwerte sich Perkins mürrisch. »Dieser Bursche da gefiel mir nicht, und wir sind sowieso gleich im Dorf. Ich bin heute früh schon hier durchgekommen.«
»Ich wollte mich nur erkundigen, ob im Dorf ein Polizist ist«, sagte Harriet friedlich. Sie beabsichtigte nicht, sich mit Mr. Perkins zu zanken. Sie hatte Wichtigeres zu tun. Jetzt kamen sie an einer Reihe von kleinen Häusern mit freundlichen Gärten vorbei. Die Straße führte plötzlich landeinwärts, und Harriet sah zu ihrer Freude Telegrafenstangen, weitere Häuser und schließlich eine Wiese, eine Schmiede und Kinder, die auf der Wiese Kricket spielten. In der Mitte der Wiese stand eine alte Ulme mit einer Rundbank, auf der sich ein alter Mann sonnte. Und auf der anderen Seite war der Laden. Darüber hing das Ladenschild mit der Aufschrift: »Geo. Hearn. Kolonialwaren-Handlung.«
»Gott sei Dank«, sagte Harriet. Sie rannte beinahe über die Wiese und in den Laden, von dessen Wänden Schuhe und Bratpfannen baumelten und wo man von Himbeerbonbons bis zu Waschsamthosen so ziemlich alles kaufen konnte.
Ein kahlköpfiger Mann mit freundlichem Gesicht stand hinter einer Pyramide von Konservenbüchsen.
»Könnte ich bitte Ihr Telefon benutzen?«
»Selbstverständlich, Fräulein. Welche Nummer wollen Sie?«
»Das Polizeirevier in Wilvercombe.«
»Das Polizeirevier?« wiederholte der Ladenbesitzer ungläubig, fast entsetzt. »Ich muß die Nummer erst nachsehen«, sagte er dann zögernd. »Bitte kommen Sie doch in die Stube, Fräulein, und der Herr auch.«
»Vielen Dank«, sagte Mr. Perkins, »aber eigentlich ... eigentlich geht das mehr die Dame an ... und übrigens, falls es hier ein Hotel oder etwas Ähnliches gibt, dann möchte ich vielleicht ... also,

dann guten Abend.« Er verdrückte sich so unauffällig wie möglich, und Harriet, die seine Existenz bereits vergessen hatte, folgte dem Ladenbesitzer in das Hinterzimmer und beobachtete ungeduldig, wie er sich die Brille aufsetzte und umständlich im Telefonbuch zu blättern begann.

3. Das Hotel

Donnerstag, den 18. Juni

Um Viertel nach fünf hatte der Ladenbesitzer die Verbindung hergestellt. Den Umweg zur Brennerton-Farm mit eingerechnet, hatte Harriet nicht viel mehr als sechs Kilometer in knapp drei Stunden zurückgelegt. Sie hatte eine ganze Menge kostbarer Zeit vergeudet. Nun, sie hatte ihr Bestes getan, aber sie schien vom Pech verfolgt worden zu sein.

»Polizeirevier Wilvercombe?« fragte sie mit müder Stimme.

»Ja. Wer sind Sie?«

»Ich spreche vom Dorfladen in Darley. Ich wollte Ihnen nur sagen, daß ich heute nachmittag gegen zwei die Leiche eines Mannes am Strand gefunden habe – in der Nähe der Teufelsklippen.«

»Einen Augenblick, bitte«, sagte die Amtsstimme. »Also: die Leiche eines Mannes in der Nähe der Teufelsklippen. Ja und?«

»Seine Kehle war durchschnitten.«

»Kehle durchschnitten«, sagte die Amtsstimme. »Sonst noch etwas?«

»Ich habe auch ein Rasiermesser gefunden«, sagte Harriet.

»Ein Rasiermesser?« wiederholte die Stimme interessiert. Dann fuhr sie fort: »Mit wem spreche ich?«

»Hier spricht Miss Harriet Vane. Ich bin auf einer Wandertour und habe den Toten zufällig gefunden. Können Sie jemanden herschicken, um mich abzuholen, oder soll ich ...«

»Einen Augenblick. Wie buchstabieren Sie Ihren Namen? V-A-N-E? Stimmt das? Um zwei Uhr gefunden, sagten Sie. Warum haben Sie uns dann nicht schon viel eher verständigt?«

Harriet erklärte dem Polizisten, welche Schwierigkeiten sie gehabt hatte.

»Ich verstehe«, sagte die Stimme. »Also gut, wir schicken Ihnen einen Wagen. Bleiben Sie, wo Sie sind, bis wir kommen. Sie müssen uns begleiten und uns die Leiche zeigen.«

»Die Leiche wird wohl nicht mehr da sein«, sagte Harriet. »Sie lag nahe am Meer, auf einem Felsen, und die Flut...«

»Überlassen Sie das alles uns«, sagte die Stimme zuversichtlich. »Der Wagen wird in etwa zehn Minuten dort sein.«
Harriet legte den Hörer auf und blieb eine Weile nachdenklich stehen. Dann nahm sie den Hörer wieder ab.
»Bitte geben Sie mir Ludgate 6000, so schnell wie möglich. Dringendes Pressegespräch. Sie müssen mich unbedingt innerhalb von fünf Minuten verbinden.«
Das Telefonfräulein hielt das für unmöglich.
»Es ist von größter Wichtigkeit«, erklärte Harriet. »Es ist die Nummer vom *Morning Star,* bitte versuchen Sie doch, mich umgehend zu verbinden.«
»Ich werde mir Mühe geben«, versprach das Fräulein zögernd.
Harriet wartete. Drei – vier – fünf Minuten vergingen. Dann klingelte es. Harriet stürzte sich auf den Hörer. *»Morning Star.«*
»Bitte verbinden Sie mich mit der Redaktion. Sofort!«
Läuten – dann ein knackendes Geräusch.
»*Morning Star*. Redaktion.«
Harriet bemühte sich, ihre Geschichte so kurz und bündig wie möglich zu erzählen.
»Ich bin in Darley bei Wilvercombe. Heute nachmittag um zwei wurde die Leiche eines Mannes gefunden. Haben Sie das?... Gut. Der Mann hatte eine klaffende Halswunde, von einem Ohr bis zum anderen. Die Leiche wurde von Miss Harriet Vane, der bekannten Kriminalautorin, gefunden... Jawohl, die gleiche Harriet Vane, die selbst vor zwei Jahren in einen Mordprozeß verwickelt war... Ja... Der Tote ist etwa zwanzig Jahre alt, blaue Augen, kurzer dunkler Bart, trägt einen dunkelblauen Anzug, braune Schuhe und Waschlederhandschuhe... In der unmittelbaren Nähe der Leiche wurde ein Rasiermesser gefunden... Wahrscheinlich handelt es sich um einen Selbstmord... O ja, es *könnte* auch ein Mord sein... Gut, sagen wir: unter mysteriösen Umständen umgekommen... Jawohl, Miss Vane, die auf einer Wandertour Material für ihren neuen Roman ›Das Geheimnis des Füllfederhalters‹ sammelt, mußte mehrere Kilometer laufen, um Hilfe heranzuholen... Nein, die Polizei hat die Leiche noch nicht gesehen. Wahrscheinlich ist sie zur Zeit unter Wasser. Man wird sie wahrscheinlich erst finden, wenn wieder Ebbe ist... Ja, ich rufe später noch einmal bei Ihnen an... Wie bitte?... Ja, ich gebe Ihnen meinen Bericht ausschließlich, wenn Sie versprechen, ihn ganz groß herauszubringen... Natürlich wird es sich schnell herumsprechen, das ist ja unvermeidlich, aber Sie sind die einzige Zeitung, die *meinen* Bericht

drucken darf... Ach so... ja, ich werde wahrscheinlich in Wilvercombe bleiben. Meine Adresse gebe ich Ihnen dann später durch. Auf Wiederhören.«

Als sie den Hörer auflegte, fuhr draußen ein Auto vor. Ein großer stattlicher Mann in einem grauen Anzug betrat den Laden, kam auf sie zu und sagte ohne Umschweife: »Ich bin Kriminalkommissar Umpelty. Um was handelt es sich?«

»Ich bin ja so froh, daß Sie da sind, Herr Kommissar. Endlich kann ich mit einem vernünftigen Menschen sprechen!... Ja, es war ein Ferngespräch, Mr. Hearn. Wieviel es kostet, weiß ich nicht, aber hier sind zehn Schilling. Den Rest können Sie mir ein anderes Mal zurückgeben... Ich habe meinen Freunden gesagt, daß ich ein paar Tage in Wilvercombe bleiben muß, Herr Kommissar. Das war doch wohl richtig, nicht wahr?« fragte sie.

»Ganz richtig, Miss. Ich muß Sie bitten, noch ein Weilchen hierzubleiben, während wir uns über den Stand der Dinge informieren. Steigen Sie bitte ein, damit wir sofort an die Stelle fahren können, an der Sie die Leiche entdeckt haben... Das ist Dr. Fenchurch... Das ist Wachtmeister Saunders.«

Harriet nickte den beiden liebenswürdig zu. »Warum man mich mitschleift, weiß ich wirklich nicht«, sagte der Polizeiarzt verärgert. »Wenn der Tote um zwei Uhr dicht am Meer lag, werden wir jetzt nicht mehr viel von ihm zu sehen bekommen.«

»Ich weiß, aber ich habe getan, was ich konnte«, sagte Harriet kläglich. Sie beschrieb ihre Odyssee in allen Einzelheiten. Dann zeigte sie den Herren den Schuh, das Zigarettenetui, den Hut, das Taschentuch und das Rasiermesser.

»Sie scheinen ja ganz gut gearbeitet zu haben, Miss«, sagte der Kommissar. »Fast wie gelernt. Sogar Fotografien haben Sie gemacht – allerhand! Wenn Sie die Leiche sofort verlassen hätten, wären Sie allerdings früher hiergewesen«, fügte er streng hinzu.

»Ich habe keine Zeit verschwendet«, sagte Harriet. »Ich hielt es für richtig, gewisse Dinge festzuhalten, falls die Leiche ins Meer hinausgeschwemmt werden sollte.«

»Stimmt, und wahrscheinlich haben Sie doch das Richtige getan, Miss. Es hat den Anschein, daß ein Sturm im Anzug ist. Dadurch könnte das Fallen der Flut aufgehalten werden.«

»Kommt von Südwesten«, sagte der Polizist, der am Steuer saß. »Wenn das so weitergeht, wird der Felsen da draußen auch während der Ebbe unter Wasser stehen. Wird gar nicht so leicht sein, dorthin zu kommen.«

»Bei starkem Wellengang ist es nicht einmal möglich, mit einem Boot in der Bucht unterhalb der Teufelsklippen vor Anker zu gehen«, sagte der Kommissar.

Als sie bei der »Mordbucht«, wie Harriet sie heimlich getauft hatte, ankamen, war tatsächlich vom Felsen nichts zu sehen, geschweige denn von der Leiche. Das Meer rauschte in großen Wellen über den Strand, der Wind war stärker geworden, und nur hin und wieder durchbrach ein gleißender Sonnenstrahl die schweren dunklen Wolken.

»Ist das der Ort, Miss?« fragte der Kommissar.

»Ja, zweifellos«, erwiderte Harriet.

Der Kommissar schüttelte den Kopf. »Das Wasser steht jetzt etwa fünf Meter über dem Felsen«, sagte er. »In einer Stunde ist der Höchststand des Wassers erreicht. Vorläufig können wir gar nichts tun. Wir müssen auf die Ebbe warten, die so gegen zwei Uhr nachts eintreten wird. Dann werden wir unser Glück versuchen. Allerdings sehe ich ziemlich schwarz, da es bestimmt ein Unwetter geben wird. Natürlich ist es auch möglich, daß die Leiche an einer anderen Stelle an Land geschwemmt wird. Ich fahre Sie jetzt nach Brennerton, Saunders. Versuchen Sie dort ein paar Leute aufzutreiben, die am Strand Ausschau halten können. Ich selbst fahre dann nach Wilvercombe und werde veranlassen, daß ein Boot hinausgeschickt wird. Sie müssen mitkommen, um bei der Polizei Ihre Aussage zu machen, Miss.«

»Selbstverständlich«, erwiderte Harriet mit ziemlich schwacher Stimme.

Der Kommissar drehte sich um und sah sie an.

»Sie sind wohl etwas mitgenommen, Miss«, sagte er freundlich, »und das ist auch wirklich kein Wunder. Keine sehr angenehme Angelegenheit für eine junge Dame. Ich bin erstaunt, wie Sie die Sache angepackt haben. Die meisten jungen Damen hätten die Flucht ergriffen, anstatt wie Sie der Leiche auch noch Schuhe und andere Gegenstände abzunehmen.«

»Ich weiß, was in solchen Fällen zu tun ist«, erklärte Harriet. »Ich schreibe nämlich Kriminalromane.« Noch während sie das sagte, dachte sie, daß der Kriminalkommissar eine solche Beschäftigung als töricht und unnütz empfinden müsse.

»So so; ich nehme an, daß Sie nicht oft Gelegenheit haben, Ihre eigenen Geschichten in die Praxis umzusetzen«, sagte der Kommissar. »Wie war doch Ihr Name? Ich lese zwar selten Kriminalromane, höchstens einmal einen von Edgar Wallace, aber Ihren Namen muß ich ja auf jeden Fall wissen.«

Als Harriet ihren Namen und ihre Adresse in London nannte, horchte der Kommissar auf.
»Diesen Namen muß ich schon einmal gehört haben«, sagte er.
»Das glaube ich gern«, entgegnete Harriet und lachte verlegen. »Ich bin... ich bin die berüchtigte Harriet Vane, die vor zwei Jahren angeklagt worden ist, Philipp Boyes vergiftet zu haben.«
»Ja, ich entsinne mich«, sagte der Kommissar. »Aber dann hat man den wahren Täter gefaßt – Arsenvergiftung, nicht wahr? Wenn ich mich recht erinnere, wurden im Verlauf des Prozesses beachtenswerte medizinische Gutachten abgegeben. Interessanter Fall. Hatte Lord Peter Wimsey nicht auch etwas damit zu tun?«
»Sogar sehr viel«, sagte Harriet.
»Muß ein kluger Kerl sein«, bemerkte der Kommissar. »Man hört immer wieder von ihm.«
»Ja, er ist – vielseitig interessiert«, sagte Harriet.
»Sie kennen ihn wohl sehr gut?« fragte der Kommissar mit, wie Harriet fand, übertriebener Neugier.
»Ja, ganz gut«, erwiderte sie, aber dann hatte sie selbst das Gefühl, daß das recht undankbar klang. Schließlich hatte Wimsey sie aus einer sehr peinlichen Situation gerettet, vielleicht sogar vor einem schändlichen Tode. Deshalb fügte sie schnell hinzu: »Ich bin ihm zu großem Dank verpflichtet.«
»Versteht sich«, erwiderte der Kommissar. »Obwohl auch Scotland Yard am Ende zweifellos den Täter gefaßt haben würde«, fügte er loyal hinzu. Aber dann gewann der Lokalpatriotismus die Oberhand: »Allerdings haben wir hier viele Vorteile, die der Yard nicht hat. Wir kennen alle Leute in unserer Gegend, und das ist in London natürlich unmöglich. In dem vorliegenden Fall, zum Beispiel, wird es uns bestimmt im Handumdrehen gelingen, alle Angaben über den Toten zu erhalten.«
»Vielleicht war er hier nur zu Besuch«, sagte Harriet.
»Schon möglich«, erwiderte der Kommissar, »aber ich nehme an, daß irgend jemand hier über ihn Bescheid weiß. So, Sie steigen jetzt aus, Saunders. Versuchen Sie, so viel Hilfe wie möglich aufzutreiben. Wenn Sie fertig sind, soll Mr. Coffin Sie nach Wilvercombe fahren... Würden Sie mir den Toten bitte noch einmal genau beschreiben, Miss?«
Harriet beschrieb die Leiche.
»Ein Bart? Könnte ein Ausländer sein. Ich kann ihn jedenfalls im Augenblick nicht placieren, aber das beunruhigt mich nicht. Wir werden sehr bald herausfinden, wer er war«, sagte der Kommissar.

»So, und hier ist das Polizeirevier, Miss. Kommen Sie bitte einen Augenblick herein, der Herr Oberkommissar wünscht Sie zu sprechen.«

Harriet wiederholte ihre Geschichte in allen Einzelheiten, und Oberkommissar Glaisher hörte ihr interessiert zu. Sie übergab ihm die verschiedenen Gegenstände, die sie der Leiche abgenommen hatte, sowie den Film. Dann wurde sie genauestens ausgefragt, wie sie den Tag vor und nach der Entdeckung der Leiche verbracht hatte.

»Was ist übrigens aus dem jungen Mann geworden, den Sie auf der Landstraße kennenlernten?« fragte der Oberkommissar.

»Keine Ahnung. Ich hatte diesen Mr. Perkins bereits völlig vergessen«, sagte Harriet. »Er muß weggegangen sein, während ich bei Ihnen anrief.«

»Sonderbar«, meinte Glaisher und machte sich eine Notiz, Erkundigungen nach dem Verbleib von Mr. Perkins anzustellen.

»Aber er kann unmöglich etwas mit der Sache zu tun haben«, sagte Harriet. »Er ist sehr erschrocken und hatte Angst, als ich ihm davon erzählte. Deshalb ist er mit mir zurückgekommen.«

»Wir müssen uns auf jeden Fall nach seinem Verbleib erkundigen«, sagte der Oberkommissar. Harriet war im Begriff zu sagen, daß das eine Zeitverschwendung sei, als ihr plötzlich klarwurde, daß man wahrscheinlich ihre eigenen Angaben nachprüfen wolle. Deshalb schwieg sie, und der Oberkommissar fuhr fort: »Leider müssen wir Sie bitten, uns während der nächsten Tage hier zur Verfügung zu stehen, Miss Vane. Ich hoffe, Sie werden das begreifen.«

»Aber selbstverständlich. Am besten versuche ich wohl, mir in Wilvercombe ein Quartier zu verschaffen. Haben Sie keine Angst, daß *ich* Ihnen fortlaufe. Ich bin sehr an der Sache interessiert.«

Der Polizeibeamte sah sie mißbilligend an. Natürlich ist jeder entzückt, im Mittelpunkt zu stehen, selbst wenn es sich um eine grausige Tragödie handelt, aber eine Dame sollte wenigstens vorgeben, es nicht zu sein. Kommissar Umpelty dagegen blieb sachlich und schlug Harriet vor, im alkoholfreien, billigen Hotel Clegg abzusteigen.

Harriet lachte. Eine Autorin hatte den Zeitungsreportern gegenüber schließlich gewisse Verpflichtungen. »Miss Harriet Vane wurde von unserem Reporter im alkoholfreien Hotel Clegg interviewt...« Nein, das kam gar nicht in Frage.

»Ich mache mir nichts aus alkoholfreien Hotels«, sagte sie nachdrücklich. »Welches ist das beste Hotel in der Stadt?«

»Das Resplendent ist das größte«, erklärte Glaisher.
»Dann werde ich ins Resplendent ziehen«, sagte Harriet und ergriff ihren staubigen Rucksack.
»Kommissar Umpelty wird Sie im Auto hinbringen«, sagte Glaisher.
»Das wäre reizend«, erwiderte Harriet amüsiert.
Wenige Minuten später hielt der Wagen vor einem jener Riesenkästen, die man in jedem Seebadeort findet. Der glasverkleidete Eingang war mit Treibhauspflanzen vollgestopft, und die gewaltige Kuppel der Empfangshalle ruhte auf vergoldeten Säulen, die aus einem Meer von blauem Plüsch emporragten. Harriet stapfte unbeeindruckt durch den glanzvollen Raum und verlangte ein Einzelzimmer mit Bad im ersten Stock, mit Blick auf das Meer.
»Wir sind leider voll besetzt«, sagte die Empfangsdame schnippisch, mit einem Seitenblick auf Harriets Rucksack und derbe Schuhe.
»Das kann ich mir nicht vorstellen. Die Saison fängt doch gerade erst an«, erwiderte Harriet. »Bitte rufen Sie den Direktor.«
Sie setzte sich mit entschlossener Miene in den nächsten dickgepolsterten Sessel, winkte einem Kellner und bestellte einen Cocktail.
»Darf ich Ihnen auch etwas bestellen, Herr Kommissar?« Umpelty verneinte dankend und erklärte, daß ein Mann in seiner Stellung gewisse Formen wahren müsse.
»Also dann ein anderes Mal«, meinte Harriet lächelnd und warf eine Pfundnote auf das Tablett des Kellners, wobei sie ihre wohlgefüllte Brieftasche so auffällig wie möglich zur Schau stellte.
Kommissar Umpelty lächelte, als er sah, wie der Kellner der Empfangsdame ein Zeichen machte. Dann ging er selbst hinüber zum Empfang und wechselte ein paar Worte mit der Dame. Kurz darauf kam diese auf Harriet zu und sagte mit gezierter Stimme: »Wir haben soeben festgestellt, daß wir Sie doch unterbringen können, Madame. Ein Amerikaner hat sich plötzlich zur Abreise entschlossen, und so hätten wir ein geräumiges Zimmer im ersten Stock frei, mit dem Blick auf die Esplanade. Ich glaube bestimmt, daß es Madames Anforderungen genügen wird.«
»Hat es ein eigenes Badezimmer?« fragte Harriet kurz.
»Selbstverständlich, Madame, und einen schönen Balkon.«
»Geht in Ordnung«, sagte Harriet. »Welche Nummer? Dreiundzwanzig. Telefon im Zimmer? Gut. So, und nun wissen Sie, wo Sie mich erreichen können, falls Sie mich sprechen wollen, Herr Kommissar.« Sie lächelte ihm freundlich zu.
»Jawohl, Miss«, sagte er mit einem ebenso freundlichen Lächeln.

Er hatte seine eigenen Gründe zum Lachen. Harriet wäre ihrer wohlgefüllten Brieftasche wegen vielleicht doch noch im Resplendent untergekommen, aber den Ausblick aufs Meer, das Bad und den Balkon verdankte sie seiner geflüsterten Bemerkung, daß sie eine Freundin von Lord Peter Wimsey sei. Jedoch war es ganz gut, daß Harriet das nicht wußte, denn sie hätte sich nur darüber geärgert.
Sonderbarerweise dachte Harriet an Lord Peter Wimsey, während sie dem *Morning Star* telefonisch ihre Adresse mitteilte, und auch später, während sie das reichhaltige, teure Abendessen im Speisesaal des Hotels verzehrte. Normalerweise würde sie ihn angerufen und ihm von der Leiche mit der durchschnittenen Kehle erzählt haben. Wie die Dinge lagen, mochte das jedoch falsch aufgefaßt werden. Außerdem handelte es sich höchstwahrscheinlich nur um einen ganz uninteressanten Selbstmord, mit dem sie ihn sowieso nicht zu langweilen brauchte. Das Problem war nicht annähernd so kompliziert und spannend wie beispielsweise das im »Geheimnis des Füllfederhalters«. Der Bösewicht dieses mysteriösen Romans plante im Augenblick ein Verbrechen in Edinburgh. Für die Zeit des Verbrechens dachte er sich ein großartiges Alibi aus, zu dem er eine Motorjacht, ein Radiosignal, fünf Uhren und den Übergang von Sommer- zu Winterzeit benötigte. (Es hatte den Anschein, daß der Herr mit der durchschnittenen Kehle aus Richtung Wilvercombe gekommen war. Zu Fuß? Mit dem Zug? War er in Darley ausgestiegen? Und von dort gelaufen? Wenn nicht – wer hatte ihn hingebracht?) Also sie mußte sich wirklich auf dieses Alibi konzentrieren. Die größte Schwierigkeit war die Rathausuhr. Wie konnte man sie verstellen? Und sie mußte verstellt werden, denn das Alibi hing davon ab, daß man die Uhr im richtigen Moment Mitternacht schlagen hörte. Konnte man denjenigen, der sich um sie kümmerte, zum Mitwisser machen? (Warum die Handschuhe? Hatte sie ihre eigenen Fingerabdrücke auf dem Rasiermesser hinterlassen?) Mußte er überhaupt unbedingt nach Edinburgh fahren? Vielleicht gab es dort gar kein Rathaus mit einer Uhr. Eine Kirchenuhr würde natürlich auch genügen. (Die Sache mit Mr. Perkins war sonderbar. Vielleicht handelte es sich doch um einen Mord? Und hätte der Mörder nicht bis zu einer gewissen Stelle durch das Wasser waten können? Vielleicht hätte sie lieber den Strand anstatt die Landstraße entlanggehen sollen? Wie dem auch sei, jetzt war es zu spät.) Auch über die Geschwindigkeit der Motorjacht war sie sich noch nicht im klaren. Man sollte über diese Dinge Bescheid wissen, wie Lord

Peter, der natürlich schon oft in Motorjachten gefahren war. Wie schön wäre es, wirklich reich zu sein. Wer immer Lord Peter heiratet, wird schwer reich sein. Amüsant war er auch. Das Unglück war, daß man nur herausfinden konnte, wie es sich mit einem Menschen leben ließe, wenn man tatsächlich mit ihm lebte. Nein, es lohnte sich nicht. Nicht einmal, um sich über die Geschwindigkeit von Motorjachten zu informieren. Eine Autorin konnte doch nicht alle Leute heiraten, von denen sie besondere Informationen haben wollte. Während des Kaffees malte sich Harriet mit großem Vergnügen das Leben einer amerikanischen Kriminalautorin aus, die bei jedem neuen Roman, den sie schrieb, eine neue Ehe einging. Um ein Buch über Gifte zu schreiben, heiratete sie einen Chemiker, ein Roman, der von einem Testament handelte, erforderte einen Anwalt zum Ehemann, während das Buch, das einen Würger zum Helden hatte, eines – Henkers bedurfte. Vielleicht war sogar etwas an der Idee.

Sie stand auf und begab sich in einen ziemlich großen Saal, in dessen Mitte getanzt wurde. Ein diskretes Orchester spielte auf einem Podium in einer Ecke des Raumes. Rund um die Tanzfläche standen kleine Tische, an denen die Hotelgäste saßen, Kaffee oder Liköre tranken und die Tanzenden beobachteten. Während Harriet sich einen Tisch suchte, begann ein Berufstänzerpaar auf der Tanzfläche einen Walzer vorzuführen. Der Mann war groß gewachsen und hatte blondes, glattanliegendes Haar; er sah kränklich aus, und um den großen Mund hatten sich melancholische Linien eingegraben. Seine Partnerin trug ein auffallendes fuchsienfarbenes Kleid, versehen mit einer enormen Turnüre und einer Schleppe. Zu diesem Aufzug paßte die Maske von Scheu und Sittsamkeit, die sie sich aufgesetzt hatte, als sie in den Armen ihres Partners zum Klang der »Blauen Donau« tanzte. *Autres temps, autres moeurs,* dachte Harriet. Sie blickte sich im Saale um. Lange Röcke und Kleider im Stil der siebziger Jahre herrschten vor, selbst Straußenfedern und Fächer fehlten nicht. Die scheinbar schlanken Taillen waren jedoch nicht mit Hilfe von Schnürkorsetts erzielt worden, sondern lediglich durch die Kunst teurer Schneiderinnen. Morgen, auf dem Tennisplatz, würde man feststellen können, daß die Körper der jungen Frauen von heute alles andere als zerbrechlich, sondern sportlich-kräftig gebaut waren. Es war alles nur Maske – die verstohlenen Blicke, die niedergeschlagenen Augen, das scheue Benehmen. Wenn das die von den Modejournalen angekündigte »Rückkehr zur Fraulichkeit« war, mußte es sich um eine ganz andere Art von

Fraulichkeit handeln als die traditionelle – um eine Fraulichkeit nämlich, die auf finanzieller Unabhängigkeit beruhte. Waren die Männer wirklich so borniert, zu glauben, daß eine Modelaune die Frauen wieder zu den unterwürfigen Geschöpfen der guten alten Zeit machen konnte? Harriet verneinte diese Frage. Es war ein Spiel, nichts als ein Spiel, dessen Regeln sie wahrscheinlich alle kannten.

Noch einmal wirbelte das Tanzpaar über das Parkett, dann verstummte die Musik. Der Walzer war zu Ende. Die Musiker stimmten ihre Instrumente und wechselten die Noten, während mechanisch applaudiert wurde. Der Tänzer verbeugte sich vor einer Dame, die zu den Hotelgästen zählte, während seine fuchsienfarbig gekleidete Partnerin der Aufforderung eines korpulenten Fabrikanten in Tweedanzug folgte. Ein anderes Mädchen, eine Blondine in Hellblau, die allein an einem Tisch saß, führte einen ältlichen Gast auf die Tanzfläche. Andere Gäste erhoben sich und begannen mit ihren eigenen Partnerinnen einen flotten Walzer zu tanzen. Harriet winkte dem Kellner und bestellte noch einen Kaffee.

Männer, dachte Harriet, geben sich gern der Illusion hin, daß sie das Hauptinteresse im Leben der Frauen bilden. Leider stimmt das bis zu einem gewissen Punkt. Aber machen sie sich wirklich etwas aus Frauen? Nicht viel, wenn diese die erste Jugend bereits hinter sich haben, dachte Harriet bitter. Das Mädchen da drüben, das seinen Sex-Appeal an einer Gruppe begehrlicher Herren erprobt, wird sich in eine hagere Hexe verwandeln, wie die Frau am Nebentisch, wenn es nicht bald eine vernünftige Beschäftigung findet, die es ausfüllt.

Die »hagere Hexe« war übertrieben zurechtgemacht und trug ein Kleid, das selbst an einer Neunzehnjährigen mehr als auffallend gewirkt hätte. Sie war Harriet schon zuvor durch ihren fast bräutlich erwartungsvollen Ausdruck aufgefallen. Sie war allein, schien jedoch ein Rendezvous zu haben, denn ihr Blick schweifte unaufhörlich durch den Saal und blieb häufig am Tisch der Eintänzer haften, die in der Nähe des Podiums saßen. Nach und nach wurde sie unruhig. Ihre beringten Hände zuckten nervös, sie zündete sich eine Zigarette nach der anderen an, um sie nach ein paar Zügen im Aschenbecher auszudrücken. Sie nahm den Spiegel aus ihrer Handtasche, legte rasch frischen Puder und Lippenstift auf; danach zündete sie sich mit einer hastigen Bewegung eine neue Zigarette an.

Wartet wahrscheinlich auf ihren Gigolo, dachte Harriet mit einem Gefühl, das gemischt war aus Verachtung und Mitleid. Sieht so aus, als ob er einen besseren Fang gemacht hätte.

Der Kellner brachte den Kaffee, und auf seinem Rückweg zum Büfett hielt ihn die Frau am Nebentisch an.
»Ist Mr. Alexis heute abend nicht hier?«
»Nein, gnädige Frau«, sagte der Kellner nervös. »Leider ist es ihm heute nicht möglich, herzukommen.«
»Ist er krank?«
»Ich glaube nicht, gnädige Frau. Der Herr Direktor hat nur eben gesagt, daß er heute nicht kommt.«
»Hat er mir nichts bestellen lassen?«
Der Kellner trat von einem Fuß auf den anderen. »Ich weiß wirklich nicht, gnädige Frau. Mr. Antoine würde bestimmt gern...«
»Nein, nein. Ich bin an Mr. Alexis gewöhnt, an seine Art zu tanzen. Aber es ist nicht so wichtig.«
»Gut, gnädige Frau, danke.«
Der Kellner eilte fort. Harriet bemerkte, daß er achselzuckend einige Worte mit dem Oberkellner wechselte, dessen Blick und spöttisch verzogener Mund Bände sprachen. Harriet war ärgerlich. Mußte es einem so ergehen, wenn man ledig blieb? War man dem Hohn und Spott von Kellnern ausgesetzt? Sie warf noch einmal einen Blick auf die Frau, die gerade aufstand und im Begriff war, den Saal zu verlassen. Sie trug einen Trauring. Selbst die Ehe schien einen vor nichts zu bewahren. Unverheiratet, verheiratet, verwitwet oder geschieden – es nahm immer das gleiche Ende. Ein leichter Schauer überlief sie; plötzlich hatte sie keine Lust mehr, im Tanzsaal zu bleiben. Sie trank ihren Kaffee aus und ging in die kleinere Hotelhalle, wo sich drei korpulente Damen angeregt pausenlos unterhielten. Sie sprachen über Krankheiten, über Kinder und über Dienstboten. »Die arme Muriel, seit der Geburt des jüngsten Kindes ist sie dauernd krank, furchtbar anfällig, kann sich gar nicht mehr richtig erholen. Armes Ding...« – »Ich blieb ganz ruhig. Ich sagte: ›Soviel steht fest, wenn Sie vor Monatsende gehen wollen, müssen Sie mir Ihr Gehalt zurückgeben...‹« – »Zwölf Pfund die Woche für die Klinik, dazu kommt das Honorar des Chirurgen von über hundert Pfund...« – »Beide Jungen sind reizend, Ronnie ist in Eton und Wilfried in Oxford, aber wie kann sie ihnen nur erlauben, derartige Schulden zu machen. Unbegreiflich!...« – »Sie hat mindestens zehn Pfund abgenommen. Ich habe sie kaum wiedererkannt. Also für mich wäre das nichts...« – »Zustände sind das! Alles geht in die Höhe – Mieten, Steuern, dazu diese furchtbare Arbeitslosigkeit...« – »Also, gegen eine nervöse Verdauung kann man nichts machen, aber für mich ist das natürlich eine große Belastung...« – »Und

dann hat sie mich doch im Stich gelassen, obwohl das Haus voller Gäste war. Dankbarkeit darf man von Dienstmädchen eben nicht erwarten...«

Und das sind also die sogenannten Glücklichen, dachte Harriet. Hol sie allesamt der Teufel! Wie löse ich nun eigentlich das Problem der Rathausuhr?

4. Das Rasiermesser

Freitag, den 19. Juni

Die grausigen Erlebnisse des Tages verhinderten Harriet durchaus nicht, in ihrem eleganten Zimmer mit Seeblick fest und ruhig zu schlafen und am nächsten Morgen mit einem gesunden Appetit zum Frühstück zu gehen.

Sie war in die Lektüre des *Morning Star* vertieft, der ihren Bericht mit Bild auf der ersten Seite brachte, als eine wohlbekannte Stimme sagte: »Guten Morgen, Sherlock. Wo ist der Morgenrock? Wieviel Pfeifchen haben Sie heute schon geraucht?«

»Na, so etwas! Wie kommen *Sie* denn hierher?«

»Auto«, sagte Lord Peter kurz. »Hat man die Leiche gefunden?«

»Wer hat Ihnen etwas von einer Leiche erzählt?«

»Ich habe eben eine Spürnase, und außerdem: wo die Aasgeier fliegen, muß ein Kadaver sein. Darf ich das Frühstück mit Ihnen teilen?«

»Aber gern. Woher kommen Sie eigentlich?«

»Aus London – wie ein Vogel, der den Lockruf des Weibchens vernommen hat.«

»Ich habe nicht...«

»Ich spreche nicht von Ihnen, sondern von der Leiche. Aber um noch einmal kurz auf Männchen und Weibchen zurückzukommen – wollen Sie mich heiraten?«

»Auf keinen Fall.«

»Das habe ich mir schon gedacht, aber eine Frage kann ja nichts schaden. Also – ist die Leiche gefunden worden?«

»Nicht daß ich wüßte.«

»Dann wird man sie wohl auch vorläufig nicht finden. Ein starker Südwestwind peitscht das Meer – Pech! Ohne Leiche kann keine gerichtliche Untersuchung stattfinden. ›Die Leiche muß gefunden werden‹, wie es das Gesetz vorschreibt.«

»Jetzt möchte ich endlich wissen, woher Sie von der Sache wissen«, sagte Harriet energisch.

»Salcombe Hardy vom *Morning Star* hat mich angerufen. Er sagte, ›meine Miss Vane‹ habe eine Leiche gefunden, und fragte, ob ich ihm nähere Einzelheiten geben könne. Ich sagte, leider nicht, und auch Miss Vane sei bedauerlicherweise nicht mein Privateigentum. Und dann fuhr ich los, und hier bin ich. Sally Hardy habe ich mitgenommen; deshalb rief er wahrscheinlich auch nur bei mir an. Tüchtiger Journalist, immer als erster an Ort und Stelle.«

»Dann hat er Ihnen wohl auch gesagt, wo ich wohne.«

»Ja, er schien über alles unterrichtet zu sein. Ich war etwas gekränkt. Wie ist die Sache eigentlich in die Zeitungen gekommen?«

»Ich selbst habe beim *Morning Star* angerufen. Das Ganze ist doch eine großartige Reklame für mich.«

»So war es also«, sagte Wimsey und nahm sich eine große Portion Butter. »Sie haben telefonisch gleich alle grausigen Einzelheiten beschrieben.«

»Natürlich, das ist doch ganz klar.«

»Sehr geschäftstüchtig und, wenn ich mir die Bemerkung erlauben darf, ziemlich hartgesotten. Immerhin, da Sie wissen, wie sehr mich Leichen interessieren, hätten Sie es mir eigentlich aus alter Freundschaft zuerst mitteilen können, nicht wahr?«

»Genaugenommen haben Sie recht«, gab Harriet beschämt zu, »aber ich dachte mir...«

»Frauen können eben nicht sachlich bleiben. Sie sehen alles von der persönlichen Seite. Jedenfalls haben Sie vieles wiedergutzumachen, und dank meiner Anwesenheit können Sie das auf der Stelle tun. Darf ich nun um einen genauen Bericht bitten, mit allen Einzelheiten?«

»Es langweilt mich, immer wieder die gleichen Einzelheiten zu erzählen«, nörgelte Harriet.

»Warten Sie erst einmal ab, bis die Polizei und die Reporter Sie ausfragen, da werden Sie Ihr blaues Wunder erleben. Ich habe Ihnen Salcombe Hardy mit großer Mühe vom Leibe gehalten. Er wartet unten in der Halle. Die Herren vom *Banner* und vom *Clarion* sind im Rauchzimmer. Sie haben einen schnellen Wagen. Der Reporter vom *Courier* (eine hochangesehene, etwas altmodische Zeitung) kommt mit dem Zug, die Herren vom *Thunderer* und vom *Comet* halten sich in der Bar auf, in der Hoffnung, Sie dort stellen zu können. Die drei Burschen, die sich mit dem Hotelportier herumstreiten, scheinen Lokalreporter zu sein. Ein mit Fotografen vollgepackter Morris ist bereits zu der Stelle gefahren, an der die Leiche von Ihnen gefunden wurde. Natürlich werden sie sie nicht zu sehen bekommen,

da die Flut noch nicht genug gesunken ist. So, und nun erzählen Sie mir alles genau, damit ich den großen Reklamefeldzug für Sie beginnen kann.«
»Wie Sie wünschen, mein hoher Herr. Ich werde Ihnen nichts verschweigen«, erwiderte Harriet lächelnd.
Sie schob ihren Teller beiseite und nahm ein sauberes Messer in die Hand.
»Das ist die Küstenstraße von Lesston Hoe nach Wilvercombe. Hier ist eine Kurve . . .« Sie ergriff das Pfefferfaß.
»Ich würde es lieber mit dem Salz versuchen«, schlug Wimsey vor, »es irritiert die Nasenschleimhaut weniger.«
»Gut. Das Salz hier stellt das Ufer vor, und dieses Stück Brot ist ein Felsen an der Niedrigwassergrenze.«
Wimsey rückte seinen Stuhl näher zum Tisch heran.
»Und dieses Salzlöffelchen könnte die Leiche sein«, sagte er mit kindlichem Vergnügen.
Er unterbrach Harriets Erzählung nur ein- oder zweimal mit Fragen über Zeiten und Entfernungen. Im übrigen starrte er auf die mit Hilfe des Frühstücksgeschirrs hergestellte Karte, und die Flügel seiner langen Nase zuckten wie die eines Kaninchens, während er ihren Ausführungen mit äußerster Konzentration folgte.
Als sie geendet hatte, schwieg er einen Augenblick, dann fragte er:
»Wissen Sie noch genau, wieviel Uhr es war, als Sie zu der Stelle kamen, an der Sie Ihr Mittagbrot verzehrten?«
»Ja, ich habe auf meine Uhr gesehen, es war genau ein Uhr.«
»Konnten Sie die ganze Küste überblicken, auch den Felsen, auf dem Sie die Leiche fanden, als Sie über die Klippen kamen?«
»Ja, ich glaube schon.«
»War um diese Zeit jemand auf dem Felsen?«
»Das weiß ich nicht. Ich kann mich nicht einmal entsinnen, ob ich den Felsen bemerkt hatte. Ich war hungrig, und ich suchte nach einer geeigneten Stelle, von der aus ich die Klippen hinunterklettern konnte. In dem Moment hat mich nichts anderes interessiert.«
»Das ist schade.«
»Stimmt. Aber eines weiß ich genau: Ich habe nichts sich am Strand bewegen sehen. Ich schaute mich einmal um, kurz bevor ich hinunterkletterte. Ich erinnere mich genau daran, daß ich mich freute, weil der Strand so herrlich still und einsam war – ideal für ein Picknick. Ich hasse es, meine Mahlzeit in einer Menschenmenge einzunehmen.«

»Würden Sie eine einzelne Person an einem verlassenen Strand als eine Menschenmenge bezeichnen?«

»Wenn es sich um eine Mahlzeit im Freien handelt – ja. Sie kennen doch die Leute. Kaum sehen sie jemanden friedlich essen, kommen sie von allen Seiten herbei, setzen sich neben einen und verwandeln den ruhigen Ort in ein Bahnhofsrestaurant.«

»Angst vorm Alleinsein wahrscheinlich.«

»Ich bin fest davon überzeugt, daß keine Menschenseele in der Nähe war, aber ob die Leiche bereits auf dem Felsen lag oder nicht, kann ich beim besten Willen nicht beschwören. Der Felsen liegt ziemlich weit draußen, und als ich die Leiche vom Strand aus bemerkte, hielt ich sie zuerst für ein Algenbündel.«

»Gut. Um ein Uhr war der Strand also menschenleer, aber die Leiche mag bereits auf dem Felsen gelegen haben. Dann kletterten Sie die Klippen hinunter und suchten sich einen Platz zum Mittagessen. War der Felsen von dort aus ganz zu sehen?«

»Nein, bestimmt nicht. Die Klippen bilden eine Art Bucht, eine winzige Bucht, und ich saß nahe am Fuß des Felsens, um mich anlehnen zu können. Mein Mittagessen dauerte nicht mehr als eine halbe Stunde.«

»Sie hörten also nichts? Keine Fußtritte? Kein Auto?«

»Nein, gar nichts.«

»Und dann?«

»Dann schlief ich leider ein.«

»Nur zu natürlich. Für wie lange etwa?«

»Ungefähr eine halbe Stunde. Als ich aufwachte, sah ich wieder auf die Uhr.«

»Was hat Sie aufgeweckt?«

»Das Krächzen einer Möwe, die es auf den Rest meiner Brote abgesehen hatte.«

»Es war dann also zwei Uhr.«

»Ja.«

»Einen Augenblick. Als ich heute morgen hier ankam, war es noch etwas zu früh, um einer Dame einen Besuch abzustatten. Deshalb wanderte ich zum Strand hinunter und freundete mich mit einem der Fischer an. Er erwähnte zufällig, daß die Ebbe gestern um ein Uhr fünfzehn ihren Tiefstand erreichte, also kurz nach Ihrer Ankunft bei den Teufelsklippen. Als Sie aufwachten, war der Flutwechsel bereits eingetreten, und die Flut hatte bereits seit fünfundzwanzig Minuten zu steigen begonnen. Der Fuß Ihres Felsens, der übrigens im Volksmund als des ›Teufels Bügeleisen‹ oder ›Das

Teufelseisen‹ bezeichnet wird, steht nur etwa eine halbe Stunde zwischen Ebbe und Flut nicht im Wasser. Daher besteht die Wahrscheinlichkeit, daß jemand, der den Rand des Wassers entlang zum Felsen gegangen wäre, keine Fußspuren hinterlassen hätte.«

»Er hat aber welche hinterlassen. Aha, jetzt verstehe ich: Sie denken an die Möglichkeit eines Mordes.«

»Natürlich würde ich einen Mord vorziehen – Sie nicht?«

»Zweifellos. Der Mörder hätte also von beiden Richtungen kommen können. Wäre er von Lesston Hoe gekommen, müßte er nach mir angekommen sein, denn ich konnte den Strand von der Straße aus übersehen, und ich sah keinen Menschen. Aber er hätte jederzeit aus der Richtung von Wilvercombe kommen können.«

»Unmöglich«, sagte Wimsey, »denn als Sie um ein Uhr ankamen, war niemand da.«

»Er kann auf der gegen das Meer gekehrten Seite des Teufelseisens gestanden haben.«

»Möglich. Und was war mit dem Toten? Wir können ziemlich genau feststellen, wann er angekommen ist.«

»Wieso?«

»Sie sagten, daß seine Schuhsohlen nicht feucht waren. Er ist also mit trockenen Schuhen auf den Felsen gelangt. Wir brauchen nur genau herauszufinden, um welche Zeit der Sand auf der Landseite des Felsens nicht mit Wasser bedeckt ist.«

»Aber natürlich. Wie dumm, daß ich nicht selbst daran gedacht habe. Jedenfalls läßt sich das leicht feststellen. Wo war ich stehengeblieben?«

»Sie waren vom Krächzen einer Möwe erwacht.«

»Ja. Also, dann ging ich um die Spitze der Klippe herum und zum Felsen hinüber. Und da lag er.«

»In diesem Augenblick war kein Mensch zu sehen?«

»Keine Menschenseele mit Ausnahme eines Mannes in einem Boot.«

»Ja, das Boot. Nehmen wir einmal an, das Boot wäre zur Zeit der Ebbe an Land gekommen und der Insasse wäre zum Felsen gelaufen.«

»Durchaus möglich. Das Boot lag ein Stückweit draußen.«

»Alles scheint davon abzuhängen, wann der Mann mit dem Bart auf den Felsen gelangte. Das müssen wir herausbekommen.«

»Sie sind fest entschlossen, es als einen Mord zu behandeln.«

»Selbstmord ist so langweilig. Und warum sollte jemand so einen weiten Weg machen, um Selbstmord zu begehen?«

»Warum nicht? Viel sauberer als im Schlafzimmer oder an einem ähnlichen Ort. Aber fangen wir nicht vielleicht am falschen Ende an? Wenn wir wüßten, wer der Mann war, würden wir vielleicht einen Brief finden, in dem er erklärt, warum er es tun wollte. Wahrscheinlich hat die Polizei seine Identität bereits festgestellt.«

»Schon möglich«, sagte Wimsey verstimmt.

»Was beunruhigt Sie?«

»Zwei Dinge. Erstens die Handschuhe. Warum sollte sich ein Mensch Handschuhe anziehen, um sich die Gurgel durchzuschneiden?«

»Ja, darüber habe ich mir auch schon den Kopf zerbrochen. Vielleicht hatte er einen Ausschlag und war daran gewöhnt, immer Handschuhe zu tragen. Ich hätte nachsehen sollen. Ich versuchte auch, ihm einen Handschuh auszuziehen, aber dann gab ich es auf, weil... weil die Handschuhe so verklebt waren.«

»Aha. Sie leiden also noch immer unter einer gewissen weiblichen Schwäche. Die zweite Sache, die mich beschäftigt, ist das Mordinstrument. Warum sollte ein Herr mit Vollbart ein Rasiermesser bei sich haben?«

»Er hat es vielleicht für den besonderen Zweck gekauft.«

»Durchaus möglich, meine liebe Harriet. Wahrscheinlich haben Sie recht. Ein Selbstmörder, der sich die Gurgel durchgeschnitten hat. Ich bin sehr enttäuscht.«

»Ja, es ist wirklich eine Enttäuschung... Hallo! Hier kommt mein Freund, der Kommissar.«

Kommissar Umpelty, der nicht in Uniform war, schlängelte sich an den Tischen vorbei und kam auf sie zu. Er trug einen grauen Sportanzug und sah groß, breit und gemütlich aus. Er begrüßte Harriet liebenswürdig.

»Ich dachte mir, Sie würden gewiß gern sehen, wie Ihre Bilder ausgefallen sind. Wir haben den Toten übrigens inzwischen identifiziert.«

»Tatsächlich? Ich gratuliere. Darf ich bekannt machen: Kommissar Umpelty – Lord Peter Wimsey.«

Der Kommissar schien erfreut zu sein, Lord Wimsey kennenzulernen.

»Sie haben sich des Falles frühzeitig angenommen, Mylord. Allerdings glaube ich nicht, daß es sich hier um eine sehr mysteriöse Angelegenheit handelt. Ich halte es ganz einfach für einen Selbstmord.«

»Zu dieser Überzeugung sind wir leider auch gekommen«, erwiderte Wimsey.

»Warum er es getan hat, weiß ich nicht, aber bei diesen Ausländern kann man ja nie wissen.«

»Es ist also ein Ausländer! Mir war bereits aufgefallen, daß er ziemlich fremdländisch aussieht«, sagte Harriet.

»Ja, er ist ein Russe. Heißt Paul Alexis Goldschmidt, nannte sich Paul Alexis. Einer von den Eintänzern aus diesem Hotel. Man scheint nicht viel von ihm zu wissen. Ist vor etwas über einem Jahr hier aufgetaucht und hat sich um eine Stellung bemüht. Da sie einen Eintänzer brauchten und er ein guter Tänzer zu sein schien, stellten sie ihn an. War etwa zweiundzwanzig Jahre alt. Unverheiratet. Lebte in einem möblierten Zimmer. Unseres Wissens nicht vorbestraft.«

»Sind seine Papiere in Ordnung?«

»Neutralisierter Engländer. Soll während der Revolution aus Rußland geflohen sein. Muß damals ein neunjähriger Junge gewesen sein. Wir konnten noch nicht feststellen, wer dann weiter für ihn gesorgt hat. Er war allein, als er hier ankam, und seine Wirtin glaubt nicht, daß er irgendwelche Angehörigen hat. Wir werden schon was über ihn herausfinden, wenn wir seine Sachen durchgeschaut haben.«

»Hat er eine Botschaft oder einen Brief hinterlassen?«

»Nicht, daß ich wüßte. Leider können wir Ihnen nicht sagen, wie lange Sie uns noch zur Verfügung stehen müssen, Miss Vane. Da die Leiche noch nicht gefunden wurde, kann keine gerichtliche Voruntersuchung stattfinden.«

»Wollen Sie damit andeuten, daß der Arzt mit dem bösen Blick und der geheimnisvolle Chinese sie bereits in dem einsamen Haus im Moor verborgen halten?« fragte Wimsey.

»Immer zu scherzen bereit, Mylord... Nein, ganz so kompliziert ist es nicht. Aber es weht eine steife Brise von Südwesten, und die Strömung wird die Leiche aus der Bucht geschwemmt haben. Entweder wird sie in der Gegend von Sandy Point an Land geschwemmt werden, oder sie kann sich in den Teufelsklippen verfangen haben. In diesem Fall müßten wir warten, bis der Wind sich legt. Bei dem hohen Wellengang kann man nicht im Boot hinausfahren, und es wäre ebenso gefährlich, die Leiche von einem Taucher suchen zu lassen – selbst wenn man genau wüßte, an welcher Stelle ein Tauchversuch zu machen wäre. Sehr ärgerlich, aber leider sind unsere Hände gebunden.«

»Hm, ein Glück, daß Sie wenigstens die Aufnahmen gemacht haben, Sherlock, sonst hätten wir nicht einmal den Beweis, daß eine Leiche vorhanden war.«

»Mit einer Fotografie kann der Untersuchungsbeamte nicht viel anfangen«, sagte der Kommissar bedrückt. »Aber da es sich höchstwahrscheinlich um einen Selbstmord handelt, ist es nicht gar so wichtig. Immerhin ist es ärgerlich. Uns ist es natürlich lieber, wenn alles seine Ordnung hat.«

»Nur zu verständlich«, meinte Wimsey, »aber ich bin überzeugt, daß Sie die Sache in Ordnung bringen werden, Herr Kommissar, wenn es überhaupt möglich ist. Sie machen den Eindruck eines wesentlich ordnungsliebenden Menschen. Ich erlaube mir, Ihnen zu prophezeien, lieber Sherlock, daß Kommissar Umpelty bis mittag die Papiere des Toten durchgesehen haben wird, daß er den gesamten Lebenslauf vom Hoteldirektor erfahren sowie den Ort festgestellt haben wird, an dem das Rasiermesser gekauft worden ist. Auch das Geheimnis der Handschuhe wird er ergründet haben.«

Der Kommissar lachte.

»Aus dem Direktor wird leider nicht viel herauszuholen sein, Mylord, und das Rasiermesser ist eine Sache für sich.«

»Aber die Handschuhe?«

»Ich fürchte, daß der einzige, der uns darüber Bescheid sagen könnte, der arme Kerl selbst wäre, und der ist dummerweise tot. Selbstverständlich werde ich seine Papiere sorgfältig durchgehen. Ich bin gerade auf dem Weg zum Polizeirevier.« Er unterbrach sich und blickte unsicher von Harriet zu Lord Peter.

»Machen Sie sich keine Sorgen. Wir haben nicht die Absicht, Sie zu begleiten«, sagte Wimsey. »Ich weiß, daß der Amateurdetektiv gewöhnlich die Polizei bei der Ausübung ihrer Pflichten nur stört. Wir beide werden jetzt eine ganz harmlose Stadtbesichtigung machen. Ich habe nur eine große Bitte: Würden Sie mir gestatten, daß ich mir das Rasiermesser ansehe?«

»Aber selbstverständlich«, erwiderte der Kommissar. »Vielleicht kommen Sie am besten gleich mit mir, dann können wir den Reportern gemeinsam entwischen.«

»Das will ich gar nicht«, sagte Harriet schnell. »Ich möchte mit ihnen sprechen und ihnen etwas über meinen neuen Roman erzählen. Sie beide können schon gehen, ich komme etwas später nach.«

Sie ging, um die Reporter aufzusuchen. Der Kommissar lächelte unsicher.

»Ich möchte nichts gegen die junge Dame sagen, aber kann man sich darauf verlassen, daß sie den Mund halten wird?« fragte er.

»Machen Sie sich keine Sorgen. Miss Vane wird diesen aufregenden

dramatischen Stoff bestimmt für sich behalten«, sagte Wimsey beruhigend. »Darf ich Ihnen einen Drink anbieten?«
»Nein danke, gleich nach dem Frühstück trinke ich nie.«
»Rauchen Sie vielleicht?«
Der Kommissar verneinte.
»Dann setzen wir uns doch einfach noch ein bißchen in die Hotelhalle«, schlug Wimsey vor und ließ sich in einen bequemen Sessel fallen.
»Ich muß jetzt leider gehen«, sagte Umpelty. »Ich werde auf dem Revier Bescheid sagen, daß Sie sich das Rasiermesser ansehen möchten.«
Während der Kommissar durch die Drehtür ging, dachte er: Scheint ja sehr unter dem Pantoffel der jungen Dame zu stehen – armer Kerl! ...
Als Harriet eine halbe Stunde später den Reportern entwischt war, wartete der treue Wimsey noch immer auf sie.
»Den Kommissar bin ich glücklich losgeworden«, sagte Lord Peter Wimsey vergnügt. »Setzen Sie sich Ihren Hut auf, dann können wir gehen.«
Die eben vom Strand zurückgekehrten Pressefotografen zückten ihre Kameras und knipsten eifrig, als Lord Wimsey und Harriet gemeinsam das Resplendent verließen. Während sie die Marmorstufen hinuntergingen und in Wimseys Daimler stiegen, wurden weitere Aufnahmen gemacht.
»Es kommt mir vor, als ob wir gerade in St. George am Hanover Square getraut worden wären«, sagte Harriet ironisch.
»Wenn dem so wäre, würden Sie jetzt zittern wie ein aufgescheuchtes Rebhuhn. Mit mir verheiratet zu sein, wäre ein fürchterliches Erlebnis – Sie haben eben keine Ahnung ... Wir werden uns bei der Polizei nicht lange aufhalten, vorausgesetzt, daß uns der Oberkommissar nicht mehr lange ausfragt.«
Oberkommissar Glaisher war glücklicherweise unabkömmlich. Wachtmeister Saunders war beauftragt worden, ihnen das Rasiermesser zu zeigen. »Ist es auf Fingerabdrücke geprüft worden?«
»Jawohl, Mylord.«
»Und das Resultat?«
»Ich bin nicht genau im Bilde, Mylord, aber ich glaube, man hat keine gefunden.«
»Hauptsache, daß wir es uns ansehen können«, sagte Wimsey. Er betrachtete das Messer von allen Seiten, zuerst mit dem bloßen

Auge und dann mit einer Lupe. Er fand nichts Bemerkenswertes außer einem kleinen Sprung am Elfenbeingriff.

»Etwaige Blutspuren wären am Scharnier, aber wie ich sehe, scheint das Meerwasser alles gründlich abgespült zu haben«, bemerkte er.

»Wollen Sie damit andeuten, daß die Mordwaffe gar nicht die Mordwaffe ist?« fragte Harriet.

»Ja, vielleicht. Die Mordwaffe ist niemals die Mordwaffe, nicht wahr?«

»Natürlich nicht. Und die Leiche ist niemals die Leiche. Der Tote ist offenbar nicht Paul Alexis ...«

»Sondern der Ministerpräsident von Ruritanien ...«

»Und er starb nicht, weil ihm die Gurgel durchschnitten wurde ...«

»Sondern an einem geheimnisvollen Gift, das nur den australischen Buschmännern bekannt ist.«

»Und die Kehle wurde ihm erst nach dem Tode durchschnitten.«

»Und zwar von einem bärtigen Mann in mittleren Jahren mit sonderbaren Gewohnheiten und mit einem ausgesuchten Geschmack ...«

»Der erst kürzlich aus China zurückgekehrt ist«, endete Harriet triumphierend.

Der Wachtmeister, der mit vor Erstaunen weit geöffnetem Mund zugehört hatte, brach in Lachen aus.

»Wirklich sehr gut«, sagte er wohlwollend, »wirklich komisch, was diese Schriftsteller sich so alles ausdenken. Würde Seine Lordschaft Wert darauf legen, auch die anderen Beweisstücke zu sehen?«

Wimsey nickte ernst, und der Hut, das Zigarettenetui, der Schuh und das Taschentuch wurden ihm vorgelegt.

»So, so ... ganz hübscher Hut, keine Qualitätsware«, sagte Wimsey. »Kein gerade großer Kopf. Brillantine Standardqualität, stinkt ziemlich. Was war der Mann gleich?«

»Er war Tänzer.«

»Hatten wir uns nicht darauf geeinigt, daß er Ministerpräsident war? Also gut, fahren wir fort: dunkles, lockiges Haar – ziemlich lang. Der Hut: ein oder zwei Jahre alt, frisch gereinigt und mit einem neuen Hutband versehen. Hutform: eine etwas gewagte Krempe. Schlußfolgerung: nicht reich, aber legte großen Wert auf sein Äußeres. Nehmen wir an, daß der Hut dem Toten gehörte?«

»Ich glaube ja, nach der Brillantine zu schließen.«

»Das Zigarettenetui gehört in eine andere Kategorie. Fünfzehn Karat Gold, einfach und ziemlich neu, mit dem Monogramm P. A.

versehen. Inhalt: sechs De-Rezke-Zigaretten. Hochelegantes Etui. Wahrscheinlich das Geschenk einer reichen Verehrerin.«

»Oder ganz einfach ein Etui, das zu einem Ministerpräsidenten paßt.«

»Versteht sich. Das Taschentuch: Seide, aber schlechte Qualität. Bestimmt nicht aus der Burlington Arcade. Scheußliche Farbe. Wäschezeichen ...«

»Stammt aus der Dampfwäscherei in Wilvercombe, bei der dieser Alexis sicher waschen ließ«, unterbrach der Wachtmeister.

»Betrachten wir uns jetzt einmal den Schuh«, fuhr Wimsey fort. »So gut wie neu. Dünne Sohle. Geschmacklose Farbe, unmögliche Form, kein Laufschuh; handgenäht, und zwar in Wilvercombe.«

»Wir haben bereits mit dem Schuhmacher gesprochen«, sagte der Wachtmeister. »Er bestätigt, daß er den Schuh für Mr. Alexis angefertigt hat. Er kannte ihn gut.«

»Und Sie haben den Schuh tatsächlich selbst vom Fuß des Toten gestreift? Alle Achtung, mein lieber Watson. Der Schuh gehört ihm ganz sicher. Ein geborgtes Taschentuch wäre nicht so schlimm, aber stellen Sie sich einen Ministerpräsidenten in den Schuhen von jemand anders vor!«

»Mylord sind wirklich ein Spaßvogel«, sagte der Wachtmeister und brach wieder in schallendes Gelächter aus.

»Ich spaße nie«, entgegnete Wimsey, während er die Schuhsohle durch sein Vergrößerungsglas betrachtete. »Leichte Spuren von Salzwasser, aber nicht auf dem Oberleder. Folglich ist er über den feuchten Sand gegangen, aber nicht durch das Wasser gewatet. Zwei oder drei Kratzer auf der Schuhkappe, die wahrscheinlich entstanden sind, als er auf den Felsen kletterte. Also, recht herzlichen Dank, Mr. Saunders. Sie dürfen Kommissar Umpelty über die interessanten Folgerungen unterrichten, die wir gezogen haben. Wie wär's mit einem Drink?«

»Vielen Dank, Mylord.«

Wimsey sagte weiter nichts, bis sie wieder im Auto saßen.

»Tut mir leid, daß sich unser Programm, die Stadt zu besichtigen, nun doch nicht durchführen läßt«, verkündete er, während sie durch die engen Straßen fuhren. »Es hätte mir Freude gemacht. Aber wenn ich mich nicht sofort auf den Weg mache, schaffe ich es nicht, in einem Tag nach London und zurück zu fahren.«

Harriet, die sich vorgenommen hatte, zu sagen, daß sie leider keine Zeit hätte, um mit Lord Peter in Wilvercombe herumzumarschieren,

weil sie arbeiten müßte, fühlte sich unvernünftigerweise um ihren Trumpf betrogen.
»Nach London?« wiederholte sie.
»Es dürfte Ihnen aufgefallen sein, daß im Zusammenhang mit dem Rasiermesser weitere Erkundigungen nötig sind«, sagte Wimsey, während er um Haaresbreite einen Zusammenstoß mit einem Lieferwagen vermied.
»Natürlich – ein Besuch der ruritanischen Botschaft wäre äußerst wünschenswert.«
»Hm. Ich werde wohl nur bis zur Jermyn Street kommen.«
»Auf der Suche nach dem bärtigen Mann in mittleren Jahren mit sonderbaren Gewohnheiten?«
»Ja.«
»Er existiert also wirklich?«
»Mag sein. Auf sein genaues Alter kann ich mich allerdings nicht festlegen.«
»Auch nicht auf seine Gewohnheiten?«
»Nein, es könnten diejenigen eines Kammerdieners sein.«
»Und was ist mit dem Bart?«
»Darüber braucht man wohl nicht im Zweifel zu sein.«
»Also, ich geb's auf«, sagte Harriet seufzend. »Bitte erklären Sie.«
Wimsey hielt vor dem Hotel Resplendent, sah auf seine Uhr und sagte: »Ich habe noch zehn Minuten Zeit. Setzen wir uns in die Hotelhalle, und bestellen wir uns etwas zu trinken. Es ist zwar noch ein bißchen früh, aber nach einem Glas Bier chauffiere ich immer viel besser. Gut, sprechen wir nun über das Rasiermesser. Sie werden bemerkt haben, daß es ein erstklassiges Instrument ist und daß außer dem Namen des Herstellers auch noch das geheimnisvolle Wort ›Endicott‹ darauf eingraviert ist.«
»Ja. Was ist Endicott?«
»Endicott ist, oder war, einer der vornehmsten Friseure im Westend von London. So vornehm, so exklusiv, daß er sich nicht Friseur nannte, sondern das altmodische Wort Barbier vorzog. Er hätte sich kaum herabgelassen, einen Kunden zu bedienen, dessen Name nicht schon seit dreihundert Jahren im ›Debrett Almanach‹ stand. Gewöhnliche Sterbliche, wie reich und angesehen sie auch sein mochten, fanden seine Stühle bedauerlicherweise immer besetzt. Sein Laden hatte die Atmosphäre eines aristokratischen viktorianischen Klubs. Man erzählt sich, daß ein bekannter Adliger, der während des Krieges viel Geld verdient hatte, einmal versehentlich von einem ahnungslosen neuen Angestellten auf einen der geheiligten

Stühle gesetzt wurde. Die Atmosphäre war von einer solchen Eiseskälte, daß die Haare des bewußten Herrn nach zehn Minuten gefroren und seine Gliedmaßen versteinert waren. Er wurde in den Kristallpalast gebracht und dort unter den Urzeit-Ungeheuern ausgestellt.«

»Ja und?«

»Fällt es Ihnen nicht auch als Widerspruch auf, daß ein Mann einerseits sein Rasiermesser bei Endicott kauft und anderseits derartig geschmacklose Schuhe und einen nicht einmal nach Maß angefertigten Hut trägt? Ich gebe zu, daß die Schuhe handgemacht waren, aber das beweist nur, daß er als Tänzer auf seine Füße achten mußte. Ist es denkbar, daß ein Mann, der sich bei Endicott rasieren ließ, Schuhe von so unmöglicher Farbe und Form bestellte? Unvorstellbar!«

»Leider bin ich mit den subtileren Einzelheiten der Herrenmode nicht sehr vertraut«, gab Harriet zu. »Aus diesem Grunde legt mein Robert Templeton keinen großen Wert auf distinguierte Kleidung; er zieht es vor, leger und sportlich angezogen zu sein.«

»Robert Templetons schlechter Geschmack in bezug auf Kleidung ist für mich immer ein wunder Punkt in Ihren sonst so interessanten Romanen gewesen. Aber sprechen wir nicht mehr davon, und kommen wir auf das Rasiermesser zurück. Dieses Messer ist viel benutzt worden. Es ist mehrmals frisch geschliffen worden, wie man an der Klinge erkennt. Ein wirklich erstklassiges Rasiermesser braucht jedoch nicht oft geschliffen zu werden, vorausgesetzt, daß man es gut behandelt und regelmäßig abzieht. Daher muß der Mann, der es gebrauchte, entweder nicht gewußt haben, wie mit dem Streichriemen umzugehen ist, oder er hatte einen sehr starken Bartwuchs – vermutlich beides. Ich stelle ihn mir als einen Menschen mit ungeschickten Fingern vor, dessen Füllfederhalter immer kleckst und der seine Uhr beim Aufziehen überdreht – einen, der sein Rasiermesser so selten abzieht, daß der Streichriemen hart und brüchig wird, und der es dann mit der Gewalt versucht, wobei die Schneide schartig wird. Schließlich verliert er natürlich die Geduld und schickt das Rasiermesser fluchend zum Schleifen. Nach wenigen Wochen ist die Schneide wahrscheinlich wieder stumpf und muß wiederum geschliffen werden.«

»Sehr interessant. Mir ist das alles neu. Aber wie kamen Sie darauf, daß er ein Mann in mittleren Jahren ist?

»Das war mehr oder weniger eine Mutmaßung. Immerhin würde ein junger Mann, der soviel Ärger mit seinem Rasiermesser hat, wahrscheinlich zu einem Rasierapparat übergehen und alle paar Tage eine neue Klinge einsetzen. Ein Mann in mittleren Jahren dagegen ändert seine Gewohnheiten nur ungern. Wie dem auch sei, ich bin sicher, daß das Rasiermesser über drei Jahre im Gebrauch gewesen ist. Da der Tote erst zweiundzwanzig Jahre alt war und einen Vollbart trug, kann ich mir nicht vorstellen, wie er das Rasiermesser derartig abgenutzt haben sollte. Wir müssen uns beim Direktor des Hotels erkundigen, ob Alexis schon einen Bart trug, als er vor einem Jahr hierherkam. Aber als erstes muß man versuchen, den alten Endicott zu finden, um ihn zu fragen, ob eines seiner Rasiermesser möglicherweise noch nach 1925 verkauft worden ist.«

»Warum 1925?«

»Weil der alte Endicott sein Geschäft in diesem Jahr verkauft und sich mit Krampfadern und einem kleinen Vermögen zur Ruhe gesetzt hat.«

»Und wer hat das Geschäft weitergeführt?«

»Niemand. Der Laden ist jetzt ein Delikatessengeschäft, in dem man köstlichen Schinken und erlesenen Aufschnitt kaufen kann. Der alte Endicott hatte keine Söhne, und er wollte seinen Namen nicht verkaufen.«

»Hat er die Einrichtung und das Warenlager nicht verkauft?«

»Eben danach will ich mich erkundigen, und jetzt muß ich wirklich gehen. Ich versuche, heute abend zurückzukommen. Seien Sie nicht traurig, wenn ich Sie allein lasse.«

»Ich bin nicht traurig«, erwiderte Harriet empört. »Ich bin restlos glücklich.«

»Wundervoll! Soll ich übrigens in London versuchen, gleich eine Heiratsbewilligung zu bekommen?«

»Die Mühe können Sie sich ersparen.«

»Wie Sie wünschen. Es war nur eine Frage ... Ich habe eine Idee. Wie wäre es, wenn Sie sich während meiner Abwesenheit ein bißchen mit den anderen Eintänzern anfreunden würden? Vielleicht könnten Sie auf diese Weise etwas über Paul Alexis erfahren.«

»Keine schlechte Idee. Aber dann müßte ich mir ein elegantes Kleid kaufen – falls man so etwas in Wilvercombe bekommen kann.«

»Bitte kaufen Sie sich ein weinrotes. Ich wollte Sie schon immer gern in Weinrot sehen. Die Farbe muß Ihnen wunderbar zu Gesicht stehen, sie müßte herrlich passen zu Ihrem zarten bronzefarbenen Teint.«

»Sherry oder Portwein?« fragte Harriet mit Unschuldsmiene.
»Wie bitte? fragte Wimsey verblüfft.
»Soll das Kleid eine Sherry- oder eine Portwein-Farbe haben?«
»Rotwein«, sagte Wimsey, »Château Margaux 1893, aber es muß nicht unbedingt dieser Jahrgang sein.«
Er stand auf, lief, von Harriet gefolgt, die Stufen hinunter und stieg in seinen Daimler.
Er lüftete seinen Hut und gab Gas. Als Harriet sich umwandte, sagte eine Stimme, die sie schon einmal gehört zu haben glaubte: »Miss ... Miss Vane? Kann ich Sie einen Augenblick sprechen?«
Harriet erkannte die »hagere Hexe«, die am gestrigen Abend im Tanzsaal des Hotels am Nebentisch gesessen hatte.

5. Die Aussage der Verlobten

Freitag, den 19. Juni

Harriet hatte die Existenz der Frau fast vergessen, aber plötzlich fiel ihr die kurze Episode wieder ein. Wieso war ich nur so begriffsstutzig? fragte sich Harriet. Der erwartungsvoll umherschweifende Blick der Frau, dann ihre wachsende Ungeduld, die Nervosität, die erregte Erkundigung nach Mr. Alexis, die kummervolle Miene, mit der sie schließlich den Tanzsaal verließ, das alles hätte mir auffallen müssen. Harriet sah die Frau von der Seite an: Wie alt und verhärmt sie aussieht, dachte sie und empfand es fast als taktlos, in dieses welke Gesicht zu schauen. Dann sagte sie in ziemlich brüskem Ton:
»Ja, natürlich. Kommen Sie mit in mein Zimmer.«
»Das ist sehr nett von Ihnen«, sagte die Frau und fügte nach einer kurzen Pause, während sie auf den Fahrstuhl zugingen, hinzu: »Ich bin Mrs. Weldon ... ich ... wohne seit einiger Zeit hier. Mr. Greely, der Direktor, kennt mich gut.«
Diese Frau will mir zu verstehen geben, daß sie weder eine Mädchenhändlerin ist noch eine Hoteldiebin, dachte Harriet. »Schon gut, schon gut«, erwiderte sie schnell. Das Ganze war ihr peinlich, und das war der Grund für ihre schroffe Art. Sie befürchtete einen hysterischen Anfall, und sie gehörte nicht zu den Menschen, die daran Vergnügen finden. Schweigend führte sie ihre Besucherin ins Zimmer Nummer dreiundzwanzig und bat sie, Platz zu nehmen.

Mrs. Weldon ließ sich in einen tiefen Sessel fallen. Während sie ihre teure Handtasche mit dünnen nervösen Händen befingerte, begann sie zu sprechen. »Es ist ... es handelt sich um ... Mr. Alexis. Das Zimmermädchen hat mir eine furchtbare Geschichte erzählt, und da bin ich ... zuerst bin ich zum Direktor gegangen, aber der weigerte sich, mir etwas zu sagen. Und dann ... dann sah ich Sie mit der Polizei sprechen und mit den vielen Reportern ... und ... ach bitte, bitte sagen Sie mir, was geschehen ist, Miss Vane.«
Harriet räusperte sich und begann mechanisch ihre Taschen nach Zigaretten zu durchsuchen.
»Es tut mir unendlich leid«, sagte sie, »ja, leider ist wirklich etwas Entsetzliches geschehen. Als ich gestern nachmittag am Strand war, habe ich zufällig die Leiche eines Mannes entdeckt. Nach allem, was ich gehört habe, scheint es sich um Mr. Alexis zu handeln.«
Der Versuch, der unglücklichen Person mit dem hageren aufgemachten Gesicht und dem gefärbten Haar die Wahrheit vorzuenthalten, wäre ja letzten Endes doch sinnlos gewesen. Harriet zündete ein Streichholz an und blickte starr in die Flamme.
»Ja, das habe ich auch gehört. War es ... wissen Sie, ob es ein Schlaganfall war?«
»Leider nicht. Man scheint anzunehmen, daß es sich ... daß er sich etwas angetan hat.«
Harriet wollte das Wort »Selbstmord« unbedingt vermeiden.
»Nein, nein! Das ist ganz unmöglich, Miss Vane. Es muß ein Irrtum sein. Wahrscheinlich war es ein Unfall; glauben Sie nicht auch, daß es ein Unfall war?«
Harriet schüttelte den Kopf.
»Aber Sie ahnen ja nicht ... wie sollten Sie auch ... wie unmöglich diese Vorstellung ist. Wie können die Leute nur so etwas behaupten.«
Mrs. Weldon unterbrach sich einen Moment und schaute Harriet mit verzweifeltem Blick in die Augen. »Ich habe etwas von einem Rasiermesser gehört, Miss Vane ... Woran ist er gestorben?«
Es gab kein beschönigendes Wort dafür, nicht einmal einen wissenschaftlichen lateinischen Ausdruck.
»Seine Kehle war durchschnitten, Mrs. Weldon.«
Mrs. Weldon sank in sich zusammen. Sie wirkte plötzlich wie ein Skelett, ein Skelett mit großen, ungläubig starrenden Augen.
»Ja ... das haben sie gesagt ... aber ich ... ich konnte es nicht

genau verstehen ... und ich wollte nicht fragen ... sie ... sie schienen sich fast darüber zu freuen.«

»Nein, bestimmt nicht, aber ich weiß, was Sie meinen«, sagte Harriet. »Ich kenne die Mentalität der Reporter. Sie meinen es nicht böse, und sie leben nun einmal von derartigen Sensationen. Sie konnten ja nicht ahnen, welchen Schlag es Ihnen versetzen würde.«

»Nein, natürlich nicht, aber *Sie* werden doch nicht übertreiben, nicht wahr? *Ihnen* kann ich doch trauen.«

»Ja, mir können Sie vertrauen«, erwiderte Harriet langsam. »Ich möchte Ihnen die traurigen Einzelheiten ersparen, aber Sie können mir glauben, daß es bestimmt kein Unfall war.«

»Dann kann es nicht Mr. Alexis gewesen sein. Wo ist er? Kann ich ihn sehen?«

Harriet erklärte, daß man die Leiche noch nicht geborgen habe.

»Es muß ein anderer sein. Woher wollen sie wissen, daß es Paul ist?«

Harriet erwähnte zögernd die Fotografie.

»Zeigen Sie mir das Bild.«

»Es ist kein sehr schöner Anblick.«

»Ich bestehe darauf, die Fotografie zu sehen. *Ich* werde mich auf keinen Fall irren.«

Vielleicht war es am besten, ihre Zweifel gleich zu beheben. Harriet holte das Bild langsam aus ihrer Tasche. Mrs. Weldon riß es ihr aus der Hand.

»O Gott, mein Gott!«

Harriet klingelte und ging gleich darauf hinaus in den Korridor, um beim Zimmerkellner einen doppelten Whisky-Soda zu bestellen.

Sie bestand darauf, daß Mrs. Weldon das Glas leerte, dann holte sie ein frisches Taschentuch und wartete, bis der Sturm sich legte. Sie setzte sich ein wenig hilflos neben Mrs. Weldon auf die Sessellehne und klopfte ihr begütigend auf die Schulter. Glücklicherweise drückte sich ihre Verzweiflung nicht in einem hysterischen Anfall, sondern in heftigem Schluchzen aus. Harriets Achtung vor Mrs. Weldon stieg. Nachdem sich das Schluchzen etwas gelegt hatte und sie mit zitternden Fingern in ihrer Handtasche zu wühlen begann, drückte ihr Harriet das Taschentuch in die Hand.

»Danke, meine Liebe«, flüsterte Mrs. Weldon. Sie trocknete sich die Augen, wobei sie Wimperntusche und Schminke über ihrem Gesicht verschmierte. Dann putzte sie sich die Nase und richtete sich auf. »Bitte entschuldigen Sie vielmals, Miss Vane.«

»Wirklich kein Grund«, sagte Harriet. »Es hat Ihnen einen schweren Schlag versetzt. Vielleicht möchten Sie sich die Augen mit kaltem Wasser auswaschen? Danach fühlt man sich immer etwas frischer.«
Sie holte Schwamm und Handtuch, und Mrs. Weldon entfernte die grotesken Spuren ihres Kummers. Als sie sich das Gesicht abtrocknete, trat ihre natürliche blasse Hautfarbe zutage. Ihr Gesicht war das einer Frau zwischen fünfzig und sechzig. Jedenfalls sah sie ungeschminkt sehr viel besser und würdiger aus. Sie griff instinktiv nach ihrer Tasche, legte sie jedoch gleich wieder fort.
»Ich sehe entsetzlich aus«, sagte sie mit einem vergeblichen Versuch zu lächeln. »Aber das spielt ja jetzt keine Rolle mehr.«
»Sie sehen wirklich ganz gut aus«, tröstete Harriet. »Kommen Sie, setzen Sie sich, rauchen Sie eine Zigarette, und nehmen Sie eine Aspirintablette. Sie haben doch sicher Kopfschmerzen.«
»Vielen Dank, Sie sind rührend. Tut mir leid, daß ich Ihnen solche Umstände mache.«
»Durchaus nicht. Ich wünschte nur, ich könnte Ihnen helfen.«
»Das können Sie bestimmt, wenn Sie nur wollen. Sie sind sicher klug – Sie sehen klug aus. Ich bin's leider nicht. Vielleicht wäre ich glücklicher gewesen, wenn ich eine Beschäftigung gehabt hätte. Ich habe oft gedacht, wie schön es wäre, wenn ich Bilder malen oder ein Auto lenken könnte. Dann hätte ich sicher mehr vom Leben gehabt.«
Harriet gab zu, daß es im allgemeinen gut sei, eine Beschäftigung zu haben.
»Natürlich lag das alles an meiner Erziehung«, fuhr Mrs. Weldon fort. »Ich habe immer nur meinen Gefühlen gelebt, ich kann nichts dafür. So bin ich nun einmal ... Meine Ehe war eine Tragödie, aber das alles ist ja längst vorbei. Mein Sohn – vielleicht halten Sie es für erstaunlich, daß ich schon einen erwachsenen Sohn habe, meine Liebe, aber ich habe sehr jung geheiratet – mein Sohn hat mich sehr enttäuscht. Er ist kalt und herzlos, und das ist schwer zu verstehen, denn ich selbst bin ein liebevoller, warmherziger Mensch. Ich würde *alles* für meinen Sohn tun, Miss Vane, aber junge Menschen sind so verständnislos. Wenn er etwas mehr für mich übrig gehabt hätte, würde ich *nur* für ihn gelebt haben. Man hat mich immer für eine wundervolle Mutter gehalten. Aber es ist ein furchtbar einsames Leben, wenn man von seinem einzigen Kind verlassen wird. Niemand kann mir Vorwürfe machen, weil ich versucht habe, auch ein klein wenig Glück für mich zu ergattern. Sie geben mir doch recht, nicht wahr?«

»Unbedingt. Ich habe auch Ergatterungsversuche gemacht, aber sie schlugen fehl.«
»Wirklich?«
»Ja«, sagte Harriet. »Wir zankten uns, und dann ... dann starb er, und man glaubte, ich hätte ihn ermordet. Das stimmte natürlich nicht, jemand anders hat ihn umgebracht ... Es war alles in allem sehr unangenehm.«
»Sie Arme! Aber Sie sind wenigstens klug, Sie können sich beschäftigen, und das ist schon ein großer Unterschied. Was kann ich tun? Ich weiß nicht einmal, was ich in dieser grauenhaften Angelegenheit unternehmen könnte. Sie sind intelligent, Miss Vane. Werden Sie mir helfen?«
»Wie wäre es, wenn Sie mir erst einmal genau sagen würden, wobei ich Ihnen helfen soll.«
»Ja, natürlich. Ich bin so dumm – ich kann die Dinge nie richtig erklären, aber ich weiß, ich weiß genau, daß der arme Paul so etwas nie getan hätte. Unmöglich. Er war so unbeschreiblich glücklich mit mir, und er hat sich so darauf gefreut.«
»Auf was?«
»Auf unsere bevorstehende Heirat«, sagte Mrs. Weldon, als wäre das eine Selbstverständlichkeit.
»Ach so – das tut mir schrecklich leid. Ich wußte nicht, daß Sie heiraten wollten. Wann sollte die Hochzeit stattfinden?«
»In zwei Wochen. So bald wie möglich. Wir waren so glücklich wie zwei Kinder.«
Mrs. Weldons Augen füllten sich erneut mit Tränen. »Ich werde Ihnen alles erzählen: Im vergangenen Januar kam ich hier an, nachdem ich ziemlich krank gewesen war und der Arzt mir ein mildes Klima verordnet hatte. Da mich die Riviera langweilt, beschloß ich, nach Wilvercombe zu fahren. Das Hotel ist ausgezeichnet; ich war früher schon einmal hier, mit meiner Freundin, Lady Hartlepool, die leider im vorigen Jahr gestorben ist. Schon am ersten Abend forderte mich Paul zum Tanzen auf. Wir schienen füreinander bestimmt zu sein, das spürten wir beide schon im ersten Augenblick. Auch er war einsam. Wir tanzten jeden Abend, und am Tag machten wir lange Ausflüge. Er erzählte mir alles von sich und seinem traurigen Leben. In gewisser Weise waren wir beide in der Verbannung.«
»Er kam aus Rußland, nicht wahr?«
»Ja, als kleiner Junge kam er nach England. Armes Kerlchen! Eigentlich war er ein Prinz, aber er sprach nicht gern darüber, er

erwähnte es nur ganz gelegentlich. Es war natürlich unter seiner Würde, Eintänzer zu sein, und es hat ihn sehr bedrückt. Nachdem wir uns besser kannten, erklärte ich, er wäre der König meines Herzens; er sagte, das bedeute ihm mehr als eine Krone. Armer Junge! Er liebte mich so unbeschreiblich, daß ich es manchmal mit der Angst zu tun bekam. Russen sind so ungeheuer temperamentvoll.«

»Ja, ich weiß«, sagte Harriet. »Wäre es möglich, daß irgendwelche Streitigkeiten ihn dazu ...«

»Nein, nein. Ausgeschlosen«, unterbrach Mrs. Weldon. »Wir haben uns so phantastisch gut verstanden. Während wir an jenem letzten Abend zusammen tanzten, flüsterte er mir zu, daß eine große, wunderbare Veränderung in sein Leben gekommen sei. Sie glauben nicht, wie aufgeregt und glücklich er war. Es lag in seiner Natur, sich über jede Kleinigkeit zu freuen, aber das ... das war etwas ganz anderes. Er war wahrhaft glücklich. An jenem Abend tanzte er noch besser als sonst, denn er war – und das sind seine eigenen Worte – erfüllt von einer großen Freude. ›Vielleicht muß ich morgen fortfahren, aber ich kann dir nicht sagen, wohin und weshalb‹, sagte er. Ich habe ihm keine Fragen gestellt, weil ich ihm die Freude, mich zu überraschen, nicht verderben wollte, aber natürlich wußte ich, was er vor hatte. Er wollte die Heiratserlaubnis besorgen, und zwei Wochen später hätten wir geheiratet.«

»Wo sollte die Hochzeit stattfinden?«

»In London, und natürlich in der Kirche. Ich finde Standesämter so unendlich deprimierend. Sie nicht auch? Selbstverständlich mußte er in dem dortigen Gemeindebezirk vorsprechen, und zu diesem Zweck wollte er auch fortfahren. Wir wollten nicht, daß unser Geheimnis hier vorzeitig bekannt wird, weil wir Klatsch vermeiden wollten. Ich bin ein wenig älter, als er es war, und Sie wissen ja selbst, wie bösartig die Leute sein können. Ich selbst war sogar beunruhigt wegen des Altersunterschieds, aber Paul hat gesagt: ›Es kommt nur auf das Herz an, kleine Blume.‹ So hat er mich immer genannt, weil ich Flora heiße. ›Auf das Herz kommt es an, und du hast das Herz einer Siebzehnjährigen.‹ Wunderbar gesagt, und er hat es auch gemeint. Wenn ich bei ihm war, fühlte ich mich tatsächlich wie siebzehn.«

Harriet murmelte etwas Unverständliches. Diese Unterhaltung war ihr fast unerträglich. Was Mrs. Weldon erzählte, war gleichzeitig widerlich und mitleiderregend, unwahrscheinlich und doch grauenhaft wirklich, tragisch und grotesk. Harriet wollte das

Gespräch um jeden Preis beenden, und doch wollte sie es unbedingt weiterführen, um den Tatsachen auf den Grund zu kommen.
»Bevor er mich kennenlernte, hat er nie eine Frau geliebt«, fuhr Mrs. Weldon fort. »Es gibt nichts Schöneres als die erste Liebe eines jungen Mannes; sie hat etwas ganz Rührendes an sich, fast etwas Heiliges. Er war eifersüchtig auf meinen verstorbenen Mann, aber ich machte ihm klar, daß dazu kein Grund vorliege. Ich war ja noch ein halbes Kind, als ich John Weldon heiratete, viel zu jung, zu begreifen, was Liebe bedeutet. Erst Paul ist es gelungen, wirklich Liebe in mir zu erwecken. Natürlich gab es andere Männer in meinem Leben, Männer, die mich heiraten wollten, denn ich war sehr jung Witwe geworden, aber sie bedeuteten mir nichts – gar nichts. ›Ein Mädchenherz im Körper einer erfahrenen Frau‹, wie Paul so liebevoll zu sagen pflegte . . . Und er hatte recht, meine Liebe.«
»Das glaube ich gern«, erwiderte Harriet zögernd.
»Ich wünschte, Sie hätten Paul gesehen, wie er wirklich war – so hübsch, so anmutig. Er war ungeheuer bescheiden, kein bißchen verwöhnt, obwohl ihm alle Frauen nachliefen. Lange Zeit hat er sich nicht getraut, mit mir über seine Gefühle für mich zu sprechen. Genaugenommen mußte ich den ersten Schritt tun, denn er hätte es nie gewagt. Er war es, der darauf bestand, unsere Hochzeit bis zum Juni zu verschieben, obwohl wir uns schon im Februar verlobt hatten. In seiner liebevollen, fürsorglichen Art hielt er es für besser abzuwarten, ob mein Sohn, der gegen eine Heirat war, sich nicht doch noch damit einverstanden erklären würde. Es ist nur zu begreiflich, daß Paul etwas überempfindlich war; schließlich geht es mir finanziell recht gut, und der arme Junge besaß nicht einen Penny. Er weigerte sich sogar, Geschenke von mir anzunehmen, bevor wir verheiratet wären. Der Arme mußte von der Hand in den Mund leben, denn diese gräßlichen Bolschewisten hatten ihm alles fortgenommen.«
»Wer sorgte für ihn, als er nach England kam?«
»Die Frau, die ihn herüberbrachte und die er die ›alte Natascha‹ nannte. Sie war eine Bäuerin, die ihm sehr ergeben war. Leider starb sie sehr bald, und ein jüdischer Schneider und dessen Familie nahmen sich seiner an. Sie adoptierten ihn, und so wurde er Engländer und erhielt den Namen des Schneiders, Goldschmidt. Leider ging das Geschäft der Goldschmidts nicht gut; sie waren furchtbar arm. Paul wurde Laufjunge, außerdem verkaufte er Zeitungen. Sie wanderten nach Amerika aus, aber das Leben in New York war noch viel schwerer. Nach dem frühen Tod seiner Adoptiveltern war Paul

auf sich selbst angewiesen. Er sprach nicht gern von dieser Zeit, die für ihn wie ein schlimmer Alptraum war.«

»Ich nehme an, daß er in New York in die Schule ging.«

»Ja, er war in einer Volksschule, die von den armen Kindern der East Side besucht wurde. Er hat diese Schule gehaßt. Die anderen Kinder machten sich über ihn lustig, weil er so zart und empfindlich war. Sie malträtierten ihn entsetzlich; einmal wurde er sogar im Schulhof niedergeschlagen. Danach war er lange Zeit sehr krank – und schrecklich einsam.«

»Was tat er, nachdem er die Schule verlassen hatte?«

»Er wusch Gläser ab – in einem Nachtklub. Die Mädchen dort waren gut zu ihm, sagte er, aber sonst hat er nicht gern von dieser Zeit gesprochen, weil er so sensibel war. Er fürchtete, daß die Leute ihn verachten würden, wenn sie wüßten, daß er diese Arbeit hat tun müssen.«

»Wahrscheinlich hat er dort tanzen gelernt«, meinte Harriet nachdenklich.

»Mag sein. Jedenfalls war er ein wunderbarer Tänzer. Es lag ihm im Blut. Als er etwas älter war, wurde er Berufstänzer, obwohl das nicht sein Ideal war.«

»Er muß ganz gut verdient haben«, meinte Harriet, die an die auffällig-eleganten Kleidungsstücke und die handgenähten Schuhe des Toten dachte.

»Ja, er hat aber auch schwer gearbeitet. Leider war er nicht sehr kräftig, und ich weiß, daß er es nicht viel länger ausgehalten hätte, Eintänzer zu bleiben. Er hatte ein böses Knie – ich glaube, es war eine Gelenkentzündung – und er fürchtete, daß es steif werden könnte. Er hat es immer wieder verschoben, deswegen einen Arzt aufzusuchen, obwohl ich ihn dazu drängte. Oh, Paul war so romantisch, und er schrieb wunderschöne Gedichte. Er liebte schöne Dinge über alles.«

»Was brachte ihn nach Wilvercombe?«

»Ja, also mit siebzehn Jahren kam er zurück nach England und begann in London zu arbeiten. Aber sein dortiger Arbeitgeber machte bankrott, oder sein Lokal wurde von der Polizei geschlossen – ich weiß es nicht ganz genau – und dann benutzte Paul seine Ersparnisse, um sich hier ein wenig zu erholen. Er hörte, daß sie einen Eintänzer suchten; er nahm den Posten aushilfsweise an, aber er war so außergewöhnlich beliebt, daß ihm die Hotelverwaltung einen Dauerposten anbot.«

Es wird schwer sein, den Werdegang und die Spuren von Paul

Alexis im New Yorker Ghetto und in den obskuren Nachtklubs von London zu verfolgen, dachte Harriet.
»Der arme Paul behauptete immer, daß unsere Begegnung vorbestimmt war – und es war sonderbar. Wir beide kamen ganz zufällig nach Wilvercombe, wo wir uns kennenlernten. Ich bin überzeugt, daß es eine Schicksalsfügung war. Und jetzt ...«
Die Tränen strömten über Mrs. Weldons Wangen, und sie sah Harriet hilflos an.
»Wir waren beide so traurig und einsam; zusammen wären wir glücklich geworden.«
»Wirklich tragisch«, sagte Harriet, dann fuhr sie fort: »Ich nehme an, daß Mr. Alexis sehr temperamentvoll war.«
»Wollen Sie damit sagen, daß er sich auf so furchtbare Weise selbst umgebracht hat? Ausgeschlossen! Das hätte er nie und nimmer getan. Natürlich war er leidenschaftlich und temperamentvoll, aber er war strahlend glücklich mit mir. Ich halte es für unmöglich, daß er einfach von mir gegangen wäre – ohne mir ein Wort des Abschieds zu hinterlassen. Das ist ganz unmöglich, Miss Vane. Und Sie müssen beweisen, daß es unmöglich war. Sie sind so gescheit, Sie werden es fertigbringen. Deshalb mußte ich mit Ihnen sprechen. Ich wollte Ihnen alles sagen, was ich über Paul weiß.«
»Sind Sie sich darüber klar, daß es dann ein anderer getan haben muß?« sagte Harriet langsam.
»Warum nicht?« rief Mrs. Weldon erregt. »Jemand muß uns um unser Glück beneidet haben. Paul war so schön und so romantisch – durchaus denkbar, daß es eifersüchtige Menschen gab. Oder vielleicht waren es die Bolschewisten. Die sind zu allem fähig; ich las erst neulich, daß es in England nur so von Kommunisten wimmelt. Ich finde es unerhört, daß wir sie überhaupt ins Land hereinlassen, und diese Regierung ermutigt sie womöglich noch. Sie haben Paul umgebracht; wahrscheinlich planen sie jetzt ein Attentat auf den König und die Königin. Wenn man nicht bald etwas gegen sie unternimmt, wird es zu einer Revolution kommen. Ich höre, daß sie ihre widerwärtigen Flugblätter sogar an unsere Matrosen verteilen.«
»Wir müssen zunächst abwarten und sehen, was man herausfinden wird«, sagte Harriet. »Ich fürchte, Sie werden die Polizei über diese Dinge informieren müssen, auch wenn es Ihnen peinlich ist.«
»Ich will alles tun, was in meiner Macht steht, um Pauls guten Namen zu retten«, erklärte Mrs. Weldon und wischte sich die Tränen vom Gesicht. »Vielen herzlichen Dank, Miss Vane. Ich hoffe,

ich habe Sie nicht zu lange aufgehalten. Sie waren sehr lieb und geduldig.«

»Keineswegs; man tut, was man kann«, erwiderte Harriet.

Sie geleitete ihre Besucherin zur Tür, dann ging sie zurück, setzte sich auf einen Sessel und zündete sich nachdenklich eine Zigarette an. War der Gedanke einer baldigen Ehe mit Mrs. Weldon ein ausreichendes Motiv zum Selbstmord? Wahrscheinlich nicht. In einer solchen Lage hätte man die Flucht ergreifen können, jedoch sind die Reaktionen temperamentvoller, überempfindlicher Menschen schwer zu beurteilen.

6. Die Aussage des ersten Friseurs

Freitag, den 19. Juni
Nachmittag und Abend

»Können Sie mir vielleicht sagen, wo der alte Endicott jetzt lebt?« erkundigte sich Lord Peter. Der Geschäftsführer, der vornehme Kunden persönlich zu bedienen pflegte, senkte den Fleischspieß, den er gerade in einen Schinken stoßen wollte.

»Ja, das kann ich, Mylord. Mr. Endicott hat ein Haus in Ealing. Er kommt gelegentlich in den Laden, um sich ein Glas unserer selbst eingelegten Mixpickles zu kaufen. Er ist ein bemerkenswerter alter Herr.«

»Ja, das ist er. Leider habe ich ihn in der letzten Zeit nicht gesehen, und ich fürchtete, daß er vielleicht krank geworden sei.«

»Durchaus nicht, Mylord. Er ist kerngesund. Im Alter von sechsundsiebzig Jahren hat er noch angefangen, Golf zu spielen, außerdem besitzt er eine Sammlung von Gegenständen aus Papiermaché. Nichts hält einen Menschen so jung wie ein interessantes Hobby.«

»Sehr richtig«, erwiderte Wimsey. »Ich muß ihn dieser Tage einmal besuchen. Wie ist seine Adresse?«

Der Geschäftsführer gab die gewünschte Auskunft, dann stieß er den Spieß nahe beim Knochen in den Schinken, hob ihn mit dem Griff des Spießes geschickt an und hielt ihn Wimsey höflich unter die Nase. Dieser sog das köstliche Aroma mit Kennermiene ein und sprach über den Schinken einen feierlichen Segen.

»Sehr liebenswürdig, Mylord. Ich hoffe, er wird Ihnen gut schmecken. Darf ich Ihnen den Schinken schicken?«

»Nein, danke. Ich nehme ihn gleich mit.«

Der Geschäftsführer winkte einen der Verkäufer heran, der den

Schinken zunächst in mehrere Bogen Pergamentpapier wickelte, dann in braunes Papier; schließlich wurde das Paket kunstvoll verschnürt und mit einer bequemen Tragschlinge versehen.
»Mein Wagen steht draußen«, sagte Wimsey.
Eine kleine Prozession begab sich aus dem Laden: voran der Verkäufer mit dem Schinken, hinter ihm Lord Peter, der sich seine Fahrhandschuhe anzog, am Schluß der Geschäftsführer. Ein zweiter Verkäufer hielt die Wagentür auf, und der Geschäftsführer verbeugte sich zeremoniell, bevor sich der Schlag schloß.
Wimsey fand das Haus in Ealing ohne besondere Mühe. Mr. Endicott war zu Hause und sehr erfreut, Lord Peter wiederzusehen. Er nahm den Schinken mit Dank an; dann servierte er seinem Gast einen guten alten Sherry mit der Würde eines regierenden Fürsten, der einen ebenbürtigen Potentaten empfängt. Lord Peter besah sich die Sammlung von Papiermaché-Gegenständen, dann sprach er mit seinem Gastgeber über Golf, und schließlich erwähnte er den Zweck seines Besuches.
»Ich bin kürzlich auf eins Ihrer Rasiermesser unter recht sonderbaren Umständen gestoßen. Im Zusammenhang damit wäre ich Ihnen für eine Auskunft dankbar.«
Mr. Endicott verzog sein rosiges Gesicht zu einem huldvollen Lächeln, goß seinem Gast noch einen Sherry ein und erklärte sich bereit, ihm, wenn irgend möglich, behilflich zu sein.
Wimsey beschrieb das Rasiermesser genau und fragte, ob es möglich wäre, den Käufer festzustellen.
»Ja, da es einen Elfenbeingriff hat, sollte das möglich sein«, erklärte Endicott. »Wir hatten nur drei Dutzend von der Sorte, denn die meisten unserer Kunden bevorzugten schwarze Griffe. Die von Ihnen erwähnten Rasiermesser haben wir im Jahre 1916 bekommen. Während des Krieges war es nicht leicht, wirklich erstklassige Klingen zu kaufen, aber diese waren sehr gut. Selbst damals störten sich die Herren allerdings an dem weißen Griff, und wie ich mich entsinne, waren wir froh, als ein alter Kunde sich später ein Dutzend nach Bombay schicken ließ. Das war im Jahre 1920, und der Kunde hieß Hauptmann Francis Egerton.«
»Bombay? Ziemlich weit – aber man kann nie wissen. Was geschah mit dem Rest?«
Mr. Endicott, der ein phänomenales Gedächtnis zu haben schien, sagte nach kurzem Nachdenken:
»Kapitän Mellon besaß zwei dieser Rasiermesser, aber diese kommen nicht in Frage; denn sein Schiff wurde torpediert und mit Mann und

Maus versenkt, das muß im Jahre 1917 gewesen sein. Der Kapitän war ein tapferer Mann, und er stammte aus einer sehr guten alten Familie ... Der Herzog von Wetherby kaufte eins der Messer, und er erwähnte erst vor kurzem, daß er es noch immer besitzt. Er kommt also auch nicht in Frage. Mr. Pritchard, ein anderer Kunde, hatte ein außergewöhnliches Erlebnis. Sein Kammerdiener verlor plötzlich den Verstand und versuchte, Mr. Pritchard mit dessen eigenem Rasiermesser zu erstechen. Glücklicherweise gelang es Mr. Pritchard jedoch, den Mann zu überwältigen, der später wegen Mordversuchs vor Gericht stand, wo er allerdings als unzurechnungsfähig erklärt wurde. Das Rasiermesser wurde beim Prozeß als Beweisgegenstand vorgelegt. Mr. Pritchard kam zu uns, um sich ein neues Rasiermesser mit einem schwarzen Griff zu kaufen. Das alte war während des Kampfes mit dem Kammerdiener in einer Stuhllehne steckengeblieben, wobei die Klinge beschädigt worden war. Mr. Pritchard hat es sich zum Andenken an die gefährlichste Rasur seines Lebens aufgehoben, wie er selbst sehr witzig bemerkte. Oberst Grimes mußte seine gesamte Ausrüstung, in der sich auch eines der Rasiermesser befand, beim Rückzug an der Marne zurücklassen – ob das Messer jemals gefunden wurde, kann ich nicht sagen. Ich weiß nur, daß er sich ein zweites, ebensolches Rasiermesser bei uns kaufte, das er noch immer besitzt. Damit wüßten wir über sechs Messer des zweiten Dutzends Bescheid. Was geschah mit den anderen? Ach, ich weiß! Über eines der Messer gibt es eine sehr drollige Geschichte. Eines Tages kam der junge Mr. Henry Ratcliffe in großer Aufregung zu mir. ›Sehen Sie sich nur mein Rasiermesser an, Endicott‹, sagte er. ›Na, so etwas, Sir, sieht aus, als hätte jemand Holz damit gesägt‹, erwiderte ich erstaunt. ›Gar nicht so falsch, Endicott‹, sagte er. ›Meine Schwägerin und ihre verrückten Freunde kamen plötzlich auf den Gedanken, in ihrem Atelier eine private Theatervorstellung zu geben. Und sie haben mein bestes Rasiermesser dazu benutzt, ihre Kulissen auszuschneiden!‹ Er war furchtbar wütend, und die Klinge war natürlich ruiniert. Danach kaufte er sich ein sehr gutes französisches Messer, das wir damals führten. Und dann – ja, dann erinnere ich mich noch an den armen Lord Blackfriars. Das war eine traurige Geschichte. Er heiratete eine Filmschauspielerin, die sein Geld durchbrachte und ihm dann mit einem Ausländer durchbrannte. Sie erinnern sich wohl noch an die Sache, Mylord? Hat sich eine Kugel durch den Kopf geschossen, der arme Kerl. Er hinterließ die beiden Rasiermesser seinem Kammerdiener, der sich unter keinen Umständen davon trennen wollte ...

Major Hartley und Oberst Belfridge besaßen jeder zwei. Sie leben jetzt auf dem Land; ich kann Ihnen ihre Adresse geben. Auch Sir John Westlock besaß zwei Rasiermesser. Er war in den Megatherium-Skandal verwickelt und verließ England – leider kann ich mich nicht mehr genau an den Fall erinnern. Muß am Anfang der zwanziger Jahre gewesen sein ... Mein Gedächtnis ist doch nicht mehr so gut wie früher. Immerhin weiß ich noch, daß er großen Wert auf ein gutes Messer legte und es mit Vorsicht behandelte ... Mr. Alec Baring – das war auch ein trauriger Fall. Man sagt, es liegt in der Familie, aber ich glaube, daß das Flugzeugunglück etwas damit zu tun hatte. Ich fürchte, daß sie ihm dort, wo er jetzt ist, kein Rasiermesser anvertrauen. Er besaß nur eins von den Elfenbeingriff-Messern, das er sich kaufte, weil er sein altes in einem Hotelzimmer liegengelassen hatte. Wie viele sind das? Im ganzen sechzehn – das Dutzend in Bombay nicht eingerechnet. Und damit haben wir fast alle, denn ein halbes Dutzend überließ ich meinem ersten Gehilfen, als ich mein Geschäft auflöste. Er hat jetzt seinen eigenen Laden in Eastbourne, und wie ich höre, geht das Geschäft glänzend. Zweiundzwanzig – und wo sind die beiden letzten?«

Mr. Endicott kratzte sich mit unglücklicher Miene den Kopf. »Manchmal habe ich doch das Gefühl, alt zu werden, obwohl mein Golfspiel immer besser wird und Herz und Lunge in Ordnung sind. Wer könnte nur die beiden restlichen Rasiermesser haben? Vielleicht Sir William Jones? Nein, unmöglich. Halt – ich glaube, ich hab's! Sir Harry Ringwood bestellte zwei für seinen Sohn, den jungen Mr. Ringwood, der damals im Magdalen College in Oxford studierte. Er kaufte sie 1925, und der junge Herr wurde nach Beendigung seines Studiums vom Kolonialministerium nach Britisch-Ostafrika geschickt. So, und damit hätten wir sie alle. Mir fällt ein Stein vom Herzen, Mylord.«

»Endicott, Sie sind ein Juwel«, sagte Lord Peter. »Sie sind der jüngste ältere Herr, der mir jemals begegnet ist. Und – bevor ich es vergesse – ich wüßte gern den Namen Ihres Weinhändlers.«

Mr. Endicott nickte geschmeichelt, schob die Karaffe mit dem Sherry über den Tisch und nannte den Namen des Lieferanten.

»Eine ganze Reihe dieser Leute können wir sofort ausschalten«, sagte Lord Peter. »Oberst Grimes ist ein Problem. Wer weiß, was aus der Ausrüstung geworden ist, die er in Frankreich zurücklassen mußte. Ich nehme an, daß irgend jemand sie gefunden hat, und es ist durchaus möglich, daß das Rasiermesser wieder nach England zurückgebracht wurde. Dann müssen wir mit Major

Hartley und Oberst Belfridge in Verbindung treten. Sir John Westlock kommt wohl kaum in Frage. Er war ein vorsichtiger Mann, der seine Rasiermesser wahrscheinlich mitgenommen und sie mit gebührender Achtung behandelt hat. Auch nach dem armen Baring müssen wir uns erkundigen. Sein Rasiermesser kann verkauft oder verschenkt worden sein. Den jungen Ringwood sollte man ebenfalls – der Ordnung halber – im Auge behalten. Dann besteht noch die Möglichkeit, daß Ihr erster Gehilfe einige der Rasiermesser verkauft hat...«

»Das glaube ich kaum, Mylord. Er wollte sie nur für seinen persönlichen Gebrauch und für die Benutzung im eigenen Geschäft; hauptsächlich, weil mein Name darauf steht. Die Rasiermesser, die er seinen Kunden verkauft, tragen seinen eigenen Namen. Das macht immer einen guten Eindruck, denn die Hersteller sind nur bereit, einen Namen einzugravieren, wenn mindestens drei Dutzend auf einmal bestellt werden. Sein Geschäft geht, wie gesagt, gut, und er schrieb mir neulich, daß er drei Dutzend Kruppklingen gekauft hat, die zum Weiterverkauf an seine Kunden bestimmt sind.«

»Besteht die Möglichkeit, daß er die anderen gebraucht verkauft hat?«

»Das entzieht sich meiner Kenntnis«, sagte Mr. Endicott. »Die Nachfrage nach gebrauchten Rasiermessern ist nicht groß, es sei denn, daß ein Wanderfriseur billig zu einem guten Messer kommen möchte.«

»Was ist ein Wanderfriseur?«

»So nennen wir die stellungslosen Friseure, die von Ort zu Ort ziehen und Aushilfsstellungen annehmen. In meinem Salon wurden sie natürlich nicht angestellt, denn ich beschäftigte nur erstklassiges Personal. In Eastbourne dagegen, wo während der Saison großer Betrieb ist, sind ihre Dienste sehr willkommen. Es mag der Mühe wert sein, sich bei meinem früheren Gehilfen zu erkundigen. Er heißt Plumer und wohnt in der Belvedere Road. Wenn Sie wünschen, schreibe ich ihm ein paar Zeilen.«

»Bemühen Sie sich nicht, Endicott. Ich fahre selbst nach Eastbourne, um mit ihm zu sprechen. Nur noch eine Frage: War einer der von Ihnen erwähnten Kunden besonders ungeschickt? Jemand, der sein Rasiermesser zu sehr strapazierte und es dauernd zum Schleifen schicken mußte?«

Mr. Endicott kicherte. »Allerdings! Oberst Belfridge hat seine Messer entsetzlich malträtiert – wahrscheinlich tut er es noch immer. Er hat sich immer bei mir beklagt, daß die Qualität des Stahls eben nicht mehr so gut sei wie vor dem Krieg. Aber weder der Stahl noch der Krieg waren daran schuld, daß seine Messer oft geschliffen werden mußten. Er strich die Klinge so gewaltsam über den Streichriemen, daß sie nicht scharf wurde, sondern stumpf. Einen Diener konnte sich der Oberst nicht leisten. Er kommt aus einer sehr guten, aber armen Familie. Soll ein ausgezeichneter Soldat sein.«

»Einer von der alten Schule, was? Rauhe Schale, weicher Kern. Wo lebt er doch jetzt?«

»In Stamford«, erwiderte Mr. Endicott prompt. »Er hat mir voriges Jahr eine Weihnachtskarte geschickt. Ich fand es reizend, daß er noch an mich denkt. Aber ich muß sagen, daß viele meiner alten Kunden sehr aufmerksam sind. Sie wissen, daß ich es zu schätzen weiß... Es hat mich riesig gefreut, Sie wiederzusehen, Mylord«, sagte er, als Wimsey aufstand und seinen Hut nahm. »Ich hoffe sehr, daß ich Ihnen behilflich sein konnte. Wie steht's mit der werten Gesundheit? Jedenfalls sehen Sie sehr wohl aus, Mylord.«

»Ich werde alt«, sagte Lord Peter. »Meine Schläfen werden grau.«

»Aber das ist doch kaum der Rede wert«, beeilte sich Mr. Endicott festzustellen. »Bei der Damenwelt gilt das im allgemeinen als besonders attraktiv. Hoffentlich zeigen sich noch keine kahlen Stellen.«

»Nicht, daß ich wüßte, aber sehen Sie doch einmal nach.«

Mr. Endicott strich den strohblonden Schopf zur Seite und betrachtete mit großem Ernst die Haarwurzeln.

»Nein, keine Spur«, sagte er befriedigt. »Eine gesündere Kopfhaut können Sie sich gar nicht wünschen. Sollten Sie jedoch später einmal Anzeichen eines leichten Haarausfalls bemerken, bitte zögern Sie nicht, mich zu verständigen. Es wird mir eine Ehre sein, Sie zu beraten. Ich besitze noch immer das Rezept für das berühmte Endicott-Spezial-Haarwasser. Etwas Besseres gibt es bestimmt nicht.«

Wimsey lachte und versprach, sich im Notfall vertrauensvoll an Endicott zu wenden. Der alte Friseur brachte ihn zur Tür, drückte ihm herzlich die Hand und bat ihn, doch bald wiederzukommen. Seine Frau würde es sicher sehr bedauern, ihn bei diesem Besuch nicht gesehen zu haben.

Während Wimsey am Steuerrad saß, dachte er über die drei Möglichkeiten nach, die sich ihm boten. Er konnte nach Eastbourne fahren, nach Stamford oder zurück nach Wilvercombe. Seinem Instinkt folgend, wäre er nach Wilvercombe gefahren. Es wäre sicher nur zu gerechtfertigt, zum Ort des Verbrechens zurückzukehren – falls wirklich ein Verbrechen stattgefunden hatte. Harriets

Anwesenheit war nur ein ganz zufälliger weiterer Grund. Andererseits war es seine Pflicht, die Rasiermesserangelegenheit so schnell wie möglich zu klären.
Zunächst fuhr er aber zu seiner Wohnung in Piccadilly, wo er seinen Diener Bunter damit beschäftigt fand, Fotografien in ein großes Album zu kleben.
Er trug Bunter seine Probleme vor und bat ihn um seinen Rat. Bunter brachte seine Meinung nach reiflicher Überlegung respektvoll zum Ausdruck.
»An Ihrer Stelle, Mylord, würde ich aus verschiedenen Gründen zuerst nach Stamford fahren.«
»Tatsächlich?«
»Ja, Mylord.«
»Nun, vielleicht haben Sie recht, Bunter.«
»Sehr wohl, Mylord. Wünschen Sie, daß ich Sie begleite, Mylord?«
»Nein. Sie werden nach Eastbourne fahren«, sagte Wimsey.
»Wie Sie wünschen, Mylord.«
»Morgen früh. Ich bleibe über Nacht in London. Sie können ein Telegramm für mich aufgeben – oder nein, ich werde es selbst tun.«
Telegramm von Lord Peter Wimsey an Miss Harriet Vane:

»JAGE RASIERMESSERSPUR NACH. FAHRE NACH STAMFORD. WEIGERE MICH, WIE KRIMINALHELD PFLICHT ZU VERNACHLÄSSIGEN, WÄHREND ICH HELDIN VERFOLGE, ABER: WOLLEN SIE MICH HEIRATEN? PETER.«

Telegramm von Miss Harriet Vane an Lord Peter Wimsey:

»GUTE JAGD! NEIN, KEINESFALLS. HIER GEWISSE ENTWICKLUNGEN – VANE.«

7. Die Aussage der Gigolos

Freitag, den 19. Juni – Abend

Miss Harriet Vane glitt in einem weinroten Kleid, in den Armen des blonden Gigolos, Mr. Antoine, über das Tanzsaalparkett des Hotel Resplendent.
»Leider bin ich keine sehr gute Tänzerin«, sagte sie entschuldigend.
Mr. Antoine, der erstaunlicherweise weder eine blondgefärbte Mischung aus Jude und Spanier noch ein Polacke war, sondern ein

Franzose, drückte sie etwas fester in seine Arme und erwiderte: »Sie tanzen äußerst korrekt, Mademoiselle. Nur am *entrain* fehlt es ein wenig. Vielleicht Sie warten noch auf den idealen Partner? Wenn das Herz erst tanzt mit den Füßen, dann wird alles *à merveille* sein.«

Er warf ihr einen taktvoll ermunternden Blick zu.

»Müssen Sie so mit den älteren Damen im Hotel sprechen?« fragte Harriet lächelnd.

Antoine ging auf ihren leicht spöttischen Ton ein.

»Das gehört einmal zum Beruf«, sagte er achselzuckend.

»Es muß Ihnen auf die Dauer recht langweilig werden.«

»*Que voulez-vous?* Jeder Beruf hat seine Schattenseiten, aber auch seine lichten Momente. In Ihrem Fall, Mademoiselle, habe ich gesagt wirklich, was ich meine, anderen gegenüber bin ich ganz einfach höflich.«

»Geben Sie sich bitte mit mir keine Mühe«, sagte Harriet. »Ich möchte mit Ihnen über andere Dinge reden. Ich würde nämlich gern etwas über Mr. Alexis erfahren.«

»*Ce pauvre* Alexis! Wie ich höre, Sie haben ihn gefunden, Mademoiselle.«

»Ja, und es würde mich interessieren, zu erfahren, was für ein Mensch er war – warum er sich das Leben genommen hat.«

»Ah! Das fragen wir uns alle. Muß sicherlich gewesen sein das russische Temperament.«

Harriet stellte die nächste Frage mit gebührender Vorsicht. »Ich hörte – aber ich weiß natürlich nicht, ob es stimmt – daß er verlobt war.«

»Ja, das stimmt – mit der Engländerin.«

»War er sehr glücklich darüber?«

»Alexis war arm, und die Dame sind sehr reich, Mademoiselle. Es wäre für ihn gewesen eine sehr vorteilhafte Heirat. Am Anfang wäre es vielleicht gekommen zu einem kleinen *désagrément,* aber diese Dinge geben sich im Lauf der Zeit.«

»Sie glauben nicht, daß er plötzlich fürchtete, es nicht ertragen zu können, und daß ihm der Selbstmord als der einzige Ausweg erschien?«

»Schwer zu sagen, aber ich glaube es eigentlich nicht. Er hätte ja nur brauchen von hier fortzugehen. Er war ein ausgezeichneter Tänzer und sehr beliebt. Er hätte leicht gefunden eine andere Anstellung, wenn es seine Gesundheit hätte erlaubt.«

»Hatte er vielleicht noch andere Bindungen?«

»Uns gegenüber erwähnte er nichts, was hätte sein können ein Problem.«
»Er hatte wohl großes Glück bei den Frauen?« fragte Harriet ohne Umschweife.
Antoine beantwortete ihre Frage mit einem unmißverständlichen Lächeln.
»Hat er irgendeine Enttäuschung gehabt?«
»Nicht, soviel ich weiß. Aber natürlich erzählt man seinen Freunden nicht alles.«
»Nein, natürlich nicht. Bitte halten Sie mich nicht für allzu neugierig, aber mir erscheint das alles sehr sonderbar.« Die Musik verstummte. »Wie sind hier die Vorschriften? Tanzen wir weiter oder haben Sie andere Verpflichtungen?«
»Kein Grund, warum wir nicht tanzen sollten auch den nächsten Tanz. Danach wird erwartet, daß ich tanze mit den anderen Gästen, außer wenn Mademoiselle zu machen wünscht ein besonderes Arrangement mit dem Direktor.«
»Nein, das möchte ich auf keinen Fall«, erwiderte Harriet. »Wäre etwas dagegen einzuwenden, wenn Sie und die beiden jungen Damen später mit mir eine Kleinigkeit zu Abend essen würden?«
»Nein, bestimmt nicht. Das ist sehr liebenswürdig, sehr *aimable*. Überlassen Sie es mir, Mademoiselle. Ich werde arrangieren alles. Ich verstehe, daß es sehr interessant ist für Mademoiselle.«
»Ja, aber der Direktor soll auf keinen Fall denken, daß ich die Angestellten hinter seinem Rücken ausfrage.«
»*N'ayez pas peur, je m'en charge*. Ein wenig später werde ich Sie auffordern, wieder zu tanzen. Dann werde ich bereit haben meinen kleinen Plan.«
Er brachte sie mit einer liebenswürdigen Verbeugung an ihren Tisch zurück. Dann forderte er eine korpulente Dame in einem enganliegenden Gewand auf, mit der er graziös und mit eingefrorenem Lächeln über die Tanzfläche glitt.
Nach etwa sechs Tänzen erschien Antoine wieder an Harriets Tisch. Während sie einen Walzer tanzten, bat er sie, um halb zwölf, nach Ende des Tanzabends, in ein kleines Restaurant in der Nähe des Hotels zu kommen, wo er, Doris und Charis sie erwarten würden. Das Restaurant sei nicht elegant, aber sehr gut. Antoine erklärte, daß der Besitzer ein Freund sei und daß er selbst, Antoine, in einem zu dem Restaurant gehörenden Hotel wohne. Es werde ihm ein Vergnügen sein, Mademoiselle zu einem Glas Wein einzuladen. Auf jeden Fall wären sie dort ungestört und könnten sich in Ruhe

unterhalten. Harriet sagte unter der Bedingung zu, daß sie das Abendessen bezahlen dürfe.

Kurz vor Mitternacht saß sie auf einem roten Plüschsofa unter einem goldgerahmten Spiegel und verzehrte eine schmackhafte Mahlzeit. Die blonde Doris und die brünette Charis waren gern bereit, über Paul Alexis zu sprechen. Doris, die seine Vertraute gewesen zu sein schien, gab Auskunft über die Herzensaffären ihres verstorbenen Partners. Ja, er hatte ein Mädchen gehabt, aber ein paar Wochen vor seinem Tode war diese Freundschaft zu einem ziemlich plötzlichen Ende gekommen. Mit Mrs. Weldon hatte es nichts zu tun. Die Beziehung mußte mit gegenseitigem Einverständnis abgebrochen worden sein; denn weder Alexis noch seine Freundin schienen es tragisch zu nehmen. Obwohl Alexis die Form wahrte und allen versicherte, wie leid es ihm täte, hatte man den Eindruck, daß er sehr froh darüber war, das Mädchen los zu sein. Die junge Dame hatte sich inzwischen mit einem anderen angefreundet, und zwar mit einem Bekannten des verstorbenen Alexis.

»Und wenn Sie mich fragen«, fuhr Doris mit gezierter Stimme fort, »hat Alexis die beiden absichtlich zusammengebracht, um seine eigenen Pläne verfolgen zu können.«

»Welche eigenen Pläne?«

»Das kann ich Ihnen leider nicht sagen. Aber irgend etwas hat er während der letzten Wochen im Schild geführt. Er hat sehr vornehm getan, und man hat sich kaum getraut, den feinen Herrn zu fragen, um was es sich eigentlich handelt. ›Abwarten und Teetrinken‹, hat er gesagt. ›Meinethalben kannst du deine Geheimnisse ruhig für dich behalten‹, sagte ich. ›Ich bin gar nicht neugierig.‹ Aber irgend etwas hatte er vor, das steht fest.«

Auch Mrs. Weldon glaubte, daß Alexis eine Überraschung plante, dachte Harriet. Allerdings hatte sie ihre eigene Auslegung dafür gefunden. Harriet streckte einen weiteren Fühler aus.

»Heiratserlaubnis?« sagte Charis. »Das glaube ich kaum. Davon hätte er nicht soviel Wesens gemacht. Glauben Sie wirklich, daß er sich darauf gefreut hat, diese gräßliche alte Person zu heiraten? Aber es geschieht ihr ganz recht, daß sie jetzt allein ist. Das Ganze ist widerlich.«

»Mir tut sie leid«, sagte Antoine.

»Ach was, dir tun immer alle Leute leid – mir nicht. Ich finde die dicken alten Schwerenöter, die einen immer betätscheln, auch widerlich. Wenn Greely nicht so anständig wäre, hätte ich schon längst gekündigt. Ich gebe zu, daß er sein möglichstes tut, damit

sich die Kerle anständig aufführen. Aber ein altes Weib – also das ist noch viel schlimmer.« Charis fällte ihr vernichtendes Urteil mit der Arroganz der Jugend.
»Ich nehme an, daß Alexis sich nach finanzieller Sicherheit gesehnt hat«, sagte Harriet. »Schließlich kann man nicht Zeit seines Lebens Eintänzer bleiben, und schon gar nicht, wenn man ziemlich anfällig ist.«
Sie sprach zögernd, aber zu ihrer Erleichterung stimmte Antoine ihr sofort zu.
»Sie haben recht. Wenn wir sind jung und fröhlich, geht alles gut. Aber eines Tages wird Kopf kahl und Beine steif, und dann: *fini!* Der Direktor sagt: ›Sie sind sehr guter Tänzer, aber leider meine Gäste ziehen vor einen jüngeren Mann, *hein?* Dann sagt man adieu dem erstklassigen Hotel, und es geht bergab. Die Versuchung ist groß, wenn jemand kommt und sagt: ›Sie brauchen nur mich zu heiraten, und Sie werden sein reich für Ihr ganzes Leben.‹ Und was bedeutet das? Nur daß man belügt seine eigene Frau jeden Abend, anstatt zwanzig oder dreißig dumme alte Damen. Man tut beides für Geld – wo sein der Unterschied?«
»Ja, so werden wir wohl alle enden«, stellte Charis mit einer Grimasse fest. »Nur bei Alexis hätte ich es mir etwas poetischer vorgestellt. Was der immer über seine vornehme Abstammung und den Verlust seines Vermögens erzählt hat – phantastisch – klang wie aus einem der Bücher, auf die er so verrückt war. Na ja, er hat eben zuviel gelesen und hat sich mit einem seiner Romanhelden verwechselt. Wollte immer im Scheinwerferlicht stehen. Eingebildet war er auch, tat, als ob es eine besondere Ehre für unser Hotelparkett sei, wenn er darauf tanzte. Und dann braucht bloß eine reiche Alte daherzukommen und ihn anzuhimmeln, und schon verlobt er sich mit ihr wegen dem Geld und vergißt seine ganzen Träume.«
»So abgefeimt war er wirklich nicht«, protestierte Doris. »Du darfst nicht schlecht über ihn reden, Charis. Wir Tänzer haben es nicht leicht; du weißt doch, wie man uns behandelt – wie den letzten Dreck. Ausnutzen tun sie uns auch, wenn wir ihnen Gelegenheit dazu geben. Warum sollte nicht Alexis oder irgendeiner von uns versuchen, auch mal etwas für sich rauszuholen? Außerdem ist es nicht richtig, so über einen Toten herzuziehen.«
»Ah, *voilà*«, sagte Antoine. »Er ist tot! Und warum ist er tot? Man schneidet sich nicht durch den Hals *pour s'amuser*.«
»Das kann ich auch nicht verstehen«, stimmte Charis zu. »Das paßt

gar nicht zu Alexis. Nein, er hätte das nie fertiggebracht. Der hatte ja Angst, er könnte sich mal in den kleinen Finger stechen! Kein Grund, die Stirn zu runzeln, Doris. Der arme Alexis war ein Angsthase, und niemand wird mich davon abhalten, es zu sagen, auch wenn er tot ist. Du selbst hast ihn oft ausgelacht. ›Ich trau' mich nicht, auf die Leiter zu steigen; ich könnte runterfallen ... Ich hab' Angst, zum Zahnarzt zu gehen, er könnte mir einen Zahn ausreißen ... Komm mir nicht zu nahe, wenn ich Brot schneide, das Messer könnte ausrutschen ...‹ Ich weiß noch, wie ich einmal zu ihm sagte: ›Stell dich doch nicht so an, Alexis. Du bist nicht aus Porzellan; so leicht zerbricht man nicht.«

»Ich weiß, was Mademoiselle denkt«, sagte Antoine mit melancholisch heruntergezogenen Mundwinkeln. »Sie denkt: *Voilà*, er ist eben nur ein Gigolo. Er ist nicht ein Mann, er ist eine Puppe, mit Sägemehl ausgestopft. Man kauft ihn, man verkauft ihn, und manchmal gibt es Ärger mit ihm. Dann sagen die Herren Engländer: Was erwarten Sie von so einem? Unangenehmer Bursche, lebt von verrückten Frauen und kann nicht spielen Kricket ... Vielleicht haben die Herren sogar recht, aber man muß ja leben. *Que voulez-vous? Ce n'est pas rigolo que d'être gigolo.*«

»Das habe ich nicht gedacht«, sagte Harriet errötend.

»O doch, Mademoiselle, und das ist auch ganz natürlich.«

»Antoine spielt nicht Kricket«, sagte Doris gutmütig, »aber er spielt Tennis, und er ist ein guter Schwimmer.«

»Um mich es sich handelt nicht«, sagte Antoine. »Ich denke an den armen Alexis und verstehe nicht die Geschichte mit dem durchschnittenen Hals. Es macht nicht Sinn. Warum ist Alexis gegangen so weit fort? Er ging nie spazieren, weil es war zu ermüdend für ihn. Wenn er sich den Selbstmord verüben wollte, hätte er es getan zu Hause.«

Doris nickte zustimmend. »Ja, und er hätte Schlaftabletten genommen. Ich weiß, daß er welche besaß, denn er hat sie mir mal gezeigt, als er einen seiner Depressionszustände hatte. ›Das ist mein Ausweg‹, sagte er und wurde ganz lyrisch. Ich bat ihn, nicht so dumm daherzureden, und eine halbe Stunde später war er dann auch wieder ganz vergnügt. So war er immer, himmelhoch jauchzend – zu Tode betrübt. Aber daß er sich den Hals mit einem Rasiermesser durchgeschnitten hat, kann ich mir wirklich nicht vorstellen.«

»Ungeheuer interessant«, sagte Harriet. Sie erinnerte sich an ihre Unterhaltung mit Wimsey und fuhr fort: »Übrigens wollte ich Sie noch fragen, ob er an irgendeiner Hautkrankheit litt. War er dadurch vielleicht gezwungen, immer Handschuhe zu tragen?«

»Nein, nein. Der Gigolo, er darf so etwas nicht haben. Auf keinen Fall. Alexis hatte sehr schöne Hände, sehr elegant, und stolz war er darauf.«

»Aber seine Haut war empfindlich, das hat er mir selbst gesagt. Deshalb rasierte er sich nicht«, behauptete Doris.

»Ja, das weiß ich auch«, sagte Antoine. »Als er herkam vor einem Jahr und sich bemühte um die Stellung, sagte Mr. Greely zu mir: ›Sagen Sie mir, ob er kann tanzen.‹ Damals hatten uns zwei andere Tänzer gelassen im Stich, Mademoiselle, ganz plötzlich – *comme ça*. Ich sehe ihn tanzen, und ich sage zu Mr. Greely: ›Sehr, sehr gut.‹ So der Direktor entscheidet, er will Alexis nehmen für eine Probezeit, aber ohne den Bart. ›Die Damen, die mögen das nicht‹, sagt er. ›Ein Gigolo mit Bart, das ist noch nie dagewesen.‹ Darauf Alexis: ›Aber das Rasieren, es ist nicht gut für meine Haut. Ich bekomme dann lauter Pickel.‹ Ja, und ein Gigolo mit Pickel, das geht wirklich nicht, deshalb sagt der Direktor: ›Gut, Sie können bleiben mit Bart, bis wir einen anderen Eintänzer finden.‹ So wird Alexis hier Tänzer, und die Damen, sie sind begeistert. Der Bart ist so vornehm, so romantisch, so ungewöhnlich. Sie kommen von weit her, nur um zu tanzen mit dem Bart. ›Gut, sehr gut. Ich habe mich geirrt‹, sagt Mr. Greely. ›Sie können bleiben und Ihr Bart auch. Was werden die Damen verlangen noch weiter? Einen großen Schnurrbart vielleicht? Wie wäre das, Antoine‹, sagt er zu mir. ›Sie lassen sich wachsen eleganten Schnurrbart und bekommen noch mehr Erfolg?‹ Aber nein, das ist nichts für mich. Der liebe Gott hat mir nicht gegeben den starken Bartwuchs für den Schnurrbart.«

»Hat Alexis überhaupt ein Rasiermesser besessen?«

»Woher soll ich das wissen? Wenn er wußte, daß er bekommt Pickel vom Rasieren, muß er es ja haben probiert, *n'est-ce pas?* Aber ob er besaß ein Messer, das weiß ich nicht. Weißt du es, Doris?«

»Was, ich? Woher denn? Alexis war doch nicht mein Busenfreund. Aber ich kann Leila Garland fragen. Die sollte es wissen.«

»*Sa maîtresse*«, erklärte Antoine. »Ja, frag sie, Doris, denn das mag sein von großer Bedeutung. Daran hatte ich nicht gedacht, *mon dieu*!«

»Sie haben mir viel Interessantes erzählt, und ich bin Ihnen zu großem Dank verpflichtet«, sagte Harriet. »Ich habe eine Bitte: Sprechen Sie, wenn möglich, nicht über unsere Unterhaltung. Sie wissen ja, die Zeitungsreporter...«

»Sie unterschätzen uns, Mademoiselle. Glauben Sie, wir haben nicht Ohren zu hören und Augen im Kopf, auch wenn wir nur Eintänzer sind? Der Herr, der angekommen ist heute früh, Sie denken, wir wissen nicht, wer er ist? Dieser Lord Peter, so berühmt, er kommt nicht her umsonst, *hein*? Nicht umsonst spricht er mit Ihnen, stellt Ihnen Fragen. Ein ausländischer Tänzer schneidet sich den Hals durch? Der Tänzer interessiert ihn nicht, bestimmt nicht. Aber jedenfalls sorgen Sie sich nicht, wir können sein sehr diskret. *Ma foi,* wie sollten wir sonst Erfolg haben in unserem Beruf! Wir sagen ihnen, was wir wissen. Die Dame, die schreibt *les romans policiers*, und der Lord, der *connaisseur* ist für schwierige Fälle, stellen an die Nachforschungen. Aber wir sagen nichts. Es ist unser Beruf zu schweigen. Das versteht sich.«

»Das stimmt, wir halten den Mund«, versicherte Charis. »Außerdem ist auch nicht viel zu sagen. Natürlich sind wir bereits von der Polizei verhört worden, aber auf unsere Antworten geben die ja nicht viel. Wahrscheinlich glauben sie, daß Leila etwas damit zu tun hat. Die Polizei denkt immer, daß ein Mädchen dahintersteckt, wenn einem Mann etwas zustößt.«

»Aber das ist doch ein Kompliment«, sagte Antoine.

8. Die Aussage des zweiten Friseurs

Sonnabend, den 20. Juni
Sonntag, den 21. Juni

Nach einem guten Frühstück schlenderte Wimsey zufrieden über den besonnten, kurzgeschnittenen Rasen des Hotel George in Stamford. Hin und wieder blieb er stehen, um den Duft einer dunkelroten Rose einzuatmen oder um die Glyzinien zu bewundern, die sich an der alten grauen Steinmauer emporrankten. Er hatte beschlossen, Oberst Belfridge um elf zu interviewen, wenn beide ihr Frühstück verdaut hätten und wenn die Zeit für einen kleinen Frühschoppen gekommen sei. Er hatte das feste Gefühl, es mit einem interessanten, verzwickten Problem zu tun zu haben, das unter günstigen Umständen gelöst werden würde. Er zündete sich seine gut eingerauchte Pfeife an. Das Leben erschien ihm lebenswert.

Um zehn Minuten nach elf erschien es ihm bereits weniger lebenswert. Oberst Belfridge, der wie die Karikatur eines knotigen alten Offiziers wirkte, war empört. Er fand, es schicke sich nicht, beim Barbier eines Gentlemans Nachforschungen nach dessen Privateigentum anzustellen. Außerdem fand er es ganz undenkbar, daß ein Offizier und Gentleman in irgendeiner Weise etwas mit dem Tod eines verflixten Ausländers undefinierbarer Mischung zu tun haben könnte – noch dazu in einem lächerlichen zweitrangigen Badeörtlein wie Wilvercombe. Wimsey sollte sich schämen und derartiges gefälligst der Polizei überlassen, zum Teufel. Wozu man eigentlich Steuern bezahlte?

Wimsey entschuldigte sich, daß er Oberst Belfridges kostbare Zeit in Anspruch nehme, und er versuchte ihm zu erklären, daß ein Mann schließlich ein Hobby haben müsse.

Der Oberst deutete an, daß ein Gentleman sich lieber mit Golf oder mit der Zucht von Spaniels beschäftigen sollte.

Wimsey erklärte, daß er während des Krieges beim Geheimdienst gewesen sei und seitdem ein gewisses Interesse für diese Dinge habe.

Der Oberst ging sofort auf Wimseys Bemerkung ein und erörterte seine eigenen Kriegserlebnisse bis in alle Einzelheiten. Es gelang Wimsey nur mit Mühe, ihn vom unerschöpflichen Thema der Kriegsgeschehnisse auf das der Rasiermesser zurückzuführen. Nachdem er ihn endlich dazu bekommen hatte, erwies sich der Oberst als ein guter und zuverlässiger Berichterstatter.

Er entsann sich genau an die beiden Rasiermesser. Nur zu genau. Minderwertige Qualität, zum Teufel. Rasiermesser waren nicht mehr halb so gut, wie sie in seiner Jugend gewesen waren. Nichts war heutzutage mehr so gut wie früher, verflucht und zugenäht. Schlechter Stahl, schlecht gearbeitet. Alles war Massenproduktion. Das Land war voller Ausländer. Kein Wunder, daß die Industrie vor die Hunde ging. Zur Zeit des Burenkrieges...

Nach einer Viertelstunde gelang es Wimsey mit einiger Anstrengung, das Gespräch wieder auf die Rasiermesser zu lenken.

»Komme bereits darauf zurück«, sagte der Oberst und zwirbelte seinen gewaltigen weißen Schnurrbart mit Schwung. »Ja, also, was wollen Sie über die Rasiermesser wissen?«

»Haben Sie sie noch, Herr Oberst?«

»Nein, schon längst nicht mehr. Unbrauchbare Dinger – ich habe Endicott seinerzeit meine Meinung gesagt. Mußten jede zweite Woche frisch geschliffen werden. Aber es ist ja überall dasselbe. Anständige Klingen sind einfach nicht mehr aufzutreiben. Wird sich auch nicht ändern, mein Lieber, bis wir eine starke konservative Regierung bekommen. Ich sage stark, nicht diese Waschlappen, die Angst haben, ihre Stimmen zu verlieren...«

Wimsey unterbrach seinen Redefluß und fragte, was er mit den Rasiermessern angefangen hätte.
»Hab' ich dem Gärtner gegeben«, erwiderte der Oberst. »Anständiger Kerl. Kommt zweimal in der Woche. Kriegsveteran. Hat ein steifes Bein. Frau und Kinder. Hilft bei der Hundezucht. Heißt Summers.«
»Wann haben Sie ihm die Messer gegeben?«
»Ja, wann war das doch gleich? Ja, ich entsinne mich, Diana hatte gerade geworfen – schwierige Geburt. Eine meiner wertvollsten Hündinnen, Spaniel...«
Wimsey erinnerte den Oberst, daß sie von den Rasiermessern gesprochen hatten.
Nach einiger Überlegung entsann sich der Oberst, daß es 1926 gewesen sein mußte. Da Summers soviel Zeit mit der Spaniel-Hündin verbracht hatte, hatte ihm der Oberst ein Geldgeschenk und außerdem die beiden Rasiermesser gegeben. Er selbst hatte sich gerade zwei neue Klingen gekauft.
Wimsey bedankte sich bei Oberst Belfridge und fragte, ob er mit dem Gärtner sprechen könnte. Der Oberst erklärte, daß der Mann heute nicht erwartet werde, daß er jedoch ganz in der Nähe wohne. Wimsey solle sich nur auf ihn beziehen. »Sonst bin ich auch gern bereit, mitzukommen«, bot der Oberst an.
Wimsey sagte, daß Belfridge sich keinesfalls die Mühe machen dürfe, und verabschiedete sich höflich.
Summers beantwortete alle Fragen prompt und gründlich. Er fand es sehr nett von Oberst Belfridge, ihm die Messer zu schenken, obwohl er selbst keine Verwendung dafür hatte, da er einen Rasierapparat benutzte. Natürlich wollte er das dem Oberst nicht sagen, um ihn nicht zu kränken. Er hatte die Messer dem Mann seiner Schwester gegeben, der einen Friseursalon in Seahampton besaß.
Seahampton! Keine siebzig Kilometer von Wilvercombe entfernt! Sollte Wimsey schon beim ersten Schuß ins Schwarze getroffen haben? Er war bereits im Gehen, als es ihm einfiel, sich zu erkundigen, ob ein besonderes Merkmal vorhanden wäre, an dem man die Messer erkennen könnte.
Ja, allerdings. Eins der Messer war auf den harten Steinboden in der Küche gefallen, und der Elfenbeingriff hatte einen kleinen Sprung abbekommen, den man allerdings nur bei genauerem Betrachten bemerken würde. Das andere Messer war in einwandfreiem Zustand, soweit Summers sich erinnerte.
Wimsey bedankte sich bei dem Mann und gab ihm ein angemessenes Trinkgeld. Dann setzte er sich in seinen Wagen und fuhr in südlicher

Richtung weiter. Er hatte Stamford schon immer für eine schöne Stadt gehalten, aber jetzt, als sich die Nachmittagssonne in den Erkerfenstern der grauen Steinhäuser spiegelte, erschien sie ihm wie ein glitzerndes Juwel in der englischen Königskrone.

Er übernachtete in Seahampton und machte sich am Sonntagmorgen auf die Suche nach Mr. Merryweather, dem Schwager von Mr. Summers. Sein Salon erwies sich als ein kleines Geschäft in der Nähe der Docks. Mr. Merryweather, der über seinem Laden wohnte, erklärte sich gern bereit, ihm die gewünschten Informationen zu geben.

Als er die Rasiermesser im Jahre 1927 in die Hand bekam, waren sie in schlechtem Zustand; die Klingen waren von erstklassiger Qualität, aber sie waren nicht mit der nötigen Sorgfalt behandelt worden. Eins der Messer befand sich noch immer in seinem Besitz. Vielleicht wollte Lord Wimsey es gern sehen.

Wimsey betrachtete das Messer mit klopfendem Herzen. Es war das Doppel des Rasiermessers, das Harriet am Strand gefunden hatte. Einen Sprung im Elfenbeingriff hatte dieses Messer allerdings nicht. Unsicher, weil er eine Enttäuschung fürchtete, erkundigte er sich nach dem Verbleib des zweiten Messers.

»Das kann ich Ihnen leider nicht zeigen, Mylord«, sagte Merryweather. »Ich habe es erst vor wenigen Wochen an einen dieser Wanderfriseure verkauft, die in mein Geschäft kommen, um Arbeit zu suchen. Natürlich würde ich keine solchen Leute einstellen, selbst wenn ich einen weiteren Gehilfen brauchte. Bevor er ging, fragte er, ob ich vielleicht ein gebrauchtes Rasiermesser zu verkaufen hätte. Um ihn loszuwerden, verkaufte ich ihm besagtes Messer. Er zahlte und ging. Seitdem habe ich nichts mehr von ihm gehört.«

»Wie sah er aus?«

»Wie eine kleine Ratte. Rötliches Haar, übertrieben liebenswürdig. Nicht so groß wie Mylord, und wenn ich mich nicht irre, war er ein bißchen verwachsen. Nicht etwa ein Krüppel – wahrscheinlich war eine Schulter höher als die andere – das war alles. Jedenfalls bewegte er sich schnell und sicher. Er hatte blaßblaue Augen und rötliche Lider – ein häßliches, mageres Kerlchen. Seine Hände waren sauber und gepflegt; auf diese Dinge achtet man in meinem Beruf. Nichts wichtiger als das. Schmutzige oder abgekaute Fingernägel sind keinesfalls zulässig. Er sprach auch ganz gebildet, ruhig und nett. Muß wohl früher einmal in einem guten Salon gearbeitet haben.«

»Hat der Mann Ihnen gesagt, wo er angestellt war?«
»Daran kann ich mich nicht erinnern. Ich hatte den Eindruck, daß er seit langem arbeitslos war und keinen allzu großen Wert darauf legte, mir genaue Auskünfte zu geben. Er behauptete, selbständig gewesen zu sein. Das behaupten viele, die einem weismachen wollen, daß sie einen Salon in der Bond Street besaßen, den sie mitsamt ihrem Geld durch eine Kette von Unglücksfällen verloren haben. Der Typ dürfte Ihnen nicht unbekannt sein, Mylord. Ich gab mich nicht lange mit dem Mann ab, weil er mir nicht sehr gut gefiel.«
»Ich nehme an, daß er Ihnen seinen Namen genannt hat.«
»Wahrscheinlich tat er das, Mylord. Leider habe ich ihn mir nicht gemerkt. Henry! Wie hieß doch gleich der unsympathische kleine Mann mit dem rötlichen Haar, der neulich hier war? Der Mann, der mir das Rasiermesser abgekauft hat.«
Henry, ein Jüngling mit Haar, das in die Höhe stand wie ein Hahnenkamm, und der bei seinem Chef in Kost und Logis zu sein schien, legte die Sonntagszeitung beiseite, die er erfolglos zu lesen vorgegeben hatte.
»Ich kann mich nicht genau erinnern, Mr. Merryweather. Es war irgendein ganz gewöhnlicher Name. War es Brown? Ja, ich glaube, es war Brown.«
»Nein, Brown hieß er nicht, aber jetzt fällt es mir plötzlich wieder ein: er hieß Bright. Hab' ich recht?«
»Ja, natürlich. Er hieß Bright«, bestätigte Henry. »Was ist denn mit ihm los? Ist er in Schwierigkeiten?«
»Durchaus möglich«, sagte Wimsey.
»Sind Sie von der Polizei?« fragte Henry erwartungsvoll.
»Aber Henry? Sieht Seine Lordschaft vielleicht wie ein Polizist aus? Ich muß doch sehr bitten. Wenn du keine bessere Menschenkenntnis hast, wirst du es in unserem Beruf nicht weit bringen.«
Henry errötete.
»Ich habe nichts mit der Polizei zu tun«, erklärte Wimsey. »Allerdings würde es mich nicht wundern, wenn die Polizei sich für diesen Bright interessiert. Aber bitte sprechen Sie nicht darüber. Lassen Sie es mich wissen, wenn Mr. Bright sich wieder einmal bei Ihnen sehen läßt. Ich wohne zur Zeit im Hotel Bellevue in Wilvercombe. Falls ich nicht dort sein sollte – hier ist meine ständige Adresse.«
Er überreichte Mr. Merryweather seine Visitenkarte und verabschiedete sich triumphierend von ihm und Henry. Er hatte das Gefühl, sehr viel weitergekommen zu sein. Es gab bestimmt nicht

zwei weiße Endicott-Messer, die schlechte Klingen und den gleichen kleinen Sprung im Elfenbeingriff hatten.

Nun galt es, Mr. Bright zu erwischen. Ein Wanderfriseur mit rötlichem Haar und schiefen Schultern sollte nicht allzu schwer zu finden sein. Allerdings bestand die unangenehme Möglichkeit, daß Mr. Bright nur für diese eine Gelegenheit die Rolle des Barbiers gespielt hatte. In diesem Fall wäre sein Name höchstwahrscheinlich nicht Bright.

Nach kurzem Nachdenken ging er in eine Telefonzelle und rief die Polizei in Wilvercombe an.

Oberkommissar Glaisher hörte mit Interesse, daß es Wimsey gelungen war, die Geschichte des Rasiermessers festzustellen. Er bat Wimsey, am Apparat zu bleiben, weil er sich das Messer noch einmal ansehen wollte. Einen Augenblick später kam er zurück und bestätigte, daß es tatsächlich einen Sprung im Griff habe – allerdings nur einen winzigen – aber immerhin einen Sprung. Wirklich ein sonderbarer Zufall. Bestimmt lohne es sich, weitere Nachforschungen anzustellen.

Wimsey sagte, daß die Polizei seiner Ansicht nach unbedingt versuchen müsse, diesen Bright zu finden. Zweifellos würde es sich herausstellen, daß Alexis das Rasiermesser von Bright gekauft hatte. Es war nur merkwürdig, daß er sich nicht einfach in Wilvercombe eine Klinge besorgt hatte.

Glaisher versprach, alles Nötige zu veranlassen. Er wollte feststellen lassen, ob Alexis vor etwa drei Wochen in Seahampton war, und auch, ob Bright um diese Zeit in Wilvercombe gesehen worden war. Er sprach Lord Peter seinen Dank für dessen Bemühungen aus und hoffte, daß Seine Lordschaft bei der Polizei vorsprechen würde, falls er wieder nach Wilvercombe käme. Sicher würden ihn die neuesten Entwicklungen in der Angelegenheit interessieren. Es stehe jetzt so gut wie fest, daß es sich um einen Selbstmord handelte.

Lord Wimsey erkundigte sich, ob man die Leiche gefunden habe. Glaisher sagte, nein, die Leiche sei noch nicht ans Land geschwemmt worden, der Wind halte die Flut noch immer zurück, und dadurch sei es unmöglich, irgend etwas zu unternehmen.

9. Des Teufels Bügeleisen

Sonntag, den 21. Juni

Harriet Vane und Lord Peter Wimsey saßen nebeneinander am Strand und blickten hinüber zum Teufelseisen. Vom Meer blies eine frische salzige Brise, die Harriets dunkles Haar zerzauste. Es war ein schöner Tag, aber die strahlende Sonne verschwand wieder und wieder hinter den jagenden Wolken. Über den Teufelsklippen brachen sich die Wellen, und weißer Gischt spritzte in die Höhe. Es war etwa drei Uhr nachmittags, und die Ebbe hatte ihren Tiefstand erreicht; trotzdem waren die Teufelsklippen fast völlig unter Wasser.

Zwischen Harriet und Wimsey stand ein noch unausgepackter Eßkorb. Wimsey zeichnete Figuren in den feuchten Sand.

»Vor allem müssen wir die genaue Zeit des Todes feststellen«, sagte er. »Die Polizei ist sich klar darüber, wie er hierhergekommen ist, und glücklicherweise scheint ein Irrtum unmöglich zu sein. Der Zug von Wilvercombe hält am Donnerstag um zehn Uhr fünfzehn an der Bahnstation von Darley, damit die Leute umsteigen können, die zum Markt nach Heathbury fahren wollen. Mit diesem Zug ist Alexis gefahren und bei der Kreuzung ausgestiegen. Ich bin überzeugt, daß es Alexis gewesen sein muß. Mit seinem schwarzen Bart und in seinem Aufzug muß er ziemlich auffällig ausgesehen haben. Der Schaffner entsinnt sich an ihn, ebenso drei oder vier seiner Mitreisenden. Außerdem erklärt seine Wirtin, daß er rechtzeitig fortgegangen sei, um den Zug zu erreichen, und der Schalterbeamte in Wilvercombe hat ihn ebenfalls gesehen. Und noch eins, meine liebe Harriet: die Rückfahrkarte erster Klasse von Wilvercombe zur Kreuzung ist niemals abgegeben worden.«

»Eine Rückfahrkarte?«

»Jawohl, verehrter Sherlock, und damit scheint sich die Selbstmordtheorie in Wohlgefallen aufzulösen. Das erwähnte ich auch in einer Unterhaltung mit dem Oberkommissar, aber dieser blieb weiter äußerst skeptisch.«

»Er hatte vielleicht guten Grund dazu«, sagte Harriet. »In einem Buch würde man einen Menschen, der einen Selbstmord beabsichtigt, keine Rückfahrkarte kaufen lassen – aber im Leben ereignen sich unwahrscheinlichere Dinge als im Roman. Alexis mag versehentlich eine verlangt haben oder aus alter Gewohnheit, oder er mochte sich noch nicht ganz zu einem Selbstmord entschlossen haben.«

»Bisher habe ich meinen Freund, den Oberkommissar Parker, für den vorsichtigsten Menschen der Welt gehalten, aber Sie übertreffen ihn noch... Das Argument, daß er die Karte aus Gründen der Gewohnheit gekauft hat, können Sie sich schenken; denn ich glaube nicht, daß unser zartes Bürschchen regelmäßig nach Darley fuhr und sieben Kilometer lief, um den traurigen Schreien der Möwen zu lauschen. Jedenfalls bedarf die Rückfahrkarte einer Erklärung. Also – da außer Alexis niemand an der Haltestelle aus-, aber eine ganze Reihe von Leuten einstieg, haben wir keine Ahnung, was mit Alexis geschah. Wenn wir annehmen, daß er viereinhalb Kilometer in der Stunde zurücklegte, kann er nicht später als sagen wir – um elf Uhr fünfundvierzig beim Teufelseisen angekommen sein.«

»Einen Augenblick. Wann hatte die Ebbe am Donnerstag ihren Tiefstand erreicht?«

»Um ein Uhr fünfzehn. Das alles habe ich bereits festgestellt. Um elf Uhr fünfundvierzig muß das Wasser am Teufelseisen etwa anderthalb Meter hoch gestanden haben, aber der Felsen ist drei Meter hoch und der Strand hinter dem Felsen steigt an. Um elf Uhr fünfundvierzig herum hätte unser Freund auf dem Trockenen bis zum Felsen wandern können.«

»Wir wissen, daß er mit trockenen Füßen dort angekommen ist – was nun?«

»Ja, was nun? Jetzt möchten wir gern wissen, ob er sich selbst die Kehle durchgeschnitten hat oder ob es ein anderer tat. Ferner, um welche Zeit er starb. Ein Jammer, daß die Leiche fortgespült wurde. Selbst wenn sie jetzt wieder angeschwemmt werden sollte, würde sie uns nicht mehr viel nützen. Als Sie die Leiche fanden, war sie noch nicht steif, und Sie konnten nicht mit Bestimmtheit sagen, ob sie bereits kalt war.«

»Natürlich nicht. Die Felsplatte war um die Zeit so heiß, daß man Spiegeleier darauf hätte braten können.«

»Zu dumm, zu dumm. Noch eine Frage: Ist Ihnen aufgefallen, ob das Blut dunkelrot und geronnen war oder geleeartig hell mit einem dunklen Bodensatz?«

»Keins von beiden«, erwiderte Harriet kopfschüttelnd. »Es war flüssig.«

»Du liebe Zeit! Einen Moment – wo war das Blut? Verspritzt auf dem ganzen Felsen wahrscheinlich?«

»Unterhalb der Leiche in einer Felsmulde war eine große Blutlache; es sah aus, als habe er sich vornüber gebeugt und sich den Hals über einem Waschbecken durchgeschnitten. Das Blut hatte sich in der Vertiefung der Felsplatte angesammelt.«

»Ich verstehe. Wahrscheinlich war die Vertiefung noch mit Seewasser gefüllt, und was Sie für Blut hielten, war eine Mischung von Wasser und Blut.«

»Das bezweifle ich. Das Blut war überall flüssig. Es tropfte aus dem Hals, und als ich den Kopf anhob, kam ein ganzer Strom aus der Wunde – es war grauenhaft. Und als ich versuchte, ihm den Handschuh auszuziehen, stellte ich fest, daß das Leder weich und schlüpfrig war – keineswegs steif. Seine linke Hand hatte unter dem Hals gelegen. Die rechte hing über den Felsrand, und ich konnte nicht an sie herankommen, ohne über die Leiche zu klettern – und das brachte ich nicht fertig. Ich konnte mir nicht erklären, warum er Handschuhe trug.«

»Ja, ich verstehe. Aber wir wissen ja jetzt, daß seine Hände in Ordnung waren. Das steht jetzt nicht zur Debatte. Auf das Blut kommt es an. Wenn es noch flüssig war, kann er erst wenige Minuten tot gewesen sein.«

»Oh, das hätte ich mir natürlich sofort sagen sollen«, erwiderte Harriet bestürzt. »Und ich bildete mir ein, alle Folgerungen so richtig gezogen zu haben ... Ich nehme an, daß er nicht hätte langsam verbluten können?«

»Wenn der Hals bis zum Knochen durchschnitten war? Diese Frage können Sie sich selbst beantworten, mein liebes Kind. Sie wissen doch, daß Blut innerhalb weniger Minuten zu gerinnen pflegt – besonders allerdings auf einer kalten Fläche. Normalerweise gerinnt es fast in dem Augenblick, da es der Luft ausgesetzt wird. Wahrscheinlich dauert es auf einer heißen Felsplatte etwas länger, aber bestimmt nicht länger als ein paar Minuten. Zehn Minuten im Höchstfall.«

»Zehn Minuten? O Gott, Peter ...«

»Ja?«

»Das Geräusch, das mich aufweckte und das ich für den Schrei einer Möwe hielt ... muß der Todesschrei gewesen sein.«

»Ja, das ist anzunehmen ... Um wieviel Uhr hörten Sie ihn?«

»Um zwei Uhr. Ich sah beim Aufwachen auf die Uhr. Ich glaube nicht, daß ich mehr als zehn Minuten bis zum Felsen brauchte – aber hören Sie!«

»Was denn?«

»Die Mordtheorie ist falsch! Wenn Alexis um zwei Uhr ermordet wurde, und ich war zehn Minuten nach zwei am Tatort – *was wurde dann aus dem Mörder?*«

Wimsey sprang auf, wie von der Tarantel gestochen.

»Verflucht und zugenäht! Harriet, meine liebe, gute, schöne Harriet! Bitte sagen Sie, daß Sie sich geirrt haben. Es *muß* ein Mord gewesen sein. Meine Berufsehre steht auf dem Spiel. Ich habe Kommissar Umpelty versichert, daß ein Selbstmord ausgeschlossen ist. Ich müßte das Land verlassen. Ich könnte Umpelty nie wieder unter die Augen treten. Ich würde im Dschungel auf die Tigerjagd gehen, an einem Tropenfieber elendiglich dahinsiechen müssen, und noch im Sterben, mit geschwollenen, verfärbten Lippen, würde ich von Mord faseln. Bitte sagen Sie, daß das Blut geronnen war! Oder daß Sie Fußstapfen übersehen haben! Oder daß ein Boot in Rufweite war! Sagen Sie irgend etwas!«

»Es war ein Boot in der Nähe, aber nicht in Rufweite, denn ich rief und bekam keine Antwort.«

»Gott sei Dank, ein Boot. Vielleicht wird man meine Knochen dereinst doch noch im alten England begraben. Wovon sprechen Sie eigentlich? Natürlich bekamen Sie keine Antwort, wenn der Mörder im Boot war. Der hätte um keinen Preis geantwortet. Ich wünschte, Sie würden mich nicht so erschrecken. Meine Nerven halten nicht mehr soviel aus wie früher.«

»Ich verstehe nichts von Booten, aber ich glaube, es war ziemlich weit draußen, und ich erinnere mich, daß der Wind landeinwärts wehte.«

»Spielt keine Rolle. Falls der Wind kräftig genug war, konnte es innerhalb von zehn Minuten ziemlich weit hinaus segeln. Was für ein Boot war es?«

Darüber konnte Harriet leider keine Auskunft geben. Sie hatte es für ein Fischerboot gehalten, und sie konnte sich nur noch daran erinnern, daß es ein spitzes Segel besaß – oder vielleicht sogar mehrere. Leider sah für sie ein Segelboot wie das andere aus – mit Sicherheit konnte sie nur sagen, daß es kein viermastiger Schoner gewesen war.

»Macht nichts«, erklärte Wimsey. »Wir werden das Boot schon ausfindig machen. Irgendwo muß ja ein Boot wieder an Land gehen, und die Küstenbewohner kennen jedes Boot. Ich hätte nur gern gewußt, welchen Tiefgang es hatte. Wenn das Boot nicht bis zum Felsen kommen konnte, hätte der Insasse dorthin rudern oder schwimmen müssen, und dadurch wäre eine ziemliche Verzögerung entstanden. Inzwischen hätte jemand auf dem Boot bleiben müssen, falls der Mörder sich nicht die Zeit genommen hätte, die Segel einzuziehen. Man kann nicht einfach aus einem Segelboot aussteigen und es wie ein Auto stehen lassen. Aber warum sollte der Mörder keinen Komplicen gehabt haben? Alles schon dagewesen. Nehmen wir also an, daß sich mindestens zwei Männer in einem Segelboot mit sehr schwachem Tiefgang befanden. Sie hätten das Boot ziemlich weit in die Bucht hineinbringen können; einer wäre an Land gewatet, hätte den Mord verübt, und danach hätten beide ohne Zeitverlust aufs Meer hinaussegeln können. Alles in allem standen ihnen nur zehn Minuten zur Verfügung, um vom Felsen wieder zum Boot und dann aufs Meer hinauszugelangen – von dem Augenblick, da Sie den Schrei hörten, bis zum Zeitpunkt Ihrer Ankunft beim Felsen. Deshalb glaube ich an einen Mittäter.«

»Ich dachte, es wäre gefährlich, ein Boot nahe an die Teufelsklippen heranzubringen«, warf Harriet ein.

»Da haben Sie allerdings recht. Müssen verdammt geschickte Segler gewesen sein. Ich wünschte, wir könnten ihnen mehr Zeit einräumen.«

Harriet hatte plötzlich eine ziemlich unangenehme Idee. »Vielleicht war der Mörder die ganze Zeit über in der unmittelbaren Nähe der Klippen und ist unter Wasser geschwommen ...«

»Gelegentlich hätte er doch zum Luftholen an die Oberfläche kommen müssen.«

»Vielleicht tat er das, und ich habe ihn nicht bemerkt. Ich habe nicht dauernd auf das Meer geschaut. Er hätte mich kommen hören, sich unter den Felsen ducken und warten können, bis ich hinunterkletterte, um das Rasiermesser zu suchen. Dann hätte er tauchen und fortschwimmen können, während ich ihm den Rücken drehte. Ob das möglich gewesen wäre, kann ich allerdings nicht beurteilen. Hoffentlich nicht! Der Gedanke, daß er mich beobachtete, wäre mir verhaßt.«

»Der Gedanke ist wirklich unangenehm«, bestätigte Wimsey. »Trotzdem hoffe ich, daß er da war. Es muß ihm einen mächtigen Schock gegeben haben, Sie herumhopsen zu sehen und zu beobachten, wie Sie Aufnahmen machten und die Leiche untersuchten. Vielleicht hat der Felsen eine Einbuchtung, in der er sich verstecken konnte. Ich werde gleich einmal nachsehen. Bitte wenden Sie Ihren Blick züchtig ab, während ich in meine Badehose schlüpfe.«

Harriet wandte nicht nur ihren Blick ab, sondern verschwand selbst hinter einem Felsblock, um sich auszukleiden. Als Wimsey

mit großen Schritten über den Sand lief, rannte sie im Badeanzug hinter dem Felsen hervor und lief ihm schleunigst nach.
Seine Figur ist besser, als ich geglaubt habe, dachte sie. Er hat ganz schöne breite Schultern und erfreulicherweise auch einigermaßen feste Waden. Lord Peter, der stolz auf seinen Wuchs war, hätte sich kaum geschmeichelt gefühlt, wenn er diesen nicht eben enthusiastischen Kommentar gehört hätte.
Wimsey war inzwischen am Meeresrand angelangt, und er ging recht vorsichtig ins Wasser, weil er nicht wußte, an welche Steinbrocken er stoßen würde. Schließlich schwamm er ein kleines Stück, wandte den Kopf, bemerkte, daß das Wasser verflucht kalt sei, und riet Harriet, auch hereinzukommen. Es werde ihr guttun.
Harriet folgte seinem Rat und stellte fest, daß das Wasser kalt und der Wind eisig wäre. Dann schwammen sie gemeinsam zum Teufelseisen.
Wimsey, der auf der Wilvercombener Seite des Felsens Nachforschungen unter Wasser angestellt hatte, tauchte schnaufend auf, prustete und erkundigte sich bei Harriet, ob sie das Rasiermesser auf dieser Seite gefunden hätte.
»Nein, auf der anderen«, sagte sie. Sie stieg aus dem Wasser und kletterte auf den Felsen. Schlotternd erklärte sie ihr Vorgehen beim Fund der Leiche.
»Können Sie ...« begann Wimsey. Eine mächtige Welle schlug plötzlich über ihn und erstickte seine Stimme. Harriet lachte.
»Können Sie mich sehen?« fragte er und schnaubte das Wasser aus seiner Nase.
»Nein, aber ich kann Sie hören. Wie ein Walroß – sehr komisch.«
»Humor ist hier nicht am Platze. Es kommt lediglich darauf an, ob Sie mich sehen können.«
»Wo sind Sie denn eigentlich?«
»Ich stehe in einer hübschen kleinen Nische, wie ein Heiliger über der Kirchentür. Sie ist etwa so groß wie ein Sarg. Nicht ganz zwei Meter hoch und breit genug, sich hineinzuzwängen, wenn man nicht gerade ein Dickwanst ist. Kommen Sie her, und überzeugen Sie sich selbst.«
»Wie gemütlich«, sagte Harriet, nachdem sie Wimseys Platz in der Nische eingenommen hatte. »Sehr geschützt, und man kann nur vom Meer aus gesehen werden. Selbst bei Niedrigwasser könnte man sich hier ungesehen aufhalten. Oh, wie entsetzlich! Hier muß der Mörder sich die ganze Zeit befunden haben.«
»Ja, das scheint mir wahrscheinlicher, als daß er im Boot war.

Dabei fällt mir etwas ein. Hat der Friseur in Seahampton nicht diesen Bright, den Mann, dem er das Rasiermesser verkaufte, als einen mageren kleinen Kerl beschrieben?«
»Ja, allerdings. Wie gut, daß Ihnen das eingefallen ist. Ich wünschte, wir könnten diesen Bright irgendwo erwischen.«
»Einen Augenblick mal, Harriet, ich habe eben etwas gefunden.«
»Was denn?«
»Einen eisernen Ring – am Felsen befestigt – wahrscheinlich, um Boote daran festzumachen. Der Ring ist unter Wasser, und ich kann ihn nicht richtig sehen. Er befindet sich etwa anderthalb Meter über dem Boden und fühlt sich neu und glatt an – keinesfalls verrostet. Hilft das vielleicht unserer Boot-Theorie?«
Harriet blickte über den einsamen Strand und auf das Meer.
»Eigentlich sehe ich keinen Grund, weshalb hier normalerweise ein Boot anlegen sollte. Aber ich fürchte, diese Spekulationen werden uns nicht viel weiterbringen, und mir ist ziemlich kalt. Wie wäre es, wenn wir noch ein bißchen schwimmen und uns anziehen würden? Dann können wir unsere Diskussionen fortsetzen.«
Nach dem Schwimmen und dem darauffolgenden Lauf über den Strand war Harriet angeregt und voller Ideen. Während sie sich neben den Eßkorb setzte, sagte sie: »Stellen Sie sich einmal folgende Frage: Was würden Sie tun, wenn Sie jemand ermordet hätten und plötzlich eine neugierige Frau am Tatort auftauchte, die überall herumschnuppern und schließlich weglaufen würde, um Hilfe zu holen?«
»Ich würde mich umgehend in die entgegengesetzte Richtung aus dem Staub machen.«
»Wirklich? Würden Sie sie nicht lieber im Auge behalten oder sie vielleicht sogar umbringen wollen? Nichts wäre leichter für Bright gewesen – nennen wir ihn im Augenblick ruhig so – als mich zu ermorden.«
»Aber warum sollte er? Er tat alles, um den Mord als einen Selbstmord hinzustellen. Er betrachtete Sie als eine wichtige Zeugin. Sie hatten den Toten gesehen und bewiesen, daß eine Leiche existierte, denn es war ja anzunehmen, daß sie später von der Flut ins Meer hinausgeschwemmt werden würde. Außerdem konnten Sie bezeugen, daß eine Waffe vorhanden war, und auch das sprach für Selbstmord. Schließlich konnten Sie beschwören, keine Fußabdrücke im Sand gesehen zu haben. Nein, meine Gute, der Mörder würde sich hüten, Ihnen etwas anzutun.«

»Ja, ich muß Ihnen recht geben – immer unter der Voraussetzung, daß er wirklich Wert darauf legte, daß die Leiche gefunden wurde. Wenn er, beispielsweise, im Testament des Toten als Erbe eingesetzt war, mußte der Tod des Erblassers erwiesen werden, bevor der Nachlaß freigegeben werden durfte.«
»Ich glaube kaum, daß unser Freund Alexis viel hinterlassen hat. Aber es mag andere Gründe geben, derentwegen der Mörder wollte, daß der Tod seines Opfers bekannt sei.«
»Sie glauben also, daß der Mörder, nachdem ich fort war, ganz gemütlich nach Lesston Hoe gewandert ist? In die andere Richtung kann er nicht gegangen sein ... oder vielleicht doch? Er mag mir auf dem Fuß gefolgt sein, um zu sehen, was ich im Schilde führte.«
»Schon möglich. Jedenfalls können Sie nicht mit Bestimmtheit behaupten, daß er es nicht tat. Besonders, da Sie sehr bald die Hauptstraße verließen, um zu dem Bauernhof zu gehen.«
»Vielleicht hat er nicht gesehen, daß ich von der Straße abbog, und ist der Hauptstraße entlang in Richtung Wilvercombe gegangen? Könnte man feststellen, ob er den Bahnübergang überquert hat? Oh – und jetzt fällt mir noch etwas ein: Angenommen, er ist die Hauptstraße entlanggegangen und dann umgekehrt, um behaupten zu können, aus der Richtung von Wilvercombe zu kommen?«
»Dann wären Sie ihm begegnet.«
»Eben, eben!«
»Ach, jetzt geht mir ein Licht auf. Der Herr aus London – wie hieß er doch?«
»Perkins. Ja, ich frage mich nämlich, ob er wirklich so albern war, wie er sich gab. Er war ein mageres Kerlchen, und rötlich-blondes Haar hatte er auch.«
»Sagten Sie nicht, daß er kurzsichtig war und eine Brille trug? Das erwähnte Merryweather in seiner Beschreibung von Bright nicht.«
»Vielleicht war die Brille aus simplem Glas, und er hat sie nur getragen, damit man ihn für jemand anders halten könnte. Jedenfalls war es sehr merkwürdig, daß Mr. Perkins einfach verschwand, als ich den Dorfladen betrat. Möglicherweise schloß sich Bright mir an – falls er es wirklich war – nur, um zu wissen, was ich der Polizei sagen würde, und machte sich dann aus dem Staub, bevor er selbst hätte aussagen müssen. Himmlischer Vater! Man stelle sich vor, daß ich etwa eine Stunde, sozusagen Hand in Hand, mit dem Mörder über die Landstraße gewandert bin!«

»Sehr bemerkenswert«, sagte Wimsey. »Wir werden diesen Mr. Perkins einmal gründlich unter die Lupe nehmen müssen. Wissen Sie, wohin er gegangen ist?«

»Keine Ahnung.«

»Aber ich weiß es. Er hat im Dorf ein Auto gemietet, mit dem er sich zum Bahnhof Wilvercombe fahren ließ. Man nimmt an, daß er dann mit irgendeinem Zug abgefahren ist, aber Genaues weiß man nicht, da der Bahnhof an diesem Tag voll mit Reisenden und Ausflüglern war. Man wird sich weiter bemühen müssen. Das Ganze macht jedenfalls einen fast zu glatten Eindruck. Fassen wir noch einmal zusammen: Zunächst einmal trifft Alexis um zehn Uhr fünfzehn an der Bahnstation von Darley ein und begibt sich zu Fuß oder auf andere Art und Weise zum Teufelseisen. Warum eigentlich?«

»Wahrscheinlich, weil er sich dort mit Perkins verabredet hatte. Alexis hat bestimmt nicht zum Vergnügen lange Ausflüge unternommen.«

»Gut beobachtet, ich gratuliere ... Er war dort um zwei Uhr mit Perkins verabredet.«

»Wahrscheinlich früher, da er schon um zehn Uhr fünfzehn an der Station ankam.«

»Das ist nicht gesagt, da am Morgen nur der eine Zug dort hält.«

»Weshalb ist er dann nicht mit dem Auto gefahren?«

»Weil er kein eigenes Auto hatte und weil niemand wissen sollte, wohin er ging.«

»Warum hat er sich nicht eins gemietet und ist selbst gefahren?«

»Weil er nicht fahren konnte oder weil er nicht die Absicht hatte, zurückzukommen ... Nein, das stimmt auch nicht, wegen der Rückfahrkarte. Falls er sie nicht nur aus Versehen gekauft hat, *wollte* er zurückkommen. Oder vielleicht wußte er es selbst noch nicht genau. Er mag sie für den Fall der Fälle gekauft haben – der Preisunterschied ist gering. Aber ein Auto konnte er nicht einfach dort lassen.«

»Ich wüßte noch einen anderen Grund. Er hätte das Auto auf den Klippen abstellen müssen, wo es von der Straße aus sichtbar gewesen wäre. Vielleicht sollte niemand wissen, daß er auf dem Teufelseisen war.«

»Das stimmt nicht, denn man kann von der Klippe aus auf das Teufelseisen hinuntersehen.«

»Ja, aber man kann niemanden erkennen, wenn man nicht ziemlich nahe an den Felsen herangeht. Dagegen kann man jederzeit am Nummernschild feststellen, wem ein Wagen gehört.«

»Schon richtig, aber nicht sehr überzeugend. Nehmen wir trotzdem an, Ihre Überlegung sei richtig: Alexis glaubte weniger Aufmerksamkeit zu erregen, wenn er mit dem Zug fuhr. In diesem Fall ist er von Darley aus sicher zu Fuß gegangen und hat sich von keinem Autofahrer mitnehmen lassen.«

»Nein, bestimmt nicht. Ich würde nur für mein Leben gern wissen, warum er sich einen so exponierten Treffpunkt ausgesucht hat.«

»Glauben Sie, es wäre besser gewesen, wenn er seinen Bekannten hinter einem Felsen, hinter Bäumen oder in einem verlassenen Schuppen getroffen hätte?«

»Meiner Ansicht nach – ja.«

»Sie irren sich. Wenn man geheime Gespräche führen will, muß man jeden Ort vermeiden, an den sich andere heimlich heranschleichen und einen belauschen können. Ein offenes Feld, die Mitte eines Sees oder ein Felsen, der so gelegen ist wie das Teufelseisen, sind da sicherer, weil man einen guten Überblick hat.«

»Wann und von wo ist Bright Ihrer Ansicht nach bei dem Treffpunkt angekommen?«

»Er ist von einer beliebigen Stelle aus durch das seichte Wasser zum Felsen gegangen. Um welche Zeit? Während Sie, mein liebes Kind, über Ihrem ›Tristram Shandy‹ eingeschlafen waren. Ich nehme an, daß er aus der Richtung von Wilvercombe gekommen ist, sonst hätte er Sie gesehen. Er hätte es wohl kaum gewagt, einen Mord zu begehen, wenn ihm Ihre Anwesenheit bekannt gewesen wäre.«

»Es war recht unvorsichtig von ihm, sich nicht erst einmal gründlich umzusehen.«

»Zugegeben. Jedenfalls beging er den Mord, und zwar etwa um zwei Uhr. Er muß also zwischen halb zwei und zwei beim Teufelseisen angekommen sein – möglicherweise zwischen eins und zwei – da Sie zu Mittag aßen und in Ihrem Buch lasen, hatten Sie seine Ankunft wahrscheinlich nicht bemerkt. Vor eins kann er nicht gekommen sein, weil Sie sich den Strand von allen Seiten besehen und festgestellt hatten, daß er menschenleer war.«

»Das stimmt.«

»Gut. Er begeht den Mord. Der arme Alexis sieht das Rasiermesser und stößt einen Schrei aus – und Sie wachen auf. Haben Sie auch aufgeschrien? Oder haben Sie etwa zu singen angefangen? Oder zu lachen?«

»Keineswegs. Ein paar Minuten später bin ich in die Richtung des Felsens gelaufen, aber ich habe keinen Laut von mir gegeben.«

»Ich verstehe nicht, warum sich der Mörder nicht sofort auf den Heimweg gemacht hat. Wenn er es getan hätte, hätten Sie ihn gesehen. Ach, natürlich – die Papiere! Er konnte ja nicht ohne die Papiere fortgehen.«

»Welche Papiere?«

»Ich kann nicht beschwören, daß es sich um Papiere gehandelt hat. Es mögen auch die Diamanten des Sultans gewesen sein. Irgend etwas hat er jedenfalls bei der Leiche gesucht, und gerade, als er sich über sie beugte, hörte er Ihre herannahenden Schritte. Am Rande des Wassers hört man die Geräusche bekanntlich von weither. Der Bösewicht klettert schnell vom Felsen herunter und versteckt sich auf der Seite, die gegen das Meer zu liegt.«

»Was? Völlig angekleidet?«

»Daran habe ich leider nicht gedacht. Er konnte sich ja später nicht mit einem klatschnassen Anzug unter die Leute wagen. Er war nicht angezogen. Er ließ seine Kleidungsstücke an der Stelle des Strandes, von der aus er durchs seichte Wasser gelaufen war. Wahrscheinlich trug er einen Badeanzug, und wer immer ihn gesehen hätte, würde ihn natürlich für einen harmlosen Badegast gehalten haben.«

»Dann muß sein Badeanzug eine Tasche gehabt haben, in die er das Rasiermesser tun konnte.«

»Ich glaube, daß er es in der Hand gehalten oder an einer Schnur befestigt um den Hals getragen hat. Weitere dumme Fragen werden nicht beantwortet. Er wartete in seiner kleinen Nische, bis Sie fortgegangen waren. Dann suchte er schleunigst das Weite.«

»Bestimmt nicht in Richtung Wilvercombe.«

»Weil Sie ihn dann gesehen hätten, meinen Sie? Wenn er dicht am Rande der Klippen entlanggegangen wäre, hätten Sie ihn nicht bemerkt. Auch über die Fußspuren brauchte er sich keine Gedanken zu machen, da die Flut im Kommen war. Später wäre er die Klippen an der gleichen Stelle hinaufgeklettert, an der er ursprünglich heruntergekommen war, wäre auf der Hauptstraße in Richtung Wilvercombe gegangen, hätte an einem beliebigen Punkt kehrtgemacht und wäre Ihnen dann auf dem Rückweg begegnet. Was halten Sie davon?«

»Klingt logisch.«

»Je mehr ich darüber nachdenke, desto besser gefällt mir diese Theorie, besonders die Idee, daß Bright und Perkins ein und dieselbe Person sind. Dabei fallen mir die schiefen Schultern ein. Ich hoffe, Perkins hielt sich nicht kerzengerade wie ein Soldat bei der Parade?«

»Keineswegs. Ich würde ihn zwar nicht als verwachsen bezeichnen, aber er hatte runde Schultern und eine schlechte Haltung. Er trug einen Rucksack auf dem Rücken, und er hinkte ein bißchen, weil er, wie er sagte, eine Blase am Fuß hatte.«

»Das wäre an und für sich keine schlechte Art, eine schiefe Schulter zu verbergen. Bei jemandem, der hinkt, ist immer die eine Schulter etwas höher als die andere. Sehr interessant. Bright-Perkins ist unser Mann. Wir sollten der Polizei sofort Bescheid sagen; allerdings bin ich jetzt furchtbar hungrig. Wieviel Uhr ist es? Vier Uhr. Ich fahre schnell mit dem Wagen zum nächsten Telefon und sage Glaisher Bescheid. Dann komme ich sofort zurück. Auch wenn es von Mördern wimmeln sollte, habe ich nicht die Absicht, unser Picknick aufzugeben.«

10. Die Aussage des Polizeikommissars

Montag, den 22. Juni

»Sie können sagen, was Sie wollen, Mylord«, sagte Kommissar Umpelty, »und ich gebe zu, daß auch der Chef eher Ihrer Meinung ist, aber ich möchte wetten, daß es ein Selbstmord war. Kann natürlich nichts schaden, die Spur von diesem Bright zu verfolgen, denn es spricht vieles dafür, daß Alexis ihm das Rasiermesser abgekauft hat. Aber ich habe nicht den geringsten Zweifel, daß der arme Kerl nicht beabsichtigte, zurückzukommen, als er am Donnerstag sein möbliertes Zimmer verließ. Sie brauchen es sich nur anzusehen. Alles war tadellos aufgeräumt, alle Rechnungen bezahlt, alle Papiere im Kamin verbrannt – kurz und gut, er handelte wie jemand, der mit dem Leben abgeschlossen hatte.«

»Hat er den Wohnungsschlüssel mitgenommen?«

»Ja, aber das allein bedeutet gar nichts. Ein Mann trägt seine Schlüssel immer in der Tasche, und Alexis mag nicht daran gedacht haben, sie herauszulegen. Aber sonst ließ er alles in vorbildlicher Ordnung zurück. Ganz erstaunlich. Nicht mal ein leerer Briefumschlag war zu finden. Keine Fotografien, nicht eine Zeile, aus der man entnehmen konnte, wer er war und woher er kam. Alles verbrannt.«

»Besteht keine Hoffnung, noch irgend etwas aus der Asche zu retten?«

»Nein. Mrs. Lefranc, seine Wirtin, hat den Kamin am Donnerstag früh reinigen lassen. Sie hat mir gesagt, daß sie nichts mehr vorfanden als Staub und Asche. Allerdings eine Menge Asche, eine ganze Schaufel voll. Habe ich mit eigenen Augen gesehen. Da war nichts übriggeblieben, das man unter ein Mikroskop hätte legen können. Mylord wird wissen, daß solche Leute meistens nicht sehr gründlich sind, aber dieser Alexis war eine Ausnahme. Er hat nichts dem Zufall überlassen.«

»Sind wenigstens noch irgendwelche Bücher von ihm vorhanden – vielleicht mit Widmungen?«

»Bloß ein paar Romane, aber es steht nur sein Name darin: Paul Alexis. In manchen steht gar nichts. Er besaß auch ein oder zwei Taschenbücher, die in chinesisch geschrieben sind.«

»Chinesisch?«

»So ähnlich sieht es jedenfalls aus. Vielleicht ist es auch Russisch. Auf jeden Fall keine Buchstaben, wie wir sie schreiben. Sie können sie sich jederzeit ansehen, aber Sie werden wohl auch nicht viel damit anfangen können. Dann sind noch zwei Geschichtsbücher da – hauptsächlich über Rußland. Aber nichts Handgeschriebenes.«

»Und Geld?«

»Nein, kein Geld.«

»Besaß er ein Bankkonto?«

»Ja, er hatte ein kleines Konto bei Lloyds. Etwas über dreihundert Pfund. Aber er mag überall Schulden gehabt haben. Da er alle Papiere verbrannte, ist das schwer festzustellen. Natürlich werden wir Erkundigungen einziehen. Ich wäre gar nicht erstaunt, wenn er die dreihundert Pfund irgendeinem Mädchen gegeben hätte. Da wäre, zum Beispiel, diese Leila Garland – eine hartgesottene Person. *Die* könnte uns wahrscheinlich eine ganze Menge erzählen, aber heutzutage darf man ja keine Fragen mehr stellen. Wenn sich die Leute weigern zu antworten, dann weigern sie sich eben, und damit ist der Fall erledigt. Zwingen kann man sie nicht.«

»Leila Garland – das war doch das Mädchen, mit dem er befreundet war.«

»Sehr richtig, Mylord. Die junge Dame muß ihm den Laufpaß gegeben haben. Wie sie sagt, hat Alexis sich das sehr zu Herzen genommen. Ihr neuer Freund ist ein Bekannter von Alexis, aber er ist in einer besseren Position, erster Geiger des Orchesters im Wintergarten. Muß ganz einträglich sein. Auch ein Ausländer, Südamerikaner oder so was ähnliches; überelegant, trägt Schuhe aus Schlangenleder, und was weiß ich. Alexis hat sie miteinander bekannt gemacht, und die junge Dame hat sich wohl gedacht, daß der Geiger mehr für sie tun könne als der arme Alexis. Sie sagt, daß Alexis in der letzten Zeit sehr geizig geworden war, außerdem schien er das Interesse an ihr verloren zu haben. Möglich, daß er sein Auge auf eine andere geworfen hatte und daß er dieser das Geld gab. Auf alle Fälle entschloß sich Leila, mit ihm zu brechen und sich mit Luis da Soto, dem Geiger, anzufreunden. Natürlich machte Alexis ihr eine Szene und drohte mit Selbstmord.«

»Sagte er, daß er sich den Hals durchschneiden wollte?«

»Nein, er sagte, er wollte Gift nehmen. Aber das spielt ja weiter keine Rolle. Er drohte, sich das Leben zu nehmen, und er hat es getan. Ein klarer Fall.«

»Hat man in seinem Zimmer Schlaftabletten oder andere Drogen gefunden?«

»Nichts dergleichen – gar nichts«, erwiderte der Kommissar triumphierend.

Harriet, die sich während des Gesprächs still verhalten hatte, wandte sich jetzt an den Kommissar.

»Wenn Sie glauben, daß Alexis ein anderes Mädchen im Auge hatte, bestand doch kein Grund für ihn, sich das Leben zu nehmen, weil Leila Garland ihm den Laufpaß gab.«

»Schwer zu sagen – vielleicht hat ihn die andere auch sitzenlassen. Dann war noch die Sache mit dieser Mrs. Weldon. Diese allein hätte genügt, einen jungen Menschen zum Selbstmord zu treiben.«

»Er hätte ja fortgehen können«, sagte Harriet.

»Vielleicht schuldete er ihr Geld, und sie hat gedroht, ihn anzuzeigen.«

»Nein, nein. Ausgeschlossen«, rief Harriet empört. »Die Arme war bis über die Ohren in Alexis verliebt. Er konnte sie um den kleinen Finger wickeln. Sie hätte ihm jeden Wunsch erfüllt. Außerdem sagte sie mir, daß er sich weigerte, Geld von ihr anzunehmen.«

»Nehmen wir einmal an, daß er mit ihr Schluß machen wollte. Dann hätte sie sich vielleicht von einer ganz anderen Seite gezeigt.«

»In diesem Fall hätte *sie* sich das Leben genommen«, erwiderte Harriet mit Bestimmtheit. »Um nichts in der Welt hätte sie Alexis ein Leid zugefügt. Die Arme!«

Kommissar Umpelty sah Wimsey freundlich an und sagte mit einem schelmischen Augenzwinkern: »Wenn die Damen uns mit ihrer weiblichen Intuition kommen, ist keine Diskussion mehr möglich.«

»Nein. Da haben Sie recht«, erwiderte Wimsey. »Aber lassen wir dieses Problem einstweilen beiseite. Wir scheinen in eine Sackgasse geraten zu sein. Mich beschäftigt im Augenblick eine andere Frage. Halten Sie es für möglich, daß am Donnerstag, zur Zeit der Ebbe, ein Fischerboot beim Teufelseisen anlegen konnte?«

»Durchaus, Mylord. Einige dieser Boote haben einen nicht mehr als dreißig Zentimeter langen Kiel. Wenn man die Strömung berücksichtigt und die Klippen vermeidet, kann man ohne weiteres anlegen.«

»Ein Ortsfremder könnte aber in Schwierigkeiten geraten, nicht wahr?«

»Schon möglich, aber nicht, wenn er ein guter Seemann ist und eine Seekarte lesen kann. Mit einem kleinen Boot kann man bis auf etwa drei Meter ans Teufelseisen herankommen, außer wenn ein scharfer Wind vom Meer her bläst. In diesem Fall könnte ein Boot leicht an den Klippen zerschellen.«

»Sehr interessant ... Hören Sie zu, Herr Kommissar, wir nehmen an, daß es sich um einen Mord handelt, und wir haben zwei Möglichkeiten im Auge. Würden Sie uns Ihre Meinung darüber sagen?«

Kommissar Umpelty hörte sich die beiden verschiedenen Theorien über den Mann im Fischerboot und den Mann in der Felsnische nachsichtig lächelnd an, dann sagte er: »Ich möchte wirklich einmal Ihre Bücher lesen, Miss. Ich bewundere Ihre blühende Phantasie. Was das Boot betrifft, haben wir versucht, nähere Einzelheiten zu erfahren. Wer immer sich in dem Boot befand, muß etwas gesehen haben. Die meisten Fischerboote lagen vor dem Shelly Point, über einige andere konnte ich noch keine Erkundigungen einziehen. Außerdem besteht die Möglichkeit, daß sich jemand von den Kurgästen ein Boot gemietet hat, obwohl wir immer vor den Klippen warnen. Manche Leute lassen sich allerdings durch nichts abschrecken, benehmen sich, als wollten sie um jeden Preis Selbstmord begehen. Trotz allem glaube ich zu wissen, wessen Boot es war.«

»Die Bewohner der kleinen Häuser an der Küste, bei denen ich Hilfe suchte, müssen das Boot doch gesehen haben«, sagte Harriet. »Ich dachte, sie erkennen jedes Boot, das sie sehen, mit absoluter Sicherheit.«

»Das ist es ja eben«, erwiderte der Kommissar. »Wir haben alle gefragt, und sie tun, als wären sie taubstumm und mit Blindheit geschlagen. Aber machen Sie sich keine Sorgen. Ich komme der Sache auf die Spur, und ich habe bereits ein bestimmtes Boot im Verdacht. Mit den Pollocks und den Moggeridges ist nicht gut

Kirschen essen. Sie sind auch bei den übrigen Fischern nicht sehr beliebt, und wenn eine ganze Familie von den anderen geächtet wird, so hat das gewöhnlich einen handfesten Grund.«

»Auf jeden Fall sind wir uns jetzt über den Zeitpunkt des Todes im klaren, und das ist eine große Hilfe«, bemerkte Wimsey.

»Allerdings – wenn es richtig war, was Sie und die Dame gesagt haben«, gab Umpelty zögernd zu. »Ich möchte auf alle Fälle noch hören, was ein Arzt darüber denkt – nur der Ordnung halber natürlich. Ich nehme bestimmt an, daß Sie recht haben. Ein Jammer, daß Sie gerade in den kritischen Momenten schliefen, Miss.«

Er warf Harriet einen vorwurfsvollen Blick zu.

»Aber war es nicht ein Glück, daß ich überhaupt dort war?«

»Zweifellos«, gab der Kommissar zu. »Also, über den Zeitpunkt wären wir uns einig«, fuhr er fort, »und wir haben nun inzwischen gewisse Informationen erhalten, aus denen hervorgeht, daß die Mordtheorie hinfällig ist – wie ich von Anfang an behauptet habe. Wenn wir das beweisen können, ist alles in Ordnung, nicht wahr?«

Die Konferenz fand im gemütlichen kleinen Haus von Kommissar Umpelty statt, das in einem Vorort der Stadt lag. Umpelty stand auf, ging zu einem Schrank und entnahm ihm einen großen Stoß von offiziellen Dokumenten.

»Wie Sie sehen, waren wir nicht müßig, Mylord. Obwohl alles für einen Selbstmord spricht, haben wir alle Möglichkeiten in Betracht gezogen und uns die ganze Gegend sozusagen durch ein Vergrößerungsglas angeschaut.«

Nachdem er die Dokumente geprüft hatte, mußte Wimsey zugeben, daß der Kommissar nicht übertrieben hatte. Der Zufall hatte der Polizei wesentlich geholfen. Die örtlichen Behörden hatten kurz vorher bei der Grafschaftsbehörde das Gesuch um Instandsetzung der Küstenstraße zwischen Wilvercombe und Lesston Hoe gestellt. Die Grafschaftsbehörde hatte kurz und höflich geantwortet, daß sich die große Ausgabe kaum lohne, da nur wenige Fahrzeuge die Küstenstraße benutzten, hatte aber dennoch eine Anzahl von Leuten beauftragt, alle Fahrzeuge zu zählen und anzuhalten, die über die besagte Straße fuhren. Einer dieser Beobachter war am Donnerstag, dem 18. Juni, den ganzen Tag über bei der Kreuzung der Küstenstraße mit der von Lesston Hoe nach Heathbury führenden Überlandstraße stationiert gewesen. Am anderen Ende der etwa achtzehn Kilometer langen Strecke, für die sich die Polizei interessierte, war die Haltestelle von Darley, wo, wie Harriet bereits entdeckt hatte, die Schranken immer heruntergelassen waren und nur geöffnet wurden, wenn ein Fahrzeug über die Schienen fahren wollte. Auf beiden Seiten der Schranken gab es eine kleine Tür für Fußgänger, die nicht einmal breit genug war, um ein Fahrrad durchzulassen. Falls der etwaige Mörder nicht zu Fuß gekommen wäre, hätte er an einem der beiden Punkte gesehen werden müssen. Während der vergangenen vier Tage hatte die Polizei die Fahrer aller Autos, Lastwagen, Motorräder, Fahrräder und Pferdewagen, die am Donnerstag über dieses Stück Straße gefahren waren, ermittelt und vernommen. Nichts Verdächtiges hatte sich ergeben. Sämtliche Fahrer waren Leute aus der Gegend und der Polizei persönlich bekannt. Alle waren imstande, einen genauen Bericht darüber abzugeben, wie sie den Tag verbracht hatten. Dies war nicht so erstaunlich, wie es scheinen mag, da es sich meistens um Fahrer von Lieferwagen handelte, die eine bestimmte Runde zu einer bestimmten Zeit machten, oder um Bauern, die in die Stadt gefahren waren und Zeugen erbringen konnten, welche die Zeit ihrer Ankunft und Abfahrt bestätigten. Die einzigen Personen, von denen man nicht genau wußte, wo sie sich zu einer bestimmten Zeit aufgehalten hatten, waren die Kuh- und Schafhirten, die ihre Herden über die Straße getrieben hatten. Nicht nur schien es unwahrscheinlich, daß einer von ihnen einem russischen Tänzer mit einem Endicott-Rasiermesser die Gurgel durchschnitten haben sollte, sondern Umpelty war auch bereit, für jeden einzelnen persönlich einzustehen.

»Ich glaube, Sie können sich darauf verlassen, daß keiner der von uns verhörten Leute das Verbrechen begangen haben kann, Mylord. Es besteht nur noch die Möglichkeit, daß der Mörder vom Meer her oder zu Fuß von Wilvercombe oder Lesston Hoe gekommen ist, und – wie die junge Dame schon festgestellt hat – Wilvercombe wäre wahrscheinlicher.«

»Gut, wir nehmen an, daß der Mörder nicht mit einem Fahrzeug angekommen ist«, sagte Wimsey. »Damit blieben uns noch mindestens drei Möglichkeiten: erstens – der Mörder kam zu Fuß von Wilvercombe oder Darley, ging zum Strand hinunter und setzte dann seinen Weg am Rand des Wassers fort. Zweitens: Er kam aus einem der Häuser, in denen die Fischer wohnen. Sie erwähnten die Namen Pollock und Moggeridge. Setzen Sie sich auch für diese beiden persönlich ein, Herr Kommissar?«

»Nein, aber ich weiß, daß sie nicht da waren«, erwiderte der Kommissar prompt. »Moggeridge und seine beiden Söhne haben in Wilvercombe eingekauft – dafür habe ich Zeugen. Der alte Pollock war mit dem Boot draußen; er wurde von Freddy Baines gesehen, und sein älterer Enkel war wahrscheinlich ebenfalls im Boot. Pollock und Enkel werden wir uns vornehmen; wenn der Mörder vom Meer her kam, könnte er mit den beiden gekommen sein. Es gibt nur noch einen anderen Pollock, einen vierzehnjährigen Jungen, der den Mord ebensowenig verübt haben kann wie die Frauen und Kinder.«

»Ich verstehe. Also – fahren wir fort. Drittens: Der Mörder ist den ganzen Weg von Darley oder Wilvercombe die Küste entlanggegangen. Dabei fällt mir ein – sagten Sie nicht, daß jemand in der Nähe der Bahnstation von Darley kampiert hat?«

»Ja«, sagte Harriet, »ein etwas untersetzter Mann, der nicht wie ein Bauer sprach, eher wie ein Herr, der auf dem Land wohnt.«

»Wenn jemand dort vorbeigekommen wäre, hätte er ihn gesehen.«

»Schon möglich«, erwiderte der Kommissar. »Leider ist es uns bisher nicht gelungen, die Spur dieses Herrn aufzunehmen, obwohl wir uns sehr bemüht haben. Er hat sein Zelt am Freitag früh abgebrochen, seine Sachen in einen Morgan gepackt und ist abgefahren. Er hatte seit dem Dienstag letzter Woche sein Zelt am Ende der Hinks Lane aufgeschlagen. Er nannte sich Martin.«

»Tatsächlich? Und dieser Mr. Martin verschwand sofort nach dem Verbrechen? Ist das nicht ziemlich verdächtig?«

»Nicht die Spur«, erwiderte Umpelty triumphierend. »Er hat um ein Uhr in den Drei Federn von Darley zu Mittag gegessen, und er ist nicht vor halb zwei fortgegangen. Wenn Sie mir beweisen können, daß ein Mann in einer halben Stunde sieben Kilometer marschieren kann, werde ich sofort einen Haftbefehl für Mr. Martin erlassen.«

»Lassen Sie uns überlegen, Herr Kommissar. Also – der Mord fand um zwei Uhr statt – in sieben Kilometer Entfernung. Das bedeutet, daß der Mörder keinesfalls nach zwölf Uhr fünfzig durch Darley gekommen sein kann. Selbst sechs Kilometer pro Stunde sind unwahrscheinlich, da er zumindest einen Teil des Weges durch Sand zu gehen hatte. Andererseits wird er gewiß nicht viel weniger als fünf Kilometer pro Stunde zurückgelegt haben, und das bedeutet, er verließ Darley frühestens um zwölf Uhr dreißig, falls er nicht vor dem Mord eine Zeitlang bei Alexis gesessen und sich mit ihm unterhalten hat.«

»Sehr richtig, Mylord. Aber das sind Vermutungen, nichts als Vermutungen. Mr. Martin wird uns in jedem Fall nicht weiter interessieren, denn er hat den Donnerstagmorgen in Wilvercombe verbracht – jedenfalls hat er das dem Wirt der Drei Federn gesagt.«

»Schade! Er hätte ein wichtiger Zeuge sein können. Aber ich nehme an, daß Sie sich trotzdem weiter bemühen werden, ihn zu finden. Hat sich jemand die Nummer seines Morgans gemerkt?«

»Ja. Der Wagen gehört einer Garage in London, die Autos an Selbstfahrer vermietet. Mr. Martin hat sich das Auto letzten Donnerstag vor einer Woche dort geholt, seine Kaution in bar hinterlegt und den Wagen am Sonntag zurückgebracht. Er behauptete, sein Haus aufgegeben und keine feste Adresse zu haben. Als Referenz gab er eine Bank in Cambridge an. Sein Führerschein war auf den Namen Martin ausgestellt. Versicherungsschwierigkeiten ergaben sich nicht, weil die Police für alle Wagen gilt, gleich wer sie fährt.«

»Stand denn keine Adresse auf dem Führerschein?«

»Doch. Aber es war die Adresse, an der er gar nicht mehr wohnt, und deshalb hat sie sich niemand angeschaut.«

»Ist es üblich, daß der Autoverleiher sich den Führerschein zeigen läßt?«

»Das weiß ich nicht. Martin scheint ihn von sich aus vorgezeigt zu haben.«

»Sonderbar. Macht fast den Eindruck, als wollte er sich von vornherein jeder Kritik entziehen. Was erfuhren Sie bei der Bank?«

»Alles ganz einwandfrei. Mr. Haviland Martin hat seit fünf Jahren dort ein Konto. Wurde von einem anderen Kunden eingeführt. Alles in bester Ordnung.«

»Der Name dieses Kunden und die Höhe des Kontos sind Ihnen wohl nicht bekannt?«

»Nein. Die Banken sind nicht erpicht darauf, solche Auskünfte zu geben. Und wir haben ja Mr. Martin nicht das geringste vorzuwerfen.«

»Mag sein – trotzdem würde ich mich gern einmal mit dem Burschen unterhalten. Es sind gewisse Anzeichen vorhanden, wie Sherlock Holmes sagen würde. Was halten Sie davon, verehrter Robert Templeton?«

»Ich hätte mir keine bessere Art und Weise ausdenken können, auf die ein Mörder einen bestimmten Ort erreichen und wieder verlassen würde, ohne wesentliche Spuren zu hinterlassen«, erwiderte Harriet prompt. »Der Mörder in einem meiner Romane hätte sich fast genauso wie Mr. Martin benommen. Er hätte unter falschen Namen ein Bankkonto eröffnet, dem Garagenbesitzer als einzige Referenz die Adresse einer Bank gegeben, sich ein Auto gemietet, in bar bezahlt und das Konto wahrscheinlich bald wieder aufgelöst.«

»Genau. Leider bleibt jedoch die Tatsache bestehen, daß Mr. Martin den Mord nicht begangen haben kann, vorausgesetzt, daß die Uhr in den Drei Federn richtiggegangen ist. Man sollte weitere Erkundigungen einziehen. Schließlich ist es etwas unwahrscheinlich, ein Verbrechen fünf Jahre im voraus zu planen. Vielleicht sollten Sie doch mit der Bank in Verbindung bleiben, aber auf eine Weise, daß Sie den Vogel nicht verscheuchen.«

»Wird geschehen, Mylord. Allerdings muß ich gestehen, daß ich mit mehr Begeisterung bei der Sache wäre, wenn ich wirklich an einen Mord glaubte. Im Augenblick spricht wirklich nicht viel dafür.«

»Vielleicht nicht. Immerhin deuten viele Kleinigkeiten in diese Richtung. Im einzelnen gesehen mögen sie unwichtig erscheinen, aber zusammengenommen wirken sie verdächtig. Denken Sie an das Rasiermesser, die Handschuhe und die Rückfahrkarte; auch daran, daß Alexis am Tage vor seinem Tod besonders guter Dinge war. Dazu kommt diese sonderbare Geschichte von dem Mann, der rechtzeitig in Darley ankam, um sich das Verbrechen aus nächster Nähe anzusehen, und der dann das Weite suchte, nachdem er sich die größte Mühe gegeben hatte, seinen Namen und seine Adresse zu vertuschen.«

Das Telefon läutete, bevor Kommissar Umpelty eine Antwort geben konnte. Er nahm den Hörer ab und hörte einen Augenblick aufmerksam zu, dann sagte er: »Komme sofort, Herr Oberkommissar.« Er legte den Hörer auf. »Inzwischen scheint sich noch etwas Merkwürdiges ereignet zu haben«, sagte er. »Bitte entschuldigen Sie mich. Ich werde im Polizeirevier erwartet.«

11. Die Aussage des Fischers

Montag, den 22. Juni

Wimsey brauchte nicht lange auf einen Bericht der neuesten Entwicklungen zu warten. Er war zurück ins Bellevue gegangen und saß an der Bar, wo er sich vor dem Mittagessen einen Drink bestellt hatte, als ihm jemand auf die Schulter klopfte. Er fuhr zusammen.

»Sie haben mir wirklich einen Schrecken eingejagt, Herr Kommissar. Also schießen Sie los – was hat sich ereignet?«

»Sie erinnern sich an das Bankkonto unseres jungen Freundes und an die dreihundert Pfund, nicht wahr?«

»Selbstverständlich.«

Der Kommissar senkte seine Stimme. »Wir haben herausgefunden, was Alexis mit dem Geld getan hat«, flüsterte er.

»Tatsächlich? Alle Achtung! Und was hat er damit getan?«

»Dreimal dürfen Sie raten, Mylord, aber ich möchte wetten, daß Sie nicht darauf kommen werden.«

»Dann will ich Ihre kostbare Zeit nicht unnütz in Anspruch nehmen. Sagen Sie es mir lieber gleich, spannen Sie mich nicht auf die Folter. Was *hat* er damit gemacht?«

»Er hat es sich in Gold eingewechselt.«

»In *was*?«

»In dreihundert goldene Zwanzig-Schilling-Stücke.«

Wimsey sah ihn verständnislos an. »Dreihundert! Wollen Sie mir einen Bären aufbinden, Herr Kommissar? Wo treibt man heutzutage so viele Goldmünzen auf? Wie hat er das angestellt? Auf der Bank bekommt man kein Gold. Ist er in die Münze eingebrochen?«

»Nein, er hat seine Pfundscheine auf ganz ehrliche, aber phantastische Art umgewechselt. Sie erinnern sich wohl, daß in der vorigen Woche ein Bild von Alexis in der Zeitung war.«

»Ja, eine Vergrößerung des Gruppenbildes, das im vergangenen Jahr beim Weihnachtsball des Hotels gemacht wurde.«

»Stimmt. Es war das einzige Bild, das uns zur Verfügung stand. Alexis hatte reinen Tisch gemacht. Also, gestern erscheint ein wunderlicher alter Kauz auf dem Revier. Sagt, daß er in der Nähe von Princemoor wohnt. Er zieht eine Zeitung aus der Tasche und zeigt auf das Bild. ›Ich höre, daß Sie über den unglücklichen jungen Mann hier Erkundigungen einziehen‹, sagt er mit hoher Stimme. ›Allerdings. Wissen Sie etwas über ihn, Opa?‹ fragt der Oberkommissar. ›Über seinen Tod weiß ich nichts‹, sagt der Alte, ›aber vor drei Wochen hab' ich mit ihm ein ungewöhnliches kleines Geschäft abgeschlossen, von dem Sie vielleicht wissen sollten.‹ – ›Unbedingt. Erzählen Sie uns nur alles, Opa‹, sagt der Oberkommissar. – Vielleicht haben Sie vor etwa einem Monat in der Zeitung über die exzentrische alte Jungfer gelesen, die allein mit etwa hundert Katzen in ihrem Haus in Seahampton lebte«, sagte Umpelty. »Sie hieß Miss Ann Bennet. Eines schönen Tages wurden die Vorhänge nicht mehr aufgezogen, die Milchflaschen blieben vor der Haustür stehen, und die Katzen jaulten erbärmlich. Ein Wachtmeister bricht die Tür auf und findet die alte Dame tot im Bett. ›Eines natürlichen Todes gestorben‹ – lautete das Urteil des Leichenbeschauers, was heißt, gestorben an Altersschwäche, Unterernährung und einer verschleppten Erkältung dazu. Natürlich war das Haus voller Geld, und unter der Matratze wurden vierhundert goldene Zwanzig-Schilling-Stücke gefunden – wie das eben vorkommt.«

Wimsey nickte.

»Und der nächste Verwandte, der sich seit Jahrzehnten nicht mehr gezeigt hatte, taucht plötzlich auf; wer anders soll es gewesen sein als Abel Bennet, der alte Kauz aus Princemoor. Man entdeckt ein Testament, in dem er zum Alleinerben ernannt worden war, mit der Bitte, sich der armen Katzen anzunehmen. Er tritt das Erbe an, und am Tag nach der Leichenbeschau erscheint unser Freund Alexis auf der Bildfläche, unter Angabe seines wirklichen Namens. Er erzählt dem alten Bennet eine tolle Geschichte, um zu erklären, zu welchem Zweck er die Goldstücke brauchen werde. Irgendeinen Unsinn über einen beabsichtigten Diamantenkauf von einem Maharadscha, der sich nicht auf Banknoten verstehe.«

»Hat er wahrscheinlich einmal in einem Roman gelesen«, sagte Wimsey.

»Höchstwahrscheinlich. Der alte Bennet, der nicht ganz so albern wie seine Schwester zu sein scheint, glaubte ihm das Märchen nicht, aber da es kein Verbrechen ist, Goldmünzen zu verkaufen, kam er mit Alexis nach einigem Handeln ins Geschäft. Alexis erklärte sich bereit, ihm dreihundertzwanzig Pfund in Banknoten für dreihundert Goldstücke zu geben, und der alte Bennet, nicht abgeneigt, zwanzig Pfund zu verdienen, nahm das Angebot unter der Bedingung an, daß die Bank in Seahampton ihm die Gültigkeit der Pfundscheine bestätigte, was auch geschah. Bennet händigte Alexis das Gold aus, dieser tat die Münzen in eine Ledertasche und ging. Und das ist alles. Wir haben uns bei der Bank nach den Daten erkundigt und festgestellt, daß Alexis die dreihundert Pfund von seinem Konto abgehoben hat, nachdem er in der Zeitung über Ann Bennets Tod und die hinterlassenen Goldmünzen gelesen hatte. Warum und wozu er sie haben wollte, kann ich Ihnen allerdings nicht sagen.«

»Das kann ich mir selbst mit dem besten Willen nicht vorstellen«, sagte Wimsey. »Warum sollte sich jemand mit all dem Gold belasten wollen? Die Geschichte mit dem indischen Maharadscha können wir gleich außer Betracht lassen. Für dreihundert Pfund bekommt man sowieso keinen besonders guten Diamanten, und außerdem könnte man jederzeit einen in der Bond Street kaufen und mit Pfundscheinen bezahlen. Dazu braucht's keine indischen Potentaten. Ich könnte mir höchstens vorstellen, daß Alexis irgendwohin fahren wollte, wo englische Banknoten nicht angenommen werden. Allerdings wüßte ich kaum, wo man das heutzutage nicht täte. In Zentralasien vielleicht?«

»Mag sein, Mylord. Aber wenn Alexis verschwinden wollte, dann wahrscheinlich so, daß keiner wußte, wohin. Sonst hätte er vermutlich seine Papiere nicht so sorgfältig verbrannt. Durch die Nummern der Banknoten hätte man ihm auf die Spur kommen können. Darüber hinaus dürfte man wohl einige Schwierigkeiten haben, an sämtlichen abgelegenen Orten der Welt englische Noten einzulösen. Meiner Ansicht wollte Alexis fortgehen; er wußte, daß man Goldstücke überall annimmt und daß sie ihm nicht zur Gefahr werden konnten.«

»Wahrscheinlich haben Sie recht, Herr Kommissar. Aber sind Sie sich darüber klar, daß die Selbstmordtheorie damit hinfällig wird?«

»Es hat fast den Anschein«, gab Umpelty offen zu. »Natürlich besteht die Möglichkeit, daß das Gold jemandem in diesem Land ausgehändigt wurde. Alexis mag, beispielsweise, von einem Mann erpreßt worden sein, der das Gold brauchte, weil er selbst aus dem Land fliehen wollte, und der Alexis vorschickte, um nicht persönlich in die Angelegenheit verwickelt zu werden. Unser Alexis liefert das Gold ab, tilgt alle seine Spuren und schneidet sich die Kehle durch.«

»Sie haben eine blühende Phantasie«, sagte Wimsey. »Aber ich glaube doch eher, daß die erste Theorie richtig ist. Außerdem habe ich noch eine Idee, der ich auf den Grund gehen möchte – und zwar im Zusammenhang mit dem Rasiermesser. Es ist unsere einzige Hoffnung, den Mörder – falls es einen Mörder gibt – dazuzubringen, einen Fehler zu begehen, indem er versucht, überklug zu sein.«

Er schob sein Glas zur Seite und flüsterte dem Kommissar etwas ins Ohr.

»Keine schlechte Idee«, sagte Umpelty. »Kein Grund, sie nicht auszuprobieren. Auf jeden Fall müssen Sie zuerst mit dem Oberkommissar sprechen. Am besten gehen wir sofort zu ihm.«

Als Wimsey und der Kommissar bei der Polizei ankamen, fanden sie den Oberkommissar im Gespräch mit einem mürrischen alten Mann, der einen Seemannspullover und Schaftstiefel trug und einen beleidigten Eindruck machte.

»Darf man mit seinem eigenen Boot vielleicht nicht mehr hinfahren, wo man will? Das Meer ist doch für alle da, oder?«

»Natürlich, Pollock. Worüber regen Sie sich eigentlich so auf, da

Sie ja ein gutes Gewissen haben? Immerhin leugnen Sie wohl nicht, um die Zeit dort gewesen zu sein, nicht wahr? Freddy Baines schwört, daß er Sie gesehen hat.«

»Lassen Sie mich mit der Familie Baines in Frieden«, schimpfte Pollock. »Neugierige Bande! Was geht es die an, wo ich war?«

»Sie geben es also zu. Um wieviel Uhr sind Sie beim Teufelseisen angekommen?«

»Warum fragen Sie nicht Freddy Baines?«

»Ich möchte gern von *Ihnen* hören, um welche Zeit Sie dort waren.«

»Das geht Sie einen Dreck an. Polizei hier, Polizei dort – und das soll ein freies Land sein. Hab' ich das Recht, zu kommen und zu gehen, wann ich will, oder hab' ich's nicht?«

»Warum weigern Sie sich, eine einfache Frage zu beantworten, Pollock, wenn Sie nichts zu verbergen haben?«

»Also gut. Ich *war* am Donnerstag vorm Teufelseisen. Und warum auch nicht?«

»Sie kamen von zu Hause, nicht wahr?«

»Ja. Haben Sie was dagegen?«

»Nicht das geringste. Wann sind Sie fortgefahren?«

»So gegen eins muß es gewesen sein.«

»Und Sie kamen gegen zwei beim Teufelseisen an. Haben Sie um diese Zeit jemanden am Ufer bemerkt?«

»Klar, ich hab' ja schließlich noch meine zwei Augen im Kopf.«

»Gut. Noch besser, wenn Sie dazu eine höfliche Zunge im Mund hätten. Wo haben Sie diese Person gesehen?«

»Am Strand, beim Teufelseisen, so gegen zwei Uhr.«

»Waren Sie nahe genug, um die Person erkennen zu können?«

»Nein, war ich nicht, und nichts beschwören kann ich auch nicht. Brauchen mich gar nicht erst vor das Gericht zu schleppen, merken Sie sich das, Herr Polizei-Obermacher.«

»Also – was haben Sie gesehen?«

»Ein verrücktes Frauenzimmer hab' ich wie wild herumlaufen sehen. Erst rennt sie, dann bleibt sie stehen, dann stochert sie im Sand, und dann rennt sie wieder. Das hab' ich gesehen.«

»Das muß ich Miss Vane erzählen«, sagte Wimsey zum Inspektor. »Sie wird sich amüsieren.«

»Und was haben Sie sonst noch gesehen?«

»Dann hab' ich sie zum Teufelseisen rennen sehen, und da hat sie herumgefuhrwerkt.«

»War sonst noch jemand auf dem Teufelseisen?«

»Es hat einer draufgelegen, sah aus wie'n Kerl, aber genau weiß ich das nicht. Na, und dann fing das Frauenzimmer an zu kreischen und wie wild mit den Armen herumzufuchteln.«

»Ja und?«

»Und? Hat mich ganz kalt gelassen. Weiber können mir gestohlen bleiben.«

»Haben Sie sonst noch irgend jemanden am Ufer gesehen, Pollock?«

»Keine Menschenseele.«

»Aha. Und als Sie den Mann auf dem Teufelseisen bemerkten, lag er bereits auf dem Felsen, stimmt das?«

»Ja, das stimmt.«

»Wie spät war es, als Sie ihn zum erstenmal sahen?«

»Kann ich nicht auf die Minute sagen. Viertel vor zwei oder zehn vor zwei, was weiß ich. Ich bin ja nicht im Auftrag von der Polente rausgefahren; ich kümmere mich nur um meine eigenen Angelegenheiten, und das möchte ich Ihnen auch raten.«

»Welche Angelegenheiten?«

»Das ist meine Sache. Ich kann mit meinem Boot segeln, wohin ich will.«

»Jedenfalls sahen Sie den Mann, bevor Sie die Frau bemerkten. Glauben Sie, daß er tot war?«

»Woher soll ich das wissen? War viel zu weit draußen. Hab' ja keine Stielaugen. Außerdem hab' ich was Besseres zu tun, als Badegäste zu beobachten.«

»Was hatten Sie denn zu tun?«

»Das ist meine Sache.«

»Jedenfalls hatten Sie also auf dem Meer draußen, vor den Teufelsklippen zu tun.«

Mr. Pollock schwieg trotzig.

»War jemand mit Ihnen im Boot?«

»War keiner mit mir im Boot.«

»Und was tat Ihr Enkel?«

»Ach der – ja, der war im Boot. Ich dachte, Sie meinten jemanden, der kein Recht hatte, mit im Boot zu sein.«

»Wo ist Ihr Enkel jetzt?«

»Ist nach Cork gegangen – vorigen Sonnabend schon.«

»Aha, Cork. Schmuggelt Waren nach Irland, was?«

Mr. Pollock spuckte verächtlich.

»Kommt ja gar nicht in Frage. Hat geschäftlich für mich in Irland zu tun.«

»Ihre Geschäfte scheinen sehr geheimnisvoll zu sein, Pollock.

Sehen Sie sich vor. Wir werden uns den jungen Mann vornehmen, wenn er zurückkommt... Jedenfalls sagten Sie, Sie wären gerade ein Stückweit hereingefahren gewesen, als die junge Dame Sie sah, und daß Sie dann bald wieder weiter hinausfuhren.«

»Warum nicht?«

»Warum waren Sie hereingefahren?«

»Das ist meine Sache.«

Der Oberkommissar gab es auf. »Sie sind also sicher, daß Sie niemanden den Strand entlanggehen sahen – zwischen Ihrem Haus und dem Teufelseisen?«

»Nein, ich habe niemanden nicht gesehen, jedenfalls nicht bis Viertel vor zwei. Danach kann ich nichts beschwören, weil ich mich um meine eigenen Angelegenheiten zu kümmern hatte – wie schon gesagt.«

»War irgendein anderes Boot in der Nähe?«

»Ich hab' keins gesehen.«

»Gut. Wenn sich Ihr Gedächtnis in den nächsten Tagen bessern sollte, täten Sie gut daran, sich mit uns in Verbindung zu setzen.«

Mr. Pollock murmelte etwas Unverschämtes und ging.

»Kein sehr sympathischer alter Herr«, stellte Wimsey fest.

»Ein alter Halunke«, sagte Oberkommissar Glaisher. »Man kann ihm kein Wort glauben. Ich möchte wissen, was er wirklich getan hat.«

»Vielleicht Paul Alexis ermordet«, sagte Umpelty.

»Oder vielleicht den Mörder gegen eine entsprechende Bezahlung zum Tatort befördert?« meinte Wimsey. »Das erscheint mir am wahrscheinlichsten. Aus welchem Grunde hätte er Alexis ermorden sollen?«

»Wir dürfen nicht vergessen, daß er dreihundert Pfund bei sich hatte, Mylord. Ich habe zwar behauptet, daß es sich um einen Selbstmord handelt, und ich behaupte es noch immer, aber ich gebe zu, daß wir jetzt ein besseres Motiv für einen Mord haben.«

»Ja, wenn wir annehmen, daß Pollock von den dreihundert Pfund wußte. Aber wie sollte er?«

»Nehmen wir einmal an, daß Alexis das Land verlassen wollte«, sagte der Oberkommissar, »und nehmen wir weiter an, daß er Pollock beauftragt hat, ihn irgendwo am Ufer zu treffen und zu einer Jacht oder einem Schiff ins Meer hinauszufahren. Nehmen wir ferner an, daß Pollock das Gold sah, als Alexis ihn bezahlte, ihn ans Land fuhr, ihm die Kehle durchschnitt und sich dann mit dem Gold aus dem Staube machte. Was halten Sie davon?«

»Aber warum hätte er ihm nicht die Gurgel auf dem Boot durchschnitten und die Leiche ins Wasser geworfen«, warf Umpelty ein. »Das wäre doch viel einfacher gewesen.«
»Nein, das stimmt nicht«, sagte Wimsey eifrig. »Haben Sie schon einmal gesehen, wie ein Schwein abgestochen wird, Herr Kommissar? Da fließt das Blut in Strömen. Wenn Pollock Alexis in seinem Boot umgebracht hätte, hätte er verflucht lange schrubben müssen, um es wieder sauberzubekommen.«
»Stimmt«, bemerkte der Oberkommissar. »Und was ist mit Pollocks Kleidungsstücken? Ich fürchte, wir haben zuwenig Beweise in der Hand, um einen Haussuchungsbefehl zu rechtfertigen. Das bringt uns um die Möglichkeit, bei ihm zu Hause nach Blutspuren auf Kleidern zu suchen.«
»Ich bin überzeugt«, sagte Wimsey, »daß der Mann auf der Stelle ums Leben gekommen ist, wo er gefunden wurde – ob es nun ein Mord oder ein Selbstmord war. Wenn Sie nichts dagegen haben, Herr Oberkommissar, möchte ich Ihnen einen Vorschlag unterbreiten, wie wir feststellen können, ob es sich um einen Mord handelt oder nicht.«
Er umriß seinen Plan nochmals kurz, und der Oberkommissar nickte.
»Ich habe nichts dagegen einzuwenden, Mylord. Vielleicht bringt uns das wirklich weiter«, sagte Glaisher. »Ehrlich gesagt, habe ich selbst bereits an etwas Ähnliches gedacht, aber es macht mir nichts aus, wenn der Gedanke von Seiner Lordschaft zu kommen scheint.«
Wimsey lächelte liebenswürdig und machte sich auf die Suche nach Salcombe Hardy, dem Reporter des *Morning Star*, den er, wie erwartet, in der Hotelbar antraf. Die meisten Journalisten hatten sich bereits zurückgezogen, aber Hardy, der ein unerschütterliches Vertrauen in Lord Peter Wimsey besaß, war auf seinem Posten geblieben.
»Obwohl Sie mich verdammt schlecht behandeln«, sagte er und sah Wimsey vorwurfsvoll in die stahlgrauen Augen, »*weiß* ich, daß Sie etwas planen, da Sie sonst schon längst nicht mehr am Ort des Verbrechens wären. Oder handelt es sich um das Mädchen? Bitte, bitte sagen Sie sofort, daß Sie nicht wegen des Mädchens hier sind. Das würden Sie einem armen, schwerarbeitenden Journalisten nicht antun, oder? Wenn doch, dann versehen Sie mich wenigstens mit Material für einen Artikel über die junge Dame. Mir ist alles recht, wenn ich es nur für eine Story verwenden kann. ›Romantische Verlobung des Sohnes eines Mitgliedes des englischen Oberhauses...‹,

das ist besser als gar nichts. Jedenfalls muß ich einen Artikel schreiben.«

»Sachte, sachte, mein Lieber. Lassen Sie ja Ihre tintenbekleckten Klauen von meinen Privatangelegenheiten«, warnte Lord Peter. »Verlassen wir diese Lasterhöhle, und suchen wir uns eine ruhige Ecke in der Hotelhalle. Dort werde ich Ihnen, und Ihnen allein, Material für einen erstklassigen Artikel geben.«

»Großartig. Genau das habe ich von einem alten Freund erwartet«, sagte Mr. Hardy mit gerührter Stimme. »Wie ich vorhin zu meinen Kollegen sagte: ›Ich verlasse mich auf meinen Freund Peter. Er wird einen armen geplagten Reporter nicht im Stich lassen, das gebe ich Ihnen schriftlich.‹ Aber was verstehen schon diese jungen Journalisten? Keine Ahnung haben sie, keinen blassen Schimmer, wie ein Jornalist vorgehen muß. Ich bin der letzte der alten Garde, ich weiß, wo und wie ich interessante Neuigkeiten erfahre. Halt dich nur an den alten Peter, sagte ich zu mir selbst, der wird dich schon mit Material versorgen, nur Geduld.«

»Prächtiger Bursche«, sagte Wimsey. »Ein alter Freund in der Not... und nun, falls Sie einigermaßen nüchtern sind, möchte ich zur Sache kommen.«

»Ich bin immer nüchtern, wenn es sich darum handelt, einen sensationellen Artikel zu schreiben«, sagte Sally mit Entrüstung.

Wimsey placierte seinen Freund an einem Tischchen in der Halle.

»Also, passen Sie gut auf, und sorgen Sie dafür, daß Ihr Blättchen den Artikel auf der ersten Seite druckt. Schreiben Sie gleich mit; die schmückenden Beiworte und Schnörkel überlasse ich Ihnen. ›Das Geheimnis der furchtbaren Tragödie auf dem Teufelseisen wird immer undurchdringlicher, obwohl alle nur möglichen Anstrengungen gemacht werden, es zu lüften. Was man anfangs für einen gewöhnlichen Selbstmord halten mochte, erweist sich mehr und mehr als eine grauenerregende...‹«

»Schon gut, diesen Schmus kann ich im Schlaf schreiben«, unterbrach Hardy. »Kommen wir zu den Tatsachen.«

»Gut. Aber bringen Sie das Geheimnisvolle in Ihrem Artikel. Schreiben Sie: ›Lord Peter Wimsey, der berühmte Amateurdetektiv, der von unserem Sonderkorrespondenten in seinem Salon im Hotel Bellevue in Wilvercombe interviewt wurde...«

»Ist der Salon so wichtig?«

»Die Adresse ist wichtig. Man soll wissen, wo ich zu finden bin.«

»Ich verstehe. Ja und?«

»›...ist gar nicht davon überzeugt, daß es sich um Selbstmord handelt, während die Polizei noch immer an der Selbstmordtheorie festhält. Er mißt der Tatsache die größte Bedeutung bei, daß der Tote, der einen Vollbart hatte und sich niemals rasierte, durch ein Rasiermesser den Tod fand, das bereits sehr abgenutzt war.‹ Betonen Sie das ausdrücklich, Sally. ›Die Geschichte des Rasiermessers wurde bis zu einem gewissen Punkt verfolgt...‹«

»Wer hat sie verfolgt?«

»Ich.«

»Kann ich das schreiben?«

»Wenn Sie wollen.«

»Es macht sich besser. ›Lord Peter Wimsey erklärte mit seinem charakteristischen, bescheidenen Lächeln, daß er sich selbst die Mühe genommen habe, die Geschichte des Rasiermessers zu erforschen, und seine Bemühungen führten...‹ Wozu haben sie eigentlich geführt, Wimsey?«

»Das möchte ich nicht bekanntmachen. Schreiben Sie, daß sich die Suche über Hunderte von Kilometern erstreckte – eine wichtige Feststellung – fettgedruckt, bitte.«

»Das muß ich leider der Redaktion überlassen, aber ich werde versuchen, es durchzusetzen. Fahren wir fort: ›Über den Tisch geneigt, betont Lord Peter diesen wichtigen Punkt mit einer beredten Geste seiner eleganten Künstlerhand...‹«

»›Aber plötzlich, und an einer kritischen Stelle, verlor Lord Peter die Spur‹«, diktierte Wimsey. »›*Wie gelangte das Rasiermesser in die Hände von Paul Alexis?* Wenn man das wüßte, wären seine Zweifel mit einem Schlag beseitigt. *Falls es bewiesen werden kann, daß Paul Alexis das Rasiermesser gekauft hat, wäre die Selbstmordtheorie bewiesen.* Aber solange das fehlende Glied in der Kette nicht gefunden ist, bleibt Lord Peter dabei, *daß Paul Alexis auf brutale Weise ermordet worden ist.* Lord Peter Wimsey wird keine Mühe scheuen, den Mörder aufzuspüren, um ihn auf die Anklagebank zu bringen.‹ Wie klingt das, Sally?«

»Gar nicht schlecht. Daraus kann ich einen aufsehenerregenden Artikel machen. Ich werde natürlich hinzufügen, daß Ihnen die Riesenauflagen des *Morning Star* bekannt sind und daß Sie sich darauf verlassen, daß Ihr Bericht in weiten Kreisen Verbreitung findet. Vielleicht bekomme ich unsere Leute sogar dazu, eine Belohnung auszusetzen.«

»Das wäre natürlich sehr gut. Auf jeden Fall hoffe ich, daß Sie einen sensationellen Artikel verfassen werden, Sally.«

»Ich werde mein Bestes tun, Wimsey. Unter uns gesagt, wären Sie

wirklich davon überzeugt, daß es ein Selbstmord war, wenn sich jemand findet, der die Belohnung beanspruchen kann?«
»Ich weiß es nicht«, erwiderte Wimsey. »Wahrscheinlich nicht. Aber ich bin eigentlich niemals überzeugt.«

12. Die Aussage des Sohnes der Braut

Montag, den 22. Juni

Wimsey sah auf die Uhr. Es war halb zwei, und er hatte noch nicht zu Mittag gegessen. Er setzte sich ins Auto und fuhr nach Darley. Die Schranken des Bahnübergangs wurden für ihn hochgezogen, und er benutzte die Gelegenheit, um das Ergebnis der polizeilichen Erkundigungen zu prüfen. Er stellte fest, daß der lahme Schrankenwärter Mr. Martin vom Sehen kannte und sogar in der Bar der Drei Federn mit ihm gesprochen hatte. Ein netter, freundlicher Herr, leider waren seine Augen nicht in Ordnung, und er war gezwungen, eine dunkle Brille zu tragen. Der Schrankenwärter war ganz sicher, daß Mr. Martin die Gleise am Donnerstag nicht überquert hatte, jedenfalls nicht in einem Fahrzeug, auch nicht mit einem Fahrrad. Ob er sie zu Fuß überschritten hatte, wußte der Mann nicht genau, und das durfte man auch wirklich nicht von ihm erwarten.
Hier tauchte plötzlich eine neue Zeugin auf, die fünfjährige Rosie, die Tochter des Schrankenwärters. Sie behauptete steif und fest, daß der gräßliche Mann mit der schwarzen Brille, den sie am Tag zuvor im Dorf gesehen hatte, die Gleise während der kritischen Zeit am Donnerstag nicht überschritten hatte. Wie ihr Vater sagte, hatte sie von zwölf Uhr dreißig bis etwa vier Uhr mit einem kleinen Freund vor dem Bahnwärterhäuschen gespielt. Sie war ganz sicher, daß der Mann mit der schwarzen Brille nicht in der Nähe gewesen war. Sie fürchtete sich vor ihm und wäre fortgelaufen, wenn sie ihn gesehen hätte.
Damit schien die Möglichkeit ausgeschaltet zu sein, daß der geheimnisvolle Mr. Martin die Drei Federn doch eher verlassen hatte, als er es angeblich getan haben sollte, und daß er die Gleise überschritten und auf der anderen Seite von einem Auto abgeholt worden war. Wimsey bedankte sich bei Rosie, gab ihr einen halben Schilling und fuhr weiter.
Mr. Lundy, der Wirt von den Drei Federn, gab bereitwillig Auskunft. Wie er dem Kommissar bereits gesagt hatte, war. Mr. Martin

am Dienstag, dem 16., zum erstenmal in sein Gasthaus gekommen. Er war gegen sechs Uhr erschienen und hatte seinen Wagen auf der Dorfwiese geparkt; während er in der Bar ein dunkles Bier trank, hatte er sich nach dem Weg zu Mr. Goodrichs Haus erkundigt, dem das Land um die Hinks Lane gehörte, wo Mr. Martin sein Zelt aufgeschlagen hatte.

»Kam Mr. Martin aus der Richtung der Hinks Lane?« erkundigte sich Wimsey.

»Nein, er kam nicht von der Hinks Lane; er kam von der Heathbury-Straße her und stellte seinen Wagen, wie ich schon sagte, auf der Dorfwiese ab.«

»Ist er sofort hierher gekommen?«

»Ja.«

»Hat er sich erkundigt, wo man kampieren kann?«

»Nein, er hat sich nur nach Goodrichs Haus erkundigt.«

»Mr. Goodrichs Name war ihm also bekannt?«

»Scheint so.«

»Sagte er, warum er Mr. Goodrich sehen wollte?«

»Nein, er hat nur nach dem Weg gefragt, dann hat er sein Glas geleert und ist im Auto abgefahren.«

»Wie ich hörte, hat er am vergangenen Donnerstag hier zu Mittag gegessen.«

»Jawohl. Er kam in einem großen offenen Wagen; am Steuer saß eine Dame. Sie hat ihn hier abgesetzt und ist dann weitergefahren. Es muß so gegen ein Uhr gewesen sein. Die Kellnerin wird es genau wissen.«

Die Kellnerin hatte Kommissar Umpelty bereits mitgeteilt, daß Mr. Martin zehn Minuten vor eins im Gasthaus erschienen war. Er erwähnte, daß er aus Wilvercombe käme und der Abwechslung halber hier essen wollte. Er hatte eine gute und reichliche Mahlzeit eingenommen: Hammelbraten mit Kohl, und zum Nachtisch ein Stück Obsttorte.

Wimsey schauderte bei dem Gedanken an Hammelbraten und Kohl an einem glühend heißen Junitag und erkundigte sich, wann Mr. Martin das Gasthaus verlassen hatte.

»Es war genau halb zwei, Sir – nach der richtigen Zeit, Sir. Unsere Uhren gehen nämlich immer zehn Minuten vor, im Restaurant und in der Bar, wegen der Sperrstunden, Sir. Wir stellen sie täglich nach der Zeitansage im Radio. Natürlich weiß ich nicht, ob Mr. Martin sich dann noch in der Bar aufgehalten hat; jedenfalls war es Punkt halb zwei, als er mir seine Rechnung bezahlte. Ich irre mich bestimmt nicht, denn es war mein freier Nachmittag, und mein Freund wollte mich auf dem Motorrad mit nach Heathbury nehmen. Deshalb hab' ich dauernd auf die Uhr geguckt, Sir. Nach Mr. Martin ist dann niemand mehr gekommen, und ich war sehr froh, daß ich pünktlich gehen konnte.«

Mr. Martin hatte die Drei Federn also nicht vor ein Uhr dreißig verlassen. Er konnte Paul Alexis keinesfalls ermordet haben. Trotzdem war Wimsey fest entschlossen, seine Erkundigungen fortzusetzen. Schließlich konnte sich auch das beste Alibi als falsch erweisen. Angenommen, daß Mr. Martin mittels eines Zauberteppichs oder durch sonstige Zauberei zwischen ein Uhr dreißig und zwei von Darley zum Teufelseisen gelangt war. War er, in diesem Fall, am Nachmittag wieder zurückgekehrt, und falls ja, wann und auf welche Weise?

Da es in Darley nur wenige Häuser gab, war es leicht, von Tür zu Tür zu gehen und sich zu erkundigen. Es war auch nicht schwer, die Dorfbewohner zum Sprechen zu bringen. Der Tod von Paul Alexis war ein sensationelles Ereignis, und die Ankunft der Polizei aus Wilvercombe hatte die Erregung zum Siedepunkt gebracht. Dieses Ereignis hatte an Wichtigkeit sogar den Kricket-Match vom letzten Wochenende überstiegen und lieferte so viel Gesprächsstoff, daß überhaupt nicht mehr diskutiert wurde, ob der Versammlungsraum der Quäker in ein Kino umgewandelt werden solle.

Wimsey sprach mit verschiedenen Leuten, denen weder Mr. Martins Gesicht noch sein Benehmen sympathisch gewesen war. Jedoch erst nach zwei Stunden geduldigen Suchens gelang es ihm, jemanden zu finden, der Mr. Martin tatsächlich am Donnerstag nachmittag gesehen hatte, und zwar Mr. Polwhistle, den Besitzer des Wellblechschuppens, der als Dorfgarage diente.

Mr. Polwhistle, der eben in Begleitung eines jungen Mechanikers von einem benachbarten Gehöft zurückgekehrt war, gab bereitwillig eine recht entmutigende Auskunft. Ja, Mr. Martin war am Donnerstag nachmittag gegen drei Uhr in die Garage gekommen. Er, Polwhistle, und der Mechaniker Tom waren zur Hinks Lane hinübergegangen, um sich den Morgan anzusehen, der nicht starten wollte. Nach einer längeren Untersuchung und einer Prüfung der Handkurbel hatten sie angenommen, es müsse an der Zündung liegen. Sie hatten alles auseinandergenommen, und schließlich war Mr. Polwhistle daraufgekommen, daß der Fehler beim Zündkabel lag. Dieses war entfernt und durch ein neues ersetzt worden. Daraufhin begann der Motor ruhig und gleichmäßig zu laufen. Über die Zeit bestand kein Zweifel, denn Tom hatte ins Arbeitsbuch eingetragen: 15 Uhr bis 16 Uhr.

Inzwischen war es fast halb fünf, und Wimsey glaubte, jetzt Aussicht zu haben, Mr. Goodrich zu Hause anzutreffen.

Er hatte sich nicht geirrt. Der gute Mr. Goodrich saß mit seiner Familie an seinem mit Brot, Honig, Kuchen und Schlagsahne reichgedeckten Teetisch. Mr. Goodrich, ein stämmiger, von Gesundheit strotzender Landjunker, war gern bereit, Wimsey zu helfen, soweit es in seiner Macht stand. Mr. Martin war am Dienstag abend gegen sieben Uhr im Gutshaus erschienen und hatte um Erlaubnis gebeten, bei der Hinks Lane kampieren zu dürfen. Bei dieser Gelegenheit erfuhr Wimsey, daß der Weg seinen Namen dem alten Hinks verdankte, der vor Jahren dort ein Häuschen bewohnt hatte, das aber inzwischen längst verfallen war.

Mr. Martin hatte sich nicht nach einem Ort erkundigt, an dem er kampieren könnte, sondern sofort die Hinks Lane erwähnt. Er mußte also gut informiert gewesen sein, obwohl er, soviel Mr. Goodrich wußte, noch niemals in Darley gewesen war. Irgend jemand mußte ihm von der Hinks Lane erzählt haben, die regelmäßig als Zeltplatz benutzt wurde. Dort konnten die Zeltbewohner jedenfalls keinen Schaden anrichten, denn es gab keine bebauten Äcker in der Nähe. Sie könnten höchstens die durch eine Hecke abgegrenzte Wiese von Farmer Newcombe betreten, was allerdings wenig Sinn hätte, da die Wiese nirgendshin führte. Durch die Wiese fließe ein Bach, der nur fünfzig Meter vom Zeltplatz entfernt über den Strand zum Meer fließe und die Zeltbewohner mit frischem Wasser beliefere. Plötzlich entsann sich Mr. Goodrich, daß sich Newcombe über eine beschädigte Hecke beschwert hatte. Diese Geschichte kam zwar vom Schmied Geary, der ein berüchtigtes Klatschmaul war und auf den man sich nicht verlassen konnte. Goodrich glaubte, diese Sache hätte mit Mr. Martin wahrscheinlich nichts zu tun.

Wimsey dankte Mr. Goodrich für die Auskunft und nahm dessen freundliche Einladung zum Tee an. Er verabschiedete sich um sechs, nachdem er sich an Kuchen und Schlagsahne gütlich getan hatte, um zum Abschluß des Kapitels Martin den Lagerplatz bei der Hinks Lane zu besichtigen.

Hier fand er noch Spuren von Mr. Martins Anwesenheit vor. Der Weg führte auf eine kleine Torffläche; dahinter erstreckte sich ein mit Geröll bedeckter Abhang bis zum Meer hinunter. Jetzt war noch

Flut, aber zur Zeit der Ebbe würde wahrscheinlich ein schmaler Sandstreifen sichtbar werden.
Auf dem rauhen Grasboden waren noch schwache Räderspuren des Morgans zu sehen, und auf der Stelle, an der das Auto gestanden hatte, befand sich eine Ölpfütze. Dicht daneben waren die Löcher, die Zeltstock und Holzpflöcke des kleinen runden Zelts hinterlassen hatten. Neben der Asche des ausgebrannten Holzfeuers lag ein zusammengeballtes fettiges Stück Zeitungspapier, das anscheinend dazu benutzt worden war, eine Bratpfanne zu säubern. Wimsey rollte den Zeitungsball naserümpfend auseinander und stellte fest, daß es der *Morning Star* vom Donnerstag war – nicht sehr aufregend, dachte er. Er durchsuchte die Asche sorgfältig, fand aber weder blutdurchtränkte Stoffetzen noch halbverbrannte Papiere, die Mr. Martins wirklichen Namen und seine Adresse enthüllt haben könnten. Der einzige halbwegs bemerkenswerte Gegenstand war ein rauchgeschwärzter, etwa zehn Zentimeter langer Strick, den sich Wimsey einsteckte, weil er nichts Besseres gefunden hatte. Wimsey seufzte und begann, systematisch weiterzusuchen. Mr. Martin schien ein ordentlicher Mann zu sein, denn er hatte keine weiteren Abfälle hinterlassen.
An einer verkümmerten Hecke, die das verfallene Häuschen des seligen Mr. Hinks umgab, entdeckte Wimsey schließlich einen Müllhaufen, auf dem zahlreiche Büchsen, leere Flaschen, zerfetztes Butterbrotpapier, sogar ein zerrissenes Halstuch, eine gebrauchte Rasierklinge und eine tote Möwe lagen. Eine weitere gründliche, mit Rückenweh verbundene Untersuchung des gesamten Lagerplatzes ergab dann noch eine Sammlung von einigen abgebrannten Streichhölzern, sechs Pflaumenkernen, Stielen von etwa einem Pfund Kirschen, fünfzehn Kappen von Bierflaschen, drei Haferkörnern, einem Flaschenöffner, einem Stück Schnürsenkel (braun) und sechs leeren Streichholzschachteln eines ausländischen Fabrikats. Fußabdrücke waren auf dem rauhen Gras nicht erkennbar.
Lord Peter schwitzte und war müde. Er reckte sich und nahm seine kümmerliche Beute an sich. Er war froh, daß vom Meer her ein Wind wehte, der seine heiße Stirne kühlte, obwohl der gleiche Wind die Bergungsmanöver des Kommissars aufhalten mochte. Der Himmel war wolkig, aber der Wind würde den Regen verhindern, und das war Wimsey sehr recht. Er legte keinen Wert auf Regen. Ein gewisser Plan begann in seinem Kopf Gestalt anzunehmen, den er am morgigen Tag auf einem Spaziergang mit Harriet Vane zu besprechen hoffte. Im Augenblick war hier nichts mehr für ihn zu tun.

Er fuhr nach Wilvercombe zurück, nahm ein heißes Bad, zog den Smoking an, ließ sich mit dem Hotel Resplendent verbinden und bat Harriet, mit ihm zu Abend zu essen.

»Tut mir leid, aber ich speise mit Mrs. Weldon und ihrem Sohn.«

»Mit ihrem Sohn?«

»Ja, er ist gerade angekommen. Möchten Sie nicht nach dem Essen herüberkommen, um ihn kennenzulernen?«

»Weiß nicht recht. Wie ist er denn? Netter Kerl?«

»Ja, er ist hier und möchte gern Ihre Bekanntschaft machen.«

»Verstehe, verstehe! Na, dann werde ich den jungen Mann wohl am besten persönlich in Augenschein nehmen, was? Sieht er gut aus?«

»Ja, ziemlich. Bitte kommen Sie so gegen Viertel vor neun.«

»Sagen Sie ihm lieber gleich, daß wir verlobt sind, damit er sich keine Freiheiten herausnimmt.«

»Sie kommen? Wundervoll!«

»Werden Sie mich heiraten?«

»Bestimmt nicht. Also wir erwarten Sie um Viertel vor neun.«

Wimsey saß nachdenklich bei seinem einsamen Abendessen. Wieso war der Sohn, der sich nicht allzugut mit seiner Mutter verstand, plötzlich auf der Bildfläche erschienen? Hatte er seine Einstellung ihr gegenüber geändert? Oder hatte sie ihn zu kommen gezwungen – vielleicht dadurch, daß sie einen finanziellen Druck auf ihn ausübte? War er unter Umständen ein neuer Faktor im Problem? Er war der einzige Sohn einer reichen Witwe – endlich ein Mensch, dem der Tod von Paul Alexis als ein Geschenk des Himmels erscheinen mußte. Ja, den Mann mußte man sich unbedingt einmal genauer ansehen.

Mrs. Weldon und ihre Gäste erwarteten ihn in der Halle des Resplendent. Mrs. Weldon, die ein kleines schwarzes, ihrem Alter entsprechendes Abendkleid trug, begrüßte Wimsey mit großer Herzlichkeit.

»Ich freue mich ja so, Sie zu sehen, mein lieber Lord Peter. Darf ich Ihnen meinen Sohn Henry vorstellen? Ich schrieb ihm von der Tragödie und bat ihn, möglichst bald herzukommen. Es war so rührend von ihm, daß er alles stehen und liegen ließ, um zu mir zu kommen. Mein lieber, guter Junge! Ich habe Henry gerade erzählt, wie reizend Miss Vane zu mir war und daß Sie beide sich solche Mühe geben, um den Tod des armen Paul zu klären.«

Harriet hatte sich wohl einen kleinen Scherz erlaubt – Henry war kein gutaussehender Mann. Er war kräftig gebaut, breitschultrig, etwa einsachtzig groß und hatte ein von Wind und Wetter ziegelrot gefärbtes Gesicht. Der Smoking stand ihm nicht besonders gut, sicher sah er mit seinen breiten Schultern und eher kurzen Beinen im sportlichen Tweedanzug besser aus. Sein Haar war rauh, glanzlos und dunkelblond; das Haar seiner Mutter mochte eine ähnliche Farbe gehabt haben, bevor es mit Wasserstoff in Berührung gekommen war. Auch die niedrige Stirn und das trotzige Kinn hatte er von seiner Mutter geerbt; aber der Ausdruck der Mutter ließ zugleich Schwäche und Neigung zur Schwärmerei erkennen, der des Sohnes nur unbiegsamen Trotz. Kaum ein Mann, der Paul Alexis als Stiefvater geduldet hätte, dachte Wimsey, oder der Verständnis für die sterile Liebe einer alternden Frau gehabt haben könnte. Wimsey taxierte ihn als einen Gutsherrn, der kein richtiger Herr war, aber auch kein guter Bauer.

Im Augenblick schienen Henry Weldon und seine Mutter jedoch sehr gut miteinander zu stehen.

»Henry ist so froh, daß Sie uns helfen, Lord Peter«, sagte Mrs. Weldon. »Dieser Polizeikommissar ist so borniert. Er scheint mir kein Wort zu glauben. Natürlich meint er's gut, und er ist auch sehr höflich, aber wie kann ein Mann wie er eine Natur wie die des armen Paul verstehen? Ich kannte Paul. Henry kannte ihn auch, nicht wahr Henry?«

»Ja, natürlich. Sehr netter Bursche«, sagte Henry.

»Henry weiß, wie ungeheuer ergeben Paul mir war. Du weißt, daß er sich keinesfalls das Leben genommen und mich auf diese Weise, und ohne ein Wort, verlassen hätte, nicht wahr, Henry? Ich ertrage es nicht, wenn die Leute solche Dinge andeuten, und...«

»Schon gut, Mutter, reg dich bitte nicht auf«, murmelte Henry, der einen öffentlichen Gefühlsausbruch zu fürchten schien. »Du mußt versuchen, dich zusammenzunehmen. Wir wissen alle, daß Alexis in Ordnung war. Was weiß denn schon die Polizei – hat doch keine Ahnung. Kein Grund, sich über diesen Einfaltspinsel von Kommissar aufzuregen.«

»Ich weiß, ich weiß. Bitte entschuldige«, sagte Mrs. Weldon und betupfte sich die Augen mit einem kleinen Taschentuch. »Es war ein grauenhafter Schock, aber ich darf mich nicht gehenlassen. Ich will tapfer sein. Wir alle müssen mutig sein und etwas unternehmen.«

Wimsey schlug eine alkoholische Erfrischung vor, die allen guttun würde. Henry und er würden in die Bar gehen, die beiden Damen könnten ruhig in der Halle sitzen bleiben und sich beim Kellner etwas bestellen. Er hatte den Wunsch, allein mit Henry zu sprechen, weil er hoffte, sich nach einer privaten Unterhaltung ein besseres Urteil bilden zu können.

Nachdem die beiden Herren gegangen waren, wandte Mrs. Weldon ihren besorgten Blick ganz auf Harriet.

»Wie nett doch Lord Peter ist; es ist mir ein so großer Trost, daß er hier ist und daß wir beide einen Mann als Stütze haben.«

Harriet reagierte auf diese Bemerkung sauer, aber Mrs. Weldon fuhr unbeirrt fort: »Wie schön, daß die Menschen so gut zu einem sind, wenn man Schweres erlebt hat. Henry und ich sind uns nicht immer so nahe gewesen wie jetzt. Er hat sehr viel von seinem Vater geerbt, obwohl man sagt, daß er mir äußerlich sehr ähnlich sieht. Als kleiner Junge hatte er liebliche goldene Löckchen, genau wie ich. Man sieht ihm an, daß er Natur und Sport liebt, nicht wahr? Ein Landwirt muß in Wind und Wetter im Freien sein; dadurch sieht er vielleicht etwas älter aus, als er ist. Er ist nämlich noch ganz jung – ich war, wie ich Ihnen schon sagte, noch ein halbes Kind, als ich heiratete. Nun ja, wir haben uns nicht immer allzugut verstanden, aber seitdem sich diese traurige Sache ereignet hat, sind wir ein Herz und eine Seele, und er ist einfach rührend zu mir. Er ist sofort hergefahren, als ich ihm schrieb, obwohl er gerade jetzt auf dem Gut alle Hände voll zu tun hat. Ich habe wirklich das Gefühl, daß uns Pauls Tod wieder zusammengebracht hat.«

Harriet meinte, das müsse doch ein großer Trost für Mrs. Weldon sein. Es war die einzig mögliche Antwort.

Inzwischen teilte Henry Lord Peter seine eigenen Ansichten über die Angelegenheit mit.

»War ein ganz schöner Schreck für die alte Dame«, sagte er bei einem Glas Whisky. »Nimmt es sich mächtig zu Herzen. Aber, unter uns gesagt, ist es so am besten. Wie sollte eine Frau in ihrem Alter mit so einem jungen Burschen glücklich werden? Sie ist mindestens siebenundfünfzig – ich selbst bin sechsunddreißig. Bin heilfroh, daß ich keinen Gigolo von Anfang Zwanzig zum Stiefvater bekomme. Ich nehme an, daß jetzt der ganze Ort von der Geschichte weiß. Kann mir vorstellen, wie sich alle hinter meinem Rücken ins Fäustchen lachen. Laß sie lachen – erledigt der Fall – Papierkorb. Der Bursche hat doch wohl Selbstmord verübt, was?«

»Es hat den Anschein«, gab Wimsey zu.

»Konnte den Gedanken an die Zukunft nicht ertragen, was? Immerhin – war seine eigene Schuld. Armer Teufel! Das alte Mädchen ist die schlimmste nicht. Hätte alles für ihn getan, wenn er ein treuer Ehemann geworden wäre. Aber auf diese Ausländer kann man sich eben nicht verlassen. Im ersten Augenblick lecken sie einem die Schuhe, im nächsten beißen sie einen – wie schottische Schäferhunde. Ich bin mehr für Bulldoggen.«

»Sehr richtig. Es geht nichts über eine echte englische Bulldogge.«

»Vor allem wollte ich der alten Dame mal 'n bißchen Mut machen, deshalb bin ich so schnell hergekommen. Muß ihr den Unsinn mit den Bolschewisten ausreden. Hat keinen Sinn, daß sie ihre Zeit mit diesen Dummheiten verschwendet. Wenn sich solche Ideen erst mal in ihrem Kopf festsetzen, bringt man sie nicht mehr davon ab. Werden zu einer Manie – glauben Sie nicht?«

Wimsey gab vorsichtig zu, daß eine unvernünftige Überzeugung unter Umständen zur fixen Idee werden könnte, zu einer Art von Besessenheit.

»Besessenheit ist das richtige Wort. Sie haben's erfaßt. Also ich will nicht, daß die alte Dame Zeit und Geld verschwendet, weil sie von einer Idee besessen ist. Hören Sie zu, Wimsey, Sie sind ein vernünftiger Mensch, und Sie haben Grütze im Kopf. Können Sie ihr diese Bolschewisten-Theorie nicht ausreden? Sie bildet sich ein, daß Sie und diese Miss Vane daran glauben. Bitte ermutigen Sie sie nicht. Das könnte ich nicht zulassen, auf keinen Fall.«

Lord Peter runzelte die Stirn.

»Natürlich weiß ich, daß Sie aus solchen Fällen ein Spiel machen«, fuhr Weldon unbeirrt fort. »Sie sind ganz versessen darauf, sie sind sozusagen Ihr Steckenpferd, außerdem noch verdammt gute Reklame. Gibt Ihnen auch Gelegenheit, sich mit dem Mädchen herumzutreiben – kann ich auch gut verstehen. Aber da meine arme Mutter unter dem Spiel zu leiden hat, gebe ich Ihnen einen guten Rat: Lassen Sie die Finger davon!«

»Ich habe natürlich volles Verständnis für Ihre Einstellung...«

»Gut, das freut mich. Ich wußte schon, daß wir einander verstehen. Ganze Sache ist natürlich sehr ärgerlich. Man wird wohl hierbleiben müssen, bis die Leiche gefunden und die Untersuchung vorbei ist. Schreckliche Idee! Ich hasse diese Kurorte. Sie fühlen sich wahrscheinlich hier ganz wohl, was? Ich persönlich bin mehr fürs rauhe Landleben – Tanzmusik und Smokings gehen mir auf die Nerven.«

»Mir auch«, sagte Wimsey.

»Wirklich? Ich hielt Sie eher für einen Stadtmenschen. Interessieren Sie sich vielleicht für Sport?«

»Ich gehe regelmäßig in Schottland auf die Rebhuhnjagd, außerdem fische ich mit Begeisterung – hauptsächlich Forellen und Lachs«, sagte Wimsey. »Schließlich bin ich auf dem Land aufgewachsen. Meine Familie hat eine große Besitzung in Norfolk – das Herzogtum Denver...«

»Ja, natürlich, Denver ist Ihr Bruder. Das war mir entfallen. Feine Familie! Die Besitzung kenne ich allerdings nicht, obwohl ich selbst nicht weit davon entfernt wohne – in Huntingdonshire, in der Nähe von Ely.«

»Gute Gegend für Obstplantagen. Flaches Land, aber ausgezeichneter Boden.«

»Das schon, aber mit der Landwirtschaft kann man heute kein Geld mehr verdienen«, sagte Weldon. »Denken Sie nur an den russischen Weizen, mit dem sie das Land überschwemmen. Dazu die hohen Löhne, Steuern, Versicherungen. Wie soll man da noch auf einen grünen Zweig kommen? Diese Regierung hat nicht das geringste Verständnis für uns Landwirte. Am liebsten würde ich mein Bündel schnüren und auswandern. Gottlob bin ich nicht verheiratet. Dazu bin ich zu schlau. Möchte Ihnen denselben Rat geben. Sehr raffiniert, daß Sie sich bisher noch nicht haben einfangen lassen. Leisten können Sie sich's ja – sieht wenigstens so aus. Ein Glück, daß Ihr Bruder noch ziemlich jung ist. Erbschaftssteuern bringen einen Besitz auf den Hund. Frag' mich überhaupt, wie 's Ihr Bruder schafft.«

Wimsey erklärte, daß das Denver-Vermögen nicht aus dem Landbesitz stamme und dieser eher ein Passivum als ein Aktivum darstelle. Dann fuhr er fort: »Es kann Ihnen nicht leichtgefallen sein, Ihr Gut jetzt mitten im Sommer zu verlassen. Wie lange gedenken Sie hierzubleiben?«

»Das hängt, wie gesagt, von dieser gerichtlichen Untersuchung ab. Ich habe natürlich einen Verwalter auf dem Gut zurückgelassen.«

»Das ist allerdings eine Beruhigung... Ja, ich glaube, wir sollten wieder zu den Damen zurückkehren, nicht wahr?«

»Die lieben Damen, was?« Mr. Weldon stieß seinen Ellbogen in Lord Wimseys Rippen. »Vorsicht, mein Lieber. Sie kommen ins gefährliche Alter. Sehen Sie sich vor, daß Sie der jungen Dame nicht ins Garn gehen.«

»Keine Angst, ich werde meinen Kopf nicht in die Schlinge stekken.«

»Die Schlinge... aha, die Ehe-Schlinge. Das ist gut! Sehr gut. Ha, ha. Also – gehen wir.«

Sie erhoben sich vom Barstuhl. Lord Peter Wimsey hätte Mr.

Weldon am liebsten einen Tritt in dessen sehr massives Hinterteil versetzt, widerstand aber der Versuchung.
Die Damen hatten beim Kellner die Nachricht hinterlassen, daß sie sich in den Tanzsaal begeben hätten. Henry runzelte zunächst die Stirn, aber er konnte zu seiner Erleichterung feststellen, daß seine Mutter nicht tanzte. Sie schaute Harriet zu, die in Antoines geübten Armen über das Parkett glitt. Das weinrote Kleid stand ihr sehr gut. Wimsey forderte Mrs. Weldon höflich zum Tanz auf, aber sie lehnte dankend ab.
»Unmöglich... so kurz nachdem Paul... Aber ich bat Miss Vane, sich nicht durch mich vom Tanzen abhalten zu lassen. Es macht mir viel Freude, sie so glücklich zu sehen.«
Wimsey setzte sich und gab sich die größte Mühe, sich ebenfalls an Harriets Glück zu freuen. Als der Quick-Step endete, brachte Antoine Harriet zum Tisch, verbeugte sich höflich und verschwand. Harriet lächelte Wimsey mit leicht gerötetem Gesicht liebenswürdig zu.
»Da sind Sie ja«, sagte Seine Lordschaft leicht verlegen.
Es kam Harriet plötzlich zum Bewußtsein, daß jede Frau im Saal Lord Wimsey und sie selbst mit offenem oder verstecktem Interesse betrachtete, und sie fand diese Tatsache recht erheiternd.
»Ja, da bin ich«, sagte sie. »Und ich amüsiere mich. Das hätten Sie mir wohl gar nicht zugetraut?«
»Ich habe Ihnen von jeher alles zugetraut.«
Das Orchester begann, eine verträumte Melodie zu spielen. Wimsey bat Harriet um den Tanz und führte sie geschickt in die Mitte des Saales. Während der ersten Takte hatten sie den ganzen Tanzboden für sich.
»Endlich allein«, sagte Wimsey. »Ich weiß, daß das keine sehr originale Bemerkung ist, aber ich bin nicht in der Stimmung, Epigramme zu prägen. Ich habe furchtbar gelitten, und meine Seele blutet. Nun, da ich Sie endlich einen Augenblick für mich habe...«
»Ja, was nun?« fragte Harriet. Sie wußte, daß ihr das Weinrote sehr gut stand.
»Was halten Sie von Mr. Henry Weldon?«
»Oh!«
Harriet hatte eine andere Frage erwartet, aber das ließ sie sich nicht anmerken. Sie mußte unbedingt alle persönlichen Gefühle ausschalten, wie es sich für einen berufsmäßigen Detektiv gehörte.
»Seine Manieren sind unmöglich, und übermäßig intelligent ist er auch nicht«, sagte sie.
»Nein, das ist es ja eben.«

»Warum?«
»Darum. Wieso ist er eigentlich hier?«
»Sie hat ihn kommen lassen.«
»Ja, natürlich. Aber warum ist er gekommen? Hat der Sohn die Gefühle für seine Mutter plötzlich neu entdeckt?«
»Sie glaubt es.«
»Glauben Sie es auch?«
»Ich halte es für möglich. Wahrscheinlich ist, daß er hinter ihrem Geld her ist.«
»Ja, das ist anzunehmen. Sonderbar, daß er erst jetzt auf den Geschmack des Geldes gekommen sein sollte. Henry gleicht ihr sehr, finden Sie nicht auch?«
»Ja, sehr. So sehr, daß ich im Augenblick fast das Gefühl hatte, ihm schon einmal begegnet zu sein. Wollen Sie sagen, daß sie sich zu sehr gleichen, als daß sie miteinander auskommen könnten?«
»Im Augenblick scheinen sie ganz gut auszukommen.«
»Ich habe das Gefühl, daß er froh ist, Paul Alexis los zu sein, und er ist nicht feinfühlig genug, es zu verbergen.«
»Das sagt Ihnen wohl Ihre weibliche Intuition?«
»Hat nichts mit weiblicher Intuition zu tun. Finden Sie ihn etwa feinfühlig?«
»Nein. Ich finde ihn lediglich widerlich.«
»Wirklich?«
»Und ich möchte wissen, warum er...«
Es folgte ein kurzes Schweigen. Harriet hoffte, daß Wimsey sagen würde: Sie tanzen wunderbar. Da er es nicht tat, hatte sie das Gefühl, zu tanzen wie eine Wachspuppe mit Beinen aus Sägemehl. Wimsey hatte noch nie mit ihr getanzt, sie noch nie in seinen Armen gehalten. Es hätte ein epochemachender Augenblick für ihn sein sollen. Statt dessen schienen sich seine Gedanken ausschließlich mit einem langweiligen Farmer zu beschäftigen. Sie entwickelte einen Minderwertigkeitskomplex und stolperte über die Füße ihres Partners.
»Verzeihung«, sagte der Kavalier Wimsey.
»Es ist meine Schuld«, erwiderte Harriet. »Ich bin eine schlechte Tänzerin. Nehmen Sie weiter keine Rücksicht auf mich. Hören wir auf. Mir gegenüber brauchen Sie nicht höflich zu sein.«
Wie dumm sie sich benahm. Sie war ungerecht und egoistisch. Wimsey sah sie erstaunt an, dann lächelte er plötzlich.
»Sie kennen mich nicht, mein Herzchen. Selbst wenn Sie sich wie ein alter rheumatischer Elefant bewegten, würde ich mit Ihnen bis

ans Ende der Welt tanzen. Ich habe seit tausend Jahren darauf gewartet, Sie in diesem Kleid übers Parkett gleiten zu sehen.«
»Trottel«, sagte Harriet schlicht.
Sie tanzten in schweigender Eintracht durch den Saal. Antoine, der eine wuchtige, mit Diamanten behängte Person in Jadegrün über den Tanzboden steuerte, kreuzte ihre Bahn wie ein Komet und murmelte über eine fette weiße Schulter hinweg in Harriets Ohr: *»Qu'est-ce que je vous ai dit? L'élan, c'est trouvé.«*
Harriet errötete, und Antoine glitt weiter.
»Was hat der Bursche gesagt?«
»Daß ich besser mit Ihnen tanze als mit ihm.«
»Frecher Hund!« sagte Wimsey mit einem ärgerlichen Blick auf Antoines Rücken.
»Sagen Sie es mir jetzt«, bat Harriet. Bei Ende des Tanzes waren sie auf der dem Tisch der Weldons gegenüberliegenden Seite des Raumes gelandet, und es schien natürlich, sich an den nächsten Tisch zu setzen. »Sagen Sie mir, warum Sie sich den Kopf über Henry Weldon zerbrechen.«
»Henry Weldon?« Wimsey schien in Gedanken weit entfernt gewesen zu sein. »Ja, ich möchte wissen, warum er hier ist. Sicher nicht, um sich bei seiner Mutter lieb Kind zu machen.«
»Warum nicht? Es ist der richtige Zeitpunkt. Alexis lebt nicht mehr, seine Chance ist gekommen. Er hat jetzt nichts mehr zu verlieren, und er kann es sich leisten, ungeheuer mitfühlend und hilfsbereit zu sein und zu versuchen, bei den Nachforschungen zu helfen.«
»Warum versucht er dann, mich aus Wilvercombe zu vertreiben?«
»Sie zu vertreiben? Wieso?«
»Weldon ist in der Bar ziemlich unverschämt geworden, obwohl er direkte Beschimpfungen vermieden hat. Er machte mir auf unmißverständliche Weise klar, daß ich meine Nase nicht in Dinge stecken sollte, die mich nichts angehen, und er deutete sogar an, daß ich mich bei seiner Mutter ihres Geldes wegen einschmeicheln wollte. Tatsächlich hat er mich zu der unbeschreiblichen Vulgarität getrieben, ihn daran zu erinnern, wer ich bin und weshalb ich das Geld anderer Leute nicht nötig habe.«
»Warum haben Sie ihm nicht einfach eine geknallt?«
»Es war eine große Versuchung, weil ich dadurch vielleicht in Ihrer Achtung gestiegen wäre. Aber in ruhigeren Minuten wünschten Sie es sicher nicht, wenn ich aus Liebe zu Ihnen gegen meine Prinzipien als Detektiv gehandelt hätte.«
»Ganz gewiß nicht. Aber was will er bezwecken?«

»Er gab mir deutlich zu verstehen, daß wir unsere Nachforschungen einstellen und Mrs. Weldon daran hindern müßten, Zeit und Geld auf die Verfolgung nichtexistierender Bolschewisten zu verschwenden.«

»Das ist nur zu verständlich. Er möchte soviel wie möglich erben.«

»Ja, natürlich. Aber wenn ich Mrs. Weldon wiedererzählen würde, was er zu mir gesagt hat, würde sie ihn wahrscheinlich enterben. In diesem Fall hätte er umsonst den liebenden Sohn gespielt.«

»Ich habe ihn von Anfang an für einen dummen Menschen gehalten.«

»Er scheint es so wichtig zu finden, unsere Tätigkeit zu unterbinden, daß er das Risiko einer eventuellen Indiskretion meinerseits eingeht. Er ist auch gewillt, sich längere Zeit hier aufzuhalten, um seiner Mutter einen Stein in den Weg zu legen, falls sie auf weiteren Nachforschungen beharren sollte.«

»Wahrscheinlich hat er sonst nicht viel zu tun.«

»Nichts zu tun? Meine liebe Harriet, der Mann besitzt ein Landgut, und es ist Juni.«

»Na und?«

»Warum kümmert er sich nicht um seine Heuernte?«

»Daran habe ich nicht gedacht.«

»Die Wochen zwischen der Heu- und der Getreideernte sind die weitaus wichtigsten für jeden Landwirt. Aber er scheint die Affäre Alexis so ernst zu nehmen, daß er bereit ist, alles im Stich zu lassen, um sich auf unbestimmte Zeit in einem ihm verhaßten Kurort bei seiner Mutter aufzuhalten, mit der er so gut wie nichts gemeinsam hat. Ich finde das sehr sonderbar.«

»Ja, es *ist* sonderbar.«

»Ist er schon einmal hier gewesen?«

»Er hat meine diesbezügliche Frage verneint. Ich nehme an, daß er seine Mutter nicht mit Alexis zusammen sehen wollte.«

»Deshalb begnügte er sich wohl damit, aus der Ferne Einspruch gegen die Heirat zu erheben.«

»Ja, obwohl mir das nicht als die wirksamste Art und Weise erscheint.«

»Nein? Sie hat sich aber ziemlich wirksam erwiesen, nicht wahr?«

»Allerdings... Und schreiben Sie Henry die Rolle des Mörders zu?«

»Ich möchte gerne, aber irgendwie kann ich es nicht.«

»Nein.«

»Nein. Deshalb wollte ich herausfinden, ob Sie Henry für einigermaßen intelligent halten. Sie tun es nicht, und ich bin ganz Ihrer Meinung. Ich glaube nicht, daß er raffiniert genug ist, um Paul Alexis ermordet zu haben.«

13. Gewisse Schwierigkeiten

Dienstag, den 23. Juni

Lord Peter Wimsey verzehrte zwei Spiegeleier mit Speck, las dabei seinen *Morning Star* und fühlte sich so gut wie seit Wochen nie. Der *Morning Star* hatte seine Erwartungen erfüllt und einhundert Pfund Belohnung ausgesetzt für Informationen über das Rasiermesser, durch das Paul Alexis ums Leben gekommen war. Bunter war von seiner ergebnislosen Reise nach Eastbourne zu seinem Herrn zurückgekehrt und hatte ihm eine Anzahl frischer Hemden und andere Kleidungsstücke mitgebracht. Harriet Vane hatte mit Lord Peter in einem weinroten Kleid getanzt, und er war über die Maßen stolz darauf, daß sie sich seinem Geschmack entsprechend angezogen hatte. Wie alle männlichen Wesen war auch Wimsey im Grunde genommen eine einfache Seele.

Und er hatte einen interessanten Tag vor sich. Harriet hatte sich bereit erklärt, am Nachmittag mit ihm vom Teufelseisen nach Darley zu marschieren, um nach etwaigen Spuren zu suchen. Die Ebbe sollte um vier Uhr fünfundvierzig eintreten, und sie wollten um drei Uhr dreißig beim Teufelseisen sein. Sie würden am Strand eine kleine Erfrischung einnehmen und dann gewissenhaft nach Gegenständen suchen, die als Beweismaterial dienen konnten. Bunter sollte den Wagen inzwischen zur Hinks Lane fahren; später würden alle drei zum Stützpunkt Wilvercombe zurückkehren. Harriet hatte allerdings gewisse Zweifel geäußert; sie glaubte kaum, daß man nach einer Woche mit besonders hohem Wellengang noch etwas Interessantes finden würde. Jedoch hatte sie erklärt, daß sie frische Luft benötige und daß ihr ein Spaziergang bestimmt guttun würde.

Am meisten freute sich Wimsey allerdings, weil Harriet ihn gleich nach dem Frühstück zu einer Konferenz im Resplendent empfangen wollte. Wimsey hielt es für dringend nötig, die bis dahin gemachten Fortschritte zu ordnen und schriftlich niederzulegen. Die Besprechung war auf zehn Uhr angesetzt worden.

Der starke Wind hatte sich endlich gelegt. Während der Nacht hatte es etwas geregnet, aber jetzt war der Himmel wieder klar, und eine leichte Brise kräuselte das blaue Meer, das Wimsey vom Speisesaal des Bellevue-Hotels überblicken konnte. Kommissar Umpelty, der mit seinen Leuten um vier Uhr morgens bei den Teufelsklippen gewesen war, hatte eben bei Wimsey vorgesprochen, um ihm zu sagen, daß sie noch nichts gefunden hätten.

»Warum die Leiche noch immer nicht angeschwemmt wurde, ist ein Rätsel«, sagte er. »Wir haben die Küste von Fishy Ness bis Seahampton abgesucht. Muß sich irgendwo verheddert haben. Wenn wir den Toten nicht binnen einer Woche finden, müssen wir die Suche aufgeben. Die Steuerzahler beschweren sich sowieso, daß zuviel Geld für diese Dinge verschwendet wird. Also dann – auf später. Während der Ebbe werden wir unser Glück noch einmal versuchen.«

Um zehn Uhr setzten sich Wimsey und seine Mitarbeiterin an den Tisch. Vor ihnen lag ein Häufchen Schreibpapier. Harriet war dafür, möglichst kurz und sachlich zu sein.

»Ganz meine Meinung«, stimmte Wimsey ihr zu. »Ich bin auch nicht für komplizierte Aufstellungen. Folgen wir dem Beispiel Ihres Robert Templeton, dann brauchen wir nur zwei Spalten: *»Was zu notieren ist«* und *»Was getan werden muß«*.

»Gut. Es freut mich, daß Sie mein System anwenden wollen. Robert Templeton beginnt immer mit der Leiche.«

»Soll mir recht sein. Fangen wir an.«

PAUL ALEXIS (GOLDSCHMIDT)

Was zu notieren ist	*Was getan werden muß*
1. Russe von Geburt. Engländer durch Adoption. Teilweise in Amerika erzogen. Jugend unbekannt, behauptete, Kriegsflüchtling vornehmer Herkunft zu sein.	1. Herkunft erforschen. (Die einzigen Menschen, die etwas über ihn wußten, sind tot. Außerdem ist das Sache der Polizei. Und ist es wirklich so wichtig? Wahrscheinlich nicht, es sei denn, daß Mrs. W.s. Bolschewisten-Theorie richtig ist.)
2. Persönliches: Soll anfällig gewesen sein. (Arthritis?) Guter Tänzer. Eitel. Trug Bart, wegen Neigung zu	2. Besaß er soviel Temperament, daß er Selbstmord hätte begehen können?

Pickeln. War sorgfältig, aber auffällig gekleidet. Soll romantisch und gefühlvoll gewesen sein.	Muß, wenn möglich, durch Befragung von Kollegen und oder der Geliebten festgestellt werden.
3. Hat sich im Februar mit Mrs. Weldon, einer reichen Witwe, verlobt. Wohl als Versicherung gegen Berufsverlust, da er sich keiner guten Gesundheit erfreute. Bestand nicht auf sofortiger Heirat, da Sohn der Witwe dagegen war. (Vielleicht zögerte er auch aus persönlichen Gründen.) Hochzeit sollte etwa zwei Wochen nach Paul Alexis' Tod stattfinden.	3. Feststellen, ob Alexis tatsächlich betreffs der Hochzeit irgendwelche Schritte unternommen hat.
4. Arm, aber weder käuflich noch unehrlich. Weigerte sich, Geldgeschenke von Mrs. Weldon anzunehmen. Hatte dreihundertzwanzig Pfund auf dem Konto, die er vor etwa drei Wochen in Goldstücke umwechselte. (Das war ihm nur durch einen sonderbaren Zufall möglich. War das Gold für etwaige Pläne von P. A. notwendig?)	4. Man muß die dreihundert Goldstücke finden. Der Bestimmungsort wird Licht auf seine Absichten werfen. (Ich glaube zu wissen, wo das Geld ist. P. W.) (Wirklich? Wo? H. V.) (Überlegen Sie es sich selbst. P. W.)
5. Etwa um die Zeit der obigen Transaktion verließ ihn seine Geliebte eines anderen Mannes wegen. (Er gab vor, unglücklich zu sein, aber seine Kollegen glauben, daß sie es mit seinem Einverständnis tat. Wenn ja: a) gab er es wegen der bevorstehenden Heirat? b) um eine neue Liaison zu beginnen? c) um seine Geliebte im Falle seines Verschwindens oder eines Selbstmords untergebracht zu haben?)	5. Aussprache mit Leila Garland und ihrem neuen Freund.

6. Kurz vor seinem Tod deutete er Mrs. W. gegenüber an, daß er ein schönes und geheimnisvolles Ereignis erwarte.	6. Feststellen, ob er das noch anderen gegenüber erwähnte. (Was hat die Umwechslung der Noten damit zu tun? Es weist eher auf eine Ausreise hin als auf Selbstmord.)
7. Am Tage vor seinem Tod bezahlte er alle Rechnungen, verbrannte alle Papiere. Deutet das auf Selbstmord hin? Oder auf die Absicht, das Land zu verlassen?	7. Feststellen, ob er einen Paß und Visa besaß. (Polizei.)
8. Am Morgen des Todestages kaufte er eine Rückfahrkarte nach Darley. Von dort ging er (oder wurde gebracht?) zum Teufelseisen. (Er hatte keinen Koffer gepackt und nahm den Haustürschlüssel mit.)	8. Ich glaube, wir können annehmen, daß keine von der Polizei vernommene Person P. A. zum Teufelseisen brachte. Feststellen, ob ihm jemand auf der Straße begegnete. Er mag nicht allein gewesen sein. (Polizei.)
9. Am Donnerstag, dem 18. Juni, um zwei Uhr zehn, wurde er tot, mit durchschnittener Kehle auf dem Felsen gefunden. Um zwei Uhr wurde ein lauter Schrei gehört. Nach dem Zustand der Leiche zu urteilen, konnte der Tod nur wenige Minuten vor zwei eingetreten sein. Ein Rasiermesser (das er niemals benutzte) wurde neben der Leiche gefunden. Er trug Handschuhe.	9. Man muß die Leiche finden.

»Sieht aus, als hätte es ein berufsmäßiger Detektiv gemacht«, sagte Harriet. »Eine Reihe hübscher kleiner Probleme für Robert Templeton. Das einzige, was ich tun kann, ist, mit dieser Leila und ihrem neuen Freund zu sprechen. Ich werde vielleicht etwas mehr aus ihnen herausholen als die Polizei.«

»Und ich, ich tue am besten gar nichts, die Polizei glaubt ohnehin, es tausendmal besser machen zu können«, sagte Wimsey mit einem tiefen Seufzer. »Also – fahren wir fort.«

MRS. WELDON

Was zu notieren ist	*Was getan werden muß*
1. Persönliches: Siebenundfünfzig Jahre alt. Albern, eigensinnig. Ihre Gefühle für Alexis sind echt, sie ist hoffnungslos romantisch.	1. Im Augenblick gar nichts.
2. Reiche Witwe, hat einen Sohn. Stand nicht sehr gut mit ihm, beklagte sich über sein mangelndes Verständnis. Hat ihn aber jetzt kommen lassen und scheint ihn sehr zu lieben.	2. Feststellen, woher ihr Geld kommt, ob sie allein darüber verfügt. Was sie damit tun wollte: a) bevor sie Alexis kennenlernte, b) nach der Hochzeit. c) Was sie jetzt tun will.
3. Schreibt Alexis' Tod einer bolschewistischen Verschwörung zu.	3. Bei Scotland Yard Erkundigungen über bolschewistische Agenten einziehen. Möglichkeit darf nicht außer acht gelassen werden.

HENRY WELDON

Was zu notieren ist	*Was getan werden muß*
1. Persönliches: Ziemlich groß, breit, kräftig, sieht der Mutter ähnlich. Trotzig, schlechte Manieren, anscheinend nicht sehr intelligent.	1. Tritt in den Hintern. (P. W.) Nein, das wäre undiplomatisch. Herausfinden, ob er wirklich so dumm ist, wie es scheint. (H. V.) Auch recht, den Tritt kriegt er später. (P. W.)
2. Hat sein Gut plötzlich während einer sehr geschäftigen Zeit verlassen; behauptet, seiner Mutter helfen zu wollen, den Tod von Alexis zu	2. Den Stand seiner Finanzen ergründen. Etwas über sein Gut und seinen Ruf erfahren. (Frage:

klären. Tatsächlich versucht er mit allen Mitteln, P. W. dazu zu bewegen, seine Nachforschungen einzustellen.	Warum nicht Bunter damit beauftragen?)
3. Die Zeitungen berichteten am Freitagmorgen über den Tod von P. A. Am Montagabend kam H. W. in Wilvercombe an. Wahrscheinlich nach dem Empfang eines Briefes, den seine Mutter ihm am Freitag geschrieben hatte.	3. Feststellen, wo Henry Weldon am Donnerstag war.

ESDRAS POLLOCK

Was zu notieren ist	*Was getan werden muß*
1. Persönliches: Etwa siebzig Jahre alt. Kräftig für sein Alter. Gebückt, grauhaarig, riecht nach Fisch. Unmögliche Manieren. Nicht beliebt bei den anderen Fischern.	1. Die anderen Fischer ausfragen.
2. Am Donnerstag um zwei Uhr zehn waren er und sein Enkel im Boot vor dem Teufelseisen.	2. Eine Tatsache.
3. Will nicht sagen, was er dort zu suchen hatte. Enkel ist noch in Cork, Irland, verschwunden.	3. Der Enkel muß gefunden werden. (Polizei.)
4. Sagt aus, daß er nahe am Ufer gefahren ist und zwischen seinem Haus und dem Teufelseisen niemanden am Strand gesehen hat. Widerspricht sich und sagt aus, daß er sich um zwei Uhr bereits in tiefem Wasser befand. (Aber sah genau, was H. V. um zwei Uhr zehn am Strand tat.)	4. Enkel verhören.
5. Sagte unter Druck aus, daß er P. A. zuerst um zwei Uhr auf dem Felsen sah, daß dieser allein war und auf der Felsplatte zu liegen schien.	5. Wie wäre es mit einem kleinen Kreuzverhör? Und noch einmal: den Enkel finden und verhören.

6. Behauptet sonderbarerweise zunächst, allein im Boot gewesen zu sein, gibt auf die direkte Frage zu, daß Enkel ebenfalls im Boot war. (Er glaubte, man habe jemand anders in seinem Boot vermutet. Wen?)

6. Feststellen, ob P. A. in Pollocks Boot zum Teufelseisen gekommen sein kann. Feststellen, was mit den dreihundert Goldstücken geschehen ist. Boot nach Blutflecken absuchen. (Polizei.)

PERKINS (AUS LONDON)

Was zu notieren ist

1. Persönliches: Klein, schwächlich, rundschultrig. Trug Brille, schien kurzsichtig zu sein. Beklagte sich über Blase an der Ferse. Cockney-Akzent. Machte einen schüchternen Eindruck.
2. Begegnete H. V. auf der Landstraße um vier Uhr fünfzehn, etwa dreiviertel Kilometer von Pollocks Haus entfernt, das heißt etwa zweieinhalb Kilometer vom Teufelseisen und fünf Kilometer von Darley entfernt. Behauptete, zu Fuß von Wilvercombe gekommen zu sein.
3. H. V. erzählt ihm von der Leiche, worauf er umkehrt, um sie zu begleiten und angeblich zu beschützen. (War etwa so nützlich wie Regenmantel in Maschinengewehrfeuer.)
4. Ging bereitwillig mit in Pollocks Haus, aber war ärgerlich, als H. V. Martin ansprach.
5. Verschwand auf geheimnisvolle Weise, während H. V. die Polizei

Was getan werden muß

1. Man muß ihn finden.
2. Feststellen, ob ihn jemand auf der Landstraße gesehen hat. Es sind nur zehn Kilometer von der Stelle, an der H. V. ihm begegnete, bis Wilvercombe. Wann verließ er den Ort? Wo schlief er Dienstag nacht? (Polizei sollte sich erkundigt haben. Umpelty fragen.)
3. Man muß ihn finden und sehen, was mit ihm los ist.
4. Ihn unbedingt finden! Martin finden!
5. Ihn unbedingt, um jeden Preis finden. (Mit der

anrief; nahm sich ein Auto, fuhr zum Bahnhof Wilvercombe, danach unauffindbar.	Polizei ist wirklich nicht viel los!)

Wimsey legte den Kopf auf die Seite.
»Einer scheint verdächtiger als der andere. Wen gibt es sonst noch? Was ist mit der Ex-Freundin, Leila Garland? Oder mit diesem Antoine? Oder mit Leilas neuem Freund?«
»Über die können wir nicht viel sagen, bevor wir sie nicht gesehen haben.«
»Nein, aber Leila oder ihr Freund – da Soto – könnten daran interessiert gewesen sein, Alexis loszuwerden.«
»Wir haben bereits notiert, daß wir mit ihnen reden müssen. Ist das alles? Ach nein ...«
»Nein, denn jetzt kommen wir zu dem Individuum, das mir ganz besonders interessant und verdächtig erscheint, dem unheimlichen Mr. Martin.«

HAVILAND MARTIN

Was zu notieren ist	*Was getan werden muß*
1. Persönliches: groß, kräftig, dunkles Haar, dunkle Brille. Am rechten Handgelenk tätowiert. Trug khakifarbenes Hemd, kurze Hosen, breitkrempigen weichen Hut.	1. Die Tätowierung beachten! Könnte gefälscht sein. (H. V.) Lächerlich! (P. W.)
2. Kam Dienstag, den 16., um sechs Uhr in Darley an, aus Richtung Heathbury, in einem gemieteten Morgan.	2. Eine Tatsache. Warum ein Morgan?
3. Obwohl er im Dorf nie gesehen worden war, wußte er über die Hinks Lane und Mr. Goodrich Bescheid.	3. Feststellen, ob er in Heathbury oder sonstwo mit Leuten gesprochen hat, die ihm Bescheid sagten.
4. Wurde gegen eins am Donnerstag, den 18., in den Drei Federn gesehen. Aß dort zu Mittag.	4. Scheint zu stimmen.
5. Hat die Drei Federn nicht vor ein Uhr dreißig verlassen.	5. Scheint leider auch zu stimmen!

6. War mit Mr. Polwhistle und Tom zwischen drei und vier in der Garage und in der Hinks Lane.	6. Eine weitere Tatsache, falls sie nicht lügen.
7. Hat am vergangenen Freitag Auto von Londoner Garage gemietet, wobei er sich auf eine Bank in Cambridge bezog. Keine feste Adresse. Bank in Cambridge bestätigt, daß er seit fünf Jahren dort ein Konto besitzt.	7. Man muß sich mit der Bank und dem Direktor in Verbindung setzen und versuchen, von ihm Weiteres zu erfahren.
8. Es steht fest, daß er am Donnerstag nicht mit einem Fahrzeug zum Teufelseisen gelangt ist. Er hatte keine Zeit, vor zwei Uhr den Strand entlangzugehen. (Flugzeug kommt nicht in Frage.)	8. Versuchen Sie, dieses Alibi zu zerstören, mein lieber Sherlock!
9. Suche auf dem Zeltplatz ergab eine Anzahl verschiedener Artikel. (Siehe die Wimsey-Sammlung.) Keine Beschwerde über ihn, außer daß Farmer Newcombe sich über eine beschädigte Hecke beklagt.	9. Ein Spaziergang vom Teufelseisen nach Darley, am Strand entlang, und zwar heute nachmittag. Angenehme Beschäftigung für H. V. und P. W.

»Der gemeinsame Spaziergang am Meeresstrand rundet unsere Aufzeichnung harmonisch ab«, sagte Wimsey triumphierend.

»Sehr harmonisch.« Harriet runzelte die Stirn und begann, etwas aufzuschreiben. »Haben Sie sich das einmal überlegt?« fragte sie mit einer etwas unsicheren Stimme.

HARRIET VANE

Was zu notieren ist

1. Persönliches: Wurde des Mordes an ihrem Geliebten angeklagt und mit Ach und Krach freigesprochen.
2. Könnte Paul Alexis in London begegnet sein.
3. Behauptet, P. A. um zwei Uhr zehn tot gefunden zu haben, kann jedoch nicht beweisen, daß sie ihn nicht noch lebend angetroffen hat.
4. Hat übertrieben lange Zeit gebraucht, um von Lesston Hoe zum Teufelseisen zu kommen.

5. Hat drei Stunden gebraucht, um knappe sieben Kilometer zu laufen und die Polizei zu benachrichtigen.
6. Ist die einzige Person, die über das Auffinden des Rasiermessers, die Zeit des Todes und die Lage der Dinge auf dem Teufelseisen aussagen kann.
7. Wurde sofort von Perkins verdächtigt, wird wahrscheinlich noch immer von der Polizei verdächtigt, die ihr Zimmer durchsucht hat.

»Das haben sie gewagt?« fragte Wimsey mit düsterer Miene.
»Ja. Sehen Sie nicht so finster drein. Es blieb ihnen gar nichts anderes übrig.«
»Ich werde Umpelty meine Meinung sagen.«
»Bitte ersparen Sie mir das.«
»Aber es ist doch ganz lächerlich.«
»Durchaus nicht. Sie scheinen mich für dumm zu halten. Glauben Sie wirklich, daß ich nicht weiß, warum Sie sofort hierhergeeilt sind, als Sie die Nachricht erfuhren? Natürlich war das sehr lieb von Ihnen, und ich bin Ihnen zu großem Dank verpflichtet, aber glauben Sie etwa, daß ich mich darüber freue?«
Wimsey, der blaß geworden war, stand auf und ging zum Fenster.
»Sie hielten mich wahrscheinlich für unverschämt, als Sie feststellten, daß ich die Sache an die große Glocke gehängt habe. Aber glauben Sie mir, es blieb mir keine Wahl. Ich kann meinen Namen nicht verheimlichen, ich lebe davon, daß er bekannt ist. Und hätte ich ihn verheimlicht, würde man das nur als einen weiteren verdächtigen Umstand hinstellen. Aber es ist nicht angenehm, zu wissen, daß man es nur dem Schutze von Lord Peter Wimsey zu verdanken hat, wenn Leute wie Umpelty ihre Feindschaft nicht offen zur Schau stellen.«
»Das habe ich gefürchtet«, sagte Wimsey.
»Warum sind Sie dann gekommen?«
»Damit Sie mich nicht darum zu bitten brauchten.«
»Oh!«
Während einer peinlichen Pause erinnerte sich Wimsey an die ursprüngliche Nachricht, die er von Salcombe Hardy vom *Morning Star* erhalten hatte. Hardy, wie üblich leicht betrunken, hatte ihm telefonisch mitgeteilt, daß seine Freundin, Harriet Vane, wieder einmal in eine sonderbare Geschichte verwickelt sei. Wimsey, sehr erschrocken, war sofort zur Fleet Street gefahren und hatte Hardy

so lange bearbeitet, bis er sicher war, daß dessen diesbezüglicher Artikel im *Morning Star* in einer Weise abgefaßt wurde, die Harriet keinen Schaden zufügen konnte. Kaum war er wieder nach Hause gekommen, bombardierte ihn die Polizei von Wilvercombe auch schon mit Fragen über Miss Harriet Vanes Aufenthalt und Betragen in allerletzter Zeit. Daraufhin hatte er den Entschluß gefaßt, selbst einzugreifen, kurzen Prozeß zu machen, selbst auf die Gefahr hin, seine eigenen Gefühle der Öffentlichkeit preiszugeben. Er wußte, daß er es riskierte, das von ihm mit soviel Mühe und Geduld aufgebaute, leicht zu erschütternde Vertrauen zwischen ihm und der verwundeten, verbitterten Frau zu zerstören.

Er sagte nichts, aber sah sein Glück in Harriets zornerfüllten Augen zusammenstürzen.

Harriet hatte sich inzwischen in einen sinnlosen Haß hineingesteigert. Die Tatsache, daß sie bis vor fünf Minuten zufrieden und glücklich mit diesem Mann war, bevor sie ihn und sich in eine unerträgliche Lage gebracht hatte, wurde ihm nun als ein weiteres Vergehen angerechnet. Sie verspürte das Bedürfnis, ihm etwas wirklich Grausames anzutun.

»Ich habe schon genug Demütigungen eingesteckt, und nun brauchen Sie sich nicht noch als Kavalier aufzuspielen. Sie halten sich für einen König, der von seinem Thron herab den Edlen und Großherzigen spielt und erwartet, daß sich die Leute dankerfüllt vor seine Füße werfen. Natürlich werden alle Leute sagen: ›Großartig von ihm! Was er alles für diese Frau getan hat.‹ Das klingt natürlich wunderbar in Ihren Ohren. Wenn Sie aber glauben, Sie brauchten bloß so weiterzumachen, daß ich Ihnen eines Tages gerührt in die Arme falle, haben Sie sich gewaltig geirrt. Wahrscheinlich redet sich jeder Mann ein, daß ihm die Frauen nur so um den Hals fallen, wenn er den Überlegenen spielt. Es ist widerlich.«

»Ich danke Ihnen«, sagte Wimsey. »Ich mag unerträglich, eingebildet, herablassend sein – aber Sie müssen wenigstens zugeben, daß ich über eine gewisse Intelligenz verfüge. Glauben Sie wirklich, daß ich nicht weiß, was in Ihnen vorgeht? Glauben Sie, es sei angenehm für einen Mann, der solche Gefühle für eine Frau hat wie ich für Sie, wenn eine so abscheuliche Last von Dank ihn hindert, sich ihr zu nähern? Ich weiß nur zu gut, daß ich tausendmal bessere Chancen bei Ihnen hätte, wenn ich taub, blind, halb verhungert und verkrüppelt wäre, denn dann könnten Sie die Großzügige spielen. Begreifen Sie eigentlich nicht, daß mich dieser verdammte Schicksalsstreich um das Recht gebracht hat, meine Leidenschaft ernst zu nehmen? Glauben Sie wirklich, daß ein Mann in einer derartigen Lage stolz sein kann?«

»So etwas dürfen Sie nicht sagen.«

»Sie zwingen mich dazu. Vielleicht geben Sie wenigstens zu, daß Sie mich viel mehr verletzen können als ich Sie.«

»Ich weiß, daß ich schrecklich undankbar bin ...«

»Zum Teufel!«

Wimsey war bisher sehr ruhig geblieben, aber jetzt verlor er die Geduld. »Dankbarkeit – bin ich auf ewig verdammt, dieses Wort zu hören? Ich erwarte weder Dankbarkeit, Güte noch irgendwelche anderen Gefühle. Ich erwarte nicht einmal Liebe. Ich will nichts als unbedingte Aufrichtigkeit.«

»Genau das habe auch ich immer gewünscht, aber ich glaube nicht, daß man es je bekommt.«

»Ich verstehe Sie, Harriet. Sie wollen weder geben noch nehmen. Sie haben versucht zu geben und festgestellt, daß der Gebende immer der Geprellte ist. Nehmen wollen Sie nicht, weil Sie wissen, daß der Nehmende am Ende immer den Gebenden haßt. Vor allen Dingen wollen Sie Ihr Lebensglück nie wieder von einem anderen Menschen abhängig machen.«

»Ja, das ist wahr – Sie haben noch nie so wahr gesprochen.«

»Schön und gut, ich respektiere Ihre Haltung.«

»Dann hören Sie gefälligst auf, mich anzuöden. Ich halte es nicht mehr aus«, sagte Harriet und brach törichterweise in Tränen aus.

»Himmlischer Vater«, rief Wimsey entsetzt. »Harriet! Mein Liebling, mein Engel – sagen Sie das nicht.«

Er fiel verzweifelt vor ihr auf die Knie. »Beleidigen Sie mich, soviel Sie wollen, aber behaupten Sie nicht, daß ich Sie anöde. Das müssen Sie zurücknehmen ... Hier, benutzen Sie meins, es ist ziemlich sauber und größer ... Nehmen Sie es zurück, oder behaupten Sie, daß ich Sie seit achtzehn Monaten unerträglich langweile? Ich weiß ja, daß meine dummen Witze mit der Zeit etwas fade wirken müssen. Ich weiß, daß ich dummes Zeug schwatze. Was soll ich nur tun?«

»Kindskopf! Es ist einfach nicht fair. Sie bringen mich immer zum Lachen. Ich kann nicht weiterkämpfen. Ich bin zu müde. Sie scheinen nicht zu wissen, wie einem zumute ist, wenn man müde ist. Aufhören! Loslassen! Ich lasse mich nicht von Ihnen tyrannisieren. Das Telefon – Gott sei Dank!«

»Lassen Sie es klingeln.«

»Es könnte etwas sehr Wichtiges sein.«

Sie stand auf und ging zum Telefon, während Wimsey noch immer auf dem Boden kniete und eine reichlich lächerliche Figur abgab.
»Es ist für Sie. Jemand im Bellevue drüben wünscht Sie.«
»Ich bin nicht zu sprechen.«
»Es hat etwas mit dem Artikel im *Morning Star* zu tun.«
»Tatsächlich?«
Wimsey sprang auf und war in zwei Sätzen beim Telefon. Er riß Harriet den Hörer aus der Hand.
»Sind Sie es, Wimsey? Ich wußte doch, wo ich Sie erreichen würde... Hier spricht Sally Hardy. Eben ist jemand gekommen, der glaubt, Anspruch auf die Belohnung zu haben. Bitte beeilen Sie sich. Er will nichts sagen, bevor Sie nicht da sind, und ich möchte meinen Artikel schreiben. Er sitzt hier, in Ihrem Salon.«
»Wer ist er, und woher kommt er?«
»Aus Seahampton. Er heißt Bright.«
»Bright? O ja, ich komme sofort... Haben Sie das gehört, Kind? Dieser Kerl ist aufgetaucht, dieser Bright! Ich sehe Sie heute nachmittag um halb vier.«
Er stürzte aus dem Zimmer wie ein Hund, der zum Fressen gerufen wird.
»Wie albern ich bin«, sagte Harriet. »Wie verdammt, wie unverzeihlich albern. Und seit Mittwoch habe ich nicht eine Zeile geschrieben.«
Sie holte das Manuskript »Das Geheimnis des Füllfederhalters« aus der Schublade, schraubte die Kappe von ihrem eigenen Halter und versank in tiefes Nachdenken.

14. Die Aussage des dritten Friseurs

Dienstag, den 23. Juni

Auf der Schwelle des Hotels Bellevue traf Wimsey mit Bunter zusammen.
»Die Person, die sich nach Eurer Lordschaft erkundigt hat, befindet sich im Salon Eurer Lordschaft«, sagte Bunter. »Ich hatte Gelegenheit, ihn zu beobachten, als er sich beim Empfang nach Eurer Lordschaft erkundigte, aber ich hielt mich im Hintergrund.«
»So, so.«
»Ich hielt es für angebracht, Mr. Hardy von seiner Ankunft in Kenntnis zu setzen, Mylord.«
»Sie haben immer einen triftigen Grund für Ihre Handlungsweise,

Bunter. Darf ich fragen, warum Sie sich so bescheiden im Hintergrund hielten?«

»Weil ich, falls Mylord besagte Person beobachten lassen will, nicht von besagter Person erkannt werden möchte.«

»Soll ich daraus schließen, daß Ihnen diese Person verdächtig erscheint, oder handelte es sich um einen akuten Ausbruch Ihrer angeborenen Vorsicht? Nun, vielleicht haben Sie recht. Ich werde jedenfalls hinaufgehen und mir den Mann vornehmen. Müßte man die Polizei nicht verständigen?« Er überlegte einen Augenblick. »Nein, ich will mir seine Geschichte erst einmal anhören. Wenn ich Sie benötige, werde ich rufen lassen. Sind Drinks hinaufgeschickt worden?«

»Soviel ich weiß, nicht, Mylord.«

»Welch auffallende Selbstbeherrschung seitens Mr. Hardy! Bestellen Sie uns eine Flasche Whisky, einen Siphon und Bier. Etwas Alkohol löst die Zunge. So, und jetzt werde ich mir diesen Bright mal ansehen.«

Im Augenblick, da Wimsey seinen Besucher erblickte, war er innerlich überzeugt, daß sich seine Hoffnungen erfüllen würden. In jedem Fall hatte er, was das Rasiermesser anlangte, die richtigen Spuren verfolgt. Bright hatte rötliches Haar, eine schmächtige Figur und eine etwas schiefe Schulter, wie der Friseur in Seahampton beschrieben hatte. Er trug einen schäbigen, von der Stange gekauften Serge-Anzug, und in der Hand hielt er einen abgetragenen weichen Filzhut. Wimsey bemerkte die weißen Hände, die gepflegten Fingernägel und die verschämte Armut, die von dem Mann ausströmte.

»Hier kommt der Herr, mit dem Sie zu sprechen wünschen«, sagte Hardy, als Wimsey das Zimmer betrat. »Mr. Bright besteht darauf, seine Geschichte nur Ihnen zu erzählen, obwohl ich ihm sagte, daß ich sie auch hören muß, wenn er die Belohnung des *Morning Star* bekommen will.«

Mr. Bright blickte nervös von Hardy zu Wimsey und fuhr sich mit der Zungenspitze über die farblosen, trockenen Lippen.

»Ich verstehe«, sagte er schließlich mit schwacher Stimme, »und ich versichere Ihnen, daß das Geld für mich kein unwichtiger Faktor ist. Aber ich befinde mich in einer elenden Lage, obwohl ich nichts Böses getan habe. Wenn ich geahnt hätte, was der arme Herr mit dem Rasiermesser zu tun gedachte . . .«

»Wie wäre es, wenn Sie uns alles der Reihe nach erzählten«, schlug Wimsey vor, warf seinen Hut auf den Tisch und sich selbst in einen

Sessel. »Herein... ach ja, die Drinks. Was trinken Sie, Mr. Bright?«
»Sehr liebenswürdig, Mylord«, murmelte Bright demütig, »aber ich... ich bin leider in großer Eile fortgegangen, nachdem ich den Artikel in der Zeitung gelesen hatte. Ich nahm mir nicht einmal Zeit zum Frühstücken, und auf nüchternen Magen kann ich Alkohol leider nicht vertragen.«
»Bringen Sie uns bitte eine Platte belegte Brote«, sagte Wimsey zum Kellner. »Ich bin Ihnen äußerst dankbar, Mr. Bright, daß Sie sich im Interesse der Gerechtigkeit vor Unannehmlichkeiten nicht gescheut haben.«
»Gerechtigkeit?«
»Um uns bei unseren Nachforschungen behilflich zu sein. Sie müssen uns selbstverständlich erlauben, Ihnen Ihre Spesen zu vergüten.«
»Vielen Dank, Mylord. Ich kann mir leider nicht leisten, nein zu sagen, Mylord. Ich muß gestehen, daß meine Mittel sehr begrenzt sind, so begrenzt, daß ich tatsächlich nicht gefrühstückt habe, damit ich die Fahrkarte bezahlen konnte. Ich schäme mich, Ihnen das gestehen zu müssen, denn vor nicht allzu langer Zeit besaß ich noch mein eigenes, gutgehendes Geschäft.«
»Sie haben keinen Grund, sich zu schämen«, sagte Wimsey. »Heutzutage hat jeder mal eine Pechsträhne. Also – kommen wir zur Sache. Dürfte ich um Ihren Vor- und Nachnamen bitten.«
»William Bright, Mylord. Von Beruf Friseur. Ich hatte ein Geschäft in Manchester. Durch eine unglückliche Spekulation verlor ich mein Geld, und...«
»Wo in Manchester?« warf Salcombe Hardy dazwischen.
»In der Massingbird Street, aber fast das ganze Viertel ist inzwischen abgerissen worden. Ich weiß nicht, ob sich noch irgend jemand daran erinnern wird. Es war vor dem Krieg.«
»Waren Sie im Krieg?« fragte Hardy.
»Nein, ich bin nicht sehr kräftig«, erwiderte der Friseur errötend. »Deshalb wurde ich nicht zum aktiven Dienst angenommen.«
»Zurück zum Rasiermesser«, sagte Wimsey. »Was tun Sie jetzt?«
»Ich bin sozusagen ein Wanderfriseur, Mylord. Ich reise von Ort zu Ort und nehme Aushilfsposten an, hauptsächlich in Badeorten während der Sommersaison.«
»Wo haben Sie zuletzt gearbeitet?«
Der Mann warf ihm einen ängstlichen Blick zu.
»Ich habe nirgends für lange Arbeit gefunden. Zuletzt habe ich ver-

sucht, in Seahampton welche zu bekommen. Ich bemühe mich noch immer. Vorigen Mittwoch war ich wieder dort, nachdem ich mein Glück in Wilvercombe und Lesston versucht hatte. In Lesston Hoe habe ich eine Woche im Salon Ramage gearbeitet, aber ich konnte nicht bleiben . . .«

»Warum nicht?« fragte Hardy scharf.

»Ärger mit einem Kunden.«

»Diebstahl?«

»Nein, nein. Es war ein sehr jähzorniger Herr, und ich hatte das Pech, ihn ein wenig zu schneiden.«

»Betrunken und unfähig, was?« sagte Hardy.

Der kleine Mann schien in sich zusammenzusinken.

»Das wurde behauptet, aber ich gebe Ihnen mein Ehrenwort . . .«

»Unter welchem Namen waren Sie dort angestellt?«

»Walters.«

»Ist Bright Ihr richtiger Name?«

Hardys brutale Fragen brachten die ganze jämmerliche Geschichte zutage. Ein falscher Name nach dem anderen. Eine Probewoche hier, eine Probewoche dort, dann die Entlassung – immer aus dem gleichen demütigenden Grunde. Nicht seine Schuld. Ein Glas Schnaps übte eine stärkere Wirkung auf ihn aus als auf andere Leute. Sein wirklicher Name war Simpson, aber er hatte viele verschiedene Namen benutzt. Jedem der Namen haftete leider ein schlechter Ruf an, obwohl er sich die größte Mühe gegeben hatte, seiner Schwäche Herr zu werden.

»Und das Rasiermesser?« fragte Wimsey geduldig.

»Das habe ich in Seahampton gekauft, Mylord. In einem Salon, in dem ich mich um Arbeit bemühte. Der Besitzer hieß Merryweather. Ich brauchte ein neues Messer, und er war bereit, mir eins seiner eigenen Messer billig abzugeben. Es hatte eine Klinge aus Sheffield-Stahl und einen weißen Griff. Ursprünglich kam es von einem Salon in der Jermyn Street. Es war ein gutes Messer, allerdings ziemlich abgenutzt. Dann fuhr ich nach Wilvercombe, aber ich hatte kein Glück. Allerdings sagte Mr. Moreton, der einen Salon auf der Esplanade hat, daß er vielleicht etwas später jemanden brauchen werde. Danach fuhr ich nach Lesston Hoe. Nachdem ich mich dort vergeblich bemüht hatte, kam ich wieder nach Wilvercombe und meldete mich bei Moreton, aber er hatte bereits einen anderen angestellt. Natürlich war ich deprimiert.«

Mr. Bright machte eine Pause und fuhr sich wieder mit der Zunge über die Lippen.

»Das war am Montag vor einer Woche. Am Dienstagabend ging ich zum Meer hinunter – nicht weit von hier, ans Ende der Stadt – und setzte mich auf eine Bank, um nachzudenken. Es war schon fast Mitternacht.« Er sprach jetzt etwas schneller; offenbar hatte das Glas Whisky seine Wirkung nicht verfehlt. »Ich blickte aufs Meer hinaus, ich fühlte das Rasiermesser in meiner Tasche und fragte mich, ob es sich lohne weiterzukämpfen. Ich war am Rand der Verzweiflung. Das Meer lag vor mir, und das Rasiermesser war in meiner Tasche. Jedoch selbst einem Friseur erscheint die Idee, ein Rasiermesser zu jenem Zweck zu benutzen, grauenhaft. Aber die Wellen, die gegen die Esplanade schlugen, schienen zu rufen: Gib es auf, Bill Simpson, gib es auf. Nun, ich habe mich immer vor dem Ertrinken gefürchtet. Die Vorstellung, hilflos im Wasser zu versinken und zu ersticken, ist von jeher mein ärgster Alptraum gewesen. Nachdem ich eine Weile dort gesessen hatte, hörte ich Schritte, und darauf kam dieser junge Mann und setzte sich neben mich. Er trug einen Smoking, einen Mantel darüber und einen Schlapphut. Als erstes fiel mir auf, daß er einen schwarzen Bart hatte, denn das sieht man ja heutzutage nicht oft, außer bei Künstlern. Er bot mir eine Zigarette an, und dann begannen wir eine Unterhaltung. Er hatte eine freundliche Art, und plötzlich, wie das manchmal so geht, Mylord, erzählte ich ihm von meinen Problemen. Ich hatte das Gefühl, daß er selbst nicht sehr glücklich war, und wir sprachen darüber, wie schwierig das Leben im allgemeinen heutzutage ist. Er erwähnte, daß er ein russischer Emigrant sei, und dann sprach er von seiner schweren Kindheit; schließlich ließ er sich über das ›Heilige Rußland‹ aus und über Sowjetrußland. Er schien es sich sehr zu Herzen zu nehmen, daß das Rußland der Zaren nicht mehr besteht. Von Frauen sprach er auch; er erwähnte, daß er sich gerade mit seiner besten Freundin gezankt hatte. Später sagte er, er wünschte, seine Schwierigkeiten wären so leicht zu lösen wie die meinen, und daß ich mich zusammennehmen und neu anfangen sollte. ›Überlegen Sie es sich noch einmal‹, sagte er, ›und geben Sie mir das Rasiermesser.‹ Ich erwiderte, daß ich das Messer brauche, um leben zu können. Er lachte und sagte: ›In Ihrer augenblicklichen Stimmung würden Sie es eher zum Sterben gebrauchen.‹ Er hatte eine drollige Art zu sprechen, sehr schnell und manchmal fast poetisch. Ja, und dann gab er mir fünf Pfund in Banknoten, und ich gab ihm das Messer. ›Was wollen Sie damit machen, Sir?‹ fragte ich. ›Sie brauchen es doch nicht.‹ – ›Zerbrechen Sie sich darüber nicht den Kopf‹, erwiderte er lachend und steckte das

Messer in die Tasche. Dann stand er auf und sagte: ›Komisch, daß wir uns heute nacht getroffen haben – zwei Seelen und ein Gedanke.‹ Und er klopfte mir auf die Schulter, nickte freundlich und ging. Danach habe ich ihn nicht mehr gesehen. Wenn ich nur damals geahnt hätte, was er vorhatte, dann würde ich ihm das Messer nicht gegeben haben. Aber woher sollte ich das wissen, meine Herren?«

»Klingt allerdings wie Paul Alexis«, sagte Wimsey nachdenklich.

»Er hat Ihnen wohl nicht gesagt, wer er war?« fragte Hardy.

»Nein, aber er hat mir erzählt, daß er in einem der hiesigen Hotels Eintänzer ist und wie furchtbar es für einen Menschen sei, der in seinem eigenen Land eigentlich ein Prinz sein müßte, alten Weibern den Hof zu machen. Er schien sehr verbittert zu sein.«

»Wir sind Ihnen jedenfalls zu großem Dank verbunden, Mr. Bright«, sagte Wimsey. »Dadurch scheint sich die ganze Angelegenheit zufriedenstellend aufzuklären. Sie werden nun wohl auch die Polizei informieren müssen.«

Bei der Erwähnung der Polizei schien Bright nervös zu werden.

»Am besten gehen wir gleich, dann haben Sie es hinter sich.« Wimsey sprang auf. »Es bleibt Ihnen sowieso nichts anderes übrig, und Sie haben nicht den geringsten Grund, sich zu fürchten.«

Der Friseur stimmte Wimsey zögernd zu und heftete seine Augen auf Hardy.

»Scheint okay zu sein«, erklärte Hardy. »Natürlich müssen wir die Geschichte kontrollieren – wäre ja möglich, daß Sie sich das Ganze ausgedacht haben. Aber wenn die Polizei bestätigen kann, was Sie uns von sich erzählt haben, dann erwartet Sie ein beträchtlicher Scheck, mit dessen Hilfe Sie sich eine ganze Zeitlang über Wasser halten können, vorausgesetzt, daß Sie Ihre kleine Schwäche meistern können. Vor allem sollte man seinen Schwächen nur außerhalb des Berufes frönen.«

Mit diesen Worten griff er nach der Whiskyflasche, füllte sein Glas und nach kurzem Zögern auch das des Friseurs.

Oberkommissar Glaisher und Kommissar Umpelty, die schließlich an der Selbstmordtheorie festgehalten hatten, waren entzückt, als sie Brights Bericht hörten.

»Ich bin fast überzeugt, daß er die Wahrheit gesprochen hat«, sagte Umpelty, »aber wir werden Brights Angaben umgehend nachprüfen. Jedenfalls dürfen wir Bright nicht aus den Augen lassen. Er hat uns versprochen, in Wilvercombe zu bleiben und uns seine Adresse zu geben, denn er wird bei der gerichtlichen Voruntersuchung aussagen müssen – falls es überhaupt dazu kommt. Ich begreife nicht, wieso der Tote bisher noch nicht angeschwemmt worden ist. Er ist seit fünf Tagen im Wasser und kann nicht ewig dort bleiben. Zuerst treiben die Leichen gewöhnlich auf dem Wasser, dann sinken sie, aber wenn sich die Gase bilden, kommen sie wieder an die Oberfläche. Ich habe schon Wasserleichen gesehen, die wie ein aufgeblasener Luftballon aussahen. Die Leiche muß sich irgendwo verheddert haben, aber heute nachmittag wird die Bucht bei den Teufelsklippen wieder mit einem Schleppnetz abgesucht werden. Höchste Zeit, daß wir die Leiche finden. Ich komme mir bald lächerlich vor, Nachforschungen ohne eine Leiche anzustellen.«

»Zufrieden?« fragte Hardy, als Wimsey von der Polizei zurückkam. Er hatte seinen Artikel telefonisch nach London durchgegeben und war gerade dabei, nach der gehabten Mühe und Arbeit eine kleine Erfrischung zu sich zu nehmen.

»Eigentlich sollte ich es sein«, erwiderte Lord Peter. »Nur eins macht mir Kopfzerbrechen: Wenn ich mir hätte eine Geschichte ausdenken müssen, die genau zu dem Fall paßte – ich hätte genau *diese* Geschichte ausgedacht. Ich möchte wissen, wo Mr. Bright am Dienstagnachmittag um zwei Uhr war.«

»Sie sind und bleiben ein Dummkopf«, sagte Hardy. »Sie sind derartig auf Morde versessen, daß Sie überall einen Mord wittern. Vergessen Sie die Sache!«

Wimsey schwieg, aber nachdem sich Salcombe Hardy verabschiedet hatte, zog er ein Blatt mit der Überschrift »Gezeitentabelle« aus aus der Tasche, das er mit Sorgfalt studierte.

»Das dachte ich mir«, sagte er schließlich.

Er nahm ein Blatt Papier und begann eine Tabelle anzulegen mit der Überschrift WILLIAM BRIGHT. Darunter schrieb er: »Was zu notieren ist« und »Was getan werden muß!«.

Die Tabelle enthielt den wesentlichen Inhalt von Brights Angaben sowie seine Aussagen bei der Polizei. Die linke Spalte endete mit der Feststellung: »Er sprach von den ›Wellen, die gegen die Esplanade schlugen‹ in einer sehr überzeugenden und poetischen Weise. Aber um Mitternacht am Dienstag, dem 16. Juni, schlugen die Wellen nicht gegen die Esplanade, denn um diese Zeit hatte die Ebbe ihren Tiefstand erreicht.«

Auf die rechte Seite schrieb er: »Ihn keinesfalls aus den Augen verlieren.«

Nach weiterem Nachdenken schrieb er einen Brief an Oberkommissar Parker von Scotland Yard und bat, ihn über die Tätigkeit bolschewistischer Agenten zu informieren. Man konnte nie wissen. Sonderbare Dinge waren schon oft geschehen, sonderbarere Dinge sogar als bolschewistische Verschwörungen. Nebenbei erwähnte er noch Mr. Haviland Martin und sein Bankkonto. Parker konnte unter dem Vorwand, bolschewistischen Umtrieben auf der Spur zu sein, vielleicht sogar einen Bankdirektor zum Sprechen bewegen. Glaisher mochte diesen Übergriff auf das Gebiet der Polizei etwas krummnehmen, aber Parker hatte Lord Peters Schwester geheiratet, und warum sollte ein Mann seinem eigenen Schwager nicht einen Privatbrief schreiben dürfen?

15. Die Aussagen der Freundin und der Wirtin

Dienstag, den 23. Juni

Inzwischen kam Harriet Vane mit ihrem Roman nicht recht weiter. Sie konnte sich mit dem besten Willen nicht auf das Schicksal der Helden konzentrieren, die »Das Geheimnis des Füllfederhalters« zu einem aufregenden Kriminalroman gestalten sollten. Nach reiflicher Überlegung kam sie zu dem Schluß, daß es im Augenblick sinnlos sei, sich weiter den Kopf zu zerbrechen. Sie seufzte. Was sonst konnte sie tun? Ja, natürlich! Sie ging zum Telefon und ließ sich mit dem Büro verbinden. War es möglich, Mr. Antoine zu erreichen?

Es war möglich, und sie erkundigte sich bei ihm, ob er eine Zusammenkunft mit Leila Garland und Mr. da Soto arrangieren könne. Gewiß, nichts sei einfacher. Mr. da Soto spiele im Wintergarten, und das Vormittagskonzert müsse gleich zu Ende sein. Miss Garland werde sich höchstwahrscheinlich mit Mr. da Soto zum Mittagessen treffen. Er, Antoine, sei gern bereit, Miss Vane abzuholen und im Taxi mit ihr zum Wintergarten zu fahren. Harriet nahm das liebenswürdige Angebot dankend an. Antoine sagte, er könne in einer Viertelstunde bereit sein, wenn ihr das recht sei. Nein, es mache ihm keine Umstände, im Gegenteil, es sei ihm ein Vergnügen. Also dann auf bald. *Parfaitement!*

Eine halbe Stunde später hielt das Taxi vor dem Wintergarten. Harriet wußte nicht recht, ob Antoine es übelnehmen würde, wenn sie das Taxi bezahlte, aber es wurde ihr schnell klar, daß er daran gewöhnt war, das Bezahlen den Damen zu überlassen. Sie begleitete ihn zum Bühneneingang, und wenige Minuten später gesellten sich die platinblonde Leila Garland und der geckenhaft gekleidete Luis da Soto zu ihnen. Beide waren unglaublich liebenswürdig und von sich selbst eingenommen; die einzige Schwierigkeit war, wie Harriet feststellen mußte, zuverlässige Auskünfte von ihnen zu erhalten. Leila hatte offensichtlich eine Pose angenommen, die sie auch nicht fallenließ. Paul Alexis war ein »furchtbar netter Junge«, nur leider »viel zu romantisch«. Es war Leila »furchtbar schwergefallen«, ihm den Laufpaß zu geben, und er hatte es sich »so furchtbar zu Herzen genommen«. Aber sie hatte ja nie mehr als Mitleid für ihn empfunden, weil er »so furchtbar schüchtern und einsam« war. Als sie Luis kennenlernte, hatte sie sofort gemerkt, zu wem sie wirklich gehörte. Mr. da Soto erwiderte den seelenvollen Blick ihrer grünen Augen mit einem schmachtenden Senken seiner langbewimperten Augenlider.

»Der arme Liebling tat mir so schrecklich leid...«

»Nicht Liebling, mein Häschen.«

»Nein, natürlich nicht, Luis, aber bitte, reg dich nicht auf, der Arme ist ja tot. Also wie gesagt, Paul tat mir sehr leid, weil er sich über irgend etwas so furchtbare Sorgen machte. Er hat mir allerdings nicht anvertraut, um was es ging, aber ich wäre nicht erstaunt, wenn jemand versucht hätte, ihn zu erpressen.«

»Tatsächlich – sehr interessant«, sagte Harriet. »War er knapp bei Kasse?«

»Ja, allerdings. Mir hat das natürlich nichts ausgemacht, ich bin keine von denen. Aber es ist nicht gerade angenehm, wenn man das Gefühl hat, ein Freund von einem werde erpreßt. Wer weiß, ob man dabei nicht selber in Unannehmlichkeiten verwickelt wird. Angenehm ist so etwas bestimmt nicht.«

»Nein, durchaus nicht. Seit wann erschien er Ihnen denn so nervös und beunruhigt?«

»Seit etwa fünf Monaten. Ja, ungefähr zu der Zeit begannen die Briefe anzukommen.«

»Briefe?«

»Ja. Lange Briefe mit ausländischen Briefmarken darauf. Sie kamen, glaube ich, aus der Tschechoslowakei – kann auch ein anderes Land gewesen sein. Rußland war es bestimmt nicht, denn ich fragte ihn, und er sagte, daß sie nicht von dorther kämen. Ich fand das merkwürdig, denn er war nie im Ausland gewesen, außer in Amerika und, als kleiner Junge, in Rußland.«

»Haben Sie irgend jemandem von diesen Briefen erzählt?«

»Nein. Paul sagte, das könnte gefährlich für ihn sein und daß die Bolschewisten ihn umbringen würden, wenn sie etwas davon erführen. Aber nun ist er tot, und es kann ihm nichts mehr schaden, nicht wahr? Unter uns gesagt, ich habe niemals an die Bolschewisten-Geschichte geglaubt. Und das hab' ich Paul auch gesagt, aber er wollte mir einfach die Wahrheit nicht sagen. Das hat mir natürlich nicht gepaßt – ich meine, wenn ein Mann schon eine Freundin hat, dann sollte er ihr auch vertrauen.«

»Ich bin ganz Ihrer Ansicht«, sagte Harriet mit herzlicher Stimme. »Er hätte Ihnen gegenüber ganz offen sein sollen. Ich hätte mich an Ihrer Stelle berechtigt gefühlt, der Sache nachzugehen und herauszufinden, woher die Briefe kamen.«

Leila spielte verlegen mit einem Stückchen Brot.

»Einmal hab' ich mir auch einen Brief angeschaut«, gab sie zu. »Aber ich bin nicht klug daraus geworden. Es war lauter Unsinn. Nicht ein vernünftiges Wort.«

»War es eine fremde Sprache?«

»Ich weiß es nicht. Es waren lauter große Buchstaben, und manche Wörter hatten überhaupt keine Vokale. Die konnte kein Mensch aussprechen.«

»Klingt wie ein Kode«, sagte Antoine.

»Ja, das hab' ich mir auch gedacht. Ich fand es furchtbar komisch.«

»Aber warum sollte ein gewöhnlicher Erpresser eine Geheimschrift benutzen?« sagte Harriet.

»Wer weiß? Vielleicht war es eine ganze Verbrecherbande oder Geheimagenten, wie sie in manchen Kriminalromanen vorkommen. Der arme Paul las auch immer Kriminalromane, und manchmal kam er sich selber wie ein Held daraus vor. Dabei war er genau das Gegenteil, er war furchtbar schüchtern und furchtbar ängstlich. Er hatte immer Angst, er könnte sich verletzen. Kein Mann, vor dem eine Frau auf die Dauer Respekt haben konnte.«

»Bemerkenswert«, sagte Antoine. »Und dieser junge Mann, so schüchtern und ängstlich, er geht und schneidet sich durch den Hals mit einem Rasiermesser, weil Sie wollten nichts mehr zu tun haben mit ihm. *C'est inoui*.«

»Ach so, Sie glauben wohl an das Bolschewistenmärchen«, sagte Leila gekränkt.

»Ich? Ich glaube an gar nichts. Ich bin Agnostiker. Aber ich will sagen, Ihr Porträt von Alexis, es ist nicht sehr logisch.«

»Antoine hat es immer mit der Logik, aber die meisten Menschen sind eben nicht logisch«, sagte Leila. »Sie machen die unmöglichsten Sachen, besonders die Männer. Ich habe immer gedacht, daß die Männer nicht konsequent sind.«

»Kommen wir auf die Briefe zurück«, bat Harriet. »Wie oft bekam er diese Briefe?«

»Ungefähr einmal in der Woche, manchmal auch öfter. Er bewahrte sie in einem verschlossenen Kästchen auf. Beantwortet hat er sie auch. Manchmal, wenn ich ihn besuchen wollte, war seine Tür verschlossen, und Mama Lefranc sagte, er schreibe Briefe und wollte nicht gestört werden. Natürlich hat mir das nicht gepaßt. Eine junge Dame braucht es sich nicht gefallen zu lassen, daß man sie einfach vor der Tür stehen läßt, oder?«
»Natürlich nicht, Baby«, sagte Mr. da Soto.
Antoine und Harriet lächelten. Dann fragte Harriet: »Wann ist der letzte dieser Briefe angekommen?«
»Weiß ich nicht. Nachdem ich Luis kennenlernte, war ich nicht mehr mit Alexis befreundet. Aber Mama Lefranc wird darüber Bescheid wissen; der bleibt nichts verborgen.«
»Haben Sie und Alexis zusammen gelebt, als Sie befreundet waren?« fragte Harriet unverblümt.
»Natürlich nicht. Wie können Sie einem Mädchen nur eine solche Frage stellen?«
»Im selben Haus, meine ich.«
»Nein. Wir haben uns oft gegenseitig besucht, aber dann freundete ich mich mit Luis an, und ich konnte Paul nicht mehr sehen. Sonst wärst du noch auf dumme Gedanken gekommen, nicht wahr, Luis?«
»Worauf du dich verlassen kannst, Baby.«
»Haben Sie der Polizei nichts von diesen Briefen gesagt?«
»Wie komme ich denn dazu?« erwiderte Miss Garland mit entschiedener Stimme, dann fügte sie hinzu: »Vielleicht hätte ich sogar was gesagt, wenn mich dieser Umpelty so behandelt hätte, wie's einer Dame zukommt. Hat er aber nicht!«
Miss Garland hatte sich bemüht, eine distinguierte Sprechweise hervorzukehren. Nun verlor sie aber die Kontrolle über sich, ihr Ton wurde gewöhnlich und ihre Stimme schrill. » ›Ich weiß nichts über ihn‹, hab' ich gesagt, ›und mir haben Sie nichts vorzuwerfen, und Sie können mich nicht zwingen, Ihre dämlichen Fragen zu beantworten. Sie können mich ja mit auf Ihr elendes Polizeirevier schleppen‹, hab' ich gesagt, ›aber nützen tut's überhaupt nichts, ich habe diesen Alexis seit Monaten nicht gesehen und weiß rein gar nichts‹, das hab' ich gesagt. ›Und wenn Sie etwa denken, Sie können so umgehen mit einem ehrbaren Mädchen, Herr Rumpelty-Bumbelty, dann werd' ich's Ihnen zeigen.‹ Jawohl, das hab' ich gesagt, und zum Glück gibt's Gesetze in diesem Land, die ein Mädchen wie mich schützen.«

»Tolles Mädchen, was?« sagte da Soto bewundernd.
Aus Miss Leila Garland, die Harriet für einen eitlen Fratz und eine Ausbeuterin hielt, schienen keine weiteren Auskünfte herauszuholen zu sein. Da Soto machte einen recht harmlosen Eindruck und schien keinen besonderen Grund gehabt zu haben, Alexis aus dem Weg zu schaffen. Natürlich durfte man nicht zu sicher sein, besonders nicht mit diesen Ausländern. In diesem Augenblick zog da Soto seine Uhr aus der Tasche. »Ich bitte Sie, mich zu entschuldigen, meine Damen und Herren. Ich muß um zwei Uhr auf einer Probe sein – wie immer am Dienstag und am Donnerstag.«
Er verbeugte sich und ging mit wiegenden Schritten davon. Harriet fragte sich, ob er mit Absicht den Donnerstag erwähnt habe, um sich sein Alibi für Donnerstag, den 18. Juni, zu sichern. Wieso wußte er überhaupt, für welche genaue Zeit ein Alibi benötigt wurde? Es war den Zeitungen nicht erlaubt worden, dieses Detail in ihre Berichte aufzunehmen. Auf dem Rückweg mit Antoine dachte sie über da Soto nach und wußte nicht recht, was sie von ihm halten sollte.
Als sie im Hotel ankamen, war es erst zwei Uhr fünfzehn, und sie hatte Zeit, einen eben gefaßten Plan durchzuführen. Sie packte einige Kleidungsstücke in einen Handkoffer und machte sich auf den Weg zu Mrs. Lefranc, der Wirtin des verstorbenen Paul Alexis.
Eine dicke, in einen rosa Morgenrock gehüllte Person mit wirrem Haar, um deren stark gepuderten Hals eine auffällige unechte Bernsteinkette geschlungen war, öffnete die Tür der billigen Pension.
»Guten Tag«, sagte Harriet. »Haben Sie ein Zimmer frei?«
Die Wirtin warf ihr einen prüfenden Blick zu.
»Berufstätig?« fragte sie.
Da Harriet inzwischen in Wilvercombe bekannt geworden war, konnte sie es nicht wagen, Mrs. Lefranc einen Bären aufzubinden.
»Nein, ich schreibe nur Romane«, erwiderte sie. »Außerdem bin ich es, die den armen Mr. Alexis vorige Woche tot aufgefunden hat. Im Resplendent, wo ich zur Zeit wohne, wird es mir auf die Dauer zu teuer. Ich dachte, vielleicht könnte ich sein Zimmer bekommen, wenn es noch frei sein sollte.«
»Aha«, sagte Mrs. Lefranc und öffnete die Tür etwas weiter. »Ich weiß wirklich nicht, was ich sagen soll. Haben Sie etwas mit diesen Zeitungsleuten zu tun?«
»Nein, nicht das geringste«, erwiderte Harriet.
»Gut. Ich habe nichts für Journalisten übrig«, sagte Mrs. Lefranc. »Geht mir auf die Nerven, wenn Leute ihre Nasen in meine Privat-

angelegenheiten stecken. Aber bei Ihnen ist das ja was anderes. Natürlich sind Sie interessiert, weil Sie doch den armen Kerl gefunden haben. Kommen Sie nur herein, und entschuldigen Sie, daß ich noch nicht angezogen bin, aber in diesem Haus hat man immer zu tun. Treppauf, treppab, von morgens bis abends... Für wie lange wollten Sie das Zimmer mieten?«

»Ich weiß es noch nicht genau. Kommt darauf an, wann die gerichtliche Voruntersuchung stattfindet.«

»Na ja, zuerst müssen sie den armen Kerl ja finden. Mir blutet das Herz, wenn ich an ihn denke. Ich kann nachts kaum schlafen bei dem Gedanken, daß er irgendwo auf dem Meer treibt... Ja, hier ist das Zimmer. Mein bestes Zimmer im ersten Stock.«

Sie öffnete die Tür. »Der arme Mr. Alexis hat immer gesagt, es ist hier wie zu Hause, und ich habe ihn geliebt wie einen Sohn... Ich glaube nicht, daß Sie in Wilvercombe etwas Besseres finden können. Es ist schön ruhig – hier können Sie ungestört schreiben. Ich hab' das Zimmer gründlich saubermachen lassen und alle seine Sachen fortgeräumt, bis auf die Bücher, aber die kann ich auch wegnehmen, wenn Sie es wollen. Jedenfalls erlaube ich nicht, daß diese Mrs. Weldon herkommt und etwas fortnimmt, oder gar Leila Garland, diese Katze.«

Das Zimmer war groß, luftig und sauberer, als Mrs. Lefrancs Erscheinen hoffen ließ. Die Möbel waren wohl geschmacklos, aber in gutem Zustand. Die Bücher, die Umpelty bereits beschrieben hatte, bestanden hauptsächlich aus Taschenbuchausgaben von Romanen, darunter auch ein paar russischen, sowie einigen Büchern über das Leben am russischen Zarenhof. Das einzige auffallende Überbleibsel des früheren Mieters war eine wunderschöne kleine Ikone, die über dem Bett hing und wahrscheinlich alt und wertvoll war.

Nachdem Harriet den Preis des Zimmers mit Mrs. Lefranc besprochen hatte, sagte diese: »Ich würde natürlich das Zimmer nicht jedem zu dem Preis geben. Ich sehe Ihnen an, daß Sie ein ruhiger Mensch sind. Ich hasse Unruhe und Aufregung, und der Schock wegen dem armen Paul sitzt mir immer noch in den Knochen.«

»Das kann ich mir vorstellen«, erwiderte Harriet.

»Sie glauben gar nicht, wie rücksichtsvoll er war, und Manieren wie ein Prinz hat er gehabt. Oft, wenn ich todmüde von der vielen Arbeit war, hat er gesagt: ›Kopf hoch, Mama‹ – die Mieter nennen mich alle Muttchen oder Mama – ›trinken Sie ein Gläschen mit mir, es wird schon alles wieder besser werden.‹ Wie ein Sohn war er, wie ein Sohn.«

Harriet hatte den Wink mit dem Zaunpfahl verstanden.
»Wie wäre es mit einem Drink?« fragte sie.
»So hab' ich's nicht gemeint, aber wenn Sie unbedingt darauf bestehen, kann ich das Dienstmädchen ins Wirtshaus nebenan schicken.«
Unter dem Einfluß von Gin mit Wasser wurde Mrs. Lefranc zusehends zutraulicher. Sie gab Harriet ihre eigene Version von dem Verhältnis zwischen Paul und Leila Garland.
»Was zwischen den beiden vorgegangen ist, kann ich natürlich nicht genau sagen. Ich mische mich nicht in die Angelegenheiten meiner Mieter ein, solange sie sich ruhig verhalten. Aber ich gebe zu, daß ich froh war, als die kleine Katze ihm ausrückte. Als mir der arme Mr. Alexis erzählte, daß sie sich mit diesem da Soto eingelassen hatte, sagte ich: ›Sei'n Sie bloß froh, daß Sie sie los sind.‹ Und unter uns gesagt: er war wirklich ganz froh.«
»Sie glauben also nicht, daß er sich ihretwegen das Leben genommen hat?«
»Ausgeschlossen«, sagte Mrs. Lefranc. »Ich hab' mir oft den Kopf zerbrochen, warum er es eigentlich getan hat. Bestimmt nicht wegen der alten Dame, mit der er verlobt war. Das wäre sowieso nichts geworden, ihre Familie hätte das gar nicht zugelassen. Mr. Alexis hat das selbst angedeutet. Es ist noch gar nicht lange her – Sonntag vor einer Woche war es – da hat Mr. Alexis zu mir gesagt: ›Warten Sie nur ab, Ma, bald wird für mich alles besser werden.‹ Ich habe lange darüber nachgedacht, und ich glaube, ich weiß, was er meinte – seine Spekulationen – die nur dann leider schiefgegangen sind.«
»Spekulationen?«
»Ja, seine ausländischen Spekulationen. Sie hätten die vielen Briefe aus dem Ausland sehen sollen. Ich hab' ihn immer damit geneckt. Sie enthielten wichtige Berichte, hat er gesagt, und wenn alles glatt ginge, würde er einer der größten Männer der Welt werden. ›Dann kaufe ich Ihnen ein Diadem, Ma, und mache Sie zur königlichen Haushälterin‹, hat er gesagt. Ach ja, wie oft haben wir so zusammen gescherzt und gelacht...«
Es gelang Harriet mit einiger Mühe, Mrs. Lefranc wieder auf das Thema der Auslandsbriefe zurückzubringen.
»Also, zwei Tage vor seinem schrecklichen Ende kam noch ein ganz besonders langer Brief an. Lang muß er gewesen sein, denn der arme Junge hat sich stundenlang damit in seinem Zimmer eingeschlossen. Meiner Ansicht nach enthielt der Brief schlechte Nachrichten, obwohl er nichts davon sagte. Aber er war den ganzen Tag

lang in einer komischen Stimmung und am nächsten Tag auch noch. Schien einen kaum zu sehen oder zu hören, und einmal brach er plötzlich in ein hysterisches Lachen aus – sehr merkwürdig. Am Mittwochabend, bevor er ins Bett ging, küßte mich und machte Scherze, wie er es oft tat. ›Nächstens einmal werde ich meine Flügel öffnen und davonfliegen‹, sagte er. Ich habe es damals gar nicht ernst genommen. Jetzt weiß ich natürlich, daß er es mir auf diese Weise schonend beibringen wollte. Der Arme! Ich hörte ihn während der ganzen Nacht in seinem Zimmer herumrumoren. Seine Papiere hat er verbrannt, das wissen Sie ja, wahrscheinlich hat er eine furchtbare Enttäuschung gehabt und wollte nicht, daß man davon erfährt. Am Morgen gab er mir die Miete für die ganze Woche, die erst am Sonnabend fällig gewesen wäre. ›Ich weiß, es ist noch etwas früh‹, sagte er, ›aber bei Ihnen ist das Geld sicher, und ich gerate nicht in Versuchung, es auszugeben.‹ Der Unglückliche! Jetzt weiß ich erst, was er vorhatte. Er wollte mir keinen Kummer machen, er war ja immer so rücksichtsvoll. Wenn ich bedenke, daß ein Wort ihn vielleicht gerettet hätte ...« Mrs. Lefranc begann zu schluchzen.
»Ich dachte, er könnte verreisen, und daß die Reise vielleicht etwas mit seinen Spekulationen zu tun hätte. Wer konnte ahnen, daß er so was Furchtbares tun wollte? Er schien plötzlich wieder sehr guter Laune zu sein, aber wenn ich nicht soviel anderes im Kopf gehabt hätte, wäre mir vielleicht doch etwas aufgefallen. Aber gerade an dem Morgen kündigte mir das Mädchen, und ich hatte andere Sorgen... Schrecklich! Ich habe gehört, daß Selbstmörder oft in guter Stimmung sind, kurz bevor sie sich umbringen.«
Mrs. Lefranc schluchzte noch einmal auf, aber dann schneuzte sie sich energisch die Nase und sagte gefaßt: »Was nützt es schon, wenn ich mich jetzt hintersinne. Das Leben ist so kurz. Genießen wir es, solange wir können. Eines Tages liegen wir alle unter einem kleinen weißen Stein... Ab wann wollten Sie das Zimmer nehmen, Miss?«
»Ich komme heute abend«, sagte Harriet.
»Geht in Ordnung, Kindchen«, sagte Mrs. Lefranc, wieder in sichtlich heiterer Stimmung. »Kommen Sie nur, wann Sie wollen. Sie werden bestimmt bei Mama Lefranc glücklich sein. Und Sie können sich immer mit mir aussprechen. Das tun meine anderen Pensionäre auch. Ich wünschte nur, der arme Mr. Alexis hätte mir seinen Kummer erzählt, dann wäre er vielleicht noch am Leben. Aber er war Ausländer, und die sind nun mal nicht so wie wir, nicht wahr? Ja, dann will ich Sie jetzt nicht länger aufhalten, Miss. Hier ist der

Hausschlüssel. Glücklicherweise habe ich kürzlich einen neuen anfertigen lassen; der arme Alexis hat seinen mitgenommen. Wer weiß, wo der Schlüssel jetzt ist ... Meine Mieter können natürlich kommen und gehen, wann sie wollen. Sie werden sich hoffentlich bei mir wohl fühlen.«

16. Suche im Sand

Dienstag, den 23. Juni

Weder Harriet Vane noch Lord Peter Wimsey waren verlegen, als sie einander nach ihrer heftigen Aussprache wieder trafen. Jedenfalls hatten beide etwas zu berichten, und schon dadurch wurde eine etwaige Befangenheit im Keim erstickt.

»Chiffrierte Briefe? Sollte Mrs. Weldon doch recht haben? Jedenfalls sprächen sie eher für Mord, den wir ja von Anfang an vermutet haben. Mrs. Lefrancs Idee über Spekulationen dagegen sind weniger einleuchtend, obwohl es feststeht, daß Alexis bestimmte Pläne hatte, die sich vielleicht nicht verwirklicht haben. Ist es ein Zufall, daß Alexis gerade in dem Augenblick ums Leben kam, als seine Pläne zu reifen schienen? Er war von besonders unangenehmen Menschen umgeben – von Lügnern, Halbidioten, Prostituierten und Ausländern.«

»Wir können nicht behaupten, daß wir uns hier in sehr gehobenen Kreisen bewegen. Antoine ist noch der anständigste von allen.«

»Ja. Ich habe mich gestern mit ihm unterhalten. Scheint ein bescheidener, ganz vernünftiger Bursche zu sein. Na, ist jetzt nicht so wichtig, trinken wir lieber unseren Tee. Oh, einen Augenblick ... Große Aktivität auf dem Meer! Zwei Boote in unmittelbarer Nähe der Teufelsklippen.«

»Fischer?«

»Menschenfischer. Jedenfalls hoffen sie, eine Leiche aufzufischen«, erwiderte Wimsey, »denn es ist Umpelty mit seinen Leuten. Geben Sie mir mal das Fernglas, Bunter. Aha, scheinen schwer zu arbeiten. Haben die Netze ausgeworfen. Sehen Sie selbst.«

Er gab Harriet das Fernglas. »Sie scheinen etwas gefunden zu haben – etwas sehr Schweres. Sie versuchen, die Netze einzuziehen... Jetzt hilft Umpelty den Fischern... sie haben es... es ist im Boot!«

»Setzen Sie sich, und trinken Sie Ihren Tee.«

»Nein, nein, erst muß ich wissen, was es ist. Scheint ein schwerer dunkler Gegenstand zu sein.«

»Lassen Sie mich mal sehen«, sagte Wimsey. »Umpeltys Gesicht ist urkomisch. Er betrachtet den Gegenstand kopfschüttelnd. Sieht wie ein alter eiserner Kessel aus! Jetzt werfen sie ihn wieder zurück ins Wasser.«

»So ein Pech!«

Nach dem Tee sagte Wimsey: »Ich möchte mir noch einmal die Nische im Felsen ansehen, bevor wir weitergehen.«

Aber die Nische blieb ein Rätsel, und Wimsey konzentrierte seine Aufmerksamkeit auf den eisernen Ring.

»Ich schwöre, daß der Ring nicht länger als zwei Wochen hier sein kann«, sagte er. »Sieht völlig neu aus und ist nirgends abgenutzt. Wenn ich nur wüßte, welchem Zweck das Ding dienen sollte... Also, brechen wir auf. Ich gehe über das von der Flut hinterlassene Geröll, und Sie gehen dicht am Wasser entlang. Wenn einer von uns etwas Interessantes findet, treffen wir uns in der Mitte.«

Harriet machte den ersten Fund, und zwar entdeckte sie einen einzelnen schweren, mit Nägeln beschlagenen und sehr alten Schuh.

»Muß ich das Ding mitnehmen?« erkundigte sie sich bei Wimsey. »Es ist ein schrecklich schwerer Schuh.«

Wimsey war dafür, ihn mitzunehmen – man konnte nie wissen – und Harriet tat den Schuh in ihren Rucksack.

Nach wenigen Minuten entdeckte Wimsey eine halb zerfledderte, aufgeweichte Bibel und eine ebenfalls durchweichte leere Gold-Flake-Zigarettenschachtel. Lord Peter steckte die beiden Gegenstände feierlich in seinen Rucksack als mögliche Beweisstücke von hervorragender Wichtigkeit.

Sie gingen langsam weiter, bis sie zu dem Pfad kamen, der von Pollocks Häuschen zum Strand führte. Hier war das Ufer mit Geröll und auch mit einigen größeren Steinen bedeckt. Wimsey stocherte in den Steinen, ohne jedoch etwas Bemerkenswertes zu entdecken. Sie gingen weiter, nachdem sie festgestellt hatten, daß die Fischerhäuschen, hinter den Klippen verborgen, vom Meer aus nicht zu sehen waren.

Nach ein paar hundert Metern rief Harriet: »Hier ist etwas, das Sie sich unbedingt ansehen müssen.«

Wimsey kam im Sturmschritt auf sie zu. »Jedenfalls sollte es uns Glück bringen«, sagte Harriet.

»Ein Hufeisen, und zwar ein ziemlich neues«, stellte Wimsey interessiert fest. »Kann noch nicht lange hier gelegen haben, höchstens eine Woche. Gehört einem hübschen, zierlichen Pferd von guter Rasse, hat die schlechte Manier, das Hufeisen des linken Vorderfußes abzustoßen, schlägt deshalb mit diesem Fuß etwas aus. Auf die Farbe des Pferdes kann ich mich leider nicht festlegen.«

»Holmes, Sie sind großartig. Woher Sie das nur alles wissen!«

»Sehr einfach, mein lieber Watson. Das Hufeisen weist keine dünnen Stellen auf, daher kann das Pferd damit nicht lange Strecken über endlose Landstraßen getrabt sein. Es ist ein wenig rostig, da es im Wasser gelegen hat, aber es ist nirgends vom Rost zerfressen, was darauf hindeutet, daß es erst seit kurzer Zeit hier liegt. Die Größe des Hufeisens sagt etwas über die Größe des Pferdes aus, die Form deutet auf einen kurzen kleinen Huf. Obwohl das Eisen ziemlich neu ist, so doch nicht ganz neu; auf der Vorderkante ist es ein wenig abgenutzt, was zeigt, daß sein Träger gerne ausschlug.«

»Glauben Sie, daß das Pferd sein Hufeisen hier verloren hat, oder könnte es vom Meer angeschwemmt worden sein? Ich fand es ganz nahe am Wasser, fast im Sand vergraben.«

»Schwer zu sagen, ob es an dieser Stelle verloren wurde. Jedenfalls besteht die Möglichkeit, daß ein Pferd kürzlich über den Strand galoppiert ist. Sehr interessant, meine Liebe, sehr interessant.«

»Glauben Sie vielleicht... Peter! Haben Sie etwa *erwartet*, hier ein Hufeisen zu finden?«

»Nein, das war ein ausgesprochener Glücksfall. Allerdings habe ich erwartet, ein Pferd oder die Spuren eines Pferdes zu finden. Sie nicht?«

»Nein, darauf wäre ich nie gekommen.«

»Ist es Ihnen noch nicht in den Sinn gekommen, daß ein Pferd da ist, um zu *rennen*, eine bestimmte Strecke in einer bestimmten Zeit zurückzulegen? Überhaupt kein Interesse an Pferden und Sport. Das muß sich ändern. Warten Sie nur, bis wir verheiratet sind, meine Liebe, dann werden Sie täglich mindestens einmal vom Pferd fallen, bis Sie reiten gelernt haben.«

Harriet schwieg und sah Wimsey nachdenklich an. Dann sagte sie lachend: »Herunterfallen würde ich bestimmt; ob ich jemals reiten lernen würde, ist eine andere Frage. Wäre es nicht Zeit, uns wieder auf den Weg zu machen?«

»Ja, allerdings. Den Rest des Weges werden wir im Auto zurücklegen. Ich kann die Küstenstraße zwar von hier aus nicht sehen, aber wir werden den braven Bunter bestimmt bald antreffen. Wir können kaum hoffen, hier noch etwas zu finden – ein zweites Hufeisen wäre des Guten zuviel.«

Harriet stimmte Wimsey zu.

»Wir brauchen die Klippen nicht hinaufzuklettern«, fuhr Wimsey fort. »Wie kehren um und gehen über den Pfad zur Straße. Ich glaube, den Schuh und die Heilige Schrift können wir jetzt beruhigt fortwerfen, nicht wahr?«

»Ja, das glaube ich auch. Wohin gehen wir jetzt?«

»Nach Darley, um das Pferd zu finden. Ich habe Gründe, anzunehmen, daß es diesem Mr. Newcombe gehört, der sich neulich über seine beschädigte Hecke zu beklagen hatte. Wir werden ja sehen.«

Die drei bis vier Kilometer nach Darley waren schnell zurückgelegt; die einzige Verzögerung entstand beim Bahnübergang, weil die Schranken erst geöffnet werden mußten. Sie stiegen bei der Hinks Lane aus und gingen über den Weg zum Zeltplatz.

»Ich möchte Sie daran erinnern, daß an dieser Stelle drei Haferkörner in der Asche gefunden wurden sowie ein halbverbrannter Strick. Haben Sie die Gegenstände mitgebracht, Bunter?«

»Jawohl, Mylord.«

Bunter kramte im Kofferraum des Autos und brachte kurz darauf eine kleine Papiertüte und einen Halfter zum Vorschein. Wimsey öffnete die Tüte und schüttete den darin befindlichen Hafer in seinen Hut.

»So, den Halfter hätten wir; jetzt brauchen wir nur noch das Pferd zu finden, dem wir ihn umlegen wollen. Gehen wir zum Strand, um den Bach zu suchen, den Goodrich erwähnte.«

Der Bach war schnell gefunden. Eigentlich war es nur ein Bächlein, das unter einer Hecke hervorsprudelte. Es war etwa fünfzig Meter vom Lagerplatz entfernt und floß über den Strand zum Meer hinunter.

Wimseys Augen glitten vom Strand und Bach nachdenklich über die Weide hinter der Hecke, auf der sich drei Pferde tummelten. Er stellte fest, daß die das Feld auf der gegenüberliegenden Seite begrenzende Baumreihe den Ausblick vom Dorf und von der Straße verhinderten.

»Ein idealer Platz zum Pferdestehlen... Schade, daß Mr. Newcombe das Loch in der Hecke ausgebessert hat, aber dort unten sehe ich ein Holztor, über das wir vielleicht klettern könnten... Darf ich Ihnen behilflich sein? So, das hätten wir geschafft. Auf welches der drei Pferde setzen Sie Ihr Geld?«

»Nicht auf den Rappen. Er ist zu groß und kräftig.«

»Nein, der Rappen kommt nicht in Frage. Das rotbraune hat die richtige Größe, aber es ist ein alter Gaul und kommt für unsere Zwecke wohl kaum in Betracht. Mir gefällt die kleine braune

Stute.« Wimsey schnalzte mit der Zunge, dann ging er vorsichtig ein paar Schritte auf die Stute zu und hielt ihr seinen Hut entgegen. »Na komm – komm doch her!« lockte er.

Alle drei Pferde galoppierten auf ihn zu, aber die kleine Stute steckte ihre Nase als erste in den mit Hafer gefüllten Hut. Wimsey klopfte ihr auf den Hals, während sie fraß, dann hob er mit einem geschickten Griff ihr linkes Vorderbein an, um sich das Hufeisen anzusehen.

»Ja, es ist neu«, sagte er zu Harriet. »Der Sicherheit halber werde ich mir die anderen Hufe auch noch ansehen.« Er tat es und stellte fest, daß die drei übrigen Hufe nicht frisch beschlagen waren.

Er warf der Stute mit einem geschickten Griff den Halfter über den Kopf, schwang sich auf den Rücken des Pferdes und überreichte Harriet seinen Hut. »Ich reite schnell mal los«, sagte er, »bevor der Farmer auf der Bildfläche erscheint.«

Harriet sah ihm mit dem Hut in der Hand nach.

»Gestatten Sie, Miss Vane.«

Bunter nahm ihr den Hut ab, schüttete den restlichen Hafer fort und bog die Krempe zurecht.

»Gutes Reitpferd«, sagte Wimsey bei seiner Rückkehr. »Könnte es auf der Straße zu einer Stundengeschwindigkeit von gut vierzehn Kilometern bringen und zu, sagen wir zwölf Kilometern durch Sand und seichtes Wasser. Ich würde für mein Leben gern mit ihr zum Teufelseisen reiten, aber das wage ich denn doch nicht.«

Er stieg ab, nahm dem Pferd den Halfter ab und gab ihm einen freundlichen Schlag auf die Flanke. »Gut und schön – aber leider klappt es nicht«, sagte er betrübt. »Die Idee ist folgende: Martin kommt hierher, schlägt sein Zelt auf, scheint genau über alles Bescheid zu wissen, auch daß die Pferde im Sommer draußen auf der Weide sind. Er sorgt irgendwie dafür, daß Alexis um zwei Uhr beim Teufelseisen ist. Er verläßt die Drei Federn um ein Uhr dreißig, kommt hierher, holt sich die Stute und reitet über den Strand. Wir wissen, wo er den Hafer verschüttet hat, mit dem er sie anlockte, und wir sehen noch das Loch in der Hecke, das er gemacht hat, um hindurchzureiten. Er reitet durch das seichte Wasser, dicht am Ufer, um keine Spuren zu hinterlassen. Er bindet die Stute an dem Eisenring fest, den er am Felsen befestigt hat. Er tötet Alexis und reitet, so schnell sein Pferd ihn tragen will, zurück, Während es über das Geröll und die spitzigen Steine unterhalb von Pollocks Haus galoppiert, verliert es das Hufeisen. Das macht ihm keine Sorgen, außer daß das Pferd etwas lahmt und nicht mehr ganz so schnell wie bisher läuft. Martin kommt hierher zurück, aber er bringt das Pferd nicht wieder auf die Weide, sondern läßt es laufen. Er will den Eindruck erwecken, daß die Stute von selbst ausgebrochen ist. Das würde die beschädigte Hecke erklären, das leichte Hinken des Tieres und das verlorene Hufeisen. Er ist um drei Uhr zurückgekommen und geht hinüber zur Garage; später verbrennt er den Halfter. Klingt sehr überzeugend, ist aber falsch.«

»Warum?«

»Weil er nicht genug Zeit hat. Er verläßt das Gasthaus um ein Uhr dreißig. Dann muß er hierherkommen, das Pferd einfangen und sieben Kilometer reiten. Mehr als zwölf Kilometer in der Stunde kann er unter den Umständen nicht geritten sein, aber Sie hörten den Schrei um zwei Uhr. Ist Ihre Uhr bestimmt richtiggegangen?«

»Ganz bestimmt. Ich habe sie bei meiner Ankunft in Wilvercombe mit der Hoteluhr verglichen, und die war nach Radiozeit gestellt. Ich habe mich erkundigt. Aber vielleicht war der Schrei, den ich hörte, kein Todesschrei, sondern der Schrei einer Möwe, wie ich zuerst angenommen hatte. Außerdem brauchte ich etwa fünf Minuten, um meine Sachen zusammenzupacken, weitere fünf Minuten, bis ich das Teufelseisen erreichte...«

»Also gut. Nehmen wir an, daß es zehn Minuten nach zwei war, als Sie ankamen. Wo war der Mörder?«

»Er verbarg sich in der Felsnische... Ach nein, das Pferd. Wo sollte er das Pferd verstecken? Wie ärgerlich! Wenn wir den Mord zu früh ansetzen, hätte er keine Zeit gehabt, bis zum Teufelseisen zu gelangen. Wenn wir ihn zu spät ansetzen, hätte er nicht genügend Zeit zum Verschwinden gehabt. Zum Verrücktwerden!«

»Stimmt. Außerdem kann Alexis nicht viel früher ermordet worden sein, wegen des Blutes. Die Geschwindigkeit des Pferdes, der Schrei, die Beschaffenheit des Blutes – das alles deutet darauf hin, daß der Mord um zwei stattfand. Gut – Sie erschienen spätestens zwei Uhr fünf auf der Bildfläche. Angenommen, der Mörder schnitt Alexis' Kehle Punkt zwei durch und ritt in vollem Galopp wieder davon, ohne eine Sekunde zu verlieren. So war er um zwei Uhr fünf höchstens einen Kilometer vom Tatort entfernt. Vom Teufelseisen aus hat man aber mindestens zwei Kilometer weit freie Sicht in Richtung Darley, also hätten Sie ihn sehen müssen, oder?«

»Natürlich hätte ich ihn gesehen. Und wenn ich ihn nicht gesehen hätte, so bin ich doch wenigstens nicht taub – das Galoppieren eines Pferdes hätte ich nicht überhören können.«

»Und doch lief das Pferd über jenes Stück, und zwar vor noch nicht allzu langer Zeit. Wenn das nicht stimmt, will ich einen Besen fressen. Und der Ring ist auch nicht zufällig am Felsen befestigt worden. Das Pferd wurde dorthin gebracht, aber wann und warum bleibt ein Rätsel.«

Sie verließen das Feld und gingen die Hinks Lane hinauf.

»Da drüben ist die Dorfwiese, und die Schmiede soll unter der großen Kastanie am Rand der Wiese sein. Gehen wir dorthin, und hoffen wir, daß der Schmied um diese Zeit bei der Arbeit ist«, sagte Wimsey.

Sie hatten Glück. Während sie die Wiese überquerten, drangen Hammerschläge an ihre Ohren, und das kräftige Hinterteil eines Zugpferdes glänzte in der Sonne, die durch die offene Tür fiel. Sie betraten die Schmiede, und Wimsey begann mit dem Schmied ein längeres Gespräch über Pferde.

Nach einer Weile hielt er dem Schmied das Hufeisen hin. »Das haben wir vorhin am Strand gefunden. Hübsches kleines Pferd, linkes Vorderbein, schlägt mit diesem Bein gern aus. Stimmt's?«

Der Schmied besah sich das Hufeisen mit Kennerblick.

»Doch, doch«, sagte er. »Das stimmt, Sir.« Er drehte das Hufeisen in seiner breiten Hand. »Kommt von Mr. Newcombe seiner Stute – kleine braune Stute – ja, ja, das muß es wohl sein.«

»Sind Sie sicher?«

»Ja, ja. Sicher bin ich. Ganz sicher.«

»Kann noch nicht lange herumgelegen haben.«

»Nein, nein. Nicht sehr lange, Sir. Jem! Komm mal her, Jem.«

Der Lehrjunge kam aus einer Ecke der Schmiede und sah seinen Herrn erwartungsvoll an.

»Weißt du noch, wann Mr. Newcombe seine Stute ausgebrochen ist?«

»Die Stute?« Jem sah aus, als ob er eine höchst komplizierte Rechenoperation ausführte.

»Das war doch am Freitag gewesen. Ja, am Freitagmorgen war das«, sagte er nach einer Weile.

»Du hast recht, Jem. Jetzt fällt's mir auch wieder ein. Am Freitag.«

Der Schmied stützte sich auf seinen Hammer und überlegte. Langsam und stockend erzählte er seine Geschichte, die nicht gerade sensationell war, aber Wimseys Annahme bestätigte.

Ja, Farmer Newcombes Pferde waren während der Sommermonate immer draußen auf der Weide. Nein, das Gras wurde niemals gemäht. Nein, weder Mr. Newcombe noch seine Leute waren oft auf dem Feld, das ziemlich weit vom Hof selbst entfernt war. Die Pferde brauchten nicht getränkt zu werden, da der Bach so

nahe war. Mr. Newcombe selbst hatte die Stute aber nicht eingefangen, sondern Jems Onkel George, und sie hatte sehr gelahmt, das arme Vieh, und Mr. Newcombe hätte das Loch in der Hecke eher bemerken und reparieren lassen sollen.
Nach der Erzählung des Schmiedes verabschiedeten sich Harriet und Wimsey und fuhren zurück nach Wilvercombe. Dort erfuhren sie, daß die Leiche noch immer nicht geborgen worden war und daß Kommissar Umpelty zu wissen glaubte, wo man ihrer habhaft werden könnte.
Nach dem gemeinsamen Abendessen beendeten Harriet und Wimsey den Tag im Tanzsaal.

17. Mrs. Weldons Vermögen

Mittwoch, den 24. Juni

Am nächsten Morgen suchte Harriet Mrs. Weldon auf. Es war nicht leicht, den liebevollen Sohn Henry loszuwerden, der fest an Mutters Schürzenzipfel hing. Schließlich hatte Harriet eine Glanzidee. Sie schlug Mrs. Weldon vor, mit ihr gemeinsam ein türkisches Bad zu nehmen. Damit war Henry schachmatt. Er kündigte an, daß er sich inzwischen die Haare schneiden lassen werde.
Harriet benutzte die gute Laune während der angenehmen Entspannung, die einem türkischen Bad folgt, um Mrs. Weldon auf diplomatische Weise auszufragen.
Mrs. Weldon war die einzige Tochter eines reichen Brauereibesitzers, der ihr ein beträchtliches Vermögen hinterlassen hatte. Sie hatte die Eltern früh verloren und war von einer streng nonkonformistischen Tante in St. Ives, einer kleinen Stadt in Huntingdonshire, erzogen worden. Später wurde ihr von George Weldon, einem wohlhabenden Farmer, der Hof gemacht. Weldon besaß ein großes Gut in Leamhurst, in der Isle of Ely. Mrs. Weldon hatte ihn hauptsächlich geheiratet, um der Tante zu entrinnen. Die Tante, mit viel praktischem Sinn begabt, hatte darauf bestanden, das Geld ihrer Nichte so anzulegen, daß Weldon das Kapital nicht anrühren konnte. Weldon hatte sich anständigerweise damit einverstanden erklärt. Er schien ein rechtschaffener, fleißiger Mensch gewesen zu sein und ein guter, allerdings nicht sehr phantasiereicher Ehemann.
Henry, das einzige Kind der Weldons, war von Anfang an dazu bestimmt gewesen, das Gut zu übernehmen. Mrs. Weldon hätte

ihn gern auf eine Universität geschickt, aber der alte Weldon bestand darauf, daß sein Sohn Landwirt wurde. Das erwies sich später auch als das einzig Richtige, da Henry keine besonderen geistigen Fähigkeiten zeigte. Er widmete allerdings auch dem Gut nicht soviel Zeit, wie nötig gewesen wäre. Er interessierte sich mehr für Pferderennen, außerdem war er ein großer Schürzenjäger. Schon vor dem Tod seines Vaters gab es oft Streitigkeiten zwischen Mrs. Weldon und Henry, die sich später noch verstärkten.
Henry war fünfundzwanzig Jahre alt, als sein Vater starb. Da seine Frau ausreichend versorgt war, hinterließ er seinem Sohn das Gut und seine Ersparnisse. Bald nachdem Henry die Leitung übernommen hatte, begann das Gut nichts mehr abzuwerfen. Die Zeiten hatten sich geändert, und die Landwirte mußten sich anstrengen, wenn sie einen Profit machen wollten. Aber Henry sah diese Tatsache nicht ein. Er erlitt schwere Verluste, weil er sich nicht auf den An- und Verkauf von Vieh verstand; bei einem Versuch, Pferde zu züchten, büßte er ebenfalls größere Summen ein. Um diese Zeit lebte Mrs. Weldon schon nicht mehr auf dem Gut, sondern reiste von einem Kur- und Seebadeort in den anderen. Henry hatte seine Mutter mehrmals um ein Darlehen gebeten und es jedesmal erhalten, aber sie weigerte sich, einen Teil ihres Kapitals auf ihn überschreiben zu lassen. Als sie eines Tages vernahm, daß Henry in beträchtlichen Schwierigkeiten war, weil er ein Verhältnis mit der Frau des Gastwirts in einem benachbarten Dorf hatte, zankte sie sich heftig mit ihm. Seitdem hörte sie nur selten von ihrem Sohn. Als sie erfuhr, daß er das besagte Verhältnis gelöst hatte – es war im Februar dieses Jahres – schrieb sie ihm von ihrer bevorstehenden Ehe mit Alexis. Henry war daraufhin über das Wochenende nach Wilvercombe gekommen. Er lernte Alexis kennen und erklärte seiner Mutter kategorisch, daß er gegen diese Heirat sei. Bis zu Pauls Tod waren die Beziehungen zwischen Mutter und Sohn sehr kühl. Nach dem tragischen Ereignis war er jedoch, der Bitte seiner unglücklichen Mutter folgend, sofort nach Wilvercombe gefahren, um ihr in ihrem Kummer beizustehen, wie es einem liebenden Sohn geziemt.
Harriet erwähnte Mrs. Lefrancs Theorie; Mrs. Weldon hielt es jedoch für ausgeschlossen, daß Alexis einer mißlungenen Spekulation wegen Selbstmord verübt haben könnte.
»Warum sollte er, meine Liebe? Paul wußte genau, daß ich mein Geld nach der Hochzeit ihm überschreiben wollte. Natürlich hätte ich in bescheidenem Rahmen auch für Henry gesorgt. Normalerweise hätte Henry natürlich alles geerbt, und ich fürchte, daß er

etwas enttäuscht war, als er von unserer bevorstehenden Hochzeit erfuhr. Allerdings hatte sein Vater ihm sein gesamtes Vermögen hinterlassen und ihm gesagt, daß er nichts von mir erwarten solle. Als ich mich mit Paul verlobte, teilte ich Henry mit, daß er mir seine Schuld nicht zu bezahlen brauche und daß ich ihm in meinem Testament eine lebenslängliche Rente aus den Zinsen von dreißigtausend Pfund sichern wollte. Das Kapital sollten seine Kinder erben; falls er keine Kinder haben würde, würde Paul das Kapital bekommen, wenn Paul meinen Sohn überlebte.«

»Und alles übrige wollten Sie Mr. Alexis geben?«

»Warum nicht, meine Liebe? Paul war allerdings dagegen. ›Und was geschieht, wenn ich dir eines Tages weglaufe?‹ fragte er in seiner charmanten Art... Dies war mein Plan: Nach der Hochzeit wollte ich dreißigtausend Pfund auf Paul überschreiben lassen. Über dieses Geld sollte er frei verfügen können, denn es wäre entwürdigend für meinen Mann gewesen, wegen jeder Kleinigkeit zu mir zu kommen. Nach meinem Tod hätte Henry die Zinsen der dreißigtausend Pfund bekommen; Paul sollte den Rest erben, der sich auf etwa hunderttausend Pfund belaufen hätte, einschließlich seiner eigenen dreißigtausend Pfund. Paul hätte sich wieder verheiraten und Kinder bekommen können, und dann hätte er das Geld gebraucht. Das wäre doch eine ganz gerechte Regelung gewesen, oder nicht?« Harriet vermied es, darauf hinzuweisen, daß sehr viel einzuwenden gewesen wäre gegen eine Regelung, bei der der einzige Sohn mit den Zinsen von dreißigtausend Pfund abgespeist wird und das ganze Vermögen einem um vieles jüngeren Stiefvater zufällt.

»Ich halte es bestimmt für richtig, daß Sie Ihrem Sohn nur die Nutznießung des Kapitals zukommen lassen wollen, da er dazu neigt, das Geld zu verschleudern«, erwiderte Harriet ausweichend. »Auf diese Weise kann er auf jeden Fall mit einer bestimmten Summe im Jahr rechnen. Ich nehme an, daß Sie in Ihrem jetzigen Testament die Regelung beibehalten haben.«

»Ja, natürlich. Das heißt, ich werde es so machen. Ich muß nämlich gestehen, daß ich etwas nachlässig war. Ich habe mein Testament noch gar nicht gemacht. Ich bin bisher immer so gesund gewesen – aber jetzt muß ich es unbedingt tun. Sie wissen ja, wie man diese Dinge immer wieder aufschiebt.«

Immer wieder die alte Geschichte, dachte Harriet. Sie rechnete sich aus, daß Henry über hundertdreißigtausend Pfund erben würde, falls Mrs. Weldon plötzlich sterben sollte.

»Ich an Ihrer Stelle würde das Testament bald machen. Selbst junge und gesunde Menschen können plötzlich durch einen Unfall ums Leben kommen.«

»Sie haben ganz recht, aber seitdem der arme Paul gestorben ist, kann ich mich nicht zu geschäftlichen Dingen aufraffen ... Aber ich fürchte, ich langweile Sie mit meinem Geschwätz. Sie haben mich nach Paul gefragt, und ich bin ins Reden gekommen. Ich wollte Ihnen nur beweisen, daß Paul sich keine Sorgen über irgendwelche Spekulationen zu machen brauchte, weil er wußte, daß er von mir reichlich genug bekommen würde. Nebenbei bemerkt konnte er doch nicht ohne Geld spekulieren. Ich glaube auch kaum, daß er etwas vom Spekulieren verstanden hätte, denn er war ja so weltfremd und romantisch. Der arme, arme Junge.«

Schon möglich, dachte Harriet, aber fertiggebracht hat er es doch, sich an jemanden heranzumachen, der Geld hat. Für ein Vermögen von hundertdreißigtausend Pfund mochte sich ein bettelarmer Junge schon an eine alte Frau verkaufen. Aber hatte er tatsächlich die Absicht gehabt, sie zu heiraten? Wenn ja – weshalb wollte er dann aus dem Land fliehen? Hätte er nicht nur auf eine furchtbare Drohung oder auf ein sehr verlockendes Versprechen hin dieser goldenen Zukunft entsagt?

Und Henry? Selbst nach Abzug der Erbschaftssteuer wäre ihm ein beträchtliches Vermögen verblieben, und Morde waren schon oft für kleinere Summen begangen worden. Nun, Lord Peter hatte vor, sich Henry unter die Lupe zu nehmen. Mrs. Weldon unterbrach Harriets Überlegungen.

»Monsier Antoine hat ein merkwürdiges Gesicht, nicht wahr? Er scheint ein netter junger Mann zu sein, allerdings nicht sehr kräftig. Gestern hat er so lieb mit mir über Paul gesprochen, er scheint ihn sehr gern gehabt zu haben.«

Auch Lord Peter versuchte inzwischen, seine Zeit nützlich zu verwenden. Zum Ärger des Kommissars hielt er sich lange Zeit im Polizeirevier auf. Die Berichte über Bright liefen ein, und sie bestätigten dessen Geschichte. Er war tatsächlich von Seahampton, wo er in einer billigen Pension gewohnt hatte, mit dem von ihm angegebenen Zug nach Wilvercombe gefahren. Hier lebte er jetzt ruhig und friedlich in einem bescheidenen Zimmer; er empfing keine Besucher, und er machte keine Versuche, heimlich zu verschwinden. Die Polizei hatte ihn in Seahampton Merryweather gegenübergestellt, dem Mann, dem das Endicott-Rasiermesser ursprünglich gehört hatte. Die Erkundigungen über Brights Verbleib während der vergangenen Wochen hatten folgendes ergeben:

28. Mai Ankunft in Ilfracombe, aus London kommend. Vier Tage Arbeit. Wegen Untüchtigkeit und Trunksucht entlassen.

2. Juni Ankunft in Seahampton. Kaufte das Rasiermesser von Merryweather. Fünf Tage dort nach Arbeit gesucht. (Details überprüft.)

8. Juni Wilvercombe. Suchte Moreton auf, den Friseur an der Esplanade. Hörte, daß später vielleicht eine Stellung freiwerden würde. Erhielt Empfehlung an Ramage in Lesston Hoe. Fuhr am gleichen Tag nach Lesston Hoe und wurde bei Ramage angestellt.

15. Juni Wurde von Ramage entlassen. Wegen Untüchtigkeit und Trunksucht. Kehrte nach Wilvercombe zurück. Hörte von Moreton, daß die Stellung inzwischen vergeben war. (Dies war nicht der Fall, aber sein schlechter Ruf war ihm telefonisch vorausgeeilt.) Versuchte vergeblich, in zwei anderen Salons Arbeit zu bekommen. Schlief in dieser Nacht im Armenhaus.

16. Juni (Dienstag.) Bemühte sich weiter vergeblich um Arbeit. Verbrachte die Nacht in einer Arbeiterherberge, in der er kurz nach Mitternacht erschien. Man zögerte, ihn einzulassen, aber er wies einen Pfundschein vor, um zu beweisen, daß er für die Übernachtung zahlen könne.

17. Juni Fuhr mit dem Zug um neun Uhr siebenundfünfzig nach Seahampton. Bat im Salon eines Mr. Lyttleton um Arbeit. Hörte, daß Mr. Lyttleton fort war und wurde gebeten, am nächsten Morgen um elf Uhr dreißig wieder vorzusprechen. Besuchte zwei weitere Friseure. Nahm ein Zimmer in einem Gasthaus und verbrachte den Abend mit andern Gästen.

18. Juni (Tag von Alexis' Tod.) Verließ Gasthaus um zehn Uhr morgens, ging zur Stadtbibliothek, saß eine Stunde im Lesesaal und las die Stellenangebote in verschiedenen Zeitungen. Wurde vom Aufseher des Lesesaals identifiziert. Er erinnerte sich genau an Bright, weil dieser sich nach Daten der Veröffentlichung von lokalen Zeitungen erkundigt hatte. Er entsann sich auch, ihm das Regal gezeigt zu haben, auf dem die Telefon- und Adreßbücher lagen. Um elf Uhr hatte Bright gefragt, ob die Uhr im Lesesaal richtigginge, da er um elf Uhr dreißig eine Verabredung

habe. Er war um elf Uhr fünfzehn gegangen, früh genug, um seine Verabredung einzuhalten.

Die Verabredung war natürlich die mit Lyttleton, der ebenfalls keine Schwierigkeiten hatte, Bright zu identifizieren. Lyttleton war mit dem Elfuhrzwanzig-Zug zurückgekommen; bei seiner Ankunft im Geschäft wartete Bright bereits auf ihn. Er gab Bright versuchsweise Arbeit und sagte, er könne sofort anfangen. Mit Ausnahme der Stunde zwischen eins und zwei, während der er zum Essen gegangen war, war Bright den ganzen Tag über im Salon. Am Abend erklärte der Besitzer, daß seine Arbeit nicht zufriedenstellend wäre, und zahlte ihn aus. In dem kleinen Restaurant, in dem er behauptete, zu Mittag gegessen zu haben, konnte ihn niemand identifizieren, aber nur ein Zauberteppich hätte ihn innerhalb einer Stunde zum Teufelseisen und zurück befördern können. Welche Rolle Bright in der Tragödie auch spielen mochte, es war nicht die des Mörders.

Über Brights Vergangenheit war hauptsächlich deshalb wenig in Erfahrung zu bringen, weil er unter zahlreichen angenommenen Namen gelebt hatte, an die er sich teilweise angeblich selbst nicht mehr erinnern konnte. Die einzige diesbezügliche Aussage, die bisher mehr oder weniger bestätigt worden war, war diejenige, die sich auf das Friseurgeschäft in Massingbird Street in Manchester bezog. In dieser Straße hatte tatsächlich ein Friseurladen existiert, dessen Eigentümer Simpson hieß. Wie Bright gesagt hatte, war es äußerst schwierig, jemanden zu finden, der sich noch deutlich erinnerte, wie der Friseur Simpson aussah.

»Jedenfalls muß er irgendwann einmal in Manchester gelebt haben«, erklärte der Kommissar, »aber was er danach tat, ist nicht festzustellen.«

Auch über den alten Pollock und sein Boot hatte die Polizei etwas in Erfahrung gebracht. Ein junger Wachtmeister, der erst seit kurzem in Wilvercombe stationiert war und den die Fischer noch nicht kannten, war, als Feriengast verkleidet, mit seiner Freundin zum Strand gegangen und hatte Pollock gebeten, mit ihnen aufs Meer hinauszusegeln. Die Bootsfahrt war ziemlich unangenehm gewesen, weil die junge Dame seekrank wurde und weil Pollock sich recht unfreundlich benahm. Schließlich baten sie Pollock, möglichst nah am Teufelseisen vorbeizufahren, weil sich die junge Dame für die Bergungsmanöver interessierte. Während der Fahrt untersuchte der Wachtmeister das Boot, um zu sehen, ob vielleicht irgendwo Blutspuren wären. Er gab vor, versehentlich eine Münze hinuntergeworfen zu haben, und bestand darauf, daß die Bodenbretter herausgenommen wurden. Er suchte den feuchten Zwischenraum unter den Brettern mit seiner Taschenlampe ab, ohne jedoch irgendwelche Blutflecken oder -spritzer zu entdecken.

»Selbstverständlich haben wir uns über den Paß informiert«, sagte der Kommissar leicht gekränkt, als Wimsey ihn danach fragte. »Glaubt Mylord wirklich, daß wir das übersehen haben könnten?« Alexis hatte natürlich einen Paß, und er hatte sich ein Visum für Frankreich geben lassen – nur für Frankreich – aber der Konsul in Paris hätte selbstverständlich weitere Visen erteilen können.

»Das bestärkt die Theorie, daß sich unser junger Freund aus dem Staub machen wollte, nicht wahr?«

»Allerdings, Mylord, und falls er an einen entlegenen Ort in Zentraleuropa fahren wollte, wären die Goldstücke vielleicht praktischer als Geldscheine gewesen. Ich gebe offen zu, daß ich jetzt in gewisser Beziehung mit Ihnen übereinstimme, Mylord. Dieser Mann hatte ein bestimmtes Ziel vor Augen, und es war kein Selbstmord. Außerdem trug er die dreihundert Pfund in Gold bei sich, und Morde sind oft kleinerer Summen wegen verübt worden. Jedenfalls nehmen wir an, daß er das Geld bei sich hatte. Sicher werden wir erst sein, nachdem die Leiche gefunden worden ist.«

»Falls er nicht des Geldes wegen ermordet wurde«, sagte Wimsey.

»Vielleicht findet man den Gürtel oder die Tasche, in der er die Münzen bei sich trug, noch vor«, sagte der Kommissar ohne Überzeugung. »Aber höchstwahrscheinlich würde der Mörder Geldtasche oder Gürtel ebenfalls mitgenommen haben.« Der Kommissar machte ein ziemlich unglückliches Gesicht. »Aber er könnte Papiere bei sich gehabt haben, die wir finden sollten, falls der Mörder sie sich nicht auch angeeignet hat oder falls sie nicht vom Meer verschlungen worden sind.«

»Ich glaube, etwas prophezeien zu können«, erklärte Wimsey. »Ich nehme an, daß Alexis ermordet worden ist, aber nicht des Geldes wegen – ich spreche von den dreihundert Pfund in Gold.«

»Glauben Sie wirklich, Mylord?«

»Ich bin ziemlich fest davon überzeugt.«

»Wieso?« fragte der Kommissar.

»Gerade darum, weil ihr die Leiche noch nicht gefunden habt.«

»Ich verstehe nicht recht, Mylord«, sagte der Kommissar verdutzt.

»Dann denken Sie mal darüber nach!« erwiderte Lord Peter mit einem ironischen Lächeln.

Wimsey ging zurück zum Bellevue, wo er einen Brief von Harriet vorfand, in dem sie ihre Unterhaltung mit Mrs. Weldon beschrieb.

Er runzelte die Stirn und dachte einen Augenblick nach. Dann ließ er Bunter bestellen, daß er sofort zu ihm kommen möchte..

»Mein guter Bunter«, sagte er, »es wird Zeit, daß Sie einen Ausflug nach Huntingdonshire machen.«

»Wie sie wünschen, Mylord.«

»Sie werden nach Leamhurst fahren und sich dort so eingehend wie möglich nach Mr. Henry Weldon erkundigen, der in der Nähe ein Gut besitzt.«

»Sehr wohl, Mylord.«

»Es ist nur ein kleines Dorf, deshalb müssen Sie dort aus einem bestimmten Grund auftauchen. Ich schlage vor, daß Sie sich ein Auto kaufen oder mieten, mit dem Sie eine Panne haben werden.«

»Ich verstehe, Mylord.«

»Hier sind dreißig Pfund. Wenn Sie mehr brauchen, lassen Sie es mich wissen.«

»Sehr wohl, Mylord.«

»Sie werden selbstverständlich im größten Gasthaus absteigen und sich bemühen, in der Wirtsstube alles Wissenswerte zu erfahren.«

»Versteht sich, Mylord.«

»Sie werden vor allem versuchen, soviel wie möglich über Mr. Weldons finanzielle Lage und seinen Ruf in Erfahrung zu bringen.«

»Jawohl, Mylord.«

»Sie werden sich sofort auf den Weg machen.«

»Sehr wohl, Mylord.«

»Worauf warten Sie noch?«

»Ich möchte nur noch darauf hinweisen, Mylord, daß Ihre Smokinghemden in der zweiten Schublade liegen und die seidenen Socken im dritten Fach rechts im Schrank. Darüber befinden sich die schwarzen Krawatten.«

»Sehr wohl, Bunter«, sagte Wimsey rein mechanisch.

Zehn Minuten später war Mr. Bunter, mit dem Koffer in der Hand, auf dem Weg zum Bahnhof.

18. Die Schlange

Mittwoch, den 24. Juni

Nach dem türkischen Bad ging Miss Harriet Vane einkaufen. Zum zweitenmal seit ihrer Ankunft in Wilvercombe war der Einkauf von dem Wunsch diktiert, einem Mann zu gefallen. Sie war auf der Suche

nach einem Nachmittagskleid. Und warum? Weil sie zu einem Ausflug mit anschließendem Picknick eingeladen war.
Für den Ausflug, den sie mit Lord Peter gemacht hatte, waren der alte Tweedrock und der abgetragene Pullover gut genug gewesen, nicht aber für ihre heutige Verabredung mit Mrs. Weldon und Henry.
Die merkwürdigen Hemmungen, die daran schuld waren, daß sie Lord Peter gegenüber oft kurz und unfreundlich war, traten im Umgang mit Henry Weldon nicht zutage. Ihm gegenüber gab sie sich als süßes kleines Weibchen, und Lord Peter wäre höchst erstaunt gewesen, hätte er sie beobachten können.
Sie wählte ein Kleid mit einem enganliegenden Oberteil, das die Figur modellierte, und einem weiten Rock, der bei jedem Schritt graziös um ihre Knöchel spielte. Der Reiz dieser Toilette wurde noch erhöht durch einen riesigen Hut, der eine Gesichtshälfte nahezu verdeckte, während die auf der andern Seite hochgeschlagene Krempe die vom Friseur des Resplendent kunstvoll gelockten schwarzen Haare vorteilhaft zur Geltung brachte. Beigefarbene Schuhe mit hohen Absätzen, Seidenstrümpfe, bestickte Handschuhe und ein Handtäschchen vervollständigten diese verführerische, für einen Ausflug jedoch unangebrachte Toilette. Mit diskret zurechtgemachtem Gesicht nahm sie lächelnd neben Henry Platz, der den Führersitz innehatte. Mrs. Weldon saß im Fond der eleganten Limousine. Zu ihren Füßen stand ein großer Picknick-Korb, auf dem Sitz neben ihr befand sich eine Kiste mit Flaschen.
Henry nahm die Bemühungen, die Harriet für ihn gemacht hatte, geschmeichelt zur Kenntnis. Ebenso geschmeichelt fühlte er sich, daß Harriet seinen Fahrkünsten offene Bewunderung entgegenbrachte. Er war ein recht unvorsichtiger und rücksichtsloser Fahrer, wie Harriet zu ihrer Bestürzung feststellen mußte. Aber selbst als Henry in rasendem Tempo eine Kurve nahm und fast im Graben landete, bemerkte sie nur lächelnd, daß die schnelle Fahrt sie ein wenig nervös mache. »Diese verdammten Vehikel sind sinnlos, wenn man nicht wenigstens schnell mit ihnen fährt. Auch dann ist es keine Freude, mit ihnen durch die Gegend zu sausen«, bemerkte Henry. »Ich bin mehr für frische Luft und Landleben. Benzingestank und geschlossene Wagen kann ich nicht vertragen. Pferdezucht ist mehr nach meinem Geschmack; leider kann man heutzutage damit nicht mehr reich werden.«
Harriet sagte, daß auch sie Pferde so liebe und wie wunderschön es sein müsse, auf dem Land zu leben.
»Sehr schön, wenn man nicht darauf angewiesen ist, sich mit der

Landwirtschaft seinen Lebensunterhalt zu verdienen«, sagte Henry. »Ich persönlich kann allerdings nicht klagen, wie die Dinge liegen«, fügte er schnell hinzu.

»Das freut mich«, erwiderte Harriet. »Und wie schön, daß Sie sich frei machen und hierherkommen konnten. Ein gutgeführter Gutsbetrieb läuft sozusagen von selber.«

Henry sah sie etwas mißtrauisch von der Seite an, aber sie lächelte unschuldig. »War nicht so leicht, wie Sie denken«, erwiderte er. »Aber ich konnte Mutter doch nicht im Stich lassen.«

»Nein, natürlich nicht. Ganz großartig von Ihnen, wie Sie sofort hergekommen sind, um ihr beizustehen ... Und ich persönlich bin froh, mich einmal mit einem interessanten Menschen unterhalten zu können.«

»Wirklich? Halten Sie etwa nicht viel von Ihren aristokratischen Bekannten?«

»Falls Sie von Lord Peter sprechen« – Harriet rümpfte leicht die Nase – »na ja, er ist natürlich sehr nett, aber ein bißchen – Sie wissen schon, was ich meine ...«

»Sie meinen, er spielt sich mächtig auf, was?«

»Ja, allerdings.«

»Affektierter Bursche! Wenn Sie ihm seinen Smoking fortnehmen, seinen Butler und seinen Daimler ... Redet sich ein, reiten zu können, weil er einmal mit einer eleganten Jagdgesellschaft den Bauern die Felder zertrampelt hat ... Aber ich will nicht weiter über Ihren Freund herziehen. Ich möchte nur wissen ...«

»Was möchten Sie wissen?«

»Ach, gar nichts.«

»Heraus mit der Sprache. Was also?«

»Warum er hier ist.«

»Ach so.« Harriet lugte kokett hinter ihrer übertrieben breiten Hutkrempe hervor. »Er behauptet, sich für dieses Verbrechen zu interessieren, oder was es ist.«

»Aber Sie wissen, daß das nicht stimmt, was?« sagte Henry und gab Harriet einen plump-vertraulichen Rippenstoß. »Na ja, deswegen mache ich ihm keine Vorwürfe, aber er sollte sich davor hüten, alten Damen falsche Hoffnungen zu machen ... Schicken Hut haben Sie auf, steht Ihnen verdammt gut, nur etwas zu groß für meinen Geschmack. Man kann Ihnen nicht richtig nahe kommen; ich möchte nämlich meiner Mutter wegen nicht zu laut sprechen.«

Er steckte seinen Kopf so weit wie möglich unter Harriets Hutkrempe und flüsterte: »Würden Sie mir einen Gefallen tun?«

»Natürlich, ich tue alles für Sie, was ich nur kann.«
»Sehr nett von Ihnen. Versuchen Sie doch, Ihren Freund Wimsey dazu zu bringen, die Sache fallenzulassen. Solange die alte Dame an diese Bolschewistenidee glaubt, wird sie nicht von hier wegzubringen sein. Aber die ununterbrochene Aufregung ist nicht gut für sie. Außerdem macht sie sich lächerlich. Ich möchte, daß sie diesen Kurort verläßt; auch ich selbst will so bald wie möglich auf mein Gut zurückfahren.«
»Ja, ich verstehe, und ich werde mein Bestes tun.«
»Sehr nett von Ihnen«, sagte Henry wiederholt und klopfte Harriet ermutigend auf den Schenkel. »Ich habe gleich gewußt, daß wir beide uns verstehen werden.«
Harriet lächelte gezwungen.
»Ich weiß natürlich nicht, ob es mir gelingen wird, ihn davon abzubringen. Sie wissen ja, wie Männer sind.«
»Wetten, daß *Sie* das auch ganz gut wissen?« sagte Henry augenzwinkernd. Ihm war es offensichtlich nicht entgangen, daß er es mit einer ziemlich berüchtigten jungen Dame zu tun hatte. »Erwähnen Sie nicht, daß ich mit Ihnen darüber gesprochen habe. Versuchen Sie es auf eigene Faust. Sie können ihn doch bestimmt um den kleinen Finger wickeln, was?«
»Nein, nein. Sie überschätzen meinen Einfluß.«
Sein ordinäres Benehmen, seine rauhe Haut und die kleinen Haarbüschel in seinen Ohren widerten sie an.
»Bitte fahren Sie nicht so . . . nur mit einer Hand auf dem Lenkrad. Ich meine, falls uns plötzlich ein anderer Wagen entgegenkäme . . .«
Henry lachte und klopfte ihr wieder auf den Schenkel. »Geht in Ordnung. Nur keine Aufregung. Ich passe auf Sie auf, Sie passen auf mich auf – einverstanden? Schließen wir ein Bündnis.«
»Ist mir recht.«
»Schön. Und wenn diese unangenehme Sache vorüber ist, müssen Sie uns unbedingt besuchen. Meine Mutter hält große Stücke auf Sie. Wie wäre es, wenn Sie mit mir zusammen auf mein Gut kommen würden?«
»Gern. Das ist eine wunderbare Idee.« Sie spielte ihre Rolle weiter, indem sie vorgab, sehr von Henry beeindruckt zu sein. »In London trifft man immer dieselben Männer – man bewegt sich nach wie vor in den gleichen engstirnigen, literarischen Kreisen. Sie kommen wohl nie nach London, Mr. Weldon?«
»Nein. Ich kann es nicht ausstehen.«

»Dann hat es, fürchte ich, keinen Sinn, Sie zu fragen, ob Sie mich einmal besuchen wollen.«
»Da irren Sie sich aber gewaltig. Sie brauchen mich nicht zweimal zu bitten. Wo wohnen Sie?«
»Ich habe eine kleine Wohnung in Bloomsbury.«
»Leben Sie ganz allein?«
»Ja.«
»Ist das nicht ein bißchen einsam?«
»Manchmal ja. Aber ich habe einen großen Freundeskreis. Hätten Sie Lust, einmal zum Tee zu kommen?«
»Ja, furchtbar gern, und danach könnten wir zusammen zu einer Schau gehen.«
»Das wäre sehr schön.«
Bildete sich Henry in seiner ungeheuren Eitelkeit tatsächlich ein, eine Eroberung gemacht zu haben? Dachte er wirklich, daß Harriet Vane für jeden Mann zu haben war? Glaubte er im Ernst, daß sie ihn Lord Peter vorziehen könnte? Furchtbare Vorstellung!
Er glaubte es tatsächlich! Wenige Minuten später erklärte er ihr ohne Umschweife, daß er selbst doch eine nette Abwechslung für sie wäre und daß er nicht begreife, was eine Frau wie sie an einem Mann wie Wimsey sehen könne. Im ersten Augenblick war sie vor Wut sprachlos, aber dann fand sie Henry nur noch komisch. Wenn er das glaubte, konnte man ihm alles einreden. Seiner Ansicht nach konnte sie die Männer um den kleinen Finger wickeln – gut, sie würde mit *ihm* anfangen. Sie würde ihn ganz gewaltig an der Nase herumführen!
Sie bat ihn, nicht so laut zu sprechen; sie wollte nicht, daß seine Mutter jedes Wort hörte. Daraufhin benahm sich Henry anständig bis zu ihrer Ankunft an dem Ort, der für das Picknick vorgesehen worden war. Hier sah er sich gezwungen, sie wegen der Gegenwart seiner Mutter mit formeller Höflichkeit zu behandeln. Erst nach dem Picknick hatte Henry Gelegenheit, allein mit Harriet zu sein, als sie zusammen die Teller in einem Flüßchen in der Nähe des Rastortes abwuschen. Selbst dabei gelang es Harriet, sich seinen Annäherungsversuchen zu entziehen, indem sie ihm das Spülen überließ, während sie mit einem Wischtuch daneben stand. Er hatte sich die Ärmel hochgekrempelt und ließ sich gutwillig von ihr herumkommandieren. Aber der unvermeidliche Augenblick kam, als er ihr den Stoß abgewaschener Teller in die Hand gegeben hatte. Er faßte die Gelegenheit beim Schopf und schlang seine Arme um ihre Taille. Sie ließ die Teller fallen und versuchte ihn mit gesenktem

Kopf von sich zu stoßen, wobei ihr der große Hut über das Gesicht rutschte und so eine willkommene Trennungswand bildete.
»Verflucht noch mal«, sagte Henry. »So brauchen Sie mich doch nicht zu behandeln ...«
In diesem Augenblick bekam Harriet einen wirklichen Schrecken. Sie stieß einen schrillen Angstschrei aus; dann gab sie ihm eine kräftige Ohrfeige. Henry lockerte erschrocken seinen Griff. Sie machte sich von ihm los, und schon erschien Mrs. Weldon, die den Schrei gehört hatte, auf der Bildfläche.
»Was ist denn nur geschehen?«
»Ich habe eine Schlange gesehen«, sagte Harriet in wilder Erregung. »Es war bestimmt eine Viper.«
Sie stieß einen weiteren Schrei aus, in den Mrs. Weldon einfiel, da sie sich ebenfalls vor Schlangen fürchtete. Henry hob fluchend die Teller auf und befahl seiner Mutter, sich nicht so dumm anzustellen.
»Gehen wir zurück zum Auto«, sagte sie. »Ich bleibe auf keinen Fall noch länger hier.«
Auf dem Rückweg zum Wagen machte Henry ein beleidigtes Gesicht. Harriet, die wirklich sehr blaß aussah, bestand darauf, mit Mrs. Weldon im Fond des Wagens zu sitzen. Letztere machte sich um sie mit einem Riechfläschchen zu schaffen und gab ihr tiefes Mitgefühl durch Ausrufe des Entsetzens und des Mitleids zu erkennen.
In Wilvercombe angekommen, hatte Harriet ihre Fassung halbwegs wiedergewonnen; sie bedankte sich bei Henry für die Ausfahrt und entschuldigte sich, weil sie sich so kindisch benommen hatte. Jedoch war sie noch immer nervös und weigerte sich, mit ins Hotel zu kommen. Statt dessen wollte sie unbedingt allein zu ihrem Zimmer in Mrs. Lefrancs Haus zurückgehen. Henry, der noch immer gekränkt war, bestand nicht darauf, sie zu begleiten.
Aber Harriet ging nicht nach Hause, sondern in die nächste Telefonzelle; sie rief beim Bellevue an und verlangte, Lord Peter zu sprechen. Da er ausgegangen war, hinterließ sie eine Nachricht: Würde er bitte sofort nach seiner Rückkehr zu Miss Vane kommen. Es sei sehr dringlich.
In ihrem Zimmer angelangt, setzte sich Harriet auf Paul Alexis' Stuhl und starrte auf Paul Alexis' Ikone. Sie war bestürzt und verwirrt.
Sie hatte eine volle Stunde tief in Gedanken versunken dagesessen, ohne auch nur den Hut abzunehmen oder die Handschuhe auszu-

ziehen, als Wimsey atemlos die Treppe heraufgeeilt kam und ohne anzuklopfen ihr Zimmer betrat.

»Hallo, hallo! Hier bin ich. Was ist los? Ist etwas Aufregendes geschehen? . . . Einen Moment. Was haben Sie denn? Warum sind Sie so verstört?«

»Peter! Ich glaube, mich hat ein Mörder geküßt.«

»Das geschieht Ihnen recht, das kommt davon, wenn Sie sich von jemand anders als von mir küssen lassen. Wirklich, das ist die Höhe! Sie wehren sich, wenn ein hochanständiger, ehrenwerter Mensch wie ich sich Ihnen nähern will, aber die widerwärtigen Umarmungen und Küsse eines Mörders lassen Sie sich gefallen. Ich kann die Mädchen von heute nicht mehr verstehen.«

»Er hat mich, genau genommen, nicht geküßt, er hat mich nur an sich gepreßt.«

»Das genügt. Es ist einfach scheußlich, es ist widerlich. So, und jetzt nehmen Sie diesen vulgären, idiotischen Hut vom Kopf, und dann erzählen Sie mir von diesem niederträchtigen Wüstling, der durch die Gegend streicht, um Frauenzimmer mit bemalten Gesichtern an sich zu pressen, anstatt sein Vogelgehirn auf seine Morde zu konzentrieren.«

»Also gut, Peter. Machen Sie sich auf etwas gefaßt. Es war Haviland Martin.«

»Haviland Martin?«

»Jawohl. Haviland Martin.«

Wimsey legte seinen Hut und seinen Stock auf den Tisch in der Nähe des Fensters. Dann setzte er sich Harriet gegenüber auf einen Sessel.

»Ich bin sprachlos – wie vom Donner gerührt. Bitte erklären Sie sich. Ich dachte, Sie hätten den Nachmittag mit den Weldons verbracht.«

»Das habe ich auch.«

»Ist Haviland Martin etwa ein Freund von Henry Weldon?«

»Haviland Martin ist Henry Weldon.«

»Was? Sie haben sich in den Armen von Henry Weldon gewälzt?«

»Nur im Interesse der Gerechtigkeit. Außerdem habe ich ihm eine Ohrfeige gegeben.«

Harriet beschrieb die Ereignisse des Nachmittags der Reihe nach. Wimsey hörte ihr ruhig zu, bis sie den Zwischenfall beim Geschirrspülen beschrieb.

»Ich versuchte, mich ihm zu entziehen, dabei fiel mein Blick auf seinen Arm, den er um meine Taille gelegt hatte... Ich glaubte, meinen Augen nicht zu trauen, denn eine tätowierte Schlange befand sich auf der Innenseite seines Armes, genau wie bei Martin. Plötzlich erinnerte ich mich, daß mir sein Gesicht irgendwie bekannt vorgekommen war, als ich ihn kennenlernte – und dann kam mir zu Bewußtsein, wer er war.«

»Haben Sie ihm das gesagt?«

»Nein. Ich habe nur einen Schrei ausgestoßen, und daraufhin kam Mrs. Weldon angelaufen und fragte, was los wäre. Ich sagte, ich hätte eine Schlange gesehen – etwas anderes fiel mir im Augenblick nicht ein, und es stimmte ja auch.«

»Und was sagte Henry?«

»Gar nichts. Er war ziemlich verärgert. Er dachte natürlich, daß ich nur geschrien hätte, weil er mich küssen wollte. Das konnte er seiner Mutter jedoch nicht sagen.«

»Nein. Aber glauben Sie, daß er etwas geahnt hat?«

»Ich glaube es nicht. Ich hoffe es nicht.«

»Ich hoffe es auch nicht, denn dann würde er wahrscheinlich ausreißen.«

»Stimmt. Ich hätte ihn nicht mehr aus den Augen lassen dürfen. Aber das brachte ich mit dem besten Willen nicht fertig, Peter. Ich bekam es – ehrlich gesagt – mit der Angst zu tun. Ich dachte an Alexis und wie ich ihn blutüberströmt, mit durchschnittener Kehle, aufgefunden hatte, und der Gedanke war grauenhaft – unerträglich.«

»Einen Augenblick. Sind Sie ganz sicher, daß Sie sich nicht geirrt haben? War es wirklich dieselbe Schlange? Sind Sie überzeugt, daß Weldon und Martin ein und dieselbe Person sind?«

»Ja, ich bin fest davon überzeugt. Er hat das gleiche Profil, die gleiche Größe – selbst die gleiche Stimme – nur die Haarfarbe ist anders, aber er könnte sich das Haar gefärbt haben.«

»Durchaus möglich. Sein Haar sieht sehr stumpf und unnatürlich aus, als wäre es vor kurzem gefärbt und dann wieder gebleicht worden. Wenn Weldon wirklich Martin sein sollte, müssen wir der Sache ernsthaft nachgehen, aber reden Sie sich nicht ein, daß er der Mörder ist. Wir haben bewiesen, daß Martin den Mord – rein zeitlich – nicht begangen haben kann. Hatten Sie das vergessen?«

»Ich fürchte, ja. Es erschien mir ganz selbstverständlich, daß er nichts Gutes im Schilde führte; warum wäre er sonst in dieser Verkleidung in Darley gewesen?«

»Natürlich hat er nichts Gutes im Schilde geführt. Aber was immer es war, er kann keinesfalls gleichzeitig an zwei Orten gewesen sein.«

»Nein. Wie dumm ich bin, wie töricht! Ich sitze verzweifelt hier und zerbreche mir gar den Kopf, wie man es Mrs. Weldon schonend beibringen kann.«

»Wir werden ihr wohl auf jeden Fall etwas sagen müssen, denn Henry ist in die Angelegenheit verwickelt, selbst wenn er den eigentlichen Mord nicht begangen hat«, sagte Wimsey ernst. »Ich möchte nur wissen, warum er überhaupt in Darley war?«

»Das weiß der Himmel.«

»Er muß mit der braunen Stute zu tun gehabt haben – aber was? Ich kann es mir mit dem besten Willen nicht erklären; ich fühle mich geschlagen, Harriet, geschlagen.«

»Ich auch.«

»Uns bleibt nur noch eins übrig – wir müssen ihn selbst fragen. Wir dürfen die Möglichkeit nicht völlig ausschalten, daß es eine ganz unschuldige Erklärung gibt. Wenn wir ihn fragen, muß er sich auf die eine oder andere Weise festlegen.«

»Hm... damit käme es dann zum offenen Krieg.«

»Nicht unbedingt. Wir brauchen ihm nicht zu sagen, welchen Verdacht wir haben. Aber ich glaube, Sie überlassen das lieber mir.«

»Das glaube ich auch. Ich fürchte sehr, daß ich Henry falsch behandelt habe.«

»Machen Sie sich darüber keine Gedanken. Jedenfalls haben Sie eine wichtige Entdeckung gemacht. Und jetzt werden wir uns unseren Freund Henry noch einmal gründlich vornehmen. Ich möchte sofort ins Resplendent gehen, um mich zu versichern, daß er keine Lunte gerochen hat.«

Wimsey ging ins Hotel und fand Henry seelenruhig mit anderen Hotelgästen beim Bridgespiel. Sollte er ihn unterbrechen oder warten? Besser vielleicht warten und das Thema am nächsten Morgen, wie zufällig, zur Sprache bringen. Er bat den Nachtportier, ihn zu verständigen, falls Mr. Weldon Anstalten zur Abreise machen sollte. Dann zog er sich in seine eigenen Gemächer zurück, um in Ruhe nachdenken zu können.

19. Die Aussage des verkleideten Autofahrers

Donnerstag, den 25. Juni

Mr. Weldon machte sich nicht aus dem Staub. Wimsey war am nächsten Morgen froh, gewartet zu haben, da ein Brief von Oberkommissar Parker eingetroffen war.

»Mein lieber Peter,
was wirst Du wohl als nächstes von mir wissen wollen? Ich habe einiges in Erfahrung gebracht, und ich werde Dich über etwaige weitere Entwicklungen auf dem laufenden halten.
Erstens: Mr. Haviland Martin ist kein bolschewistischer Geheimagent. Das Bankkonto in Cambridge besitzt er schon ziemlich lange, ebenso ein kleines Haus mit dazugehöriger Dame, in einem Vorort der Stadt. Das Haus hat er, glaube ich, im Jahre 1925 gemietet, und von Zeit zu Zeit erscheint er dort, und zwar unweigerlich mit einer dunklen Brille. Ein Mr. Henry Weldon aus Leamhurst hat für ihn bei der Bank gutgesagt. Martins Konto ist nur klein, aber es hat bisher keinerlei Schwierigkeiten bei der Bank gegeben. Man nimmt an, daß er ein Handelsreisender ist. Die Angaben deuten darauf hin, daß der Herr ein Doppelleben führt, aber die Bolschewisten-Theorie kannst du getrost vergessen.
Ich hatte gestern abend Gelegenheit, ein Wort mit Jack Morris zu wechseln, der mit den Linksradikalen in Verbindung steht.
Er weiß nichts von kommunistischen Umtrieben oder etwaigen Geheimagenten in Wilvercombe. Du mußt auf eine falsche Spur geraten sein.
Übrigens will die Polizei in Cambridge, die uns telefonisch über Martin Bescheid gesagt hat, unbedingt wissen, was gespielt wird. Zuerst Anfragen aus Wilvercombe, dann von mir! Glücklicherweise kenne ich den dortigen Polizeipräsidenten persönlich und konnte ihn dazu bekommen, ein energisches Wort mit den Bankleuten zu reden. Ich ließ durchblicken, daß es sich um einen Fall von Bigamie handelt! Bei Bigamie fällt mir ein, daß Mary Dich grüßen läßt und wissen möchte, ob Du Dich in absehbarer Zeit zur Monogamie entschließen wirst. Sie wünscht, daß ich Dir auf Grund meiner eigenen Erfahrungen zuraten soll, was ich hiermit, ihrem Befehl folgend, auch tue.

Herzliche Grüße,
Dein Charles.«

Henry Weldon begrüßte Wimsey wie gewöhnlich in einem plump-vertraulichen Ton. Lord Peter ließ sich diese familiäre Art so lange gefallen, wie er es für nötig hielt, dann sagte er wie von ungefähr:
»Sie haben Miss Vane gestern übrigens einen ganz schönen Schrecken eingejagt, Weldon.«
Henry warf ihm einen unfreundlichen Blick zu.
»Wirklich? Ich habe Ihnen keine Rechenschaft über mein Benehmen abzulegen.«

»Ich sprach nicht von Ihren Manieren, obwohl ich sie ziemlich befremdend finde. Aber warum erwähnten Sie nicht, daß Sie sich bereits begegnet waren?«

»Aus dem einfachen Grund, weil wir uns niemals begegnet sind.«

»Erzählen Sie mir keine Märchen, Weldon. Denken Sie doch an den vorigen Donnerstag – in der Hinks Lane.«

Henry verfärbte sich.

»Ich weiß nicht, worüber Sie sprechen.«

»Wirklich nicht? Jedenfalls kann ich Ihnen nur einen Rat geben: Wenn Sie inkognito herumreisen wollen, müssen Sie die Tätowierung auf Ihrem Arm loswerden. Wie ich höre, soll es am einfachsten sein, in Fleischfarbe nachzutätowieren.«

»Also *das* hat die Kleine gemeint«, sagte Weldon lachend, nachdem er Wimsey eine Weile stumm angestarrt hatte. »Kluges Weibsbild, Wimsey.«

»Ich muß Sie doch sehr bitten, in ziemlicher Weise von Miss Vane zu sprechen«, sagte Wimsey. »Sie würden mich dadurch der unangenehmen Aufgabe entheben, Ihnen die Zähne einzuschlagen.«

»Schon gut. Nur keine unnötige Aufregung.«

»Nun möchte ich wissen, was Sie in Ihrer Verkleidung in Darley zu tun hatten.«

»Was geht Sie das an?«

»Gar nichts. Aber die Polizei könnte sich dafür interessieren, wie für alles, was sich am vorigen Donnerstag ereignet hat.«

»Aha! Sie möchten mir wohl gern etwas anhängen, was? Aber das wird Ihnen nicht gelingen, darauf können Sie Gift nehmen. Gut, ich bin unter einem anderen Namen hergekommen, und warum? Weil meine Mutter nichts von meiner Anwesenheit erfahren sollte.«

»Warum nicht?«

»Ich will ganz ehrlich zu Ihnen sein: weil mir diese Alexis-Geschichte nicht gepaßt hat und weil ich herausfinden wollte, was vorgeht. Wenn die Hochzeit wirklich hätte stattfinden sollen, wollte ich sie verhindern.«

»Und dazu mußten Sie sich eine dunkle Brille aufsetzen und sich die Haare färben?«

»Natürlich hätte ich die Turteltauben einfach aufschrecken und Alexis verscheuchen können. Und was dann? Sollte ich es riskieren, nach einem Riesenkrach mit meiner Mutter enterbt zu werden? Nein, ich wollte mir den jungen Mann allein vorknöpfen und versuchen, ihn mit Hilfe einer Abfindung loszuwerden.«

»Dazu hätten Sie allerdings über das nötige Bargeld verfügen müssen«, sagte Wimsey trocken.
»Nicht unbedingt. Ich war darüber informiert, daß Alexis eine kleine Freundin hatte, und wenn meine Mutter davon erfahren hätte...«
»Ich verstehe – eine kleine Erpressung. Sie hofften, Einzelheiten über Alexis' Liebesleben zu erfahren und ihn dann vor die Wahl zu stellen: entweder würden Sie Mrs. Weldon die Wahrheit sagen, und dann müßte Alexis wahrscheinlich mit leeren Händen abziehen, oder er würde selbst einen verhältnismäßig kleinen Betrag von Ihnen annehmen und aufhören, den getreuen Liebhaber zu spielen. Stimmt das?«
»Ja.«
»Und warum Darley?«
»Weil ich fürchtete, der alten Dame in Wilvercombe in die Arme zu laufen. Das liebende Mutterauge läßt sich nämlich weder von einer dunklen Brille noch von gefärbtem Haar täuschen.«
»Darf ich fragen, ob Ihre Nachforschungen in Liebesdingen ein Ergebnis gezeitigt haben?«
»Kein großes. Ich kam erst am Dienstagabend an, und ich habe fast den ganzen Mittwoch mit dem Versuch verbracht, das Auto zu reparieren.«
»Dabei fällt mir noch etwas ein – war es wirklich nötig, ein Auto zu mieten?«
»Ja, da meine Mutter meine eigene Karre bestimmt erkannt hätte; sie hat eine ziemlich auffallende Farbe.«
»Sie scheinen sich alles reiflich überlegt zu haben. Hat eigentlich die Garage, von der Sie das Auto mieteten, irgendwelche Schwierigkeiten gemacht? Aber nein, ich nehme die Frage zurück, da Sie das Auto sicherlich unter Ihrem richtigen Namen gemietet haben.«
»Nein, das habe ich, ehrlich gesagt, nicht getan. Ich hatte einen anderen Namen und eine Adresse bereit, die ich angab. Den Namen benutze ich gelegentlich, wenn ich ganz heimlich, still und leise einen Abstecher nach Cambridge mache. Natürlich handelt es sich dabei um einen Damenbesuch; nette kleine Frau, aber irgendwo im Hintergrund gibt es einen Ehemann. Er will sich nicht von ihr scheiden lassen, und mir paßt das auch ganz gut in den Kram. Meine Mutter darf natürlich keinesfalls etwas davon erfahren. In Cambridge klappt die Sache ganz ausgezeichnet, und in den Augen der Welt sind wir Mr. und Mrs. Haviland Martin. Alles, wie es sich gehört, verstehen Sie?«

»Ja, ich verstehe. Treten Sie in Cambridge auch in Ihrer Verkleidung auf?«

»Ich setze mir die dunkle Brille auf, wenn ich zur Bank gehe. Einige meiner lieben Nachbarn haben dort ebenfalls ihre Konten.«

»Wie gut Sie sich das alles ausgedacht haben – man kann Ihnen nur gratulieren. Mrs. Martin muß eine sehr glückliche Frau sein. Ich bin allerdings erstaunt, daß Sie auch Miss Vane mit Ihren Aufmerksamkeiten beehren.«

»Sie war ziemlich entgegenkommend. Außerdem wollte ich auch herausfinden, was das Mädel – Verzeihung, die junge Dame – sich eigentlich von meiner Mutter erhoffte.«

Wimsey lachte. »Sie haben Ihr also den Hof gemacht, um ihr auf die Schliche zu kommen. Wieder einmal zwei Seelen und ein Gedanke. Miss Vane hatte nämlich genau die gleiche Absicht – sie wollte herausfinden, warum Sie uns unbedingt loswerden wollen. Sehr drollig! So, und jetzt können wir die Masken fallenlassen und ganz offen miteinander reden, nicht wahr?«

Henry Weldon sah Wimsey mißtrauisch an. Er hatte das dunkle Gefühl, in eine Sackgasse getrieben worden zu sein und dachte, daß diese Offenheit etwas einseitig sei.

»Ja, sicher«, erwiderte er nach einigem Zögern. »Aber ich möchte nicht, daß meine Mutter etwas erfährt«, fügte er ängstlich hinzu.

»Das wird sich machen lassen, aber ich kann nicht verhindern, daß Miss Vane darüber mit Kommissar Umpelty spricht.«

»Macht nichts.« Weldon atmete sichtlich auf. »Vor der Polizei habe ich nichts zu verbergen. Nicht das geringste. Jedenfalls will ich jetzt ganz offen sein, falls Sie mir einen kleinen Gefallen tun können. Sie und Kommissar Umpelty sind doch ein Herz und eine Seele, nicht wahr? Machen Sie ihm bitte klar, daß ich nichts auf dem Kerbholz habe und daß man mich gefälligst in Frieden lassen möchte.«

»Ja, netter Bursche, der Inspektor. Jedenfalls nicht seine Sache, Vertraulichkeiten auszuplaudern. Ich sehe nicht ein, warum Mrs. Weldon etwas von der Sache erfahren sollte. Wir Männer müssen zusammenhalten.«

»Durch dick und dünn«, fügte Henry Weldon hinzu. Durch schlechte Erfahrung keineswegs abgeschreckt, ging er ein weiteres Bündnis ein. »Also, hören Sie zu: Ich kam am Dienstagabend in Darley an und bekam die Erlaubnis, in der Hinks Lane zu kampieren.«

»Sie kannten sich wohl gut in der Gegend aus?«

»Nein – wieso? Ach, Sie meinen, weil ich wußte, wo der Zeltplatz ist? Ich erfuhr es von einem Mann im Wirtshaus in Heathbury. Seinen Namen kenne ich nicht. Nun, zuerst machte ich ein paar Einkäufe, dann schlug ich mein Zelt auf. Am Mittwoch vertrödelte ich den Vormittag, weil so schönes Wetter war. Nach dem Essen verbrachte ich ziemlich viel Zeit mit dem Wagen. Schließlich sprang der Motor an, und ich fuhr nach Wilvercombe, um meine Nachforschungen zu beginnen. Zuerst ging ich zum Standesamt und stellte fest, daß dort kein Aufgebot angeschlagen worden war. Das bewies allerdings nichts, denn das Paar hätte die Absicht haben können, in London oder sonst irgendwo zu heiraten. Als nächstes verschaffte ich mir vom Hotel Resplendent, und zwar telefonisch, da ich der alten Dame nicht begegnen wollte, die Adresse von Paul Alexis. Die Inhaberin der Pension, in der Alexis wohnte, war nicht sehr mitteilsam, aber sie nannte mir ein Restaurant, in dem ich Alexis wahrscheinlich finden würde. Er war nicht dort, ich kam jedoch mit einem anderen Ausländer ins Gespräch, der mir zu verstehen gab, daß ich vielleicht die gewünschten Auskünfte über ihn im Wintergarten erfahren könnte.«

Henry Weldon machte eine kurze Pause.

»Natürlich werden Sie das alles ziemlich verdächtig finden, weil Alexis am folgenden Tag ums Leben gekommen ist, aber ich versichere Ihnen, daß es die Wahrheit ist... Ich ging dann zu meinem Auto zurück, das wieder nicht anspringen wollte. Schließlich gelang es mir doch, die Karre in Gang zu bringen, und ich fuhr geradewegs in die Garage. Die Mechaniker bastelten lange Zeit am Motor herum, sie fanden aber nichts. Machten bloß ein paar Schrauben locker und zogen sie wieder an, und dafür verlangten sie drei Schillinge. Ich zahlte und beschloß, lieber gleich nach Darley zurückzufahren, solange die Karre noch lief. Übrigens setzte der Motor auf dem Weg wieder ein paarmal aus. Ich machte dann noch einen Spaziergang, trank in den Drei Federn ein Bier, und das war das Ende des Tages.«

»Wohin gingen Sie spazieren?«

»Ich ging den Strand entlang.«

»Sind Sie bis zum Teufelseisen gekommen?«

»Was – sieben Kilometer? Kommt ja gar nicht in Frage. Ich bin auch bis jetzt noch nicht dort gewesen und habe nicht den leisesten Wunsch, hinzugehen. Aber Sie wollen ja vor allem wissen, wie ich den Donnerstag verbrachte, nicht wahr? Gegen neun Uhr frühstückte ich – Eier mit Speck, wenn Sie's genau wissen wollen – und dann machte ich mich auf den Weg nach Wilvercombe. Ich ging hinunter ins Dorf und hielt ein vorbeifahrendes Auto an. Das muß so gegen zehn Uhr gewesen sein.«

»Warum haben Sie sich nicht im Dorf ein Auto gemietet?«

»Wenn Sie die Autos im Dorf gesehen hätten, würden Sie nicht fragen.«

»Warum riefen Sie nicht eine Garage in Wilvercombe an, um sich mitsamt Ihrem Morgan abholen zu lassen?«

»Die einzige Garage, die ich in Wilvercombe kannte, war die, bei der ich am Mittwoch mein Glück versucht und schlechte Erfahrungen gemacht hatte. Warum soll man sich außerdem nicht ein Stückchen mitnehmen lassen?«

»Warum nicht, wenn der Fahrer keine Angst wegen der Versicherung hat.«

»Nun, die Dame hatte keine. Sie war sehr anständig. Aussehen tat sie auch gut. Fuhr einen großen roten offenen Bentley.«

»Wissen Sie, wie sie heißt?«

»Nein, aber ich erinnere mich an die Autonummer – OI–OIOI. Ich sagte noch zu der Dame, daß es ein Pech sei, eine Nummer zu haben, die sich jeder Polizist sofort merken könne. Oi-oi-oi«, jodelte Mr. Weldon kindlich vergnügt.

»Und so kamen Sie nach Wilvercombe. Was taten Sie dort?«

»Die Dame setzte mich am Marktplatz ab und fragte mich netterweise, ob ich später wieder mit ihr zurückfahren wolle.
Sie habe eine Verabredung in Heathbury und müsse kurz vor eins abfahren, sagte sie. Ich dankte ihr, und wir verabredeten, uns auf dem Marktplatz wieder zu treffen. Dann ging ich zum Wintergarten. Der Ausländer im Restaurant hatte mir gesagt, daß Alexis' Freundin dort zu finden sei. Ihr neuer Freund sei ein Mitglied des Orchesters. Sie war aber gar nicht dort. Ich verschwendete einen Haufen Zeit damit, daß ich einem albernen klassischen Konzert zuhören mußte. Es ist wirklich ein bißchen viel verlangt, sich um elf Uhr vormittags Bach und ähnliches Zeug anhören zu müssen.«

»War der Raum voll?«

»Gestopft voll, kaum zu glauben; lauter alte Schachteln und Krüppel. Schließlich hatte ich genug und ging ins Resplendent, um mich im Büro nach etwas zu erkundigen. Dabei bin ich prompt in meine Mutter reingerannt. Das heißt, ich hatte grade noch Zeit, hinter einer von den lächerlichen Palmen zu verschwinden, die sie dort stehen haben. Plötzlich fiel mir ein, daß sie vielleicht eine Verabredung mit Alexis haben könnte, und ich habe mich hinter ihr hergemacht.«

»Hat sie sich mit Alexis getroffen?«

»Nein. Zuerst ging sie in so einen verdammten Hutladen, dann in den Wintergarten, ich hinter ihr her. Die waren noch immer bei der klassischen Musik, und meine Mutter hat keine Note davon verpaßt. Ich weiß sogar noch, was gespielt wurde: etwas, das ›Eroika‹ heißt. Todlangweilig! Ich war vielleicht wütend, sag' ich Ihnen. Sah so aus, als ob meine Mutter auf jemanden wartete, sie sah dauernd umher und rutschte auf dem Stuhl rum. Erst als die Nationalhymne gespielt wurde, gab sie's auf und ging mit einer schwerenttäuschten Miene ins Hotel zurück. Ich schaute auf die Uhr, und es war zum Teufel schon zwanzig vor eins!«

»So eine Zeitverschwendung! Mußten Sie den Gedanken, mit der reizenden Dame im Bentley zurückzufahren, aufgeben?«

»Kommt doch gar nicht auf die Platte! Sie war eine verdammt nette Person, und Alexis konnte warten. Sie wartete schon auf mich auf dem Marktplatz, und wir fuhren nach Hause. Und das wäre wohl alles... nein, ich vergaß zu sagen, daß ich in einem Geschäft beim Kriegerdenkmal ein paar Kragen kaufte. Die Rechnung habe ich sogar zufällig noch in der Tasche, und einen der Kragen habe ich um. Wollen Sie ihn ansehen?«

»Nein, nein. Ich glaube Ihnen.«

»Die Dame setzte mich dann bei den Drei Federn ab, wo ich zu Mittag aß. Nach dem Essen, so gegen ein Uhr fünfundvierzig, versuchte ich vergebens, meinen Wagen zum Starten zu bringen. Schließlich ging ich zur Garage am Ort, um Hilfe zu holen. Die Mechaniker stellten schließlich fest, daß der Fehler beim Zündkabel lag, und brachten die Sache in Ordnung.«

»Um welche Zeit setzte die Dame Sie bei den Drei Federn ab?«

»Um Punkt eins. Ich erinnere mich, daß die Kirchturmuhr gerade eins schlug. Ich sagte noch zu der Dame, ich hoffte, daß sie nun nicht zu spät zu ihrer Tennisverabredung komme.«

»Wann gingen Sie zur Garage?«

»Das muß so gegen drei, halb vier gewesen sein. Aber das wird man Ihnen sicher in der Garage sagen können.«

»Anzunehmen. Es ist wirklich ein Glück, daß Sie so viele Zeugen für Ihr Alibi haben. Nur noch eine Frage: Haben Sie, während Sie am Donnerstag in der Hinks Lane waren, irgend jemanden den Strand entlanggehen sehen?«

»Keinen Menschen. Aber ich war ja, wie gesagt, nur bis zehn Uhr früh dort und dann erst wieder nach ein Uhr fünfundvierzig.«

»Zwischen ein Uhr fünfundvierzig und drei ist niemand vorübergekommen?«
»Ach so, ich dachte, Sie meinten davor... Ja, kurz vor zwei kam ein dünner Kerl mit kurzen Hosen und einer Hornbrille die Hinks Lane herunter. Ich entsinne mich sogar an die genaue Zeit, weil er mich danach fragte. Ich schaute auf meine Uhr und sagte, es sei ein Uhr fünfundfünfzig.«
»Aus welcher Richtung kam er?«
»Vom Dorf her. Es schien ein Fremder zu sein. Er ging zum Meer hinunter und verzehrte unten am Strand sein Mittagsbrot. Als ich von der Garage zurückkam, war er nicht mehr da. Ich hab' mich nicht groß mit ihm unterhalten, das heißt, er war gar nicht mehr scharf auf ein Gespräch, nachdem ich ihm einen Fußtritt versetzt hatte.«
»Mein Gott! Warum denn?«
»Fürs Maulaffenfeilhalten. Ich plag' mich mit dem Auto ab, und er stellt mir neugierige Fragen: ›Was ist denn mit Ihrem Wagen?‹ ›Wissen Sie nicht, woran es liegt?‹ ›Können Sie den Motor nicht anlassen?‹ Unerträglich! So ein Trottel!«
Wimsey lachte. »Unser Mann kann er jedenfalls nicht gewesen sein?«
»Welcher Mann? Der Mörder? Wollen Sie immer noch beweisen, daß es ein Mord war? Nun, diese verschrumpelte kleine Morchel hatte bestimmt nichts damit zu tun. Dafür lege ich meine Hand ins Feuer. Wie 'n Religionslehrer hat er ausgesehen.«
»Außer ihm haben Sie bestimmt niemanden gesehen? Weder Mensch noch Tier?«
»Nein... nein, nichts.«
»Jedenfalls danke ich Ihnen für Ihre Offenheit. Ich würde Sie gern noch etwas fragen. Wann sind Sie am Freitag abgefahren?«
»Um acht Uhr morgens.«
»So früh?«
»Kein Grund, länger zu bleiben.«
»Nein? Warum nicht?«
»Alexis war doch tot.«
»Woher wußten Sie das?«
Henry lachte schallend.
»Jetzt dachten Sie wohl, ich sei Ihnen in die Falle gegangen, was? Aber Sie irren sich. Von Falle keine Spur. Als ich am Donnerstagabend die Drei Federn betrat, sprachen alle davon, daß man einen Toten gefunden hatte. Bald darauf kam ein Polizist herein, der mit

dem Fahrrad aus Wilvercombe gekommen war, und sagte, daß man ein Foto von der Leiche besitze und daß es sich um den Tänzer Paul Alexis aus dem Resplendent handle. Der Wachtmeister wird es Ihnen selbst bestätigen. Daraufhin beschloß ich, nach Hause zu fahren, denn von dort würde meine Mutter den Kondolenzbrief erwarten... Nun, wie finden Sie das?«
»Einfach überwältigend«, sagte Wimsey.
Er verließ Henry Weldon und ging zum Polizeirevier. »Stichfest«, murmelte er im Gehen. »Stichfest, stichfest. Aber warum hat er wegen des Pferdes gelogen? Er muß es gesehen haben, denn es hatte sich losgemacht. Falls es nicht erst nach acht ausgebrochen war. Und warum sollte es nicht erst nach acht ausgebrochen sein? Warum nicht? Stichfest, verflucht stichfest, verdächtig stichfest.«

20. Die Dame mit dem Bentley

Donnerstag, den 25. Juni

Der Oberkommissar und der Kommissar waren mehr überrascht als erfreut, als sie von der Identifizierung des Mr. Haviland Martin hörten. Sie mochten nicht zugeben, daß die »Amateure« nun einen Vorsprung hatten, obwohl dadurch keinerlei Licht auf den nach wie vor unklaren Fall geworfen wurde. In gewisser Weise war die Selbstmordtheorie sogar gefestigt worden, und anstatt mit dem undurchsichtigen Mr. Haviland Martin hatten sie sich jetzt nur noch mit Mr. Henry Weldon zu beschäftigen. Zugegeben, Mr. Henry Weldon hätte einen triftigen Grund gehabt, Paul Alexis aus dem Weg zu räumen. Jedoch seine eigenen Erklärungen über seine Abwesenheit in Darley – töricht wie sie waren – erschienen plausibel, und es stand fest, daß er nicht um zwei Uhr beim Teufelseisen gewesen sein konnte. Da er sich seit fünf Jahren gelegentlich hinter der Maske von Haviland Martin verborgen hatte, verlor auch die Verkleidung an Bedeutung.
Die übrigen Einzelheiten von Weldons Bericht konnten leicht nachgeprüft werden. Das Datum, das auf der Kragenrechnung stand, war der 18. Juni, und dieses Datum schien nicht abgeändert worden zu sein. Eine Anfrage in dem Geschäft ergab die zusätzliche Information, daß am 18. Juni ein halbes Dutzend Kragen kurz vor Ladenschluß verkauft worden waren. Am Donnerstag waren die Geschäfte in Wilvercombe nachmittags geschlossen; da sie um ein Uhr zu-

machten, war der Einkauf offensichtlich kurz vor eins gemacht worden.
Auch der Polizist aus Darley bestätigte Weldons Angaben. Er hatte seine Freundin in Wilvercombe besucht und zufällig vor dem Resplendent Wachtmeister Rennie getroffen, der ihm von der Identifikation der Leiche vom Teufelseisen berichtete. Sie hatte kurz vor neun stattgefunden, und Rennie war mit Kommissar Umpelty auf Dienst gewesen, während der Direktor des Resplendent vernommen wurde. Der Polizist aus Darley gab ferner zu, die Angelegenheit nach der Rückkehr nach Darley in den Drei Federn erwähnt zu haben. Er entsann sich genau, »Martin« dort gesehen zu haben. Beide Polizisten erhielten einen Verweis, weil sie aus der Schule geplaudert hatten, aber es war nun endgültig bewiesen, daß Weldon schon an diesem Abend von der Identifikation gehört hatte.
»Was verbleibt uns also noch?« erkundigte sich Glaisher.
»Nicht sehr viel, aber immerhin einiges«, erwiderte Wimsey. »Erstens: Weldon weiß etwas über das Pferd, davon bin ich fest überzeugt. Er zögerte, als ich ihn fragte, ob er niemanden gesehen habe, weder Mensch noch *Tier*. Zweitens: Seine Geschichte klingt nicht sehr überzeugend. Warum sollte er zweimal nach Wilvercombe und zurück fahren, ohne dort etwas Besonderes zu tun? Drittens: Seine Geschichte ist zu glatt, er macht zu viele genaue Zeitangaben. Es sieht so aus, als wollte er sich bewußt ein stichfestes Alibi schaffen. Viertens: Im wichtigsten Augenblick hat er einen unbekannten Mann getroffen, der ihn nach der Zeit fragt. Warum sollte irgend jemand, der eben durch ein Dorf voller Turmuhren gekommen war, sich in der Hinks Lane bei einem Zeltbewohner nach der genauen Zeit erkundigen? Der Mann, der nach der Zeit fragt, kommt in jedem Alibi vor, das zurechtgemacht wurde. Die ganze Geschichte ist zu ausgeklügelt, finden Sie nicht auch?«
Glaisher nickte.
»Ich gebe zu, daß sie ziemlich verdächtig klingt. Was schließen Sie daraus?«
»Ich wünschte, ich könnte Ihnen diese Frage beantworten. Ich kann nur annehmen, daß Weldon an jenem Morgen etwas ganz anderes tat und daß er mit dem eigentlichen Mörder irgendwie in Verbindung stand. Wie wäre es, wenn man dem Wagen mit der Nummer OI–OIOI nachforschte?«
»Wie lassen den Besitzer feststellen, das ist kein Problem. Allerdings hilft uns das nicht, wenn wir herausfinden wollen, was Weldon im weiteren Verlauf des Tages tat.«

»Nein, natürlich nicht. Aber es kann nichts schaden, die Dame zu vernehmen. Haben Sie sich beim Wintergarten nach dem Konzertprogramm des bewußten Tages erkundigt?«
»Ja, darüber wird Ihnen Wachtmeister Ormond Auskunft geben.«
Wachtmeister Ormond hatte sich sehr genau erkundigt. Es war ein klassisches Konzert gewesen, das um zehn Uhr dreißig begonnen hatte: »Eine kleine Nachtmusik« von Mozart, zwei »Lieder ohne Worte« von Mendelssohn, Bachs »Air für G-Saite«, eine Suite von Händel – Pause – Beethovens »Eroika«. Das stimmte mit den Aussagen über Bach und Beethoven und mit den angegebenen Zeiten ungefähr überein. Ein gedrucktes Programm, das man hätte mitnehmen und auswendig lernen können, gab es nicht. Außerdem wurde die »Eroika« im letzten Augenblick an Stelle der »Pastorale« gespielt, weil irgendwelche Noten verlegt worden waren. Jedes Musikstück war vom Dirigenten einzeln angekündigt worden. Alles sprach dafür, daß Henry Weldon Teile des Konzerts gehört haben mußte.
Wenige Minuten später brachte ein anderer Polizist eine weitere Bestätigung von Weldons Bericht. Er hatte mit Mrs. Lefranc gesprochen und gehört, daß sich am Mittwoch tatsächlich ein Herr nach Paul Alexis und nach Leila Garland bei ihr erkundigt hatte. Die Pensionsinhaberin, die Unannehmlichkeiten witterte, hatte den Herrn, um ihn loszuwerden, in ein Restaurant in der Nähe geschickt, in dem Alexis öfters zu Mittag aß. Auch der Inhaber des Restaurants erinnerte sich an einen Herrn, der sich mit einem Geiger des Wintergartenorchesters unterhalten hatte. Einer der Mechaniker der größten Garage in Wilvercombe entsann sich ebenfalls eines Mannes mit einem Morgan, der sich über die Zündung beklagt hatte.
Das alles war im Hinblick auf das Verbrechen von keiner großen Wichtigkeit, aber es bestätigte die Richtigkeit von Weldons Angaben.

Erfreulicherweise konnte die Besitzerin des Bentley mit der Nummer OI–OIOI in kürzester Zeit ermittelt werden. Innerhalb einer Stunde kam der telegrafische Bescheid, daß es sich um eine Mrs. Morecambe handelte, die in London wohne, und zwar in der Popcorn Street 17 in Kensington. Glaisher, der sich mit der entsprechenden Telefonnummer verbinden ließ, erhielt von dem Dienstmädchen die Auskunft, daß Mrs. Morecambe zur Zeit im Pfarrhaus in Heathbury sei. Daraufhin rief er dort an, und Mrs. Morecambe wurde an den Apparat gerufen. Ja, sie erinnerte sich, am vorigen Donnerstag einen Herrn mit einer dunklen Brille von Darley nach Wilvercombe und wieder zurück gefahren zu haben. Er mußte gegen zehn in Darley eingestiegen sein, und sie mußte ihn um ein Uhr wieder dort abgesetzt haben. Sie entsann sich, auf die Uhr gesehen zu haben, weil sie mit Oberst Cranton eine Verabredung zum Tennisspielen außerhalb von Heathbury gehabt hatte. Nein, sie hatte den Herrn nie zuvor gesehen, und sein Name war ihr unbekannt, aber sie glaubte, ihn wiedererkennen zu können. Sie beabsichtigte, bis zum kommenden Montag im Pfarrhaus zu bleiben, und stehe der Polizei jederzeit gern zur Verfügung. Sie hoffe, keinem Verbrecher auf der Flucht geholfen zu haben.

Der Oberkommissar kratzte sich am Kopf. »Das hilft uns auch nicht viel weiter. Wenn die Dame eine Freundin von Pfarrer Trevor ist, so ist sie über jeden Verdacht erhaben. Er ist ein besonders feiner Mensch, einer von der alten Schule. Er amtiert seit über fünfzehn Jahren in Heathbury. Wir werden uns jedenfalls bei ihm erkundigen, wie gut er diese Mrs. Morecambe kennt. Ob es sich lohnt, sie Weldon gegenüberzustellen, weiß ich nicht.«

»Es ist kaum zu erwarten, daß sie ihn ohne die dunkle Brille und das schwarze Haar wiedererkennt«, meinte Wimsey. »Natürlich könnten wir ihn bitten, sich die Brille wieder aufzusetzen, oder wir könnten die Dame herbringen und sehen, ob er *sie* identifizieren kann. Rufen Sie doch noch einmal an und fragen Sie, ob sie jetzt herkommen kann. Ich versuche inzwischen, Weldon zu erwischen, und dann werde ich mich mit ihm auf die Terrasse des Resplendent setzen. Sie können langsam und wie zufällig mit der Dame über die Terrasse gehen. Wenn er sie erkennt, dann ist es gut; wenn sie ihn erkennt, sieht das Ganze etwas anders aus.«

»Keine schlechte Idee«, sagte Glaisher.

Wimsey fand Henry Weldon in der Hotelhalle, wo er mit seiner Mutter Tee trank; er bat ihn um eine kurze private Unterhaltung. Henry entschuldigte sich bei Mrs. Weldon und ging mit Wimsey auf die Terrasse. Wimsey wählte einen Tisch in der Mitte, bestellte etwas zu trinken und begann eine langatmige Beschreibung seiner Unterhaltung auf dem Polizeirevier am Morgen. Er betonte, daß er Glaisher ausdrücklich gebeten habe, Mrs. Weldon nicht zu informieren, und Henry bedankte sich.

Nach einiger Zeit erschien ein stämmiger Herr, dem man auch in Zivilkleidung den Polizisten ansah, in Begleitung einer übertrieben jugendlich aufgemachten, modisch gekleideten älteren Dame. Sie gingen langsam auf einen leeren Tisch am äußersten Ende der gutbesetzten Hotelterrasse zu. Wimsey beobachtete die Dame, deren Blick über die Leute schweifte, einen Augenblick auf ihm und Weldon ruhte und sich dann einem jungen Mann mit Sonnenbrille zuwandte, der am Nebentisch ein Schokoladeeis aß; bei ihm verweilte der Blick, aber auch nur für kurze Zeit. Gerade, als ihr Blick sich wieder von dem Mann mit der Sonnenbrille abwandte, zuckte Weldon zusammen.

»Verzeihung – sagten Sie etwas?« fragte Wimsey.

»Ich? Ich... nein. Ich glaubte nur, jemanden wiederzuerkennen, aber wahrscheinlich war es ein Irrtum.« Er folgte Mrs. Morecambe mit den Augen; als sie sich dem Tisch näherte, an dem Wimsey und er saßen, hob er die Hand zögernd zum Gruß.

Mrs. Morecambe sah Henry erstaunt an, dann öffnete sie den Mund, als wollte sie etwas sagen, schloß ihn jedoch gleich wieder. Weldon sprang auf.

»Guten Abend«, sagte er. »Ich fürchte, Sie...«

Mrs. Morecambe warf ihm einen höflich erstaunten Blick zu.

»Ich glaube, ich irre mich nicht«, fuhr Henry fort, »Sie waren so liebenswürdig, mich neulich in Ihrem Wagen mitzunehmen.«

»Wirklich?« fragte Mrs. Morecambe etwas unsicher. Sie sah ihn prüfend an. »Ja, ich glaube, das stimmt. Trugen Sie damals nicht eine dunkle Brille?«

»Ja, das macht einen ziemlichen Unterschied, nicht wahr?«

»Allerdings. Ich hätte Sie nicht wiedererkannt. Erst jetzt, nachdem ich Ihre Stimme hörte, entsinne ich mich... Aber... aber ich glaubte, Sie seien dunkel gewesen. Ich hoffe, Ihr Morgan ist inzwischen repariert worden.«

»Ja, der Wagen ist wieder in Ordnung. Merkwürdig, Ihnen hier wieder zu begegnen. Kleine Welt, nicht?«

»Ja, da haben Sie recht.«

Mrs. Morecambe nickte höflich mit dem Kopf und ging mit ihrem Begleiter weiter.

»Das also war Ihre charmante Dame, Sie alter Schwerenöter. Jung oder alt, vor Ihnen ist keine sicher.«

»Nun machen Sie aber 'n Punkt«, sagte Henry. »Immerhin, ich hatte Glück, daß sie zufällig aufgetaucht ist, was? Ich hätte sie fragen sollen, wie sie heißt, aber das wäre etwas zu aufdringlich gewesen. Macht nichts. Ich nehme an, daß man das leicht feststellen kann.«

»Zweifellos. Gutaussehende Person, elegant, wahrscheinlich sehr

wohlhabend. Ich gratuliere Ihnen, Weldon«, sagte Wimsey. »Soll ich es für Sie feststellen? Ich bin in solchen Sachen sehr bewandert.«
»Machen Sie keine dummen Witze, Wimsey. Die Frau ist mein Alibi, Sie Schwachkopf.«

»So, jetzt wissen wir genau über die Dame Bescheid«, sagte Glaisher. »Sie ist die Tochter einer alten Schulfreundin von Mrs. Trevor, und sie kommt jeden Sommer zu Besuch ins Pfarrhaus. Ist jetzt schon seit mindestens drei Wochen dort. Ihr Mann ist Kaufmann, arbeitet in der City, besucht sie manchmal am Wochenende, hat es jedoch in diesem Sommer noch nicht getan. Auch die Tennisverabredung mit Oberst Cranton hat stattgefunden. Alles beruht auf Wahrheit. Weldon hat nichts zu befürchten.«
»Das wird ihn sehr beruhigen. Er war doch etwas nervös wegen des Alibis. Als er Mrs. Morecambe sah, sprang er schnell von seinem Stuhl auf.«
»Kein Wunder. Vor Freude wahrscheinlich. Woher soll er denn wissen, für welche Zeit er ein Alibi benötigt? Es ist uns gelungen, der Presse Zeitangaben über den Mord vorzuenthalten. Wahrscheinlich nimmt er noch immer an, wie wir selbst am Anfang, daß Alexis schon eine Zeitlang tot war, als Miss Vane ihn fand. Weldon weiß, daß er ein gewichtiges Motiv für die Tat gehabt hätte und daß er sich außerdem unter reichlich verdächtigen Umständen hier aufgehalten hat. Wir können ihm jedenfalls nichts nachweisen, denn wenn er den Mord begangen hätte oder ein Mittäter gewesen wäre, würde er keinen Fehler bezüglich der Zeit des Verbrechens machen. Er hat eine Heidenangst, und das kann ich nur zu gut verstehen. Aber seine Ahnungslosigkeit beweist seine Unschuld ebenso deutlich wie ein stichfestes Alibi für zwei Uhr.«
»Noch deutlicher. Ich schöpfe immer Verdacht, wenn jemand ein völlig einwandfreies Alibi vorweist, und Weldons Zweiuhr-Alibi ist so gut wie einwandfrei. Natürlich darf man eine Möglichkeit nicht außer acht lassen . . .«
»Welche Möglichkeit?«
»Es wäre an und für sich denkbar, daß Weldon den Mord mit einer anderen Person plante, die ihn ausgeführt hat. Nehmen wir beispielsweise an, daß Weldon und unser Freund Bright Komplicen waren, daß Bright die Tat schon um elf begehen sollte, während Weldon sich sein Alibi verschaffte, daß irgend etwas schiefging, wodurch der Mord erst um zwei verübt wurde, daß Weldon das nicht

erfuhr und sich an die ursprünglich vorgesehene Zeit hielt – was halten Sie davon?«
»Sie haben eine lebhafte Phantasie. Bright – oder wer immer es gewesen sein mag – hätte reichlich Zeit gehabt, sich mit Weldon in Verbindung zu setzen. Er wäre nicht so töricht gewesen, das zu unterlassen. Außerdem besitzt Bright ein einwandfreies Alibi für zwei Uhr.«
»Ich weiß, und eben deshalb verdächtige ich ihn. Der Täter scheint er trotzdem nicht gewesen zu sein. – Wenn der Täter es für gefährlich gehalten hätte, sich mit Weldon zu treffen, hätte er ihm schreiben oder ihn anrufen können; Weldon hätte dasselbe tun können... Sitzt vielleicht irgend jemand im Kittchen, der in Frage käme? Oder haben Sie von einem plötzlichen Tod gehört? Ich kann mir nur vorstellen, daß der Mittäter sich an einem Ort befindet, von dem aus er sich nicht mit der Außenwelt in Verbindung setzen kann... vielleicht in einem Krankenhaus?«
»Das ist eine Idee«, sagte Glaisher. »Wir werden ihr nachgehen, Mylord.«
»Das kann keineswegs schaden, obwohl ich mir nicht sehr viel davon verspreche. Ich scheine in letzter Zeit den Glauben verloren zu haben.« Wimsey sah auf die Uhr. »Gottlob, es ist Zeit zum Abendessen, und Appetit, den hab' ich noch... Nanu, was ist denn das für eine Aufregung?«
Kommissar Glaisher sah aus dem Fenster. Man hörte schwere Fußtritte.
»Sie bringen etwas in die Leichenhalle, vielleicht ist es...«
Die Tür wurde aufgerissen, und Kommissar Umpelty kam durchnäßt, aber triumphierend ins Zimmer.
»Verzeihung, Herr Oberkommissar. Guten Abend, Mylord. Wir haben die Leiche!«

21. Die gerichtliche Voruntersuchung

Freitag, den 26. Juni

Zu Kommissar Umpeltys großer Freude und Erleichterung fand die gerichtliche Voruntersuchung in Sachen Paul Alexis am 26. Juni statt. Seit Jahren – so erschien es ihm – hatte er den Fall bearbeitet, ohne etwas Greifbares in Händen zu haben. Wären Harriets Fotos nicht gewesen, hätte er sogar bezweifelt, daß die Leiche überhaupt existierte, und hätte sie für ein Hirngespinst gehalten. Jetzt aber

war sie vor seinen Augen: eine greifbar-wirkliche, kompakte – oder verhältnismäßig kompakte – Leiche.
Es war nach einer kurzen Debatte entschieden worden, die gerichtliche Untersuchung sofort abzuhalten, und Umpelty wurde als erster vernommen. Er sagte aus, daß die Leiche in einer tiefen Spalte am äußersten Ende der Teufelsklippen eingeklemmt gefunden und nur mit Mühe daraus entfernt worden war. Die Leiche war anscheinend bei dem schweren Seegang der vergangenen Woche in die Spalte geschwemmt worden. Obwohl die Leiche sehr aufgebläht war, konnte sie nicht obenauf schwimmen, als sie gefunden wurde, weil sie von einem schweren Gürtel, der dreihundert Goldstücke enthielt, nach unten gezogen wurde.
Der Gürtel mitsamt dem Gold wurde den staunenden Geschworenen gezeigt, ebenso der Paß des Toten, den er bei sich getragen hatte und der ein kürzlich ausgestelltes französisches Visum enthielt. Zwei weitere Gegenstände waren in der Brusttasche des Toten gefunden worden: die Fotografie eines schönen Mädchens von russischem Typ, das ein Perlendiadem trug – das Bild war von einer fremdländisch wirkenden Schrift mit dem Namen »Feodora« unterzeichnet, aber Name und Adresse des Fotografen waren nicht angegeben. Das Foto war recht gut erhalten, da es in einer festen ledernen Brieftasche aufbewahrt worden war. Außer ihm enthielt die Brieftasche nur einige Geldscheine, Briefmarken und eine Fahrkarte Wilvercombe – Darley und zurück, die vom 18. Juni datierte.
Geheimnisvoller war ein beschriebener Bogen Papier in Quartformat, der so viele Blut- und Seewasserflecken hatte, daß er fast unleserlich war. Dieser Bogen war nicht gefaltet in der Brieftasche, sondern dahinter aufbewahrt worden. Man konnte jedoch noch erkennen, daß der Brief in großen Buchstaben, in Druckschrift und mit violetter Tinte geschrieben worden war. Vieles war verwischt, aber einige Wörter und halbe Sätze waren noch leserlich. Allerdings ergaben die lesbaren Sätze keinen Sinn. Ein Satz, zum Beispiel, begann mit dem Wort RATIGI, das ganz musikalisch klang, und endete mit dem geheimnisvollen Wort PKIALNNQ. Die letzten Worte, die vielleicht die Unterschrift darstellten, lauteten EIBL NMGX.
Der Untersuchungsrichter fragte Umpelty, ob er zu diesem Brief irgendwelche Erklärungen abgeben könne. Umpelty sagte, daß zwei der Zeugen vielleicht etwas dazu zu bemerken hätten, und Mrs. Lefranc wurde aufgerufen.

Die Pensionsinhaberin war furchtbar aufgeregt, und ihr Gesicht war verschmiert von Tränen und Puder. Sie wurde gefragt, ob sie die Leiche identifiziert hätte. Sie erwiderte, daß sie den Toten an seiner Kleidung wiedererkannt habe sowie an seinem Haar, seinem Bart und an einem Ring, den er immer an der linken Hand getragen hatte.
»Ich habe ihn geliebt wie meinen eigenen Sohn, aber wenn ich seine eigene Mutter wäre, hätte ich sein armes Gesicht nicht wiedererkennen können«, schluchzte Mrs. Lefranc. »Diese gräßlichen Biester haben alles weggefressen, und ich will tot umfallen, wenn ich jemals wieder Hummer oder Krabben esse. Kein Wunder, daß man nach Hummermayonnaise Alpdrücken bekommt.«
Mrs. Lefranc sagte aus, daß Alexis oft Briefe aus dem Ausland bekam und daß er viel Zeit brauchte, um sie zu lesen und zu beantworten. Nach dem Empfang des letzten Briefes, am Dienstagmorgen, war er merkwürdig erregt gewesen. Am Mittwoch hatte er alle Rechnungen bezahlt, einen Stoß von Papieren verbrannt und geheimnisvolle Andeutungen bezüglich einer baldigen Abreise gemacht. Am Donnerstag hatte er nur wenig gefrühstückt und war kurz nach dem Frühstück ausgegangen. Seine Kleidungsstücke hatte er nicht eingepackt, den Hausschlüssel hatte er mitgenommen, als beabsichtige er, wiederzukommen.
Sie hatte weder die Fotografie noch die darauf abgebildete Dame jemals gesehen. Den Namen Feodora hatte Alexis ihr gegenüber nie erwähnt. Soviel sie wußte, hatte Alexis außer seiner früheren Freundin Leila Garland und außer Mrs. Weldon, mit der er verlobt war, keine Damenbekanntschaften gehabt.
Dadurch wurde die Aufmerksamkeit auf Mrs. Weldon gelenkt. Henry reichte seiner Mutter ein Fläschchen Riechsalz und flüsterte ihr etwas zu, worauf sie mit einem wehmütigen Lächeln reagierte.
Die nächste Zeugin war Harriet Vane, die das Auffinden der Leiche in allen Einzelheiten mit klaren Worten beschrieb. Der Richter interessierte sich besonders für die genaue Lage des Toten und für den Zustand des Blutes. Harriets Beobachtungsgabe und ihre Erfahrung als Autorin von Kriminalromanen kamen ihr bei der Aussage sehr zustatten. Nachdem Harriet geendet hatte, lobte der Richter ihre große Geistesgegenwart, der es zu verdanken war, daß Fotografien sowie eine genaue Beschreibung des Toten vorhanden waren. Die Fotos wurden den Schöffen vorgelegt, und nachdem Harriet ihre Schwierigkeiten, die Polizei zu benachrichtigen, geschildert hatte, durfte sie den Zeugenstand verlassen.

Der nächste Zeuge war Dr. Fenchurch, der Gerichtsmediziner. Nach der Prüfung der Fotos und Untersuchung der Leiche war er zu der Ansicht gelangt, daß der Hals des Vorstorbenen mit einem scharfen Instrument in einem Zug durchschnitten worden war. Die Krabben hatten die Weichteile abgenagt, und deshalb waren die Fotos von um so größerem Wert, denn sie zeigten einwandfrei, daß keine weiteren Einschnitte oder Hautverletzungen vorhanden waren, woraus man schließen durfte, daß der Hals beim ersten Versuch durchschnitten worden war. Dies wurde bestätigt durch die Tatsache, daß die noch vorhandenen Muskelgewebe keinen zweiten Einschnitt zeigten. Sämtliche Halsmuskeln und durch den Hals laufenden Adern einschließlich der Kopfschlagader und der Drosselader sowie die Stimmritze waren ganz durchschnitten. Die Wunde reichte vom linken bis zum rechten Ohr und rückwärts bis zur Wirbelsäule, die jedoch nicht beschädigt war. Der Schnitt war allem Anschein nach von links nach rechts gemacht worden – ein für einen rechtshändigen Selbstmörder charakteristischer Schnitt. Aber der gleiche Schnitt hätte von einem Mörder gemacht werden können, falls er hinter seinem Opfer gestanden hätte.
»Eine derartig beigebrachte Wunde hätte natürlich schwere Blutungen zur Folge?«
»Ja.«
»Würden Hände und Kleidung eines in der von Ihnen beschriebenen Stellung stehenden Mörders Blutspritzer aufweisen?«
»Seine rechte Hand und der rechte Arm würden wahrscheinlich mit Blut bespritzt worden sein. Seine Kleidung, die vom Körper des Opfers geschützt worden wäre, hätte völlig fleckenrein bleiben können.«
»Haben Sie eine Obduktion vorgenommen, um festzustellen, ob eine andere Todesursache möglich wäre?«
Der Arzt erwiderte mit leicht ironischem Lächeln, daß er Kopf und Körper geöffnet, aber nichts Verdächtiges festgestellt habe.
»Was war, nach Ihrer Meinung, die Ursache des Todes?«
Dr. Fenchurch erwiderte, noch immer lächelnd, daß der Tod seiner Ansicht nach durch akute Hämorrhagie, begleitet von der Abtrennung der Luftröhre, verursacht worden ist. In der Tat sei der Tote gestorben, weil man ihm den Hals durchschnitten habe.
»Ironie ist hier nicht am Platze«, sagte der Richter ärgerlich. »Ich möchte wissen, ob der Tod tatsächlich durch die Halswunde verursacht wurde oder ob die Möglichkeit besteht, daß der Verblichene auf eine andere Art ums Leben kam und ihm die Hals-

wunde später beigebracht wurde, um einen Selbstmord vorzutäuschen.«
»Aha, ich verstehe. Nein, ich bin der Ansicht, daß der Mann am Leben war, als ihm der Hals durchschnitten wurde. Dieser Schnitt war die unmittelbare Todesursache. Der Körper war völlig blutleer; ich habe tatsächlich nie einen Körper gesehen, der so wenig Blut enthielt. Nur in der Herzgegend waren kleine Blutgerinnsel vorhanden. Wäre der Mann bereits tot gewesen, als ihm die Wunde beigebracht wurde, hätte er wenig oder gar nicht geblutet.«
»Gut, das wäre also klar. Warum sprachen Sie eben von einer unmittelbaren Todesursache?«
»Ich wollte damit betonen, daß der Verstorbene nicht vorher Gift genommen hat. Es ist nicht ungewöhnlich, daß Selbstmörder doppelt sichergehen wollen. Die inneren Organe zeigen jedoch keine Spuren von Gift. Wenn Sie wünschen, kann ich den Darminhalt analysieren lassen.«
»Ja, ich bitte Sie, dies der Sicherheit halber zu veranlassen.«
»Wird geschehen. Es ist übrigens möglich, daß ein Schlafmittel eingegeben wurde, um den Angriff zu erleichtern.«
Jetzt stand Kommissar Umpelty auf, um die Aufmerksamkeit des Richters auf die Tatsache zu lenken, daß der Tote nach Harriet Vanes Aussage – die von den Fotografien bestätigt wurde – allein und auf eigenen Füßen zum Felsen gewandert war.
»Ich danke Ihnen, Herr Kommissar. Wir werden später darauf zurückkommen. Zunächst möchte ich den medizinischen Sachverständigen weiter verhören. Dr. Fenchurch, Sie hörten Miss Vane aussagen, daß das Blut zehn Minuten nach zwei noch in flüssigem Zustand war. Welche Folgerungen ziehen Sie daraus bezüglich des Todes?«
»Der Tod muß kurz vor dem Auffinden der Leiche eingetreten sein, keinesfalls früher als zwei Uhr.«
»Würde ein Mensch, dem die Kehle auf die geschilderte Art durchschnitten wurde, schnell sterben?«
»Ja, unverzüglich, selbst wenn das Herz und die Arterien das Blut noch einige Sekunden lang weiterpumpen würden.«
»Die Wunde wurde dem Toten bestimmt nicht vor zwei Uhr beigebracht?«
»Bestimmt nicht – eher etwas später.«
»Nun noch eine Frage: Sie hörten, daß ein Rasiermesser in der Nähe der Leiche gefunden wurde – bitte das Beweisstück herüberzureichen, Herr Kommissar. Halten Sie es für möglich, daß die

Wunde dem Toten mittels dieses Instrumentes beigebracht wurde, Herr Doktor?«

»Ja, unbedingt. Dieses oder ein ähnliches Rasiermesser wäre das ideale Instrument für den Zweck.«

»Würde es, nach Ihrer Ansicht, eine große Kraftanstrengung benötigen, eine solche Wunde mit einem derartigen Instrument beizubringen?«

»Ja, eine ziemlich große, aber keine außergewöhnliche. Viel würde von den Umständen abhängen.«

»Wie meinen Sie das?«

»In Selbstmordfällen sind derartige Wunden schon von Personen beigebracht worden, die über normale oder sogar schwache Körperkraft verfügten. Im Falle eines Mordes würde viel davon abhängen, ob das Opfer imstande war, erheblichen Widerstand zu leisten.«

»Haben Sie am Körper des Toten irgendwelche Spuren gefunden, die auf einen Kampf hindeuten?«

»Nein, nichts dergleichen.«

»Läßt der Zustand der Leiche Ihrer Meinung nach eher auf Mord oder auf Selbstmord schließen?«

»Unter Berücksichtigung aller Umstände würde ich einen Selbstmord für wahrscheinlicher halten. Dagegen spricht nur die Tatsache, daß keine oberflächlichen Einschnitte oder Wunden vorhanden sind. Meistens gelingt ein Selbstmord dieser Art nicht beim ersten Versuch, obwohl es im Prinzip durchaus denkbar wäre.«

»Ich danke Ihnen, Herr Doktor.«

Die nächste Zeugin war Leila Garland, die Mrs. Lefrancs Aussage hinsichtlich der chiffrierten Briefe bestätigte. Über ihre Beziehungen zu Alexis befragt, sagte Miss Garland, daß sich diese selbstverständlich auf der Grundlage puritanischer Schicklichkeit bewegt hätten und daß Alexis außer sich gewesen wäre, als Miss Garland diese Beziehungen abbrach. Miss Garland hielt Alexis eigentlich nicht für einen Selbstmörder, und der Gedanke, daß er sich ihretwegen etwas angetan haben könnte, war ihr ganz furchtbar. Der Name Feodora bedeutete ihr nichts, sie hatte ihn nie gehört. Sie hatte Mr. Alexis schon seit langem nicht mehr gesehen, und sie hoffte nur, niemand würde annehmen, daß diese grausige Sache irgend etwas mit ihr zu tun haben könnte. Die besagten Briefe hielt Miss Garland für Erpressungsversuche, jedoch konnte sie diese Annahme nicht beweisen.

Jetzt zeigte es sich, daß nichts in der Welt Mr. Weldon hindern würde, den Zeugenstand zu betreten. Fast wie eine Witwe gekleidet, protestierte sie entrüstet gegen die Idee, daß sich Alexis möglicherweise Leilas wegen etwas angetan haben könnte. Niemand wußte besser als sie, daß der arme Paul nur an ihr gehangen hatte. Sie gab zu, daß sie für das Foto mit der Unterschrift »Feodora« keine Erklärung hatte, aber sie behauptete steif und fest, daß Alexis bis zu seinem letzten Lebenstag strahlend glücklich gewesen sei. Sie hatte ihn am Mittwochabend zum letztenmal gesehen und erwartet, ihn am Donnerstagmorgen im Wintergarten wieder zu treffen. Er war nicht dorthin gekommen, und sie war fest davon überzeugt, daß ihn der Schurke, der ihn zu töten beabsichtigte, fortgelockt hatte. Er hatte oft gesagt, daß er sich vor einer bolschewistischen Verschwörung fürchtete, und ihrer Ansicht nach, sagte Mrs. Weldon mit erhobener Stimme, müßte die Polizei versuchen, den Bolschewisten auf die Spur zu kommen.

Dieser Ausbruch übte eine gewisse Wirkung auf die Schöffen aus. Einer von ihnen stand auf und erklärte, daß sich viel zu viele verdächtige Ausländer im Lande herumtrieben. Er selbst wäre in letzter Zeit einer ganzen Anzahl höchst unsympathisch aussehender Subjekte begegnet.

Danach wurde Mr. Pollock aufgerufen. Er gab zu, an dem fraglichen Tag mit seinem Boot in der Nähe der Teufelsklippen gewesen zu sein, allerdings ziemlich weit draußen, und er behauptete, nichts bemerkt zu haben, was sich vor Harriets Ankunft abgespielt haben könnte. Er hatte natürlich nicht auf die Küste gestarrt, sondern war seinen eigenen Geschäften nachgegangen. Über die Natur dieser Geschäfte ließ er sich nicht aus, und er blieb alles in allem dabei, nichts, aber auch gar nichts zu wissen. Sein Enkel Jem (inzwischen aus Irland zurückgekehrt) bestätigte die Aussage, fügte aber hinzu, daß er selbst die Küste etwa um Viertel vor zwei mit dem Fernglas betrachtet und jemand auf dem Teufelseisen sitzen oder liegen gesehen habe. Ob diese Person tot oder lebendig gewesen sei, entzog sich seiner Beurteilung.

Der letzte Zeuge war William Bright, der die Geschichte mit dem Rasiermesser in fast denselben Worten wiederholte, wie er sie Wimsey und der Polizei erzählt hatte. Inzwischen gab Umpelty dem Richter ein Blatt Papier mit einer Notiz darauf. Als Bright seine Aussage beendet hatte, fragte ihn der Richter: »Wie Sie sagen, geschah dies am Dienstag, dem 16. Juni, um Mitternacht?«

»Kurz nach Mitternacht. Ich hörte die Turmuhr schlagen, bevor mich der Fremde ansprach.«

»War um diese Zeit Hochwasser?«
Zum ersten Male zögerte Bright, sah sich unsicher um, fuhr sich mit der Zunge über die Lippen und erwiderte: »Ich verstehe nicht viel von den Gezeiten. Ich stamme nicht aus dieser Gegend.«
»Immerhin erwähnten Sie in Ihrem ergreifenden Bericht das Geräusch der an die Esplanade schlagenden Wellen. Das weist doch wohl darauf hin, daß Hochwasser war?«
»Ich nehme an.«
»Würde es Sie erstaunen zu erfahren, daß das Wasser um Mitternacht des besagten Abends auf dem niedrigsten Stand war?«
»Ich muß länger dort gesessen haben, als ich dachte.«
»Haben Sie sechs Stunden dort gesessen?«
Keine Antwort.
»Würde es Sie erstaunen zu erfahren, daß die See nur zur Zeit der höchsten Springflut bis an die Esplanade herankommt? An dem bewußten Tag wäre es um sechs Uhr abends gewesen.«
»Dann muß ich mich eben geirrt haben. Ich ... ich habe eine krankhafte Phantasie, die Sie berücksichtigen müssen.«
»Behaupten Sie noch immer, daß besagte Begegnung um Mitternacht stattfand?«
»Ich bin davon überzeugt.«
Der Untersuchungsrichter entließ Bright mit der Vermahnung, vor Gericht etwas vorsichtiger auszusagen, danach erkundigte er sich bei Umpelty nach Brights Vorleben und Charakter.
Dann faßte er die Aussagen zusammen. Er sagte ganz offen, daß der Tote nach seiner Ansicht Selbstmord begangen hätte; die Schöffen brauchten sich nicht den Kopf zu zerbrechen, aus welchen Gründen er dies getan habe. Verschiedene Motive waren angedeutet worden, und er erinnerte die Geschworenen daran, daß der Verstorbene gebürtiger Russe und daher erregbar war; er mochte zu Ausbrüchen der Verzweiflung und Schwermut geneigt haben. Er selbst, der Richter, hätte eine ganze Menge russischer Literatur gelesen und könne den Schöffen versichern, daß Selbstmord eine häufige Erscheinung sei bei diesem unglücklichen Volk. Wir natürlich, die wir das Glück hätten, Westeuropäer zu sein, können dies nicht leicht verstehen; die Schöffen könnten aber glauben, was er ihnen sage.
Sie hätten gehört, wie das Rasiermesser in Alexis' Hände geraten war, und seiner Meinung nach sollte man Brights Irrtum über Hoch- und Niedrigwasser keine zu große Bedeutung beimessen. Wozu brauchte Alexis, der einen Vollbart trug, ein Rasiermesser –

außer zum Zweck, sich damit das Leben zu nehmen? Drei Punkte sprachen allerdings gegen die Selbstmordtheorie: die Rückfahrkarte, der Paß mit Visum und der mit Goldstücken gefüllte Gürtel. Das Visum und die Goldstücke deuteten freilich darauf hin, daß der Verstorbene die Absicht gehabt hatte, aus dem Land zu fliehen. Aber war es nicht denkbar, daß er im letzten Augenblick den Mut verloren und die Verzweiflungstat begangen hatte? Ein weiterer merkwürdiger Punkt war, daß der Verstorbene Handschuhe trug, als er den Selbstmord beging – aber schließlich waren Selbstmörder merkwürdige Menschen. Mrs. Weldon hatte allerdings ausgesagt, daß der Verstorbene keineswegs in einer sonderbaren oder gar verzweifelten Stimmung war, aber die Aussagen von Mrs. Lefranc und William Bright widersprachen der von Mrs. Weldon.
Kurz gesagt: hier handelte es sich um einen Menschen mit russischem Temperament, dessen inneres Gleichgewicht infolge von Gefühlsverwirrung und dem Empfang mysteriöser Briefe gestört gewesen sei. Er hatte seine weltlichen Angelegenheiten geregelt und sich ein Rasiermesser verschafft. Er war an einem einsamen Ort tot aufgefunden worden; das verhängnisvolle Rasiermesser lag in seiner unmittelbaren Nähe. Auf dem Sand waren nur seine eigenen Fußtritte zu sehen, und die Dame, die die Leiche entdeckt hatte, hatte diese Entdeckung so kurz nach dem Tod gemacht, daß es einem etwaigen Mörder nicht möglich gewesen wäre, ungesehen zu entkommen. Der Zeuge Pollock hatte geschworen, daß er um die Zeit, da der Tod eingetreten war, mit seinem Boot vor den Teufelsklippen gewesen sei, wenn auch ziemlich weit draußen, und kein anderes Boot gesehen habe. Diese Aussage war von Miss Vane bestätigt worden. Außerdem stand fest, daß niemand einen Grund hatte, Alexis zu ermorden, es sei denn, daß die Geschworenen der Theorie einer Erpressung oder einer bolschewistischen Verschwörung Bedeutung beilegten.
Wimsey lächelte über diese Zusammenfassung, in der viele wichtige Punkte ausgelassen worden waren – weder die Felsnische noch das Hufeisen waren erwähnt worden. Auch über die Pläne, die Mrs. Weldon bezüglich des Geldes gemacht hatte, war kein Wort gefallen. Die Geschworenen flüsterten miteinander. Dann entstand eine Pause. Harriet sah Henry Weldon an. Er runzelte abwesend die Stirn und hörte seiner Mutter, die ihm erregt etwas ins Ohr sagte, offensichtlich nicht zu.
Der Obmann der Geschworenen stand auf; er war ein korpulenter, bäuerisch wirkender Mann.

»Ja, ich wollte nur sagen, daß wir uns soweit alle miteinander einig sind«, sagte er, »daß der Verblichene durch Halsabschneiden gestorben ist, und die meisten von uns glauben, daß es Selbstmord war.«

Er warf einem der Schöffen einen ärgerlichen Blick zu. »Bis auf einen, der an bolschewistische Verschwörungen glaubt.«

»Der Mehrheitsentscheid genügt«, sagte der Richter. »Glaubt die Mehrzahl der Geschworenen an einen Selbstmord?«

»Ja, tun sie. Und dann möchten wir noch sagen, daß die Polizeiverordnungen über Ausländer verschärft werden sollen. Der Verstorbene war auch ein Ausländer, und Selbstmorde und Morde vertreiben uns ja die Kurgäste.«

»Das gehört nicht zur Sache«, erwiderte der Richter kopfschüttelnd. »Außerdem war der Verstorbene ein naturalisierter Engländer.«

»Das heißt gar nichts«, sagte der Schöffe störrisch. »Ausländer bleibt Ausländer.«

»Und diese Rasse hat das britische Weltreich gegründet«, sagte Wimsey kopfschüttelnd zu Umpelty. »Wenn der Patriotismus die Oberhand gewinnt, ist es aus mit der Logik ... Was halten Sie übrigens von diesem Papierfetzen – dem Rest eines Briefes?«

»Ich weiß nicht recht, Mylord. Messen Sie ihm eine besondere Bedeutung zu?«

»Ja, unbedingt. Ich möchte Sie bitten, ihn an Scotland Yard zu schicken, an Oberkommissar Parker. Er soll den Brief an einen sachverständigen Fotografen weiterleiten.«

Der Kommissar nickte.

»Wird gemacht, Mylord. Ich bin auch der Meinung, daß uns der Inhalt des Briefes helfen könnte, falls wir ihn jemals herauskriegen. Wirklich, ein derartig sonderbarer Fall ist mir noch nie begegnet. Macht zweifellos den Eindruck eines Selbstmords, und doch spricht verschiedenes dagegen. Nehmen wir zum Beispiel Bright. Ich glaube, daß er lügt, und Sie glauben es auch, aber man kann nicht von den Geschworenen erwarten, daß sie einen Mann aufhängen lassen, bloß weil er Ebbe und Flut nicht unterscheiden kann. Wir werden den Burschen im Auge behalten; natürlich können wir ihn weder verhaften noch weiterhin hierbehalten. Wir können ihm schließlich nicht auf eine unbestimmt lange Zeit Kost und Logis bezahlen. Eine feste Adresse besitzt er auch nicht, und bei dem Beruf kann man's nicht erwarten. Jedenfalls werden wir sämtliche Polizeireviere veranlassen, ihn unter Beobachtung zu halten. Mehr können wir nicht tun. Außerdem müssen wir darauf gefaßt sein, daß er seinen Namen wieder ändert.«

»Bezieht er keine Arbeitslosenunterstützung?« erkundigte sich Wimsey.

»Nein, er sagt, daß er unabhängig bleiben wolle«, brummte Umpelty.

»Das klingt natürlich höchst verdächtig. Selbstverständlich wird er um die Belohnung einkommen, die der *Morning Star* ausgesetzt hat, und das Geld wird es ihm ermöglichen, auf jeden Fall eine Weile ohne Unterstützung auszukommen.«

»Setzen Sie sich mit Mr. Hardy in Verbindung und fragen Sie ihn, ob es möglich ist, die Auszahlung der Belohnung etwas zu verzögern. Wenn Bright sie dann später nicht mehr anfordern sollte, wissen wir, daß irgend etwas mit ihm nicht stimmt. Verachtung des Geldes ist ein sehr verdächtiges Zeichen.«

Umpelty grinste.

»Ich bin ganz Ihrer Ansicht, Mylord. Wenn einer nicht nimmt, was er kriegen kann, ist immer irgend etwas faul. Da haben Sie ganz recht. Ich werde mich mit Mr. Hardy in Verbindung setzen, und ich werde auch versuchen, Bright dazu zu überreden, noch zwei Tage am Ort zu bleiben. Wenn er wirklich was auf dem Kerbholz hat, wird er nicht die Flucht ergreifen, weil er keinen Verdacht auf sich lenken will.«

»Ich fände es verdächtiger, wenn er sich bereit erklären würde, zu bleiben.«

»Das stimmt, Mylord, aber Bright denkt da anders. Er möchte so wenig Schwierigkeiten wie möglich machen. Mir persönlich wäre es am liebsten, wenn wir einen Grund hätten, ihn ein paar Tage auf Nummer Sicher zu setzen. Wenn wir ihn zum Beispiel erwischen könnten, wenn er betrunken ist . . .«

»Das erste Mal, daß Sie einen guten Vorschlag machen«, sagte Wimsey lachend. »Also dann, auf Wiedersehen, Herr Kommissar . . . Oh, hallo Weldon! Ich wußte nicht, daß Sie noch hier sind.«

»Albern, diese ganze Geschichte«, sagte Weldon. »Was die Leute für Unsinn reden! Die ganze Sache ist doch sonnenklar, sollte man meinen, aber meine Mutter faselt noch immer von Bolschewisten. Nicht einmal mehr das Urteil eines Richters bringt sie zum Schweigen. Diese Weiber! Man kann sich den Mund wund reden, nützt nichts – sie bleibt weiter bei ihren dämlichen Ideen. Man darf sie einfach nicht ernst nehmen.«

»Nicht alle Frauen sind gleich«, sagte Wimsey.

»Das wird behauptet, ich glaub's nicht. Am ganzen Kreuz, das man mit den Frauen hat, ist dieser Unsinn mit der Gleichberechtigung schuld. Heutzutage glauben die Weiber, alles zu wissen, Denken Sie nur an die Aussagen von Miss Vane. Woher soll so ein Mädel wie die etwas über Blut wissen? Frauen phantasieren immer von Blut, das in Strömen fließt. Lesen zu viele Krimis. Blut in Strömen! Dummes Zeug! Sinnlos, sie von was zu überzeugen. Sie sehen, was sie zu sehen glauben. Verstehen Sie, was ich meine?«

»Ich glaube schon; Sie scheinen sich ja eingehend mit der weiblichen Psyche beschäftigt zu haben«, sagte Wimsey anerkennend.

»Oh, ich kenne die Frauen schon«, erwiderte Weldon geschmeichelt. »Sie meinen, eine Sache in einem bestimmten Licht sehen zu *müssen*, und dann behaupten sie kühn, daß die Sache so und nicht anders ist.«

»Ja, ja. Ich habe Sie vorhin schon verstanden«, sagte Wimsey nervös. »Sie wollen also sagen, daß wir uns nicht auf Miss Vanes Aussage verlassen können? Nach Ihrer Ansicht war es folgendermaßen: Miss Vane hört einen Schrei, sie entdeckt einen Mann mit durchschnittener Kehle, neben ihm liegt ein Rasiermesser; es macht den Eindruck, daß er gerade im Moment Selbstmord verübt hat, deshalb nimmt sie es als selbstverständlich an, daß er wirklich gerade im Moment Selbstmord verübt hat. In diesem Fall sollte das Blut noch fließen. Deshalb redet sie sich ein, daß es noch geflossen ist. Meinen Sie das?«

»Genau das.«

»Der Entscheid der Geschworenen ist ›Selbstmord‹. Aber Sie und ich, die wir die Frauen so gut kennen, wissen, daß die Aussage betreffs des Blutes wahrscheinlich falsch war und daß es sich daher um einen Mord gehandelt haben könnte. Meinen Sie das?«

»Nein, nein, durchaus nicht«, protestierte Weldon, »ich bin fest davon überzeugt, daß es ein Selbstmord war.«

»Worüber regen Sie sich dann auf? Wenn der Mann nach zwei Uhr ermordet wurde, hätte Miss Vane den Mörder sehen müssen. Sie hat den Mörder nicht gesehen. Deshalb war es Selbstmord. Der Beweis für einen Selbstmord hängt von Miss Vanes Aussage ab, derzufolge der Mann nach zwei Uhr gestorben ist, nicht wahr?«

Henry Weldon rang einige Momente mit der erstaunlichen Logik von Lord Peters Feststellung. Sein Gesicht heiterte sich auf. »Natürlich«, sagte er, »es muß Selbstmord gewesen sein, und Miss Vanes Aussage bestätigt es. Sie muß deshalb doch recht haben.«

Eine syllogistische Monstrosität, dachte Wimsey. Ein Mann, der

so denkt, ist unfähig, überhaupt zu denken. Er konstruierte einen neuen Syllogismus für sich selbst:
Der Mann, der den Mord beging, ist kein Narr.
Weldon ist ein Narr.
Deshalb hat Weldon den Mord nicht begangen.
Das schien zu stimmen, aber weshalb machte sich Weldon dann eigentlich Sorgen? Es gab nur eine Antwort: weil er für zwei Uhr kein einwandfreies Alibi besaß. Und das machte auch Wimsey Kummer. Erfahrung hatte ihn gelehrt, daß alle perfekten Mörder perfekte Alibis für die Zeit des Mordes besitzen.
Dann plötzlich kam die Erleuchtung über ihn, drang in die dunklen Stellen seines Gehirns ein wie ein Scheinwerfer. Ja, ja – wenn das die richtige Lösung sein sollte, wäre Weldon alles andere als ein Narr. Im Gegenteil – einer der geriebensten Verbrecher, der ihm je begegnet war. Wimsey betrachtete Weldons trotziges Profil. War es möglich? Ja, das war es, und wenn Harriet Vane nicht aufgetaucht wäre, so wäre Weldons Plan wahrscheinlich erfolgreich gewesen.
Es mochte folgendermaßen gewesen sein: Um zwei Uhr hatte Weldon Alexis auf dem Teufelseisen ermordet. Er hatte das Pferd schon irgendwo griffbereit stehen gehabt. Nachdem er die Drei Federn um ein Uhr dreißig verlassen hatte, war er zu der Stelle geeilt, an der er das Pferd angebunden hatte. Er schwang sich auf seinen Rücken und galoppierte los. Angenommen, er hätte die Hinks Lane um ein Uhr zweiunddreißig verlassen und das Pferd wäre in einem Tempo von etwa vierzehn Kilometern die Stunde galoppiert. Er hätte dann fünf Minuten vor zwei so weit vom Felsen entfernt sein können, daß er den Weg dorthin in fünf Minuten hätte zurücklegen können. Und dann? *Dann schickte er die Stute zurück.* In den fünf Minuten, bevor Harriet aufwachte, konnte die Stute über den Strand zurückgaloppiert sein. Weldon geht zu Fuß zum Teufelseisen und verübt den Mord um zwei Uhr. Als er Harriet kommen hört, versteckt er sich in der Felsnische. Die Stute muß inzwischen auf ihr Feld zurückgerannt oder zum mindesten den Weg bei den Fischerhäusern hinaufgaloppiert sein, oder . . .? Vergessen wir die Stute! Konzentrieren wir uns auf Weldon. Die Zeit war knapp. Der ganze Plan schien übertrieben ausgeklügelt, übertrieben raffiniert, aber durchaus im Bereich der Möglichkeit. Was wäre geschehen, wenn Harriet nicht zufällig an Ort und Stelle gewesen wäre? Die Flut hätte die Leiche innerhalb weniger Stunden hinweggespült. Halt – einen Augenblick, Peter! Falls Weldon der Mörder war, lag es in seinem Interesse, daß die Leiche gefunden wurde, denn seine

Mutter sollte erfahren, daß Alexis tot war. Ja, aber unter normalen Umständen wäre die Leiche schneller an Land geschwemmt worden. Nur der starke Südwest und die dreihundert Goldstücke waren schuld an der Verzögerung. Jedenfalls war der Tote schließlich aufgefunden worden. Wenn Harriet die Leiche nicht entdeckt hätte, wäre es allerdings unmöglich gewesen festzustellen, ob der Tod nicht früher eingetreten war – sagen wir zwischen elf und ein Uhr dreißig – die Zeit, für die ein Alibi vorhanden war. Die frühe Ankunft des Opfers in Darley schien darauf hinzudeuten, daß der Mord vor zwei Uhr stattgefunden hatte. Warum sollte man sein Opfer um elf Uhr dreißig an einen einsamen Ort kommen lassen und dann zweieinhalb Stunden warten, bevor man ihm den Garaus machte? Es sei denn, man wollte den Eindruck erwecken, daß man ihn früher umgebracht hatte. Auch die Aussage des mürrischen alten Pollock und seines Enkels war zu berücksichtigen. Sie hatten widerwillig zugegeben, daß sie Alexis gegen ein Uhr fünfundvierzig auf dem Teufelseisen liegen sahen. Sie mußten auch etwas mit der Sache zu tun haben. Ja, unbedingt! Der Anschein sollte erweckt werden, daß der Mord am Vormittag begangen worden war. »Der Mann mit dem einwandfreien Alibi ist immer verdächtig.« Das war eine der eisernen Grundregeln des Detektivs. Und für den Vormittag lag ein einwandfreies Alibi vor. Vollkommen hieb- und stichfest, denn es beruhte auf Wahrheit. Es existierte einzig und allein zu dem Zweck, die Aufmerksamkeit von der kritischen Stunde abzulenken. Und die kritische Stunde war zwei Uhr. Wie gut der Plan hätte gelingen können, wäre Harriet nicht auf der Bildfläche erschienen! Die Tatsache, daß Harriet dazwischengekommen war, mußte ein schwerer Schlag gewesen sein. Kein Wunder, daß Weldon sich so krampfhaft bemühte, die Aussagen über die Zeit des Todes als unglaubwürdig hinzustellen. Er wußte nur zu gut, daß der Tod um zwei Uhr kein Beweis für einen Selbstmord war: er war nicht dumm, er spielte nur den Dummen, und er spielte die Rolle verdammt gut.

Wimsey war tief in Gedanken versunken, und er bemerkte kaum, daß Weldon sich von ihm verabschiedete. Er war froh, daß er allein gelassen wurde, weil er in Ruhe nachdenken wollte. Harriets Aussage hatte den ursprünglichen Plan vereitelt. Was würde Weldon jetzt tun?

Vielleicht gar nichts – das wäre am sichersten. Er mochte sich darauf verlassen, daß die Polizei, Wimsey, Harriet und alle anderen den Entscheid der Schöffen anerkennen würden. Aber würde er

den Mut dazu aufbringen? Vielleicht – es sei denn, daß er den chiffrierten Brief kannte und wußte, daß der Inhalt einen Mord beweisen würde. In diesem Fall müßte er auf seine zweite Verteidigungslinie zurückfallen, indem er ein Alibi für zwei Uhr zu erbringen versuchte – für die wirkliche Zeit des Mordes.
Was hatte er tatsächlich bisher darüber gesagt? Wimsey studierte seine Notizen, die in letzter Zeit erheblich an Umfang zugenommen hatten. Weldon hatte ganz nebenbei einen etwaigen Zeugen erwähnt, einen Unbekannten, der durch Darley gekommen war und ihn nach der Zeit gefragt hatte.
Ja, natürlich. Dieser Zeuge war ihm ja schon verdächtig erschienen, jene Gestalt, die immer wieder in den Kriminalromanen auftaucht – der Mann, der nach der Zeit fragt. Wimsey lachte. Jetzt war er seiner ganz sicher. Für alles war gesorgt worden: im Bedarfsfall würde man diesen nützlichen Zeugen im Handumdrehen herbeischaffen. Jetzt, nachdem das Morgen-Alibi verfehlt hatte, das feindliche Feuer auf sich zu lenken, würde das Zweiuhr-Alibi in die vorderste Kampflinie geschoben werden. Nur würde es dieses Mal nicht stichfest, sondern eine Fälschung sein. Eine recht gute Fälschung, aber ohne jeden Zweifel eine Fälschung. Und dann würden sich die Schatten der hohen, dunklen Gefängnismauern über Henry Weldon senken.
Wenn ich recht habe, wird jetzt der Zweiuhr-Zeuge bald auftauchen. Und wenn er wirklich auftaucht, dann habe ich recht. Dies jedoch war eine Logik von der Art Mr. Weldons.

22. Die Aussage des Mannequins

Sonnabend, den 27. Juni,
und Sonntag, den 28. Juni

Harriet Vane wohnte recht behaglich im Zimmer des verstorbenen Paul Alexis. Ihr Agent hatte sich in einem höflichen Brief erkundigt, ob ihr neues Buch im Herbst veröffentlicht werden könne, woraufhin sie begonnen hatte, sich wieder mit dem Problem der Turmuhr zu beschäftigen. Allerdings widmete sie dem besagten Problem nur eine sehr geteilte Aufmerksamkeit. Im Vergleich mit den komplizierten Verwicklungen des Falles Alexis erschien ihr der Inhalt ihres Romans schwach und uninteressant. Überdies zeigte Robert Templeton mehr und mehr die ärgerliche Neigung, zu sprechen wie Lord Peter Wimsey. Anstatt zu schreiben, saß Harriet gemütlich

in einem Sessel und las eins der Bücher, das dem seligen Alexis gehört hatte. Diese Bücher enthielten entweder Beschreibungen des Zarenhofes oder romantische Geschichten von Liebe und Krieg in exotisch-unbestimmten Ländern. Paul Alexis hatte offensichtlich einen ganz entschiedenen Geschmack in Sachen Bücher gehabt. Er mochte Geschichten von strahlend schönen jungen Männern, die unter den widrigsten Umständen zu perfekten Gentlemen heranwuchsen, sich plötzlich als Erben einer Monarchie erwiesen und, im letzten Kapitel, die Revolten treuer Thronanhänger erfolgreich leiteten, um am Schlusse in blauen Uniformen mit silbernen Tressen auf einem Balkon zu erscheinen und sich von dem befreiten Volk bejubeln zu lassen. Gelegentlich war ihnen zur Seite eine schöne Amerikanerin und Millionenerbin; manchmal aber blieben sie einer Braut der eigenen Nationalität trotz großer Versuchung treu und retteten diese im letzten Moment aus den Fängen eines bösen Ministers.
Wenn Harriet von ihren sentimentalen Abenteurerromanen genug hatte, löste sie mit der Hilfe von »Chamber's« Lexikon, das sie zwischen einer russischen Taschenbuchausgabe und dem Roman »Anrecht auf einen Thron« gefunden hatte, Kreuzworträtsel.

Auch Lord Peter Wimsey war in eine interessante Lektüre vertieft, und zwar in einen Brief aus Leamhurst in Huntingdonshire:

»Mylord,
Ihren Anweisungen gemäß halte ich mich hier ein paar Tage auf, während die Lichtmaschine repariert wird. Ich habe Beziehungen mit einem gewissen Mr. Hogben angeknüpft, der eine Erntemaschine besitzt und die meisten Bauern und Landwirte der Gegend gut kennt.
Von ihm erfuhr ich, daß Mr. Henry Weldons finanzielle Verhältnisse als einigermaßen zweifelhaft betrachtet werden und daß sein Gut schwer mit Hypotheken belastet ist. Man nimmt allgemein an, daß er während des letzten Jahres größere Darlehen aufgenommen hat, die ihm im Hinblick auf die von seiner Mutter zu erwartende Erbschaft gewährt wurden. In Anbetracht der Tatsache jedoch, daß Mrs. Weldon ihren Sohn in letzter Zeit nicht besucht hat und daß Gerüchte laut wurden, denen zufolge die Beziehungen zwischen Mutter und Sohn gespannt sind, tauchen gewisse Zweifel über den Wert dieser Sicherheit auf.
Die Verwaltung des Gutes besorgt im Augenblick ein gewisser

Walter Morrison, ein Mann ohne besondere Fachkenntnisse, jedoch mit einiger praktischer Erfahrung. Es wird hier als seltsam erachtet, daß Mr. Weldon sein Gut um diese Jahreszeit verlassen hat. In Anbetracht des Telegramms Seiner Lordschaft von Mittwochabend, dem ich entnahm, daß Mr. Henry Weldon und Mr. Haviland Martin die gleiche Person sind, wäre es wohl gar nicht nötig, Seine Lordschaft darauf hinzuweisen, daß Mr. Weldon sein Heim am am Sonntag, dem 14. Juni, verließ, am Sonntag, dem 21. Juni, dahin zurückkehrte und am nächsten Morgen wieder abfuhr. In letzter Zeit ergaben sich Verzögerungen in der Bezahlung der Landarbeiter, denen zufolge bei der Heuernte keine Fortschritte gemacht werden können. Ebenfalls vernahm ich, daß Mr. Weldon von den Hypothekengläubigern Schwierigkeiten gemacht werden, wegen der mangelhaften Instandhaltung der Gebäude, Zäune, Deiche etc. Ich selbst stellte bei der Inspizierung des Gutes fest, daß diese Schäden tatsächlich vorhanden sind. Sogar die Entwässerungsanlage, die in diesem Landesteil von größter Wichtigkeit ist, arbeitet nur teilweise, infolgedessen stehen mehrere Felder und Wiesen unter Wasser.
Obwohl Mr. Weldon den Ruf besitzt, sich gegen die Damen zu viele Freiheiten herauszunehmen, ist er hier in der Gegend ziemlich beliebt. Einem Gerücht zufolge soll er in einem schönen Haus in Cambridge eine junge Dame aushalten. Mr. Weldon ist als Sportler bekannt, und er ist ein regelmäßiger Besucher der Rennen in Newmarket. Man sagt, daß er über beachtliche Fähigkeiten in der Pferde- und Viehzucht verfügt. Auf dem Gebiet des Ackerbaus jedoch soll er nicht sehr bewandert sein.
Sein Haus wird von Mr. und Mrs. Sterne, einem ehrbaren älteren Ehepaar, verwaltet. Einem Gespräch mit diesen Leuten entnahm ich, daß Mr. Weldon zu Hause ein ruhiges Leben führt. Mit Ausnahme einiger benachbarter Landwirte empfängt er wenig Besuch. Das Ehepaar Sterne ist seit sechs Jahren bei ihm. Während dieser Zeit hat ihn seine Mutter dreimal besucht; alle drei Besuche fanden während der ersten beiden Jahre dieser Periode statt. Außerdem wurde er zweimal von einem Herrn aus London besucht – dieser Herr soll von kleiner Statur gewesen sein, einen Bart getragen haben und invalid gewesen sein. Der besagte Herr war im Februar dieses Jahres zum zweitenmal bei Mr. Weldon. Obgleich sich Mrs. Sterne mir gegenüber nicht über die finanzielle Lage ihres Arbeitgebers äußerte, erfuhr ich später von Hogben, daß sich das Ehepaar nach einer anderen Stellung umsieht.

Mehr habe ich während der kurzen Zeit meines hiesigen Aufenthaltes nicht ausfindig machen können. Wenn seine Lordschaft wünscht, werde ich meine Erkundungen fortsetzen.
Darf ich mir nur noch erlauben, Seine Lordschaft darauf hinzuweisen, daß die Manschettenknöpfe entfernt werden müssen, bevor die Hemden in die Wäscherei geschickt werden. Es beunruhigt mich außerordentlich, daß ich mich am Montag nicht persönlich um die Wäsche kümmern kann.
Ich hoffe, daß die klimatischen Verhältnisse in Wilvercombe Seiner Lordschaft zusagen und daß die Nachforschungen zufriedenstellende Ergebnisse zeitigen.
Darf ich Seine Lordschaft bitten, Miss Vane meine respektvollen Empfehlungen zu übermitteln.

Ich verbleibe, Mylord,
Ihr gehorsamer Diener, Mervyn Bunter.«

Dieser Brief erreichte Wimsey am Sonnabendnachmittag, und er zeigte ihn Kommissar Umpelty, als letzterer ihn gegen Abend besuchte.
»Wir haben bereits ähnliche Informationen erhalten, wenn auch nicht ganz so ausführliche«, sagte Umpelty, nachdem er den Brief gelesen hatte. »Eins steht fest: unser Freund Weldon hat erhebliche finanzielle Schwierigkeiten ... Um jedoch auf den Anlaß meines Besuches zu kommen«, fuhr er mit einem bescheiden triumphierenden Lächeln fort, »ich wollte Ihnen sagen, daß wir die Identität der jungen Dame auf der Fotografie festgestellt haben.«
»Wirklich? Sie haben die schöne Feodora gefunden?«
»Ja – allerdings behauptet sie, gar nicht die schöne Feodora zu sein. Sie sagt nämlich, sie sei Olga Kohn. Ich habe Ihnen ihren Brief mitgebracht.« Umpelty kramte in seiner Brusttasche.
»Hier...« er überreichte Wimsey einen blaßblauen Bogen Briefpapier, auf dem der Buchstabe O in Königsblau und Gold prangte. Der Brief war in einem dazu passenden eleganten Umschlag abgesandt worden.
»Sehr schöne Schrift, zeugt von großem Selbstbewußtsein«, sagte Wimsey. »Mal sehen, was die junge Dame zu sagen hat.«

»159, Regent Square,
Bloomsbury

Sehr geehrte Herren, in der heutigen Abendzeitung las ich den Bericht über die gerichtliche Voruntersuchung im Fall Paul Alexis, und ich war sehr erstaunt, eine Fotografie von mir abgedruckt zu sehen. Ich versichere Ihnen, daß ich nichts mit dieser Sache zu tun habe, und ich kann mir nicht vorstellen, wie Paul Alexis, den ich nicht kenne, in den Besitz meiner Fotografie gekommen ist, die mit einem fremden Namen unterzeichnet ist. Ich bin von Beruf Mannequin, und deshalb bestehen eine ganze Menge Fotografien von mir, und so muß das Bild wohl irgendwie in die Hände des Verstorbenen geraten sein.

Obwohl ich keine Ahnung habe, wieso ich in diese Sache verwickelt wurde, bin ich gern bereit, Ihnen alle Auskünfte zu geben, die ich weiß. Die Aufnahme wurde vor etwa einem Jahr im Atelier Frith in der Wardour Street gemacht. Anbei schicke ich einen weiteren Abzug des gleichen Fotos, das ich benützte, als ich mich um ein Engagement als Mannequin bemühte. Ich habe es an zahlreiche Firmen und auch an einige Theateragenturen geschickt. Augenblicklich bin ich bei der Firma Doré, Hanover Square, als Mannequin angestellt. Ich arbeite seit sechs Monaten dort, und mein Chef wird Ihnen gern jede gewünschte Auskunft über mich erteilen.

Ich würde gern erfahren, wie dieser Paul Alexis zu meinem Bild gekommen ist, weil nämlich der Herr, mit dem ich verlobt bin, sich so sehr über die ganze Angelegenheit aufregt.

Hochachtungsvoll
Olga Kohn.«

»Was halten Sie davon, Mylord?«

»Schwer zu sagen. Ich habe jedenfalls nicht den Eindruck, daß die junge Dame lügt. Der Satz vom aufgeregten Bräutigam tönt ganz echt. Olga Kohn – scheint dem Namen nach eine russische Jüdin zu sein – hat einen ganz nützlichen Brief geschrieben, obwohl sie offensichtlich nicht in Oxford oder Cambridge erzogen wurde. Außerdem muß sie, wenn die Fotografie nicht sehr retuschiert ist, eine bildhübsche junge Dame sein. Was hielten Sie davon, wenn wir beiden lustigen Junggesellen in meinem Wagen nach London führen, um Olga-Feodora einen Besuch abzustatten und sie zum Tee auszuführen? Morgen ist Sonntag, und sie wird wahrscheinlich zu Hause sein.«

Der Kommissar hielt das für eine ausgezeichnete Idee.

»Wir werden sie fragen, ob sie den Frauenheld Henry Weldon kennt. Haben Sie ein Bild von ihm?«

Umpelty bejahte – einer der Pressefotografen habe während der Untersuchungen eine recht gute Aufnahme von Weldon gemacht.

Nachdem ein Telegramm an Miss Kohn aufgegeben worden war, um ihr den Besuch anzukünden, machten sich die beiden Herren in Wimseys Daimler auf den Weg nach London.
Sie übernachteten in Wimseys Wohnung und begaben sich am nächsten Morgen zum Regent Square – bei weitem kein vornehmes Wohnquartier.
Nachdem sie eine dunkle und ziemlich schmutzige Treppe bis zum obersten Stock hinaufgestiegen waren, waren die Herren angenehm überrascht, vor einer frisch gestrichenen grünen Tür zu stehen, an die eine weiße Karte mit dem Namen Olga Kohn geheftet war. Der Türklopfer aus Messing war blitzblank geputzt.
Die Tür wurde von einem sehr hübschen jungen Mädchen geöffnet, das sie mit einem freundlichen Lächeln begrüßte.
»Kommissar Umpelty?«
»Ja. Und ich habe wohl das Vergnügen, mit Miss Kohn zu sprechen? Darf ich Ihnen Lord Peter Wimsey vorstellen, der mich liebenswürdigerweise im Auto hergebracht hat.«
»Freut mich, Ihre Bekanntschaft zu machen«, sagte Miss Kohn. »Bitte treten Sie ein.«
Sie führte die Herren in ein hübsch möbliertes Zimmer mit orangefarbenen Vorhängen. Schalen und Vasen mit Rosen standen auf kleinen flachen Tischen. Die Atmosphäre in dem Raum hatte etwas von gewolltem Raffinement an sich. Vor dem leeren Kamin stand ein dunkelhaariger junger Mann von russischem Aussehen, der sich mit finsterem Gesicht verbeugte.
»Mr. Simon, mein Verlobter«, stellte Miss Kohn vor. »Bitte nehmen Sie doch Platz. Rauchen Sie? Kann ich Ihnen eine Erfrischung anbieten?«
Der Kommissar lehnte dankend ab, und indem er die Anwesenheit des mürrischen Verlobten verwünschte, kam er sofort auf die Fotografie zu sprechen. Er und Wimsey waren sehr bald davon überzeugt, daß Miss Kohn Paul Alexis wirklich nicht gekannt hatte und daß ihr Brief auf Wahrheit beruhte. Nachdem sie ihr ein Bild von Paul gezeigt hatten, schüttelte Miss Kohn den Kopf und sagte: »Ich bin ganz sicher, daß ich ihn niemals gesehen habe.«
»Wäre es nicht möglich, daß Alexis Sie bei einer Modenschau gesehen und versucht hat, Ihre Bekanntschaft zu machen?«
»Das wäre durchaus möglich, aber ich würde mich bestimmt an ihn erinnern, wenn ich sein Gesicht einmal gesehen hätte. Ein junger Mann mit Vollbart ist doch ziemlich auffallend, nicht wahr?«
Sie reichte Mr. Simon das Foto, der es verächtlich betrachtete.

Plötzlich änderte sich sein Ausdruck. »Ich glaube, ich habe diesen Mann irgendwo gesehen, Olga«, sagte er. »Das Gesicht kommt mir bekannt vor.«
»Du hast ihn bestimmt nicht mit mir zusammen gesehen«, erwiderte das Mädchen schnell.
»Dieses Foto war in allen Zeitungen«, warf Umpelty ein.
»Das weiß ich«, sagte Simon, »aber das ist es nicht. Das Gesicht erinnerte mich an jemanden, schon als ich das Bild zum erstenmal sah. Die Augen kommen mir so bekannt vor...«
Umpelty sah ihn erwartungsvoll an, aber es erfolgten keine sensationellen Enthüllungen.
»Nein, leider kann ich Ihnen nicht helfen«, sagte Simon schließlich und gab dem Kommissar das Bild zurück.
»Mir sagt es wirklich nicht das geringste«, beteuerte Miss Kohn nochmals. »Hoffentlich glauben Sie mir das.«
»Ja, ich glaube Ihnen«, sagte Wimsey. »Übrigens habe ich eine Idee. Dieser Alexis war ein sehr romantischer Mensch. Vielleicht hat er sich ganz einfach in Ihr Bild verliebt und ihm einen Phantasienamen gegeben.«
»Mir scheint das etwas töricht, aber möglich wäre es«, sagte Olga Kohn.
»Ich finde es einfach lächerlich. Und wie soll er überhaupt zu dem Bild gekommen sein?« fragte Umpelty.
»Das wäre nicht so schwierig«, erwiderte Olga. »Als Tänzer in einem großen Hotel mag er einen Impresario kennengelernt haben, der ihm das Foto gab. Die Agenten schicken diese Bilder überall herum.«
Der Kommissar erkundigte sich nach näheren Einzelheiten und erhielt die Adressen von drei Agenten, deren Büros sich alle in der Nähe der Shaftesbury Avenue befanden.
»Ich fürchte allerdings, daß sie sich nicht besonders gut an mich erinnern werden«, sagte Olga. »Diese Agenten sehen so viele Leute. Aber Sie können es ja auf alle Fälle versuchen. Ich wäre sehr froh, wenn sich die Sache aufklären würde, weil ich das Gefühl nicht loswerden kann, daß Sie mir nicht glauben.«
»Sie irren sich, Miss Kohn«, sagte Wimsey feierlich. »Wir glauben Ihnen. Wir glauben Ihnen jedes Wort.«
Kommissar Umpelty erhob sich schwerfällig. »Jedenfalls sind wir Ihnen zu großem Dank verpflichtet, Miss Kohn«, sagte er, »obwohl uns Ihre Aussage nicht viel weiterbringt. Bitte sagen Sie mir unverzüglich Bescheid, falls Ihnen im Zusammenhang mit dem Fall

Paul Alexis noch etwas einfallen sollte.« Er wandte sich an den Verlobten. »Bitte wenden Sie sich an mich, wenn Sie sich doch noch daran erinnern können, wo Sie Paul Alexis gesehen haben, Mr. Simon.«
Während Umpelty in der kleinen Diele nach seinem Hut suchte, wandte sich das junge Mädchen an Wimsey. »Der Polizeikommissar glaubt mir kein Wort«, flüsterte sie ängstlich. »Aber Sie glauben mir doch, nicht wahr?«
»Ja, unbedingt«, erwiderte Wimsey, »denn *ich* bin imstande zu glauben, ohne zu verstehen. Das ist Übungssache.«

23. Die Aussage des Theateragenten

Montag, den 29. Juni

Am Montagmorgen gingen Wimsey und der Kommissar in die Shaftesbury Avenue. Die beiden ersten Agenten konnten ihnen keinerlei Auskunft über Miss Olga Kohn geben. So versuchten sie es beim dritten, einem Mr. Isaac J. Sullivan, der ein kleineres und schmutzigeres Büro als die beiden anderen hatte. Das Vorzimmer war zum Bersten voll mit geduldig wartenden Schauspielern und Komparsen. Der Kommissar ließ sich durch einen mürrischen Sekretär bei Mr. Sullivan anmelden, aber es geschah nichts. Wimsey setzte sich auf die äußerste Ecke einer Bank, auf der bereits acht Leute saßen, und begann mit philosophischer Ruhe das Kreuzworträtsel in der Morgenzeitung zu lösen. Der Kommissar wurde unruhig. Als der Sekretär wieder aus Mr. Sullivans Zimmer herauskam, wurde er sofort von einer Schar von Wartenden belagert. Er schob sie energisch beiseite.
»So geht das nicht, junger Mann«, erklärte der Kommissar. »Ich muß sofort mit Mr. Sullivan sprechen – dringende Polizeiangelegenheit.« Er ging auf die Tür zu, aber der Sekretär hielt ihn zurück.
»Tut mir leid, Mr. Sullivan ist nicht da.«
»Natürlich ist er da«, sagte Umpelty. »Bitte verhindern Sie mich nicht an der Erfüllung meiner Pflicht.« Er schob den Sekretär mit einem kräftigen Griff beiseite und öffnete die Tür zum Privatbüro. Sein Blick fiel auf eine spärlich bekleidete junge Dame, die zwei korpulenten Herren mit dicken Zigarren ihre Reize zur Schau stellte.
»Tür zu, verflucht noch mal«, sagte der eine Herr, ohne aufzublicken. »Es zieht ja fürchterlich.«

»Wer von Ihnen ist Sullivan?« fragte der Kommissar mit gebieterischer Stimme.
»Sullivan ist nicht hier. Tür zumachen!«
Umpelty zog sich ärgerlich zurück. Nach einiger Zeit erschien die junge Dame, jetzt vollständig bekleidet und von den beiden zigarrenrauchenden Herren begleitet, im Vorzimmer. Die drei gingen zur Ausgangstür und verschwanden.
In diesem Augenblick wurde die Tür des Privatbüros einen Spalt geöffnet, und eine herrische Stimme rief: »Horrocks!«
Der Sekretär sprang auf und sagte im Vorbeigehen zu Umpelty: »Das war Mr. Sullivan. Ich werde ihm Bescheid sagen.« Dann verschwand er im Privatbüro. Wenige Augenblicke später hörte man die gleiche herrische Stimme: »Ist mir ganz egal, wer er ist. Er muß warten. Erst mal sehen, ob da draußen eine brauchbare Blondine für die Marine-Revue ist.«
Die Tür öffnete sich weit, und ein ungeheuer dicker Mann erschien auf der Schwelle, dessen gutmütiger Ausdruck gar nicht zu der barschen Stimme paßte.
Ein junges Mädchen sprang auf ihn zu.
»Nur keine Aufregung, Grace. Ich hab' heute nichts für dich. Geh nach Hause, ich rufe an, wenn wir etwas hören sollten ... Tag, Phyllis, lange nicht gesehen. Geh nach Hause, nichts zu machen ... Wie geht's denn Muttchen? Heute leider kein Bedarf für grauhaarige Damen ... Nanu!«
Sein Blick war auf Wimsey gefallen, der gerade bei einem schwierigen Wort seines Kreuzworträtsels angelangt war und beim Nachdenken seine Blicke umherschweifen ließ.
»Zum Donnerwetter, Horrocks. Warum haben Sie mir denn nicht Bescheid gesagt? Wozu gebe ich Ihnen Ihr Gehalt? Haben Sie keine Augen im Kopf? Diesen Typ suchen wir seit Wochen vergeblich, und Sie halten es nicht mal für nötig, den Mann hereinzurufen.«
Er blieb vor Wimsey stehen.
»Sie – wie heißen Sie? Waren noch nie hier, was? ... Hallo, Rosencrantz!«
Ein anderer, ebenfalls ziemlich dicker Herr trat aus dem Privatbüro.
»Hier haben Sie die ideale Besetzung für Ihr neues Salonstück. Wie nach Maß gemacht, mein Junge. Die Nase allein ist Gold wert, was?«
»Gut und schön, lieber Sullivan«, erwiderte Rosencrantz, »aber ist er begabt, kann er die Rolle spielen?«

»Hier scheint ein kleiner Irrtum vorzuliegen«, sagte Wimsey und drückte sein Monokel etwas fester ins Auge. »Tut mir leid, meine Herren, aber ...«
»Großartig, einfach fabelhaft«, rief Sullivan im Ton höchster Begeisterung. »Diese samtweiche, kultivierte Stimme.«
»Nicht schlecht«, gab Rosencrantz zu, dann wandte er sich an Wimsey: »Haben Sie schon einmal eine Hauptrolle gespielt?«
Lord Peter stand auf, sah sich mit stolzer Miene im Kreis um und sagte hochmütig: »Allerdings habe ich Hauptrollen gespielt, und zwar vor allen gekrönten Häuptern Europas. Herunter mit der Maske! Ich bin Lord Peter Wimsey, der Bluthund von Piccadilly, und ich bin eben einem Mörder auf der Spur.«
Er schob die beiden feisten Herren ins Privatbüro, folgte ihnen und schloß die Tür.
»Wirkungsvoller Abgang«, sagte jemand.
»Soll man das für möglich halten«, erklärte Umpelty kopfschüttelnd. Er ging auf die Tür zu, und diesmal versuchte Horrocks nicht, ihn zurückzuhalten.

»So etwas, so etwas, so etwas«, sagte Sullivan, während er Wimseys Visitenkarte betrachtete. »Wirklich ein Jammer, finden Sie nicht auch, Rosencrantz? Mit diesem Gesicht könnten Sie ein Vermögen machen, Mylord.«
Rosencrantz seufzte. »Ja, schade, schade. Wieder mal Pech gehabt ... Ich muß gehen, Sully. Auf morgen. Vielleicht finden Sie dann etwas für mich.«
Er verließ das Büro nicht durch das Vorzimmer, sondern durch einen Privateingang auf der anderen Seite des Büros. Mr. Sullivan wandte sich an seine Besucher.
»Kommen wir zur Sache, meine Herren. Was wollen Sie von mir? Ich habe nicht viel Zeit.«
Der Kommissar zeigte ihm das Foto von Olga Kohn.
»Was ist mit ihr los? Hoffentlich ist sie nicht in Schwierigkeiten. Nettes Mädchen, arbeitet schwer, nichts gegen sie einzuwenden.«
Umpelty fragte, ob Sullivan in der letzten Zeit Fotografien von Olga verschickt hätte.
»Das muß ich mir mal einen Augenblick überlegen ... Sie ist seit einigen Monaten nicht hier gewesen. Arbeitet als Mannequin. Ist auch viel besser für sie. Ein liebes Mädchen, ein bildhübsches Mädchen, aber schauspielerisch völlig unbegabt. Wo ist Horrocks?«

Er öffnete die Tür einen Spalt und rief: »Horrocks!« Der Sekretär kam herein.
»Sie kennen doch das Foto von Olga Kohn, was? Haben wir das kürzlich jemandem gegeben?«
»Ja. Entsinnen Sie sich nicht, Mr. Sullivan? Es war dieser Bursche, der russische Typen für die Provinz gesucht hat.«
»Ja, natürlich. Jetzt fällt mir die Sache auch wieder ein. Wir kannten ihn vorher nicht, hab' ich recht?«
»Nein, Mr. Sullivan. Er sagte, daß er im Begriff wäre, seine eigene Agentur zu gründen. Den Namen habe ich vergessen, aber ich werde gleich nachsehen.« Er nahm ein Buch aus dem Regal, feuchtete seinen Zeigefinger an und begann nachzuschlagen. »Ja, hier steht es: Maurice Vavasour.«
»Maurice Vavasour«, wiederholte Sullivan. »Wird auch nicht sein wirklicher Name sein, heißt wahrscheinlich Smith oder Miller. Ja, jetzt entsinne ich mich wieder ganz genau. War ein kleiner Bursche mit Bart. Sagte, ein romantisches Drama besetzen zu wollen, und suchte russische Typen. Diese Fotografie schien's ihm angetan zu haben, obwohl ich ihm damals die kleine Petrowna empfahl, die mehr Erfahrung hat. Er sagte, das spiele keine Rolle. Der Kerl hat mir gar nicht gefallen.«
»Nein?«
»Nein. Wenn sie nur auf hübsche Mädchen aus sind und keinen Wert auf künstlerische Erfahrung legen, gefallen mir die Burschen nie. Erklärte ihm, das Mädchen hätte bereits eine Stellung, aber er sagte, daß er trotzdem mit ihr sprechen wollte. Da sie sich danach nicht mit mir in Verbindung gesetzt hat, nehme ich an, daß Miss Kohn sein Angebot abgelehnt hat. Um was handelt es sich jetzt eigentlich? Hat dieser Vavasour ihr Unannehmlichkeiten gemacht?«
»Nein, nicht eigentlich«, erwiderte Wimsey. »Sie arbeitet nach wie vor bei derselben Firma als Mannequin ... Bitte zeigen Sie doch Mr. Sullivan die andere Fotografie, Herr Kommissar. Ist das dieser Vavasour?«
Mr. Sullivan und Horrocks steckten ihre Köpfe zusammen, betrachteten das Foto von Paul Alexis und begannen gleichzeitig den Kopf zu schütteln.
»Nein, das ist er nicht«, sagte Horrocks.
»Ganz bestimmt nicht«, sagte Sullivan.
»Sind Sie sicher?«
»Das ist er ganz bestimmt nicht«, wiederholte Sullivan. »Das hier

ist ein junger Mann, und Vavasour war mindestens vierzig. Klein, blaß, mit eingefallenen Backen und sirupsüßer Stimme. Würde einen guten Judas abgeben.«
»Oder einen Richard III.«, schlug Horrocks vor.
»Höchstens, wenn Richard III. als schleimiger Mensch dargestellt werden soll«, sagte Sullivan. »Und trotzdem könnte ich ihn mir nicht im fünften Akt vorstellen. Gut für die Szene mit den Bürgern, Sie wissen schon: Auftritt Richard – er liest – von zwei Mönchen begleitet ... Richard III. ist eine Rolle, die schwer zu besetzen ist. Der Charakter ist widersprüchlich. Shakespeare kann nicht ganz bei der Sache gewesen sein, als er das Stück schrieb. Sein Richard III. besteht aus zwei verschiedenen Männern – der eine ist ein intriganter Schleicher, der andere ein dreister Bursche, der den Leuten die Köpfe abschlägt und Wutanfälle hat.«
Kommissar Umpelty begann unruhig mit den Füßen zu scharren.
»Ich glaube, daß Shakespeare Richard III. als einen Menschen sah, der immer ganz bewußt eine Rolle spielte«, sagte Wimsey. »Ich glaube nicht, daß seine Wutanfälle echter sind als seine Liebeskundgebungen. Die Szene mit den Erdbeeren zeigt das ganz deutlich.«
»Möglich, aber die Szene mit Buckingham und der Uhr?«
Umpelty, der die Geduld verloren hatte, stand auf.
»Wir sind Ihnen sehr verbunden, Mr. Sullivan, aber wir wollen Sie nicht länger aufhalten«, sagte er.
»Tut mir leid, daß ich nicht mehr für Sie tun kann. Wenn dieser Vavasour wieder bei mir auftauchen sollte, sage ich Ihnen natürlich Bescheid. Ich hoffe nur, daß er Miss Kohn keine Unannehmlichkeiten bereitet hat – so ein nettes Mädchen. Ich mache mir Sorgen, auch wenn Sie mich dabei für einen sentimentalen Narren halten.«
»Durchaus nicht«, sagte Wimsey.
Sie verließen das Büro durch den Privateingang und gingen schweigend die schmale Hintertreppe hinunter.
»Ich möchte nur wissen, wer dieser Vavasour ist und was er im Schilde führt«, sagte der Kommissar. »Glauben Sie, daß der dicke Sullivan eine Hand im Spiel hat?«
»Nein, das halte ich für ausgeschlossen«, erwiderte Wimsey. »Und wenn Sullivan nicht weiß, wer Vavasour ist, können Sie sich darauf verlassen, daß er weder ein Impresario noch ein Theaterdirektor ist. Diese Leute kennen sich alle untereinander.«
»Keine große Hilfe für uns.«

»Im Augenblick nicht. Ich frage mich nur . . .«
»Was?«
»Warum Horrocks an Richard III. gedacht hat.«
»Wahrscheinlich hat er nicht viel von diesem Vavasour gehalten. Richard war doch der König, der beschloß, ein Schurke zu werden, oder irre ich mich?«
»Nein, Sie irren sich nicht. Aber ich kann mir nicht vorstellen, daß Horrocks einem Menschen an der Nasenspitze ansieht, daß er ein Schurke ist. Er ist ganz einfach daran gewöhnt, gewisse Rollen mit gewissen Typen zu besetzen . . . Ich habe eine Idee, Umpelty. Diese Idee läßt mich nicht los, sie geht mir ununterbrochen durch den Kopf.«
Der Kommissar murmelte etwas Unverständliches und stolperte über eine Holzkiste, als sie das dunkle Treppenhaus verließen und die Straße betraten.

24. Die Aussage des Volksschullehrers

Montag, den 29. Juni,
und Dienstag, den 30. Juni

Paul Alexis wurde am Montag mit vielen Blumen und im Beisein einer großen Menschenmenge beerdigt. Lord Peter und Kommissar Umpelty waren noch in London, aber Bunter, der am Morgen aus Huntingsdonshire gekommen war, erwies sich als würdiger Vertreter seines Herrn. Er legte einen großen Kranz mit Schleife und passender Inschrift auf das Grab. Mrs. Weldon, in tiefer Trauer, war in Begleitung ihres Sohnes erschienen. Die Angestellten des Resplendent hatten ein Blumenarrangement in Form eines Saxophons geschickt. Auch Miss Leila Garland hatte Trauerkleidung angelegt; Mrs Weldon war empört, als ihre Rivalin im feierlichsten Augenblick einen riesigen Veilchenstrauß in das offene Grab warf, hysterisch zu schluchzen anfing und weggeführt werden mußte.
Nicht nur die Lokalzeitungen, sondern auch die nationale Presse brachte Bildartikel über die Beerdigungszeremonie.
»Ich nehme an, daß Sie Wilvercombe jetzt verlassen werden«, sagte Harriet zu Mrs. Weldon. »Dieser Ort muß zu viele traurige Erinnerungen für Sie haben.«
»Nein, ich habe nicht die Absicht fortzufahren, bevor nicht aufgeklärt ist, wie Paul ums Leben kam. Ich weiß genau, daß er von

einer Kommunistenbande ermordet worden ist, und ich finde es unerhört, daß die Polizei diese Dinge duldet.«

»Ich wünschte, Sie könnten meine Mutter zur Abreise überreden«, sagte Henry. »Schlecht für ihre Gesundheit, noch länger hierzubleiben. Sie selbst werden wohl auch bald fortfahren.«

»Wahrscheinlich.«

Es schien tatsächlich für niemanden Sinn zu haben, noch länger in Wilvercombe zu bleiben. William Bright bat die Polizei um eine Abreisebewilligung, die ihm genehmigt wurde, vorausgesetzt, daß er sie über seine Adresse auf dem laufenden hielt. Daraufhin ging er sofort zu seinem Quartier in Seahampton, packte seine Sachen und machte sich in nördlicher Richtung auf den Weg. »Man kann nur hoffen, daß wir ihn nicht aus den Augen verlieren«, sagte Oberkommissar Glaisher. »Wir können ihn nicht durch ganz England verfolgen, denn wir haben ihm nichts vorzuwerfen.«

Als Wimsey und Umpelty am Dienstagmorgen wieder in Wilvercombe anlangten, hatte Glaisher eine Überraschung bereit.

»Wir haben Perkins entdeckt«, sagte er.

Es hatte sich herausgestellt, daß Mr. Julian Perkins, nachdem er Darley verlassen hatte, in einem gemieteten Auto nach Wilvercombe und von dort mit dem Zug nach Seahampton gefahren war, wo er seine Wandertour wieder aufgenommen hatte. Nachdem er etwa dreißig Kilometer gewandert war, war er von einem Lastwagen überfahren worden. Nach dem Unglück hatte er fast eine Woche lang bewußtlos im Krankenhaus gelegen. Da sich in seinem Rucksack keinerlei Ausweispapiere befunden hatten, erfuhr man erst, wer er war, nachdem er das Bewußtsein wiedererlangt hatte. Als er hörte, daß sich die anderen Patienten über die gerichtliche Untersuchung in Wilvercombe unterhielten, erwähnte er mit leichtem Stolz, daß er die junge Dame kenne, die die Leiche entdeckt hatte. Jetzt entsann sich eine der Krankenschwestern, im Radio gehört zu haben, daß ein Mann namens Perkins gesucht werde. Man verständigte die Polizei in Wilvercombe, und Wachtmeister Ormond wurde ins Krankenhaus geschickt, um Perkins zu vernehmen.

Es war jetzt klar, warum Perkins sich bisher nicht gemeldet hatte, und auch, warum sich niemand nach ihm erkundigt hatte. Er war Lehrer an einer Londoner Volksschule und war aus Gesundheitsgründen für ein halbes Jahr beurlaubt worden. Er war unverheiratet, eine Waise, besaß keine nahen Verwandten und lebte in einem Heim in der Nähe der Tottenham Court Road. Er war im Mai dort weggegangen und hatte sich auf eine Wandertour begeben, ohne eine Adresse zu hinterlassen. Er wollte der Heimleitung von Zeit zu Zeit mitteilen, wohin man ihm Post nachsenden könnte. Seitdem er das letzte Mal am 29. Mai von Taunton geschrieben hatte, waren nur ein paar Drucksachen für ihn angekommen; es schien nicht der Mühe wert, sich nach Perkins' neuer Adresse zu erkundigen, um ihm die Drucksachen nachzuschicken. Auch auf den Radioaufruf hatte man im Heim nicht reagiert, da nur nach einem Mr. Perkins – ohne Vornamen – gesucht wurde und Perkins ein sehr verbreiteter Name ist.

Mr. Julian Perkins schien kein krimineller Typ zu sein, aber man konnte nie wissen. Er saß aufgestützt im Bett, als er verhört wurde. In seinem roten Krankenhausjäckchen, unrasiert und mit verbundenem Kopf, wirkte er wie eine tragikomische Figur.

»Warum kehrten Sie um und gingen mit der jungen Dame nach Darley zurück?« fragte Wachtmeister Ormond.

»Weil ich der jungen Dame helfen wollte.«

»Ja, natürlich. Aber leider konnten Sie ihr dann nicht viel helfen, nicht wahr?«

»Nein.« Mr. Perkins zerrte an seinem Bettuch. »Sie wollte, glaube ich, daß ich mich um die Leiche kümmerte, aber ich ... ich fühlte mich ... ich fühlte mich nicht dazu fähig. Ich bin nicht sehr kräftig, außerdem hatte die Flut zu steigen begonnen, und ehrlich gesagt, ich fürchtete mich, diese Straße entlangzugehen, weil der Mörder uns irgendwo auflauern mochte.«

»Wie kamen Sie darauf, daß es sich um einen Mord handelte?«

»Weil die junge Dame sagte, es könnte Mord sein.« Perkins sank zurück auf sein Kissen. »Ich bin leider nicht sehr mutig, ich bin nervös – hängt alles mit meiner Krankheit zusammen. Diese ... diese Idee sagte mir gar nicht zu.«

»Das kann man Ihnen wirklich nicht übelnehmen.« Perkins schien dem herzlichen Ton des Polizisten nicht zu trauen, und er sah ihn ängstlich von der Seite an.

»In Darley angelangt, glaubten Sie, daß die junge Dame nun in guten Händen sei und keines weiteren Schutzes bedürfe. Daher gingen Sie fort, ohne sich von ihr zu verabschieden.«

»Ja, das stimmt. Ich wollte nicht in diese Dinge verwickelt werden; ein Lehrer muß auf seinen guten Ruf bedacht sein, und außerdem ...«

»Was?«

»Ich hatte mir die Sache inzwischen überlegt und fand sie ziemlich merkwürdig. Ich dachte, die junge Dame hätte vielleicht selbst den Mord begangen... Schließlich bin ich schwächlich, und...«

Wachtmeister Ormond mußte sich das Lachen verbeißen, als er sich vorstellte, wie der arme Perkins, humpelnd und mit einer Blase am Fuß, die Flucht ergriffen hatte, weil er glaubte, sich in Begleitung einer skrupellosen, abgefeimten Mörderin zu befinden.

Er leckte an seinem Bleistift und begann aufs neue: »Ich verstehe. Sehr unangenehme Situation. Nun noch etwas – reine Routine – wir müssen über jede Person Bescheid wissen, die an dem bewußten Tag über die Küstenstraße gegangen ist. Wo sind Sie so gegen zwei Uhr gewesen, Mr. Perkins?«

»Ich? Ich... ich«, Mr. Perkins begann zu zittern.

Eine Krankenschwester, die sich in der Nähe aufgehalten hatte, trat an sein Bett. »Bitte fassen Sie sich so kurz wie möglich, Herr Wachtmeister«, sagte sie. »Ich kann es nicht zulassen, daß sich der Patient aufregt. Hier, trinken Sie einen Schluck, Nr. 22, und versuchen Sie, so ruhig wie möglich zu bleiben.«

»Schon gut, ich bin ganz ruhig«, erwiderte Perkins. »Ich kann Ihnen genau sagen, wo ich um zwei Uhr war, Herr Wachtmeister. Ich war in Darley. Und das kann ich zum Glück sogar beweisen. Ich kam aus Wilvercombe, wo ich mir in der Apotheke Galmeiwasser gekauft hatte; ich nehme an, der Apotheker wird sich an mich erinnern. Meine Haut ist nämlich sehr empfindlich, und darüber unterhielt ich mich mit ihm. Ich weiß nicht mehr richtig, wo die Apotheke war, aber das läßt sich ja sicher feststellen. Von dort wanderte ich nach Darley, etwa sechs Kilometer. Ich muß etwas über eine Stunde gebraucht und Wilvercombe gegen eins verlassen haben.«

»Wo haben Sie in der vorhergehenden Nacht übernachtet?«

»In Wilvercombe. In der Jugendherberge. Mein Name ist dort eingetragen.«

»Sie sind also ziemlich spät aufgebrochen?«

»Ja, weil ich schlecht geschlafen hatte. Ich hatte Fieber – vom Sonnenbrand – und einen sehr schmerzhaften Ausschlag. Auch am Morgen fühlte ich mich noch nicht besser, und das Rasieren war eine Qual. Jedenfalls blieb ich bis zehn im Bett, frühstückte um elf und war gegen zwei in Darley. Ich weiß, daß es zwei Uhr war, weil ich dort einen Mann nach der Zeit fragte.«

»Wirklich? Das ist sehr günstig. Hoffentlich läßt es sich beweisen.«

»Das dürfte nicht schwer sein. Es war außerhalb des Dorfes. Der

Herr, den ich fragte, hatte dort sein Zelt aufgeschlagen. Ich spreche von einem Herrn, obwohl ich nicht behaupten kann, daß er sich wie ein Herr benahm.«

Wachtmeister Ormond wäre vor Freude fast in die Luft gesprungen. Er war ein begeisterungsfähiger junger Mensch, und seine Bewunderung für Lord Peter Wimsey war grenzenlos. Er bewunderte seine Kleidung, seine Manieren, seinen Daimler und seine Prophezeiungen. Wimsey hatte vorausgesagt, daß man das Gold bei der Leiche finden werde, und so war es. Sobald der Zeitpunkt des Todes bei der Untersuchung festgestellt worden war, hatte er verkündet, daß Weldon ein Alibi für zwei Uhr erbringen werde – und wieder hatte sich seine Voraussage erfüllt – hier war das Alibi! Lord Peter hatte gesagt, daß sich dieses Alibi als falsch erweisen würde, und Ormond war entschlossen, den Beweis zu erbringen.

Er fragte mißtrauisch, warum Perkins sich nicht im Dorf nach der Zeit erkundigt hätte.

»Weil es mir dort nicht in den Sinn kam. Als ich das Dorf verließ, war ich ziemlich hungrig und dachte, es wäre nun Zeit zum Mittagessen. Ich sah auf meine Uhr, und es war fünf Minuten nach halb zwei. Das konnte nicht stimmen, denn als ich das letzte Mal, vor einer ganzen Weile, nachgesehen hatte, war es auch fünf Minuten nach halb zwei gewesen. Meine Uhr war also stehengeblieben, und ich fragte den Mann, der sich neben dem Zelt mit seinem Auto zu schaffen machte, nach der genauen Zeit. Er war ein kräftiger Mensch mit einem roten Gesicht, dunklem Haar und einer Sonnenbrille. Er sagte, es wäre fünf Minuten vor zwei. Ich stellte meine Uhr, bedankte mich und sagte, er habe einen hübschen Lagerplatz gefunden. Daraufhin machte er ein verärgertes Gesicht, und ich fragte ihn sehr höflich, ob vielleicht mit seinem Auto etwas nicht in Ordnung wäre. Ich weiß mit bestem Willen nicht, warum er mir meine höfliche Frage so übelnahm. Er antwortete mit einer Flut von Schimpfworten und ...« Mr. Perkins errötete, »und griff mich an.«

»Oh, er griff Sie an?«

»Das ist ... das ist vielleicht nicht das richtige Wort Er ... er gab mir einen Tritt in ... ich meine, von hinten.«

»Tatsächlich?«

»Ja. Natürlich ließ ich mich nicht auf einen Kampf ein. Ich sagte nur, ich hoffe, daß er sich seines Jähzorns schäme. Leider versuchte er mir daraufhin wütend nachzulaufen, und ich ging schnell zum Strand, denn mit einem solchen Menschen wollte ich nichts zu tun haben.«

»Und dann aßen Sie am Strand Ihr Mittagbrot. Ungefähr wo? Und wie lange hielten Sie sich dort auf?«
»Ich setzte mich nur fünfundzwanzig Meter von dem Zelt entfernt hin. Ich wollte dem Mann beweisen, daß ich keine Angst vor ihm hatte, deshalb aß ich an einer Stelle zu Mittag, an der er mich sehen konnte.«
Wachtmeister Ormond folgerte, daß der Tritt nicht sehr schmerzhaft gewesen sein konnte, da Perkins sich gleich darauf hingesetzt hatte.
»Ich muß etwa dreiviertel Stunden dort geblieben sein.«
»Und wem sind Sie während dieser Zeit am Strand begegnet?« fragte Ormond streng.
»Sie meinen, ob jemand vorbeigekommen ist? Nein – niemand.«
»Kein Mann, keine Frau, kein Kind, kein Tier?«
»Nein – keine Seele. Der Strand war ganz verlassen. Selbst der unangenehme Zeltbewohner ging kurz vor mir fort. Ich behielt ihn im Auge, weil ich fürchtete, daß er wieder angriffslustig werden könnte.«
Wachtmeister Ormond biß sich auf die Lippe.
»Und was hat er während der ganzen Zeit gemacht? War er mit seinem Auto beschäftigt?«
»Nein, er ließ das Auto stehen und machte sich mit dem Feuer zu schaffen. Wahrscheinlich hat er sich etwas gekocht. Dann ging er den Pfad hinauf, der zum Dorf führt.«
Der Wachtmeister überlegte einen Augenblick.
»Was taten Sie dann?«
»Ich wanderte langsam den Strand entlang, bis ich zu einem Weg kam, der von Steinmauern flankiert ist und vom Meer hinauf zu ein paar kleinen Häusern führt. Über diesen Weg gelangte ich zur Hauptstraße und ging in Richtung von Lesston Hoe, bis ich die junge Dame traf.«
»Haben Sie den Mann mit der Sonnenbrille an diesem Nachmittag noch einmal gesehen?«
»Ja, als ich mit der Dame zurückkam, lief er uns bei dem Zelt über den Weg. Zu meinem Ärger und ganz unnötigerweise hielt sie ihn an und sprach mit ihm. Ich ging inzwischen weiter, weil ich mich seinen Unhöflichkeiten nicht noch einmal aussetzen wollte.«
»Vielen Dank für Ihre klare Auskunft, Mr. Perkins. Nun noch eine sehr wichtige Frage: Wissen Sie, ob Ihre Uhr, nachdem Sie sie gestellt hatten, vor- oder nachging?«

»Ich verglich sie mit der Garagenuhr in Darley. Es war fünf Uhr dreißig, und meine Uhr ging ganz richtig.«
»Und zwischendurch hatten Sie sie nicht mehr gestellt?«
»Nein. Warum sollte ich?«
Wachtmeister Ormond sah Mr. Perkins durchdringend an, knallte sein Notizbuch zu und sagte mit trotzig vorgeschobenem Kinn: »Mr. Perkins! Hier handelt es sich um einen Mord. Wir wissen, daß jemand zwischen zwei und drei den Strand entlanggegangen ist. Wäre es nicht besser, wenn Sie die Wahrheit sagen würden?«
Perkins sah ihn mit vor Furcht geweiteten Augen an.
»Ich weiß nicht, ich weiß wirklich nicht«, begann er mit schwacher Stimme. Er klammerte sich ans Bettuch und fiel in Ohnmacht. Die Krankenschwester eilte herbei und verbannte Wachtmeister Ormond vom Bett des Patienten.

25. Das Lexikon

Dienstag, den 30. Juni

Die Annahme, daß Perkins Aussage unwahr ist, genügt nicht, dachte Wachtmeister Ormond, man muß sie auch beweisen können. Es gab zwei Möglichkeiten: entweder war Perkins ein Lügner, oder Weldon hatte ihn absichtlich irregeführt. Wäre das erstere der Fall, würde die Polizei die schwierige Aufgabe haben, etwas Negatives beweisen zu müssen. Im zweiten Fall dagegen konnte man die Angelegenheit gesprächsweise mit Mr. Polwhistle in seiner Garage in Darley klären.
Mr. Polwhistle und sein Mechaniker waren gern bereit zu helfen. Sie entsannen sich genau an Perkins, und das war nicht erstaunlich, denn in Darley wurden nur selten Autos an Fremde vermietet. Sie erinnerten sich, daß Perkins seine Uhr aus der Tasche gezogen und sie mit der Garagenuhr verglichen hatte, auch, daß er sich erkundigte, ob die Uhr richtigginge und wieviel Zeit man im Auto brauchen würde, um nach Wilvercombe zu fahren.
»Und *ist* Ihre Uhr richtiggegangen?«
»Ja, denn wir hatten sie am Donnerstagmorgen gestellt, nicht wahr, Tom?«
Tom bestätigte es und fügte hinzu, daß es sich um eine Uhr handle, die alle acht Tage aufgezogen werden müsse, und daß er sie jeden Donnerstag aufziehe und stelle, da Donnerstag Markttag in Heathbury und daher der wichtigste Tag der Woche sei.

An dieser Aussage war nicht zu rütteln. Weder Mr. Polwhistle noch Tom hatten allerdings das Zifferblatt von Perkins' Uhr gesehen, aber beide entsannen sich, daß er beim Vergleichen der Uhren sagte: »Ja, scheint genau zu stimmen.« Es war immerhin auffällig, daß Perkins betont darauf hingewiesen hatte, daß seine Uhr richtigging.

Wachtmeister Ormond setzte sich auf sein Motorrad und fuhr zurück nach Wilvercombe, mehr denn je davon überzeugt, daß Perkins ein Lügner war.

Kommissar Umpelty war der gleichen Meinung. »Es scheint mir sehr unwahrscheinlich, daß jemand, der so aufgeregt ist, sich gleich nach der genauen Zeit erkundigt«, sagte er. »Aber was können wir tun, wenn er behauptet, Weldon gesehen zu haben, und es uns nicht möglich ist, ihm das Gegenteil zu beweisen?«

»Irgend jemand muß Weldon – oder denjenigen, der von Darley nach dem Teufelseisen geritten ist – gesehen haben, Herr Kommissar«, sagte Ormond respektvoll. »Haben wir alle vernommen, die um diese Zeit über die Straße oberhalb der Klippen gingen?«

»Das versteht sich doch wohl von selbst, junger Mann«, erwiderte Umpelty mit finsterem Gesicht. »Ich habe jeden einzelnen verhört, der zwischen eins und zwei über diese Straße gegangen ist. Niemand hat auch nur einen Pferdeschweif gesehen.«

»Und die Leute in den Fischerhäusern?«

»Die«, sagte der Kommissar verächtlich. »*Die* haben nichts gesehen oder gehört, schon deshalb nicht, weil, wie wir annehmen, der alte Pollock etwas damit zu tun hatte. Aber wenn Sie Lust haben, können Sie Ihr Glück noch einmal versuchen, Ormond. Ich fürchte nur, daß weder Pollock noch sein Schwager Billy Moggeridge die Absicht haben, der Polizei etwas anzuvertrauen. Immerhin – Sie sind Junggeselle und ein gutaussehender junger Mann; vielleicht gelingt es Ihnen, die Weiber zum Reden zu bringen.«

Ormond errötete und machte sich auf den Weg. Zu seinem Glück waren die Männer ausgegangen, und die Frauen standen am Waschtrog. Er wurde nicht sehr freundlich empfangen, aber nachdem er sich durch das Tragen von Wassereimern nützlich gemacht hatte, wurde die junge Mrs. Moggeridge etwas zugänglicher.

Das Resultat der Unterhaltung war jedoch ziemlich enttäuschend. Am Donnerstag, dem 18. Juni, hatten die Frauen weder Roß noch Reiter gesehen, da sie nach dem Mittagessen, das wie gewöhnlich um zwölf Uhr stattfand, ihre Hausarbeiten verrichtet hatten. In einer großen kinderreichen Familie gab es immer etwas zu waschen und zu plätten. Bis drei Uhr nachmittags hatte niemand das Haus verlassen, erst gegen drei war Susie Moggeridge in den Vorgarten gegangen, um dort die Kartoffeln für das Abendessen zu schälen. Susie hatte einen Mann in kurzen Hosen mit einem Rucksack über den Weg gehen sehen, der vom Strand zu den Häusern führte, aber das war wohl nicht der Herr, nach dem Ormond sich erkundigt hatte, denn der Mann mit dem Rucksack war später mit der Dame gekommen, die die Leiche gefunden hatte. Aber Ormond schien doch sehr interessiert zu sein, mehr über diesen Mann zu erfahren. Susie wußte nur noch zu berichten, daß er eine Hornbrille trug, zwischen halb vier und vier vorbeigekommen und in Richtung von Lesston Hoe gegangen war.

Dieser Mann mußte Perkins gewesen sein, denn der Zeitpunkt stimmte sowohl mit seiner wie mit Harriets Aussage überein. Harriet war ihm, etwa einen Kilometer von Pollocks Haus entfernt, um vier Uhr begegnet. Aber das bewies gar nichts – die kritische Periode zwischen ein Uhr dreißig und drei blieb so ungeklärt wie bisher.

Auf dem Rückweg nach Darley stellte Ormond fest, daß man von der Straße aus nur ein kleines Stück Strand sehen konnte. Es war gar nicht so riskant, wie man annehmen könnte, im hellen Tageslicht am Meer entlangzureiten und den Mord auf dem Teufelseisen zu begehen, und es war nicht verwunderlich, daß niemand die Stute über den Strand laufen sehen hatte. Aber *war* sie über den Strand gelaufen? Dafür sprach das Hufeisen und der in den Felsen geschraubte eiserne Ring, der ja nur dem Zweck dienen konnte, ein Pferd daran anzubinden. Nach Wimseys Theorie wäre die Stute jedoch schon vor dem Teufelseisen freigelassen und zurückgeschickt worden. Vom Standpunkt des Mörders aus gesehen, war das eine sehr fragwürdige Theorie. Konnte er sich darauf verlassen, daß das Pferd wirklich nach Hause laufen würde? Nachdem es die fast sieben Kilometer zum Teufelseisen in schnellem Galopp gelaufen war, hätte es sehr wohl an Ort und Stelle verweilen und die Aufmerksamkeit etwaiger Passanten erregt haben können. War es möglich, daß die Stute nicht an den eisernen Ring am Teufelseisen, sondern an einer anderen Stelle angebunden worden war? Ormond beschloß, sich den Strand nach diesem Gesichtspunkt anzusehen. Nach einer halben Stunde des Suchens entdeckte er in Richtung Darley einen Holzpfosten, der zwischen zwei dicht beieinanderstehende Felsblöcke gerammt und wohl der Überrest eines Zaunes war, der dazu diente, Mensch und Tier davon abzuhalten, die gefährlichen Klippen hinaufzuklettern. Das wäre natürlich ein idealer Platz gewesen, um das Pferd anzubinden, da es weder vom Meer noch von der Küstenstraße aus sichtbar gewesen wäre.

Leider fand Ormond keine Anzeichen vor, die bestätigt hätten, daß wirklich ein Pferd an dem Pfosten festgemacht worden war. Was hätte er nicht für eine Hufspur, für ein Stückchen Seil oder gar für einen Pferdeapfel gegeben!

Er ging kopfschüttelnd hinunter zum Meeresstrand und begann, so schnell ihm das in der ziemlich schweren Uniform an einem heißen Sommertag möglich war, zum Teufelseisen zu laufen. Er brauchte genau zwölf Minuten, und das war zuviel, denn nach Wimseys Berechnung hätten Weldon nur fünf Minuten zur Verfügung gestanden. Ormond ging zur Straße zurück, bestieg sein Motorrad und fuhr zum Polizeirevier.

»Bisher haben wir geglaubt, daß Perkins Weldon mit einem Alibi versehen hat«, sagte Ormond zu Oberkommissar Glaisher. »Angenommen, es wäre umgekehrt gewesen? Was wissen wir von Perkins? Lediglich, daß er Lehrer ist und seit Mai mit niemandem in Verbindung gestanden hat. Er behauptet, erst um ein Uhr in Wilvercombe aufgebrochen zu sein. Sein einziger Zeuge ist der Apotheker, bei dem er etwas gekauft haben will. Er kann sich weder an dessen Namen noch an den Namen der Straße erinnern, in der sich die Apotheke befindet. Weldon war ebenfalls an diesem Morgen in Wilvercombe, und auch über seine Zeiteinteilung sind wir nicht genau informiert. Wäre es nicht denkbar, daß sich die beiden dort getroffen und alles besprochen haben und daß Perkins das Pferd aus Darley geholt hat?«

»Durchaus denkbar. Vor allem müssen wir feststellen, ob Perkins im Dorf gesehen worden ist.«

»Das versteht sich, Herr Oberkommissar. Aber nehmen wir an, daß er in Wirklichkeit um ein Uhr fünfzehn dort war – dann hätte er reichlich Zeit gehabt, bis zu diesem Holzpfosten zu reiten, das Pferd anzubinden, zu Fuß zum Teufelseisen zu laufen und den Mord zu begehen.«

»Hm ... und wann hat er die Stute wieder abgeholt, Ormond?«

»Er hat sie nicht abgeholt, Herr Oberkommissar.«

»Sondern?«

»Das läßt sich nicht mit einem Wort erklären. Ich habe mir folgendes überlegt: Es ist vielleicht falsch, anzunehmen, daß das Verbrechen nur von einer Person begangen worden ist. Angenommen, Perkins hat den Mord um zwei Uhr verübt und sich dann in der

Felsnische versteckt, weil Miss Vane inzwischen gekommen war. Erst um zwei Uhr dreißig, nachdem Miss Vane aufgebrochen war, verläßt er die Nische und geht zurück.«

»Warum ging er zurück? Warum ist er nicht weitergegangen? Ach natürlich, er mußte es so einrichten, daß sich seine Zeiten mit Weldons Alibi um ein Uhr fünfundfünfzig deckten, nicht wahr?«

»Jawohl, Herr Oberkommissar. Wenn er sich sofort zu Pollocks Haus begeben hätte, das drei Kilometer vom Teufelseisen entfernt ist, wäre er bei einer Geschwindigkeit von fünf Kilometern pro Stunde um drei Uhr fünf dort gewesen, aber Susie Moggeridge hat ihn erst zwischen halb vier und vier gesehen, und sie hat keinen Grund zu lügen.«

»Vielleicht doch. Wir trauen ja dem alten Pollock nicht.«

»Das stimmt, aber wenn sie gelogen hätte, hätte sie das Umgekehrte gesagt. Sie würde ihm nicht mehr Zeit geben, als er brauchte, um vom Teufelseisen zu Pollocks Haus zu gelangen. Nach meiner Ansicht mußte sich Perkins unterwegs umziehen, auch wenn der Polizeiarzt glaubt, daß die Kleidung des Mörders nicht unbedingt mit Blut bespritzt sein mußte. Perkins mag ein frisches Hemd und saubere Hosen im Rucksack gehabt haben. Er kleidete sich um, und vielleicht nahm er sich sogar die Zeit, die blutigen Kleidungsstücke im Meer auszuspülen. Nehmen wir an, daß er das tat, um drei Uhr fünfundvierzig bei Pollocks Haus ankam und von Susie Moggeridge gesehen wurde. Nachdem er einen weiteren Kilometer gewandert war, traf er Miss Vane um vier Uhr, wie sie ausgesagt hat.«

»Und was geschah mit dem Pferd, Ormond?«

»Weldon ist, soweit wir wissen, der einzige, der das Pferd zurückgeholt haben kann, und zwar nur zwischen vier – als Polwhistle und Tom sich von ihm verabschiedeten – und fünf Uhr zwanzig, als Miss Vane ihn in Darley sah. Er hätte um vier Uhr aufbrechen und in etwa einer Stunde bei dem Pferd sein können; dann wäre er schnell zurückgeritten und hätte ganz bequem um fünf Uhr zwanzig wieder in Darley sein können. Es klappt genau, Herr Oberkommissar.«

»Es klappt etwas zu genau, Ormond. Warum hat Perkins Ihrer Meinung nach Miss Vane begleitet, anstatt seinen Weg nach Lesston Hoe fortzusetzen?«

»Entweder wollte er nur einen unschuldigen Eindruck machen, oder er hoffte herauszufinden, was Miss Vane vorhatte. Er war nicht darauf vorbereitet, sie zu treffen; kein Wunder, daß er verwirrt war, als sie ihn ansprach. Er mochte es für eine gute Idee halten, sie zu begleiten, oder vielleicht wollte er sich davon überzeugen, daß Weldon die Stute zurückgebracht hatte. Er sprach absichtlich nicht mit Weldon, als er und Harriet ihn trafen. Auch daß er sich etwas später heimlich aus dem Staub machte, ist verständlich, denn wahrscheinlich dachte er an die blutigen Kleidungsstücke in seinem Rucksack. Selbst wenn er sie im Meer gespült haben sollte, wären sie natürlich nicht einwandfrei sauber gewesen.«

»Sie haben für alles eine Erklärung bereit, Ormond. Nun beantworten Sie mir noch eine Frage: Warum zum Kuckuck ist Perkins nicht bis zum Teufelseisen geritten?«

»Ja, nach dem eisernen Ring zu schließen, muß er ursprünglich die Absicht gehabt haben, dies zu tun. Aber gerade heute fiel mir auf, daß man nur etwa anderthalb Kilometer des Strandes von der Küstenstraße aus überblicken kann, und zwar beginnt diese Strecke gleich vor dem Teufelseisen. Deshalb mochten sie es in letzter Minute für zu gefährlich gehalten haben, über diese Strecke zu reiten, und deshalb band Perkins sein Pferd an den Holzpfosten an. Gerade von der Stelle weg kann man den Strand von der Straße aus übersehen.«

»Schon möglich, Ormond, schon möglich. Alles hängt davon ab, um welche Zeit Perkins durch Darley gekommen ist. Das muß genau festgestellt werden. Jedenfalls haben Sie nicht nur ein lobenswertes Interesse, sondern auch bemerkenswerte Initiative an den Tag gelegt, Wachtmeister Ormond.«

»Das ist doch selbstverständlich, Herr Oberkommissar«, sagte Ormond errötend. »Ich glaube bestimmt, daß Weldon einen Komplicen gehabt haben muß; wenn es nicht Perkins war, muß es ein anderer gewesen sein.«

Nachdem Ormond gegangen war, rieb sich Glaisher nachdenklich das Kinn. Der Polizeipräsident, ein ehemaliger Offizier und ein Mann der alten Schule, hatte ihm am Morgen gesagt, daß er zuviel Wesens um die Sache mache. Er, der Polizeipräsident, war davon überzeugt, daß sich dieser ausländische Eintänzer das Leben genommen hatte, und damit basta. Aber Glaisher konnte dem Präsidenten nicht mit gutem Gewissen zustimmen. Zu viele Faktoren blieben ungeklärt: das Rasiermesser, die Handschuhe, Weldons sonderbares Verhalten, Pollocks beharrliches Schweigen, das Hufeisen, der eiserne Ring, Brights Irrtum in bezug auf Ebbe und Flut und vor allem die chiffrierten Briefe sowie die Fotografie der

geheimnisvollen Feodora. Das alles hatte er dem Präsidenten gegenüber erwähnt, der ihm nach einigem Zögern gestattete, weitere Ermittlungen anzustellen. Aber sehr glücklich war Glaisher nicht.
Er hatte von Wimseys und Umpeltys Londoner Abenteuern gehört, die das Ganze noch mysteriöser erscheinen ließen. Außerdem sollte Bright bereits auf dem Wege nach London sein, und es war schwierig, ihn weiter von der Polizei beobachten zu lassen, da Glaisher keinen offiziellen Grund dafür besaß. Gut, Bright hatte einen unzulänglichen Charakter, und er hatte gesagt, es sei Hochwasser gewesen, als in Wirklichkeit Niedrigwasser war. Abgesehen davon schien er jedoch absolut die Wahrheit gesagt zu haben.
Glaisher versuchte, seine Gedanken in andere Bahnen zu lenken, aber es gelang ihm nicht. Wie er von Umpelty, der Erkundigungen über Perkins eingezogen hatte, gehört hatte, war letzterer ein Mitglied des Sowjet-Klubs und sympathisierte mit den Kommunisten. Merkwürdig, wie oft schwächliche, unbedeutende Menschen sich nach Revolution und Blutvergießen sehnen, dachte Glaisher. Im Zusammenhang mit den chiffrierten Briefen mochte Perkins politische Einstellung eine gewisse Bedeutung haben. Glaisher fragte sich, wann wohl die Fotografien der bei Alexis gefundenen Briefe ankämen. Er war verdrießlich, war kurz angebunden mit seiner Frau, trat der Katze auf den Schwanz und beschloß schließlich, Lord Peter im Bellevue einen Besuch abzustatten.
Im Hotel erfuhr Glaisher, daß Wimsey im Haus von Mrs. Lefranc sei. Dort fand er auch Umpelty und Harriet Vane im ehemaligen Zimmer von Paul Alexis sitzen. Die drei schienen in ein Kreuzworträtsel vertieft zu sein. Bücher waren über den Raum verstreut, und Harriet, die ein deutsches Lexikon in der Hand hielt, las daraus einzelne Wörter vor.
»Gut, daß Sie gekommen sind, Glaisher«, sagte Wimsey. »Wir sind dabei, interessante Entdeckungen zu machen.«
»Tatsächlich? Auch wir haben Entdeckungen gemacht, Mylord. Wachtmeister Ormond hat verschiedene Dinge herausgefunden. Hören Sie zu . . .«
Während Glaisher seine Geschichte erzählte, nahm Wimsey eine Landkarte und ein Blatt Papier und begann, Zeiten und Entfernungen auszurechnen. Die Angelegenheit wurde gründlich erörtert und die Geschwindigkeit des Pferdes diskutiert. Wimsey glaubte, daß er sie vielleicht unterschätzt habe, und schlug vor, sich ein Pferd zu mieten und einen Proberitt zu machen.
Harriet schwieg.

»Und was halten Sie davon?« fragte Wimsey plötzlich.
»Ich glaube kein Wort«, erwiderte Harriet.
»Miss Vanes Intuition ist dagegen«, sagte Glaisher lachend.
»Nein, nicht die Intuition, sondern der gesunde Menschenverstand. Alle diese Theorien sind falsch, künstlich, an den Haaren herbeigezogen.«
»Also da komme ich nicht mit«, sagte Glaisher, noch immer lachend.
»Die Herren haben über den Berechnungen von Zeiten und Entfernungen übersehen, um was es sich wirklich handelt«, sagte Harriet. »Dieser künstliche Bau, den Sie da errichtet haben, Herr Oberkommissar, kracht in allen Fugen. Es ist unmöglich, daß jemand einen Mord so geplant hat. Sie haben aus den Tätern einerseits zu gescheite, andererseits zu dumme Leute gemacht. Was auch die Erklärung sein mag, sie muß einfacher sein, nicht so verkrampft. Zuerst behaupten Sie, daß unbedingt Weldon schuldig ist, weil er es auf das Geld seiner Mutter abgesehen hat, und daß Perkins sein Komplice gewesen sein muß, weil er Weldon mit einem Alibi versorgt. Jetzt aber behaupten Sie, daß Perkins schuldig sein muß, weil er Kommunist ist, und daß Weldon sein Komplice ist, weil er Perkins mit einem Alibi versorgt hat. Aber es ist völlig unmöglich, daß beide Theorien richtig sind. Und wie sollen sich Weldon und Perkins überhaupt kennengelernt haben?«
»Wir haben unsere Untersuchungen noch nicht zu Ende geführt.«
»Das weiß ich, aber Sie müssen doch gleich zugeben, daß es nicht sehr naheliegend ist, daß sich ein Londoner Volksschullehrer und ein Gutsbesitzer aus Huntingdonshire ohne weiteres kennen. Außerdem gibt es nichts, aber auch gar nichts, das Bright mit den beiden verbinden könnte. Wenn Brights Geschichte wahr ist, wie wollen Sie dann beweisen, daß sich Alexis nicht das Leben genommen hat? Wenn Sie einen Mord beweisen wollen, müssen Sie den Mörder und Bright miteinander in Verbindung bringen. Bisher haben Sie jedoch keine Verbindung zwischen ihm und Weldon oder Perkins entdeckt.«
»Hat Bright Briefe erhalten?« erkundigte sich Wimsey bei Umpelty.
»Nicht eine Zeile – wenigstens seitdem er hierher kam.«
»Über Perkins werden wir bald mehr erfahren«, sagte Glaisher. »Sein Verschwinden nach dem Unfall muß seine Komplicen ebenso

beunruhigt haben wie uns. Vielleicht erwartet ihn irgendwo, unter einer Deckadresse, eine Riesenkorrespondenz.«

»Sie lassen sich nicht davon abbringen, daß es Perkins war«, sagte Harriet. »Glauben Sie wirklich, daß Perkins auf einem ungesattelten Pferd über den Strand geritten ist und einem Mann mit einem Rasiermesser die Kehle durchschnitten hat?«

»Warum nicht?« fragte Umpelty.

»Sieht er so aus? Ich kann ihn mir jedenfalls nicht in der Rolle eines Desperados vorstellen. Selbst Ihr ursprünglicher Verdacht gegen mich war gerechtfertigter. Weshalb haben Sie ihn überhaupt fallengelassen?«

Glaisher war sich bewußt, daß er sich auf dem Glatteis befand.

»Es wäre etwas zu offensichtlich gewesen«, sagte er lächelnd, »außerdem konnten wir zwischen Ihnen und dem Verstorbenen keine Verbindung feststellen.«

»Sehr vernünftig von Ihnen, Erkundigungen anzustellen. Die Aufnahmen, die ich machte, waren ein Beweis meiner Kaltblütigkeit, nicht wahr? Ganz davon zu schweigen, daß meine Vorgeschichte – sagen wir – ziemlich bewegt ist.«

»Ich wage nicht, Ihnen zu widersprechen, Miss Vane«, sagte Glaisher mit ausdrucksloser Stimme.

»Bei wem haben Sie sich übrigens erkundigt?«

»Bei Ihrer Putzfrau«, sagte Glaisher.

»Warum? Nehmen Sie an, daß meine Putzfrau weiß, ob ich Paul Alexis kannte?«

»Erfahrungsgemäß wissen Putzfrauen oft über Dinge dieser Art Bescheid.«

»Aha. Und jetzt verdächtigen Sie mich nicht mehr?«

»Selbstverständlich nicht, Miss Vane.«

»Auf Grund des Zeugnisses, das meine Putzfrau über meinen einwandfreien Charakter ausstellte?«

»Ergänzt durch unsere eigenen Beobachtungen«, sagte der Oberkommissar.

Harriet warf Glaisher einen eisigen Blick zu. Er ließ sich jedoch nicht aus der Ruhe bringen und lächelte freundlich. Wimsey, der ohne eine Miene zu verziehen dem Zwiegespräch zugehört hatte, ergriff jetzt das Wort.

»Nachdem Sie und Miss Vane Ihre gegenseitigen Theorien verworfen haben, würden Sie vielleicht gern hören, was wir heute abend getan haben«, sagte er.

»Sehr gern, Mylord.«

»Wir haben das Eigentum des Verstorbenen nochmals durchsucht, weil wir hofften, Anhaltspunkte zu finden, die ein neues Licht auf Feodora und die chiffrierten Briefe werfen könnten«, begann Wimsey. »Kommissar Umpelty hat uns liebenswürdigerweise dabei geholfen, und ich weiß tatsächlich nicht, wie wir ohne ihn weitergekommen wären. Er sitzt seit zwei Stunden hier und überwacht unsere Durchsuchungsarbeit. Jedesmal, wenn wir wieder eine Ritze oder eine Ecke gründlich durchsucht und nichts darin gefunden haben, versichert er uns, daß er die gleiche Ecke oder Ritze bereits geprüft und ebenfalls nichts entdeckt habe.«
Kommissar Umpelty lachte in sich hinein.
»Das einzige, das wir gefunden haben«, fuhr Lord Peter fort, »ist ein Lexikon, das Miss Vane übrigens schon vorher entdeckt hatte, als sie ihre Zeit mit Kreuzworträtseln verschwendete, anstatt an ihrem Roman zu schreiben. In diesem Lexikon sind eine Menge Wörter mit Bleistift angestrichen. Wir waren gerade dabei, sie herauszuschreiben, als Sie kamen. Soll ich Ihnen ein paar davon vorlesen? Hören Sie zu: Tamburin, Diplomat, Kurtisane, Sperling, Abendrot, luminös, tausend, Cherubim, Cabriolet, panegyrisch, Apostel, Viadukt. Das sind noch lange nicht alle.«
»Kommt mir vor, als ob der junge Mann selber ein Kreuzworträtsel-Fanatiker war. Es sind jedenfalls schöne lange Wörter«, sagte Glaisher.
»Aber es sind bei weitem nicht die längsten Wörter, die es gibt. Es gibt ja viel längere, zum Beispiel Supralapsarier, Monokotyledonen, diaphragmatisch, die jedoch nicht angestrichen waren. Das längste, das wir gefunden haben, ist panegyrisch mit elf Buchstaben. Alle diese Wörter haben etwas gemeinsam, was auf bestimmte Dinge schließen läßt.«
»Was wäre das, Mylord?«
»Kein Wort hat weniger als sieben Buchstaben, und in keinem kommt der gleiche Buchstabe zweimal vor.«
Oberkommissar Glaisher hob plötzlich den Arm in die Höhe wie ein Kind in der Schule.
»Die chiffrierten Briefe!«
»Genau das, die chiffrierten Briefe. Es hat den Anschein, daß dies die Schlüsselwörter zu einem Kode sind. Aus der Tatsache, daß kein Wort weniger als sieben Buchstaben hat und daß in keinem der gleiche Buchstabe zweimal steht, kann man ungefähr erraten, um was für einen Kode es sich handelt. Das Unglück ist nur, daß wir bereits etwa zweihundert angestrichene Wörter gezählt haben

und das Alphabet noch längst nicht durchgegangen sind. Das führt mich zu einem betrüblichen Schluß.«
»Zu welchem Schluß?«
»Man muß das Schlüsselwort in jedem Brief geändert haben, etwa folgendermaßen: In jedem Brief war das Schlüsselwort für den nächsten enthalten, und die angestrichenen Wörter stellten einen Vorrat dar, aus dem Alexis seine Antworten zusammenstellte.«
»Könnten es nicht die Schlüsselwörter sein, die bereits benutzt wurden?«
»Ich glaube kaum. Ich kann mir nicht vorstellen, daß er seit dem März, als der Briefaustausch begann, über zweihundert chiffrierte Briefe geschrieben hat. Selbst wenn er täglich einen Brief geschrieben hätte, wäre er nicht auf zweihundert gekommen.«
»Das ist richtig, Mylord. Aber wenn der Brief, den wir bei der Leiche gefunden haben, einer jener Kode-Briefe ist, wird das Schlüsselwort dazu wenigstens unter diesen angestrichenen Wörtern zu finden sein.«
»Nein, ich bin nicht der Meinung. Ich glaube, dies sind die Schlüsselwörter für die Briefe, die Alexis abgeschickt hat. Wahrscheinlich hat er in jedem Brief das Schlüsselwort für den nächsten angegeben. Sein Partner hat dasselbe getan, deshalb dürfte das Schlüsselwort für den Brief, den wir gefunden haben, nicht unter den hier angegestrichenen sein – außer wenn der Brief von Alexis selbst geschrieben war, aber das ist sehr unwahrscheinlich.«
»Nicht einmal das können wir mit Sicherheit behaupten«, stöhnte Glaisher. »Es ist doch möglich, daß der andere Briefschreiber ein Wort benutzt hat, das Alexis schon vorher angestrichen hatte.«
»Stimmt. Es ist nur ein Glück, daß das benutzte Schlüsselwort ein deutsches Wort war. Die Briefe waren wahrscheinlich auf deutsch geschrieben. Dies ist jedoch nicht absolut sicher; sie könnten auch in englisch, französisch oder italienisch abgefaßt sein; denn diese Sprachen haben ja dasselbe Alphabet; sicher ist nur, daß es keine russischen Briefe sind, weil diese Sprache ein anderes Alphabet hat. Wenigstens ein Trost!«
»Wenn das alles wirklich mit den Bolschewiken zu tun hat«, sagte Glaisher nachdenklich, »ist es allerdings merkwürdig, daß nicht auf russisch geschrieben wurde.«
»Richtig. Aber ich habe ja schon früher betont, daß ich nicht an die bolschewistische Theorie glaube. Und trotzdem kann ich, zum Teufel, diese Briefe einfach nicht mit der Weldon-Geschichte in in Einklang bringen.«

»Ich möchte nur wissen, wie es den Mördern, wer immer sie gewesen sein mögen, gelungen ist, Alexis zum Teufelseisen zu locken«, sagte Umpelty. »Und wenn es wirklich die Bolschewisten waren, die ihn dorthin lockten, wie kommt es, daß Weldon und Genossen wußten, daß Alexis dort sein würde? Die gleichen Leute, die die Verabredung getroffen haben, müssen ihm die Kehle durchschnitten haben. Daraus folgt, daß entweder Weldon und Genossen die Briefe geschrieben haben oder daß die Bolschewisten den Mord verübt haben.«

»Und was hat das mit Olga Kohn zu tun?« fragte Harriet.

»Ah«, sagte Wimsey, »das ist das größte aller Geheimnisse. Ich könnte schwören, daß das Mädchen nicht lügt, und ich bin fest davon überzeugt, daß Mr. Sullivan ebenfalls die Wahrheit sagt. Wer ist der mysteriöse Herr mit Bart, der Mr. Sullivan nach dem Bild eines russisch aussehenden Mädchens gefragt hat, und wie gelangte dieses Bild in die Brieftasche des Toten, signiert mit dem Namen Feodora? Das ist das Mysterium, mein lieber Watson.«

»Ich komme wieder auf meine ursprüngliche Idee zurück«, sagte der Kommissar. »Ich glaube nach wie vor, daß Alexis nicht ganz richtig im Kopf war und sich selbst die Kehle durchgeschnitten hat. Wahrscheinlich hatte er eine Manie, Fotografien von Mädchen zu sammeln und sich selbst chiffrierte Briefe zu schreiben.«

»... die er in der Tschechoslowakei aufgegeben hat!«

»Das könnte ein anderer für ihn getan haben. Wir können weder gegen Weldon noch gegen Bright Anklage erheben und vorläufig auch nicht gegen Perkins. Und wo sind die Bolschewisten? Ihr Freund, Herr Oberkommissar Parker, hat Erkundigungen über bolschewistische Agenten in England eingezogen, und es hat sich herausgestellt, daß keiner von ihnen sich in letzter Zeit hier in der Gegend aufgehalten hat. Sie könnten natürlich einwenden, daß es sich um einen unbekannten bolschewistischen Agenten handeln dürfte, aber deren gibt es nur sehr wenige. Die Londoner Polizei ist viel besser informiert, als das Publikum im allgemeinen annimmt. Wenn irgend etwas mit Alexis und seinen Freunden nicht in Ordnung gewesen wäre, wäre sie ihnen schon längst auf den Fersen gewesen.«

Wimsey seufzte und stand auf.

»Ich gehe jetzt ins Bett«, erklärt er. »Wir müssen warten, bis wir die Fotografien des Briefes bekommen. Was für ein elendes Leben! Ich kann meine Theorien nicht beweisen, und Bunter hat mich wieder im Stich gelassen. Er und Bright sind am selben Tag aus

Wilvercombe verschwunden. Bunter hat mir lediglich die Botschaft hinterlassen, daß einer meiner Lieblingsstrümpfe in der Wäsche verlorengegangen ist und daß er sich bei der Wäscherei beschwert hat. Miss Vane! Nein – Harriet, wenn ich Sie so nennen darf, wollen Sie mich heiraten und sich um meine Socken kümmern? Damit wären Sie die einzige Romanautorin, die jemals im Beisein von zwei Polizeikommissaren einen Heiratsantrag erhalten und angenommen hat.«

»Nein, danke, selbst wenn ich nun darauf verzichten muß, in die Schlagzeilen der Zeitungen zu kommen.«

»Das habe ich befürchtet, meine liebe Harriet. Sie sind unbestechlich.« Wimsey wandte sich an Glaisher. »Wollen Sie mit mir wetten, daß Alexis weder Selbstmord begangen hat noch von den Bolschewisten umgebracht worden ist?«

Der Oberkommissar erwiderte ausweichend, daß er nicht gerne Wetten einginge.

»Noch ein Korb«, stöhnte Lord Peter. »Und dennoch werde ich dieses Alibi brechen, und wenn ich dabei zugrunde gehe«, fügte er hinzu.

26. Die braune Stute

Mittwoch, den 1. Juli

Die Fotografien des auf der Leiche gefundenen Blatt Papiers kamen am nächsten Morgen zusammen mit dem Original an. Wimsey, der Brief und Fotografien in Anwesenheit von Glaisher und Umpelty miteinander verglich, mußte zugeben, daß die Sachverständigen ausgezeichnet gearbeitet hatten. Selbst der Originalbrief war lesbarer als zuvor. Die Chemikalien, die Blutflecke und Flecke von gefärbtem Leder entfernen sowie die Substanz, die ausgeblichene Tinte wieder leserlich macht, hatten Wunder gewirkt. Farbfilter hatten schließlich dazu beigetragen, die Buchstaben deutlicher hervorzuheben, obwohl einige unwiederbringlich verloren waren. Aber es ist leicht, einen chiffrierten Brief zu lesen, schwer, ihn auch zu verstehen. Deprimiert starrten sie auf das wirre Durcheinander der Buchstaben.

YONUHIRT
MKBSIG
RATIGI BIHFBE PKIALNNQ. LQBA TU IATMZFNR...
KBYI HXESPI IBBL CK ITQE MN AIPG BA MNOR ANXQ.

GC BTIXWM AIZB BA? FHIBES RA YC! AUMR PUIA FM LTAC ASITGI GM SRLNTBMG GBHIKI. UMTB KQ ...
IBBN EYEI AB ABBU RT HIYK ARIOGINCUYRM IG? FAKR PTNT YKEQRT TI BRYH HG BK. RKUFITGXPYNM.
CBAB ESKYEI BZ AS BA QN XH KYGXHI CAHN HI PICO MEEQ? IA KC PXRF TK OZRMYK. UP IS CKZUGC FX.
EB KC AB OU NBHI UPISKC UX. RMIAUP NPREFA OPAC OR ES QMKBISIT HI, FR TSTIIS BK. LPMG YO QW KHIX YKIB RX ... SBBO BAYC OLTBLS IS RS. NUEB? KHBFIA TQ. HN AI ROYHAL WN NU EHEQ? KIHR YKAR FU ...
KBTMSC BA CY BA LBIA SO IARO ... FM OS AI NU YE KF IA OE BSIG RZ SI BIAC MG BA PRYB IO QBOL TB OGYB IO GI KM BU.
KA RA FA OP AP TB CB ML EB LT IT YK – IX – UA – NT BYPRYK – QL BK TI GX IA KH GU IA KI IB MG NM YE QL AB ES BA WM OP AC TH OZ RMYK MG BA RA YH GX SR KI OG TB NB BO BA BETI ARHI YONUHIRT LBGI KS.
FR TP IS QX NM PA NA RM HI EB! GC IT IA LB EB DO ES LB GI KI RS RI CK GIKS CYBA PIFOEB KIOI BESAAQ YH MG GS ...
EIBL NMGX ...

Nach zwei anstrengenden Stunden war folgendes festgestellt worden:

1. Der Brief war auf einem dünnen, aber widerstandsfähigen Papier geschrieben, das mit keinem der Papiere vergleichbar war, die man unter den Sachen von Paul Alexis gefunden hatte. Dadurch erhöhte sich die Wahrscheinlichkeit, daß er der Empfänger und nicht der Schreiber des Briefes war.
2. Der Brief war handgeschrieben, und zwar mit einer lila Tinte, wie Alexis sie nicht besessen hatte. Daraus schloß man, daß der Absender entweder keine Schreibmaschine besaß oder fürchtete, durch seine Maschine den Verdacht auf sich zu lenken.
3. Der Brief war nicht in einer Geheimschrift geschrieben, die auf Umsetzung des Alphabets beruhte, in der also ein Buchstabe des Alphabets regelmäßig für einen anderen eingesetzt wird.

»Auf jeden Fall haben wir jetzt genügend Material, mit dem wir arbeiten können«, sagte Wimsey zuversichtlich. »Eins ist sicher, es handelt sich hier nicht um einen der landläufigen Kodes. Entweder ist es eine dieser teuflischen Geheimschriften, die auf einem Buch basieren, in welchem Fall wir die Bücher des Toten durch-

sehen müßten, oder es ist ein ganz verschiedener Kode, an den ich gestern abend dachte, als ich die im Lexikon angestrichenen Wörter sah.«
»Welcher wäre das, Mylord?«
»Ein sehr zuverlässiger Kode, der sehr verwirrend ist, wenn man das Schlüsselwort nicht kennt«, erwiderte Wimsey. »Er wurde im Krieg häufig benutzt. Ich selbst habe ihn gebraucht, als ich für kurze Zeit unter einem deutschen Decknamen Aufklärungsarbeiten machte. Dieser Kode ist nicht ausschließlich Eigentum des Kriegsministeriums. Unlängst habe ich ihn sogar in einem Kriminalroman gefunden. Er ist . . .«
Wimsey unterbrach sich einen Augenblick, und Umpelty und Glaisher sahen ihn erwartungsvoll an.
»Ich wollte sagen, daß dieser Kode verhältnismäßig einfach ist und daher geeignet wäre, von einem Amateur benutzt zu werden. Es wäre dem jungen Alexis sicherlich nicht schwergefallen, diesen Kode zu erlernen – ihn zu chiffrieren und auch zu dechiffrieren. Man braucht dazu weiter keine Hilfsmittel, und man benutzt praktisch die gleiche Anzahl von Buchstaben wie die ursprüngliche Botschaft. Dadurch eignet er sich besonders gut für lange Briefe wie diesen.«
»Wie wendet man ihn an?« fragte Glaisher.
»Folgendermaßen: Man wählt sich ein Schlüsselwort, das aus sieben oder mehr Buchstaben besteht, von denen keiner zweimal vorkommen darf. Zum Beispiel das Wort Abendrot, das unter den von Alexis angestrichenen Worten vorkam. Dann zeichnet man ein Diagramm von fünf Längs- und fünf Querkaros und schreibt das Schlüsselwort folgendermaßen hinein:

A	B	E	N	D
R	O	T		

Dann füllt man die übrigen Karos mit den restlichen Buchstaben des Alphabets, indem man diese der Reihe nach nimmt und die

Buchstaben, die schon im Schlüsselwort vorgekommen sind, ausläßt.«

»Sie können doch nicht sechsundzwanzig Buchstaben in fünfundzwanzig Karos füllen«, sagte Glaisher.

»Nein, man gibt vor, ein alter Römer oder ein mittelalterlicher Mönch zu sein, und man betrachtet I und J als einen Buchstaben. Dann sieht es so aus:

A	B	E	N	D
R	O	T	C	F
G	H	IJ	K	L
M	P	Q	S	U
V	W	X	Y	Z

So, nun die Botschaft – was wollen wir sagen? Wählen wir das klassische Beispiel: ›Alles entdeckt, fliehe!‹ Wir schreiben die Botschaft ohne Zwischenräume auf und teilen sie dann in Gruppen von je zwei Buchstaben ein, von links beginnend. Wir dürfen aber nicht zwei gleiche Buchstaben nebeneinander haben; wenn das vorkommt, schieben wir irgendeinen Buchstaben dazwischen, etwa Q oder Z oder irgend etwas, das den Leser nicht verwirrt. Jetzt sieht unsere Botschaft also so aus: ›AL QL ES EN TD EC KT FL IE HE‹.«

»Angenommen, es bleibt ein einzelner Buchstabe am Ende übrig, was dann?«

»Dann fügt man noch einen Füllbuchstaben hinzu, um das Paar zu vervollständigen. Nun nehmen wir unsere erste Gruppe: AL. Wir sehen, daß laut unserem Diagramm die zwei Buchstaben in den Ecken eines Vierecks stehen, dessen andere zwei Ecken DG sind. Also nehmen wir DG als die beiden ersten Buchstaben der chiffrierten Botschaft. Auf diese Weise ist QL = UI, und ES wird NQ. EN ist etwas komplizierter, denn das Paar steht auf derselben horizontalen Linie. Wir nehmen in diesem Fall die Buchstaben *rechts* vom ersten Buchstaben des ursprünglichen Paars, also ND (müßten wir beispielsweise ND chiffrieren, würden wir DA dafür setzen, das heißt vorne an der Reihe wieder beginnen). Das nächste Paar ist TD, versuchen Sie selbst!«

»NT«, sagte Glaisher strahlend. »Und aus KT wird CI ...«
»Nein, falsch. Sie müssen von unten nach oben lesen, weil das K im Diagramm ja auch unter dem T steht.«
»Aha, ich verstehe – es muß also ... IC heißen. Oh, Lord Peter, schon wieder eine Schwierigkeit. F und L stehen in derselben vertikalen Reihe!«
»Dann nehmen Sie die Buchstaben *darunter*.«
»FL ergibt ... warten Sie ... LU, IE in dem Fall QT und HE = IB.«
»Richtig. Unsere chiffrierte Botschaft sieht also so aus: DG UI NQ ND FE NT IC LU QT IB. Damit sie hübscher aussieht und der Schlüssel nicht verraten wird, können wir die Buchstaben beliebig aneinanderfügen, zum Beispiel DGUINQ ND FENT IC LUQTIB. Oder wir können sie mit allen möglichen Interpunktionszeichen verzieren, zum Beispiel DG?, UINQ. ND!!! FENTIC,,. LU?? QT, IB.. Das spielt keine Rolle. Derjenige, der die Botschaft erhält, ignoriert sämtliche Interpunktionszeichen. Er teilt sie lediglich in Buchstabenpaare auf und liest sie mit Hilfe des Kode-Diagramms. Sollte ein Buchstabe in derselben vertikalen Linie vorkommen, dann nimmt er den nächsten Buchstaben darüber; falls sie in der Horizontale vorkommen, nimmt man den nächsten Buchstaben links.«
Die beiden Polizisten studierten das Diagramm. Dann sagte Umpelty:
»Ich verstehe, Mylord. Das ist großartig. Man kann die Botschaft nicht durch die Häufigkeit eines Buchstabens erraten, weil man dafür jedesmal einen anderen Buchstaben einsetzt, je nachdem, wie der Buchstabe zum nächsten gruppiert ist. Einzelne Worte kann man auch nicht erraten, weil man nicht weiß, wo ein Wort anfängt und wo es aufhört. Kann man die Botschaft überhaupt ohne das Schlüsselwort dechiffrieren?«
»O ja«, sagte Wimsey, »man kann jeden Kode mit Mühe und Geduld dechiffrieren – vielleicht mit Ausnahme einiger Bücher-Kodes. Ich kannte einen Mann, der jahrelang nichts anderes tat. Er war so versessen auf Kodes, daß er, als er die Masern hatte, einen karoförmigen Ausschlag bekam.«
»Dann könnte er vielleicht diesen Kode entziffern«, sagte Glaisher begeistert.
»Mit Leichtigkeit. Wenn Sie wollen, schicke ich ihm eine Abschrift. Ich weiß nicht genau, wo er im Augenblick ist, aber ich kenne Leute, die das feststellen können. Soll ich an ihn schreiben? Würde uns eine Menge Zeit ersparen.«

»Ja, bitte, Mylord.«
Wimsey nahm eine Kopie des Briefes, steckte sie in einen Briefumschlag und fügte ein paar Zeilen bei

»Lieber Clumps,
Ich schicke Dir beiliegend einen chiffrierten Brief; wahrscheinlich handelt es sich um den Playfair-Kode. Jedenfalls wird unser Freund Bingo ihn dechiffrieren können. Sei so nett, ihm die Beilage zu schicken. Ich wäre ihm für eine baldige Auflösung sehr dankbar. Wie geht es Dir und Deiner Familie?

Herzlichen Gruß,
Wimsey.«

Wimsey adressierte den Brief an einen Beamten des Außenministeriums, dann nahm er sich eine zweite Kopie des Kodes vor. »So, wir könnten es nun einmal mit den von Alexis angestrichenen Wörtern versuchen. Das wäre eine sehr nette Beschäftigung und angenehme Abwechslung für Miss Vane. Haben Sie sonst noch etwas Interessantes zu berichten?«
»Nicht sehr viel, Mylord. Wir haben noch niemanden gefunden, der Perkins zu irgendeiner Zeit durch Darley kommen sah, aber wir haben den Apotheker gefunden, der ihn in Wilvercombe bedient hat. Er sagt, Perkins sei um elf Uhr dort gewesen, was ihm reichlich Zeit gelassen hätte, um ein Uhr fünfzehn in Darley zu sein. Perkins hatte leider einen Rückfall und kann zur Zeit nicht vernommen werden. Dann haben wir mit dem Bauer Newcombe gesprochen, der bestätigt, daß er die Stute am Freitag morgen über den Strand laufen sah. Außerdem sagt er, sie wäre auf dem Feld gewesen, als sein Gehilfe am Mittwochnachmittag dort war; er ist ganz sicher, daß sie nicht allein durch die Lücke in der Hecke hätte kommen können. Aber natürlich will niemand zugeben, daß er durch eigene Nachlässigkeit für irgend etwas verantwortlich sein könnte.«
»Natürlich nicht. Ich werde mal hinüberfahren und mit Newcombe sprechen. Inzwischen wird Miss Vane ihr Bestes tun, den Kode zu dechiffrieren, indem sie ihr Glück mit allen angestrichenen Wörtern versucht. Sie werden es doch tun, Harriet?«
»Wenn Sie wollen, gern.«
»Sehr edel! Es wäre doch ein großer Spaß, wenn wir den Brief entziffert hätten, bevor die offizielle Auflösung eintrifft. Die Weldons machen wohl noch keine Anstalten, abzureisen?«

»Nein, bisher nicht. Aber seit dem Begräbnis habe ich sie nicht oft gesehen. Henry ist ziemlich ablehnend; ich nehme an, daß er nicht über die Schlangen-Episode hinwegkommen kann. Und seine Mutter scheint zu versuchen, weitere Informationen von Antoine zu bekommen.«

»Was Sie nicht sagen!«

»Antoine bringt ihr viel Verständnis entgegen.«

»Da kann man ihm nur gratulieren. Also, auf Wiedersehen.«

Wimsey fuhr nach Darley, sprach mit Newcombe und bat ihn, ihm die kleine braune Stute für einen kurzen Ritt zur Verfügung zu stellen. Newcombe war gern dazu bereit, außerdem würde es ihn, wie er sagte, interessieren, dem Experiment selbst beizuwohnen. Wimsey war zunächst nicht sehr begeistert, denn niemand sieht es gern, wenn ein anderer sein Pferd zu einem wilden Galopp antreibt. Aber dann fiel ihm ein, daß ihm Newcombe vielleicht helfen könnte. Er bat ihn, schon zum Teufelseisen vorauszureiten und sich zu merken, um wieviel Uhr Wimsey von dort aus beim Heranreiten zu sehen war. Der Farmer, der begriff, daß die Tragödie auf dem Teufelseisen etwas mit der an jenem Tag ausgebrochenen Stute zu tun hatte, schwang sich auf einen kräftigen Schimmel und ritt den Strand entlang. Wimsey sah auf die Uhr und folgte ihm mit der braunen Stute, die freundlich und gefügig war.

Wie zu erwarten war, erwies sich das Tier nicht als besonders schnell, außerdem wurde das Tempo noch dadurch verlangsamt, daß der Ritt ja durchs Wasser gemacht werden mußte. Während des Rittes behielt Wimsey die Klippen im Auge, hinter denen die Küstenstraße verborgen war. Nichts war zu hören oder zu sehen mit Ausnahme einiger grasender Tiere. Er kam ziemlich schnell bei den Fischerhäusern an, und nun begann er, sich nach dem von Ormond beschriebenen Holzpfahl umzusehen, der sich zwischen zwei eng beieinanderstehenden Felsen befand. Als er ihn entdeckte, sah er wieder auf die Uhr. Das Teufelseisen war bereits deutlich erkennbar, und obwohl er noch anderthalb Kilometer entfernt war, konnte er Farmer Newcombe – ein kleines dunkles Etwas – auf der Felsplatte sitzen sehen. Er spornte sein Pferd an; es reagierte sofort, und sie legten die letzte Strecke, von Wasser umsprüht, in forschem Tempo zurück. Jetzt konnte Wimsey den Farmer genau erkennen und auch seinen Schimmel, den er an den oft beschriebenen eisernen Ring gebunden hatte.

Erst dreißig oder vierzig Schritte vor dem Felsen schien die Stute zu begreifen, wohin sie geritten wurde. Sie bäumte sich, als sei sie

angeschossen worden, warf den Kopf zurück und machte so plötzlich kehrt, daß Wimsey um ein Haar aus den Sattel geschleudert worden wäre. Er preßte die Knie in ihre Flanken und zog die Zügel an, aber sie hatte ein hartes Maul, wie die meisten Bauernpferde, und schien nichts zu spüren. Wie vom Teufel gejagt galoppierte sie zurück, und es gelang Wimsey erst nach einigen Augenblicken, sie durch ein scharfes Anziehen des linken Zügels zum Stehen zu bringen.
»Was ist denn in dich gefahren?« sagte er und klopfte dem Tier beruhigend auf die Flanken.
Die Stute zitterte und blähte die Nüstern. »Immer mit der Ruhe! Was hast du denn, armes Tier? Was ist denn nur los?«
Das Pferd zitterte noch immer.
Er wendete in Richtung Teufelseisen und sah, daß Newcombe ihm im Galopp entgegenkam.
»Grundgütiger! Was ist denn mit dem Tier los«, sagte Newcombe. »Hat Sie ja um ein Haar runtergeschleudert, dabei sind Sie doch ein geübter Reiter, nicht wahr?«
»Irgend etwas muß es erschreckt haben«, sagte Wimsey. »War es schon einmal hier?«
»Nicht daß ich wüßte«, erwiderte der Bauer.
»Haben Sie vielleicht die Arme geschwenkt?«
»Nein. Ich habe auf die Uhr gesehen – ach du liebe Zeit – jetzt habe ich in der Aufregung ganz vergessen, wie spät es war. Na, so was!«
»Scheut das Pferd leicht?«
»Nein. Überhaupt nicht.«
»Sehr sonderbar«, sagte Wimsey. »Ich werde es noch einmal versuchen. Bleiben Sie hinter mir, dann weiß ich bestimmt, daß sich das Pferd nicht Ihretwegen hochbäumt.«
Er setzte die Stute in Trab, und sie bewegte sich widerwillig vorwärts. Aber an einem bestimmten Punkt blieb sie stehen und konnte einfach nicht zum Weitergehen gebracht werden. Sie wollte nicht einmal bis zum Teufelseisen gehen, nachdem Wimsey abgestiegen war. Sie blieb zitternd und wie angewurzelt, mit ängstlich geweiteten Augen, auf der Stelle stehen. Das Tier tat Wimsey so leid, daß er den Versuch schließlich aufgab.
»Da bin ich aber platt«, sagte Newcombe kopfschüttelnd. »Was nur mit ihr los war?«
»Ja, merkwürdige Geschichte. Ich glaube, ich weiß, was mit ihr los war, aber ...« sagte Wimsey. »Ach, vergessen Sie's, reiten wir doch zurück.«

Auf dem Heimweg nahm sich Wimsey nicht einmal die Zeit, den Holzpfahl zwischen den Klippen zu besichtigen, wie er es eigentlich vorgehabt hatte. Das war nicht mehr nötig, denn er wußte nun genau, was sich zwischen Darley und dem Teufelseisen ereignet hatte. Zu Hause angekommen, schrieb er seine verwickelten, sorgfältig ausgedachten Theorien Zeile für Zeile auf. Darunter schrieb er wie Euklid: »Und doch erscheint es unmöglich.«

Auch Wachtmeister Ormond war seiner Sache nicht mehr ganz sicher. Inzwischen war ihm jedoch die einzige Person eingefallen, die möglicherweise Perkins gesehen haben konnte, und zwar der alte Gaffer Gander, der tagaus, tagein auf der Bank unter der großen Eiche mitten auf dem Dorfplatz saß. Ormond hatte Gander bisher nur deshalb übersehen, weil letzterer an dem Tage, an dem Ormond seine Umfragen gemacht hatte, in Wilvercombe auf der Hochzeit seines jüngsten Enkelsohnes war. Aber jetzt saß er wieder an seinem Lieblingsplatz und war gern bereit, alle Fragen zu beantworten. Der alte Herr war in glänzender Stimmung. Ja, er sei fünfundachtzig Jahre alt, aber Gott sei Dank gesund und munter; vielleicht sei er ein bißchen schwerhörig, aber sehen könne er noch so gut wie früher.

Ja, er erinnerte sich an Donnerstag, den 18. Juni, den Tag, an dem man den armen Kerl tot auf dem Teufelseisen gefunden hatte. War sehr schönes Wetter, allerdings etwas windig. Ja, er bemerkte alle Fremden, die durch das Dorf kamen. Er entsann sich an den offenen roten Wagen, der durchgefahren war, weil sein kleiner Urenkel die Nummer bemerkt hatte: OI OIOI. Der kleine Johnnie war eben ein ganz besonders kluges Kind! Ja, und gegen eins war das Auto zurückgekommen. Mr. Gander hatte gerade die Drei Federn verlassen, wo er seinen Mittagsschoppen getrunken hatte, als der Wagen anhielt; Mr. Martin, der Herr, der am Ende der Hinks Lane kampierte, war ausgestiegen. Ja, und am Steuer des Wagens hatte eine elegante Dame gesessen, die nach seiner Meinung übertrieben jugendlich gekleidet war – er hatte nichts dagegen, wenn die Frauen sich Mühe gaben, so gut wie möglich auszusehen, aber seiner Ansicht nach gingen sie heutzutage doch ein bißchen zu weit. »Mit ihren nackten Beinen und kurzen Hosen sehen sie aus wie Fußballspieler.« Mr. Martin hatte ihm guten Tag gesagt und war dann auch ins Wirthaus gegangen. Das Auto war in die Richtung von Heathbury weitergefahren. Ja, er wußte auch, wann Mr. Martin das Wirtshaus wieder verlassen hatte, halb zwei war es auf der Kirchenuhr gewesen. Und die Kirchenuhr ging immer richtig; man konnte sich darauf verlassen, seitdem der Pfarrer sie vor zwei Jahren auf eigene Kosten reparieren ließ. »Der Pfarrer ist ein feiner Kerl, und ich weiß seine Predigten alle halb auswendig. ›Gander, Sie sind ein wunderbarer Mensch‹, hat der Pfarrer letzthin zu mir gesagt.«

»Das sind Sie auch«, sagte Ormond, »aber können Sie sich erinnern, ob Sie noch einen Fremden sahen?«

Ja, er erinnerte sich auch daran, daß an diesem Nachmittag ein fremder junger Mann durch das Dorf gekommen war. Natürlich konnte er ihn beschreiben, seine Augen waren ja gut, und auch sein Gedächtnis ließ, gottlob, nichts zu wünschen übrig. Dieser junge Mann war so ein richtiger schwächlicher Stadtmensch; er trug eine große Brille, einen Rucksack und einen langen Spazierstock. Ein richtiger Knüppel aus Eschenholz wäre viel besser zum Wandern als so ein dünnes, langes Ding von einem Spazierstock.

»Um wieviel Uhr sahen Sie diesen jungen Mann vorbeikommen?« fragte Ormond sehr energisch.

»Sie brauchen nicht zu schreien, junger Mann, ich verstehe Sie schon. Muß kurz vor zwei gewesen sein. Und soll ich Ihnen sagen, woher ich das weiß? Weil ich dachte, der junge Mann wird durstig sein, dachte ich, und wenn er noch ein Bier trinken will, muß er sich beeilen, denn das Wirtshaus wird um zwei Uhr zugemacht. Aber der wollte gar nicht in die Drei Federn gehen. Keine Spur. Geht einfach daran vorbei und weiter in die Richtung der Hinks Lane. So'n richtiger Schlappschwanz aus der Stadt, dachte ich. Trinkt lieber Brauselimonade, dachte ich. Und dabei fiel mir ein, daß ich eigentlich noch einen zweiten Schoppen genehmigen wollte. Als ich reinging, war es auf der Uhr über der Bar gerade zwei, aber die geht ja immer fünf Minuten vor, wie alle Wirtshausuhren.«

Wachtmeister Ormond nahm den Schlag schweigend hin. Wimsey hatte sich also geirrt. Das Zweiuhr-Alibi hatte sich als unbedingt einwandfrei erwiesen. Weldon war unschuldig, Bright war unschuldig, Perkins war so unschuldig wie ein neugeborenes Lamm. Nun war auch noch die Unschuld der Stute zu beweisen, und das ganze Gebäude der Weldon-Theorie würde zusammenstürzen wie ein Kartenhaus.

Er traf Wimsey auf dem Dorfplatz und teilte ihm die niederschmetternde Neuigkeit mit.

Wimsey antwortete ihm zu seinem Erstaunen mit der Frage: »Haben Sie zufällig einen Eisenbahnfahrplan bei sich?«

»Einen Fahrplan? Nein, Mylord. Ich könnte natürlich einen besorgen. Aber vielleicht kann ich Ihnen auch ...«

»Schon gut«, unterbrach ihn Wimsey. »Ich wollte nur nachsehen, wann der nächste Zug nach Colney Hatch geht.«

Der Wachtmeister sah ihn erstaunt an.

»Die Stute ist schuldig«, sagte Wimsey. »Sie war beim Teufelseisen und hat den Mord mitangesehen.«

»Aber ich dachte, Sie hätten bewiesen, daß das unmöglich war, Mylord?«

»Das ist es auch, und dennoch ist es wahr.«

Wimsey ging zu Oberkommissar Glaisher, der nervös und überreizt war, um ihm das Ergebnis seiner Nachforschungen mitzuteilen.

»Die Trottel in London haben Brights Spur verloren«, sagte der Oberkommissar verärgert. »Sie haben ihn bis zur Redaktion des *Morning Star* verfolgt, wo er seine Belohnung in Form eines Barschecks einkassierte, für den er sich sofort Banknoten geben ließ. Daraufhin ging er in ein großes Warenhaus, das viele Fahrstühle und mehrere Ausgänge hat, und dort ist er unseren Leuten entwischt. Ich dachte, man könnte sich auf die Londoner Detektive verlassen, aber leider habe ich mich geirrt. Ich wünschte, wir hätten niemals mit diesem verzwickten Fall zu tun gehabt«, fügte Glaisher bitter hinzu. »Und jetzt behaupten Sie noch, daß die Stute dort war und daß sie nicht dort war, und daß niemand von den Leuten, die sie reiten sollten, sie geritten hat. Vielleicht wollen Sie mir als nächstes weismachen, daß die Stute dem Mann die Kehle mit dem Huf durchschnitten und sich dann in ein Seepferd verwandelt hat?«

Wimsey ging deprimiert zurück ins Bellevue, wo er ein Telegramm vorfand. Es war am gleichen Nachmittag auf einer Post im Londoner Westend aufgegeben worden und lautete:

»SACHE BRIGHT ZUFRIEDENSTELLEND. HOFFE AUF BALDIGE RESULTATE. BIN IN VERBINDUNG MIT OBERKOMMISSAR PARKER. HOFFE TWEEDANZUG BALD SCHICKEN ZU KÖNNEN. BUNTER.«

27. Die Aussage des Enkels

Mittwoch, den 1. Juli

»Eins steht fest, wenn die Stute wirklich gegen zwei beim Teufelseisen war, muß sie von Pollock und seinem Enkel gesehen worden sein«, sagte Kommissar Umpelty. »Hat keinen Sinn, dies zu leugnen. Ich hab' dem Pack sowieso nie über den Weg getraut. Vielleicht hätten sie einen lautlos vollzogenen Mord übersehen können, aber nicht ein in tödlichem Schrecken davongaloppierendes Pferd.«

Wimsey nickte. »Ich bin ganz Ihrer Ansicht, aber wie wollen Sie sie zum Reden bringen? Soll ich es vielleicht versuchen, Umpelty? Jem, der Enkel, scheint nicht ganz so stur zu sein wie der Alte. Was wissen Sie von ihm? Hat er irgendein Hobby?«

»Ich weiß nicht recht, Mylord, ich glaube, er spielt Fußball. Er ist bei den Westshire-Tigern und soll ein guter Spieler sein.«

»Hm. Schade, ich wünschte, es wäre Kricket. Davon verstehe ich mehr. Immerhin – ein Versuch kann nicht schaden. Glauben Sie, daß ich ihn heute abend in den Drei Federn antreffen werde?«

»Höchstwahrscheinlich; falls er nicht mit seinem Boot ausgefahren ist.«

Wimsey fand Jem tatsächlich im Wirtshaus, und nach einigen Gläsern Bier und einer eingehenden Unterhaltung über die Aussichten der örtlichen Fußballmannschaft in der kommenden Saison wurde der junge Mann etwas zugänglicher.

Mit großem Takt gelang es Wimsey, das Gespräch auf die Fischerei, das Teufelseisen und den Tod von Paul Alexis zu bringen; aber der junge Mann hörte sogleich auf zu sprechen, und seine Miene verfinsterte sich.

Gerade als Wimsey im Begriff war, das gefährliche Thema fallenzulassen, schien Jem sich eines Besseren zu besinnen. Nachdem er sich vorsichtig in der Bar umgesehen hatte, flüsterte er Wimsey ins Ohr: »Darüber möchte ich lieber woanders mit dem Herrn sprechen.«

»Aber gern«, erwiderte Wimsey und fügte mit lauter Stimme hinzu: »Wenn ich wieder einmal herkomme, möchte ich Sie gern Fußball spielen sehen. Jetzt muß ich mich leider verabschieden. Gehen Sie auch? Ich bringe Sie gern im Wagen nach Hause, ist kaum ein Umweg für mich.«

»Wenn's dem Herrn nichts ausmacht ...«

Die beiden bahnten sich ihren Weg zur Tür. Man rief sich Gutenabendgrüße zu, aber Wimsey stellte fest, daß die Einwohner von Darley nicht besonders freundlich zu Jem waren.

Sie stiegen ins Auto und fuhren schweigend bis zum Bahnübergang. Dann begann Jem zu sprechen: »Ja, also wegen dieser Sache am Teufelseisen hab' ich dem Großvater gesagt, er soll's lieber der Polizei sagen, aber der ist ja so bockbeinig, und es stimmt auch, daß der Teufel los wäre, wenn was rauskäme. Aber er müßte trotzdem das Maul aufmachen, denn das ist doch 'ne Mordsache, und in die will ich nicht verwickelt werden. Aber der Alte traut ja dem Umpelty und seinen Leuten nicht über'n Weg, und wenn Mutter und ich was sagen würden, dann gäb's 'nen Riesenkrach. Wenn die Polizei erst mal Lunte riecht, dann weiß es gleich das ganze Dorf, sagt der Großvater.«

»Es kommt darauf an, worum es sich handelt«, sagte Wimsey etwas verblüfft. »Natürlich kann die Polizei ein Verbrechen nicht geheimhalten, aber ...«

»Nein, nein, das ist es nicht. Aber wenn die Polizei es erfährt und dann dem Gurney sagt ... Ich hab' immer zu meinem Großvater gesagt, daß man es nicht tun sollte und daß man eben gegen Gurney und seine Gemeinheit mit den Fischernetzen nichts machen kann.«

»Ich werde bestimmt niemandem etwas sagen, sofern es sich nicht um ein Verbrechen handelt«, erwiderte Wimsey etwas erleichtert.

»Deswegen will ich ja eben mit dem Herrn reden. Natürlich hat's 'nen schlechten Eindruck gemacht, daß der Großvater nicht hat sagen wollen, was wir beim Teufelseisen zu tun hatten. Ich hätte schon den Mund aufgemacht, aber dann bekam ich's mit der Angst zu tun, weil der Alte es an Muttern ausgelassen hätte, wenn ich fort bin.«

»Ich verstehe – aber mir können Sie es jetzt ruhig anvertrauen. Was taten Sie bei den Teufelsklippen?«

»Wir haben Hummer gefangen.«

»Hummer? Aber das ist doch nichts Unrechtes?«

»Nein, ist es auch nicht. Nur, daß wir die Hummer aus dem Tom Gurney seinen Körben genommen haben.«

Allmählich wurde Wimsey dieser Vorgang klar. Der unglückselige Tom Gurney, der in Darley wohnte, pflegte seine Hummerkörbe in der Nähe der Teufelsklippen auszusetzen. Vor einiger Zeit waren nun Netze beschädigt worden, die dem alten Pollock gehörten, und dieser warf Gurney vor, den Schaden absichtlich angerichtet zu haben. Da er ihm auf legalem Wege nichts anhaben konnte, beschloß Pollock, sich auf andere Art zu rächen. Er benutzte Gurneys Abwesenheit dazu, dessen Hummerkörbe zu plündern, um sich dann ins Fäustchen zu lachen, wenn Gurney sich im Wirtshaus über die diesjährige Knappheit an Hummer beklagte. Obwohl Jem diese Methoden nicht mochte, hielt er es, wohl im Hinblick auf die zu erwartende Erbschaft, für besser, sich seinem Großvater nicht zu widersetzen.

Wimsey war verstimmt. Lief dieser geheimnisvolle Fall ganz einfach auf einen Streit zwischen Nachbarn hinaus? Er sah Jem scharf an. Es war dunkel, und das Gesicht des jungen Mannes war starr und unergründlich.

»Schön und gut«, sagte Wimsey schließlich. »Aber warum behaupteten Sie und Ihr Großvater, niemand am Ufer gesehen zu haben?«

»Weil wir wirklich keinen gesehen haben. Ich weiß noch, wie der Großvater zu mir gesagt hat: ›Tu mal 'nen Blick aufs Ufer, Jem, ob auch keiner von den Gurneys da rumlungert.‹ Also, ich gucke mich um, aber es ist keine Menschenseele nicht zu sehen außer dem armen Kerl auf dem Teufelseisen, und der schien ja zu schlafen. ›Sieht wie 'n Stadtmensch aus‹, sagte ich zum Alten, ›nicht wie einer von uns.‹«

»Sie glauben also, daß er schlief?«

»Sah so aus. Na ja, also Großvater sieht mich an und sagt: ›Der tut keinem nichts. Paß du mal auf, daß niemand nicht auf den Klippen langgeht.‹ Und das tat ich dann auch, und niemand war zu sehen, auch nicht am Strand, bevor wir zu den Teufelsklippen kamen. Wenn das 'ne Lüge ist, will ich tot umfallen.«

»Gut, Jem, aber Sie haben bei der gerichtlichen Untersuchung selbst gehört, daß der arme Kerl gegen zwei Uhr ums Leben gekommen ist.«

»Hab' ich gehört, und so wahr ich hier sitze, er muß sich das Leben genommen haben, denn niemand war nicht in seiner Nähe gewesen – außer das Fräulein. Nur wie wir die Hummer aus den Körben genommen haben, da haben wir natürlich nicht aufs Ufer geguckt. Vielleicht haben wir da gerade was versäumt. Damit waren wir gegen zwei fertig, aber so genau auf die Minute kann ich's nicht sagen. Ich weiß, daß eine dreiviertel Stunde vorher Flutwechsel war, das weiß ich. Ja, und dann erinnere ich mich auch noch, wie ich zu dem Großvater gesagt hab': ›Der da auf dem Teufelseisen sieht komisch aus. Was ist denn mit dem los?‹ hab' ich gesagt. Na, dann haben wir das Boot näher ans Ufer gefahren, und plötzlich kommt das Fräulein hinterm Felsen hervor, und Großvater sagt: ›Nur weg, Junge, nur weg!‹ Dann sind wir wieder aufs Meer raus-

gefahren, denn wenn der Mann oder das Fräulein gesehen hätten, daß unser Boot voll mit Hummer war, dann hätte es herauskommen können, daß es Tom Gurneys Hummer waren.«
»Ihr Großvater sagte, Sie hätten Alexis zum erstenmal um ein Uhr fünfundvierzig gesehen.«
»Muß noch früher gewesen sein, aber natürlich haben wir nicht dauernd da hingeguckt.«
»Angenommen, es wäre jemand zwischen ein Uhr fünfundvierzig und zwei gekommen – hätten Sie ihn gesehen?«
»Glaube ja. Aber ich sage Ihnen doch, der arme Kerl muß sich selbst umgebracht haben. Der hat sich da in aller Stille allein den Hals durchgeschnitten, das steht fest.«
Wimsey wußte nicht, was er davon halten sollte. Falls Jem gelogen hatte, mußte er ein erstaunlich guter Lügner sein. Falls er die Wahrheit gesagt hatte, wäre es nun noch schwieriger, die Mordtheorie aufrechtzuerhalten. Alles deutete darauf hin, daß Alexis allein auf dem Felsen gesessen und Selbstmord begangen hatte.
Und doch ... warum weigerte sich die braune Stute, in die Nähe des Teufelseisens zu gehen? Wimsey war nicht abergläubisch, aber er hatte von ähnlichen Fällen gehört – war es möglich, daß der ruhelose Geist von Paul Alexis das Teufelseisen umschwebte, dem menschlichen Auge verborgen, aber nicht dem Tiere? Er entsann sich eines Pferdes, das sich geweigert hatte, die Stelle zu passieren, an der vor Hunderten von Jahren ein Verbrechen begangen worden war.
Plötzlich fiel ihm noch etwas ein, das er klarstellen wollte.
»Ist bei Ihnen zu Hause noch jemand auf?« frage er.
»Ja, Mutter wartet bestimmt auf mich.«
»Ich würde sie gern sprechen.«
Dagegen hatte Jem nichts einzuwenden, und Wimsey ging mit ihm in das Haus des alten Pollock. Mrs. Pollock, die am Herd stand und die Suppe für Jem umrührte, empfing ihn höflich. Jedoch beantwortete sie seine Frage kopfschüttelnd.
»Nein, wir haben heute nachmittag keine Pferde über den Strand laufen hören.«
Gut – wenn Wimsey ungehört über den Strand reiten konnte, war dies auch einem anderen Reiter möglich.
»Und Sie sind noch immer sicher, daß Sie am vorigen Donnerstag kein derartiges Geräusch gehört haben?«
»Nicht am Nachmittag. Danach hat die Polizei sich schon erkundigt. Aber die Susie, die erinnert sich, daß sie so gegen Mittag was ge-

hört hat. So um zwölf herum. Da sie bei der Arbeit war, ist sie nicht rausgelaufen, um nachzusehen. Das ist ihr plötzlich wieder eingefallen, als wir drüber redeten, welche Fragen der Wachtmeister uns gestellt hat.«

Als Wimsey das Haus verließ, war er sehr verwirrt. Wenn jemand um zwölf über den Strand geritten war, konnte es die Erklärung für das Hufeisen, nicht aber für den Mord sein. War es vielleicht doch ein Fehler gewesen, dem Hufeisen eine solche Wichtigkeit beizumessen? Konnte sich nicht irgendein Bauernjunge zum Spaß auf das Pferd geschwungen haben und über den Strand geritten sein? Hätte das Pferd nicht auch allein über den Strand galoppieren können?

Aber warum hatte sich die Stute am Nachmittag so sonderbar benommen? Und welche Bedeutung hatte der eiserne Ring am Felsen? War der Mörder vielleicht um zwölf zu Pferd beim Teufelseisen angekommen und hatte sich bis zwei mit Alexis unterhalten? Aber Jem hatte nur eine Gestalt auf dem Felsen gesehen. Hatte sich der Mörder in der Felsennische verborgen gehalten, bis er die Tat beging? Und warum? Dafür hätte es nur einen Grund geben können – um sich ein Alibi zu verschaffen. Aber ein Alibi wird sinnlos, wenn man zwei Stunden verschwendet, bevor man es braucht. Und wie kam die Stute nach Hause? Nach Jems Bericht zu schließen, war sie zwischen eins und zwei nicht am Strand. Einen Augenblick spielte Wimsey mit der Idee, daß zwei Männer auf einem Pferd geritten sein mochten – der eine, um den Mord zu begehen, der andere, um das Pferd zurückzureiten. Jedoch verwarf er diese Theorie als lächerlich und absurd.

Dann hatte er plötzlich einen völlig neuen Einfall. Bisher hatte man es für selbstverständlich gehalten, daß Alexis zu Fuß über die Küstenstraße zum Teufelseisen gegangen war. War das wirklich bewiesen? Warum sollte Alexis nicht selbst der Reiter gewesen sein? Damit würde es sich erklären, warum man gegen zwölf ein Pferd vorbeireiten hörte; aber zahlreiche andere Probleme tauchten nun auf. Wo hatte Alexis das Pferd bestiegen? Augenzeugen hatten ihn von Darley in die Richtung von Lesston Hoe gehen sehen. War er später zurückgekommen, um das Pferd vom Feld zu holen? Wenn nicht – wer hatte es geholt, und wo hatte sich der Betreffende mit Alexis getroffen? Und nochmals – wie war die Stute zurückgekehrt?

Er beschloß, Umpelty diese Probleme vorzulegen.

Umpelty, der im Begriff war, zu Bett zu gehen, war zunächst nicht allzu erfreut über den Besuch. Jedoch wurde sein Interesse wieder wach, als er Wimseys Bericht vernahm.

»Die Pollocks und die Moggeridges sind notorische Lügner«, bemerkte er. »Wenn es wirklich Mord war, haben sie alle etwas damit zu tun gehabt. Auf eins können Sie sich jedoch verlassen: Alexis ist an jenem Morgen zwischen zehn Uhr fünfzehn und elf Uhr fünfundvierzig von sechs Zeugen auf der Küstenstraße gesehen worden. Kaum anzunehmen, daß ein zweiter junger Mann mit dunklem Vollbart den gleichen Weg gegangen ist.«

»War Alexis keinem der Zeugen persönlich bekannt?«

»Nein, aber die Wahrscheinlichkeit ist gering, daß ein zweiter bärtiger Mann, in dunkelblauem Anzug, um die gleiche Zeit über diese Straße ging. Es sei denn, daß sich jemand absichtlich verkleidet hat, um mit Alexis verwechselt zu werden. Aber welchen Sinn sollte das haben? Glauben Sie, daß jemandem daran gelegen war, zu beweisen, daß Alexis um die bestimmte Zeit in dieser Gegend war, wenn er sich tatsächlich woanders aufhielt, oder daß er noch am Leben war, zu einem Zeitpunkt, da man ihn bereits für tot hielt? Es besteht natürlich die Möglichkeit, daß der wahre Alexis zwischen zehn Uhr fünfzehn und zwei in irgendeine schiefe Sache verwickelt war und daß ihm ein anderer ein Alibi verschaffte. Daran hatte ich bisher noch nicht gedacht.«

»Ich nehme an, daß der Tote tatsächlich Paul Alexis war, obwohl sein Gesicht nicht mehr erkennbar war und wir nur seine Kleider und eine Fotografie als Beweismaterial in Händen haben«, sagte Wimsey nachdenklich.

»Jedenfalls war es jemand mit einem echten Bart«, stellt Umpelty fest. »Wen sollte Alexis übrigens getötet haben?«

»Einen Bolschewisten«, sagte Wimsey leichthin. »Er mochte eine Verabredung mit einem dieser Burschen gehabt haben, der vor hatte, ihn zu ermorden, und der statt dessen von Alexis getötet wurde«, sagte Wimsey.

»Alles möglich. In jedem Fall mußte der Mörder das Teufelseisen nach der Tat verlassen. Und wie soll er es fertiggebracht haben, seine Kleidung mit der des Opfers zu vertauschen? Dazu fehlte ihm die Zeit.«

»Jedenfalls *nach* dem Mord.«

»Welchen Sinn haben alle diese Mutmaßungen? Sie schaffen nur unnötige Komplikationen. Wenn Sie mich fragen – ich glaube, Ihre Idee, daß irgendein Bauernlümmel auf der Stute über den Strand ritt, ist gut. Außer dem eisernen Ring spricht nichts dagegen, und dieser konnte sehr wohl für einen ganz anderen Zweck angebracht worden sein. Wenn das der Fall ist, hat die Stute mit der ganzen Sache nichts zu tun, was alles vereinfachen würde. Dann könnten wir es einfach dabei lassen, daß Alexis sich entweder selbst das Leben genommen hat oder von jemandem ermordet wurde, der zu Fuß den Strand entlangging. Spielt keine Rolle, daß die Pollocks niemand gesehen haben. Der Täter konnte sich, wie Sie sagten, in der Felsennische verborgen gehalten haben ... Ja, aber wer war der Täter? Weder Weldon noch Bright noch Perkins. Aber die drei sind schließlich nicht die einzigen Menschen auf der Welt.«

Wimsey nickte.

»Ich bin ziemlich deprimiert«, sagte er. »Es scheint, daß sich dieser Fall nie klären wird.«

»Aber ich bitte, Sie, Mylord, wir bearbeiten ihn doch erst seit zwei Wochen – und was sind zwei Wochen? Wir dürfen die Geduld nicht verlieren. Warten wir ab, bis wie die Auflösung des chiffrierten Briefes bekommen. Vielleicht erklärt sie alles.«

28. Der Geheim-Kode

Freitag, den 3. Juli

Der Brief von »Clumps« vom Außenministerium kam erst am Freitag an und war eine große Enttäuschung. Er lautete:

»Lieber Wimsey,

habe Deinen Brief erhalten. Bungo ist in China, um dort etwas nach dem Rechten zu sehen. Habe Deine Einlage wie gewünscht an ihn weitergeschickt. Er dürfte irgendwo auf dem Lande sein, wird Deinen Brief aber wahrscheinlich in ein paar Wochen erhalten. Wie geht's bei Dir? Habe Trotters vorige Woche im Carlton gesehen. Er hat Krach mit seinem alten Herrn gehabt, erträgt es aber mit Würde. Erinnerst Du Dich an die Newton-Carberry-Sache? Die ist inzwischen erledigt, und Flops ist auf den Kontinent gefahren. Was will man noch mehr!

Herzlichst
Dein Clumps.«

»Dieser Idiot!« sagte Wimsey wütend, warf den Brief in den Papierkorb, setzte sich den Hut auf und ging hinüber zu Mrs. Lefrancs

Haus. Harriet war fleißig bei der Arbeit, konnte jedoch bisher keinen Erfolg mit der Entzifferung des Kodes verzeichnen.

»Ich glaube, es hat überhaupt keinen Zweck, sich weiter mit den angestrichenen Wörtern zu beschäftigen«, sagte Wimsey, »und Bungo hat uns auch im Stich gelassen. Jetzt wollen wir noch einmal versuchen, scharf nachzudenken. Beschäftigen wir uns zunächst einmal mit diesem Problem: Was hat es mit dem Brief auf sich, warum ist er nicht verbrannt worden wie die anderen Papiere?«

»Ja, warum eigentlich nicht? Wirklich sehr merkwürdig.«

»Außerordentlich. Der Brief kam am Dienstag früh an. Am Mittwoch wurden alle Rechnungen bezahlt und Mittwochabend alle Papiere verbrannt. Am Donnerstagmorgen ging Alexis rechtzeitig fort, um den Zug zu erreichen. Halten Sie es nicht auch für wahrscheinlich, daß alle diese Instruktionen in dem Brief standen?«

»Ja, für sehr wahrscheinlich.«

»Das würde bedeuten, daß in dem Brief die Verabredung auf dem Teufelseisen getroffen wurde. Warum nun ist er nicht mit den anderen Papieren verbrannt worden?«

»In meinen eigenen Büchern lasse ich den Bösewicht meistens am Schluß sagen: ›Bringen Sie diesen Brief mit‹, damit vom Standpunkt des Mörders aus die Sicherheit besteht, daß der Brief vernichtet wird. Von meinem eigenen Standpunkt aus schreibe ich das allerdings nur, damit Robert Templeton ein Fetzchen von dem Brief in der steifen Hand des Opfers vorfindet, mit dessen Hilfe er das Verbrechen am Ende aufklären kann.«

»Sehr richtig. Nehmen wir aber an, daß unser Bösewicht die Duplizität Ihrer Motive nicht richtig verstanden hat und sich sagt: ›Harriet Vane und andere berühmte Autoren sorgen immer dafür, daß der Mörder sein Opfer bittet, den Brief mitzubringen. So muß man es also machen.‹ Das könnte das Vorhandensein dieses Briefes erklären.«

»Dann würde es sich aber um einen Amateur von Bösewicht handeln.«

»Warum nicht? Falls es sich nicht um einen wirklich geschulten kommunistischen Agenten handelt, ist es ein Amateur. Ich wäre nicht erstaunt, wenn sich in diesem Schreiben – und wahrscheinlich am Ende – die Worte finden würden: ›Bringen Sie diesen Brief mit.‹«

»Warum fanden wir den Brief dann in der Brieftasche des Toten und nicht in seiner steifen Hand, wie nach Vorschrift?«

»Vielleicht hat das Opfer die Instruktionen nicht befolgt.«

»Dann hätte der Mörder nach dem Brief suchen und ihn finden müssen.«
»Das muß er vergessen haben.«
»Wie untüchtig!«
»Dafür kann ich nichts. Jedenfalls besitzen wir den Brief, der zweifellos wichtige und gefährliche Angaben enthält. Wenn wirklich eine Verabredung darin getroffen worden ist, so wäre das ein ziemlich sicherer Beweis dafür, daß Alexis nicht Selbstmord beging, sondern ermordet wurde.«
»Wäre es nicht möglich, daß er den Brief nur deshalb bei sich hatte, weil darin der Weg beschrieben wurde, auf dem er zum Teufelseisen kommen sollte?«
»Das glaube ich kaum, denn in diesem Fall hätte er den Brief sicherlich entweder in der Hand oder in einer Außentasche gehabt.«
»Nicht unbedingt. Er mag ihn in einer Außentasche gehabt haben, als er beim Teufelseisen ankam, und ihn erst dann in die Brusttasche gesteckt haben. Schließlich hat er etwa eine Stunde allein auf dem Teufelseisen gesessen, nicht wahr?«
»Mir ist eben noch etwas eingefallen: Wenn er die Beschreibung des Weges nachlesen wollte, wäre es doch viel einfacher für ihn gewesen, eine dechiffrierte Kopie mitzunehmen.«
»Natürlich. Aber verstehen Sie denn nicht – das löst doch das ganze Problem! Er nahm die dechiffrierte Kopie mit, und der Bösewicht sagte: ›Wo ist der Brief?‹ woraufhin ihm Alexis, ohne zu überlegen, die Kopie aushändigte. Der Bösewicht nahm sie, vernichtete sie und vergaß, daß Alexis den Originalbrief noch bei sich haben könnte.«
»Sie haben recht, natürlich haben Sie recht!« sagte Wimsey. »Genau so muß es sich abgespielt haben. Selbst wenn uns das im Augenblick nicht weiterbringt, haben wir nun wenigstens eine Idee, was in dem Brief steht, und das wird uns bei der Entzifferung helfen. Außerdem nehmen wir an, daß der Bösewicht ein Amateurverbrecher ist, und das geht auch aus dem Brief selbst hervor.«
»Wieso?«
»Am Kopf des Briefes stehen zwei Wörter von je sechs Buchstaben, jedes Wort in einer Zeile für sich. Nur ein Amateur würde uns sechs einzelne Buchstaben bescheren, noch dazu auf zwei Zeilen verteilt. Ein Fachmann würde alles auf eine Linie schreiben. Diese beiden Wörter mögen zweierlei bedeuten: erstens, den Schlüssel für den Kode, obwohl ich kaum glaube, daß jemand so dumm sein würde, den Kode und dessen Schlüssel auf ein

und dasselbe Papier zu schreiben. Zweitens: den Schlüssel für den nächsten chiffrierten Brief, aber auch das halte ich für nicht wahrscheinlich.

Falls die beiden Wörter nicht den Schlüssel darstellen, sind sie vielleicht eine Ortsangabe und ein Datum. Jedenfalls stehen sie an der entsprechenden Stelle. Natürlich würde es nicht die volle Adresse sein, sondern nur ein Ortsname und das Datum.«

»Das ist möglich.«

»Versuchen wir unser Glück! Die Stadt festzustellen, dürfte schwierig sein, denn wir wissen nur, daß die Briefe aus der Tschechoslowakei gekommen sein sollen. Aber vielleicht können wir das Datum herausbekommen.«

»Wie würde das geschrieben sein?«

»Warten Sie – ja – die Buchstaben könnten die Zahlen für Tag, Monat und Jahr bedeuten. Das heißt – ein Buchstabe wäre nur ein Füllsel und ganz willkürlich gewählt, weil man keine ungerade Buchstabenzahl haben kann; denn eine Doppelzahl für den Monat ist unmöglich, da der Brief hier am 17. Juni ankam. Ich glaube kaum, daß ein Brief aus Mitteleuropa mehr als drei bis vier Tage unterwegs ist. Demnach wäre er nach dem 10. Juni aufgegeben. Wenn die Buchstaben keine Ziffern bedeuten,* bedeuten sie den x-ten Juni.

Um Zahlen wiederzugeben, hat unser Briefschreiber wahrscheinlich A für 1, B für 2, C für 3 und so fort genommen. Wir nehmen also an, daß 1 = A ist, so daß das Datum A? Juni lautet, wobei das Fragezeichen für die unbekannte Zahl steht, welche niedriger als 5 sein muß. Nehmen wir an, MKBSIG bedeute A? Juni, und sehen wir, was wir damit anfangen können. Teilen wir die Kode-Buchstaben zuerst in Paare auf. MK lassen wir für den Moment außer Betracht und beginnen mit BS. BS ist gleich JU. Nun hat dieser Kode eine Eigenschaft, die zum Entziffern sehr nützlich ist: Wenn zwei Buchstaben des Kode-Diagramms unmittelbar aufeinanderfolgen, entweder in waagrechter oder in senkrechter Richtung, so hat das Buchstabenpaar des Diagramms und das zu chiffrierende Paar einen Buchstaben gemeinsam. Sie verstehen das nicht? Passen Sie auf! Nehmen wir unser altes Schlüsselwort Abendrot, und schreiben wir es ins Diagramm.

* Die Hypothese, daß die Kode-Buchstaben ein Datum enthalten, das ganz aus Ziffern besteht, hat sich als falsch erwiesen. Die betreffende Berechnung wurde der Kürze halber weggelassen.

A	B	E	N	D
R	O	T		

Wenn Sie die Buchstaben AB chiffrieren wollen, nehmen Sie die Buchstaben rechts von A und erhalten BE, der Buchstabe B kommt also im Kode wie in der Normalschrift vor. Dasselbe gilt für Buchstaben, die in senkrechter Richtung unmittelbar untereinanderstehen.

In unserem ersten Buchstabenpaar BS = JU kommt kein Buchstabe zweimal vor, das ist schade. Wir schreiben deshalb provisorisch in diagonaler Form auf:

J	B
S	U

Wenn wir annehmen, daß diese Buchstaben die Ecken eines Vierecks bilden, so können wir sagen, daß JB und SU in der gleichen waagrechten Reihe des Diagramms stehen müssen, JS und BU in der gleichen senkrechten. Wenn wir alle uns zur Verfügung stehenden Buchstaben in Diagonalen aufschreiben, sieht es so aus:

J	B	N	I	A	M
S	U	G	I	K	?

Wir stellen fest, daß unser zweites Buchstabenpaar IG = NI den Buchstaben I gemeinsam hat und daß N und G auf der Senkrechten stehen. I muß auf der gleichen Linie mit N und G sein, N und G sind auf der Senkrechten – wir folgern, daß N, G und I alle auf der gleichen Senkrechten stehen müssen. Sehen wir uns weiter um. Aus unserem ersten Buchstabenkreuz ersehen wir, daß S und U auf derselben waagrechten Linie stehen. Daher bin ich stark versucht, anzunehmen, daß die beiden Buchstaben an ihrem normalen Platz im Alphabet stehen, das wäre also, warten Sie mal ... in der vierten Reihe des Diagramms – der Rest des Alphabets, V, W, X, Y und Z kämen dann auf die letzte Reihe. Diese Annahme ist natürlich nur dann richtig, wenn keiner der sieben Buchstaben im Schlüsselwort vorkommt. Wir können's ja mal probieren, wenn's nicht stimmt, müssen wir eben einen anderen Anfang suchen. Schreiben wir die sieben Buchstaben auf gut Glück wie folgt in unser Diagramm ein:

		S		U
V	W	X	Y	Z

Weiter wissen wir, daß S und I laut Kreuz 1 auf derselben senkrechten Reihe stehen müssen. N, I und G stehen in der gleichen Senkrechten, demnach stehen sie auf der gleichen Linie wie S.«
»Aber in welcher Reihenfolge?« frage Harriet stirnrunzelnd.
»Das werden wir gleich sehen, nur immer mit der Ruhe. Schauen wir unsere Buchstabenkreuze nochmals an. Richtig – B und U stehen in der gleichen Senkrechten.« Lord Peter dachte scharf nach. »B kann nicht unmittelbar über das U zu stehen kommen, denn dann müßte das Schlüsselwort sehr lang sein. Setzen wir B einmal in das letzte Feld der zweiten Reihe ein, wo es auch hingehört, wenn es nicht im Schlüsselwort selbst enthalten ist und wenn unser U am richtigen Platz steht. Da I auf derselben Waagrechten wie B ist, können wir es ins dritte Feld der zweiten Reihe schreiben – es muß ja in der gleichen senkrechten Reihe wie S stehen. Das N gehört dann höchstwahrscheinlich übers I, also in die erste Reihe, denn wenn wir es in die dritte Reihe, über das S setzten, wäre zuwenig Abstand zwischen B und N vorhanden, da zwischen B und N zehn Buchstaben im Alphabet stehen.«

Harriet mußte erneut über Lord Peters enorme Findigkeit staunen.
»Unser Diagramm sieht demnach wie folgt aus.«

		N		
		I		B
		G		
		S		U
V	W	X	Y	Z

Lord Peter brütete eine ganze Weile über dem Diagramm, fuhr sich dann nervös durch das Haar und seufzte. »Wir sind steckengeblieben, zum Teufel. Ich glaube, ich komme nicht mehr weiter.«
Harriet hatte inzwischen den chiffrierten Brief noch einmal genau durchgesehen.
»Lord Peter, schauen Sie doch, unser BSIG kommt im Brief noch mal vor!«
Lord Peter sprang vom Stuhl auf.
»Wirklich? Wenn wir uns nicht täuschen, ist es ein zweites Datum im Juni. Wenn in dem Brief eine Verabredung für einen Tag im Juni gemacht wurde, dann für den 18. Weshalb sollten dann die beiden Buchstaben vor dem BSIG nicht 18 bedeuten, also AH? Was für Buchstaben sind es denn?«
»OE.«
»OE = AH. Verdammt nützlich!«

O	A
H	E

O und A sind demnach auf derselben Waagrechten, desgleichen H und E; O und H, A und E sind auf derselben Senkrechten.
Nach einer Weile stillen Nachdenkens runzelte Wimsey die Stirn.

»Ich glaube nicht, daß uns das viel weiterbringen wird. Wenn wir nur wüßten, wo das A hingehört!«
»Wenn das Schlüsselwort mit I aufhört«, sagte Harriet, »dann käme es vor das B. Versuchen wir doch einmal! Es kann ja nichts schaden. Wir wissen weiter, daß A auf der gleichen senkrechten Linie wie K und E ist. Das E kann logischerweise nicht nach dem G kommen, setzen wir es doch provisorisch neben das N, das K neben das G.«
»Gar nicht übel, Harriet«, sagte Lord Peter. »Wenn das K wirklich richtig plaziert ist, können wir folgern, daß das H zum Schlüsselwort gehört, da es im Alphabet zwischen G und K steht – das I haben wir ja schon eingesetzt – im Diagramm aber zwischen den beiden Buchstaben keinen Platz hat. Wo gehört das H nun hin? Jedenfalls in die gleiche Reihe wie E, in welches Feld, ist unbestimmt. Sehen wir weiter.«
Lord Peter brütete erneut über seinen Unterlagen.
»A und M gehören auf die gleiche Waagrechte, A und O ebenfalls. M und O müßten also zum Schlüsselwort gehören«, sagte er nach einer Weile. »O und H befinden sich auf der gleichen Senkrechten, H kann nicht vor G stehen, also müßte es über das O kommen. Unser Diagramm sieht wie folgt aus.«

	h	N	e	
m	o	I	a	B
		G	k	
		S		U
V	W	X	Y	Z

»Ich finde, unser Schlüsselwort tönt reichlich komisch«, sagte Harriet verzagt. ».HNE.MOI, was soll denn das bedeuten?«
»Wenn der Brief auf deutsch geschrieben ist, was ich annehme, dann müssen wir uns getäuscht haben. Denken wir noch einmal scharf nach. Wirklich eine verdammt harte Nuß! Warten Sie mal... weshalb vertauschen wir nicht A und E, die wir ja auf gut Glück eingesetzt haben? Mal sehen, was dabei herauskommt. A käme also in die erste, E in die zweite Reihe. M und O müßten ebenfalls in die erste Reihe eingesetzt werden, das H in die zweite.«

m	o	N	a	
	h	I	e	B
		G	k	
		S		U
V	W	X	Y	Z

»MONA..HIE, das tönt schon besser. Mona... Mona... Oh, Harriet, Harriet, ich hab's, natürlich, das Schlüsselwort muß MONARCHIE heißen! Unser Diagramm lautet:

M	O	N	A	R
C	H	IJ	E	B
D	F	G	K	L
P	Q	S	T	U
V	W	X	Y	Z

»Oh, Peter, wunderbar! Gehen wir tanzen, betrinken wir uns...«

»Unsinn, jetzt wird weitergemacht. Endlich kommen wir der Sache auf den Grund. RA TI GI BI HF – ich lese die Diagonalen, Sie schreiben auf.«

»Also gut. A-N-S-E-I-N-E-H-O-H – ›An Seine Hoheit‹... Peter kann das stimmen?«

»Es ist deutsch. Schnell, machen wir weiter.«

»...›An Seine Hoheit den Großfürsten Pawlo Alexejwitsch...‹ Peter, was soll das bedeuten?«

Lord Peter wurde blaß.

»Mein Gott! Ist das möglich? Haben wir uns etwa geirrt, und hat Mrs. Weldon recht gehabt? Bin ich wirklich dazu verdammt, auf meine alten Tage hin noch eine Bolschewistenbande aufspüren zu müssen? Bitte lesen Sie weiter, Harriet.«

29. Der Brief

Freitag, den 3. Juli

»An Seine Hoheit den Großfürsten Pawlo Alexejwitsch, Erbe des Thrones der Romanows.
Die uns von Eurer Hoheit anvertrauten Dokumente sind nun gründlich geprüft. Heirat Ihrer erlauchten Ahnin mit Zar Nikolaus I. steht außer Zweifel.«

Harriet hielt inne. »Was bedeutet das?«
»Das weiß der Himmel. Nikolaus I. war bestimmt kein Heiliger, aber ich glaube nicht, daß er neben Charlotte-Luise von Preußen eine zweite Frau hatte. Und wer, zum Teufel, ist die erlauchte Ahnin von Paul Alexis?«
Harriet schüttelte den Kopf und fuhr fort, vorzulesen.

»Alles ist vorbereitet. Ihr unter sowjetischem Joch schmachtendes Volk erwartet ungeduldig Wiedererrichtung des Zarentums.«

Wimsey schüttelte ebenfalls den Kopf. »Wenn das stimmt, haben meine sozialistischen Freunde eine schöne Schlappe erlitten. Erst neulich wurde mir von dieser Seite erzählt, wie sehr der russische Lebensstandard unter dem kommunistischen Regime gestiegen ist. Allein der Schuhverbrauch soll von null auf ein Paar pro Kopf der Bevölkerung gestiegen sein. Immerhin mag es Russen geben, die sich davon nicht blenden lassen.«
»Alexis hat immer behauptet, adliger Herkunft zu sein.«
»Ja, und anscheinend hat er jemanden gefunden, der ihm geglaubt hat. Lesen Sie weiter.«

»Abkommen mit Polen geschlossen. Geld und Waffen stehen zu Ihrer Verfügung. Nur Sie fehlen.«

»Aha! Jetzt kommen wir zur Sache«, sagte Wimsey. »Daher der Paß und die dreihundert Goldstücke.«

»Spione am Werk. Vorsicht geboten. Alle Papiere verbrennen.«

»Das hat der arme Kerl auch genau befolgt«, bemerkte Wimsey. »Und jetzt scheinen wir zum Kern der Sache zu kommen.«

»Am Donnerstag, den 18. Juni, Zug nehmen, der um zehn Uhr fünfzehn in Darley ankommt. Über die Küstenstraße zum Teufelseisen-Felsen gehen. Dort auf Reiter vom Meer warten, der Anweisungen für Ihre Reise nach Warschau bringt. Losungswort Monarchie.«

»Der Reiter vom Meer? Himmlischer Vater! Bedeutet das, daß Weldon – daß die Stute – daß?... Lesen Sie weiter. Vielleicht ist unser Freund Weldon der Held der Geschichte und nicht der Bösewicht. Aber wenn dem so ist, warum hat er es uns nicht gesagt?«
Harriet las weiter.

»Diesen Brief mitbringen. Unbedingte Verschwiegenheit notwendig. Ihr Boris.«

»So etwas!« sagte Wimsey. »Ich scheine in diesem Fall nur eins richtig vorausgesehen zu haben, nämlich, daß das Dokument den Satz ›Diesen Brief mitbringen‹ enthalten würde. Aber aus dem Rest werde ich nicht klug. ›Seine Hoheit Pawlo Alexejwitsch, Erbe des Thrones der Romanows‹... Kann uns Ihre Wirtin etwas zu trinken besorgen, Miss Vane?«
Nachdem sie sich erfrischt hatten, rückte Wimsey seinen Stuhl an den Tisch und starrte auf den dechiffrierten Brief.
»Fest steht nur, daß Paul Alexis auf diesen Brief hin zum Teufelseisen gegangen ist. Der Absender war Boris. Jetzt frage ich mich, ob Boris ein Freund oder ein Feind war.«
Wimsey fuhr sich durch das Haar und sagte: »Zunächst einmal würde ich annehmen, daß Boris ein Freund ist, daß die in dem Brief erwähnten Spione vor ihm das Teufelseisen erreichten und Alexis – vielleicht auch Boris – ermordeten. Welche Rolle spielte die Stute in diesem Fall? Brachte sie den ›Reiter vom Meer‹ zum Tatort? War Weldon der Reiter und der imperialistische Freund von Alexis? Es ist möglich, weil... Aber nein – es ist unmöglich. Ich wollte eben sagen, Weldon könnte um zwölf Uhr, als Susie Pollock Pferdegetrappel hörte, zum Teufelseisen geritten sein. Jetzt fällt mir ein, daß er um diese Zeit in Wilvercombe war. Vielleicht hat er einem Freund die Stute geliehen.«
»Und wie ist der Mörder zum Tatort gekommen?«
»Er kam durch das seichte Wasser und entfloh auf dieselbe Art, nachdem er sich in der Nische verborgen gehalten hatte, bis Sie fortgegangen waren. Nur während wir Weldon, Bright oder Perkins

verdächtigten, machte uns der Zeitfaktor Schwierigkeiten. Aber wer war der Reiter vom Meer? Warum meldet er sich nicht und sagt: ›Ich hatte eine Verabredung mit diesem Mann, der um eine gewisse Zeit noch am Leben war.‹«

»Warum? Weil er fürchtet, daß der Mann, der Alexis umgebracht hat, auch ihn ermorden wird. Das ist alles sehr kompliziert. Wir suchen jetzt zwei Unbekannte statt einen – den Reiter vom Meer, der die Stute stahl und um zwölf Uhr beim Teufelseisen ankam, und den Mörder, der um zwei Uhr dort war.«

»Ja, das ist alles sehr verwickelt, allerdings erklärt es die Aussagen von Weldon und Perkins. Natürlich wußten sie nichts von dem Pferd, denn es hatte das Feld verlassen und war zurückgekehrt, bevor einer von ihnen am Zeltplatz war. Einen Moment – woher wußte der Reiter vom Meer, daß Weldon an diesem Morgen in Wilvercombe sein würde? Scheint ein reiner Zufall gewesen zu sein.«

»Vielleicht hat der Reiter Weldons Auto absichtlich beschädigt.«

»Möglich, aber das erklärt noch nicht, woher er wußte, daß Weldon nicht dasein würde. Im Gegenteil, es wäre viel wahrscheinlicher gewesen, daß Weldon dann an seinem Wagen herumgebastelt hätte.«

»Falls er gewußt haben sollte, daß Weldon an jenem Morgen nach Wilvercombe zu gehen beabsichtigte, wäre das beschädigte Kabel ein großes Pech für ihn gewesen, und die Tatsache, daß Weldon schließlich dennoch nach Wilvercombe gelangte, hätte dieses Pech wieder kompensiert.«

»Woher kannte er Weldons Pläne?«

»Möglicherweise wußte er gar nichts von Weldon. Weldon kam erst am Dienstag in Darley an, alle Pläne waren aber lange vorher gemacht worden, wie aus dem Brief hervorgeht. Wer immer es war, mochte entsetzt gewesen sein, Weldon in der Hinks Lane vorzufinden, und sehr erleichtert, als er ihn am Donnerstagmorgen fortgehen sah.«

Wimsey schüttelte den Kopf.

»Kann sein, kann sein. Versuchen wir weiter festzustellen, was sich ereignete. Der Reiter machte die Verabredung mit Alexis, der gegen elf Uhr fünfundvierzig beim Teufelseisen sein sollte. Dort traf ihn der Reiter und gab ihm seine Instruktionen – mündlich, nehme ich an. Dann ritt er zurück nach Darley, ließ die Stute laufen und ging auf und davon. Das Ganze mag um zwölf Uhr fünfundvierzig vorbei gewesen sein, spätestens aber um ein Uhr dreißig, sonst hätte

Weldon ihn bei seiner Rückkehr gesehen. Und was tut Alexis inzwischen? Anstatt, daß auch er auf und davon geht, bleibt er friedlich auf der Felsplatte sitzen und wartet darauf, daß ihn jemand um zwei Uhr ermordet!«

»Er kann absichtlich etwas länger dort geblieben sein, um nicht mit dem Reiter gesehen zu werden. Ich habe noch eine bessere Idee: Alexis wartet, bis der Reiter außer Sehweite ist – sagen wir fünf Minuten – dann taucht plötzlich der Mörder aus der Felsnische auf, wo er der Unterhaltung gelauscht hat, und hat eine Auseinandersetzung mit Alexis, die um zwei Uhr mit dem Mord endet. Dann komme ich, und der Mörder versteckt sich wieder in der Nische. Was halten Sie davon? Während der Reiter da war, zeigte sich der Mörder nicht, weil er nicht wagte, es mit zwei Leuten gleichzeitig aufzunehmen.«

»Hm... also, das scheint möglich zu sein. Ich frage mich nur, warum er Sie nicht auch gleich ermordet hat.«

»Weil man zwei Morde nicht für Selbstmorde gehalten hätte.«

»Sehr richtig. Und wie kommt es, daß Sie die beiden nicht in angeregter Unterhaltung auf dem Teufelseisen sahen, als Sie um ein Uhr ankamen und von den Klippen auf den Strand hinunterblickten?«

»Es wäre möglich gewesen, daß sie vor dem Felsen, auf dessen Seeseite, standen, denn es war Niedrigwasser, und der Sand war trocken.«

»Stimmt. Und im Laufe der Unterhaltung begann die Flut zu steigen, und die beiden kletterten auf den Felsen, um keine nassen Füße zu bekommen. Das geschah, während Sie schliefen. Ich bin nur erstaunt, daß Sie gar nichts von dem Gespräch hörten, während Sie Ihr Mittagsbrot verzehrten, da Stimmen am Meer sehr gut tragen.«

»Vielleicht hörten sie mich, als ich über die Klippen kletterte, und sprachen nicht weiter.«

»Möglich. Und dann hat der Täter den Mord verübt, obwohl er wußte, daß Sie in unmittelbarer Nähe waren?«

»Vielleicht glaubte er, daß ich bereits fort war. Jedenfalls wußte er, daß ich ihn im Augenblick nicht sehen konnte, da er mich nicht sah.«

»Und dann schrie Alexis auf, Sie erwachten, und er mußte sich verstecken.«

»So ungefähr. Jedenfalls müssen wir uns jetzt nach einem neuen Mörder umsehen, der von der Verabredung zwischen Alexis und Boris wußte, und es muß nicht unbedingt ein Bolschewist sein«,

fügte Harriet hoffnungsvoll hinzu. »Er mag private Gründe für den Mord gehabt haben. Was halten Sie von diesem da Soto? Leila Garland kann ihm alles Mögliche über Alexis erzählt haben.«
Wimsey schwieg, tief in Gedanken versunken.
»Ja, aber wir wissen, daß da Soto während der ganzen Zeit im Wintergarten gespielt hat. Ich möchte die Sache jetzt einmal von einer anderen Seite betrachten. Was ist mit diesem Brief los? Ist er überhaupt echt? Er ist auf gewöhnlichem Papier, ohne Wasserzeichen, geschrieben, könnte also irgendwoher kommen, aber wenn er wirklich von einem Ausländer namens Boris geschrieben wurde, warum dann auf deutsch? Falls Boris wirklich ein russischer Imperialist ist, wäre es doch einfacher und sicherer gewesen, russisch zu schreiben. Aber der Inhalt des Briefes ist so vage, daß ich bezweifle, ob er wirklich von einem ernsthaften Verschwörer stammt. Er enthält keine Namen, keine Einzelheiten über das russisch-polnische Abkommen, andererseits werden Wörter verschwendet, wie ›erlauchte Ahnin‹, ›schmachtendes Volk‹, ›sowjetisches Joch‹ und so weiter. Es sieht so aus, als sei der Brief von jemand geschrieben worden, der keine Ahnung hat, wie man eine Revolution macht. Es scheint mir, man habe dem armen Jungen bloß schmeicheln wollen.«
»Es klingt wie etwas, das ich in einem meiner Kriminalromane geschrieben hätte, ohne daß ich etwas über Rußland wüßte; nur, um allgemein klarzumachen, daß jemand ein Verschwörer ist«, sagte Harriet.
»Sie haben recht«, sagte Wimsey. »Es klingt genau wie ein Kapitel aus einem der Schmöker, die Alexis so geliebt hat... Und noch etwas: Ist Ihnen aufgefallen, daß die beiden ersten Absätze des Briefes ziemlich flüchtig chiffriert sind, als sei es dem Absender nicht sehr wichtig gewesen, ob Alexis sie richtig versteht? Aber sowie Boris beginnt, genaue Anweisungen zu geben, schreibt er die Buchstaben in kleinen Gruppen, wenn möglich nur in Paaren nieder und setzt die Punkte am richtigen Ort, um sicherzugehen, daß die Instruktionen richtig dechiffriert werden. Das Teufelseisen war ihm offenbar viel wichtiger als das Heilige Rußland.«
»Der Brief macht also auf Sie den Eindruck eines Köders?«
»Ja, aber trotzdem wissen wir nicht, wer ihn geschickt hat und warum. Falls Weldon etwas damit zu tun hat, wie wir ursprünglich annahmen, müssen wir eine Erklärung für die verschiedenen Alibis suchen. Wenn es nicht Weldon ist, wer ist es dann? Wenn wir es tatsächlich mit einer politischen Verschwörung zu tun haben,

müssen wir feststellen, wer Alexis war und warum man ihn loswerden wollte. Ich kann mir kaum vorstellen, daß er eine wirklich wichtige Persönlichkeit oder gar ein Mitglied der russischen Zarenfamilie war. Man hört immer wieder Gerüchte, daß der Zarewitsch die Revolution überlebt haben soll, aber *sein* Name war Alexej Nikolajwitsch, nicht Pawlo Alexejwitsch. Auch das Alter würde nicht stimmen, außerdem bestand nie ein Zweifel, daß Nikolaus I. *sein* Vorfahre war. Hat man vielleicht irgendeinen Zettel in einem von Alexis' Büchern gefunden, irgend etwas, das einen Hinweis gibt, wer er zu sein glaubte?«

»Nein, nicht das geringste.«

Wimsey nahm die Papiere vom Tisch und stand auf.

»Ich werde Glaisher diese Papiere aushändigen«, sagte er. »Sie werden ihm Stoff zum Nachdenken liefern. Warum sollen sich nicht andere Leute auch einmal den Kopf zerbrechen? Wissen Sie, daß es fast Zeit zum Teetrinken ist und wir noch nicht einmal zu Mittag gegessen haben?«

»Wenn man eine interessante Beschäftigung hat, verfließt die Zeit eben sehr rasch«, sagte Harriet. Was für ein Gemeinplatz, dachte sie.

Wimsey öffnete den Mund, als ob er etwas sagen wollte, dann überlegte er es sich anders, nahm den Hut und die Papiere und ging wortlos zur Tür. »Wiedersehen«, sagte er kurz.

»Wiedersehen«, sagte Harriet.

Harriet saß da und schaute auf die Tür, die sich hinter Lord Peter geschlossen hatte. »Wenigstens hat er es aufgegeben, mir Heiratsanträge zu machen«, sagte sie. »Ein Glück, daß er es sich aus dem Kopf geschlagen hat.«

Es schien ihr sehr ernst mit dieser Bemerkung zu sein, denn sie wiederholte sie noch einige Male.

Wimsey verzehrte außer der Zeit eine beträchtliche Mahlzeit im *Grill Room* des Bellevue, ging dann zum Polizeirevier, händigte dem staunenden Oberkommissar den dechiffrierten Brief aus und fuhr daraufhin in seinem Wagen nach Darley. Wimsey machte sich nach wie vor Gedanken über Weldon und dessen Abwesenheit in der Hinks Lane während der entscheidenden Zeit. Erneut suchte er Mr. Polwhistle auf.

»Stimmt. Der Fehler lag beim Zündkabel, Mylord«, sagte Polwhistle. »Wir haben den Verteiler und die Zündkerzen geprüft, aber die waren prima. Schließlich meinte Tom, mein Gehilfe, daß der Fehler nur beim Zündkabel liegen könnte, nicht wahr, Tom?«

»Ja, das hab' ich mir gedacht, und dann sagte auch der Mr. Martin: ›Ja, das ist eine Idee‹, sagte er, und löst im Handumdrehen die Kabel, bevor ich überhaupt ›Messer‹ sagen konnte. ›Lassen Sie mich mal sehen‹, sagte ich. ›Ach Unsinn, was ist denn da zu sehen?‹ sagte er ganz grob. ›Befestige zwei neue Kabel, aber 'n bißchen dalli!‹ Na, dann nehme ich also ein Stück Draht aus meinem Sack raus, mache ein neues Paar Kabel daraus und setze sie ein, und schon springt der Motor an. Muß wohl was mit der Isolierung nicht in Ordnung gewesen sein, dann am Tage vorher hat der Motor manchmal ausgesetzt. Da müssen sich die Kabel irgendwo berührt haben – daher der Kurzschluß am Donnerstag.«
»Schon möglich«, sagte Wimsey. »Haben Sie sich die alten Zündkabel danach noch einmal angesehen?«
Tom kratzte sich am Kopf. »Ja, jetzt, wo Sie mich fragen, weiß ich eigentlich nicht, was mit den Kabeln passiert ist. Ich erinnere mich, daß Mr. Martin sie in der Hand gehabt hat, aber ob er sie dann mitgenommen hat oder nicht, kann ich Ihnen nicht genau sagen, Mylord.«
»Aber ich weiß es«, erklärte Polwhistle triumphierend. »Als Mr. Martin den Motor anließ, hat er die Kabel in seine Tasche gestopft; als er dann sein Taschentuch rauszog, um sich das Öl von den Fingern zu wischen, zog er sie mit raus, und sie fielen aufs Gras. Später hab' ich sie dann aufgehoben und in meinen Handwerkskasten gelegt. Ich bin nun mal ein ordentlicher Mensch, und man weiß nie, wann man so'n Stück Draht mal wieder brauchen kann.«
»Könnten Sie mir diese Kabel zeigen?«
»Aber gern, Mylord«, sagte Polwhistle und begann sogleich, in seinem Kasten zu kramen. »Hier! Hab' sie schon gefunden.«
Wimsey betrachtete die beiden Zündkabel. »Ja, scheinen tatsächlich zusammengeschmolzen zu sein, und zwar gleich unterhalb der Klemme.« Er riß die Drähte auseinander. »Die Isolierung ist in Ordnung – aber warten Sie – ja, ich hab's.«
Er fuhr mit dem Finger vorsichtig über einen der Drähte.
»Hier liegt der Fehler«, sagte er.
Polwhistle fuhr ebenfalls mit einem Finger über die Drähte und zuckte plötzlich zusammen.
»Au! Was ist denn das?« fragte er.
»Nach meiner Ansicht die scharfe Spitze einer Nähnadel«, erwiderte Wimsey. »Haben Sie irgendwo ein Taschenmesser? Danke – das werden wir gleich haben.«
Nachdem die Isolierung entfernt worden war, zeigte es sich ganz

deutlich, was den Kurzschluß verursacht hatte. Durch die beiden Zündkabel war eine Nadel gestochen und dann an der Einstichstelle abgebrochen worden, um nicht von außen sichtbar zu sein. Als die Nadel die beiden nebeneinanderliegenden Kabel durchstach, war der Stromkreis unterbrochen worden, was einen Kurzschluß zur Folge haben mußte.

»Na so was! Ich möchte nur wissen, wer Mr. Martin diesen bösartigen Streich gespielt hat«, sagte Polwhistle. »Wieso ist denn dir nicht aufgefallen, daß die Drähte zusammengeschmolzen waren, Tom?«

»Das konnte niemandem auffallen, denn die Stelle war unter der Klemme verborgen«, erklärte Wimsey.

»Ich bin nur erstaunt, daß Sie darauf gekommen sind, Mylord«, sagte Polwhistle bewundernd.

»Dieser Trick ist mir nicht neu. Er ist zum Beispiel schon benutzt worden, um einen Motorradfahrer bei Beginn des Rennens aufzuhalten.«

»Ja, hatten Sie denn erwartet, eine Nadel im Kabel zu finden«, erkundigte sich Tom.

»Nein, Tom. Im Gegenteil. Ich bin hergekommen, um festzustellen, daß sie *nicht* da ist. Ich muß Sie beide dringend bitten, mit niemandem über diese Sache zu sprechen. Nicht ein Wort, verstanden?«

»Wie Sie wünschen, Mylord. Aber müßte man nicht versuchen herauszufinden, wer der Lümmel war, der sich an Mr. Martins Auto vergriffen hat?«

»Nein. Ich werde das, wenn nötig, selbst in die Hand nehmen. Es ist möglich, daß es jemand getan hat, der in den Vorfall am Teufelseisen verwickelt ist. Jemand, der wollte, daß Mr. Martin an dem bestimmten Morgen nicht nach Wilvercombe ging. Deshalb ist es unbedingt nötig, vorläufig nicht darüber zu sprechen.«

»Gut, Mylord. Wir werden den Mund halten. Aber eine merkwürdige Angelegenheit ist das wirklich.«

»Das kann man wohl sagen – sehr merkwürdig«, erwiderte Wimsey.

Es war noch viel merkwürdiger, als Mr. Polwhistle es sich vorstellte. Eine durch die Zündkabel gestochene Nadel ruft keinen unregelmäßigen Lauf hervor, auch keine Fehlzündung: Sie unterbricht den Zündkreis, und zwar vollständig. Und doch war Mr. Martins Auto am Mittwoch bis zu seiner Rückkehr in die Hinks Lane gelaufen (obwohl nicht einwandfrei). Wimsey, der wußte, daß Martin und Weldon ein und dieselbe Person waren, fand das Ganze unverständlich. Warum hatte sich Weldon gerade einen Morgan gemietet? Da er ein Zelt und Gepäck zu befördern hatte, wäre ein größerer Wagen viel praktischer gewesen. War es ein Zufall, daß er einen Zwei-Zylinder-Wagen verlangt hatte, den man mit einer einzigen Nähnadel leicht völlig außer Betrieb setzen konnte? Gut, die Steuern waren geringer als die für einen Vier-Zylinder-Wagen, aber Weldon hatte sie ja nicht selbst zu bezahlen. Die Miete für ein kleines Auto mochte etwas niedriger sein, aber wieso wollte Weldon ausgerechnet an der Wagenmiete sparen? Außerdem brauchte er ja Miete nur für eine Woche zu bezahlen.

Und doch – und doch – wie man es auch betrachtete, es lag in aller Interesse, daß Weldon nach Wilvercombe fuhr, anstatt sich in der Hinks Lane aufzuhalten. Konnte es ein Zufall sein, daß jemand den Morgan gerade in diesem Augenblick gebrauchsunfähig gemacht hatte, um dem Besitzer einen Streich zu spielen? Gewiß nicht. Aber wer hatte es dann getan? Jemand, dem an einem Zeugen in Darley gelegen war? Jemand, der es verhindern wollte, daß Weldon in Wilvercombe Erkundigungen einzog? Und weshalb hatte sich Weldon am Vortag beklagt, daß der Morgan nicht gut lief? Ein weiterer Zufall? Hatte der Wagen vielleicht einen anderen kleinen Defekt gehabt, der sich dann wieder gegeben hatte? Vielleicht – vielleicht.

Fest stand, daß Henry Weldon, der inkognito, mit gefärbtem Haar und dunkler Brille, angekommen war, um sich auf eigene Faust als Privatdetektiv zu betätigen, in eine Reihe von sonderbaren Zufällen verwickelt worden war, die fast wie das Werk eines bösen Geistes wirkten.

30. Die Aussage des Kammerdieners

Sonnabend, den 4. Juli

Mr. Mervyn Bunter saß in einem billigen Hotelzimmer in Bloomsbury und starrte auf ein ungeputztes Fenster mit einem verstaubten Vorhang, das er über einen schmutzigen Hinterhof hinweg sehen konnte. Mr. Bunter hatte innerhalb von vier Tagen viermal sein Quartier gewechselt, und er fand es täglich schwieriger, unbemerkt zu bleiben. Die erste Nacht hatte er auf der Straße verbracht, um die Tür einer billigen Herberge in Whitechapel zu bewachen. Dann war er seinem Opfer bis zu einer düsteren kleinen Pension in Brixton gefolgt. Er selbst hatte der Pension gegenüber ein kleines Zimmer über einem Zigarrengeschäft gefunden; er war sehr spät zu Bett gegangen und sehr früh aufgestanden, und nur dadurch war es ihm gelungen, Mr. Brights Spur auch am nächsten Morgen wiederaufzunehmen. Die Jagd hatte sich über einen großen Teil der ärmlicheren Gegenden von London erstreckt, und sein Opfer hatte zahlreiche Autobus- und Straßenbahnfahrten gemacht. Das war ein erschwerender Umstand gewesen. Zweimal hatte Bunter es gewagt, im selben Autobus wie Bright zu fahren, aber die Furcht vor Entdeckung hatte ihn gezwungen, den größten Teil der Verfolgung in Taxis zu machen, die in diesen Teilen von London schwer zu bekommen sind und sehr auffallen. Die Nacht hatte er sehr unbequem in der Gruft der Kirche St. Martins-in-the-Fields verbracht. Nun waren sie hier gelandet, und Bunter hoffte, daß die anstrengende Jagd nicht mehr lange dauern würde. Er hatte sich einen billigen Anzug aus minderwertigem Material gekauft, den zu tragen er haßte, auch einen steifen schwarzen Hut von abscheulicher Form, außerdem eine karierte Schirmmütze, einen weichen Filzhut und einen unbeschreiblich geschmacklosen Mantel. Mit Hilfe dieser seiner unwürdigen Kleidungsstücke hatte er seine Erscheinung täglich zu ändern versucht; was er nicht anhatte, trug er in Papier verpackt unter dem Arm. Aber dann war ihm eingefallen, daß ein Mann, der ständig ein Paket unter dem Arm trug, die Aufmerksamkeit des Verfolgten erregen könnte, und er hatte den steifen schwarzen Hut mit einem Seufzer der Erleichterung unter dem Tisch einer billigen Kneipe liegenlassen. Jetzt hatte er seinen Pyjama in die eine Manteltasche gestopft, in der anderen war sein Kamm, sein Rasierzeug und die Mütze; so war er, mit dem Filzhut in der Hand, bereit aufzubrechen, sobald Bright dasselbe tat.

Während der vergangenen vier Tage war Bright lediglich durch die Straßen gewandert. Er hatte nicht einen Friseurladen betreten und keineswegs versucht, Arbeit zu bekommen. Er schien nichts zu tun, als seine Zeit zu vertrödeln, wenn er nicht bewußt beabsichtigte, seine Spuren zu verwischen. Er war zweimal im Kino gewesen, und einmal hatte er dem Britischen Museum einen Besuch abgestattet. Einen ganzen Nachmittag lang hatte er auf einer Bank im Hyde Park verbracht. Gesprochen hatte er nur mit Bus- und Straßenbahnschaffnern, Kellnern und anderen harmlosen Leuten, mit denen er notwendigerweise in Berührung kam. Im Augenblick saß er am Fenster und las ein Buch von Edgar Wallace, das er am Tage vorher an der Untergrundbahn-Station von Leicester Square gekauft hatte.

Plötzlich klappte er sein Buch zu und ging vom Fenster weg. Bunter konnte über den Hof hinweg erkennen, daß Bright seine Sachen zusammenpackte. Bunter ging sofort nach unten zum Büro und lieferte seinen Zimmerschlüssel ab. Seine Rechnung war bereits bezahlt. Er ging hinaus auf die Straße und hatte das Glück, ein Taxi mit einem intelligent aussehenden Fahrer zu finden, der gern bereit war, eine kleine Verfolgung aufzunehmen. Die Straße war eine Sackgasse, und Bunter ließ sich bis zur Hauptstraße fahren. Dort stieg er aus, ging in ein Zeitungsgeschäft und überließ es dem Taxifahrer, den Zugang zur Sackgasse zu bewachen. Bald darauf sah Bunter, der, scheinbar in die Lektüre der Zeitung vertieft, an der Tür stand, den Chauffeur zum Zeichen den Arm heben. Ein grünes Taxi war in die Sackgasse gefahren.
»Fahren Sie langsam bis zur Ecke und warten Sie dort, bis das Taxi wieder herauskommt«, sagte Bunter. »Wenn es der Richtige ist, werde ich ans Fenster klopfen. Dann folgen Sie ihm, aber nicht zu dicht. Wir dürfen ihn jedoch auf keinen Fall im Verkehr verlieren.«
»Wird gemacht. Scheidungssache?«
»Mord«, sagte Bunter.
»Donnerwetter! Polizist?«
Bunter nickte.
»Seh'n aber nicht so aus«, erwiderte der Fahrer. »Mit Absicht, was? Da – jetzt hält das Taxi vor der Hoteltür. Halten Sie'n Kopf nieder. Ich sage Ihnen, wenn er rauskommt.«
Daraufhin stieg der Chauffeur gemächlich aus seinem Wagen, hob die Haube hoch und machte sich am Motor zu schaffen. Ein vorübergehender Polizist warf ihm einen Blick zu, nickte und ging schweren Schrittes weiter.
»Jetzt kommen sie«, flüsterte der Fahrer Bunter zu, dann sagte er mit lauter Stimme: »So, das hätten wir. War nur 'ne lockre Schraube.«
Er kletterte auf seinen Sitz zurück, während das grüne Taxi aus der Sackgasse kam. Bunter lugte hinter seiner Zeitung hervor, erkannte Brights blasses Gesicht und klopfte an die Scheibe. Bunters Taxi fuhr mit einem Schwung in die Straße und verfolgte das grüne Taxi in einem Abstand von etwa fünfundzwanzig Metern. Das grüne Taxi wand sich durch viele enge Straßen und hielt schließlich vor dem Eingang des Covent-Garden-Marktes.
Bunters Taxi besaß ein Sprachrohr, das sogar funktionierte.
»Wenn er hier aussteigt, fahren Sie langsam um den großen Lastwagen dort herum«, sagte Bunter zum Fahrer. »Bitte drehen Sie

sich nicht um, wenn ich aussteige. Ich habe einen Zehn-Schilling-Schein auf den Wagensitz gelegt.«

Der Fahrer nickte mit dem Kopf.

Als das Taxi hinter dem Lastwagen angekommen war, schlüpfte Bunter aus dem Wagen, nachdem er den Filzhut mit der Mütze vertauscht hatte. Im Schutz des Lastwagens sah er sich vorsichtig um und entdeckte zu seiner Freude, daß Bright am Rand des Gehsteigs stand und Bunters gemächlich fortfahrendem Taxi befriedigt nachsah. Er schien sich davon überzeugt zu haben, daß er nicht verfolgt wurde, und ging, den Koffer in der Hand, schnellen Schrittes in die Richtung des Marktes davon. Bunter nahm die Verfolgung über die mit Kohlblättern und Obst- und Gemüseabfällen bestreuten Wege auf. Bright verließ den Markt und betrat die Tavistock Street, die zum Strand führt. Dort bestieg er einen Bus, der in westlicher Richtung fuhr, während Bunter sich wieder ein Taxi nahm. Die Verfolgung endete beim Bahnhof Charing Cross, wo Bright ausstieg. Bunter, nachdem er dem Chauffeur schnell zwei Schilling zugeworfen hatte, folgte ihm über den Bahnhofsplatz.

Bright ging nun geradewegs ins Charing-Cross-Hotel; Bunter war gezwungen, in seiner unmittelbaren Nähe zu bleiben, um ihn nicht aus den Augen zu verlieren. Bright ging zum Empfang und sprach mit dem Portier, dem er eine Visitenkarte überreichte. Daraufhin wurde Bright ein Paket ausgehändigt, das er in seinen Handkoffer tat. Dann drehte er sich um und ging an Bunter vorbei zur Tür. Sie sahen sich kurz an, aber Bright schien ihn nicht zu erkennen. Er ging wieder auf den Bahnhofplatz hinaus.

Jetzt stand alles für Bunter auf dem Spiel. Einmal war er nun gesehen worden, ein zweites Mal durfte das nicht geschehen. Er wartete klopfenden Herzens einen Augenblick, bevor er folgte, und er kam gerade noch zurecht, um Bright in der Unterführung zur Untergrundbahn verschwinden zu sehen.

Während Bunter die Treppen zur Unterführung hinunterrannte, vertauschte er die Mütze wieder mit dem Hut und zwängte sich in den schon beschriebenen Mantel hinein. Nun folgte eine lange und bewegte Fahrt auf der Untergrundbahn, die fast eine Stunde dauerte. Am Ende der Fahrt sah man Fuchs und Jäger schließlich wohlbehalten aus der Station Piccadilly herauskommen. Von dort ging Bright zum Corner-House-Restaurant, wo er in einen Fahrstuhl stieg.

Das Corner House besteht aus drei großen Restaurants in drei verschiedenen Stockwerken, und jedes hat zwei Ausgänge. Natürlich hätte es bedeutet, das Unheil geradezu herauszufordern, wenn Bunter im gleichen Fahrstuhl mit Bright gefahren wäre. Bunter sah dem hinauffahrenden Lift kopfschüttelnd nach, dann trat er an einen Tisch in der Mitte des Raumes, scheinbar um die darauf ausgestellten Torten und Pralinen zu betrachten, während er in Wirklichkeit die Fahrstuhltüren und die beiden Marmortreppen im Auge behielt. Nach zehn Minuten kam er zu der Überzeugung, daß Bright wirklich zu dem Zweck, eine Erfrischung zu sich zu nehmen, hinaufgefahren war, und er lief wie der Blitz eine der beiden Treppen hinauf, stieß die Schwingtür im ersten Stock auf und schlenderte an den dichtbesetzten Tischen vorbei.

Der Anblick von Gästen, die verzweifelt nach einem freien Platz suchen, ist im Corner House nicht ungewöhnlich. Niemand kümmerte sich um Bunter, der inzwischen festgestellt hatte, daß Bright nicht im ersten Stock war.

Der zweite Stock sah genau wie der erste aus, mit dem Unterschied, daß hier eine Damenkapelle spielte, während das Orchester im ersten Stock sich aus Herren zusammensetzte. Bunter drängte sich langsam an den Tischen entlang; plötzlich begann sein Herz zu klopfen, als er den wohlbekannten rötlichen Schopf und die leicht schiefen Schultern entdeckte. Bright saß an einem Tisch mit drei älteren Damen und verzehrte friedlich ein Kotelett.

Bunter sah sich verzweifelt um. Es schien zunächst aussichtslos, einen Platz in der Nähe zu ergattern, aber zu seinem Glück stand ein junges Mädchen auf, und er schoß wie ein Pfeil auf dessen Stuhl los. Es erwies sich allerdings als schwierig, die Aufmerksamkeit der Kellnerin zu erregen, um eine Tasse Kaffee zu bestellen. Glücklicherweise schien es Bright nicht sehr eilig zu haben, denn er verzehrte sein Kotelett langsam und gemächlich. Als Bunter der Kaffee gebracht wurde, verlangte er sofort die Rechnung, dann wartete er geduldig, während er vorgab, die Zeitung zu lesen.

Endlich hatte Bright seine Mahlzeit beendet, bat um die Rechnung und stand auf. Vier Leute standen zwischen Bright und Bunter an der Kasse, und bevor Bunter bezahlen konnte, war der Rotschopf bereits zur Treppe geeilt. Glücklicherweise kam der Fahrstuhl gerade an, Bunter stieg ein und erreichte das Erdgeschoß vor seinem Opfer. Wieder gelang es ihm, Bright im Auge zu behalten. Nach einigen Minuten betrat dieser ein Kino am Haymarket und kaufte eine Karte für den dritten Rang. Bunter nahm einen Augenblick später zwei Reihen hinter Bright Platz. Er atmete erleichtert auf. Von seinem Platz aus konnte er den oberen Teil von Brights Kopf

sehen. Bunter ignorierte das Drama von Liebe und Leidenschaft, das vor ihm auf der Leinwand abrollte, natürlich vollkommen und konzentrierte seinen Blick so stark auf jenen Kopf, daß ihm die Tränen aus den Augen rannen.
Der Film endete mit der Großaufnahme der beiden sich innig küssenden Hauptdarsteller. Dann wurde es hell. Bright stand plötzlich auf und drängte sich durch den Mittelgang. Jedoch ging er nicht, wie Bunter erwartet hatte, zum Ausgang, sondern verschwand hinter einem diskreten Vorhang, über dem in blauen Buchstaben »Herren« stand.
Bunter setzte sich hin und wartete. Andere Herren gingen ein und aus, aber Bright kam nicht zurück. Bunter wurde unruhig. Hatte die Toilette einen Ausgang zur Straße?
Inzwischen war es wieder dunkel geworden, und ein Kurzfilm hatte begonnen. Bunter stand auf, stolperte über die Füße von drei kichernden Mädchen und einem ärgerlichen alten Herrn und ging langsam durch den Mittelgang. Jetzt kam ein Herr hinter dem Vorhang der Toilette hervor. In dem herrschenden Zwielicht konnte Bunter seine Silhouette erkennen. Der Mann hatte einen Bart. Er drängte sich mit einer geflüsterten Entschuldigung an Bunter vorbei und setzte seinen Weg durch den Gang fort. Beim Vorhang angelangt, drehte sich Bunter instinktiv noch einmal um und sah den Rücken des bärtigen Herrn, der eben durch eine Seitentür ins Tageslicht hinaustrat. Er erinnerte sich plötzlich, daß Wimsey einmal gesagt hatte: »Jeder kann sein Gesicht verändern, aber nur einem Genie gelingt es, seinen Rücken unkenntlich zu machen.« Nachdem er diesem Rücken fünf Tage durch halb London gefolgt war, kannte er ihn nur zu genau. Er eilte dem Ausgang zu, durch den der andere eben verschwunden war.
Zwei Taxifahrten, dann eine dritte, und zwar nach Kensington. Bright schien diesmal ein wirkliches Ziel zu haben. Das Taxi hielt vor einem gepflegten Haus in einer vornehmen Wohngegend. Er stieg aus und schloß die Haustür auf. Bunter fuhr bis zur nächsten Ecke, dann erkundigte er sich bei seinem Fahrer, ob er die Hausnummer erkannt habe, bei der das verfolgte Taxi angehalten hatte:
»Ja, es war die Nummer 17«, erwiderte der Chauffeur.
»Vielen Dank.«
»Scheidung, Sir?« fragte der Chauffeur.
»Mord«, erwiderte Bunter.
»Was Sie nicht sagen! Hoffentlich hängen sie ihn auf«, sagte der Chauffeur und fuhr ab.

Bunter sah sich um. Er wagte es nicht, an der Nummer 17 vorbeizugehen. Bright mochte ihn beobachten, und sowohl Mütze wie Filzhut waren nun ausgediente Veteranen, von denen nichts mehr verlangt werden konnte in Sachen Verkleidung. Bunter entdeckte eine Drogerie und ging hinein.

»Wissen Sie zufällig, wer in Nummer 17 wohnt?« erkundigte er sich höflich.

»Ja, ein Mr. Morecambe«, erwiderte der Drogist.

»Morecambe?« Bunter ging plötzlich ein Licht auf. »Ist es ein ziemlich kleiner Herr mit schiefen Schultern?« fragte er gespannt.

»Ja.«

»Rötliches Haar?«

»Jawohl. Rötliches Haar und Bart. Er ist Kaufmann, arbeitet in der City. Lebt schon lange hier. Sehr netter Herr. Wollten Sie wissen . . .«

»Ich frage nur, weil ich gehört habe, daß in Nummer 17 ein Diener gesucht wird, und ich wollte mich über die Familie erkundigen, bevor ich mich um den Posten bewerbe.«

»Ach so. Es ist eine nette, ruhige Familie. Keine Kinder. Mrs. Morecambe ist sehr sympathisch. Muß mal sehr gut ausgesehen haben. Soll Schauspielerin gewesen sein, aber das muß schon ziemlich lange her sein. Sie haben zwei Mädchen und, soviel ich weiß, einen geordneten Haushalt.«

Bunter bedankte sich für die Auskunft und verließ die Drogerie, um ein Telegramm an Lord Peter aufzugeben.

Die Jagd war beendet.

31. Die Aussage des Verkäufers

Montag, den 6. Juli

»Die Sache liegt doch so«, sagte Oberkommissar Glaisher. »Wenn dieser Bright mit Morecambe identisch ist und wenn Mrs. Morecambe und Weldon unter einer Decke stecken, dann stecken auch Bright und Weldon unter einer Decke.«

»Zweifellos, aber wenn Sie glauben, daß das Ganze nach dieser Feststellung nur noch ein Kinderspiel ist, haben Sie sich getäuscht«, sagte Wimsey. »Im Moment dient sie nur dazu, uns zu beweisen, daß alle bisherigen Schlüsse falsch waren.«

»Selbstverständlich gilt es, noch viele Hindernisse zu überwinden, Mylord. Immerhin sind wir jetzt einen großen Schritt weitergekommen. Überlegen wir einmal, wo wir jetzt stehen: Wenn Bright Morecambe ist, ist er kein Friseur und hatte keinen Grund, das Rasiermesser zu kaufen; also ist die ganze Geschichte mit dem Rasiermesser ein ausgemachter Schwindel, wie wir schon immer angenommen haben. Daher erscheint es unwahrscheinlich, daß Paul Alexis Selbstmord begangen hat. Wir müssen also annehmen, daß er ermordet wurde.«

»Sehr richtig«, sagte Wimsey. »Und da wir eine ganze Menge Zeit und Gedanken geopfert haben in der Annahme, daß es Mord war, ist es sehr tröstlich zu wissen, daß die Annahme richtig war.«

»Ja, allerdings, und falls Weldon und Morecambe zusammen in die Sache verwickelt sind, hätten wir wohl auch das richtige Motiv für den Mord vermutet – sie wollten sich Mrs. Weldons Geld sichern, nicht wahr?«

»Anzunehmen«, sagte Wimsey.

»Und was hat das mit Bolschewisten zu tun?« erkundigte sich Umpelty.

»Mehr als Sie denken«, sagte Wimsey. »Meiner Ansicht nach war Morecambe der Freund mit dem Bart, der Weldon Ende Februar auf seinem Gut besuchte, außerdem der bärtige Herr, der den Agenten Sullivan aufsuchte und ihn um die Fotografie eines russisch aussehenden Mädchens bat. Es ist interessant, daß der in Theaterdingen bewanderte Mr. Horrocks ihn sofort mit Richard III. verglich.«

Umpelty sah Wimsey erstaunt an, aber der Oberkommissar schlug mit der Hand auf den Tisch.

»Natürlich – der Bucklige!«

»Jawohl, obschon man Richard heutzutage selten als einen Buckligen auftreten läßt. Eine etwas schiefe Schulter genügt.«

»Ja, alles ganz klar und einfach«, sagte Glaisher. »Aber wozu die Fotografie?«

»Führen wir uns das Ganze noch einmal der Reihe nach vor Augen«, schlug Wimsey vor. »Weldon steckt bis über beide Ohren in Schulden und borgt das Geld, das er auf die von seiner Mutter zu erwartende Erbschaft hin erhält. Gut. Anfang dieses Jahres kommt Mrs. Weldon nach Wilvercombe und beginnt, sich für Alexis zu interessieren. Im Februar kündigt sie an, daß sie ihn heiraten wird. Sie ist so töricht, ihrem Sohn zu verstehen zu geben, daß sie Alexis ihr gesamtes Vermögen hinterlassen will. Unmittelbar danach besucht Morecambe Weldon auf seinem Gut, und innerhalb von ein oder zwei Wochen beginnen die chiffrierten Briefe mit den ausländischen Marken bei Alexis anzukommen.«

»Ja, das ist uns bekannt.«
»Alexis hat oft Andeutungen gemacht, daß ein Geheimnis um seine Herkunft besteht. Er glaubte, aus einem vornehmen russischen Haus zu stammen. Ich dachte, daß der erste Brief...«
»Verzeihung, Mylord. Wer hat diese Briefe Ihrer Ansicht nach geschrieben?«
»Ich nehme an, daß Morecambe sie schrieb und von einem Freund in Warschau aufgeben ließ. Ich persönlich halte Morecambe für den Drahtzieher der Verschwörung. Im ersten Brief, den er zweifellos auf deutsch schrieb, machte er Andeutungen über imperialistische Aktivitäten in Rußland und die großartigen Aussichten für Paul Alexis, falls dieser seine Abstammung nachweisen könnte. Natürlich mußte das alles unter dem Siegel der Verschwiegenheit vor sich gehen.«
»Warum wurde Verschwiegenheit so betont?«
»Um das Romantische und Geheimnisvolle aufrechtzuerhalten. Der arme, dumme Alexis fällt sofort darauf herein; er antwortet dem sogenannten Boris umgehend und schreibt diesem alles, was er über sich weiß oder was er sich einbildet. Danach wird der Kode benutzt, um Alexis in die richtige Stimmung zu versetzen und ihm ein nettes Spielzeug zu geben, mit dem er sich beschäftigen kann. Aus den kleinen Fetzen von Familiengeschichte, mit denen ihn Alexis versieht, konstruiert Boris – sprich Morecambe – ein passendes genealogisches Phantasiegebilde. Er entwickelt einen wundervollen Plan, nach dem Alexis mittels eines Staatsstreiches auf den russischen Zarenthron gelangen soll. Inzwischen liest Alexis russische Geschichtsbücher und hilft seinem Mörder noch, ihm, Alexis, eine Falle samt Köder zu stellen. Schließlich teilt Boris ihm mit, daß das Ziel der Verschwörung so gut wie erreicht sei, und um diese Zeit macht Alexis geheimnisvolle Andeutungen über die glorreiche Karriere, die ihm bevorsteht.«
»Einen Augenblick«, unterbrach Glaisher. »Wäre es nicht viel einfacher gewesen, wenn Morecambe Alexis veranlaßt hätte, die Beziehungen mit Mrs. Weldon abzubrechen, weil er im Begriff sei, als Zar nach Rußland zurückzukehren? Damit hätten Morecambe und Weldon ihr Ziel erreichen können, ohne den armen Kerl umzubringen.«
»Glauben Sie wirklich?« fragte Wimsey. »Ich halte es für wahrscheinlich, daß die romantische Mrs. Weldon ihrem Helden daraufhin große Summen für den zaristischen Kriegsfonds ausgehändigt hätte, und das hätte den Herren Morecambe und Weldon bestimmt

nicht in den Kram gepaßt. Außerdem – was wäre geschehen, wenn Alexis wirklich die Verlobung aufgelöst hätte? Sie konnten nicht bis zum Ende ihrer Tage chiffrierte Briefe über nicht vorhandene Verschwörungen schreiben. Früher oder später wäre es Alexis klargeworden, daß sich der Plan niemals verwirklichen würde. Höchstwahrscheinlich hätte er es Mrs. Weldon gesagt, und der *status quo* wäre wiederhergestellt worden. Die Dame wäre mehr denn je auf die Heirat versessen gewesen, weil sie ihren Verlobten für den nichtanerkannten Zar aller Russen gehalten hätte. Nein, der sicherste Weg war, Alexis einzuschärfen, sein Geheimnis zu wahren und ihn zu gegebener Zeit unschädlich zu machen.«
»Ja, das sehe ich ein.«
»Jetzt kommen wir zu Leila Garland. Ich bezweifle nicht, daß Alexis sie absichtlich an unseren eingebildeten jungen Freund da Soto abgeschoben hat; natürlich würde weder sie noch da Soto diese Tatsache jemals zugeben. Leila wäre eine sehr gefährliche Person gewesen, wenn sie über die vorgehabte Verschwörung im Bilde gewesen wäre. Sie hätte ihren Mund bestimmt nicht gehalten, und das wäre gegen die Interessen von Morecambe und Weldon gegangen. Wir dürfen nicht vergessen, daß ein Selbstmord vorgetäuscht werden sollte. Aber ein junger Mann, der im Begriff ist, einen Thron zu übernehmen, wird bestimmt keinen Selbstmord verüben. Wenn Leila etwas wüßte, würde es die ganze Welt wissen: deshalb mußte man Leila loswerden. Wäre sie in ständigem Kontakt mit Alexis geblieben, wäre es fast unmöglich gewesen, sie in Unwissenheit zu halten.«
»Der junge Alexis scheint ja ein ziemlicher Lump gewesen zu sein«, sagte Umpelty. »Zuerst gibt er seiner Freundin den Laufpaß, und dann führt er die arme Mrs. Weldon an der Nase herum, indem er sich mit ihr verlobt, ohne die Absicht zu haben, sie je zu heiraten.«
»Nein, Sie vergessen, daß sich ein Monarch nicht wie ein gewöhnlicher Sterblicher zu benehmen braucht«, sagte Wimsey. »Einem Prinzen im Exil ist es erlaubt, Freundschaften zu schließen, aber wenn er zurückberufen wird, um den Thron zu besteigen, müssen alle persönlichen Beziehungen seinem hohen öffentlichen Amt geopfert werden. Eine ausgehaltene Frau wie Leila kann einfach fortgeschickt oder einem anderen übergeben werden. Eine Frau, an die ihn ehrbare Bande knüpfen, muß auch geopfert werden, aber mit etwas mehr Zeremoniell. Wir wissen nicht und wir werden es nie erfahren, was Alexis mit Mrs. Weldon zu tun gedachte. Wie sie selbst sagt, erwartete Alexis ein sehr bald eintretendes großes

und wunderbares Ereignis, nur interpretierte sie Alexis' diesbezügliche Andeutungen falsch. Vielleicht beabsichtigte Alexis, ihr nach seiner Abreise nach Warschau einen Brief zu schreiben, sie über den Stand der Dinge zu informieren – möglicherweise sie zu einem Besuch am Zarenhof einzuladen. Die ganze Situation wäre mit einem Nimbus von Romantik, Glanz und Selbstaufopferung umgeben gewesen, und ohne Zweifel hätte Mrs. Weldon höchsten Gefallen daran gefunden. Ich möchte betonen, daß sich Alexis offenbar immer geweigert hat, Geldgeschenke von Mrs. Weldon anzunehmen, obwohl er sie völlig in der Hand hatte, was sehr für ihn spricht. Selbst wenn er kein Prinz war, besaß er doch die Instinkte eines Gentleman.«

»Das stimmt«, sagte Glaisher. »Ich nehme an, daß er sie auch wirklich geheiratet hätte, wenn die angebliche Verschwörung nicht dazwischengekommen wäre.«

»Das glaube ich auch. Er hätte sie geheiratet und sie gut behandelt, das heißt, nach seinen eigenen Maßstäben gemessen, die wahrscheinlich, sagen wir, kontinental-europäisch gewesen wären. Er wäre ihr ein liebevoller Gatte gewesen, der sich diskret im Hintergrund eine kleine Freundin gehalten hätte. Außerdem könnte ich mir vorstellen, daß Alexis zögerte, Leila und Mrs. Weldon seinem Thron zu opfern. Er mag Leila wirklich geliebt haben, oder er hatte ein schlechtes Gewissen, Mrs. Weldon im Stich lassen zu müssen. Deshalb wurde Feodora erfunden.«

»Und wer *war* Feodora?«

»Feodora war zweifellos die junge Dame von hoher Abstammung, die bestimmt war, die Braut des neuen Zaren Pawlo Alexejwitsch zu werden. Nichts war leichter, als zu einem Theateragenten zu gehen, sich das Bild einer nicht zu bekannten jungen Dame rusisischer Abstammung geben zu lassen, es Alexis zu schicken als das Porträt der Prinzessin Feodora, die im Exil auf ihn wartete bis zu dem Tag, an dem sie neben ihm auf dem Kaiserthron sitzen würde. Die Schundromane, die Alexis so gern las, waren voll von solchen Dingen. Vielleicht waren sogar Briefe von Feodora eingetroffen, Briefe voll zärtlicher Erwartung. Sie würde natürlich schon verliebt sein in den Großfürsten Pawlo, nach allem, was sie von ihm gehört hatte. Diesem Zauber konnte Alexis nicht widerstehen. Außerdem würde er glauben, es seinem Volk schuldig zu sein, daß er die edle Feodora heiratete. Wie konnte er zögern? Ein Blick auf das wirklich schöne Gesicht, der Kopf gekrönt von einem Perlendiadem . . .«

»Natürlich – das war einer der Gründe, warum sie gerade diese Fotografie wählten«, warf Glaisher dazwischen.
»Selbstverständlich. Ohne Zweifel waren die Perlen von Woolworth, ebenso wertlos wie die ganze jämmerliche Illusion, aber mit diesen Dingen erreicht man seinen Zweck, Glaisher. Mein Gott, Glaisher, wenn man sich vorstellt, wie der arme dumme Junge seinen Tod auf dem einsamen Felsen empfing, während er von der Zarenkrone träumte...«
Wimsey unterbrach sich, um seiner Gefühle Herr zu werden. Das Schicksal des armen Alexis hatte ihn erschüttert. Glaisher und Umpelty scharrten mit den Füßen, ebenfalls gepackt von Mitgefühl.
»Ja, es ist ein furchtbarer Gedanke, Mylord«, sagte Glaisher. »Hoffen wir, daß er schnell gestorben ist, ohne die grausame Wahrheit zu ahnen.«
»Und *wie* ist er gestorben? Das ist der Haken... aber vergessen wir das im Augenblick. Was nun? Ach ja, die dreihundert Pfund in Gold. Das war ein sonderbarer Zwischenfall, durch den die Verschwörung fast zum Scheitern gekommen wäre. Ich kann mir nicht vorstellen, daß die Goldstücke etwas mit dem ursprünglichen Plan der Verschwörung zu tun hatten. Das muß Paul Alexis' eigener Beitrag zur Romanze gewesen sein. Er muß in seinen Büchern gelesen haben, daß Gold überall angenommen wird; vielleicht hielt er es auch für ganz besonders reizvoll, sich mit einem Gürtel voller Gold auf den Weg zu machen, um sich einen Thron zu erobern. Natürlich war es lächerlich, denn die Summe ist ja so klein, aber sehr lästig zum Herumtragen – doch es war Gold – echtes, glitzerndes, funkelndes Gold. Wenn Sie ein romantischer junger Prinz wären, Glaisher, würden Sie Ihre Rechnungen lieber mit ein paar schmutzigen Papierfetzen bezahlen oder damit?«
Wimsey nahm eine Handvoll Goldstücke aus der Tasche und ließ sie über den Tisch rollen. Glaisher und Umpelty nahmen die Münzen in die Hand, betrachteten sie, befühlten sie, ließen sie durch die Finger gleiten.
»Ja, sie sind glatt und schön, nicht wahr?« fragte Wimsey. »Zehn Goldstücke, und nicht mehr wert als zehn Pfundnoten.* Für mich sind sie eigentlich gar nichts wert, weil ich es nicht über mich bringen kann, sie auszugeben. Der Zauber von Gold! Ich hätte nichts da-

* Um die Zeit, in der dieses Buch spielt, war Großbritannien noch nicht vom Goldstandard abgegangen.

gegen, dreihundert Pfund in Gold zu besitzen, obwohl die Münzen mindestens fünf Pfund wiegen und eine Belastung sein würden. Es ist sonderbar, daß eben diese fünf Pfund das Gleichgewicht zwischen Wasser und Leiche störten. Das spezifische Gewicht einer Leiche ist nicht ganz ausreichend, um sie zum Sinken zu bringen. Ein Paar sehr schwerer Stiefel oder ein mit Gold gefüllter Gürtel genügt, sie hinunterzuziehen und sie zwischen die Teufelsklippen zu klemmen, wie Sie, Kommissar Umpelty, nur zu gut wissen. Es wäre den Verschwörern verdammt unangenehm gewesen, wenn Alexis nicht gefunden worden wäre. Im Lauf der Zeit hätte Mrs. Weldon sich wahrscheinlich mit seinem Tod abgefunden, aber zunächst hätte sie vielleicht ein Vermögen ausgegeben, um Erkundigungen einzuziehen und der Leiche habhaft zu werden.«

»Eine sehr merkwürdige Geschichte, und wenn man sie nicht von Anfang an miterlebt hätte, würde man sie überhaupt nicht glauben«, bemerkte Glaisher. »Und nun, Mylord, angenommen, daß sich alles so abgespielt hat, wie Sie sagen, was wissen wir über den Mord?«

»Über den Mord selbst wissen wir, ehrlich gesagt, noch nicht viel mehr als zuvor. Die Vorbereitungen waren ziemlich einfach. Zuerst muß jemand hergekommen sein, um sich im Ort umzusehen. Ich weiß nicht genau, wer es war, aber ich glaube, ich kann es erraten. Es war jemand, der die Gegend kannte, jemand, der bereits früher hier gewesen ist und der sehr angesehene Freunde in der Nachbarschaft hat, die über jeden Verdacht erhaben sind«

»Mrs. Morecambe?«

»Stimmt. Vielleicht auch Mr. Morecambe. Wir können leicht feststellen, ob dieses reizende Paar in den letzten Monaten ein Wochenende im Pfarrhaus von Heathbury verbracht hat.«

»Ja, sie waren tatsächlich in Heathbury«, sagte Umpelty. »Die Dame ist Ende Februar zwei Wochen im Pfarrhaus gewesen, und ihr Mann hat sie an einem Wochenende besucht. Das wurde uns mitgeteilt, als wir Erkundigungen anstellten, aber wir maßen der Sache zu der Zeit keine besondere Bedeutung bei.«

»Versteht sich. Also fahren wir fort: Nachdem alle Pläne gemacht und die Daten festgesetzt worden sind, kommt der Rest der Bande hier an. Morecambe erscheint in seiner Rolle als Friseur und sorgt dafür, daß er in der Gegend als solcher bekannt wird. Das muß er tun, weil er vor hat, ein Rasiermesser auf eine Art zu kaufen, die schwer nachzuprüfen ist. Sie mögen sich fragen: warum ein Rasiermesser, da sie wissen mußten, daß Alexis sich nicht rasiert? Nun, vielleicht weil es keinen Lärm macht wie ein Revolver und weil es ein typisches Selbstmordinstrument ist. Es tötet mit Sicherheit, und es läßt sich viel besser herumtragen als, sagen wir, ein Küchenmesser. Falls Fragen gestellt werden sollten, konnte Morecambe jederzeit eine überzeugende Geschichte erfinden, wie er Alexis das Messer gegeben hatte.«

»Glauben Sie eigentlich, daß er sich auch gemeldet hätte, wenn Sie den *Morning Star* nicht veranlaßt hätten, eine Belohnung auszusetzen?«

»Schwer zu sagen. Ich nehme an, er hätte abgewartet, wie die Dinge sich entwickelten. Wahrscheinlich hätte er der gerichtlichen Untersuchung als zufälliger Zuschauer beigewohnt. Wenn er gemerkt hätte, daß der Richter von einem Selbstmord nicht ganz überzeugt gewesen wäre, wäre er aufgestanden, um den Selbstmord mit ein paar wohlgewählten Worten außer Zweifel zu stellen. Seine Rolle als Wanderfriseur gab ihm eine glänzende Gelegenheit, nach Wunsch aufzutauchen und zu verschwinden und auch seinen Namen zu ändern. Übrigens glaube ich, daß er wirklich eine Zeitlang in Manchester gelebt hat, so daß er einigermaßen Bescheid weiß über abgerissene Viertel und ehemalige Friseursalons in jener Stadt.«

»Ich nehme also an, daß er normalerweise einen Bart trägt.«

»Ja. Er hat ihn sich nur abrasiert, um besagte Rolle zu spielen. Dann, als er nach London zurückkehrte, brauchte er sich nur den falschen Bart abzuholen, den er sich unter Angabe eines anderen Namens hatte in ein Hotel schicken lassen, und ihn während der kurzen Taxifahrt nach Kensington zu tragen. Wenn Bunter nicht so hartnäckig und so außergewöhnlich schnell gewesen wäre, hätte er Morecambes Spur zwanzigmal verloren. Und in dem Kino wäre es fast dazu gekommen. Falls Bunter Morecambe in die Toilette gefolgt wäre, hätte Morecambe das Umlegen des falschen Bartes verschoben, und es wäre zu einer weiteren Verfolgung gekommen. Da Bunter ihm klugerweise nicht folgte, glaubte Morecambe, daß die Luft rein sei. Scotland Yard hat Morecambes Haus jetzt unter Beobachtung genommen. Ich glaube, sie werden nichts weiter herausfinden, als daß der Herr des Hauses krank im Bett liegt und von der treusorgenden Gattin gepflegt wird. Wenn sein Bart wieder gewachsen ist, wird er das Krankenzimmer verlassen, aber inzwischen wird Mrs. Morecambe, die sich als ehemalige Schauspielerin auf das Schminken versteht, darauf sehen, daß ihr Mann immer einen Bart trägt, wenn das Dienstmädchen das Zimmer aufräumt.«

»Soviel über Morecambe«, sagte Glaisher. »Gehen wir jetzt zu Weldon über. Er kommt in seinem Morgan an, und zwar zwei Tage vor dem geplanten Mord, und er kampiert in der Hinks Lane, über deren Existenz als Lagerplatz er vorher unterrichtet worden ist, wahrscheinlich von Mrs. Morecambe. Er behauptet, gekommen zu sein, um sich über die Herzensangelegenheiten seiner Mutter zu informieren. Gut. Aber nun möchte ich eins wissen: Warum ist er das Risiko eingegangen, selbst herzukommen? Er hat den Mord nicht begangen, denn wir wissen, wo er um ein Uhr dreißig war, wenn nicht sogar, wo er um ein Uhr fünfundfünfzig war, aber selbst wenn Perkins ein Lügner ist, was wir nicht beweisen können, wäre die Zeit zu knapp gewesen. Und er konnte nicht zum Teufelseisen geritten sein, denn wir wissen, wo er um zwölf Uhr war ...«
»Wissen wir das?« fragte Harriet sanft.
Sie war kurz vorher hereingekommen und hatte sich ruhig auf einen Sessel gesetzt. Ihr Hut lag auf ihrem Schoß, und sie rauchte eine Zigarette.
»Ja, wissen wir das?« fragte auch Wimsey. »Wir glaubten es, während wir Mrs. Morecambe für eine einwandfreie Zeugin hielten. Ich sehe es Miss Vane an der Nasenspitze an, daß sie uns etwas Sensationelles mitzuteilen hat. Heraus mit der Sprache! Was hat Robert Templeton entdeckt?«
»Mr. Weldon hat am Donnerstag, dem 18. Juni, nichts in Wilvercombe getan«, sagte Harriet. »Er war überhaupt nicht in Wilvercombe. Er hat weder Kragen gekauft noch ist er im Wintergarten gewesen. Mrs. Morecambe kam allein in Wilvercombe an und ist allein in Wilvercombe weggefahren. Es gibt keinerlei Beweis dafür, daß Mr. Weldon sich an irgendeinem Punkt der Reise in ihrer Gesellschaft befunden hat.«
»Oh, meine prophetische Seele! Es ist um meinen guten Ruf geschehen! Ich behauptete, daß das Zweiuhr-Alibi falsch war, und es steht so fest wie der Teufelseisen-Felsen. Ich behauptete, daß das Wilvercombe-Alibi stichfest wäre, und es ist zerbrochen wie ein tönernes Gefäß. Mit Ihnen werde ich nie wieder auf Verbrecherjagd gehen, mein holdes Mädchen! Sie haben mir meine Seelenruhe für immer geraubt. Dahin – dahin! Sind Sie Ihrer Sache übrigens ganz sicher?«
»Ziemlich. Ich ging zu dem Herrenausstatter und verlangte die gleichen Kragen, die mein Mann am 18. gekauft hätte. Hatte ich die Rechnung bei mir? Nein. Was für Kragen? Neue Kragen, ganz gewöhnliche Hemdkragen. Wie sah mein Mann aus? Ich beschrieb

Henry Weldon als Herrn mit dunkler Brille. Niemand erinnerte sich an ihn. Ich bat, die Quittungskopien vom 18. nachzusehen, und das Gesuchte wurde gefunden. Ja, an *diese* Kragen erinnerte sich der Verkäufer. Eine Dame hatte sie gekauft. Ah, wahrscheinlich meine Schwägerin. Ich beschrieb Mrs. Morecambe. Ja, das war die Dame. Waren die Kragen am Vormittag verkauft worden? Ja. Dann waren das also die Kragen, die ich besorgen wollte. Ich kaufte ein halbes Dutzend und fragte, ob der Herr draußen im Wagen gewartet hätte. Nein, der Verkäufer hatte das Päckchen zum Auto getragen, und es hatte niemand darin gesessen. Dann ging ich in den Wintergarten und erkundigte mich nach Mrs. Morecambe. Ein Angestellter erinnerte sich wegen ihrer Aufmachung an sie. Er entsann sich auch, daß sie das Programm aufnotiert hatte. Natürlich für Weldon! Dann wandte ich mich an den Verkehrspolizisten auf dem Marktplatz – reizender, intelligenter Kerl! Er erinnerte sich an das Auto wegen der einprägsamen Nummer OI OIOI und auch daran, daß die Dame allein darin gekommen war. Das Auto fiel ihm wieder auf, als es fortfuhr, und wieder war die Dame allein. Natürlich mag Mrs. Morecambe Mr. Weldon irgendwo zwischen Darley und Wilvercombe abgesetzt haben, aber *in* Wilvercombe ist er bestimmt nicht gewesen.«
»So, und jetzt wissen wir, wo er war«, sagte Glaisher. »Er ist auf der verdammten Stute um elf Uhr über den Strand geritten, und er kam gegen zwölf Uhr dreißig zurück. Aber warum?«
»Auch das ist ganz klar. Er war der Reiter vom Meer. Allerdings hat er Paul Alexis nicht ermordet. Wer war der Täter?«
»Jetzt müssen wir zu unserer ersten Theorie zurückkehren, Mylord«, sagte Umpelty. »Weldon brachte ihm schlechte Nachrichten über diese Verschwörung, woraufhin sich Alexis das Leben nahm.«
»Mit Morecambes Rasiermesser? Nein, das kann nicht stimmen, Herr Kommissar. Das kann nicht stimmen.«
»Sollten wir Weldon nicht fragen, was er von der Sache weiß? Wenn wir ihm sagen, daß wir über Morecambe und den Brief Bescheid wissen, wird er uns vielleicht die Wahrheit sagen. Wenn er um zwölf Uhr fünfzehn dort war, muß er Alexis ja gesehen haben.«
Wimsey schüttelte den Kopf.
»Sehr geheimnisvoll«, sagte er. »Sehr geheimnisvoll. Ich habe das Gefühl, daß wir am falschen Ende angefangen haben. Wenn wir wenigstens etwas mehr von den Briefen wüßten, die Alexis an ›Boris‹ schickte. Wo könnten sie sein? Vielleicht in Warschau?

Nein, ich glaube nicht, denn das war sicher nur eine Deckadresse. Alles, was dorthin ging, wurde wahrscheinlich an Morecambe zurückgeschickt.«
»Vielleicht finden wir sie noch in London«, sagte Glaisher hoffnungsvoll.
»Nicht anzunehmen. Der Mann, der alles plante, ist kein Narr. Da er Alexis bat, alle Papiere zu vernichten, wird er selbst kaum welche aufbewahrt haben. Immerhin können wir es versuchen. Haben wir einen Grund, einen Haussuchungsbefehl zu erlassen?«
»Ja, ich glaube ja«, erklärte Glaisher nach kurzem Zögern. »Wenn es feststeht, daß Morecambe Bright ist, hat er der Polizei falsche Informationen gegeben. Wir könnten ihn als verdächtig verhaften und sein Haus in Kensington durchsuchen. Die Londoner Polizei bewacht das Haus, aber wir wollten nichts Drastisches unternehmen, weil wir hofften, daß der wirkliche Mörder sich mit ihm in Verbindung setzen würde. Er muß einen Helfershelfer haben, der die eigentliche Tat beging. Leider haben wir keinen Schimmer, wer das sein könnte. Andererseits – je länger wir Morecambe sich selbst überlassen, desto mehr Zeit geben wir ihm, alle Spuren zu tilgen. Ich glaube, Sie haben recht, Mylord, wir sollten ihn verhaften. Wir müssen nur berücksichtigen, daß, wenn wir ihn verhaften, Anklage erhoben werden muß. Es gibt so etwas wie eine Habeaskorpusakte.«
»Das Risiko müssen Sie, meiner Meinung nach, in diesem Fall eingehen. Ich glaube kaum, daß Sie Papiere vorfinden werden, aber vielleicht etwas anderes, beispielsweise die Tinte, mit der die Briefe geschrieben wurden, und Nachschlagwerke über Rußland. Bücher kann man nicht ganz so leicht vernichten wie Papiere, und wir müssen unbedingt die genauen Beziehungen zwischen Morecambe und Weldon feststellen.«
»Daran arbeiten wir bereits, Mylord.«
»Gut. Schließlich verschwört sich niemand aus Spaß, um einen Mord zu begehen. Weiß Mrs. Weldon etwas über die Morecambes?«
»Nein. Ich habe sie gefragt«, sagte Harriet. »Sie hat nie von ihnen gehört.«
»Dann kann es sich also nicht um alte Bekannte handeln. Weldon muß sie in London oder in Huntingdonshire kennengelernt haben. Was ist Morecambe übrigens von Beruf?«
»Agent, Mylord. Ein Agent, der auf Kommission verkauft.«
»Aha. Ein dehnbarer Begriff. Also gehen Sie der Sache nach, Herr

Oberkommissar. Was mich betrifft, so muß ich etwas Drastisches unternehmen, um meine Selbstachtung wiederherzustellen.«

»Tatsächlich?« Harriet grinste frech. »Klingt ja sehr geheimnisvoll.

»Sie werden sich wundern, meine Liebe. Ich werde mich nämlich geradewegs in die Arme Leila Garlands werfen.«

»Nehmen Sie sich vor da Soto in acht!«

»Ich werde es mit da Soto aufnehmen«, erwiderte Wimsey. »Bunter!«

»Jawohl, Mylord?«

Bunter tauchte aus Wimseys Schlafzimmer auf, ganz der elegante Kammerdiener, als wäre er nie in einer Schirmmütze durch die schmutzigsten Straßen von Südlondon gejagt.

»Ich wünsche, in meiner berühmten Rolle als Geck aufzutreten – *imitation très difficile*.«

»Wie Sie wünschen, Mylord. Darf ich den senfgelben Anzug vorschlagen, die violetten Ringelsocken und die überlange Zigarettenspitze aus Bernstein?«

»Wie Sie wünschen, Bunter, wie Sie wünschen. Wer siegen will, der muß sich beugen können.«

Er warf den Anwesenden einen galanten Handkuß zu und verzog sich in die inneren Gemächer.

32. Der Stammbaum

Montag, den 6. Juli

Wimsey machte Leila Garland nach bewährtem Rezept den Hof. Er folgte ihr in ein Café, trennte sie geschickt von ihren beiden Freundinnen, bot ihr eine Erfrischung an, ging mit ihr ins Kino und nahm sie schließlich mit ins Bellevue-Hotel, wo er mit ihr einen Cocktail trank. Die junge Dame bestand in fast puritanischer Weise darauf, sich nur in den öffentlichen Räumen des Hotels aufzuhalten, und sie brachte Wimsey durch ihre übervornehmen Tischmanieren fast zur Verzweiflung. Schließlich gelang es ihm, sie in eine ruhige Ecke der Hotelhalle, hinter eine Palme, zu manövrieren, wo sie nicht gesehen werden konnten und weit genug von der Kapelle entfernt waren, um ihr eigenes Wort verstehen zu können. Miss Garland fand die Musik ganz gut, sagte aber, sie sei nicht zu vergleichen mit dem Orchester des Wintergartens, in dem da Soto Geiger war.

Wimsey lenkte die Unterhaltung gewandt auf das Thema Alexis und auf die Tatsache, daß Miss Garland leider durch den Tod ihres ehemaligen Freundes der Öffentlichkeit ausgesetzt war. Miss Garland gab zu, daß es nicht sehr angenehm war und daß auch Mr. da Sota sehr darunter gelitten hatte. Keinem Herrn gefällt es, wenn alle Zeitungen über eine ihm befreundete Dame schreiben.

Lord Peter lobte Miss Garland, daß sie während der ganzen Angelegenheit soviel vornehme Zurückhaltung gezeigt hatte.

Natürlich sei Alexis ein lieber Junge und ein wirklicher Gentleman gewesen, erklärte Leila. Und er habe sie so verehrt. Allerdings sei er kein sehr männlicher Mann gewesen. Frauen liebten nun einmal die Männer, die es zu etwas gebracht haben. Selbst wenn ein Mann aus guter Familie ist und es nicht nötig hat, etwas zu tun, empfindet man es als großartig, wenn er es zu etwas bringt. Diesem Ausspruch folgte ein schmachtender Seitenblick auf Wimsey. »Ich mag Herren von vornehmer Abkunft, die etwas anderes tun, als nur von ihrer Vornehmheit zu sprechen«, sagte sie.

»War Alexis denn von vornehmer Herkunft?« fragte Wimsey.

»Behauptet hat er es jedenfalls, aber weiß man, ob es wahr war? Paul – ich meine Mr. Alexis – hat wundervolle Geschichten über sich erzählt, aber ich glaube, er hat sie sich alle ausgedacht, oder sie stammten aus den Romanen, die er las. ›Wozu nützen Ihnen schon die Geschichten?‹ habe ich gesagt. ›Sie verdienen nicht halb soviel Geld wie andere Leute, die ich kenne, was nützt es also, wenn Sie der Zar von Rußland sind‹, hab' ich gesagt.«

»Behauptete er, der russische Zar zu sein?«

»Nein, nein ... er hat nur gesagt, wenn seine Ur-Urgroßmutter, oder wer weiß ich, den und den geheiratet hätte, dann wäre Alexis eine sehr bedeutende Persönlichkeit. Ich sagte zu ihm: ›Was nützt Ihnen das Wenn? Und überhaupt hat man die Könige doch alle längst abgeschafft. Wozu reden Sie eigentlich immer noch darüber?‹ Na, da hat er dann endlich nichts mehr gesagt. Es war ihm wohl klargeworden, daß ein junges Mädchen sich nicht sehr für die Ur-Urgroßmutter anderer Leute interessiert.«

»Wer soll denn diese Ur-Urgroßmutter gewesen sein?«

»Das dürfen Sie mich nicht fragen. Es kommt mir in den Sinn, daß er einmal sogar alles für mich aufgeschrieben hat. Ich sage Ihnen, der hatte 'nen Stich. Komplett verrückt.« Miss Garland vergaß einen Augenblick, sich wie eine vornehme junge Dame zu benehmen. Aber dann entsann sie sich wieder ihrer Rolle und sagte: »Es ging wirklich ein bißchen zu weit, war richtig zur fixen Idee geworden.«

»Ja, er scheint sich etwas zu eingehend mit diesen Dingen befaßt zu haben«, sagte Wimsey. »Und er hat es Ihnen sogar aufgeschrieben, sagten Sie?«

»Ja, und dann eines Tages hat er sich plötzlich darüber Sorgen gemacht. Hat mich gefragt, ob ich den Zettel noch habe, auf den er es geschrieben hatte. ›Das weiß ich nicht‹, sagte ich, ›mich interessiert das alles nicht so schrecklich. Denken Sie denn, ich behalte jeden kleinen Zettel mit Ihrer Handschrift? Wie die Heldinnen in Ihren Büchern? Ich hebe bloß wichtige Dinge auf‹, hab' ich zu ihm gesagt, ›nicht jeden kleinen Papierfetzen.‹«

Wimsey entsann sich, daß Alexis Leila am Ende ihrer Beziehungen durch mangelndes Vertrauen gekränkt hatte.

»›Wenn Sie wollen, daß Ihre Sachen aufgehoben werden, warum geben Sie sie dann nicht der alten Dame, der Sie so großen Eindruck gemacht haben?‹ hab' ich gesagt. ›Wenn Sie sie heiraten wollen, ist sie die richtige Person dazu.‹ Und er sagte, es komme ihm gerade darauf an, daß dieser Zettel nicht aufgehoben wird. ›Worüber machen Sie sich dann überhaupt Sorgen?‹ sagte ich. Er antwortete, wenn ich den Zettel nicht mehr hätte, sei ja alles in Ordnung, aber ich wußte wirklich nicht, ob ich ihn noch hatte. Er sagte, er wolle, daß man den Zettel verbrenne und daß niemand erfahren dürfe, was er über seine Ur-Urgroßmutter gesagt habe. ›Hören Sie‹, hab' ich gesagt, ›wenn Sie denken, ich habe über nichts anderes zu reden als über Ihre Ur-Urgroßmutter, dann irren Sie sich!‹ Es war lächerlich.«

»Und hatten Sie den Zettel verbrannt?«

»Weiß ich nicht mehr genau. Sie machen ja fast soviel Wesens wie er um diesen verflixten Zettel! Ist er denn so wichtig?«

»Er hätte mich interessiert«, sagte Wimsey. »Aber wenn Sie ihn verbrannt haben, haben Sie ihn verbrannt. Schade. Wenn Sie den Zettel noch hätten, gäbe ich viel darum . . .«

Leilas schöne Augen richteten sich so strahlend auf ihn wie die aufflackernden Scheinwerfer eines Autos, das in einer trüben Nacht um die Ecke biegt. »Ja?« sagte sie und hielt den Atem an.

»Vielleicht lohnt es sich, wenn Sie noch einmal nachsehen«, sagte Wimsey sehr kühl.

Leila zuckte die Achseln. Das klang nicht sehr vielversprechend.

»Ich weiß wirklich nicht, wozu dieser alte Zettel gut sein soll.«

»Das weiß ich auch erst, wenn ich ihn sehe. Wie wäre es, wenn wir ihn gemeinsam suchen würden?«

Er lächelte. Leila lächelte ebenfalls. Jetzt glaubte sie zu wissen, worauf er hinauswollte.

»Was? Wir zwei – Sie und ich? Na schön! Aber ich kann Sie doch nicht mit in meine Wohnung nehmen. Ich meine . . .«

»Aber ich bitte Sie – haben Sie etwa Angst vor mir?« sagte Wimsey schnell. »Ich versuche etwas zu tun, und ich möchte, daß Sie mir helfen.«

»Das will ich gerne, vorausgesetzt, es handelt sich um nichts, gegen das Mr. da Soto etwas einzuwenden hätte. Er ist nämlich so schrecklich eifersüchtig.«

»Das wäre ich an seiner Stelle auch. Vielleicht bitten Sie ihn, mitzukommen und uns bei der Sache zu helfen?«

Leila sagte lächelnd, daß das nicht nötig wäre, und damit endete das Interview, wo es auf jeden Fall geendet hätte – nämlich in Leilas unordentlicher kleiner Wohnung.

Schubladen, Taschen, Schachteln, vollgestopft mit Briefen, Papieren und tausend anderen Kleinigkeiten, wurden geleert, und ihr Inhalt breitete sich über Stühle, Tisch, Bett und Fußboden aus. Wäre Leila allein gewesen, hätte sie die Suche nach zehn Minuten aufgegeben, aber Wimsey feuerte sie an durch Bitten, Drohungen, Schmeicheleien und Versprechungen. Mr. da Soto erschien plötzlich, als Wimsey ein Bündel Damenwäsche im Arm hielt und Leila in einem Haufen alter Rechnungen und Ansichtskarten kramte, die in wildem Durcheinander in einem Koffer lagen. Da Soto hielt das für die richtige Gelegenheit zu einer kleinen Erpressung und begann loszupoltern. Wimsey sagte ihm trocken, er solle sich nicht lächerlich machen, drückte ihm die Wäsche in die Hand und begann einen Stoß von illustrierten Zeitungen und Grammofonplatten zu durchsuchen.

Merkwürdigerweise war es da Soto, der schließlich den gewünschten Zettel fand. Seitdem er angekommen war, hatte sich Leilas Interesse an der Suche merklich abgekühlt – sollte sie doch noch andere Pläne mit Lord Peter gehabt haben, die durch die Ankunft ihres Freundes vereitelt worden waren? Und sollte da Soto plötzlich darauf gekommen sein, daß das gesuchte Dokument einen gewissen Wert haben könnte?

»Vielleicht hast du ihn in einen deiner Romane als Lesezeichen getan, Schnucki?« fragte er. »Dazu benützt du ja sogar die Buskarten.«

»Gute Idee«, sagte Wimsey.

Sie wandten ihre Aufmerksamkeit dem mit Pfennigheften und

Schundromanen angefüllten Regal zu. Unter den Kino- und Autobusbilletten, den Zigarettenkarten, Quittungen, Ansichtskarten und anderen Lesezeichen befand sich auch ein zusammengefalteter Briefbogen.

»Wenn das nicht die Handschrift von Alexis ist, dann brat mir einer 'nen Storch«, sagte da Soto.

Leila riß ihm den Bogen aus der Hand.

»Ja, du hast recht«, sagte sie. »So ein Quatsch. Ich bin niemals daraus klug geworden; hoffentlich können Sie damit etwas anfangen.«

Sie gab Wimsey den Brief, der schnell einen Blick auf den mit dünnen Buchstaben geschriebenen Stammbaum warf. »Also dafür hielt er sich ... Ich bin froh, daß Sie den Brief nicht weggeworfen hatten, Miss Garland. Er kann uns helfen, die ganze Angelegenheit aufzuklären.«

An dieser Stelle brachte da Soto an, daß eine Belohnung am Platz wäre.

»Sie haben Glück. daß Sie es mit mir zu tun haben und nicht mit Kommissar Umpelty, der die Sache als Hinterziehung wichtiger Beweisstücke auffassen könnte.« Da Soto sah in groß an. »Aber da Miss Garland sich so bemüht und das Unterste zuoberst gekehrt hat, will ich nicht sagen, daß nicht ein neues Kleid für sie dabei herausschauen kann«, fuhr Wimsey lächelnd fort. Er wandte sich an Leila. »Wann hat Ihnen Alexis diesen Zettel gegeben, mein Kind?«

»Ich weiß nicht mehr genau – vor einer Ewigkeit.«

»Eine Ewigkeit muß in diesem Falle etwas weniger als ein Jahr gewesen sein, oder kannten Sie Alexis schon, bevor er nach Wilvercombe kam?«

»Nein, natürlich nicht. Sehen Sie mal – hier ist noch ein altes Kinobillett, das in demselben Buch war, mit einem Datum drauf. 15. November. Ja, jetzt erinnere ich mich. Wir waren im Kino, und danach kam Paul mit zu mir und erzählte mir eine ganze Menge Unsinn über sich. Es war bestimmt am selben Abend, und er erwartete, daß ich das alles auch furchtbar aufregend finden würde.«

»Im November – sind Sie sicher?«

»Ja, ganz sicher.«

»Jedenfalls war das lange bevor er die merkwürdigen Briefe aus dem Ausland bekam, nicht wahr?«

»Ja – eine Ewigkeit. Und nachdem die Geschichte mit den Briefen anfing, wollte er diesen fürchterlichen Wisch unbedingt zurückhaben.«

»Ja, ich verstehe. Und jetzt setzen Sie sich, ich muß mir das Dokument in Ruhe ansehen«, sagte Wimsey. Er studierte den Stammbaum.

Franz Josias
Herzog von
Sachsen-Coburg-Gotha
(1678–1735)

Charles Marie Levannier
(von der französischen
Botschaft)
∞
Anastasia (unehelich)
geb. 1728

Nikolaus I.
russischer Zar
(in morganatischer Ehe 1815)
∞
Charlotte, geb. 1770
(das jüngste von sieben Kindern)

Nikolajewna (Nicole)
∞
Gaston, natürlicher Sohn
von Louis-Philippe
geb. 1820, verheiratet 1847

Hauptmann
Stefan Iwanowitsch Krasky
verheiratet 1871
∞
Louise, geb. 1848

Alexis Gregorowitsch
Worodin
∞
Mélanie, geb. 1883

Pawlo Alexejwitsch Worodin
geb. 1909

»Ich möchte nur wissen, woher er das hatte«, sagte Wimsey. »Ich wußte nicht, daß Nikolaus I. mit jemand anders als mit Charlotte-Luise von Preußen verheiratet war.«
»Mir fällt ein, daß Paul sagte, daß es für diese Heirat keine Beweise gibt. Darüber hat er sich sehr aufgeregt. Er sagte, wenn er sie beweisen könnte, wäre er ein Prinz. Er hat sich beständig über diese Person, diese Charlotte, aufgeregt. Eine gräßliche alte Hexe muß das ja gewesen sein. Mit fünfundvierzig Jahren hat sie ein Kind gekriegt! Ein Wunder, daß sie das überlebt hat.«
»Nikolaus I. muß um die Zeit noch ein halbes Kind gewesen sein. 1815 – ja, da muß er in Paris gewesen sein, nach der Schlacht von Waterloo. Charlottes Vater war bei der französischen Botschaft – das würde zu unserer Geschichte passen. Wahrscheinlich hat man ihm die illegitime Tochter des Herzogs Franz aufgehalst, als er in Coburg war. Sie lebte mit ihm in Paris, als er dahin zurückging, und hatte sieben Kinder; das jüngste war Charlotte, der der blutjunge Zar irgendwie in die Finger geriet und den sie offenbar verführt hat.«
»›Die alte Schachtel‹, sagte ich zu Paul, als er sich mit dieser Mrs. Weldon einließ. ›Scheint ja in Ihrer Familie zu liegen, alte Hexen zu heiraten‹, sagte ich. Aber er ließ nichts auf die Ur-Urgroßmutter Charlotte kommen. Muß eine tolle Nummer gewesen sein. So 'ne Art – wie hieß sie doch?«
»Ninon de L'Enclos?«
»Ja, das ist doch die alte Schraube, die Liebhaber hatte, bis sie ungefähr hundertfünfzig war, nicht wahr? Ekelhaft! Was haben sich die Männer eigentlich dabei gedacht? Jedenfalls stimmt das, was Sie sagen, so ungefähr. Diese Charlotte hat mehrere Männer überlebt. Sie hat einen Grafen geheiratet und einen General – Namen hab' ich vergessen – und sie hatte irgendwas mit Politik zu tun.«
»Im Jahre 1815 hatte jeder in Paris etwas mit Politik zu tun«, sagte Wimsey. »Ich kann mir genau vorstellen, wie Charlotte ihre Trümpfe unter dem neuen Adel ausgespielt hat . . . Nun, diese ziemlich reife Schönheit heiratet den jungen Zaren – oder sie heiratet ihn nicht – und sie bringt eine Tochter zur Welt, die sie Nikolajewna tauft, nach ihrem erlauchten Papa. Das Kind wird Nicole genannt, da sie in Frankreich leben. Was dann? Nachdem die alte Charlotte einmal sozusagen königliches Blut gekostet hat, ist sie auf den Geschmack gekommen, und sie versucht, sich bei den Bourbonen einzuschmeicheln. Einen legitimen Prinzen kann sie nicht für ihre Tochter ergattern, aber sie denkt sich, besser einen Sperling in der

Hand als eine Taube auf dem Dach, und verheiratet das Mädchen mit irgendeinem unehelichen Sprößling von Louis-Philippe.«

»Feine Leute waren das damals!«

»Wie man's nimmt. Charlotte mag geglaubt haben, wirklich mit Nikolaus verheiratet gewesen zu sein, und mag furchtbar enttäuscht gewesen zu sein, als ihre Ansprüche abgewiesen wurden. Nikolaus und den Diplomaten war sie nicht gewachsen. Als die verblühende Schönheit dachte, einen guten Fang gemacht zu haben, als sie hoffte, Kaiserin zu werden, wurde ihr ein dicker Strich durch die Rechnung gemacht. Frankreich war in Aufruhr, das Kaiserreich erledigt, und diejenigen, die auf den Schwingen des Adlers zur Macht gelangt waren, wurden mit ihm gestürzt. Wer kümmerte sich darum, was aus der reizvollen Witwe eines napoleonischen Generals oder Grafen werden sollte? Aber Rußland – das war etwas anderes; die Schwingen des Doppeladlers waren noch nicht erlahmt.«

»Was Sie so alles wissen«, sagte Miss Garland ungeduldig. »Mir erscheint das alles sehr unwahrscheinlich. Ich glaube, Paul hat sich die ganze Sache ausgedacht.«

»Schon möglich«, gab Wimsey zu. »Jedenfalls ist es eine interessante Geschichte. Bunt, lebendig, wirkungsvoll. Vom historischen Standpunkt aus ist sie sogar möglich. Sie sind ganz sicher, daß Sie darüber im November gehört haben?«

»Ja, ganz sicher.«

»Ich habe alle Achtung vor Paul Alexis' Einbildungskraft. Er hätte Romane schreiben sollen. Aber das gehört jetzt nicht zur Sache. Kehren wir zu Charlotte zurück, die noch immer an morganatische Ehen und Königsthrone denkt und ihre Tochter Nicole mit dem Bourbonen Gaston verheiratet. Diesen Gaston kann es ohne weiteres gegeben haben. Er käme zwischen dem Prinzen von Joinville und dem Herzog von Aumale, was das Alter betrifft. Und was wird weiter aus Nicole? Sie bekommt eine Tochter, die sie Louise nennt. Nimmt mich wunder, wie es Gaston und Nicole während des Zweiten Kaiserreichs ergangen ist. Über Gastons Beruf wird nichts gesagt. Wahrscheinlich hat er sich auf den Boden der Tatsachen gestellt und seine royalistische Gesinnung und Abkunft geheimgehalten. Jedenfalls hat seine Tochter Louise im Jahre 1871 einen Russen geheiratet – ein Rückfall auf die Politik ihrer Mutter. Was war 1871? Ja natürlich, der Deutsch-Französische Krieg. Rußland benahm sich Frankreich gegenüber nicht sehr gut, wie aus dem Friedensvertrag von Paris hervorgeht. Ich fürchte, daß Louise mit fliegenden Fahnen ins feindliche Lager überging! Wahrscheinlich

ist dieser Stefan Iwanowitsch in einer diplomatischen Mission nach Paris gekommen, und zwar zur Zeit des Vertrages von Berlin.«
Leila Garland gähnte laut und anhaltend, aber Wimsey fuhr unbeirrt fort.
»Louises Tochter heiratet ebenfalls einen Russen. Anzunehmen, daß sie jetzt wieder in Rußland leben. Die Tochter heißt Mélanie, ihr Mann ist Alexis Gregorowitsch, und sie sind die Eltern von Paul Alexis, später Goldschmidt, der der russischen Revolution entkommt, nach England gebracht und naturalisiert wird. Es wird ein Gigolo aus ihm, und er wird auf dem Teufelseisen ermordet – warum?«
»Das weiß der Himmel«, sagte Leila und gähnte erneut.

Wimsey legte Harriet das kostbare Dokument und das ganze Problem vor.
»Aber das ist doch lächerlich«, sagte die praktische junge Dame, »selbst wenn Alexis' Ur-Urgroßmutter fünfzigmal mit Nikolaus I. verheiratet gewesen wäre, würde er nicht der Thronerbe sein. Eine ganze Reihe von Leuten hätten ein viel größeres Anrecht auf den Thron gehabt als er, zum Beispiel der Großherzog Dimitri und andere.«
»Ja, natürlich. Aber man kann die Leute immer dazu überreden, zu glauben, was sie glauben wollen. Irgendeine Art Tradition muß sich wohl von der alten Charlotte her in der Familie fortgepflanzt haben. Sie wissen gar nicht, wie die Leute sind, die solche genealogischen Flausen im Kopf haben. Man mag Alexis erzählt haben, daß etwaige andere Anwärter zu seinen Gunsten auf den Thron verzichtet hatten. Außerdem – wenn er wirklich von diesem Stammbaum überzeugt war, hätte er gesagt, daß sein Anspruch auf den Thron gerechtfertigter sei als der anderer Anwärter und daß seine Ur-Urgroßmutter der einzige legitime Nachkomme von Nikolaus I. wäre. Ich glaube nicht, daß in Rußland das Salische Gesetz galt, nach dem die weibliche Linie von der Nachfolge ausgeschlossen war. Jedenfalls ist es jetzt ganz klar, wie man ihn in die Falle gelockt hat. Wenn wir nur die Briefe in die Hand bekommen könnten, die Alexis an ›Boris‹ geschickt hat! Aber die sind wohl längst vernichtet.«

Kommissar Umpelty, in Begleitung von Oberkommissar Parker von Scotland Yard, klingelte an der Tür von Popcorn Street 17, Kensington, und wurde anstandslos hereingeführt. Es war sehr liebenswürdig von Oberkommissar Parker, an dem Fall ein persönliches Interesse zu nehmen, obwohl Umpelty dachte, er wäre auch mit einer weniger vornehmen Eskorte ausgekommen. Parker war aber der Schwager von Lord Peter Wimsey, und das mochte sein besonderes Interesse erklären. Jedenfalls ließ er Umpelty freie Hand bei seinen Erkundigungen.

Mrs. Morecambe kam huldvoll lächelnd ins Zimmer.

»Guten Morgen. Möchten Sie nicht Platz nehmen? Handelt es sich etwa wieder um die Wilvercombe-Angelegenheit?«

»Jawohl, gnädige Frau. Es scheint sich ein kleines Mißverständnis eingeschlichen zu haben.«

Der Kommissar nahm sein Notizbuch aus der Tasche und räusperte sich.

»Nämlich bezüglich Mr. Henry Weldon, den Herrn, den Sie am Donnerstagmorgen im Auto mitnahmen. Sie sagten, glaube ich, daß Sie mit ihm zum Marktplatz fuhren?«

»Ja – das ist doch wohl der Marktplatz – gleich außerhalb der Stadt, mit einer Wiese in der Mitte und einem Gebäude mit Turmuhr?«

»Oh«, sagte Umpelty unsicher. »Nein, das ist nicht der Marktplatz. Es ist das Jahrmarktgelände, wo auch Fußball gespielt wird und wo die Blumenschau stattfindet. Haben Sie ihn dort abgesetzt?«

»Ja – tut mir leid. Ich hielt es für den Marktplatz.«

»Nein, es ist der Alte Markt. Der Marktplatz ist im Zentrum der Stadt, und dort steht auch ein Verkehrspolizist.«

»Bitte entschuldigen Sie, daß ich Ihnen versehentlich eine falsche Information gegeben habe.« Mrs. Morecambe lächelte. »Ist das ein furchtbares Verbrechen?«

»Es mag schwerwiegende Folgen haben, aber das ist nicht Ihre Schuld«, sagte Umpelty. »Jedem kann ein Versehen unterlaufen. Jedenfalls bin ich froh, es aufgeklärt zu haben. Und nun noch eine Routinefrage: Was taten Sie an diesem Morgen in Wilvercombe?«

Mrs. Morecambe legte den Kopf zur Seite und überlegte. »Ich habe Besorgungen gemacht, ich war im Wintergarten, und ich habe im Café Oriental einen Kaffee getrunken – nichts Besonderes.«

»Haben Sie zufällig Herrenkragen gekauft?«

»Kragen?« fragte Mrs. Morecambe erstaunt. »Sie scheinen sich ja sehr gründlich über mich erkundigt zu haben, Herr Kommissar. Sie verdächtigen mich doch nicht etwa?«

»Reine Routine, gnädige Frau«, erwiderte Umpelty und leckte an seinem Bleistift.

»Nein, ich habe keine Kragen gekauft. Ich habe mir allerdings welche angesehen, aber die Sorte, die mein Mann trägt, war nicht da.«

»Aha. Erinnern Sie sich an den Namen des Geschäftes?«

»Ja – Rogers und ... Rogers und Peabody, glaube ich.«

Der Kommissar blickte von seinem Notizblock auf und sah Mrs. Morecambe prüfend an. »Würde es Sie erstaunen zu erfahren, daß der dortige Verkäufer sagt, er habe einer Dame, auf die Ihre Beschreibung genau paßt, an diesem Tag ein halbes Dutzend Kragen verkauft und sie ihr zum Auto gebracht?«

»Nein, das würde mich durchaus nicht erstaunen. Der Verkäufer war ein besonders unintelligenter junger Mann. Er hat mir ein Paket zum Wagen gebracht, aber es enthielt nicht Kragen, sondern Krawatten. Ich war zweimal in dem Geschäft. Einmal der Krawatten wegen, dann erinnerte ich mich an die Kragen und ging zurück. Da sie nicht die richtigen hatten, verließ ich den Laden, so gegen halb eins, wenn das wichtig ist.«

Der Kommissar zögerte. – Vielleicht – *vielleicht* war es wahr. Selbst der ehrlichste Zeuge konnte sich irren. Er beschloß, es im Augenblick dabei bewenden zu lassen.

»Und dann haben Sie Mr. Weldon am Alten Markt wiedergetroffen, nicht wahr?«

»Ja. Obwohl ich natürlich nicht weiß, ob es wirklich ein Mr. Weldon war. Ich nahm *jemanden* mit, einen Mann mit dunklen Brillengläsern, und ich wußte seinen Namen erst, als er ihn nannte. Als ich ihn später ohne die dunkle Brille sah, habe ich ihn nicht einmal wiedererkannt. Tatsächlich dachte ich und denke es noch immer, daß der Mann, den ich im Auto mitnahm, dunkles Haar hatte. Die Stimme schien allerdings die gleiche zu sein, aber schließlich kann man sich darauf nicht zu sehr verlassen. Er muß es wohl gewesen sein, denn er erinnerte sich ja an alles, auch an die Nummer meines Wagens, aber beschwören möchte ich seine Identität nicht.« Sie zuckte die Achseln.

»Ich verstehe, gnädige Frau.« Umpelty wußte nur zu genau, was gespielt wurde. Seitdem die wirkliche Zeit des Mordes festgestellt worden war, schien das Alibi für den Morgen eher gefährlich als nützlich zu sein und mußte unbedingt über Bord geworfen werden. Er bedankte sich liebenswürdig bei der Dame für ihre hilfreichen Erklärungen und fragte dann, ob er einen Augenblick mit Mr. Morecambe sprechen könnte.

»Mit meinem Mann?« fragte Mrs. Morecambe erstaunt. »Ich glaube nicht, daß er Ihnen irgend etwas sagen kann, denn er war um die bewußte Zeit nicht in Heathbury.«

Das sei ihm bekannt, sagte der Kommissar, und es handle sich nur um eine reine Formsache, die damit zusammenhänge, daß Mr. Morecambe der rechtmäßige Besitzer des Bentley sei.

Wieder lächelte Mrs. Morecambe huldvoll. Zufällig sei ihr Mann zu Hause. Er sei in letzter Zeit nicht sehr auf der Höhe gewesen, aber er werde dem Kommissar zweifellos gern zur Verfügung stehen, wenn es wirklich notwendig sei. Sie werde ihn bitten, herunterzukommen.

Umpelty erklärte, daß er ihn nicht bemühen wolle und gern in sein Zimmer hinaufgehen werde. Oberkommissar Parker lächelte: Sicher war das eine unnötige Vorsichtsmaßnahme, da die Morecambes sich bestimmt längst auf alle Möglichkeiten vorbereitet hatten.

Mrs. Morecambe ging voran. An der Tür drehte sie sich um, als erwarte sie, daß Parker sich ihnen anschließen werde. Dieser blieb jedoch ruhig sitzen.

Mrs. Morecambe ging die Treppe hinauf – Umpelty trottete hinterdrein, indem er murmelnd Entschuldigungen stammelte und versuchte, keinen Lärm mit seinen Stiefeln zu machen.

Sie betraten ein Zimmer im ersten Stock, das als Arbeitszimmer eingerichtet war und von dem eine halboffene Tür in ein Schlafzimmer führte. An einem Tisch des Arbeitszimmers saß ein kleiner Mann mit einem roten Bart, der sich bei ihrem Eintreten sofort nach ihnen umwandte.

»Das ist Herr Kommissar Umpelty von der Polizei in Wilvercombe. Er möchte dich etwas über das Auto fragen«, sagte Mrs. Morecambe zu ihrem Mann.

»Ja? Um was handelt es sich, Herr Kommissar?« fragte Mr. Morecambe liebenswürdig. Aber seine Liebenswürdigkeit war nichts im Vergleich mit der des Kommissars.

»Hallo, hallo, mein lieber Bright«, sagte Umpelty. »Sie haben's weit gebracht, seitdem wir uns das letzte Mal gesehen haben, was?«

Mr. Morecambe hob die Augenbrauen, sah seine Frau an und brach dann in ein herzhaftes Lachen aus.

»Herzlichen Glückwunsch, Herr Kommissar«, sagte er. »Was habe ich dir gesagt, meine Liebe? Unserer großartigen britischen Polizei kann man doch nicht etwa was vormachen. Nehmen Sie doch Platz, Herr Kommissar! Darf ich Ihnen einen Drink anbieten? Dann werde ich Ihnen alles der Reihe nach erzählen.«

Umpelty ließ seine schweren Körpermassen sorgfältig auf einen Stuhl nieder und nahm dankend einen Whisky mit Soda an.

»Darf ich Ihnen vor allem zur Wahl Ihrer Spürhunde gratulieren«, sagte Mr. Morecambe in leichtem Ton. »Ich war überzeugt, den Burschen im Warenhaus Selfridge abgeschüttelt zu haben; wahrscheinlich hat sein Kollege – der mit den verschiedenartigen witzigen Kopfbedeckungen – die Spur dann weiterverfolgt, obwohl ich mich im Kino auf so geniale Art unkenntlich zu machen versuchte. So, und jetzt wollen Sie sicher wissen, weshalb der Agent Alfred Morecambe aus London sich in Wilvercombe in der Maske des ärmlichen, erfolglosen Wanderfriseurs William Bright aufgehalten hat. Selbstverständlich muß Sie das sonderbar berührt haben, Herr Kommissar. Nun, hier haben Sie die Erklärung.«

Er schob Umpelty einen Stoß von Papieren zu.

»Ich schreibe nämlich ein Theaterstück für meine Frau«, erklärte Morecambe. »Sie werden zweifellos entdeckt haben, daß sie vor ihrer Heirat die berühmte Tillie Tulliver gewesen ist. Ich habe bereits mehrere Stücke unter dem Künstlernamen Cedric St. Denis geschrieben – natürlich nur als Nebenbeschäftigung – und dieses hier handelt von den Abenteuern eines Wanderfriseurs. Über die Lebensweise anderer informiert man sich am besten durch praktische und persönliche Erfahrung, finden Sie nicht?«

»Zweifellos, Sir.«

»Das alles hätte ich Ihnen schon damals mitteilen sollen«, entschuldigte sich Morecambe, »aber es erschien mir so unnötig. Ich hätte mich ja zum Gespött meiner Geschäftsfreunde in der City gemacht. Offiziell war ich aus Gesundheitsgründen auf Urlaub, und mein Partner wäre vielleicht etwas ärgerlich gewesen, wenn er gewußt hätte, was ich in Wirklichkeit trieb. Jedenfalls hatten Sie meine Aussage, und nur darauf kam es ja wirklich an. Übrigens gebe ich offen zu, daß es mir Spaß machte, den Unglücksraben zu spielen. Es gelang mir recht gut, nicht wahr? Natürlich hat meine Frau die Rolle mit mir studiert.«

»Ihre Aussage über Ihr Zusammentreffen mit Paul Alexis war also korrekt?« fragte Umpelty, der prompt den wichtigsten Punkt erfaßt hatte.

»Jedes Wort war wahr – mit einer Ausnahme: ich hatte natürlich nicht die leiseste Absicht, Selbstmord zu begehen. Übrigens war mir der Gedanke, die Nacht in einer meiner Verkleidung angemessenen Herberge zu verbringen, nicht sehr angenehm, und ich verschob es so lange wie möglich, dorthin zu gehen. Es stimmt, daß ich Alexis vormachte, viel Pech gehabt zu haben, aber natürlich nahm ich kein Geld von ihm an. Der Pfundschein, den ich in dieser Nacht ausgab, war mein eigener. Fast hätten Sie mich zu Fall gebracht wegen der Geschichte mit den Gezeiten. Ich hatte mich da in meinen eigenen poetischen Beschreibungen verfangen.« Er lachte wieder.

»Jedenfalls haben Sie uns ganz schön an der Nase herumgeführt, Mr. Morecambe«, sagte der Kommissar. Er betrachtete die Blätter des Manuskripts, die Morecambes Aussage zu bestätigen schienen. »Schade, daß Sie uns nicht ins Vertrauen gezogen haben; wir hätten wahrscheinlich erreichen können, daß nichts in die Zeitungen gekommen wäre. Wie dem auch sei – ich werde jetzt einen weiteren Bericht aufnehmen, durch den sich alles aufklären wird.«

Er hob einen Augenblick den Kopf, als ob er horchte, dann fuhr er schnell fort:

»Ich nehme an, daß Sie lediglich die Aussage bestätigen werden, die Sie bei der gerichtlichen Voruntersuchung gemacht haben? Sie haben nichts hinzuzufügen?«

»Nicht das geringste.«

»Sie sind nie mit Mr. Henry Weldon zusammengekommen, nicht wahr?«

»Weldon?«

»Der Herr, den ich im Auto mitgenommen habe und dessen Mutter mit dem Toten verlobt war«, erinnerte ihn Mrs. Morecambe.

»Ach der. Nein, den habe ich nie in meinem Leben gesehen. Hat er eine gegenteilige Aussage gemacht?«

»Nein, Mr. Morecambe. So, und wenn Sie nichts dagegen haben, möchte ich jetzt Ihre Aussage zu Protokoll nehmen. Ich werde nur eben meinen Kollegen als Zeugen hereinrufen.«

Umpelty stand auf und öffnete die Tür. Oberkommissar Parker mußte bereits auf dem Treppenabsatz gewartet haben, denn er kam sofort ins Zimmer, gefolgt von einer stattlichen Bauersfrau und einem korpulenten Mann, der eine Zigarre rauchte. Umpelty blickte die Morecambes gespannt an. Mrs. Morecambe sah lediglich erstaunt aus, aber in dem Gesicht ihres Mannes ging eine Veränderung vor.

»Mrs. Sterne, haben Sie diesen Herrn schon einmal gesehen?« fragte Parker.

»Ja, das hab' ich«, erwiderte die Frau. »Das ist doch Mr. Field, der im Februar bei Mr. Weldon auf dem Gut zu Besuch war. Ich hab' den Herrn sofort wiedererkannt.«

»Mr. Field? Sehr interessant«, sagte der korpulente Herr. »Freut mich, Sie wiederzusehen, Mr. Maurice Vavasour. Haben Sie Mis Olga Kohn doch noch eine Rolle verschafft?«

Mr. Morecambe öffnete den Mund, aber es kam kein Laut übe seine Lippen. Kommissar Umpelty warf dem Mann von Scotlan Yard einen fragenden Blick zu, räusperte sich, nahm seinen ganze Mut zusammen, ging auf sein Opfer zu und sagte: »Alfred Morecambe, alias William Bright, alias William Simpson, alias Cedric St Denis, alias Maurice Vavasour, ich verhafte Sie als des Mordes an Paul Alexis Goldschmidt, auch Pawlo Alexejwitsch, Mitverdächtigen. Ich warne Sie, daß alle Ihre Aussagen zu Protokoll genommen werden und als Beweismittel beim Prozeß benutzt werden können.«

Er wischte sich die Stirn. Alibi oder kein Alibi, er hatte alle Schiffe hinter sich verbrannt.

33. Was sich ereignet haben sollte

Mittwoch, den 8. Jul

»Ich hab' schon graue Haare bekommen«, stöhnte Kommissar Umpelty. »Nichts zu finden, keine Papiere, keine Dokumente, nicht mal ein Fetzen Löschpapier...«

»Und nicht mal eine Flasche lila Tinte...«

»Mit allen Wassern gewaschen, soll auch immer seine Briefe selbst befördert haben, behauptet das Dienstmädchen.«

»Es ist leicht gesagt, daß er ein Verbrechen begangen hat, man muß es auch beweisen können. Sie wissen ja, wie die Geschworenen reagieren...«

»Weldon ist der dümmere von beiden, aber er macht den Mund nicht auf. In seinem Haus werden wir auch nichts finden – Morecambe hat ihm nicht über den Weg getraut...«

»Seinen Freund in Warschau haben wir bis jetzt auch noch nicht entdeckt...«

»Ich weiß, ich weiß. Inzwischen müssen wir sie irgendeines Verbrechens beschuldigen, und zwar so schnell wie möglich. Die Habeaskorpusakte...«

»Eins steht unbedingt fest: Keiner von den beiden kann auf dem Teufelseisen gewesen sein und dort gemordet haben, auch nicht die Dame. Es ist recht peinlich, drei Leute einzusperren und sie der Beihilfe an einem Mord zu bezichtigen, wenn man nicht einmal beweisen kann, daß es sich tatsächlich um einen Mord handelt.«

»Eine äußerst schwierige Situation, Mylord.«
»Ich gebe offen zu, daß es der eigenartigste Fall ist, auf den ich je gestoßen bin«, sagte Wimsey. »Wir haben alle Beweise – oder jedenfalls *fast* alle Beweise – denen zufolge es sich um eine raffinierte Verschwörung handelt. Und wir haben eine Leiche, die wie das Opfer einer Mordverschwörung aussieht. Aber wenn wir die beiden Dinge zusammen betrachten, stimmt etwas nicht. Es ist alles schön und gut bis auf die traurige Tatsache, daß keiner der an der Verschwörung Beteiligten den Mord verübt haben kann. Harriet! Ihr Beruf ist es, Probleme dieser Art zu lösen – wie würden Sie an dieses herangehen?«
»Das weiß ich nicht«, erwiderte Harriet. »Ich kann nur an bekannte Methoden und an einige Präzedenzfälle erinnern. Da ist zum Beispiel die Roger-Sheringham-Methode zu nennen: Man beweist in allen Einzelheiten, daß A den Mord begangen hat, dann betrachtet man sich die Sache noch einmal ganz genau und von allen Seiten und stellt fest, daß B der wirkliche Mörder ist – die Person, die man zuerst verdächtigte und dann aus den Augen verlor.«
»Das nützt uns nichts; es handelt sich um zwei völlig verschiedene Fälle. Wir können A nicht mit Sicherheit belasten, von B ganz zu schweigen.«
»Dann gibt es noch die Philo-Vance-Methode. Man schüttelt den Kopf und sagt: ›Es wird noch viel schlimmer kommen.‹ Und dann tötet der Mörder fünf weitere Opfer. Während dieser fünf Morde wird man wohl Gelegenheit haben, den wahren Mörder zu schnappen.«
»Das ist Verschwendung, Verschwendung. Außerdem ist die Methode zu langsam.«
»Zugegeben. Dann gäbe es noch die Inspektor-French-Methode – man beweist, daß das absolut stichfeste Alibi absolut nicht stichfest ist.«
Wimsey seufzte tief. »Wenn ich das Wort Alibi noch einmal zu hören bekomme, dann... dann...«
»Geht in Ordnung, es gibt ja noch andere Methoden. Wie wäre es mit der Thorndyke-Lösung, die man, wie Thorndyke selbst sagt, in einem Satz zusammenfassen kann: ›Sie haben den falschen Mann, Sie haben die falsche Waffe und Sie haben die falsche Leiche.‹ Nehmen wir einmal an, Paul Alexis ist in Wirklichkeit...«
»Der Kaiser von Japan! Herzlichen Dank.«
»Das mag gar nicht so weit von der Wahrheit entfernt sein. Er hielt sich für einen Kaiser oder etwas Ähnliches. Aber selbst wenn noch

soviel kaiserliches Blut durch seine Adern geronnen wäre, gelingt es uns nicht, zu erklären, wie er ermordet werden konnte, wenn niemand in seiner Nähe war. Die wahre Schwierigkeit...«

»Einen Augenblick! Bitte wiederholen Sie das«, sagte Wimsey.

Harriet befolgte seine Bitte. »Die wahre Schwierigkeit ist, daß man nicht weiß, wie irgend jemand anders – abgesehen von Weldon und Morecambe – den Mord verübt haben kann. Selbst wenn Pollock...«

Wimsey unterbrach sie mit einer ungewöhnlich hohen, erregten Stimme. »Die wahre Schwierigkeit ist die Zeit des Todes, nicht wahr?«

»Ich nehme an, ja.«

»Selbstverständlich. Wenn sie nicht bestünde, könnten wir ja alles erklären.« Er lachte. »Ich hielt es schon immer für *höchst* sonderbar, daß Henry Weldon, falls er den Mord verübt hat, nicht wissen sollte, um welche Zeit er es getan hat. Passen Sie auf! Geben wir vor, diesen Mord selbst geplant zu haben, und zwar für zwölf Uhr, ja?«

»Welchen Sinn soll das haben? Wir wissen, daß es erst um zwei Uhr geschehen ist. Daran läßt sich nicht rütteln, Mylord.«

»Ja, aber ich denke an den ursprünglichen Mordplan. Ich weiß, daß die Mörder später den Zeitpunkt des Verbrechens ändern mußten, aber ich möchte jetzt einmal die Zeiten ausarbeiten, wie sie ursprünglich geplant waren. Haben Sie etwas dagegen? Jedenfalls werde ich es tun.«

Der Kommissar murmelte etwas Unverständliches, und Wimsey dachte ein paar Minuten scharf nach. Dann sagte er ruhig, ohne das geringste Zeichen seiner vorherigen Erregung: »Es ist Februar. Sie sind Henry Weldon.« Lord Peter zeigte mit dem Finger auf Umpelty. »Sie haben eben gehört, daß Ihre ältliche, törichte Mutter einen ausländischen Eintänzer heiraten will, der fünfunddreißig Jahre jünger ist als sie, und daß die alte Dame Sie enterben will. Sie brauchen dringend Geld, und Sie wollen die Heirat um jeden Preis verhindern. Sie zeigen sich der Mutter von der schlechten Seite, aber das nützt Ihnen nichts, im Gegenteil, Sie laufen Gefahr, des gesamten Vermögens verlustig zu gehen statt nur eines Teiles. Sie sind selbst kein einfallsreicher Mensch, aber Sie suchen Rat bei... ja, warum eigentlich bei Morecambe, Herr Kommissar?«

»Es scheint folgendermaßen gewesen zu sein, Mylord: Als Weldon herkam, um seine Mutter zu besuchen, machte er irgendwo die Bekanntschaft von Mrs. Morecambe. Er ist ein großer Frauenheld, und sie glaubte vielleicht, Geld aus ihm herausschlagen zu können, da sie gehört hatte, daß seine Mutter eine reiche Frau ist. Wahrscheinlich hat er ihr ziemlich bald reinen Wein eingeschenkt, und sie schlug vor, ihren Mann hinzuzuziehen. Das ist natürlich nur eine Theorie, aber ich habe festgestellt, daß Mrs. Morecambe etwa um die gleiche Zeit in Heathbury war wie Weldon in Wilvercombe. Übrigens haben wir auch herausgefunden, daß Morecambes sogenannte Agentur auf sehr schwachen Füßen steht. Wir nahmen an, daß die Dame die beiden Herren miteinander bekannt gemacht hat und daß Morecambe versprach, Weldon zu helfen, und zwar auf der Basis fifty-fifty.«

»Fifty-fifty wovon?« fragte Harriet.

»Vom Geld seiner Mutter – nachdem er es an sich gebracht hätte.«

»Dazu hätte er bis nach ihrem Tode warten müssen.«

»Nicht unbedingt, Miss Vane.«

»Was? Denken Sie etwa...«

»Ich denke nur, daß die beiden aufs Ganze gingen.«

»Das glaube ich auch«, sagte Wimsey. »Als nächstes fährt Mr. Morecambe jedenfalls nach Leamhurst und bleibt ein paar Tage bei Weldon. Während der ganzen Zeit hat Morecambe niemals die Unvorsichtigkeit begangen, etwas schriftlich niederzulegen, mit Ausnahme des chiffrierten Unsinns. Ich nehme an, daß der Plan damals gefaßt und besprochen wurde. Weldon erwähnt Morecambe gegenüber die romantische Geschichte von Paul Alexis' kaiserlichen Vorfahren, und dadurch kommen sie auf die Idee, ihn auf das Teufelseisen zu locken. Kurz nach Morecambes Besuch beginnen die geheimnisvollen Briefe abzugehen. Über die Topographie und die Fauna von Wilvercombe und Darley wußte Mrs. Morecambe natürlich Bescheid. Es fiel Weldon zu, die Halsabschneiderei und den damit verbundenen Ritt über den Strand zu unternehmen, wozu nur Muskelkraft erforderlich war, während es Morecambe überlassen blieb, die Briefe auszutüfteln, die Fotos zu beschaffen und Alexis in eine fieberhafte Erregung zu versetzen. Als alle Vorbereitungen getroffen waren, begann Morecambe seine Rolle als Wanderfriseur zu spielen.«

»Wozu dienten alle diese unglaublich komplizierten Vorbereitungen?« fragte Harriet. »Warum haben sie nicht einfach ein gewöhnliches Rasiermesser auf die übliche Weise gekauft? Den Kauf hätte man doch viel weniger leicht feststellen können.«

»Vielleicht, vielleicht auch nicht. Der Plan war jedenfalls, das Verbrechen durch eine zweite und dritte Verteidigungslinie völlig undurchsichtig zu machen. Zuerst sollte der Anschein eines Selbstmordes erweckt werden; zweitens, falls ein Selbstmord angezweifelt und die Herkunft des Rasiermessers festgestellt werden sollte, würde man eine überzeugende Geschichte für den Kauf des Messers vorbringen; drittens, wenn Morecambes Maskerade entdeckt werden sollte, würde auch dafür eine plausible Erklärung vorhanden sein.«

»Ja, ich verstehe. Morecambe besaß Mut, weil er von seinem Plan überzeugt war, und er spielte seine Rolle mit großer Echtheit.«

»Allerdings. Ich gebe zu, daß er mich völlig hereingelegt hat. Nun kommen wir zu Weldon. Er hatte die Rolle des Haviland Martin oft gespielt und konnte sie jederzeit wieder aufnehmen. Wie besprochen, mietete er sich einen Morgan, verstaute alle seine Sachen und das Zelt mit Mühe in dem kleinen Wagen und fuhr nach Darley, wo er neben Farmer Newcombes Feld kampierte. Morecambe kam am gleichen Tag in Wilvercombe an. Ob und wann sich die beiden trafen, weiß ich nicht. Meiner Ansicht nach war alles bis ins letzte Detail im voraus geplant, und es bestand keine Notwendigkeit, sich miteinander in Verbindung zu setzen.«

»Das mag schon sein«, sagte Umpelty. »Es würde auch erklären, daß es mit den Zeiten nicht immer ganz klappte.«

»Möglich. Nun, am Donnerstag macht sich Paul Alexis den Anweisungen gemäß auf den Weg zum Teufelseisen. Übrigens war es notwendig, daß die Leiche gefunden und identifiziert werden würde – deshalb sollte Alexis ganz offen über die Küstenstraße zum Felsen gehen. Falls die Leiche doch weggeschwemmt werden sollte, würde es Zeugen geben, die ihn zuletzt in diese Richtung gehen sahen. Eine Suchaktion würde dann in der Gegend unternommen. Er sollte auf keinen Fall wie Schnee in der Sonne verschwinden... Während sich Alexis auf die Suche nach einer Kaiserkrone macht, hat Henry Weldon das Zündkabel seines Morgans mit einer Nadel durchstochen, um einen guten Grund zu haben, sich von einem anderen Auto nach Wilvercombe mitnehmen zu lassen. Und jetzt sehen wir auch, warum es ein Morgan sein mußte. Er brauchte einen Wagen mit nur zwei Zylindern, wenn er den gesamten Zündkreis durch einen Nadelstich außer Betrieb setzen wollte. Also kam nur ein Morgan, ein Belsize-Bradshaw oder ein Motorrad in Frage.«

Kommissar Umpelty schlug sich vor Freude auf die Schenkel, aber als ihm einfiel, daß auch dadurch das Hauptproblem noch nicht gelöst war, schnaubte er sich traurig die Nase.

»Kurz nach zehn erscheint Mrs. Morecambe in ihrem Bentley mit dem auffallenden Nummernschild. Dieses Schild müssen sie schon vorher gehabt haben; es erwies sich aber als nützlich, da sich jeder leicht an die Nummer entsinnen konnte.«

»Wo hat sie ihn eigentlich abgesetzt?« erkundigte sich Umpelty.

»Irgendwo außerhalb des Dorfes an einem ruhigen Platz, von dem aus er über die Felder zurück zum Strand gehen konnte. Die Straße wendet sich zwischen Darley und Wilvercombe ziemlich stark vom Strand ab; das ist zweifellos der Grund, warum sie ihm soviel Zeit für den Rückweg ließen. Jedenfalls muß er gegen elf Uhr fünfzehn wieder in Darley gewesen sein und einen Blick über die Hecke auf Farmer Newcombes Weide und die Stute geworfen haben. Er macht ein Loch in die Hecke und geht mit Hafer und einem Strickhalfter in der Hand auf die Weide.«

»Weshalb mußte er Hafer mitnehmen? Das Pferd wäre bestimmt auch gekommen, wenn er es gerufen oder durch Schnalzen angelockt hätte. Scheint mir ziemlich töricht zu sein, den Hafer in der ganzen Gegend zu verstreuen.«

»Das schon, mein Kind«, sagte Wimsey. »Aber er hatte einen guten Grund. Ich nehme an, daß der verstreute Hafer vom Vortag stammte, als er versuchte, sich mit der Stute anzufreunden. Wenn man ein Tier beim erstenmal mit Futter anlockt, kommt es beim zweitenmal doppelt so schnell. Wenn man es dagegen einmal enttäuscht, kommt es gar nicht.«

»Ja, da haben Sie allerdings recht.«

»Ich glaube, ohne es jedoch beweisen zu können, daß unser Held den größten Teil seiner Kleidungsstücke zurückließ«, fuhr Wimsey fort. »Ganz sicher bin ich nicht, aber es erscheint mir als eine offenkundige Vorsichtsmaßnahme. Jedenfalls warf er dem Pferd den Halfter über den Kopf, saß auf und ritt los. Sie dürfen nicht vergessen, daß der Strand zwischen Darley und Pollocks Haus von der Straße aus nicht zu übersehen ist, so daß er höchstens von jemandem gesehen werden konnte, der zufällig über die Klippen kletterte, und der hätte sich wahrscheinlich weiter keine Gedanken gemacht über einen Mann, der ein Pferd an der Küste ritt. Es war nur gefährlich für ihn, an den Häusern vorbeizureiten, aber den Augenblick dafür hatte er richtig gewählt, nämlich die Zeit, während der die unteren Schichten der Bevölkerung zu Mittag essen. Er muß gegen zwölf Uhr dort vorbeigekommen sein.«

»Ja, um diese Zeit haben sie Pferdegetrappel gehört.«

»Und auch Paul Alexis hörte es etwas später, als er auf der Felsplatte saß und von der Zarenkrone träumte. Er blickte auf und sah den Reiter vom Meer.«

»Sehr richtig«, bemerkte Umpelty ungerührt. »Und was dann?«

»Bitte vergessen Sie nicht, daß wir uns lediglich das ideale Verbrechen ausmalen, bei dem sich alles genau wie geplant abspielt.«

»Ja. Ja, natürlich.«

»Dann – beim idealen Verbrechen – reitet Weldon durch das Wasser zum Felsen; vergessen Sie übrigens nicht, daß es noch eine volle Stunde bis zum Tiefstand der Ebbe dauert, daß das Wasser um das Teufelseisen noch fast einen halben Meter hoch steht. Er bindet die Stute an dem eisernen Ring fest, den er am Tag zuvor am Felsen befestigt hat, dann klettert er hinauf. Alexis mag ihn erkannt haben oder nicht. Wenn er es tat...«

Wimsey machte eine Pause, und ein ärgerlicher Ausdruck trat in seine Augen.

»Ob er es tat oder nicht, es blieb ihm nicht viel Zeit, enttäuscht zu sein. Weldon muß ihn gebeten haben, sich zu setzen; ein Herrscher sitzt, während die Untertanen respektvoll hinter ihm stehen. Weldon verlangte den Brief, und Alexis gab ihm die dechiffrierte Kopie. Dann beugte sich Weldon von hinten mit dem Rasiermesser über ihn... Natürlich war Weldon ein Narr; er beging alle nur möglichen Fehler. Er hätte dem Toten die Handschuhe ausziehen müssen, und er hätte die Leiche durchsuchen und den Originalbrief an sich nehmen sollen. Aber vielleicht wäre das ein noch größerer Fehler gewesen, denn es hätte den Eindruck eines Selbstmordes zerstören können. Wenn man eine Leiche erst einmal berührt, kann man ihre erste, natürliche Lage nach dem Fall nie wieder herstellen. Dazu kam, daß die Stute außer sich war und verzweifelt versuchte sich loszumachen. Und das wäre eine Katastrophe gewesen...

In dieser Beziehung habe ich wirklich Respekt vor Weldon. Haben Sie schon einmal ein Pferd gesehen, das plötzlich über und über mit frischem Blut bespritzt worden ist? Nichts Erfreuliches – ganz und gar nicht! Kavalleriepferde müssen sich natürlich daran gewöhnen, aber diese Stute kann nie in ihrem Leben Blut gerochen haben. Wenn ich mir vorstelle, daß Weldon sich auf dieses schnaubende, nach allen Seiten ausschlagende, zu Tode erschrockene Pferd schwingen und es sattellos über den Strand reiten mußte, ohne daß es einmal in den Sand trat, dann nehme ich meinen Hut vor ihm ab. Ja, wenn er das wirklich fertiggebracht haben sollte, muß er etwas von Pferden verstehen – vielleicht sogar etwas zuviel. Es gibt genug Methoden, wild gewordene Pferde im Zaum zu halten...

Also, angenommen, er hat es getan: Es ist ihm irgendwie gelungen, die Stute loszumachen, und er zwang sie, ins Meer hinauszulaufen. Das wäre der beste Weg gewesen, um sie zu ermüden, und gleichzeitig, um das Blut abzuspülen. Dann, nachdem er das Tier wieder unter Kontrolle hat, reitet er denselben Weg zurück, den er gekommen ist. Bei ihren verzweifelten Versuchen, sich loszureißen, hat die Stute eins ihrer Hufeisen gelockert, das sie auf dem Rückweg verliert. Wahrscheinlich bemerkt er das gar nicht. Er reitet zu seinem Zelt oder zu irgendeinem anderen Platz, an dem er seine Kleidung zurückgelassen hat, läßt die Stute frei, zieht sich an, eilt zur Straße und hält den auf der Rückfahrt befindlichen Bentley an. Das kann er kaum früher als um zwölf Uhr fünfundfünfzig getan haben. Er steigt ein und wird um ein Uhr vor den Drei Federn abgesetzt. Hier verlassen wir den Bereich der Phantasie und kehren zu den Tatsachen zurück.
Nach dem Mittagessen geht Weldon zum Zelt, um das blutige Halfterseil zu verbrennen, und versetzt unserem Freund Perkins Fußtritte, weil dieser den Halfter bemerken könnte.«
»Hat er den Halfter im Wirtshaus nicht bei sich gehabt?«
»Nein. Ich nehme an, daß er ihn auf dem Rückweg vom Teufelseisen an einem geeigneten Ort deponierte, wahrscheinlich in der Nähe des Baches. Gut, er verbrennt den Strick – danach braucht er nur noch Polwhistle aufzusuchen und ihn zu bitten, mitzukommen und sich seinen Morgan anzusehen. Natürlich hat er dabei wieder einen Fehler gemacht. Er hätte die Kabel besser verstauen sollen, damit sie ihm nicht aus der Tasche und zu Boden fielen.
Übrigens sehen wir nun, daß auch er drei Verteidigungslinien hatte. Erstens: der Mord sollte den Anschein eines Selbstmordes erwecken. Zweitens: der Zeltbewohner in Darley war Mr. Martin aus Cambridge, der zu niemandem irgendwelche Beziehungen hatte. Drittens: falls es sich herausstellen sollte, daß Mr. Martin identisch mit Henry Weldon war, verfügte er über das Wilvercombe-Alibi, mit allen Einzelheiten über Bach und Hemdkragen, und er hat eine völlig unabhängige Zeugin in einem Bentley, bereit, seine Aussage zu beschwören.«
»Ja, aber...« sagte Umpelty.
»Ich weiß, ich weiß. Bitte haben Sie noch etwas Geduld mit mir. Ich weiß, daß alles schiefgegangen ist, aber ich möchte Ihnen den ursprünglichen Plan vergegenwärtigen. Was wäre geschehen, wenn alles planmäßig verlaufen wäre? Um zwölf Uhr hätte die Leiche auf dem Teufelseisen gelegen, darunter das Rasiermesser. Um zwölf

Uhr dreißig war der Mörder bereits in der Nähe von Darley. Um ein Uhr war er essend und trinkend in den Drei Federn, und er hatte eine Zeugin, bereit zu schwören, daß er den ganzen Vormittag in Wilvercombe verbracht hatte. Falls die Leiche vor dem Kentern der Gezeiten gefunden werden sollte, wären keine Fußspuren vorhanden außer denjenigen des Ermordeten, und man würde automatisch auf Selbstmord schließen, ganz besonders, wenn auch das Rasiermesser auftauchen würde. Sollte die Leiche erst später gefunden werden, würden die Fußspuren an Bedeutung verlieren, aber der Gerichtsmediziner würde wahrscheinlich feststellen können, wann der Tod eintrat, und dann wäre das Alibi von Wichtigkeit.
Der Plan klingt sehr riskant, aber bei näherem Hinsehen ist er es gar nicht. Die Stärke liegt in seiner Kühnheit. Vom Teufelseisen aus und etwa anderthalb Kilometer davor ist die Küstenstraße vom Strand aus sichtbar. Er konnte sie im Auge behalten, und falls Gefahr drohte, konnte er die Tat verschieben. Die einzige Gefahr, die ihm drohte, war, im Augenblick des Mordes gesehen und im Auto entlang der Küste verfolgt zu werden. Selbst wenn es sich später herausstellte, daß jemand einen Reiter am Strand bemerkt hätte, wer könnte dann beweisen, wer der Reiter war? Bestimmt konnte es nicht Mr. Haviland Martin gewesen sein, der niemanden kannte und der einen musikalischen Vormittag in Wilvercombe verbracht hatte. Außerdem – wie viele Leute fuhren über die Küstenstraße? War überhaupt anzunehmen, daß die Leiche vor Ablauf mehrerer Stunden gefunden werden würde? Wer würde darauf kommen, daß es ein Mord sein könnte und kein Selbstmord?«
»Was spricht jetzt dafür, daß es kein Selbstmord war?« fragte Umpelty. »Nach Ihren eigenen Ausführungen zu urteilen, kann es nichts anderes gewesen sein. Aber ich weiß, worauf Sie hinauswollen, Mylord. Sie wollen uns beweisen, daß dieser Plan bestand und daß Weldon es sich aus irgendeinem Grund anders überlegt hat, während er zum Teufelseisen ging. Stimmt das? Alexis sieht diesen Reiter vom Meer, erkennt Weldon und bittet ihn um eine Erklärung. Weldon sagt ihm, daß sie ihn zum besten gehalten haben, und bringt ihn dazu, zu versprechen, Mrs. Weldon aufzugeben. Vielleicht droht er ihm mit dem Rasiermesser. Dann geht Weldon fort, und Alexis ist so enttäuscht, daß er sich nach kurzem Nachdenken das Leben nimmt.«
»Zu welchem Zweck Weldon ihm aufmerksamerweise das Rasiermesser überließ?«

»Ja – das wäre anzunehmen.«
»Und was hat die braune Stute gesehen?« fragte Harriet.
»Gespenster«, erwiderte der Kommissar schnaubend. »Außerdem – was soll ein Roß im Zeugenstand?«
»Danach hat Weldon den Fehler begangen, nach Wilvercombe zu kommen«, fuhr Wimsey fort. »Mit dieser auffallenden Tätowierung auf dem Arm hätte er das keinesfalls tun dürfen, Mutter hin oder her. Aber er mußte natürlich seine Nase hineinstecken. Und Morecambe? Nun, sie hatten damit gerechnet, daß er unter Umständen als Zeuge auftreten müßte. Ich frage mich nur, ob es wirklich klug von ihm war, unseren Zeitungsaufruf zu beantworten. Wahrscheinlich war es das Beste, was er tun konnte, aber er hätte sich überlegen müssen, daß es eine Falle sein könnte. Ich persönlich glaube allerdings, daß er ein Auge auf Weldon haben wollte, der in Wilvercombe einen Fehler nach dem anderen machen konnte.«
»Entschuldigen Sie, Mylord, wir haben eine gute Stunde damit vergeudet, uns zu überlegen, was diese Leute getan haben könnten oder zu tun im Sinne hatten«, sagte Umpelty. »Das mag sehr interessant für Sie sein, aber inzwischen sind drei Leute eingesperrt worden wegen eines Verbrechens, das sie nicht begangen haben können. Wenn Alexis sich selbst den Hals durchgeschnitten hat, müssen wir sie mit Entschuldigungen entlassen oder sie der Erpressung oder irgendeines ähnlichen Verbrechens bezichtigen. Jedenfalls kann ich nicht noch mehr kostbare Zeit vergeuden. Ich wünschte nur, ich hätte diesen verfluchten Fall nie angerührt.«
»Immer mit der Ruhe, Herr Kommissar«, flötete Wimsey. »Ich habe nur gesagt, daß der Plan nicht programmgemäß verlaufen ist. Ich habe nicht behauptet, daß sie ihn nicht ausgeführt haben.«
Kommissar Umpelty warf Wimsey einen traurigen Blick zu, und seine Lippen formten lautlos das Wort »verrückt«. Hörbar sagte er nur: »Was immer sie getan haben mögen, Mylord, sie haben Alexis nicht um zwei Uhr ermordet, weil sie dann nicht an Ort und Stelle waren, und sie haben ihn nicht um zwölf Uhr ermordet, weil er erst um zwei Uhr starb. Das ist eine Tatsache, nicht wahr?«
»Nein.«
»Nein?«
»Nein.«
»Sie glauben, daß einer der beiden um zwölf Uhr dort war?«
»Nein.«
»Sie glauben, daß sie Alexis um zwölf Uhr ermordet haben?«
»Ja.«

»Indem sie ihm die Kehle durchschnitten haben?«
»Ja.«
»Ganz durchgeschnitten?«
»Jawohl, ganz durchgeschnitten.«
»Und wieso ist er dann erst um zwei Uhr gestorben?«
»Wir haben überhaupt keinen Beweis, um welche Zeit Alexis gestorben ist«, sagte Wimsey.

34. Was sich ereignet hat

Mittwoch, den 8. Juli

»Wollen Sie damit sagen, daß die junge Dame sich von Anfang an geirrt hat?« fragte Kommissar Umpelty mißbilligend.
Harriet schüttelte den Kopf, und Wimsey sagte: »Nein.«
»Ich glaube nicht, daß sich der Gerichtsmediziner geirrt hat, Mylord. Ich habe auch andere Ärzte gefragt, und alle sagen, daß kein Zweifel bestehen kann.«
»Sie haben ihnen nicht alles erzählt, aus dem einfachen Grund, weil sie nicht alles wußten oder wissen konnten«, sagte Wimsey. »Ich selbst habe mir diese Dinge erst jetzt überlegt. Sie sagten etwas über das Blut, Harriet, und das hat mich darauf gebracht. Schreiben wir einmal einige Tatsachen auf, die wir über diesen angeblichen Erben der Romanows wissen.«

1. Man weiß, daß er als Kind sehr krank gewesen ist, nachdem er auf dem Spielplatz niedergeschlagen wurde.
2. Im Alter von einundzwanzig Jahren trug er einen Bart und hatte noch nie ein Rasiermesser benutzt.
3. Er fürchtete sich sehr vor dem Gebrauch von spitzen Gegenständen. Er hatte Angst, zum Zahnarzt zu gehen.
4. Mindestens einer seiner Backenzähne war mit einer Krone versehen – der letzte Ausweg, um das Ziehen eines Zahnes zu verhindern.
5. Am Donnerstag, dem 18. Juni, als er über Felsen kletterte, trug er Handschuhe.
6. Er wurde von häufig wiederkehrenden Gelenkschmerzen gequält.
7. Er nahm Antipyrin zur Linderung dieses Zustandes.
8. Er weigerte sich, zum Arzt zu gehen, obwohl er wußte, daß diese Krankheit ihn im Lauf der Zeit zum Krüppel machen würde.

9. Bei der Leichenschau wurde unter anderem festgestellt, daß die Hauptarterien fast blutleer waren.
10. Schließlich wäre noch zu betonen, daß man von mütterlicher Seite außer Kaiserkronen noch andere Dinge ererben kann.

Harriet und der Kommissar starrten sich einen Augenblick an. Dann begann Harriet zu lachen. »Aber natürlich«, sagte sie. »Jetzt geht mir ein Licht auf.«

»Ich weiß wirklich nicht, was Sie aus all dem folgern«, sagte Umpelty. Er fügte mißtrauisch hinzu: »Soll das ein Scherz sein? Vielleicht noch ein chiffrierter Brief?« Er riß das Blatt Papier an sich und strich mit seinem breiten Daumen darüber. »Was soll das bedeuten? Worauf wollen Sie hinaus? Ist es ein Rätsel?«

»Nein, es ist die Lösung«, sagte Harriet. »Sie haben recht, Peter, ganz recht. Das würde so vieles erklären. Über das Antipyrin wußte ich allerdings nicht Bescheid.«

»Ich bin ziemlich sicher, daß es stimmt; ich entsinne mich, einmal darüber gelesen zu haben.«

»Hatte er das von den Romanows?«

»Kann sein, obwohl es nicht beweist, daß er tatsächlich ein Romanow war. Möglicherweise war er es, denn der junge Simon, Olga Kohns Verlobter, glaubte, sein Gesicht zu kennen, und das mag auf eine Familienähnlichkeit hindeuten. Aber es mag auch umgekehrt gewesen sein: die Tatsache, daß er es hatte, mag Alexis in seiner Theorie bestärkt haben. Wer weiß?«

»*Was* hatte er?« fragte der Kommissar.

»Spannen Sie ihn nicht länger auf die Folter, Peter«, sagte Harriet.

»Eine Blutkrankheit, die, glaube ich, auf Kalkmangel oder sonstwas beruht«, erklärte Wimsey. »Die Krankheit ist erblich, und zwar vererben sie die weiblichen Familienmitglieder der Bluterfamilien. Von der Krankheit befallen werden nur die männlichen Familienglieder, und auch das nur in jeder zweiten Generation. Diese Krankheit kann also in vielen Generationen von Töchtern verborgen gewesen sein, um sich dann plötzlich bei einem Sohn zu zeigen, der einen kerngesunden Vater und eine scheinbar gesunde Mutter hat. Soviel man weiß, ist sie unheilbar.«

»Wie wirkt sie sich aus? Und warum glauben Sie, daß Alexis an der Krankheit litt? Und welche Rolle würde es spielen, wenn er die Krankheit wirklich hatte?«

»Wenn man diese Krankheit hat, gerinnt das Blut nicht richtig; wenn man nur die kleinste Wunde hat, kann man daran verbluten. Man kann sterben, wenn man sich einen Zahn ausziehen läßt oder wenn man sich mit einem Rasiermesser ins Kinn schneidet, falls man nicht genau weiß, was man gegen die Blutung tun muß – selbst dann wird man stundenlang bluten wie ein gestochenes Schwein. Wenn man fällt, oder gestoßen wird, kommt es zu inneren Blutungen, die zu sehr schmerzhaften Schwellungen führen. Selbst wenn man sehr vorsichtig ist, kann man ohne jeden Grund an den Gelenken innere Blutungen bekommen. Die Blutungen treten von Zeit zu Zeit auf und sind mit furchtbaren Schmerzen und hohem Fieber verbunden. Deshalb das Antipyrin, wenn ich mich nicht täusche. Außerdem führt die Bluterkrankheit meistens zu einer Versteifung der Gelenke, die einen zum Krüppel fürs Leben macht.«

»Bekanntlich hatte sie der Zarewitsch«, sagte Harriet. »Ich las darüber in Alexis' Büchern, es wäre mir aber nicht in den Sinn gekommen, diese Tatsache mit dem Mord in Verbindung zu bringen.«

»Ich bin mir immer noch nicht klar darüber, was die Krankheit zu bedeuten hat«, sagte der Kommissar, »außer daß sie erklärt, warum Alexis ein solcher Weichling war. Glauben Sie, daß sie ein Beweis dafür ist, daß Alexis wirklich königliches Blut hatte und daß die Bolschewisten...«

»Es mag ein Beweis dafür sein oder nicht«, erwiderte Wimsey. »Aber sehen Sie denn nicht, mein lieber alter Junge, daß das medizinische Gutachten dadurch zunichte gemacht ist? Wir glaubten, daß er um zwei Uhr gestorben ist, weil das Blut noch nicht geronnen war, aber wenn Alexis ein Hämophile war, hätten wir bis zum Jüngsten Tag warten können, bis sein Blut gerinnt. Daher kann er um zwölf oder schon am Morgen früh gestorben sein. Übrigens könnte das Blut nach mehreren Stunden ein wenig gerinnen; das hängt davon ab, wie schwer die Krankheit ist, aber als Beweis für die Zeit des Todes kommt der Zustand des Blutes nicht in Frage.«

»Du meine Güte!« stöhnte Umpelty.

Er saß einen Augenblick mit offenem Mund da, dann sagte er: »Aber die Sache hat einen Haken. Wenn er jederzeit gestorben sein könnte, wie sollen wir dann beweisen, daß er um zwölf Uhr umgekommen ist?«

»Das ist leicht. Vor allen Dingen wissen wir, daß es dann gewesen sein muß, weil die in Frage kommenden Personen für diese Zeit ein Alibi besitzen. Wie Sherlock Holmes sagt: ›Nur ein Mann, der ein Verbrechen plant oder begeht, hat den Wunsch, sich ein Alibi zu verschaffen.‹ In einer Beziehung ist dieser Fall wirklich einzigartig: Es ist der einzige Fall, den ich kenne, bei dem der Mörder nicht gewußt hat, um wieviel Uhr er den Mord begangen haben soll. Kein Wunder, daß die Aussagen bei der Voruntersuchung Weldon derart durcheinandergebracht haben!«

»Ja... aber...« der Kommissar schien beunruhigt zu sein. »Schön und gut, aber das beweist noch nicht, daß es ein Mord war. Bevor Sie irgend etwas anderes beweisen, müssen Sie beweisen können, daß es ein Mord war. Ich weiß wirklich nicht...«

»Sehr richtig«, sagte Wimsey. »Nun hören Sie zu: Wenn Alexis zwischen halb elf und halb zwölf lebend auf der Küstenstraße gesehen worden ist und wenn er um zwei Uhr tot war, dann muß er während der Zeit gestorben sein, für die die Alibis bestehen. Ich glaube, wir können den Zeitpunkt noch etwas mehr begrenzen. Jem Pollock und sein Opa sagten zu unserem Erstaunen, daß sie einen Mann lange vor zwei auf der Felsplatte liegen sahen. Wahrscheinlich war er da schon tot. Wir wissen jetzt, daß sie höchstwahrscheinlich die Wahrheit gesagt haben, und wir brauchen nicht mehr anzunehmen, daß sie an dem Verbrechen beteiligt waren. Nach alldem muß der Mord zwischen ungefähr elf Uhr dreißig – als Alexis auf dem Teufelseisen ankam – und ein Uhr dreißig, als die Pollocks die Leiche zum erstenmal bemerkten, begangen worden sein. Das sollte für Sie genügen, zumal wir mit Bestimmtheit wissen, daß sich die Mordwaffe im Besitz des einen Mittäters befunden hat. Ich glaube nicht, daß Sie herausgefunden haben, daß das Rasiermesser Weldon per Post geschickt worden ist.«

»Nein. Wir konnten diesbezüglich noch nichts feststellen.«

»Es würde mich nicht wundern, wenn Weldon am Mittwoch nur nach Wilvercombe gefahren ist, um das Rasiermesser abzuholen. Es könnte so leicht irgendwo für ihn abgegeben worden sein. Morecambe, der gerissene Hund, hat sich an dem Tag natürlich nicht in Wilvercombe aufgehalten, aber nichts wäre einfacher gewesen, als im Zigarettengeschäft ein kleines Paket für seinen Freund, Mr. Jones, zu hinterlegen. Der Sache sollten Sie nachgehen, Herr Kommissar.«

»Wird gemacht, Mylord. Nur eins verstehe ich nicht: Warum sollten Weldon und Morecambe so erstaunt über die Aussagen bei der Untersuchung gewesen sein? Hätte Alexis ihnen nichts von seiner Krankheit gesagt? Wenn er annahm, daß sie seine Abstammung von den Romanows bewies, hätte er doch bestimmt darüber gesprochen.«

»Ganz im Gegenteil! Alexis versuchte, es um jeden Preis zu vertuschen. Für einen Mann, der hofft, eine erfolgreiche Revolution anzuführen, ist es keine Empfehlung, jeden Augenblick mit einer schmerzhaften und unheilbaren Krankheit ans Bett gefesselt werden zu können. Auch die holde ›Feodora‹ hätte sich nicht sehr danach gesehnt, einen Bluter zu heiraten. Nein, der arme Kerl muß sich die ganze Zeit über schrecklich davor gefürchtet haben, daß sie es herausfinden könnten.«

»Ja, wenn man es sich richtig überlegt, ist das nur zu natürlich.«

»Wenn Sie die Leiche exhumieren, werden Sie wahrscheinlich die für diese Krankheit charakteristische Verdickung der Gelenke feststellen. Endgültige Beweise für das Vorhandensein von Hämophilie werden Sie bestimmt erhalten, wenn Sie sich bei den Leuten erkundigen, die Alexis in London und in Amerika kannten. Ich bin ziemlich sicher, daß er daran litt.«

»Merkwürdig, wie für Weldon und Genossen alles herauskam«, sagte Harriet. »Einerseits hatten sie soviel Glück, andererseits soviel Pech. Ihr Plan war gut, er basierte auf einem Alibi und einer Verkleidung. Dann erschien ich unerwartet auf der Bildfläche und durchschaute die Verkleidung, und das war Pech. Auf der anderen Seite legte ich einen Haufen unnötiger Klugheit an den Tag, wodurch ich ihnen ein Alibi für eine ganz andere Zeit verschaffte, und das war Glück. Dann verloren sie die Leiche durch das Gewicht der dreihundert Goldstücke, und das wäre sehr unangenehm für sie gewesen, wenn ich nicht wieder mit meiner Aussage und meinen Fotografien erschienen wäre und so die Existenz der Leiche bewies, so daß sie gesucht und wiedergefunden wurde. Dann, als sich ihr großartiges Alibi zu ihrem Entsetzen als nutzlos und gefährlich erwies, kam der arme kleine Perkins, der natürlich so unschuldig ist wie ein neugeborenes Kind, und lieferte ein stichfestes Alibi für die falsche Zeit. Wir fanden das Hufeisen, und damit wären sie erledigt gewesen, hätten sie nicht das Glück mit dem nichtgeronnenen Blut gehabt. Und so weiter und so fort. Es war ein unwahrscheinliches Durcheinander, und eigentlich bin ich daran schuld. Wenn ich nicht so superklug gewesen wäre, würde niemand etwas über den Blutzustand erfahren haben, und wir hätten es für selbstverständlich gehalten, daß Alexis lange vor meinem Erscheinen gestorben war. Es ist alles so kompliziert, ich weiß selbst nicht mehr, ob meine Anwesenheit ein Vorteil oder ein Nachteil war.«

»Das Ganze ist so kompliziert, daß die Geschworenen sich weigern werden, es zu glauben«, sagte der Kommissar mit einem Seufzer. »Auch der Polizeipräsident wird die Sache nicht ernst nehmen. Er wird weiterhin sagen, daß wir nicht *bewiesen* haben, daß es kein

Selbstmord war, und vorschlagen, es dabei bewenden zu lassen. Er ist sowieso fuchsteufelswild, weil wir die drei Leute verhaftet haben, und wenn wir ihm die Geschichte von der Hämo.. Hämo... wie heißt es doch – erzählen, wird er einen Schlaganfall bekommen. Glauben Sie wirklich, daß wir auch nur die geringste Chance haben, wenn wir den Fall weiterverfolgen, Mylord?«

»Ich möchte Sie nur auf etwas hinweisen«, sagte Harriet. »Gestern abend hat Mrs. Weldon eingewilligt, mit Mr. Antoine zu tanzen, und das hat Henry ganz und gar nicht gepaßt. Was würden Sie für das Leben von Mrs. Weldon und das von Mr. Antoine geben, wenn Henry Weldon und Morecambe wieder auf freiem Fuß wären?«

Nachdem der Kommissar sie verlassen hatte, herrschte Schweigen.

»Also...« sagte Harriet schließlich.

»Also...« sagte Wimsey, »eine gräßliche, blutige Farce, was? Die törichte alternde Frau, die einen Liebhaber wollte, und der törichte junge Mann, der nach einem Kaiserreich trachtete... Eine Kehle wurde durchschnitten, drei Menschen werden gehängt, und hundertdreißigtausend Pfund warten auf den nächsten jungen Mann, der bereit ist, Körper und Seele dafür zu verkaufen! Was für eine Tragikomödie!«

Er stand auf.

»Machen wir einen Strich darunter«, sagte er. »Packen Sie, hinterlassen Sie Ihre Adresse bei der Polizei, und kommen Sie mit mir nach London. Mir hängt die Sache zum Halse heraus.«

»Ja, fahren wir ab. Ich fürchte mich vor einer Begegnung mit Mrs. Weldon. Ich habe keine Lust, Antoine wiederzusehen. Das Ganze ist grauenerregend und widerlich. Gehen wir nach Hause.«

»Ja, gehen wir nach Hause! Wir werden in Piccadilly zu Abend essen«, sagte Wimsey. »Zum Teufel mit der ganzen Sache. Badeorte habe ich von jeher gehaßt!«

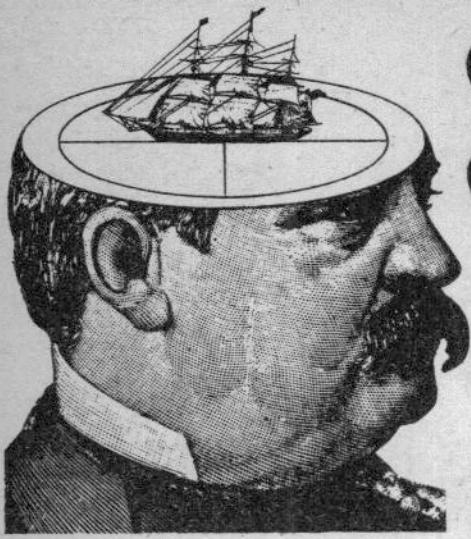